甲鱼不是龟 著

大泼猴

下

西行证道

苦证道

天地出版社 | TIANDI PRESS

目录

第六百三十六章　六耳猕猴 (1) / 003
第六百三十七章　六耳猕猴 (2) / 010
第六百三十八章　醉酒 / 016
第六百三十九章　唯一的路 / 022
第 六 百 四 十 章　坠入深渊的灵魂 / 028
第六百四十一章　礼物 / 034
第六百四十二章　翡翠鸳鸯 / 040
第六百四十三章　您是大圣爷？ / 045
第六百四十四章　行动 / 050

第六百四十五章　求法国 / 059
第六百四十六章　疑惑 / 065
第六百四十七章　伤 / 070
第六百四十八章　疑 / 077
第六百四十九章　辩 / 083
第 六 百 五 十 章　讨要棍法 / 089
第六百五十一章　诸佛辩法？ / 094
第六百五十二章　愿不愿意 / 100
第六百五十三章　胜负与激化 / 106

死穴

第六百五十四章　结盟 / 115
第六百五十五章　落魄的猕猴王 / 121
第六百五十六章　死穴 / 127
第六百五十七章　普世之道 / 132
第六百五十八章　疯狂的六耳 / 137
第六百五十九章　伏击 / 143
第六百六十章　逼宫 / 149
第六百六十一章　我就是 / 156
第六百六十二章　黑熊精的烦恼 / 162

两个灵魂

第六百六十三章　问答 / 169
第六百六十四章　九龙神火罩 / 175
第六百六十五章　道果 / 181
第六百六十六章　毁灭 / 187
第六百六十七章　铁饼 / 193
第六百六十八章　曝光 / 199
第六百六十九章　信 / 204
第六百七十章　心知 / 210

第六百七十一章　选择 / 217
第六百七十二章　狂笑 / 223
第六百七十三章　彷徨 / 230
第六百七十四章　回去？ / 236
第六百七十五章　疯了 / 242
第六百七十六章　流言 / 247
第六百七十七章　半个家长 / 254
第六百七十八章　礼尚往来 / 260
第六百七十九章　取代 / 265

第六百八十章　孺子不可教 / 273
第六百八十一章　“坐山观虎斗” / 278
第六百八十二章　夜袭 / 284
第六百八十三章　胜负 / 290
第六百八十四章　还缺一件 / 296
第六百八十五章　通风报信 / 303
第六百八十六章　激化 / 309
第六百八十七章　围魏救赵 / 315
第六百八十八章　随心铁杆兵 / 321

妖后

第六百八十九章　弱点 / 329
第六百九十章　偷袭 / 335
第六百九十一章　驰援与变数 / 340
第六百九十二章　冒充 / 346
第六百九十三章　杨婵 (1) / 353
第六百九十四章　杨婵 (2) / 359
第六百九十五章　杨婵 (3) / 365
第六百九十六章　杨婵的主意 / 370
第六百九十七章　不要再亏欠 / 378

绑架

第六百九十八章　犹豫 / 385
第六百九十九章　一门之隔 / 391
第七百章　毒计 / 397
第七百〇一章　打压 / 402
第七百〇二章　信 / 408
第七百〇三章　埋伏 / 414
第七百〇四章　劝说 / 420
第七百〇五章　风铃来了 / 425
第七百〇六章　反悔 / 431
第七百〇七章　两个女人 / 437
第七百〇八章　啪啪啪 / 443

第七百〇九章　抉择 / 451
第七百一十章　玄奘的回答 / 456
第七百一十一章　鲶鱼 / 461
第七百一十二章　浪费时间？ / 467
第七百一十三章　说客 / 473
第七百一十四章　筹备婚礼 / 479
第七百一十五章　雨云 / 483

第七百一十六章　谈一谈 / 491
第七百一十七章　后手 / 496
第七百一十八章　师徒 / 501
第七百一十九章　拜会 / 505
第七百二十章　原本的样子 / 511
第七百二十一章　种子 / 515
第七百二十二章　渡与不渡 / 521
第七百二十三章　颤 / 525
第七百二十四章　低吼声 / 531
第七百二十五章　吸一点？ / 536
第七百二十六章　死局 / 542

恶鬼

第六百三十六章

六耳猕猴（1）

有了女娲的许诺，西行众人的时间一下就变得没那么紧迫了。

考虑到其他人刚刚才解毒，身体还处于极为虚弱的阶段，猴子最终决定让众人先留在花果山休养几天，等到全部恢复过来了再继续上路。

至于身处女儿国的小白龙怎么办……这问题从来就不在猴子的心上。

躺在山坡的黄土上，猴子悠悠地望着天："要不，我替你们做点什么吧？"

草小花蹙着眉头问："做点什么？"

"做点被人叫'大圣爷'应该做的事。"猴子一跃而起。

半天之后，他带回了一大堆食物，各种丹药，各种武器、铠甲、衣服……

面对那堆积如山的物品，花果山的众人都傻了眼，就连病恹恹的玄奘也是。

"你这些东西怎么来的？"

"找老龙王借来的呗。"猴子掏着耳朵说，"放心，本大圣讲信用，打了欠条的。至于什么时候还……等他找我讨再说吧。"

天蓬悠悠道："他敢吗？"

"这我就不知道咯。"猴子一下跃到小山上，拿起物品撒了下去，"小的们，这些都是你们的！"

"大圣爷万岁——！"

所有的小妖都欢呼了起来，一时间，整个花果山都活络了起来。

草小花在一旁掩着嘴笑。

小七忧伤地叹道："要是大圣爷能一直不走就好了。"话还没说完，猴子提起笔写下两张欠条塞到他的手中："这是两千万金精，你拿着，以后缺什么到龙宫搬就是了。呃……要记得找零。”

小七呆呆地看着手中的欠条，想象着自己拿着两千万金精的欠条要老龙王找零的时候，他该是何种表情。

草小花在一旁咯咯咯笑个不停：“大圣爷，你这样会把小七带坏的。”

“我就是没带坏他才后悔。要是以前就带坏他，你们肯定不至于混得如此落魄。”

几天的时间，猴子早就把花果山的底子给摸清楚了。

花果山的妖怪们几乎都散尽了，留下来的不是老弱病残走不动的，就是修为尚浅不敢出去的。更糟糕的是，他们不仅仅是资质差那么简单，连眼界也处于妖怪的平均水平线之下。

当然，这也是没办法的事。想当初，猴子发展花果山的时候，那一批妖怪都是在生死线上混过的，被淘汰过一遍的，无论眼界还是警惕性，乃至于反应速度各方面都不差。而现如今的这些小妖，从出生开始就一直待在这巴掌大的山头上对着漫天黄沙与遍地石头，能写两个“大”字就不错了，你还指望他们能有多大见识呢？

简单地说，这是一团无论如何也扶不上墙的烂泥。

不过，那又有什么关系呢？

只要他们叫自己“大圣爷”一天，猴子就不可能完全丢下他们不管。既然打打杀杀不适合，那就尽情享乐吧！

“区区几百只妖怪，大圣爷我就是再落魄也养得起！”宴会上，猴子高举着酒杯郑重交代道，“小七，明天你就带着人马，把花果山的界碑重新给老子立起来！这是咱们的地盘，宫殿可以没有，战舰可以没有，但地盘，必须划清楚！”

“诺！”

猴子叉着腰，一脚踩在矮桌上悠悠道：“那个‘齐天大圣’的旗帜，也给我竖起来，竖在花果山的主峰上。让他们都知道我回来了，谁敢来捣蛋，就是找死！”

“大圣爷万岁！”

“来，为重振花果山，干杯！”

所有的妖怪都挥舞着手臂欢呼了起来，那声音谈不上震耳欲聋，但他们每一个，都声嘶力竭地呼喊着，热泪盈眶。

一旁的玄奘缓缓回头与天蓬对视了一眼。过了好一会儿，天蓬低下头去抿了口酒，悠悠道："这东海龙王上辈子肯定是造孽了，居然有他这么个邻居……"说罢，天蓬一饮而尽。

随着猴子热情的无限高涨，整个花果山，每一天，每一个人都像处于庆典之中一般，欢乐无比。

"齐天大圣"旗帜竖起的第三天，天庭来人了。

太白金星带着一堆工匠，说是奉了玉帝的圣旨，来花果山植树的。

听到这个消息的时候，猴子都有点反应不过来。

"你家玉帝，是不是转性了？"

"大圣爷说笑了。"太白金星一边擦汗，一边谄笑道，"陛下一直对大圣爷十分赏识……"

"赏识？"

"呃……"

"那，我算他下属咯？"

"不不不。"太白金星吓了一跳，连忙轻轻打了自己一耳光，"老臣想说的是敬仰、敬仰，对，敬仰。呵呵呵呵，大圣爷您别见笑，老臣年纪大了，嘴巴不利索。该打、该打。"

猴子挑了挑眉，狐疑地瞧着他，悠悠道："你还嘴巴不利索？我看三界之中嘴巴最利索的就是你了。"

被他这么一说，太白金星的冷汗冒得更猛了。

太白金星植树，小七当监工。荒芜了几百年的花果山开始一点一点地恢复过来。

另一边，玄奘每天呆坐在卧榻上看着佛经，似乎也已经参悟出了点什么。

西行虽说还没能望到终点，但起码，在猴子的眼中，形势已经大大好转了。

每一个人都开心地笑着。

然而，此时所有人都不知道，在三界之中的另一个角落里，一桩即将影响他们每一个人的事件正在发生着……

地府。

法阵停止了运转，祭坛上原有的光亮已经全部消失。四周所有的一切，都沉寂在黑暗之中。

借着空中鬼火放射的微弱蓝光，可以隐约看见祭坛的正中央有一大团暗金色的绒毛在缓缓地起伏，像是在呼吸。每当四周出现声响，哪怕是一阵微风拂过，它都会微微颤动，仿佛受了惊一样。

那里面，有什么东西在恐惧着，恐惧这个世界里的一切。

远处，正法明如来与地藏王正静静地看着。

“终于到了。”地藏王淡淡笑了笑。

正法明如来瞥了地藏王一眼，无奈叹道:“你，放出了一个恶鬼啊。”

地藏王只是笑而不语。

正法明如来微微眯着眼，道:“现在后悔还来得及。当年，三清不就是自认为能控制得了他，才落得今天的下场吗？”

“贫僧从未想过要控制他。他本就是用来打破整个世界平衡的存在……既然如此，为什么还要想着去控制呢？”

地藏王迈开腿，一步步踏上台阶，朝着那团蠕动的绒毛走了过去。

微风中，他站在那团绒毛的跟前，伸出二指。

“很痛苦吧？不如，让贫僧帮你一把。”

那指尖处瞬间凝聚出璀璨的金光。一时间，四周的阴影都被驱散了。

那绒毛好像受惊了一样稍稍往后退了一点，却又停住，没有逃开。

地藏王捋开衣袖，往前一步，将放射着金光的手指朝着绒毛的顶部点了过去。

就在此时，诡异的事情发生了。

随着地藏王的动作，那些原本竖起的绒毛如同退潮一般迅速脱落。转眼之间，圆溜溜的毛球里露出了一个猴头，有着一张和齐天大圣孙悟空一模一样的脸！

当地藏王的指尖触碰对方的眉心时，对方猛地一惊，以闪电一般的速度向后跃开一丈的距离。

他迅速压低身子，咧开嘴露出獠牙，对着地藏王发出充满敌意的低吼声。通红的双眼之中，是犹如实质一般的浓烈戾气。

杀心已起！

此时，那身上原本长达一尺的厚厚绒毛已经悉数脱落了，在脚下变成了另一张厚厚的“毯”，而那身上留下的，仅仅是如同一般猴妖长度的绒毛。

“你还记得自己叫什么吗？”

没有回答。

地藏王淡淡笑了笑，道：“从今天起，你就叫六耳猕猴吧。”

依旧没有回答，六耳猕猴望着地藏王的那双眼中的敌意似乎比方才还要浓烈。

“你在害怕贫僧吗？”地藏王提起袈裟，微笑着，踏着满地的绒毛一步步朝六耳猕猴走了过去，直到相距七尺的距离，他伸出了一只手。

这是在释放善意。

然而，正当此时，一声低吼，六耳猕猴却整个暴起，朝着地藏王扑了过去。他一把拽住地藏王的手，重重咬在他的手腕上！

一瞬间，金色的液体溅洒而出。这是佛陀的血。

眼前的这只疯猴子紧紧地闭着眼睛，大口大口地吮吸着血液。

鲜血，能让他感到安宁，佛陀的血，更是如此。

此时此刻，就连站在远处的正法明如来都被狠狠地吓了一跳，忍不住攥紧了衣袖。地藏王却只是静静地站着，伸着自己的左手，任对方品尝。

好一会儿，六耳猕猴终于满足了，他缓缓松开地藏王的手，微微颤抖着往后退了两步。再睁眼时，那双目之中的血丝已经减少了许多，转而多了一丝蒙蒙眬眬的感觉。

在他的眼中，整个世界都在不断地旋转着，如同醉酒一般。

“你是谁？”

地藏王低头看了一眼自己血肉模糊的手腕，淡淡笑了笑：“果然是无法驯服啊……你连自己是谁都不知道，告诉你贫僧是谁，又有什么意义呢？”

“那也要说……”六耳猕猴伸手抓了抓自己的绒毛，猛地甩了甩头，似乎有些神志不清了。

“贫僧，人称地藏王，原本是灵山上一介修佛小僧。”

“地藏王、地藏王……”六耳猕猴反复默念着，这名字他似乎有点印象，却又想不起在哪里听过。

不，不只想不起在哪里听过这名字，他已经什么都想不起来了。他的脑海中充斥着数不清的记忆片段，有人在说话，有人在哭喊，有人在战斗，却无论如何也拼不出一段清晰的记忆来。

他抱着脑袋，用力地去回忆。可无论他怎么回忆，都想不起来任何事情……唯一记起的，是一种情绪，一种愤怒。那是想要杀人、想要毁灭一切的愤怒……

“你愿意坐下来，听贫僧好好跟你说说话吗？”

“不愿意！”六耳猕猴猛地吼了出来，他微微抬起头望着地藏王，又后退了两步，咬牙道，“你这光头，我不喜欢，你跟我不是一路的！”

“哦？”地藏王的嘴角微微上扬，轻笑道，“那长头发、束发髻的呢？”

“束发髻的……束发髻的……”六耳猕猴紧闭双目，重重地甩了两下头，“束发髻的……也不喜欢……”

“记不清了，喜恶却还是清楚啊。”地藏王微微颤了颤臂膀，将自己手腕上的伤口掩到了衣袖中，轻声道，“既然如此，贫僧也就长话短说了。有三点，你无论如何必须记住。第一，你只有灵魂，没有肉体。你的身体，是贫僧用术法造的，里面没有血肉。这具身体，你需要吸收足够其他生灵的鲜血，才能让它像你原本的身体那样强韧。无论对方是凡人、妖怪、道家修者，还是佛家修者，都可以。修为越高，能带给你的好处便越多……其实，你不只没有肉体，连你的灵魂都是暂时的。为了维持住魂魄，你必须吸收大量的精气。同样的道理，也是修为越高越好。不过精气方面，是无底洞，无论吸收多少都只是暂时维持。你，需要不断补充。这，只是其一。

“其二，你的时间不多了。即便维持住了魂魄，锻造了身体，你的时间也不会很多。任何一个过度消耗灵力，意图突破到天道修为的行者道修者的灵魂都会被天劫盯上。它会将这种人的灵魂永远地困在虚空之中，就像你先前那样。贫僧是从天劫的手上将你夺回来的，但……它很快就会发现少了一个你。所以，一年，或者两年，天劫还会再临，到时候，它必须要从这个世上带走一个‘你’，没有人能阻挡。”

六耳猕猴怔怔地听着，眼睛已经瞪得犹如铜铃那么大。

地藏王微微一笑，接着说道：“不过你很幸运，这个世界上，还有另一个你。到时候，就看谁更弱了。弱的那个会被天劫收走，永远地困在虚空中，而强的那个，则会继续留下来。”

六耳猕猴的眼角微微抽了抽。

“这其三嘛……”地藏王瞧着六耳猕猴，一字一顿地说道，“你可听好了，第二次被收走，可就再也没有任何人能将你的魂魄救回来了。”

第六百三十七章

六耳猕猴 (2)

南赡部洲。

一抹乌云隐去明月。

漆黑一片的山野树林之中，各种猛兽的嘶吼声萦绕耳畔。

一双双的眼睛，在黑暗之中死死地盯着眼前这陌生又明显极为危险的来者。

孤零零地坐在布满青苔的山石上，六耳猕猴无视四周传来的浓浓敌意，他仰着头，透过黑漆漆的枝叶注视着天空中的点点繁星。那眼中透着无限的迷茫。

深夜，孤身一人在林间面对一群野兽，多么熟悉的感觉啊……以前自己也经历过同样的场景吗?

六耳猕猴想不起来，所有的一切都很熟悉，可他就是半点都想不起来。甚至连刚刚离开地府时所使用的咒文，他现在也想不起来了。

为什么分明记得，却又什么都想不起来呢?

六耳猕猴不明白，但他又不想回去问那两个秃驴，因为直觉告诉他，那两个是敌人。

可是，不回去问他们，他又该怎么办呢?

他低下头，有些茫然地注视着自己那双皱巴巴的手。

一只乌鸦拍打着翅膀从他的头顶掠过。

几只地鼠缩在角落里不知道在闹腾着些什么。

许久，他深深吸了口气，闭起双目，开始努力回忆。

无数的记忆碎片在脑海中闪过，有人在哀号，有人在哭喊，有人在尖啸，有人在激战，鲜血遍地……

他微微攥紧了拳头。

无数杂乱无常的画面瞬间朝着他喷涌而来，一下充斥了所有的一切。与此同时，剧痛也从灵魂的深处传来，仿佛有什么东西在他的脑袋里折腾着、挣扎着，想要打破头盖骨冲出。

他咬着牙，死死地忍着。

双臂的肌肉绷到了极致，青筋暴起。整个身躯因为难以忍受的苦楚而微微颤抖，声声哀号冲天而起，将四周的鸟雀惊上了天空。

他看到自己手持棍棒站在云端与天将激战，巨大的战舰拖着滚滚浓烟从天空中陨落……

他看到自己坐在高高的王座上接受万妖的朝拜，每一只都对他敬若神明……

他看到自己在汹涌的海面上，与一位同时操纵四把剑的长须老者对峙，开启一场艰辛异常的战斗……

随着回忆的深入，那来自灵魂深处的剧痛越来越可怕，已经渐渐接近他所能承受的极限。

可他还在继续。

他掀起的飓风横扫了整个树林。

他紧紧地抱着脑袋在地上翻滚，痛苦地哀号，掀起漫天沙尘。

所有被他接触到的一切，无论树木还是山石，都瞬间被那无意识的双手砸成了粉末。

闪过的画面越来越多，速度越来越快，甚至已经快到看都看不清的地步。

他整个头已经好像要炸开了一样。

忽然间，他猛地睁开双目，呆住了。

所有的一切渐渐安静了下来，整个森林都沉默了。再也没有任何一种野兽敢在此时此刻发出任何的声响。

许久，他缓缓地笑了出来，虚脱倒地，捂着胸口气喘吁吁。

“还是……什么都想不起来啊。”

是啊，无数的画面充斥着，一边回忆，一边却在疯狂地忘却……这样去回忆，怎么可能想得起来呢？

就现在这样躺着，他已经忘了刚刚回忆起的画面了。

一缕微风拂过，脸颊的绒毛微微颤动。有一种清清凉凉的感觉。

他茫然地望着夜空。

“这是活着的感觉啊……”他淡淡地笑着。

就在不久之前，他还只存在于永恒的黑暗、无尽的虚空之中，但是现在他活过来了，能感受四周的冷与热、苦与哀。

连抿一抿唇带来的滑润感，都让他无比回味。

活着真好。

哪怕是痛，也是好的，只要能活着。

他闭上眼睛，悠悠地想起地藏王的那番话——这是现在他唯一可以想起的东西了。

“那个秃驴，应该是个骗子吧？长成那样的，肯定不是什么好东西……”

月亮从乌云后缓缓探出头来。六耳猕猴微微睁眼，将自己的手抬起，摊在月下细细地看。

“居然说我没身体，呵呵呵呵……我明明就有。没有身体，那这是什么？”

下一刻，六耳猕猴的神情忽然僵住了。

他惊恐地看到自己的十指之间，那绒毛之下存在着许多的裂痕！

他吓了一跳，连忙一个翻转从地上爬了起来，借着月光细细检查自己的身体。

全身上下几乎每一个角落都是！

纤细如丝的裂痕不知什么时候已经爬满了全身……

一种深深的恐惧在六耳猕猴的心中迅速蔓延开来。

那些裂痕，跟长年累月辛勤耕作的老农的手脚上出现的相似。不同的是，他们的裂痕，翻开来是血肉，而六耳猕猴的裂痕之下，竟只有层层叠叠的绒毛。

“这是……这是怎么回事？”

六耳猕猴微微颤抖着，惊恐地望向四周。

许久，他再次低下头，发现自己手上的裂痕竟以肉眼可见的速度一点一点地在扩大！

正当此时，一阵微风掠过，六耳猕猴浑身上下传来阵阵猛烈的刺痛感，他忍不住缩成了一团。

那是一种仿佛浑身上下都是纤细的刀伤，又被人撒上了一把盐后火烧一般的感觉。

恍惚中，他亲眼看到从自己身上脱落的绒毛顷刻间在风中化为灰烬……

这一刻，他恐惧地瞪大了眼睛。

一滴滴的冷汗从额头上滴落，那心仿佛承受了重重一击一般，猛跳，猛跳。

“他……他说的……是真的？”

他微微颤抖着伸出手，从自己手背上拔下两根绒毛。

很快，那绒毛如同先前一般在微风中化成了灰烬。

六耳猕猴怔住了。

再望向手掌之时，他发现自己的拇指已经不见了！

眼角、嘴角，此时此刻，他整张脸都在微微抽搐着。那脑海中只剩下一个词——死亡。

真正的死亡，不仅仅是灵魂剥离肉体，重投六道轮回那么简单；而是真正、彻彻底底地消失……

六耳猕猴惊恐地看着这一切，猛地站起来。

“那家伙……那家伙刚刚说什么来着？他说要吸血！对，吸血！什么血都可以，哪里有血？哪里有血？”

他惊慌失措地在林间狂奔，一路咆哮。

无数的鸟雀被惊上了天。

一只受惊的野猪嚎叫着飞速逃窜。

六耳猕猴一咬牙，一跃而起，下一刻，他已经重重地砸在野猪的身上。

六耳猕猴睁着布满血丝的眼睛，颤抖着从野猪身上爬起来，他低头注视着那只被自己砸晕的野猪，重重地喘息着。

“他说……他说除了要血，还要精气……对……要精气。”

他将野猪的头扶正，对着它的头，从眼耳口鼻中吸出一缕乳白色的气息。

顿时，他感觉自己的神志清醒了一点点。而被他吸了精气的野猪则彻底断了气。

紧接着，趁着野猪的尸体尚有余温，他又迫不及待地如同一头饿狼一般扑上去，咬开了它的喉咙，贪婪地吮吸着鲜血。

猩红的血顺着他的嘴角滴落在脚下的泥沙上，晕开。

黑暗中，无数的生灵正惊恐地看着这一幕。

片刻之后，他挣扎着从地上爬了起来。

“不行……还不够……”

他丢下已经变成干尸的野猪尸体，疯疯癫癫地朝前方奔去。

一道灵力以六耳猕猴为中心炸开，瞬间波及了整个森林。

下一刻，无数的精气从每一个角落里挥散了出来，汇聚到他的身上。

各种大小动物的尸体掉了满地。

他弓下身子，将一具具动物尸体捡起，重重地咬下去，迅速吸干了血，又随手丢弃。

“不行，还是不够……不行，还是不够，还是不够——！”

凄厉的咆哮声在夜空中缓缓回荡着。

此时，就在他前进方向上的一座繁华的人类小镇上，人们对正在临近的危险一无所知……

地府，空荡荡的祭坛上，正法明如来躬身抓起一把六耳猕猴脱落的绒毛。

一阵微风拂过，转瞬之间，那抓在手中的绒毛便连同地上散落的一起化为灰烬了。

“应该已经开始狩猎了。”一旁的地藏王淡淡说道，“要用生灵的血堆积出如同往昔一般强韧的肉体，那可是个大工程啊。同样的，要用生灵的精气维持魂魄，也是个大工程。在身体完全凝聚之前，他需要时时刻刻在生死边缘挣扎。刚刚，他应该是想要回忆过去吧……那会让他灵力透支，死得更快的。”

正法明如来抹去手上的灰烬，缓缓地站了起来："能记得起来吗？"

地藏王缓缓摇了摇头，道："被天劫洗去的记忆，怎么可能记起？想得越多，忘记的就越多。"

"还是那句话，你放出了一个彻彻底底的恶鬼啊。一只随时能突破天道修为的恶鬼。在没有记忆的情况下，他会比原来的孙悟空更强，更难对付。几乎全无弱点。"

"多虑了。只要他还是孙悟空，就不会对付不了。况且……如若玄奘的普度之道可行，又怎么会普度不了他呢？"说到这儿，地藏王忽然意味深长地笑了起来，"贫僧倒是很想知道，两只妖猴放在眼前，只能救一只，另一只，必须毁灭。你说，'普度'，会如何抉择呢？"

正法明如来意味深长地瞧了地藏王一眼，道："接下来呢？你打算怎么办？"

地藏王似笑非笑地答道："上灵山。"

"上灵山？"正法明如来不禁一愣。

"对。"地藏王悠悠道，"该做的都已经做了，接下来，我们只需在灵山静候佳音便可。"

第六百三十八章

醉 酒

整整在花果山休整了半个月的时间。

半个月的时间里，包括玄奘在内中毒的几人身体早已恢复如初。在猴子的带领下，花果山上下一阵闹腾，也是越活越滋润。

虽说依旧是遍地黄沙的破落样，但至少“齐天大圣”的旗帜已经竖起，无论神仙还是妖怪，想要染指都得掂量掂量。与此同时，天庭派来的工匠也在夜以继日地植树，要将花果山恢复到原来的状态，只是时间问题。

有了这些保证，小妖们未来的日子应该会好过很多吧。

不过，在花果山的这些日子，只能算是西行众人难得的假期罢了。

道未证，西行还得继续。

临行的前夜，花果山的妖怪们为猴子准备了丰盛的宴席。小七喝多了，拽着猴子的手一直在喊：“大王，你一定要回来……你一定要回来，不能丢下我们啊。”

听到这句话，猴子忽然有一种想哭的冲动。

这是小七第二次说这句话了，他叫的不是“大圣爷”，而是“大王”。

八百年前，一群猴子在东海边上送别自己，喊的也是这句话。那时候自己承诺他们一定会回到花果山，让他们过上再也不用担惊受怕的好日子。

然而，八百年过去了，自己送给花果山的，却只是一片焦土。而自己当初许诺的那些猴子，也只剩下眼前这么一个了。

记得那时候，猴子的身边还有一只可爱的金丝雀……

八百年的光阴，到头来，物是人非。无论是自己，还是其他人，都已经发生了巨大的变化。

天蓬端着酒杯，悠悠地走到猴子身旁："在想什么呢？"

猴子无奈哼笑一声，叹道："在想……变成一片焦土的花果山还可以想尽办法复原，失去的人，却再也找不回来了。"

说罢，他夺过天蓬手中的酒杯一饮而尽，却又一下全喷了出来。

"这是……水？"

"对。"天蓬点了点头。

"不是有酒吗？喝完了？"

猴子醉醺醺地站起来，睁着蒙胧的眼睛在矮桌上瞎找，天蓬连忙伸手制止。

"酒有的是，我不想喝而已。"

"为什么不喝？我从龙宫弄回来的都是一等一的好酒。"

"你喝多了，要是我也喝多了，出事怎么办？"

猴子瞧着天蓬，"扑哧"一声笑了出来。

天蓬也淡淡笑了笑，松开了拽着猴子的手。

猴子拿着酒杯，整个跌坐在自己那简单粗糙的王座上，抱着肚子笑得喘不过气来。

"有那么好笑吗？"

"及时行乐啊。"猴子"咣当"一声将手中酒杯放到桌上，提起酒壶又满上一杯，他悠悠地瞧着杯中微微荡漾的酒，道，"我忽然发现自己错了。"

"什么地方错了？"天蓬缓缓地盘起手来。

"什么地方都错了。"猴子抿着唇，猛地甩了甩头，抓耳挠腮，"都错光了……我总想着把所有的事情都做好，什么东西都做好了，做完了，心中大石一块块都丢下来了，再好好享受人生。结果……"

他侧过脸，注视着一旁躺在石板上呼呼大睡的小七："结果，事情即便都做好了，和我一起喝酒的人也没了。更何况……我还没把事情做好。"

听他这么一说，天蓬顿时也笑了起来。

天蓬这一笑，猴子反倒不笑了，抬起头瞪着天蓬道："你……笑什么？"

"我不能笑吗？"

"你在笑我？"

天蓬笑而不语。

“好呀，你敢笑我！我是齐天大圣你知道不？来来来，我们单挑！现在就单挑！”猴子发怒道。他挣扎着爬起来，拉着天蓬的手就要往外走。

这一闹，四周的小妖们都吓坏了。唯有玄奘笑而不语。

草小花掩着唇一直笑。她从一旁走了出来，将猴子拦下。

“大圣爷，您喝多了。”

“我没喝多，没喝多！”猴子摇头摆手道，“今天我非跟这猪头单挑不可，他要不道歉，我非跟他单挑不可。我要打得他满地找牙！”

草小花悠悠地瞧了天蓬一眼。

天蓬会意，无奈叹了口气道：“好吧，我道歉。”

他这一道歉，反倒猴子蒙了。他松开天蓬的手，蹙眉看着天蓬，有些口吃地说道：“喂，你是……天蓬元帅啊。堂堂天蓬元帅，统领六十万天河水军，让你道歉……你就道歉……多没面子啊？”

天蓬摊了摊手：“我不要什么面子。”

说罢，他转身朝着玄奘走了过去，留下猴子依旧呆呆站在原地摸不着头脑。

“这猪头有病吧。他怎么不跟我打一架？打一架多好！真没意思。”说罢，猴子扭头看向身旁的草小花，“你喝酒了没？”

“回大圣爷的话，喝了。”

“喝了，怎么脸都不红？”

“这……卑职也不知道。”

“不知道？你肯定是骗我了，不行，我要亲眼看着你喝。今天是为我饯行，你不能不喝，你不喝就是不给面子。”说着，猴子拽着草小花的手跌跌撞撞地就往自己的位置走，嘴里嘟囔着，“别以为我不知道，你每次都避着不喝的。今天我非要盯着你喝！”

玄奘远远地望着猴子，轻声叹道：“要是大圣爷一觉醒来，还能记得自己说过的话，那就好咯。”

天蓬掰开一粒花生丢到口中，随口问道：“玄奘法师指的什么？”

“及时行乐，珍惜眼前。”

天蓬有些意外地看着玄奘。

“不是吗？”玄奘与天蓬对视了一眼，悠悠叹道，“他就是太执拗了，不达目的誓不罢休。即便西行，其实也是如此。到头来……”

“放心吧，他会记住的。一个大罗混元大仙境的修者，喝了点酒就忘事，这说出去谁信啊？不过……承不承认就另说了。”

“也是。”玄奘无奈点了点头。

一场通宵达旦的宴席下来，猴子与一众小妖一起彻底喝了个烂醉。

解酒，并不是什么了不得的术法，普通炼神境的修者都会。别说解酒了，但凡修为上了炼神境的修者，只要自己不想醉，即使整个人泡到酒坛子里也不可能会醉。

可是，修为抵近天道的猴子，却醉了。

大概，连他自己也想醉吧。

第二天，日上三竿的时候，猴子才微微睁开眼睛。第一眼，他便看见了草小花。

这一眼下去，他吓得从卧榻上跳了起来，连忙缩到一旁。

“大圣爷怎么啦？”草小花眨巴着眼睛问。

她长得本就清丽脱俗，此时此刻，再配上那绯红的脸颊，猴子的心“咯噔”了一下。

“没……没。”猴子四下检查了一番，发现自己身上还穿着原本的那件旧皮甲，眼前的草小花也是穿戴整齐，只是靠坐在自己的卧榻上罢了。

他稍微定了定神。

他咽了口唾沫，小心翼翼地问道：“昨晚……没发生什么吧？”

“发生什么？”

“就是……就是……”猴子伸手比画着，却半天都没好说出口。

草小花蹙着眉头想了想，道：“昨晚大圣爷喝醉了，天蓬元帅和卷帘大将一起把大圣爷您抬了回来。然后便留下卑职在这里照顾大圣爷了。”

“没啥事，那……那你怎么脸红了？”

“不是大圣爷让喝酒的吗？”草小花用手背碰了碰自己的脸颊，“大概是喝太多了，酒劲还没过吧。”

听她这么一说，猴子才缓缓松了口气："什么都没发生就好……什么都没发生就好……对了，我睡了多久了？"

"也就一个多时辰而已，天快亮的时候才睡下的。"

"其他人呢？"

"玄奘法师、卷帘大将他们都没事，交代卑职说大圣爷醒了告诉他们一声，好早点出发。不过现在其他人还在睡着，卑职这就去……"

"别！别叫醒他们。醒了到时候又是哭哭啼啼的，我最怕那场面了。还是偷偷走的好。"说着，猴子从卧榻上跳了下来，七手八脚地开始整理衣物。

草小花坐在一旁静静地看着。

正要跨出门去的时候，猴子忽然扭过头来又问了一句："我昨晚真没干吗吧？"

"有。"

"干……干吗了？"

"你一直在叫杨婵姐的名字。还有……"

"还……还有……啥？"

"还有风铃、雀儿、短嘴、黑子、以素、大角、老白猿、老牛……很多人的名字，卑职都记不太清了。"

猴子努了努嘴，眨巴了两下眼睛："知道了，别说出去。"

说着，他便冲了出去。

草小花连忙起身追出去，走出门的时候，猴子的身影早已经消失在了隧道尽头，那声音还在空气中缓缓回荡着："花果山就拜托你了！等我回来——！"

"知道了，大圣爷——！"草小花鼓足了气回应道。

转眼之间，猴子已经出了水帘洞，他一面整理着自己的护腕，一面匆匆忙忙地奔到玄奘等人面前。

天蓬悠悠叹道："我们还以为你不走了呢。"

"为什么不走？"

"花果山多好啊，逍遥自在，还有美人相伴。而且你昨晚话里的意思，不就是不走了吗？”

“啊？”猴子顿时一愣，有些尴尬地笑了起来，“我昨晚说了什么吗？”

天蓬与玄奘对视一眼，无奈地笑了笑。

漫漫征途又一次开始了。

黑熊精将玄奘背在背上，卷帘、猴子、天蓬三人分别从三个方向护卫，一行人腾空而起。

长空中，他们朝着女儿国的方向缓缓而去。

追出门外的草小花微微仰着头，静静地目送众人离去。

第六百三十九章

唯一的路

三界如同一个巨大的五味瓶，里面装满了酸甜苦辣，个中滋味，只有沉浸其中的人才会懂。而那当中，每个人的体会，却又不尽相同。

此时此刻，同时存在于三界之中的两只猴子面对的，便是全然不同的处境。

猴子一行带着玄奘，以最保守的队形腾空向西，望尽青山绿水，好不舒爽。一路走来所经历的各种祸事阴霾，似乎都伴随着花果山这几天的安逸生活消散了。

长空中，天边的晚霞仿佛一位含羞待嫁的女子在朝着他们微笑。

夜空下，六耳猕猴的处境却极为糟糕。

林间阴暗的角落里，厚厚的落叶上，他如同一只单纯的野兽一般匍匐在地，将一匹灰狼的喉咙撕开。

喉结微微滑动，腥臭的血液灌入腹中，迅速被分解成点点的养分分散到身体的每一个角落。

获得鲜血能让他感到宁静，却远远不足以真正解除他的危机。

好几天的时间了，整整过去了好几天的时间，他已经吸了无数动物的精气与血液，整个树林里的生灵几乎都被他给扫平了，这当中甚至包括十几个偶遇的人类。然而，相对于所消耗的，他补充到的精气与鲜血实在少得可怜。

身体的裂痕依旧没多少愈合的迹象，只能算是勉强止住了进一步的分解。

更糟糕的是，随着时间的推移，他能清楚地感觉到自己的意识在渐渐模糊。这让他无比地恐慌。

此时此刻，摆在面前的就只剩下两条路。

要么彻底地烟消云散，要么……杀戮，不断地杀戮。可是……地藏王口中修为更高、更有益处的家伙究竟在哪里呢？

他已经什么都不记得。

虽然他还维持着强大的力量，但随着时间的推移，他越来越不敢使用法力，甚至连腾空而起的胆量都没有，连感知的范围也不敢随意扩大。因为，他发现，在使用法力吞噬大量精气的同时，他的身体与灵魂在加速损耗……

“为什么当初不直接杀了那两个光头呢？”他抹了一把嘴角的血，虚软无力地瘫坐到落叶上，嘀咕道，“就算需要耗费更多的法力，那两个光头加起来，应该也能补回来吧……”

“找到了！他在那里！”

一声叱喝从身后传来。

他猛然回头，看到一大群猎人正举着火把，手持弓箭长矛，气势汹汹地朝这里追过来。

只听“咻”的一声，一支箭矢从六耳猕猴的脸颊掠过，死死地钉在了他身后的树干上。

下一刻，六耳猕猴一个翻身，遁入草丛之中。

“快！他往那边跑了！追！”

十几个猎人一刻也不停留地越过灰狼的尸体追了上去。

一位将尉模样的人迅速蹲到灰狼的尸体旁细细检查，走在最后的老猎人也停下了脚步。

“大人……怎么样了？是不是他？”

将尉模样的人站起来，擦去沾在指尖的鲜血道：“应该是那家伙没错了，一模一样的手法，只吸血，不吃肉。那是个什么东西，猴子吗？”

“好……好像是吧。”老猎人支支吾吾地说，“不过，老朽打了那么多年的猎，进了无数次的山，却还没见过那么大的猴子。与常人一般无二啊……”

不多时，前去追赶的十几个猎人便悉数回来了。

“怎么样了？”

为首的身材魁梧的猎人气喘吁吁地说：“让他跑了，那东西速度实在太快了，一转眼的工夫，连影子都看不见了。”

不远处，月光照不到的角落里，六耳猕猴轻轻拨开了草丛，远远地注视着众人。

那目光阴冷得可怕。

“应该是那家伙没错了。”将尉注视着地上还在流淌着的鲜血、尚有余温的狼尸，咬了咬牙道，“他速度那么快，这大半夜的，我们就算找到他也没用。况且，之前那商队加护卫总共六人都遭了他的毒手，我们就这么十几个人……恐怕也有危险。”

“大人，那您说怎么办？我们听您的。”

“对！我们都听您的！”

“十几个人的命案不是小事，这件事肯定不能就这么算了。”将尉微微点了点头道，“不过，也要小心谨慎，不能再徒伤人命。那么大的猴子，说不定已经是猴妖了。”

“猴……猴妖？”听他这么一说，在场的猎人顿时都吓得缩了缩。

“是妖怪……不会吧？”

“那可怎么得了？”

一群猎人，只要是野兽，别说猴子，就算是满山的狼群他们也不怕。可如果是妖怪……那事情就不一样了。

转眼之间，众猎人身上原本高亢的士气已经消失不见，转而换上的是掩不住的忐忑。

将尉笑了笑，伸手拍了拍一个猎人的肩：“别怕，妖怪这东西也不是都厉害。以前我在豫州的时候就见过一只妖怪。有些妖怪，刚化形。这种小妖比人还不如呢。刚刚那只连套像样的衣服都没有，就算真是妖，也是只小妖罢了。”

“大……大人，您可别骗我们啊。”

“放心吧。”将尉瞧着满脸怯意的众猎人，无奈笑道，“我的想法是先回去，明天我用飞鸽传书给刘将军，让他派兵过来。有大军在，不用你们上场，这样可好？”

“这……这主意好。”那为首的猎人憨笑道，“我们哥儿几个，在此先谢过大人了。”

说罢，他拱手作揖。

其他猎人见了，也一个个连忙拱手：“谢大人。”

“不用这么客气，末将守土有责，这本就是分内之事，应该的。”说着，将尉带着一众猎人沿着来时的路往回走。

“不过……兵将不熟山路，到时候还得劳烦诸位带个路。”

“这个没问题，带路这种小事，我们哥儿几个包了！”

“对对对，带路没问题。您别让我们去打妖怪就行！”

六耳猕猴远远地注视着渐渐模糊的火光，松开了拨开杂草的手，悠悠地抬头望月。

“想杀我？要不，我先杀了你们好了。听着你们来的地方，像是有很多人啊。”

月色下，他舔了舔嘴唇，猫着脚步跟了上去。

此时，出于安全考虑，经历了整整一天长途飞行的猴子一行才慢悠悠地抵达女儿国国境。

界碑前，芸香已经带着自己的臣下早早地候着了。

“芸香参见大圣爷，参见圣僧！”

随着芸香拱手行礼，四周的一众兵将齐刷刷地跪了一地。

“参见大圣爷，参见圣僧！”

这一喊，猴子倒是没觉得有什么，刚刚从黑熊精背上落地的玄奘却微微吃了一惊，连忙双手合十回礼。

“都起来吧。”猴子大大咧咧地走过去，棍棒一拄，道，“你们怎么来了？谁告诉你们，我们今天到的？”

“没人说。”芸香福身，微笑着说道，“芸香已经带人在这里守了十五日了。”

猴子微微一愣，连忙干咳了两声道：“辛苦了。不过……其实没必要这样。你以前是我的臣属，现在已经不是了。而且，你还是个国王。”

“这是娘娘吩咐的。”

“她？”

芸香点了点头道：“娘娘交代了，芸香必须在这里等。一来，是让大圣爷看到芸香一切安好，娘娘已经履行了诺言；二来……娘娘希望与圣僧再见上一面，所以，特命芸香在此守候，生怕错过了圣僧。”

猴子面无表情地回头望了玄奘一眼，若有所思。

“娘娘相邀，玄奘荣幸之至。”玄奘双手合十，躬身道，“那就有劳女王带路了。”

正说着，一位女将牵来了一匹白马，却不是小白龙。

芸香往一旁退开一步，轻声道：“圣僧，请吧。”

“请。”

玄奘翻身上马，一行人缓缓地进入女儿国的国境。

一路上，猴子望着走在前方的玄奘，越发疑惑了。

“喂，你们那娘娘说过为啥见他吗？”

芸香摇头道：“娘娘不曾说起。”

“不曾说？那你觉得会是为什么要见他？”

“这……娘娘的心思，就不是芸香所能猜得透的了。”芸香掩着唇笑了笑，道，“不过，大圣爷大可放心。娘娘已经下令，在女儿国境内必须确保圣僧安全，既然娘娘都这么说了，肯定不会做出什么让大圣爷您担忧的事情来。”

猴子摸着下巴想了半天，也没想出个所以然来，到最后，只能索性不想。

玄奘勒停了白马，回首问道：“咱这是直接去见女娲娘娘吗？”

芸香道：“圣僧凡体，远道而来，自然是稍事休息，明日再见。”

“不了，不碍事，贫僧已经在花果山休养了多日，若是方便，贫僧想先见一见娘娘。”

“这……”芸香犹豫着说道，“这恐怕需要先确认一下。”

玄奘双手合十道：“有劳女王。”

芸香取出藏在腰间的玉简。还没等她贴到唇边，猴子便已经站到了她面前，一脸严肃地说道：“我也要一起去见她，帮我顺便通报一声。他们聊天，我在旁边听着，这应该不碍事吧？”

第六百四十章

坠入深渊的灵魂

夜风轻轻吹袭，艾草压弯了腰。

路边的草丛里，一只灰色野兔探出头来小心翼翼地观望着。

在女娲给了一个肯定的答复之后，一行人便沿着绵延的山道缓缓地朝位于母亲湖畔的女娲庙前行。

一路上，猴子总是有意无意地朝马上的玄奘望去。他实在想不明白一个泼妇在见过玄奘之后，态度为什么就彻底变了。

“他们究竟谈了什么呢？”

“大圣爷，您刚刚说什么？”一旁的芸香忽然别过脸来。

“没！”猴子连忙摆了摆手道，“我说你们女儿国的风景真不错，山好，水好，是个好地方啊。”

“那是当然。”芸香得意地说，“女儿国有娘娘的灵力滋养，又怎么是寻常地方比得？要不，大圣爷取完经到这儿定居？”

“啊？”猴子一愣，朝着芸香看了过去，蹙着眉头道，“我们几个都是男的，女儿国不是禁止男性进入吗？”

芸香红着脸，低着头，支支吾吾地说：“如果……如果是大圣爷的话，想必娘娘不会反对吧。”

说罢，她又小心翼翼地抬头朝猴子看去。可惜猴子的注意力又全在玄奘身上了，似乎压根没听到她说了什么。

这话还能再说第二遍吗？

她想了半天，只能无奈叹了口气。

不远处的天蓬稍稍加快脚步走到一位女将身旁，低声道：“这位将军，我想请问一下，我们之前带过来的那匹马呢？”

“你们之前带的马？”

“对，一匹白马。”天蓬伸手比画着。

好半天，那女将都没想起什么来。

一旁的女兵倒是伸长了脖子说：“你们带过来的马还在马厩里呢。”

“马厩？”

“对。刚开始的时候放在马厩里，后来……后来出了事儿了。娘娘不在，陛下也不在，有它一匹公马在，整个马厩的母马成天没完没了地闹腾。听说马夫把这件事上报给丞相了，问杀还是不杀。”

天蓬吓了一跳：“然……然后呢？”

“听说丞相也拿不定主意，最后给批示说阉了就好，留它一条命。”

“阉……阉了？”天蓬的脸微微抽了抽，没再往下问了。他咽了口唾沫，放慢脚步等身后的卷帘跟上。

“你听到了？”

“听到了。”卷帘拼命忍住不笑，支支吾吾道，“手断了好办，接手的术法我都懂。可那啥……断了，元帅懂接吗？”

“我也不懂。”

两个人对视了一眼，实在忍不住了，一阵大笑。

“元帅，你说这件事我们到时候要不要告诉他媳妇？”

“不能说，千万不能说。你想想，整个马厩的母马……”天蓬实在笑得不行了，只得跑到一旁撑着树干歇息。

“母马，还被阉……”走在最后的黑熊精憋了半天，悠悠叹道，“我现在觉得，中毒真不是件坏事啊。要是没中毒，指不定被阉的就是咱了。”

女儿国并不大，夜未深，一行人已经来到了母亲湖畔。拥有两千多年历史的女娲庙就在眼前了。

芸香走到最前头，转身将众人拦了下来。

“诸位，这里是女儿国禁地，这次只允许圣僧和大圣爷进入。还有，大圣爷，您恐怕必须将武器留在这里。”

玄奘与猴子对视了一眼，猴子微微点头，随手将手中的金箍棒重重地拄在一旁。

一击之下，金箍棒直接没入土中两尺有余。

“这样行了吧？”

一旁的女将伸长了脖子，指着猴子的手腕道：“您的手镯……这个好像也是法器吧？”

猴子低头看了一眼。

她所说的手镯，是金刚琢。

“这个是我不离身的东西，谁说话都不好使。”

“这可不行，两千年了，可从未有人敢带着兵器进入女娲庙。您……”

那女将还想往下说，却被芸香出手制止了。

“这是用来留念的饰品，不是法器。”

猴子悠悠地看了芸香一眼：“你认得这个？”

芸香抿着唇笑了笑，道：“这是风铃小姐的金刚琢。风铃小姐在齐天宫的时候十分照拂下人，所以……芸香肯定认得。”

猴子低着头摆弄了几下手腕上的金刚琢，无奈笑了笑：“那现在怎么样？我们可以进去了吗？”

“可……可以。”那女将点了点头。

“大圣爷，请吧。”

芸香迈开脚步，踏上了高高的台阶。身后，猴子与玄奘缓缓地跟着。

猴子小心地靠到玄奘身旁，低声道：“你猜，她找你是作甚？”

“这……贫僧也不知道。”

“你们上次还有什么话没说完吗？”

“贫僧真说不清，上次能说的，贫僧都说了，只是没来得及劝慰女娲娘娘。可……女娲娘娘似乎并不需要贫僧的劝慰。”

“算了，不问你了。问了也没用。”猴子摆了摆手走到一旁。

正当猴子在为见女娲而疑惑不已的时候，南赡部洲，一辆隶属天庭巡天府的马车，载着三个巡天将在一个小镇的上空缓缓游弋着。

标准的中土风格的小镇几乎看不见一丝一毫的灯火，空荡荡的街道上，一片落叶在微风的吹袭下轻轻飘动。

整个小镇安静得有些不可思议。

这个时代，只要是凡人的城邦，哪怕是大唐长安那样的繁华城市，到了这个时间点也会格外冷清。这种边陲小镇，按道理，即使空无一人也不足为奇。

可是，奇就奇在，这小镇中有一所房子燃起了冲天大火，火势随着风向蔓延，然而……却没有任何人救火。

不仅没人救火，甚至连个打更的都见不到。

“会不会……没有人？这儿附近发生过战乱吗？”

“没有收到消息，而且我们刚刚巡视了周围的村镇，并没有发现异常。再说了……经受战乱的城镇不是这样的。”

“有古怪，去看看。”为首的巡天将迅速下了结论。

“驾！”

一声清叱，四匹天马迅速掉转了方向，朝着小镇的一角掠去。

“那是什么？”

“哪里？”

还没等为首的巡天将发号施令，首先发现异常的巡天将已经轻轻一跃飞了出去。

另外两个巡天将只得找个地方将马车停下来，然后迅速下了马车过去。

在一棵大树下，他们见到了首先发现异常的巡天将。他正蹲在一具尸体旁。

“你们看，一个死人，死了还没多久。”那巡天将伸手将尸体整个翻了过来，细细地检查着，“血全被吸干了，死前似乎也没什么挣扎。全身上下只有脖子这里一处伤口，血都是从这里被吸走的，但这不是致命伤口，至少没办法立即致命。可以肯定，他在被吸血之前就已经死了，否则肯定会挣扎。会是什么东西干的呢？”

“魂魄呢？刚死的，鬼差还没来，魂魄应该在附近。叫出来问一问就知道了。”

半蹲着的巡天将悠悠道：“不用找了，我刚刚已经找过。这里不但没有他的魂魄，连半个游魂野鬼也没有。”

听他这么一说，另外两个巡天将同时吃了一惊。

“难道是修仙者的仇杀？杀了人，然后连魂魄一起毁灭？”

“多大的仇要杀那么多人？整个小镇一起陪葬？”那巡天将掏出手绢擦了擦自己摸过尸体的手，缓缓地站起来，扭头望向一旁的长街，“这不是我发现的第一具尸体，那一排的房子我刚刚检查过。所有的居民都死了，一个不留，连牲畜都没放过，而且……死法一致。如果是修仙者违禁干预凡间仇杀的话，应该知道我们只要翻一翻生死簿，他就怎么躲都躲不掉。这里有没有土地？”

“没有。申请好几年了，上面缺人，到现在也没派人下来。土地这行当啊，现在是越来越没人愿意干了。”一位巡天将无奈叹道，“凡间势力犬牙交错，跟妖怪闹嘛，就被妖怪杀；跟妖怪好了，又被天庭论罪。这是两面不是人的活儿啊。先回去吧，看情形，应该是妖怪了。报上去，看上面怎么说。”

为首的巡天将微微点了点头。

眼下这情况，也只能这么办了。

正当三个巡天将准备往回走的时候，忽然间，一声马鸣响彻了整个小镇。

“不好！对方还在这小镇里！”

顿时，三位巡天将纷纷亮出自己的长剑，兵分三路，朝着马车所在的地方冲了过去。

转眼之间，三位巡天将已经同时从三个方向将马车围住。

四匹天马悉数倒地，那正中，六耳猕猴正勒着其中一匹马的脖子在拼命地吸着血。

见对方不过是一只初生的猴妖，为首的巡天将稍稍松了口气。

可是，四匹天马加在一起也不是容易对付的。一只初生的猴妖，是怎么在这么短的时间里同时放倒四匹天马的呢？

想着，他挥舞手中长剑叱喝道：“住手！你这猴妖，竟敢犯下如此滔天大罪，还不速速就擒！”

六耳猕猴一愣，微微抬起头来，扫了三位巡天将一眼。

他舔了舔嘴唇，悠悠叹道：“这新来的三个……看上去更加可口啊。”

月色下，那沾满了鲜血的脸笑得无比狰狞。

第六百四十一章

礼　物

月色下，六耳猕猴缓缓地起身，抬手抹了一把嘴。

指尖处，几滴鲜血滴落在他脚下灰色的鹅卵石上，晕开了一朵梅花。

那环视三位巡天将的眼神之中，透着某种渴望。

一阵微风掠过。

不知为何，为首的巡天将竟感觉脊背发凉，他不由得后退了一步，有些忐忑地望向其他两人。

一位巡天将犹豫着开口道："他的灵力……好像有些不对。"

"哪……哪里不对？一只凝神境的小妖罢了，灵力低一些本就是正常。"

"他不是低……他是，没有。"

此话一出，在场的三位巡天将都不由得咽了口唾沫，缓缓拉开架势。

居中的六耳猕猴微微仰着头，笑嘻嘻地瞧着他们。

自从六百年前的那场大战之后，天庭衰败，派出的巡天将的数量比之先前少了整整九成，至今都没能恢复过来。不过，若是论个体的战斗力的话，现如今的巡天将比之大战之前的巡天将，实力却是还要强上许多。

原因无他，在一个妖族四处占山为王的世界里，如若派出的巡天将弱，到头来莫说巡天了，简直就是送羊入虎口。

在场的三位巡天将，其中两位都已经是炼神中期修为，那为首的，更是炼神巅峰修为，距离化神境仅一步之遥。

可是，就是这样的三位巡天将，这种距离之下竟然丝毫感觉不到对方的灵力波动……这已经不仅仅是隐匿修为那么简单了，这是彻底的修为压制。

只一瞬间，三位巡天将的态度已经发生了根本性的转变。

豆大的汗珠从额头缓缓滑落，为首的巡天将紧了紧剑柄，轻声道：“您……您是哪位妖王座下的将军？”

“嗯？”六耳猕猴的眼睛缓缓眯成了一条缝，意味深长地瞧着对方。

为首的巡天将稍稍鼓起勇气，轻声道：“这里是大唐国境，按照天庭与牛魔王、九头虫、鹏魔王、狮狔王、猸狨王的约定，是不允许妖族踏入的。如若误入，还请速速离去，以免……以免伤了和气。”

“伤了和气？”六耳猕猴明显笑得更欢了。

见状，三位巡天将不由得微微蹙了蹙眉头，面面相觑，不明所以。

六耳猕猴忽然开口问道：“你们也是住这里的吗？”

“啊？”

六耳猕猴指了指自己来的方向，舔着嘴唇道：“我是从那里跟着他们过来的，然后就找到了这个地方。你们呢？你们住哪里？那里也有很多像你们这样的人吗？”

一时间，三位巡天将都被问蒙了。

“这怎么回事？难道……他真的只是只小妖？好像什么都不懂啊。”

“也许……也许是在装傻。”

为首的巡天将心中的不安越发深了，他支支吾吾地说道：“您若是不肯离去，到时候陛下怪罪，战祸再起……事情因您而起，恐怕，您也不会有好果子吃，对吧？反正这里也不会有什么您想要的，您离开，我们……我们就当没见过您。如何？”

六耳猕猴微微挑了挑眉头，道：“你在怕我？”

听他这么一说，三位巡天将不由得瞪大了眼睛，又往后退了一步。

“这样，你们回答我一个问题，我就放你们走。”六耳猕猴歪着脑袋，直截了当地说道，“你们住的那个地方，离这里远吗？”

没有人回答。

一时间，整个场面僵住了，三位巡天将面面相觑。

“回答我。”

顿时，一股强大的气息从六耳猕猴身上释放出来，不断上涨，仿佛没有止境一般。

“您是……猕猴王？”

三位巡天将都呆住了。

他们最担忧的事情，终究成了真。

隐隐地，三人的手脚都在微微颤抖。

六耳猕猴面无表情地重复道：“回，答，我。”

为首的巡天将再也坚持不住了，无奈之下，他只得深深吸了口气道：“很……很远。”

“很远？那……那里像你们这样的人多吗？”

“多……多。”

“你们经常会到这里来吗？”

“有时候。”

“怎么样才能让更多你们这样的人来？”

这诡异的一问一答，三位巡天将完全摸不着头脑，却又不得不答。

为首的巡天将憋了好一会儿，鼓起勇气道：“您说……您说回答了您的问题，就放了我们，是真的吗？”

六耳猕猴微微点了点头，继续面无表情地瞧着对方。

那巡天将咽了口唾沫，朝着自己的两个属下望了一眼，硬着头皮说道：“您说话算数，我们说话也算数。这一趟回去，绝不会上报，也不会走漏任何风声。只要您把那边的庙砸了，上头立即会派人过来。”

“是那个？”六耳猕猴指着旁边的一栋建筑道。

“对，就是那个。”

“行，我明白了。”六耳猕猴深深吸了口气，望着那土地庙一动不动地站着，似乎在思考着什么。

巡天将小心翼翼地问道：“我……我们可以走了吗？”

他的眼中充满期待。

然而，他的希望落空了。

就在他话音刚落的一刹那，六耳猕猴一个转身，朝其中一位巡天将扑了过去，他双手稳稳抱住对方的脸，瞬间将精气吸走。

下一刻，六耳猕猴又凌空一个翻转落到另一位巡天将的身后，硬生生将他的头强扭向后方，吸去了精气。

再然后，六耳猕猴来到了为首的巡天将面前，一把扼住了对方的咽喉。

这一连贯的动作都在一瞬间完成，竟快到三位巡天将连丝毫的反应都无法做出！

那最后剩下的巡天将，只能惊恐地睁大了眼睛，看着两位属下的身躯缓缓倒地。

“您……您说放我们走的……”

“不好意思。”六耳猕猴的脸上绽开了笑，他一字一顿地说道，“我改变主意了。”

乳白色的精气瞬间从巡天将的眼耳口鼻中倾泻而出，那脸上的神情，还凝固着最后的惊恐。

身躯缓缓地坠地。

月色下，六耳猕猴弓着身子，如同一匹饿狼一般撕咬着，继续享用着自己的大餐！

幽暗的地宫中，一缕缕绿光照耀。

玄奘静静地站着，微微抬头仰望翡翠壁。身后，猴子来回地踱着步，抓耳挠腮，目光在边边角角上来回扫视着。

“我说，你真在这里待了几千年啊？亏你受得了。要是我，早死了算了，大不了重新投胎。”

“你不是也在五行山下待了六百五十年吗？”女娲的声音从翡翠壁中缓缓传来。

“那不一样，五行山下，起码还有点绿意看，隔个几百年还能吃上一个橘子。”

女娲一下被逗笑了，道：“怎么，本宫这里还不够绿？”

女娲之前一路喊打喊杀的，这一笑，反倒是猴子有些不习惯了。

猴子瞧着翡翠壁，叉着腰，悠悠叹道：“说点实在的吧，叫我们来，啥事？”

“本宫没叫你来，是你自己要来的。”

“行吧行吧，那……你叫他来啥事？”

绿壁之中，一个巨大的黑影迅速掠过，只一会儿，又重新出现在翡翠壁上，悬停半空。

这，应该就是女娲了吧。

隔着厚厚的翡翠壁，猴子能看清的仅仅是轮廓，粗略估计，女娲真正的体型可远比她的魂魄要大得多啊。以猴子的身高，也不过她一臂的长度。

“你这猴子，会一路随玄奘法师西行，护佑于他？”

猴子的眉头都蹙成八字了：“先前你不知道我是谁，现在连我被压五行山都知道了……不用说，肯定是我那师父什么都告诉你了。还用问这话？”

女娲伸手一指。

一直站在一旁的两位侍女中的一位迈着小步缓缓来到猴子身前，呈上了一个小巧的木箱。

“这个，就当本宫送给菩提老儿弟子的见面礼了。”

猴子有些错愕地瞧了瞧侍女手中的盒子，又抬眼瞧了瞧女娲。

“怎么？不接受？”

猴子悠悠道：“送给我的我就收，反正你也给我们添了不少麻烦，赔个礼，道个歉，也是应当。如果是沾老头子的光才有的，不收。”

“大圣爷。”还没等女娲说话，玄奘便已抢先开口了。他连忙接过侍女手中的箱子，对着女娲躬身道：“贫僧替大圣爷谢过娘娘。”

被玄奘忽然来这么一出，猴子一时间也有点蒙了，却又不好当着外人的面驳了玄奘的面子，无奈，只好努了努嘴别过脸去不看，权当默认了。

女娲淡淡笑了笑，接着说道：“这礼物可不只是给他一个人的，里面是双份。斜月三星洞一门，一十一个一代弟子，到如今，也仅存两人了。那当中的另一份，是给清心师侄的。”

“还送她了？”猴子扭过头来瞧了女娲一眼，又很快再次别过脸去。

玄奘躬身谢道：“请娘娘放心，贫僧一定代为转交。”

女娲微微点了点头，轻声道：“此去灵山，路途遥远，一路上，恐怕多有磨难。本宫相信玄奘法师证道的决心，但……人，总是会变的，或变好，或变坏，也许，有一天，玄奘法师也会变得连曾经的自己都不认识。所以，本宫也给玄奘法师备了一份礼物。”

玄奘微微蹙眉。

随着女娲伸手一指，另一位侍女迈着小步朝着玄奘走了过来。

这一次，那侍女直接将木盒打开了。

展现在玄奘面前的，是一颗拇指般大小、鹅卵石形状的绿翡翠。

“这是藏心石，有一天，如果你忘却了原本的决心，它能帮你记起今日的所思所想。”

第六百四十二章

翡翠鸳鸯

荒漠的风缓缓地吹着，头顶的星辰微微闪烁。

猴子坐在篝火旁用树枝轻轻挑动柴火，看入了神。

按照他的盘算，本是想借着这个机会了解一下女娲和玄奘究竟谈了些什么的。然而，女娲却什么都没说，只是送了两个盒子，给了玄奘一点祝福与鼓励。

那感觉，就好像先前那场轰轰烈烈、跨越三个洲的争端压根就没发生过一样。

这变化……是不是有点大了？

女娲明显是一个和自己一样执拗的人，她能为了区区一个芸香，为了自己的威严和猴子战个天翻地覆，从西牛贺洲战到东胜神洲，从一重天战到六重天……这样一个人，怎么可能随随便便改变主意呢？

猴子怎么想都想不明白。

告别了女娲，又在女儿国休息了一晚，次日一早，一行人便又匆匆上了路。

临行前，芸香很细心地给玄奘备了一大堆沿途所需的物品，这样一来，黑熊精又有行李可以挑了。

这应该是离开黑水河至今，这支队伍最好的状态了吧。

玄奘所有的家当几乎都在黑水河被河水冲走了，上了岸，又带着一个浑身是伤的鼍洁拖油瓶。到了车迟国，则干脆全员负伤。

好不容易养好一点了，到了女儿国，遇到个女娲，直接被打得全员跑路……

在花果山休养了这么多天，现如今，整个队伍里除了小白龙还有点“小伤”之外，状态比之之前已经好得不是一丁半点了。至少天蓬等人的战力再不用猴子操心了。

不过，猴子却依旧开心不起来。

女娲的转变，实在太突然了，突然到猴子很难接受，甚至已经多多少少存着一些疑虑了。

“这个女娲，该不是想要什么手段吧？还是说，我那哎呀师父跟她说了什么……”

想了许久，猴子狐疑地朝一旁的玄奘望了过去。

此时，玄奘正在一旁细细地琢磨着女娲送给他的礼物——藏心石。

“给我看看。”猴子将手伸了过去。

玄奘愣了愣神，也没多犹豫便将手中的藏心石递了过来。

这是一颗晶莹剔透的翡翠晶石，如果不细看，与一般的翡翠也没多大区别，但只要拿在手中，立即就能感觉到异样——这翡翠摸上去像一块冰。

擦去表面凝结的雾珠，借着月光，猴子可以清楚地看到晶石里面有无数细小的法阵和咒文悬浮着，运转着，就好像里面是一个小小的宇宙，而这些咒文、法阵，则是宇宙之中的星辰。

猴子拿着藏心石，上看下看，左看右看，瞧了半天，却也没看出个所以然来。

不过，这应该也是意料之中吧。

这东西，很玄妙。以猴子原本就浅薄的悟者道修为，想要鉴别女娲这种段位的大能制作出来的法器，肯定是不可能的。更何况女娲刻在藏心石内部的咒文跟猴子在斜月三星洞所学到的，压根就是两个派系。

“是不是该找个人鉴别一下呢？”

猴子蹙着眉头，恍然发现道家的一众大能里，自己就没一个真正可以推心置腹的。

元始天尊和通天教主那俩老头就别说了，至于和太上老君，一直就是一种微妙的关系。就算他愿意解说，猴子也不一定敢相信，弄不好一个不小心，又是一个大坑。

剩下来的两个，一个镇元子，虽说关系不算糟糕，但也绝谈不上有多好。另一个就是自己的师父须菩提了……

猴子翻了个白眼，悠悠叹道："比起他，还是太上老君和镇元子更可信一点啊。"

"怎么啦？"天蓬缓缓地走了过来。

猴子抬起头看了天蓬一眼，指着手中的藏心石道："这东西你看得懂吗？"

"看不懂。"天蓬摇头道，"这里面的符文，既非出自阐教，也非出自截教，倒是跟佛门的有些相似，却又不是。"

"得好好研究研究，看看怎么用。"

"女娲娘娘不是已经教了贫僧怎么用了吗？"一旁的玄奘轻声道，"怎么还要研究？"

猴子瞧了玄奘一眼，哼笑道："她说你就信了？"

"为何不信？"

"万一她是要害你呢？"

"女娲娘娘不会的。"玄奘轻声叹道，"有心创造三界生灵之人，又怎么会害贫僧呢？"

说罢，玄奘提着衣摆站了起来，伸出双手，静静地注视着猴子。

这是向猴子索要藏心石的意思了。

无奈，猴子只得努了努嘴，交了回去。

"你会忘记现在普度的决心吗？"

"不会。"

"那你要这东西何用？"

"既然是女娲娘娘的一份心意，贫僧自然要接受。"说着，玄奘已经将藏心石收了起来，转身离开。

猴子无奈摊了摊手，转而拿起了女娲送给自己的那个木盒子，细细打量着。

"怎么啦？"一旁的天蓬伸长了脖子问。

"我在看有没有机关。为啥他的在地宫里就打开给他看了，还传授了用法，我的却连打开都没有呢？"

“你这疑心病也太重了吧？”天蓬盘起手，哼笑道，“好歹是女娲娘娘，用得着使这种下三烂的手段吗？”

“西边那个还是如来佛呢，又有多光明正大？”猴子当即抬头白了天蓬一眼。

他低下头，又细细地琢磨了起来。

不远处，小白龙面如死灰地坐着，时不时拉开自己的裤裆看一眼。

那心，在翻滚啊。

“别伤心了，没啥。不就是……那啥吗？”卷帘伸手递了一个水壶给他，面无表情地说，“其实也就几天的事儿，有什么解决不了的？你不是已经让你表弟赶紧送药来了吗？放心，我们不会告诉你媳妇，你在马厩里干过啥的。其实啊，这是好事儿，真的，要不是切了，指不定大圣爷还不愿意把你变回来呢。”

卷帘说着说着，一个没忍住，笑了出来。

小白龙抬头狠狠地瞪了卷帘一眼，一把夺过他手上的水壶，恨恨地说道：“好事儿？没啥你怎么不切了呢？”

“我……我没事儿切来干吗？”卷帘摇头摆手地走开了。

远处，黑熊精一个没忍住也笑了起来。

小白龙的脸当即涨得通红，怨恨地瞪了猴子一眼。

此时，盒子已经打开，猴子瞧见里面的东西，不由得一愣。

“这是……两只鸭子？”

“这是翡翠鸳鸯。”

“我知道是鸳鸯，我是说，她送两只鸳鸯给我干啥呢？”

小白龙抬起头，一脸诧异地看着天蓬。

一时间，两个人都愣了。

天蓬摸着下巴，想了好一会儿，开口问道：“她说里面有两件，一件给你，一件给你师妹清心。这里面只有一对翡翠鸳鸯，也就是说，每一只，按照女娲娘娘话里的意思，就是一件礼物。把一对鸳鸯拆开送给两个人……这，我们昏迷的时候，你是不是和你师妹干什么了？”

“没有！”猴子一下叫了起来，“我能和她干什么？我就是找她帮了个小忙而已。女娲总不至于因为我找她帮了个小忙，就误会了吧？”

“这不可能。”天蓬摇摇头，“女娲娘娘是什么人物，这鸳鸯，也不是能随便乱送的。她这么做，肯定有原因。”

“什么原因？她甚至可能压根就没见过清心。死老头连我被压五行山下的事情都告诉她了，她不可能不知道我之前的事。这种东西就算要送，也应该送给我和杨婵。再不济，也是送给我和兜率宫那个‘雀儿’。你说对吧？”

猴子仰着头，与天蓬默默对视着。

片刻之后，猴子忽然惊得张大了嘴巴，天蓬也似乎忽然意识到了什么。

“难道说，她的意思是……”

“有可能！”

此时，女娲庙地宫之中，须菩提正静静地站在翡翠壁前。

壁中，女娲缓缓地游着。

“自己的徒弟，想说件事，居然要绕这么大个弯子，让本宫去替你送什么鸳鸯。”

“你是不了解我这徒弟啊。”须菩提抖了抖拂尘，无奈地笑了笑，道，“我这当师父的过去跟他说什么，他哪里会信？这事，得他自己先怀疑，然后自己去查。查真切了，他才会相信。”

“怪只怪你当初算计他，算计得太狠了。否则师徒之间，哪至于将关系闹得如此僵？不过，这件事若是他知道了，你们师徒的关系，就多少能修复一些吧。至少，你把对他最重要的还给他了。”

“也许吧，另一个不愿意说，这事情，只能我这当师父的亲手来办了。”须菩提捋着长须，淡淡笑了笑，“不过，现在还不是时候。那猴头现在就是憋了一口气，若不是惦记着往日的仇怨，又忧心有朝一日不小心闹出点什么来，如来会对华山的杨婵不利，以他的性格，又怎么可能心甘情愿地陪玄奘走这一遭，处处受掣肘呢？算是先给他一个暗示吧，让他心中先存着这份疑虑，等到西行结束之后，再找个机会让他知晓。”

第六百四十三章

您是大圣爷？

日子又是一天天地过，西行路漫漫。

每当夜幕降临，一行人端坐在篝火旁的时候，猴子总会拿出那一对翡翠鸳鸯细细地看，看得入了神。

那个叫“清心”的师妹确实有些异常。须菩提收她为徒不奇怪，毕竟须菩提本就好为人师，在自己之前，也有几个徒弟。已经退隐的太上老君收她为徒也不奇怪，毕竟兜率宫的那一众童子都是太上老君的徒弟。多一个少一个，又有什么区别呢？

但两个大能收同一个徒弟，就很奇怪了。这种事情，在整个修仙界几乎是前所未见的。莫说大能了，就连杨婵改换门派，凌云子都得带着人登门送礼。这个清心何德何能，竟能同时维持着两个师父，而且两个师父似乎对此一点都不介意；不仅不介意，还很宠她，简直当成宝贝一样。这从清心浑身是宝就可以看出来了，无论是当日的斜月三星洞还是兜率宫的童子们，谁能有这种待遇？

现如今回想起来，清心本身的举动也确实有些异常。例如，跟自己明明就是冤家一样的人，见面必吵，为何还会在听到自己有危险的时候第一时间赶过来呢？斜月三星洞的优良传统发作吗？

猴子自问如果清心出事求到自己头上，自己也肯定会顾及同门之谊出手搭救，但怎么都不可能给她好脸色看。然而，清心那天的表现，分明是示弱了……

那应该是一个被宠坏的小公主啊……这样一个人，怎么可能轻易示弱呢？

猴子越想越觉得可疑。

类似的点还有很多，例如，她曾经跟自己说过的一些奇奇怪怪的话等。

猴子可以随时恢复天道修为，他是毫无疑问的三界第二人。以这样的身份，他做起事情来根本无须顾忌绝大多数人的感受。也正因为这样，一直以来清心身上的种种异常他不是不知道，而是懒得去想，压根没打算去想罢了。

如果不是因为西行，他会选择用武力去解决一切让他感到不愉快的事情。对他来说，武力是他的强项，也是最直截了当解决麻烦的方法。要知道，他可没玄奘那种去细细了解每一个人，然后寻求最妥善的解决之道的耐性。

然而，现在两只平凡无奇的翡翠鸳鸯摆在面前……

这应该是女娲的某种暗示吧，猴子对那个叫“清心”的师妹身上的种种异常已经无法视而不见了。

究竟在什么情况下，会有这么多的异常，同时出现在一个人身上呢？

想来想去，能同时解释所有情况的答案似乎只有一个，那就是……她根本就是“某个人”的转世。

“那几个老鬼……不会真的有本事把已经魂飞魄散的人的魂魄重新收集回来吧？这可能吗？”猴子反复摩挲着手中的玉简，眼睛缓缓眯成了一条缝。

他忽然想起自己跟清心打交道过程中的种种不愉快，想起自己曾经对清心说过的那些冷嘲热讽的话，想起在花果山的时候清心愤然离去的场景……越想越觉得头皮发麻。

“要真是的话，可怎么办啊……她现在一定恨死我了。我怎么……怎么就不知道多留个心眼呢？”想着，猴子猛地抓头。

“是不是，问一问是最直截了当的办法。”天蓬端着一碗热汤坐到猴子身旁，悠悠道，“问一下，错了，顶多是丢点面子。不问，就什么机会都没了。你能为她杀上三十三重天，总不至于拉不下脸尝试一下吧？”

“拉不下脸……”猴子摇了摇头，无奈哼笑道，“要说丢脸，我六百多年前被压五行山下，什么脸都丢尽了。一定没人告诉过你吧？我还曾经求过如来，只要他肯收手，给他当狗我都愿意。可惜……他没要。”

天蓬淡淡地看了猴子手中的玉简一眼，道："那你还犹豫什么？"

"犹豫着那几个老头是不是又准备耍我。这种事他们不是没做过。弄一个似是而非的疑局，甚至让清心以为她自己就是风铃，就是雀儿……当初太上老君不就打算这么做吗？兜率宫的'雀儿'，就是一个失败计划的产物。"说着，猴子抬头望了一眼漫天星辰，"还有，犹豫着……我头顶那把剑。"

"哪把剑？"

"如来。"猴子拉长了声音，无奈地笑了笑，道，"普天之下，我唯一担心的就是他。这当第二啊，远比当第三难。因为第一头顶没人了，他可以一副心思地盯着你。一旦有个行差踏错，到时候……呵呵，死的人就多了。还是等西行完了，一切都稳定下来再说吧。现在去了解，万一真的猜中了，又不小心将她卷了进来，怎么办？"

天蓬伸手拍了拍猴子的肩，笑道："你也太小看佛祖了吧？当得了佛祖，你都能猜到的事情，他能没猜到？真相只会有一个，你知不知道，西方都会知道。如有必要，无论你愿不愿意，都有人会将她卷进来的。如此一来，不如早早知道。至于是不是计谋……这个，你恐怕要亲自去确认了。"

说罢，天蓬便起身离开了。

猴子瞧着天蓬远去的背影，又看了看远处正整理着行李的玄奘，低头看着自己手中的玉简，无奈叹道："问了……她要是回答'是'，我该回答什么？信，还是不信呢？"

种种思绪纠缠得猴子头皮一阵发麻。

眼下，又是一宗谜案。而他甚至不知道自己该不该在这时候出手去解。

也难怪修仙者越来越不喜欢行者道了，别说那些对悟者道一窍不通的，自己这好歹有点基础的都快被玩死了，换了他们……还不是一扭一个准？

猴子望着漫天星辰，许久，却只能发出一声叹息。

正当猴子还行走在荒原上为忽然得到的信息纠结不已的时候，在南赡部洲的上空，风雨已经在快速凝聚。

星空下，整个小镇已经变成了一片废墟。

"你究竟是谁，为什么要猎杀巡天将？"一位浑身鲜血淋漓的天将手持长剑站在空荡荡的大街上呼喊着，在他的脚边，倒着几具天马的尸体。

那脚在微微颤抖着。

整整六组巡天将，十八人前来搜索失踪的同僚，结果……现在就只剩下他一个了，而他甚至连对手长什么样都没看清，这叫他怎么能不怕呢？

忽然间，一个身影从街角处闪了过去，那巡天将吓得汗毛都竖起了，连忙嘶吼道："出来！你给我滚出来——！躲躲藏藏，算什么好汉！"

然而，一阵微风扫过，两片落叶飘起，根本没人搭理他。

整个城镇静悄悄的，只剩下呼呼的风声。

望着夜色下如同恶鬼在张牙舞爪的屋檐，他隐隐地产生了怯意，握着长剑一点一点地后退。

那目光往四周不断扫视着。

云端，一位一直在监视着整个小镇的年轻天将扶着腰间的长剑就要向前，却被身后的同僚一把拽住了。

"不要去。"身后的大胡子天将死死地盯着下界的小镇，"这件事恐怕没我们想的那么简单，再看看。"

"这样下去，他一定会没命的。"

"你要是去了，说不定你也会跟着没命，到时候还让谁回去报信？"

"抱歉，我干不出抛弃同僚的事情！"

说着，年轻天将便要挣脱大胡子天将的手，大胡子天将用力，丝毫不准备放他出去。

正当两位天将在云端争执不休的时候，小镇中又一次出事了。

长街上，那巡天将终于承受不住心中的恐惧，一个转身飞奔了起来。正当他要腾空而起，彻底逃离这个恐怖的地方时，忽然间，一个身影出现在了他的前方。

那只是一瞬间的事情。

还没等他看清楚对方的模样，浑身上下的灵力已经瞬间如同决堤的江水一般宣泄出去，整个人栽倒在地，不省人事。

云端上的两人同时呆住了。

他们瞪大了眼睛，惊恐地看着，看着下方的长街上，一只浑身长着暗金色绒毛的妖怪趴在巡天将的身上吮吸着鲜血。

“这是什么东西？”年轻的天将连忙侧过脸去。

一旁，大胡子天将拽着他胳膊的手越发用力了。大胡子天将的身躯微微颤抖着，只是不断地嘟囔着：“冷静，冷静……这是一只妖怪，而且……极可能是妖王，千万不要冲动，否则我们一起死在这儿。”

许久，等到那趴在巡天将身子上的妖怪终于吸饱了血，伸了伸懒腰，打着饱嗝箕踞在地的时候，云端的两人终于借着月光看清了他的脸——

“这是……这是齐天大圣孙悟空？”年轻的天将眼角猛地抽了抽，倒吸了一口凉气。

“快走……”大胡子天将压低声音道，“他是大罗混元大仙境，即便是这样的距离，只要他想，一样发现得了我们的。”

再也没有丝毫的幻想了，两位天将迅速转身，压制着自己身上的灵力波动偷偷地朝着南天门的方向遁去。

此时，小镇上，六耳猕猴忽然注意到街角已经散架的天军战车上，有什么东西在微微蠕动着。

他稍稍犹豫了一下，叉着腰一步步走了过去。

这玩意儿他很早就注意到了，只是因为没什么威胁，所以一直没管。

他晃晃悠悠地走了过去，很快，六耳猕猴在战车上看到了一块灰黑色的麻布，里面似乎有什么东西在挣扎着。

他伸手掀开麻布，映入眼帘的是一只被五花大绑的山羊精。

看到六耳猕猴，只一眼，山羊精便整个呆住了，他呆呆地眨巴着眼睛道：“您是……您是大圣爷？”

第六百四十四章

行　动

“大圣爷？”六耳猕猴一愣，嘴角微微上扬，脑海中猛然闪过地藏王曾经说过的一句话：“这个世界上，有另一个你。”

“大圣爷，您不记得我啦？”山羊精望着六耳猕猴，已是热泪盈眶。他收了收神，尴尬地笑道：“大圣爷不记得小的也是正常，也是正常。不过，大圣爷您一定记得，您上天任职的时候，五妖王被流放到南赡部洲的一角吧？那时候天庭给了咱千里禁地，咱就分了南赡部洲的一角给他们。”

“哦？”六耳猕猴笑嘻嘻地瞧着那山羊精。

“三圣母怕五妖王作乱，让小的日夜监视他们呢。后来，五妖王被咱花果山收了编，小的也没懈怠，一直都在监视他们。只是再后来花果山散了，小的就……小的就……那几个家伙果然反了，三圣母说的果然没错，他们就是窝里反的货，必须时刻提防。可惜那时候已经……他们就算临阵脱逃，小的也已经不知道该向谁求助去了……”

说到这儿，山羊精已是一把鼻涕一把泪，不能自已。

六耳猕猴微微躬身，将山羊精整个翻转过来，解开了他身上的绳索。

“你刚刚叫我大圣爷，现在……你来给我讲讲我这大圣爷的事情吧。”

“讲讲大圣爷的事情？”山羊精呆呆地看着六耳猕猴道，“大圣爷，您的事情，小的知道的也不太清楚啊。”

六耳猕猴注视着山羊精，缓缓说道：“没事，就讲讲你清楚的。哦，对了，顺便讲讲你说的那‘五妖王’，他们还活着吗？都在哪里？”

南天门城楼，一阵微风拂过，旗帜扬起，迷雾散去。

两位天将匆匆来到李靖面前，单膝行礼。

“卑职，参见李天王！”

台阶上，李靖伸手将一份刚刚送来的军情谍报递给一旁的持国天王，一步步走下台阶。

他缓缓地踱着步，一面望着南天门外变幻的流云，一面问道：“你们就是回来的人？”

两位天将拱手道：“回天王的话，正是我等。”

“按照巡天府府丞所说，你们见到了那个猎杀巡天将的妖怪？”

“对。”两位天将连忙点头，小心翼翼地望着李靖。

“是谁？”

被这么一问，两位天将顿时有些蒙了，只是疑惑地望着李靖。

谍报上不是已经说了是谁了吗？为什么还问？

好一会儿，其中那位年轻的天将才缓了缓神，拱手道：“启禀天王，那猎杀巡天将的妖怪，正是妖王孙悟空。”

李靖站在两人的身后，悠悠道：“你们当时距离他多远？”

“十里开外。”

“十里开外，可曾感受到他的气息？”

“感受不到，他一直都是压制着灵力波动的。”

“见他之时，凡间是白昼是黑夜？”

“黑夜。”

“四周可有灯火？”

“未有。”

李靖点了点头，忽然拉长了声音，悠悠叹道：“黑夜，十里开外，没有灯火照明，又不曾感受到气息，你们是怎么断定对方就是妖王孙悟空的？”

两位天将顿时都呆住了。话到此处，李靖对他们证词的质疑已经再明显不过了。

年轻天将稍稍沉默了半晌，还是鼓起勇气拱手道：“启禀天王，虽无灯火，但明月当空，我等全神贯注于一处，不可能看错。而且，卑职任职天庭已有七百五十年之久，见过那妖王孙悟空三次。此妖祸害极大，便是化成灰，卑职都忘不了他的容貌。”

大胡子天将也连忙插嘴道：“卑职见过他六次。”

见两人言之凿凿，李靖也不再多问，只努了努嘴道：“行了，本天王已知道，你们下去吧。此事事关重大，不得再与他人说起。若是让本天王在外面听到什么流言蜚语，定要唯尔等是问！”

“诺！”

两位天将退出门外，李靖踱着小步，一步步回到自己的帅位前。

“天王。”立在一旁的持国天王轻声道，“这件事，您觉得可信否？”

“疑点甚多。”李靖淡淡叹了口气，坐到了帅位上，那双目眯成了一条缝，他缓缓说道，“首先，孙悟空此时应该身处西牛贺洲，日日护卫玄奘身旁，此事事发地，却是在南赡部洲。虽说以他的修为跨越整个凡间的距离也只是一瞬之间，可按照谍报，猎杀巡天将之事已不止一次。那妖猴怎么可能丢下玄奘常年埋伏在外，只是为了几个巡天将呢？这本身就不合情理。况且，按谍报所说，他们亲眼看到对方在吸血。你觉得，孙悟空为什么要吸血？吸血对他有什么好处？

“其次，即便他们看得真切，以他们的修为，十余里的距离，便是其他什么人有意挑弄是非，幻化出那妖猴的模样行凶，他们也未必能识破。

“这其三……十里开外，若是感知不到气息，便是我，也无法轻易分辨一只普通猴妖与妖猴孙悟空。夜色之中，光凭一轮明月，恐怕连绒毛的颜色都可能会看错。即便没人有意挑弄是非，他们又如何断定他们看到的猴妖，就是孙悟空呢？”

“如果是其他猴妖……”持国天王的目光飞速闪烁了起来，犹豫着说道，“三界之中，能一口气猎杀几队巡天将，让他们全无还手之力的猴妖，除了孙悟空便只有……”

“猖狨王、猕猴王。”李靖咽了口唾沫，无奈苦笑着，缓缓道，“主动攻击、猎杀巡天将，若是普通妖怪，也不是什么大事。毕竟，这些年，出事的巡天将早就不是少数了。可若是他们……孙悟空就不用说了，是他的话，接下来的事情我们压根就控制不了。猖狨王跟狮狔王、鹏魔王走得近，手下强将无数，真要硬拼，我们南天门倾巢而出都未必拼得过。即便是分量最轻的猕猴王，也与其他妖王有着千丝万缕的关系……这里面，无论哪一个，都可能意味着一场大战。事关重大，还得细细排查，早作打算才好啊……”

光听这话，持国天王的脊背便已经有了丝丝凉意。

李靖寻思了许久，轻声道：“我们兵分几路，我亲自负责试探那妖猴。你带上哪吒前往出事地点查探，他跟那妖猴还有几分情面讲，即便撞破了什么，也不至于痛下杀手。让多闻带人盯着猸狨王一支，看看有没有异常。增长负责查探猕猴王的下落，广目留守南天门。”

“诺！”

“还有，这些事，都得暗地里做，切勿走漏风声。”

“卑职遵命！”

与此同时，黄昏时分，玄奘一行人已经顺利地跨过数百里荒漠，进入一片辽阔的翠绿平原。

在平原的边缘地带，众人看到了一块界碑，上书：“求法国”。

一时间，猴子有些蒙了。这地名，他可真是一点印象都没有啊。西行路上有这么一出吗？

“你知道这是哪儿吗？”

一旁的玄奘翻身下马，半蹲下身子细细地打量了界碑一番，道：“从金山寺带出的地图上没有标记这部分，贫僧也从没听过。”

“有什么可在意的？”小白龙有气无力地叹道，“西行一路十万八千里，这一路上，芝麻大的小国多了去了，一会儿这里冒出一个，一会儿那里冒出一个，什么破名字都有。你以为都是东土大唐那样的大帝国，百年难得一见啊！”

猴子蹙着眉头想了想，道：“这么说也是。走吧，别耽搁了，希望今晚能找个落脚的地方。”

猴子牵着女儿国赠予的白马，一行人缓缓踏入了这陌生的平原。

走在最后的天蓬忽然一愣，刻意放慢了脚步。

待到与其他人拉开足足十余丈的距离之后，他才悄悄从腰间摸出了一块玉简，贴到唇上：“不是说了不要主动联系我吗？有什么事情需要告诉你们的，我会说的。”

玉简的另一端传来了李靖的干笑声：“哎，不好意思。你瞧我这脑袋，尽忘事。”

天蓬无语地笑了笑。

堂堂李靖李天王，可能犯这样的低级错误吗？别人可能会信，天蓬是说什么都不会信的。

他稍稍沉默了一下，轻声道：“说吧，究竟什么事？”

“你们走到哪儿了？”

“求法国，刚刚看过界碑。”

“哦？已经到求法国了呀。”

南天门城楼中，李靖以最快的速度摊开一份地图，找到了求法国的位置，他贴着玉简轻声笑道：“求法国，距离灵山已经不远了呀。很快，玄奘法师就能完成西行壮举，而元帅您，也就功德圆满了。恭喜恭喜，李靖在此给诸位贺喜了。”

玉简的另一端很快传来了天蓬冷冰冰的声音：“你想说什么，直截了当行吗？让孙悟空知道我手上有你的玉简，以后你就别想再直接联系我了。”

“其实……其实也没什么想说的。”李靖一边转悠着眼珠子，一边屏住呼吸，轻叹道，“李靖就是想问问诸位最近是否安好。”

“承你贵言，一切安好。”

“那，大圣爷呢？大圣爷是否也安好？”

“你说呢？”

李靖微微蹙了蹙眉头，只得硬着头皮接着说道：“大圣爷最近……可曾离开过？”

“离开？你想问什么？”

“没，就问一问而已。越来越接近灵山了，比之先前，玄奘法师更需要大圣爷守在身旁，若是有什么事情……有什么事情需要帮忙的话，李靖在三界之中也算有几分薄面，可以代劳。”

天蓬已经被问得一头雾水了，一时间竟完全不知道这老油条李靖在打什么算盘。

远处，卷帘忽然回头喊道："元帅，怎么啦？不走快点天就全黑啦。"

被他这么一喊，天蓬顿时吓了一跳，连忙将手中玉简收了起来。

待卷帘扭过头去，他又取出玉简，低声道："有话快说，直截了当，别再拐弯抹角了！"

"李靖就想问一句，自从女娲娘娘闹过天宫之后，大圣爷最近是否离开过。"

"没有！"

"确定？"

"确定！"

说罢，天蓬迅速将玉简收起来，提着九齿钉耙追了上去。

南天门城楼上，李靖放下玉简，缓缓松了口气，目光微微闪烁着。

"孙猴子没离开过，那是他的概率就小了。这天蓬下界六百多年，他的话也不能全信，还是要再细细试探一番才是。"说着，他伸手将站在一旁的卿家招了过来，道，"你来给我讲讲这求法国的事情，要快！"

"诺！"

此时，不仅仅是李靖，整个南天门镇守军的高层都已经行动了起来。

多闻天王带着零散的几名天将，正轻装简从朝着西牛贺洲狮犵国奔袭而去，准备查探三妖王的动向。

增长天王带着大队人马正在巡天府的旧档案库里来回翻弄，试图找出失踪已久的猕猴王的下落。

持国天王与哪吒，带着几名经验丰富的将领正以最快的速度赶往事发地点。

尽管他们的行动已经极为快速，然而，真相却在以更快的速度与他们失之交臂。

绿荫下，六耳猕猴耗费了整整一天的时间，反反复复地听山羊精讲述各种关于花果山的事情，这当中许多都是道听途说，简直一团浆糊。

不过，六耳猕猴至少确定了几件他在意的事情。

他眯着眼睛，有些笨拙地问道：“也就是说，你说的那几个……几个妖王，还有九头虫、吕六拐、多目怪……他们的实力比我刚刚杀的那些……”

“巡天将。”

“对对，叫巡天将，他们比那些巡天将要强很多，对吧？”

“对。”山羊精点了点头，呵呵地笑道，“不过，那都不够看的，在大圣爷您面前，就算他们全部都是大罗金仙又如何？还不……”

六耳猕猴一下伸出了手制止他继续往下说，接着问道：“而且，他们手下还有大批的妖怪，里面也有很多比那些巡天将强的？”

山羊精有些怔住了，越听越糊涂，只得重重点了点头。

“你知道他们在哪里？”

“小的……只能确定他们的大致位置，若要找，应该也不难。”

“有大致位置就行了。”六耳猕猴缓缓地笑了出来，笑得欢畅，“走，我们现在就出发，你带我去找他们！”

“大圣爷……您是要现在就去收拾那些叛徒吗？”山羊精顿时笑成了一朵花。

六耳猕猴笑嘻嘻地答道：“对，去找他们，收拾他们。”

辩法

第六百四十五章

求法国

深夜，一缕金光借着云层的掩护掠过天际，悄悄地朝着求法国的都城摸了过去。

夜色下，黑熊精端着一盆热水往屋里走，丝毫没有注意到天空中的异象。

一路走到房门口，他抬腿勾开虚掩的房门，跨了进去。

房间里，正在整理卧榻的玄奘见了，连忙说道："这些事贫僧自己来就好了，何必劳驾。"说着，他放下手中的被褥，走过来想要接过热水盆。

黑熊精却不由分说地挤开玄奘，一步步走到卧榻前躬身将水盆放了下去，道："玄奘法师一路辛苦劳顿，这些事让我来就好了。"

"贫僧劳顿，大家不也都劳顿吗？怎可……"

"不一样，不一样。"黑熊精摆了摆手道，"我们几个，都是有修为在身的。莫说走一天，便是走上十天半个月不眠不休，也不打紧。玄奘法师怎比得？"

说着，黑熊精低着头就往门外走，出了门，又随手将房门关上，只留下房中的玄奘淡淡一叹。

转角处的另一个房间里，天蓬透过窗棂远远地瞧着黑熊精，轻声叹道："你觉不觉得，黑毛最近有点太积极了？"

"积极吗？"猴子一脚踩在长椅上嗑着瓜子，悠悠道，"他一直都是这么积极，任劳任怨的。其实他本就是计划外的，硬加进来，结果……嘿，我都有点过意不去了。改日要是证道成功，回了花果山，非给他封个大将军当当不可。这老实人啊，也该让他威风威风不是？"

"原本也积极，只是，现在更积极了，特别是与玄奘法师有关的事，他总是抢着做。”天蓬盘起手缓缓转身，道，“话说回来，没想到这一段路居然这么顺利。这个求法国的人啊……黑毛直接露出本相，他们竟也不怕；不仅不怕，竟还肯让我们住到这宅邸里。若是寻常城邦，莫说黑毛，就是你，以这副长相相见，定少不了一场麻烦。”

“兴许我们苦尽甘来了呢？”说着，猴子吐掉嘴里的瓜子壳，伸手将一整盘的瓜子都倒到自己的兜里。

一旁的天蓬看得蹙起了眉头。

猴子抬起头，对着天蓬嘿嘿笑道：“我记得你不吃瓜子的对吧？既然不吃，那就都归我了。回头我把其他几个房间的瓜子也一起兜走。”

天蓬抿了抿唇，回头朝外面看了一眼。

“你喜欢就好，今晚还准备守夜？”

“我不守难道你守？我可不放心。越是平静，越是要小心。说不定啊，整个就是个局。”

说着，猴子已经出了门外，一跃上了屋顶。转眼之间，他已经在屋顶摆好了架势开始嗑瓜子。

不多时，一位拄着拐杖、头发花白、牙齿都掉光了的老人在一众家人仆从的簇拥下来到了玄奘的房门前。

屋顶上的猴子不自觉地伸长了脖子俯视院落中挤满的人。

各房中，卷帘、黑熊精、天蓬、小白龙也都有些意外地观望着。

一位仆人伸手敲了敲门，喊道：“玄奘法师，我家老爷来了，请开开门。”

很快，房门打开了。

看到这么多人，有男有女，有老有少，玄奘一时间也蒙了，连忙双手合十默默行礼。

门外的众人见了，也都连忙双手合十回礼，就连站都站不稳的老人也在家人的搀扶下颤颤巍巍地完成了礼节。

“诸位施主这是……”

“玄奘法师。”一位中年男子站了出来，又向玄奘行了一礼，侧身介绍道，“这位是家父。家父一向崇尚佛道，年轻时曾游离远近寺庙，遍访高僧，如今虽说年事已高，却也不敢懈怠佛修，每日早晚必诵经。听闻法师西行远道而来，正留宿家中，明日便要起程，所以……家父无论如何想在今夜见上玄奘法师一面。”

玄奘有些惊异地听完这段话，缓缓地朝一旁的老人望了过去。

那是一位看上去至少有八十岁高龄的老人，瘦得像骷髅一样，拄着拐杖的手几乎是在不停地颤。布满皱纹的脸上一双昏花的眼睛不停地眨着，好不容易挤出一丝笑容。

“玄奘法师有礼了。”他朝着玄奘微微躬了躬身子，用沙哑的声音说道，“老朽行动不便，未能远迎，还……还请玄奘法师见谅。”

看那模样，玄奘吓得连忙双手合十回礼：“老施主多礼了，玄奘何德何能？”

“玄奘法师过谦了。东土大唐至我求法国，不知几万里。法师能安然无恙，必是有佛祖庇佑之人，非寻常高僧比得。”老人家侧过脸看了一眼不远处给黑熊精安排的屋子，拄着拐杖，勉强往前挪了一步，“再看看与您一块儿的猴子与黑熊……那本是吃人的妖怪。如此妖魔，法师也能驯服，再加上西行十万八千里宏愿求佛之心，法师必是已悟大道的佛爷啊。”

“不敢当，不敢当。”玄奘连忙摇头摆手。

老人伸长了脖子，轻声道：“老朽有几个不情之请，想请法师为老朽解解惑。此惑困扰老朽已许多年，不知可否？”

闻言，玄奘连忙说道：“承蒙老施主不弃，予我等一个安身之所。老施主若是有什么想问的，玄奘知无不言，言无不尽。”

说罢，他往后退了一步，伸手道：“老施主，请。”

“老朽在此，先谢过玄奘法师了。”说着，老人又颤颤巍巍地行了一礼。

随着老人晃晃悠悠跨过门槛，一众家人仆从也都鱼贯而入进了玄奘的房间。

天蓬连忙推开房门走了出来，抬头望见屋顶的猴子。

“要不要进去看看？”

“不用，都是凡人，我一一鉴定过了。加起来可能还不够他打呢……你大概不知道吧，他还是有点防身之术的。”

听猴子这么一说，天蓬才稍稍放下心来，叹道：“这求法国的人，可真是对佛法推崇备至啊。一路上，还从未见过如此国度。”

“大概是因为越来越接近灵山的关系吧。”猴子整个横在屋顶上，撑着脑袋悠悠道，“西牛贺洲本来就是佛门的地盘，虽说他们本来没什么领地观念，也不想像天庭那样去管辖凡间，但……有些东西，总会扩散的不是？特别是对凡人。”

远处，黑熊精也推开房门走了出来，他站到玄奘的门口，小心翼翼地观察着房中的一举一动。

见此情形，天蓬不由得抬头与猴子对视了一眼。

此时，持国天王与哪吒一行早已赶到了出事的小镇上。

刚开始的时候，他们不敢分散，足足十二人全部聚在哪吒身旁，小心翼翼地对整个小镇进行探查。

一地的尸体，那惨景，果然如先前回报消息的两位天将所说的一模一样。哪吒不禁蹙起了眉头。

然而，他们并没有如同先前的那些巡天将一样遭到伏击。

很快，他们便发现小镇中压根已经没活物了，不仅仅是小镇中没有，连周边的山林里，也没有任何的活物，只剩下一具具的干尸。

少顷，一众天将都聚到了小镇里的空地上。

哪吒轻声道：“找到什么了吗？”

“没有，什么都没找到。全都死了，一个活口都不留。”

“有发现……猴毛吗？”

“没有。这一带的山林本身就没猴群，小镇上，周边，也没有发现一根猴毛。”

听完这话，哪吒不由得深深吸了口气。

一旁的持国天王轻声道：“三太子与孙悟空交过手，能判别出一点什么吗？”

“判别不了。”哪吒摇头道，“他从来没用过吸精气的手法杀人……这一般不是残存人间的冤魂才干的事吗？别说他了，就连猕猴王、猸狨王也不可能做这样的事。就算对天庭有敌意，杀凡人做什么？凡人也就算了，连其他生灵也不放过。而且，我不明白吸血有什么用。”

“那接下来怎么办？”一位天将开口问道。

“怎么办？”持国天王伸手摸了摸下巴，道，“反正也查不出什么，先回去吧。”

求法国边境的一处小镇上。

宅院中，玄奘将老者以及随老者而来的一众家人仆从都送出了房门。

老者紧紧握着玄奘的手，泪流满面，道：“法师真乃神人也，老朽求佛多年，这一辈子，还从未见过对佛理理解如此通透之人。假以时日，法师必登佛位！”

玄奘无奈笑了笑。

老者侧过脸去，对着自己的儿子道：“方才法师所说，可都抄录下来了？”

“都记下来了。”中年男子轻声道。

老者转过来看着玄奘，双手合十，在家人的搀扶下再次躬身行礼：“夜已深，老朽就不再打搅法师了。只望法师取经归来之时，能在老朽家中小住几日。届时，即便老朽已经西去，也请法师点化一下老朽的家人，助其脱离苦海。”

玄奘默默地双手合十，回礼。

老者带着众人拜别离去，临走之时，还一步三回头，似乎对玄奘明日便起程极为惋惜。

待老者走后，猴子当即从屋顶上跳了下来：“都说了啥？”

“一些……佛法论道而已。这么近的距离，大圣爷也听不见吗？”

“听是听得见，只是你们张口就是佛理，我懒得听，直接等着问你就是了。”

玄奘望着老者离去的方向，悠悠叹道：“老人家一心向佛，只可惜……”

“可惜什么？”

“可惜贫僧的佛法，未必是他想要的。”

说罢，玄奘淡淡叹了口气，转身进了屋。

“不是他想要的？”

这说的，大概是大乘和小乘的区别吧……

猴子摇了摇头，又一跃上了屋顶。

次日一早，老者带着一众家人仆从相送，许多街坊邻居也闻风前来，细数之下，竟有数百人之众。这浩浩荡荡的送行队伍，一送就是五里路，直到实在走不动了，才不得已停下脚步。末了，老者还一再叮嘱玄奘，归来之时，一定要到他府里做客。

玄奘只能点头应允。

不知为何，面对如此热情的信众，玄奘却愁眉不展。

告别老者一家，一行人又起程了。

他们离开小镇，慢慢悠悠地走了十余里路，黄昏时分，一行人总算来到了这个崇尚佛教的国家的都城。

当望见城门口的牌匾时，玄奘怔住了。

因为，那上面写着的是“灭法国”三个大字。

一队士兵匆匆出了城门，城门口的百姓四散逃开。

“快点快点！”队伍之中，一位将领骑在高头大马上吆喝道，“所有的寺庙一律查封！僧人充当徭役，庙产收归国有！不得有误！”

话音未落，那将领的目光已经落到了玄奘身上。

猴子的眼角微微抽了抽。

这变化……是不是太快了？刚刚才是“求法国”，一转眼间，就成了“灭法国”？而且还是从里到外彻彻底底地整个翻过来！

第六百四十六章

疑 惑

下一刻，那将领勒停胯下白马，用手中马鞭一指，吆喝道：“捉住他们！”

顿时，上百名士兵迅速分散，朝着猴子一行拥了过来。

猴子几乎是一动不动地站着，将玄奘挡在身后。其余人纷纷亮出武器将玄奘护在正中。只一会儿，一行人就被士兵团团围住了。

“怎么回事？难道我们不知不觉跨过国界，已经从求法国到了灭法国？”

“天知道。”猴子用手挠了挠脸，长长地叹了口气道，“就知道不会那么顺利，命途多舛啊。”

林立的长戟迅速让开了一条过道，将领策动着白马缓缓走了过来，停在众人跟前。

他悠悠地低头扫了众人一眼，目光掠过猴子与黑熊精身上时微微顿了顿，似乎有些吃惊，却并没有更多的反应，好像猴子与黑熊精根本就不是妖怪，只是穿着怪异了点似的。

他仰着头，高傲地问道：“你们不是我灭法国的臣民，到我灭法国来究竟有何目的？快快道来！”

玄奘振了振衣袖连忙走上前去，双手合十，躬身拜道：“贫僧名唤玄奘，自东土大唐而来，前往西天取经。”

“哦？”将领不由得一愣。

一时间，四周将众人团团围住的士兵们开始议论起来。猴子的耳朵微微颤了颤，隐约听见“高僧”“佛爷”等字样，不由得更加疑惑了。

这帮士兵明显是要去找佛门麻烦的，可从这语气之中，却听不出分毫的敌意。不仅没有敌意，更甚者，还有一丝丝敬意。

这又是怎么回事？

在高头大马上的将领瞧着玄奘似乎有些犹豫了，他悄悄招来自己的随从，压低声音耳语道：“快去禀报陛下，就说东土来了一个和尚，还带着两只妖怪。”

“诺！”

随从应了一声，掉转马头便穿越包围圈朝着城门奔去了。

紧接着，将领回头看了玄奘一眼，整了整衣冠，就这么抬起头，一动不动地骑在马上。分明是一副高傲的姿态，可时不时的，猴子却又发现他有意无意地看着玄奘，神色极为古怪。

猴子仰头稍稍往后退了一步，其余众人连忙把耳朵伸了过来。猴子低声道：“不太对劲。这些都是凡人没错，不过，总觉得哪里不对，好像在演戏一样。一样是灭佛，但跟车迟国的气势，那是差远了。总之，大家注意一点。”

众人默默点了点头，各自回归原本防守的阵位。

两方的人马就这么对峙着。

远远地，城门口的许多平民百姓都在围观，指指点点议论纷纷。

好几次，玄奘想开口说点什么，可对方似乎连一点听的兴趣都没有。既没兴趣听玄奘说什么，又没兴趣发动进攻，就这么干围着。

那气氛诡异到了极致。

不多时，随从快马赶了回来，穿入包围圈中在将领耳边说了几句。

“他们俩说什么？”小白龙低声问道。

猴子随口答道：“传达国王的几句话而已，你马上就知道了。”

正言语间，将领干咳两声，道：“吾王有令，即刻肃清全国寺庙，砸烂佛像，征发僧人服徭役，你这远道而来的和尚，可有异议？”

玄奘蹙眉道：“贫僧不解，佛门何罪，为何贵国陛下要如此为之？”

“这……这个末将也不清楚，总之命令是这么下的。这事儿，只有陛下知道。”

猴子拄着金箍棒站在一旁，悠悠地掏着耳朵，将耳屎准确无误地弹到将领微张的口中。

一时间，将领以为有飞虫遁入，骑在马上“呸”了半天。一众士兵疑惑地看着他。

猴子翻了个白眼，回头对着众人低声道：“演戏呢，看他们怎么演。”

好半天，将领似乎才缓过劲来，依旧一脸严肃地坐在马上。

玄奘躬身道：“既然只有贵国陛下知道，可否劳烦将军引荐一下，让贫僧寻了陛下问个清楚？”

“可以。”将领想都没想就回答了出来，紧接着，他迅速策动马匹后退，一招手，一辆马车迅速过来了。那感觉，就好像早已准备好，就等着玄奘这句话似的。

这是一辆空马车，两马拉车，干净整洁，瞧那车上的一应锦布装饰，这么一辆马车放在这小国之中，虽说比不得王公贵族，但最起码，也得是富贵人家才用得起，不可能随手就能征到的。

见到这辆马车的瞬间，就连玄奘也已经明显感觉到了某种异样，他连忙回头望了猴子一眼。

目光交汇的瞬间，猴子微微点了点头，示意他车上并没有危险。

得到猴子的首肯，玄奘这才提着前摆上了马车。

就在玄奘上车的瞬间，那马车夫竟还特地下车给玄奘放上了垫脚。

“驾！”

随着车夫的一声吆喝，车轱辘缓缓地转动起来。

猴子随口道：“走吧，看看他们玩什么花样。”

在一众卫兵的押送下，猴子等人拱卫着玄奘的马车，缓缓地穿越了城门。

那场景与其说是押送，不如说是护送。

此时，南天门的城楼中，哪吒与持国天王以及李靖站到了一起。

增长天王握着一份竹简匆匆来到三人面前，朝着李靖简单地抱拳行礼后，将手中的竹简递了过去。

李靖接过竹简，迅速摊在桌面上细细地看了起来。

增长天王望向哪吒，随口问道：“那边怎么样了？”

哪吒摇了摇头道：“什么都查不出来，十分诡异，也不知道是不是特地伪装过。你那边呢？”

“猕猴王的下落八九不离十了。”

说着，三人齐刷刷地望向了李靖。

李靖捋着竹简上的字迹，寻思了半晌，咬了咬牙，将竹简卷好又递了回来，道：“你们三个，带齐人马，按着这上面的线索找到猕猴王。他与其他妖王有不少联系，没什么必要的话，尽可能不要惊动他，以调查监视为主。我继续监视孙悟空。”

“诺！”

此时，西牛贺洲，狮犯国附近。

高高的巨木之上，躲在树冠之中的六耳猕猴轻轻拨开了叶片眺望。

那远处，绵延的山川上坐落着一座庞大的妖城，仿佛一块巨大的岩石被硬生生嵌在山川上一般，其城墙的厚重程度，远非人类国度可比。

城垛之中旗帜招展，无数身穿铠甲、武装到了牙齿的妖怪往返巡视着。

六耳猕猴的眼珠子微微转动着，缓缓地扩大自己的神识，目光在妖群之中往返。

有了前后二十几个巡天将打底，现在他用起灵力也稍稍大胆了些。

很快，他注意到了隐藏在妖城四周一个又一个的暗哨。与此同时，他也注意到了潜藏在远处的多闻天王等人，不由得微微一愣。

“不是说天兵和妖怪不是一伙的吗？这是……”他咽了口唾沫，咧嘴露出獠牙道，“算了，不想了，有得吃才重要。”

一转身，他悄悄地顺着巨大的树干滑了下去，准确落到了底下山羊精的跟前。

“听着，你在这里站着不许动！”

山羊精点了点头，支支吾吾地说道：“小……小的遵命。”

一个转身，六耳猕猴压低身姿朝着一个有着三只小妖的外围暗哨冲了过去，转眼便消失在密林之中，只留下轻轻颤动的绿叶与眨巴着眼睛四下张望的山羊精。

很快，妖城内鸣警的号角声响彻了天地。

宫门前，载着玄奘的马车停了下来。

车夫赶忙下车摆好踏脚，掀开竹帘，甚至想要伸手去搀扶玄奘，被玄奘婉拒了。

目光落到不远处，玄奘竟看到了一块被丢在一旁用麻布盖着，却没完全盖住，分明写着“求法国”的牌匾。

“这究竟是怎么回事？”玄奘的眉头越蹙越紧了。

很显然，眼前所谓的“灭法国”，其实就是原来的“求法国”。他们并没有在不知不觉中跨入另一个国度。

可是，就这样一个不大的国家，怎么可能政权更替而自己的国民都不知道呢？

一个士兵从大开的宫门内走了出来，拉长了声音吆喝道：“宣，玄奘法师觐见！”

玄奘双手合十，朝着两边的卫兵默默行了一个礼，迈开脚步往前走。

猴子、天蓬、卷帘等人也连忙跟了上去。

然而，更加奇怪的事情发生了。

原本，猴子预料对方会阻止，难免争执一番。毕竟他们的国王只是宣了玄奘觐见，并没有宣其他人。事实却是他们不但没有阻止，反而一个个一副理所应当的样子，甚至一行人全都握着兵器，他们竟也视而不见。

“这也未免……太奇怪了吧？陷阱？”

他们就这么一路小心翼翼地走着，直到穿越了宫门来到大殿前，依旧什么都没发生。

站在殿门外，猴子一眼望进去，就看到那坐在王位上的人正伸长了脖子在张望。与猴子目光交错的瞬间，他连忙将脖子缩了回去，摆出一副镇定自若的样子。

这一幕，被猴子准确无误地捕捉到了，他连忙伸出手去将玄奘拦下。

“慢着，我走前面。”

第六百四十七章

伤

猴子抬起腿，缓缓地跨过了门槛。他横握着金箍棒，死死地盯着王位上的人，俨然一副临战的姿态。

他身后，天蓬随意地握着九齿钉耙，目光缓缓转动，细细扫视着殿内的每一个角落。

见此气势，两侧分列的将领大臣，一个个都有了些许怯意，却还强忍着，站在原地一动不动。

王位上，是一位身材肥胖、留着大胡子的中年男子。

他有着一对八字眉，看上去慈眉善目的，似乎正在设法让自己的眉毛往中间倾斜，以展现自己的某种威严。然而，微微颤抖的手暴露了他最真实的想法。

“来……来者何人，报上名来。”

伴随着一声底气不足的吆喝，所有人的目光都望向了玄奘。

国王指着玄奘，憋足了一口气，接着吆喝道：“说，你叫什么名字，从哪儿来，到我灭法国作甚？”

猴子四下扫视了一番，在确定没有任何危险之后才对着玄奘点了点头，往侧边一站，将接下来的话语权交给了玄奘。

玄奘往前跨了一步，双手合十，躬身行礼道：“贫僧法号玄奘，自东土大唐而来，路过贵国，往西天灵山大雷音寺求取真经。”

大殿外，一个护卫鬼鬼祟祟地转身离开了。

此时，灵山，大雷音寺。

满地鲜花，漫天禅音之中，身穿一袭黑色僧袍的地藏王带着正法明如来一步步踏上大殿。

殿上诸佛无不侧目。

这其中，有十方如来，有八方应供，有无数正遍知，有各路调御丈夫，有十八大无上金身罗汉，更有五百普世罗汉。

连佛门之中声名远播，与正法明如来、地藏王同属西方四大世尊佛的普贤、文殊也在其中。再加上刚刚抵达的正法明如来与地藏王，此刻，就在这九九八十一丈宽的殿堂之上，西方诸佛已齐聚一堂。

位于大殿正中莲台之上的如来金身微微低头，那注视着地藏王的目光中，没有一丝一毫的情绪波动。

所有的佛陀都在静静地看着，目光随着地藏王微微转动。

地藏王缓缓地来到如来身前，双手合十，与正法明如来一同躬身行了一礼。

“禀尊者，数年前从东土大唐起程求法的玄奘一行，如今已经穿越了南赡部洲，抵达灭法国。”

“是西牛贺洲求法而不得，转而灭法的那个灭法国吗？”浑厚的声音响起，伴随着这一声长叹，整个大殿都在颤动。

“正是。”地藏王缓缓答道，“那求法国中的百姓一心向佛，庙宇无数，香火鼎盛，只可惜这许多年来，都不曾出过一位高僧，成佛者更是无从谈起。反倒是上至君王，下至百姓，皆陷于‘求不得苦’之中。现如今，因某些人的谗言，国王一念之差，竟转而灭法。实在可叹。”

如来缓缓地闭起双目，不再言语。

四周的佛陀依旧一个个面无表情地注视着大殿中心的两人，没有人出声。

地藏王微微抬头，最后望了如来一眼，默默地躬身行礼，协同正法明如来朝一旁走去，一同位列诸佛之中。

一时间，萦绕耳畔的佛音停止了，整个大殿中金碧辉煌，却寂静得如同虚空一般。

在这寂静的殿堂之上，十方如来，八方应供，无数正遍知，各路调御丈夫，以及十八大无上金身罗汉、五百普世罗汉全都注视着两人。

真正的“辩法”已经无声无息地开始。

此时此刻，在场的每一位佛陀都知道，一别八百年，金蝉子终究还是回来了，他的“普度”，将再次与释迦牟尼的“无我”，一决胜负。

南天门城楼上，李靖握着玉简的手不禁颤了颤，有些迟疑地说道：“你说什么？狮[illegible]国出现了骚动？”

“对，出现了骚动。”玉简的另一端，多闻天王急切地说道，“规模不小，整个狮狏国都被惊动了，现在他们正拉开全面的警戒。具体原因不清楚，这情形，我们也不敢贸然查探，万一被发现了，后果不堪设想。”

“你们先稳着，别让对方发现你们。”

“诺！”

李靖放下玉简，无奈地注视着铺在桌案上的地图，太阳穴隐隐地有些痛。

狮狏国和灭法国相距不过千里，这里面会有某种关联吗？

站在桌案对面的卿家躬身拱手道：“天王，陛下让您过去一趟的事……”

“现在，恐怕还不太合适。”李靖摆了摆手，轻声道，“局势还不明朗。劳烦卿家回禀陛下，就说李靖现在还走不开，一旦事情得以确认，李靖会第一时间前往灵霄宝殿面呈陛下。”

“卑职明白了。有劳李天王了。”卿家默默拱手行礼，退了出去。

“他在那里！快追！”

“快快快！”

狮狏国外围，多闻天王伸出手去悄悄拨开绿叶。

前方不远处，十余只全副武装的妖怪手持兵刃狂奔而过，丝毫没有注意到躲在树丛里的天将们。

“天王，要不我们还是撤了吧？他们都已经搜到这里了。”

“不行，现在撤退，更容易被发现。”多闻天王伸长了脖子，试图看清楚前方究竟发生了什么事，可惜，半天下来，什么都没看到。

他稍稍沉默了一会儿，轻声道：“应该不是搜，你们注意到没有，他们的目标似乎只有一个人，现在对方已经被发现了，只要我们躲好，应该就能混过去。”

四周，挤在一起的天将一个个噤若寒蝉。

绿林中，两队妖怪分别从两个方向疾追而来，当碰到一起的时候，双方都不由得一愣，一个个累得气喘吁吁的。

“你们看到他长什么样了吗？”

“看到了，是一只猴妖。吸血的猴子。”

“应该往那边跑了，继续追，别给他喘息的机会！”

“诺！”

为首的一只犀牛精一指，一众妖怪吆喝着，冲了出去。

走在最后的骆驼精实在是累坏了，不得不靠到一旁的树干上看着自己的同伴从身旁狂奔而过。他拿出水壶拔开盖子，咕噜咕噜地灌了几口。

他睁着已经有些发昏的眼睛，随口骂道：“娘的，一只猴子？可真能跑啊，害爷爷们在这林子里追了几个时辰了……等一会儿捉住了，非扒了他的皮不可！”

说着，他重重地将已经空了的水壶甩在地上，拄着长枪站了起来。

忽然间，一抹冰凉从长长的脖子上传来。他猛地瞪大了眼睛，不敢动弹。

“爷爷累啦？”六耳猕猴一手掐着他的咽喉，笑嘻嘻地从骆驼精的身后探出头来，在他耳边轻声道，“要不要孙儿让你舒坦舒坦？放心，忍一忍就过去了，保证再也不用受累了。”

“饶……饶命……”

还没等骆驼精喊出声来，六耳猕猴深深一吸，骆驼精身上的精气已经被吸走了。紧接着，他重重地咬在骆驼精的脖子上，开始疯狂地吮吸着鲜血。

一阵喧哗声传来。

妖城中，正端坐矮桌前对酌的三个妖王对视了一眼，鹏魔王不耐烦地侧过脸去，叱道：“不是说就一只不长眼的小妖吗？怎么还没捉住？这都几个时辰了，要你们这帮废物何用！”

一只身穿黑色铠甲的隼妖连忙走上前来，拱手道:“大王息怒，臣下这就去查探清楚。”

“快去快回！”

那隼妖重重捶了一下胸甲，转身往门外走去。

他推开殿门，取来自己的角弓箭筒，绕过长长的回廊一步步走了出去。走下长梯的瞬间，他微微呆了一下，脚步不自觉地放慢了些许。

就在他的眼前，妖城的广场之上整整齐齐地排列着百来具妖尸。每一具都如同干尸一般，失去了所有的体液。

四周，几十只妖怪正来回忙碌着，一只只蹙起了眉头。

城外，时不时还有新的妖尸被抬进来。

“怎么回事？”他下了长梯，连忙伸手拽住一只蛇妖的胳膊，指着那些尸体道，“这些都是怎么回事，为什么不禀报？”

“这，这……”蛇精支支吾吾地说，“只是死伤了一些小妖而已，没什么大不了的……”

“没什么大不了？”隼妖抬腿就往蛇精身上踹了过去，直接将他踹翻在地，“这叫没什么大不了？能在整个狮狏国眼皮底下杀死这么多妖，还没什么大不了？”

一通叱喝之后，他指着站在一旁的三个化神境妖将道:“你，你，还有你，跟我来！”

“诺！”

四只大妖如同闪电般掠出妖城，朝着传来喧哗声的方向冲了过去。

绿林中，数十只妖怪将六耳猕猴团团围住，却全都哆嗦着不敢向前。

因为，在六耳猕猴的脚下，早已经倒了十来具尸体。

忽然间，隼妖带着另外三个化神境妖将从天而降，分别从四个方向将六耳猕猴围了起来。

“哟，看来今天收获不小啊。”面对四个气势汹汹的来者，六耳猕猴缓缓地咧嘴，笑嘻嘻地舔了舔染血的獠牙。

“你们退下！”

伴随着隼妖的一声令下，一众小妖如获大赦般松了口气，连忙后退。

三个妖将各自亮出自己的兵器，做好了进攻的准备。隼妖自己，也已经拉弓上弦，将箭头对准了六耳猕猴。

“杀——！”

一支箭矢脱弦而出了。三个妖将抡起各自的兵器，朝六耳猕猴冲了过去！

就在这电光火石之间，六耳猕猴摇晃着身子，优哉游哉地摆好了进攻的架势。

待到箭矢临近，他猛地一瞪眼，轻而易举地接下了隼妖射来的箭矢。

隼妖吃了一惊。

下一刻，六耳猕猴的身形凭空消失，三个径直朝他冲过去的妖将一口鲜血喷洒而出，身形猛地后挫，仿佛被什么强大无比却又看不见的东西重重撞开一样，整个飞了出去。

还没等隼妖反应过来，一张猴脸已经与他近在咫尺……一瞬间，隼妖浑身的毛都竖了起来。

很明显，他们大大地低估了对方的实力。

“我宰了你——！”

情急之中，隼妖只得用手中的角弓朝着对方扫了过去，却被对方轻而易举地接住。

无奈之下，隼妖连忙舍弃手中的角弓，转而摸向腰间的短刀。可还没等他将短刀抽出，六耳猕猴已经一手按到了刀柄上……

完了……这次死定了。

这是隼妖脑海中此刻唯一剩下的想法。

他猛地闭上了眼睛，静静地等待着死亡的到来。

然而，好一会儿，他都没感觉到对方有任何更进一步的举动。

“将军……您没事吧？”小妖唯唯诺诺的声音传来。

隼妖有些错愕地睁开了眼睛。

绿林之中，三个被弹了出去的妖将捂着伤口满地打滚，其余的一众小妖呆呆地望着他们，似乎还没弄清楚究竟发生了什么事。

至于六耳猕猴，早已消失无踪了。

“这是……怎么回事？”隼妖低头呆呆地注视着自己还握着短刀刀柄的手，“刚刚那个……不会是，大圣爷吧？”

他猛然想起方才那只猴子的长相，竟像极了记忆中花果山齐天宫王座上的那个人，顿时，隼妖整个瘫坐在地。那急促的呼吸久久难以平复。

此时，就在不远处的树荫下，六耳猕猴微微颤抖着抬起了左手。

在他肋骨的位置，不知何时出现了一道巨大的裂口。那裂口之中，尽是如同稻草一般杂乱的猴毛，没有一滴鲜血。

“这是怎么回事……他们不可能伤到我的。就那么几只小妖，怎么可能伤到我？”豆大的汗珠从额角滑落，他捂着伤口，痛得龇牙咧嘴，满地打滚，“呵呵呵呵，哈哈哈哈，娘的……一定是刚刚撞的，一定是。这身体，果然还是不禁打啊……没办法，还是要更多的血。呵呵呵呵……还要更多的血……”

绿荫下，他咬着牙狰狞地笑着。一旁的山羊精早已被他的举动吓得魂不附体了。

远处，战鼓号角声更响了。

“这里恐怕不能继续待了……”六耳猕猴深深地喘息着，挣扎着从地上爬起，扭头望向山羊精道，“你之前说什么来着？还有个叫九头虫的家伙，他的手下也有很多强将是吧？”

第六百四十八章

疑

灭法国。

一阵微风吹过，几片落叶在池面上微微颤动着，泛起涟漪。

十余名全副武装的侍卫踏着整齐的步伐沿着池边小径缓缓而过。

池塘的另一边，楼台之上，玄奘低头抿了一口茶，轻声道：“贫僧这样说，陛下可听明白了？”

闻言，圆桌另一边端坐着的国王顿时微微一愣，赶忙点头道：“明白，明白！怎能不明白呢？本王参悟一生都不曾悟透的佛理，到了玄奘法师这里，却是寥寥数语便点透了。玄奘法师真乃活佛也。诸位卿家，你们说是不是？”

说着，国王哈哈大笑，朝着一旁静静站立的几个大臣望了过去。

“陛下说的是，玄奘法师真乃活佛也。”一位大臣朝着玄奘竖起了拇指。

“臣恭喜陛下，贺喜陛下。”另一位大臣躬身拱手道，“玄奘法师乃不世神人，陛下得之，成佛之日可期也。”

听到这话，国王笑得更欢了，玄奘却蹙起了眉头。

那围栏边上，猴子早就极不耐烦了，只是碍于玄奘，不好发怒。

眼下的情况着实出乎他一开始的意料。

他以为会是什么人设下的陷阱，就像当初在车迟国遭遇的一样。然而，却没想压根不是那么回事。

这国王口口声声说要灭佛，说佛门是无稽之谈，却对玄奘的劝说一口一个“是”，到头来，轻而易举就答应善待国中僧人，撤了灭佛的旨意；更甚者，还一直拉着玄奘要他讲经……

这真的是一个要和佛门不死不休的人吗？

别人或许信，反正猴子是不信。

他给人的感觉，压根就像一个孩子又哭又闹，只是为了引起大人的注意。无论闹得多凶，只要走过去给颗糖吃，他立马就消停了。

猴子冷冷地瞧了一眼笑成朵花似的国王，拄着金箍棒走了过去，道："行了，要问的都问完了，我们可以走了吗？"

国王收起了笑脸，抬头望了猴子一眼，又低头看了看猴子棍棒的落点。

一时间，所有人都朝着那落点看了过去。

猴子的金箍棒是很重的，虽说平日里他握在手中会稍加控制，但到底还是重。就这来回走动的简单几个动作，竟也不小心在坚硬的地板上留下了一个个小小的凹点。

国王转过脸，双手合十，对着玄奘恭敬地问道："玄奘活佛，您的这位护卫，可是您的弟子？"

玄奘微微摇了摇头，连忙双手合十道："回陛下的话，大圣爷是贫僧的友人，并非弟子。"

"哦？友人？"国王又望了猴子一眼，捋着他那大胡子道，"俗话说有教无类，莫非，这也是一位高僧？"

"你说什么呢？谁是和尚？老子出身道门！"一听这话，猴子顿时气不打一处来，指着国王痛斥道，"还有，什么叫有教无类？你什么意思？"

说着，猴子便伸手要去揪国王的衣领。见状，玄奘连忙起身挡住。

两人对视着。

许久，碍于玄奘的面子，猴子只得恨恨唾了一口，干脆转身走开了。

待猴子走开后，玄奘才朝着国王行了一礼道："大圣爷性格有些暴躁，让陛下受惊了，贫僧在此替大圣爷请罪，还请陛下见谅。"

"没事没事。有活佛您在，本王何惊之有？"国王不以为意地摆手，笑道，"能人异士，总归有些怪脾气，这本王明白。不过活佛连道门的人都能差遣得动，还真是出乎本王的意料啊。"

玄奘尴尬地笑了笑。

围栏边上，猴子与天蓬对视一眼，冷哼了一声。

"你怎么看？"

“有问题是肯定有问题的，却不是我们一开始想的那种问题。从我们入宫开始，便可见他们一点都不提防我们。让我们带兵器上殿不说，就这楼台里，我们总共六个人，他们呢？”天蓬朝着玄奘与国王望了一眼，扶着围栏长叹道，“除了国王，除了几个手无缚鸡之力的大臣，剩下的守卫总共就两个。这放到哪个国家都是难以想象的。就算在殿上被玄奘法师说服了，也没理由如此放松警惕。甚至……殿上玄奘法师压根就没说几句话。”

“诡异，确实十分诡异。”一旁的小白龙一面死死地盯着国王，一面压低声音插嘴道，“他们这哪是要灭佛啊？这根本就是一开始准备好了要敬佛，就等着我们来，然后奉为上宾的架势。”

“对对对。”卷帘开口道，“你们注意到没有？一开始是叫‘玄奘’，殿上没讲几句话就变成‘玄奘法师’，刚刚干脆改口叫‘活佛’了。我感觉，他们好像一开始就知道玄奘要来似的。”

黑熊精小心翼翼地问道：“会不会是因为玄奘法师声名远播呢？”

这么一说，他当即被其他四人齐刷刷地白了一眼。

“声名远播能比我们走得还快吗？”猴子微微转动了下身子，直接将不长脑的黑熊精排挤在讨论圈之外，低声道，“现在的情况我是真看不懂了。你们都用脑子想想，如果这背后有其他人设计对付我们的话，会是谁，有什么目的。”

一时间，所有人都沉默了，你看我我看你，没了主意。

抵达求法国的时候本就已经是黄昏时分，这一折腾，已是夜半。那国王却还不依不饶，非要连夜宴请玄奘。

碍于国王的面子，玄奘只得应了下来。一时间，群臣齐聚王宫，场面好不盛大。就连猴子也看得不禁哑然发笑了。

“看来，这背后想没问题都难了。”

“你真的看清楚了吗？”狮狔国的妖城中，鹏魔王一掌重重拍在桌案上。

只听“咣”的一声巨响，石桌直接被崩去了一角。

两旁，狮狔王与猸狨王静静地端坐着，望着单膝跪在殿上的隼妖。

此时此刻，大殿上聚集了无数的妖怪，却没有一丝声响。所有人都屏住了呼吸，静静地望着隼妖。

“末将……末将，也说不清。”隼妖微微哆嗦，眨巴着眼睛道，“刚开始，末将并没有多注意。毕竟……毕竟对方身上连件像样的铠甲都没有，不像是什么大妖。一交手才知道……那实力至少是太乙金仙以上。我们四个在他面前全无还手之力。现如今想起来，他那长相确实与大圣爷有几分相似。”

“几分相似？”鹏魔王一下起身朝他走了过来，一把拽住衣领将他提了起来，怒吼道，“几分相似到底是几分啊？是一分，还是十分！”

在鹏魔王的怒视下，隼妖吓得张大了嘴，都快哭出来了，半天憋不出一句话来。

“别，别……”狮狔王连忙走了过来，好不容易掰开了狮狔王的手，“你逼他也说不清，当时就那么一会儿……谁能说得清呢？你们说对不对？”

“对对对！”三个妖将点头连连，却一个个将头越埋越低，没有一个敢去看鹏魔王的眼睛。

“消消气吧。”猸狨王也缓缓走了过来，瞧了瞧隼妖，又瞧了瞧其他一众妖怪道，“都先出去吧。”

这一句话说出来，众妖如获大赦，一溜烟全跑没了。

殿门缓缓地关闭。

一转眼间，殿上就只剩下三位妖王了。

鹏魔王压低了声音，紧咬着喙道：“地藏王不是说他暂时不会对我们出手吗？”

“也许……”猸狨王犹豫着答道，“也许不是他呢？”

“万一是呢？”鹏魔王的声音一下高了八度，他一个转身，走到桌案前端起一杯酒，一饮而尽，瞪大了眼睛道，“不行，我们不能坐以待毙，我们得想个法子，摸清他的动向。就算是死，也不能让他好过！”

此时，西牛贺洲，碧波潭。

“大圣爷……是大圣爷……”

夜幕下，一只鱼妖掩着负伤的手臂，踏着波涛惊慌失措地遁入潭中。

不多时，他已经潜到了位于潭中深处的碧波潭龙宫前，身后跟着长长的一条血渍。

见他到来，守在宫门外的两名虾兵吓了一跳，连忙上前搀扶。

“你不是去西海龙宫送东西了吗？怎么……”

“出事了，快……”鱼妖拽着虾兵的手，瞪大了眼睛急切地说道，“快带我见驸马爷！”

没来得及言语，两名虾兵当即搀着受伤的鱼妖往龙宫里去。

岸上，就在距离碧波潭不远处的一处小山坡上，遍地的妖尸。

六耳猕猴盘腿坐在正中。

他懒懒地打了个饱嗝，伸手摸了摸自己肋下已经愈合的伤口。

一旁，山羊精早已吓得面无血色了。

这已经是第六处了。

碧波潭的实力跟狮猞国比起来，可谓差了一大截。不仅仅是实力差，防御差，碧波潭还跟四海龙宫有着千丝万缕的关系，要拦截运送各种物资的队伍，轻而易举。

仅仅一个下午，六耳猕猴守在碧波潭外围，竟已经劫下了碧波潭的六支队伍。可惜的是刚刚一个不小心，让一只鱼妖给跑了，留下了一个活口。

没办法，现在他还没办法跟那些真正强大的妖王硬碰硬，只能再换地方了。

六耳猕猴扭过头，望着山羊精，笑嘻嘻地说道：“对了，你好像提到过还有一个牛魔王，哦，对了，还有吕清、多目怪，对吧？”

“大圣爷您这是……”山羊精呆呆地眨巴着眼睛，咽了口唾沫，小心翼翼地说道，“大圣爷……吕丞相和多目大人，一直都是忠心耿耿的啊。”

“那又如何？他们忠的又不是我。给你两个选择，要么带我过去，要么……”六耳猕猴指着一地的尸体，悠悠道，“你就去和他们做伴。”

此时此刻，九头虫已经瘫坐在石椅上。

“该来的，终究是来了……”

一旁的暖暖低声劝道：“要不，让父王想办法和大圣爷谈谈？”

“不，没用的。”九头虫紧握的拳头微微颤抖着，瞪大了布满血丝的眼睛道，“他决定的事情，没有人能改变。我们现在，只能自救了。”

第六百四十九章

辩

灵山，大雷音寺。

长长的石阶上，一位年轻的僧人挽着衣袖奋力攀爬着。

他停下脚步，抬起头抹了把汗，咽了口唾沫，又继续埋头匆匆赶路了。

他一路上到石阶的顶端，绕过连绵的浮屠塔会聚成的石林，沿着长长的小径快步向前。

四周站立的僧人静静地注视着他，他却好像通通都没看到一般。

不多时，他来到金碧辉煌的大殿前，稍稍放慢了脚步，平稳了呼吸，双手合十，朝着把门的两位罗汉躬身行礼。

两位罗汉默默回礼，其中一位对他做了一个“请”的手势。

他跨过了门槛，快步往殿内走去。

两侧维持着各色姿态，层层叠叠的罗汉们一个个侧过脸。

处于殿堂深处的佛陀们也一个个朝他望了过去。

僧人振了振衣袖，双膝跪地，朝着如来远远地叩拜：“启禀尊者，弟子方才接获谍报，碧波潭出现一只妖猴，模样酷似妖王孙悟空。经查探，此妖截杀了碧波潭九头虫麾下数支妖军队伍，经菩提院中长老翻查古籍，疑为……”

那话，到此便顿住了。

因为，僧人在佛陀之中望见了地藏王的身影。

整个大殿都安静了，所有人都静静地注视着正中呆愣住的僧人。

他怔怔地望着地藏王，张大了嘴巴。

地藏王双目低垂，轻叹道：“疑为什么，为何不接着往下说？”

“是啊，为什么不往下说？”

“有什么话，为什么不说完呢？”

一时间，殿内诸罗汉纷纷议论了起来，诸佛却不吭一声，一个个都望向了地藏王。

“尊者！”只听僧人惊叹一声，朝着如来叩拜了下去。

一时间，所有人的目光又汇聚到了如来身上，一个个静静地望着他。

僧人依旧维持着匐地的动作，微微颤抖着不敢抬起头来。

整个大殿又变得寂静无比。

许久，如来微微睁开双目，轻叹道：“你，先下去吧。”

“谢尊者！”僧人缓缓起身，弓着身子一步步退出殿外。

殿堂内，每一个罗汉皆是一头雾水，每一个佛陀却又都是若有所思。

好一会儿，如来面无表情地注视着空无一物的前方，轻声道：“那本应陨于天劫的魂魄，可是你借着地府之力放出来的？”

“陨于天劫的魂魄？难道是……”

顿时，在场的罗汉纷纷面露惊恐之色，而在场的佛陀，则一个个都向地藏王望了过去。

能借助地府之力的，非地藏王莫属了。

侧边的台阶上，地藏王微微振了振衣袖。站在他前方低一级台阶的两位佛陀当即识趣地为他让开了一条过道。

地藏王一步步走下台阶，缓缓来到如来身前，双手合十，躬身道：“禀尊者，正是贫僧将他放出来的。”

“为何？”

“为证道。”

“证道……”顿时，殿内议论之声再起。罗汉们都朝着正法明如来望了过去，“正法明如来当初助玄奘逃脱监牢，又助玄奘获得妖王孙悟空的支持……莫不是，地藏王也站到了玄奘那边？”

如来缓缓闭起双目，如同寒冰一般的脸上难得地浮现了一丝笑意。

人群中，一位罗汉站了出来。他双手合十朝着如来行了一礼，又朝着地藏王行了一礼，道：“当日正法明尊者救玄奘于水火，或可说是保玄奘一路西行。如今，玄奘一行已至求法国，贫僧不解，放出那本应陨于天劫的魂魄，与证道何干？还请地藏尊者解答。”

台阶的高处，正法明如来默默地注视着大殿正中的地藏王，面无表情。

“当日正法明尊者救玄奘于水火，乃是为了助其施行妙法。若此道得证，三界皆安。只是……”地藏王淡淡笑了笑，接着说道，“那妖王孙悟空实在太过强悍，斜月三星洞须菩提祖师，又横加干涉，即便是三清之中的太上老君，也时不时出手相助。呵呵呵呵……这三界之中，群妖唯猴王马首是瞻，天庭畏惧猴王武力，道门坐山观望虎斗。凡人况且知道生于忧患而死于安乐，如此西行十万八千里，不异于春日郊游，何以证道？”

“那地藏尊者以为该如何？”

地藏王回头望了如来一眼，振了振衣袖，缓缓道：“贫僧以为，要么证道，要么，烟消云散！”

此话一出，满殿皆惊。

莲台之上，如来脸上的笑意却更浓了。

许久，他缓缓睁开双目，轻声叹道：“既然地藏尊者如此说，那本座就先来看看，深陷求不得苦的玄奘，要如何普度同样陷于求不得苦中的求法国上下一干人等了。”

远远地，他与地藏王对视着。两人的脸上皆是笑意。

殿中，一片寂静。

张灯结彩的王宫中，一台又一台的歌舞唱起。

众臣一贺再贺，往返不断。虽说杯中尽是清水，他们却依旧乐此不疲。

这一场大戏落到玄奘眼中，就如同滚滚红尘的缩影一般。

满目铅华，熙熙攘攘之中粉饰的太平，落到杯中，却只是清水，而那桌面上摆放的，也尽是素食。

僧人戒酒、食素，乃是为了摆脱口腹的枷锁。

这灭法国的人们，似乎也在以自己特有的方式追求心中的佛法。本该赞赏，可不知为何，玄奘却产生了一种格格不入的感觉。

“活佛呀，”国王撑着膝盖，朝玄奘的方向微微靠了靠，“本王的灭法国，早在多年前就禁了酒，禁了肉食。之所以这么做，只因经文有云，不得贪图口腹之欲。不知活佛以为如何？”

玄奘连忙转身拜道：“陛下大德。贫僧以为，如此，甚好。”

国王朝着四周指了指，又道：“明日，本王就着人将全国上下一应文号改回来。此地，依旧是求法国，而非灭法国。活佛以为如何？”

“陛下大德，贫僧以为，如此，甚好。”玄奘又拜。

国王微微抬起头，又道：“明日起，本王就下令撤除众僧的徭役，查封的寺庙重新开放，没收的寺产一应归还。不只如此，本王还要补偿他们，要赐给他们更多的土地，让他们可以养得起更多的僧人。在我求法国内，僧人的待遇，将比之前更好。活佛以为如何？”

“陛下大德，贫僧替求法国上下一应僧人谢过陛下。”玄奘再拜。

国王脸上缓缓绽开了笑，道：“那，本王在这都城之中修筑一座千人大寺，赐予良田，封予珠宝，由您来担任主持。活佛以为如何啊？”

此话一出，玄奘顿时一惊，惊愕地望向国王。

不远处，猴子的眉头蹙成了八字，他与天蓬对视一眼。

“西行取经路途遥远，万般磨难，实在不适合，也不需要活佛来走。”国王捋着胡须悠悠道，“若活佛执意要走这一趟……本王派人替您走，派一整支军队，上灵山，朝见佛祖，求取经文，再回来。活佛只管安心当我求法国的活佛便是了。”

话到此处，玄奘连忙起身走到殿堂正中叩拜了下去，朗声道：“陛下，西天取经，乃是贫僧夙愿。此事他人代不得，还请陛下谅解！”

顿时，原本喧嚣的殿堂整个安静了下来。

歌姬停止了舞蹈，乐工停止了弹唱，大臣们停止了来回走动。

他们一个个站在原地，有些错愕地注视着深深叩拜的玄奘。

偌大的殿堂之中，只剩下了窃窃私语。

王座上，国王的脸色刷的一下变了，那举杯的手顿在半空。

他也注视着玄奘，一脸的错愕，好像自己听错了什么似的。

“请陛下成全！”玄奘又一次喊了出来，印证了所有人的猜想。

一时间，大殿之中连窃窃私语也没有了，国王的脸涨得通红。

“活佛这是做什么？”

“贫僧请陛下收回成命！”

“收回？方才在院落中，活佛不是说要普度众生吗？”国王撑起双手，厉声道，“我求法国立佛教为国教，上下皆信奉，百姓无不向往西方极乐，活佛留在我求法国，不就可以更容易地普度‘众生’了吗？难道方才活佛院中与本王说的，不作数了？”

“非也！”玄奘仰头道，“求法国上下皆向往佛门，此乃玄奘亲眼所见。玄奘甚感欣慰。然，玄奘此行所图者，普度三界之法。不可长留此地，还请陛下谅解！”

隔着两丈的距离，国王与玄奘怔怔对视着。

一个已然恼怒，另一个，却依旧目光坚毅。

许久，国王一拳重重砸在桌案上，冷冷道：“既然玄奘法师心意已决，本王也不便多说了！”

说罢，他起身便朝着后堂走去，再没多看玄奘一眼。

宴会散了。

每一个人都有意无意地看着玄奘，一个个离去，没有任何的言语。

转眼之间，大殿上便只剩下玄奘一行六人与其他位数不多的几个侍者。

猴子缓缓地走了过去，一把将玄奘从地上扯了起来：“你跪他作甚？”

“入乡随俗，他毕竟是君王。”

“这种小国的君王，当初连跪在台阶下给我叩头的机会都没有。我的棍子往这地上一顿，他就得求爷爷告奶奶。”

“普度之道，并非武力可为之。”

正当此时，一位侍者朝着众人缓缓走了过来，躬身行礼道：“奉陛下之命，客房已经备好了。还请诸位随我来。”

“哟？”猴子一下哼笑了出来，“我以为要赶人呢，没想到还准备留我们住一晚。”

玄奘连忙拍了拍他的手，示意他不要开口，免生是非。

玄奘转过身，躬身对着侍者行礼道：“有劳施主。”

一场不欢而散的宴席下来，整个王宫都在议论纷纷。

在侍者的带领下，一行人很快被领到了王宫外围的别院里。

关上房门，几个人大眼瞪小眼地都笑了，唯独玄奘没有笑，只是深深叹了口气。

“这一路，不愿受度的多了去了。今儿居然遇到了主动受度，还要强留人的。”

“这是好事啊，说明证道成功在即。要是三界众生都这样，那度起来，岂不是事半功倍？”

听他这么一说，几个人都笑了起来。

唯独玄奘依旧没有笑。

正当此时，猴子的眉头微微颤了颤。他转过身，用金箍棒轻轻顶开了房门。

只见敞开的院门外，无数的僧人正拥进来，很快跪得满地。

他们一个个泪如雨下，哭喊道：“求玄奘法师救救我们，救救我们啊！陛下已经下了令，若是玄奘法师不愿意留下来，必灭佛！届时，我等必要遭殃啊！”

…… ……

此时，万里之外，殿堂之中，如来的脸上浮现出淡淡笑意。

第六百五十章

讨要棍法

猴子提着金箍棒就往屋外走，一副凶神恶煞的样子。

那些哭哭啼啼的僧人吓得一个个拼命往后缩。

见此情形，玄奘连忙一个箭步将准备发飙的猴子一把拽住：“大圣爷，别……”

“别干吗？”猴子扭转头，一下甩开了玄奘的手，稍稍舒了口气道，“放心，我没打算揍他们，我是准备去揍那个国王。”

此话一出，那些在场的僧人连忙嚷嚷道：“不可啊！猴大仙万万不可啊！若是您伤了陛下，届时，陛下必要迁怒于我等啊！”

说罢，一个个连连叩首，嗷嗷大哭。

“这样啊？”猴子直接手一盘，哼笑道，“那干脆宰了算了，这样他就没机会报复了。”

闻言，那些僧人的哭声戛然而止。他们面色惨白，睁大了眼睛望向玄奘。

原本熙熙攘攘的院落一下安静了下来。

猴子的眼睛也缓缓斜向玄奘。

好一会儿，玄奘摇了摇头，轻叹道：“贫僧本欲普度众生，到头来国王陛下却因贫僧而死，这……”

“放心，我开玩笑的。我有更好的办法可以解决。”猴子歪着脑袋，白了那些僧人一眼道，“大不了找吕六拐借点人手来，就在这里盯着他，盯一辈子，保准他这辈子都不敢胡乱下令。”

靠在门边上的天蓬一听这话，顿时笑了出来。

猴子扭头瞪他一眼，道：“怎么？我这办法不好？”

“好，怎么会不好。”天蓬悠悠道，“这点鸡毛蒜皮的小事儿，哪里难得住齐天大圣呢？我是笑那国王傻，踩了老虎尾巴了都不知道。不过……这件事还是得听听玄奘法师的意思。”

说着，天蓬扭头望向玄奘。

玄奘犹豫了半晌，才眨巴着眼睛轻声道：“这件事，还是贫僧自己来解决吧。待明日，贫僧再与陛下谈上一谈。”

说罢，玄奘往前一步，伸手去搀扶那些跪倒在地的僧人，道：“诸位还是先回去吧，明日一早，贫僧就去求见陛下，届时，必定说服陛下，不至于连累诸位。”

一时间，跪倒在地的一众僧人纷纷挪动双膝朝着玄奘拥了过来，无数的手从人群之中伸出，一下子揪住了玄奘的袈裟。

一位老和尚一边流着泪，一边拽着玄奘的衣袖，开口便哭喊道：“没法儿谈哪，玄奘法师，陛下已经铁了心……”

正当此时，猴子将金箍棒重重一顿，“咣”的一声，那老和尚当即把到嘴边的话咽了回去。

不仅如此，所有的僧人都停下了哭喊，闭了嘴，一个个唯唯诺诺地望向猴子。

此时，猴子正冷冷地瞧着他们。

“让你们滚了，还不滚，是想等着吃宵夜吗？”

这一句话放下去，顿时，那些和尚纷纷松开了拽着玄奘衣袖的手，连忙退后，叩拜道：“多谢玄奘法师大德，贫僧这就回去，静候法师佳音。”

转眼之间，黑压压一片的僧人走得一个不剩。

玄奘侧过脸，正想开口与猴子说话，却见猴子直接摆了摆手道：“明天搞不定了，喊我一声。”说罢，他转身进屋。

门外，剩余的几个人面面相觑。

天蓬甩了甩头，率先走入房中，其他人也一个个走了进去。

此时，就在城中佛塔顶上，一个黑影正静悄悄地注视着这里。

少顷，他小心翼翼地从腰间摸出了一块玉简，贴到唇边。

南天门城楼中，李靖握着玉简，眉头蹙成了一团。

“他真的是这么说的吗？”

“隔着这么远的距离，卑职虽未亲耳听见，却是亲眼所见。除非那孙悟空已经知道我们在监视他们，否则卑职读唇不可能读错。”

“求法国国王那边呢？”

“国王那边至今对我们深信不疑，今天他从头到尾甚至没给过孙悟空一个好脸色看。不过……如果那妖猴要硬来的话，我们确实没法儿再拖延时间将他们困在这里了。毕竟他……”

“我明白，尽量吧。”

李靖放下玉简，长长地叹了口气。

现在，他只感觉自己的头皮一阵发麻。

眼下的情况着实棘手。

如果不是案件当中出现了一只强大的猴妖，可能牵扯的危险极大，他绝没胆子去给西行队伍设这个局。要知道，万一暴露，他可是会把自己也搭进去的。所以这次行动，最重要的其实是隐蔽性。

千万不能让对方捉到一点把柄，否则一定是吃不了兜着走。

现在，只能期望在西行队伍离开求法国之前，其他几个方向能早点出结果了。

想着，李靖端起茶盏，无奈地抿了一口。

正当此时，他忽然看到在身前一字排开的几块玉简当中，有一块亮了！

“哪吒？”他放下茶盏，连忙拿起了玉简。

北俱芦洲。

暴风雪之中，哪吒握着玉简顶着雷鸣一般的风声喊道：“父亲，我们找到猕猴王了，在北俱芦洲。不过，他已经发现我们了……接下来怎么办？”

南天门城楼上，李靖的眼角微微抽了抽。

他犹豫了许久，咬牙道：“想办法，困住他，至少，跟紧他……别跟丢了。”

北俱芦洲。

“我以为是谁呢，原来是南天门的诸位啊。怎么，太久没给你们添乱，反倒不安生了，主动找上门来？”一个声音从山顶上远远地传来。

暴风雪中，包括哪吒和持国天王在内的十来个天将面面相觑。

“怎么办？困，还是跟？”

持国天王咽了口唾沫，道：“这还用说吗？太乙金仙巅峰的妖王，你困给我看看。肯定只能跟了。”

说罢，他转身朝向山顶，高声吼道：“猴王，别误会，我们不是来挑事儿的！”

“那你们来作甚？难不成，我们还能叙叙旧？就算有旧可叙，一下来这么多人，就不怕我忙不过来吗？”

“我们……我们只是来向猴王请教一点事情的，事后必有重谢。”

“请教啥？别是请教其他妖王的弱点吧？我虽身无长物，但还不至于为了点东西，就出卖同伴。”

“有的谈了。”持国天王低声对哪吒说了一句，面向山顶，高声喊道：“棍法，就是请教棍法而已。元始天尊新收了个徒弟，极为宠爱，那人想学棍法，可天庭又没有好的棍法。放眼三界，当数猕猴王您的棍法最佳，所以，我们便来了。”

“你唬我啊！”山顶上当即传来了一阵咆哮声，“就算元始天尊自己不懂，想学棍法问太上老君就行了，用得着找我？”

“这……元始天尊和太上老君，猕猴王难道还不知道吗？”持国天王连忙干笑道，“咱也不说虚的，这三界之中，使棍的人就那么几个。你们大圣爷我们是不敢去找了，牛魔王嘛……怕也没那么好说话，毕竟这些年和我们也多少有些过节。现在，就剩下您猕猴王了。元始天尊那弟子一听说要给他讨猕猴王您的棍法，开心得不得了。您可千万别让我们空手而回啊。”

山顶上的声音沉默了，许久，他轻声问道：“真的？”

“真的。”

“那，我要两个……不不不，十个蟠桃！低于这个数，就不给！”

“这是不是太多了？一份棍法，十个蟠桃……”

持国天王装模作样地又扯了好一会儿，才最终敲定下来四个蟠桃了事。

最后，对方又叮嘱道："你们只准上来两个人，一个是你，另一个，不能是哪吒。回头棍法抄录好了，让另一个人拿下去，你就等着蟠桃送过来了，再回去。听懂了吗？"

一听这话，持国天王顿时冒了一阵冷汗，朝哪吒望了一眼。

哪吒低声问道："怎么办，你能行吗？"

"可以。"持国天王重重点了点头道，"虽说这样一来肯定白亏给他四个蟠桃，可是至少我在上面，他有没有离开，什么时候离开一清二楚。倒是刚刚好能完成李天王交托的任务。"

持国天王深深吸了口气，仰头道："猕猴王，这主意可以。不过，您可得保障末将的安全啊！"

"那当然，我猕猴王岂是言而无信之辈？"

持国天王迈开脚步，拉上一个心惊胆战的天将开始沿着雪深及膝的山道攀爬。

哪吒远远地目送着持国天王渐渐模糊的身影，不禁有些忐忑了起来。

他犹豫了许久，伸手摸出了怀中的玉简："父亲，持国天王上山了。"

此时，顶着风雪，持国天王终于登上了山顶，望见了一个小小的洞窟。

在洞窟前，猕猴王拄着棍子悠悠地瞧着他。

"辛苦你了，堂堂天王，居然被派到我这穷乡僻壤来要棍法。想必，你在南天门也不太受重用吧？"

"猕猴王多虑了。"持国天王躬身拱手道，"正因为末将在南天门受重用，所以才将这差事委派给末将。毕竟是三清亲自委派的事情，非同小可啊。"

"哦？你当我傻吗？"

猕猴王咧开嘴，悠悠地瞧着他，缓缓地笑了出来，越笑越异样。

持国天王的眼角猛地抽了抽，踩在雪地上的靴子不自觉地往后挪了挪。

"既然是来讨棍法的，那就吃我一棍吧！"一声暴喝之下，猕猴王腾空而起，一个翻转，那棍子直接朝持国天王的脑门上招呼了过去！

第六百五十一章

诸佛辩法？

雪山下，哪吒握着玉简，那手都微微颤了颤。

“父亲……您刚刚，刚刚说什么？”

“快上去接应！”玉简的另一端，李靖猛地咆哮道，“猕猴王哪里是那么好糊弄的？我跟他交手不下十次！快上去救持国，再迟就晚了！”

哪吒惊慌失措地将玉简收起来，环视了围在自己身边的天将一眼，道：“快，去救人！”

话音未落，他已经驭使着风火轮顶着暴风雪冲了出去。

一时间，其他天将也蒙了，只得一个个跟了上去。

哪吒冲破肆虐暴雪铸成的坚壁，很快抵达了山顶。可还没等他缓过神来，一个身影已经径直朝他飞了过来。

“持国天王！”

哪吒将手中火尖枪往身后一横，连忙伸出一手将已经奄奄一息、浑身是血的持国天王接了下来。

哪吒侧过脸，看到风雪之中猕猴王正站在山顶上拄着棍子悠悠地瞧着他，手中拎着另一个天将的头颅，那身躯，已经不知道被丢到哪儿去了。

此时，其余的十余名天将已经赶到哪吒身旁，将他与持国天王团团护在正中。

瞧这情形，猕猴王缓缓地咧开了嘴，绽开了笑：“又是战阵吗？你们天庭就是没半点侠客精神，每次都是群殴，没啥意思。”

说着，他随手将人头丢弃，横握棍棒，摆出了进攻的架势，又笑嘻嘻道：“少了持国，就凭你哪吒，撑得起一个足够对付我的战阵吗？”

闻言，那些天将一个个都望向了哪吒。

哪吒铁青着脸瞪着猕猴王，嘴里只蹦出一个字：“上！”

灵山，大雷音寺。

一位僧人挽着衣袖匆匆步入殿中，叩拜道：“启禀尊者，南天门三太子哪吒一行于北俱芦洲冰雪之地与隐居的猕猴王开战了！”

一时间，殿内窃窃私语之声骤起。

“这又是怎么回事，怎么南天门和猕猴王这时候掐起来了？”

“难道他们也牵涉其中？”

莲台之上，如来淡淡笑了笑，轻轻摆了摆两个指头：“先下去吧。”

闻言，僧人深深叩拜，弓着身子一步步退出了门外。

“南天门、三妖王、九头虫，接下来还有其他各方势力，全部都被卷进来了啊。两个孙悟空，无真无假，牵动三界。真乃妙局也。”如来淡淡叹了口气，微眯着的眼睛缓缓转动，望向了静立一旁的地藏王，“不过，就此刻而言，李靖为了困住孙悟空而布下的疑局，反倒更让本座感兴趣。”

地藏王回望如来一眼，微微仰头，望向大殿门外。

此时，玄奘正与求法国国王身处楼台之中。

“三界众生是众生，我求法国的众生，难道就不是众生吗？”国王来回踱着步，厉声道，“玄奘法师想要普度众生，本王甚是支持，无论您要什么，本王都可以给你，就算王位也毫不例外！这天下间，还有哪位君王能做到？既然如此，玄奘法师要普度众生，为何不从我这求法国做起。等求法国众生皆度，本王定不阻拦！”

玄奘双手合十，轻叹道：“陛下，普度三界众生，并非一人之力可及。贫僧的当务之急，是证得济世之道，让后人有法可依。”

“即便法师想要什么济世之道，难道其他地方能证得出来，我这求法国就证不出来吗？只要法师将我这求法国众生普度成佛，届时，我等助您将济世之道发扬光大，又有何不可？”

“陛下，若济世之道可立于一处而求得，贫僧又何须西行求法呢？”

"那究竟是什么原因求不得？我这求法国比西行路少了什么吗？少了什么，只要法师说出来，本王立即给您弄来！"

一声咆哮，国王一只手指着远处，瞪圆了眼睛望着玄奘。

一时间，气氛僵住了。

玄奘怔怔地注视着国王。许久，他双手合十，轻叹道："少了苦难。"

"少了苦难？"国王哑然失笑。

"少了众生的苦难，也少了贫僧的苦难。未有苦难，谈何普度？"

"这是什么道理？"国王瞪大了眼睛望着玄奘。许久，他指着玄奘咬牙道，"没关系，本王姑且信你！现在本王就下令让所有的僧人都去当乞丐，这不就有苦难了吗？还不够的话，本王下令让全国百姓都当乞丐，玄奘法师要多少苦难，本王就给您制造多少苦难，如何？"

玄奘静静地站着，望着国王，一言不发，面无表情。

很显然，这话，已经谈不下去了。

那远处，猴子迈开腿就要往前走，却被一旁的天蓬一把拉住了。

"你要做什么？"

"收拾他，这种人，不收拾就皮痒。"

"不要去。"天蓬注视着猴子，轻叹道，"这一步，还是要玄奘法师自己来走。"

日暮西沉，整整一个下午的谈话，到头来也不过是无疾而终。

玄奘悻悻而归，国王则是憋了一肚子的火。

他们回到住处，放眼望去，又是满院的僧人，那模样似乎比昨日更凄惨了，一个个嗷嗷大哭。

玄奘想要劝，却实在不知道该说什么好，只能眼睁睁地看着。

到头来，还是猴子出手直接将一帮人全部驱离的。

待众僧离去之后，玄奘一个人坐在院中的石椅上静静地发呆，似乎在思考着什么。

其他人都远远地看着。

天色渐渐地暗了。

黑熊精捧着一杯热茶缓缓走过去，放到桌前。

“天色不早了，这里风大，玄奘法师还是回屋歇息吧。”

玄奘缓缓摇了摇头：“贫僧实在不明白，国王陛下为何一定要让贫僧留下。”

“这有什么奇怪的。”黑熊精笑了笑，“那国王一心求佛，如今见了玄奘法师您这等活佛，还不赶紧抱紧了。”

玄奘随口问道：“那他又是如何知道贫僧通晓佛法的？”

“这……”

远处，猴子与天蓬都不由得竖起了耳朵。

玄奘抿了口热茶，轻声道：“那国王一心求佛不假，可是，他那佛学根基着实差。若不差，又如何会说出今天那番话？若不差，定然知道顺其自然，不可强求的道理。这两日，贫僧与其所说的，他理解的，怕不足两成。若是只凭这个就断定贫僧是高僧，那这求法国中的高僧，岂不是多如牛毛？为了一个高僧，他竟愿赌上王位。若是对谁人都如此，他的王位又如何留得到今天？”

闻言，黑熊精微微愣了愣。

玄奘注视着漂浮的茶叶，又轻叹道：“退而言之，求法国往东，乃是荒漠，并无商道。中间间隔了与世隔绝的女儿国。即便他对贫僧早有耳闻，那也得是从车迟国传来的。你觉得，这概率，有多高呢？”

“所以，贫僧猜测，定是有人向他说了些什么，这个人，是一个有绝对把握让他深信不疑，一条路走到黑不回头的人。以至于贫僧说什么都没用，因为他心中早有定论。”

远处，猴子的眼睛缓缓眯成了一条缝。

夜深，待到众人皆已睡下，猴子叫醒天蓬，在他耳边悄悄地说了几句话。

不多时，天蓬变成猴子模样，装模作样地上了屋顶。而猴子本身，则悄悄地溜进了内宫。

只听“咣”的一声巨响，国王寝宫之中的两扇窗户几乎同时打开了。

一个身影从其中一扇窗户跃了出去，另一边，猴子则从另一扇窗户一跃而入。

早已入睡的国王和王后吓得一下从卧榻上坐了起来，惊恐地望着猴子。

一时间，门外一阵纷扰，一位侍者提着灯笼轻轻敲了敲房门，道："陛下，刚才可是您那里面的声音？"

国王刚要张口，猴子已经随手一指，将他和王后两人的喉咙都封死了。

接着，猴子用国王的声音轻声道："没什么，本王今天给活佛气着了。你们歇息吧。"

"诺。"

很快，门外的几个人悄悄离开了。

房间里，只剩下衣冠不整、脸色煞白的国王、王后，以及手握金箍棒的猴子。

"嘘！"猴子伸出一指做了个"禁音"的手势，"别嚷嚷，我问一句，你答一句，否则，没命。明白吗？"

国王连忙重重地点头。

随着猴子伸手一指，他又能说话了，捂着嘴猛地咳了起来。

之前，猴子在国王眼中不过是玄奘的一个护卫罢了。此刻，他却发现对方根本就是来自地府的凶神，甚至都有些怀疑自己先前的认知了。

猴子指了指另一面敞开的窗户，冷声道："刚刚出去的是谁？"

望了一眼窗户，国王一脸的迷糊，回过头来与猴子目光交错之际，又吓得打了个冷战，连忙支支吾吾地说："本、本王方才睡着了，不知道那窗户是怎么打开的……"

"哦？"猴子的眼睛当即眯成了一条缝，"那这几日可是有人给你托梦了？"

国王微微点了点头。

"细细道来！"

灵山。

大殿上，前来禀报的僧人缓缓退出了门外。

整个大殿都沉默了。

“这样算普度了吗？”有人问道。

没有人回答。

地藏王仰头望着如来。

许久，如来微微抬起头，轻声笑道：“大家觉得呢？”

此话一出，在场的佛陀罗汉皆是一震，一个个睁大了眼睛。

这是，提议诸佛辩法的信号？

第六百五十二章

愿不愿意

连夜，求法国国王便被猴子揪着头发直接送到了玄奘面前。

房中的众人看到求法国国王衣冠不整地被丢到地上，一个个连忙起身。玄奘错愕地望着猴子。

“说吧。”猴子指了指玄奘，没好气地说道，“把刚刚跟我说的，原原本本地都说出来。”

无奈，缩成一团的求法国国王只得哭丧着脸说道：“前天夜里，有一位神仙托梦给本……给我，他跟我说，求法是求不到法的，因为佛陀根本不理会求法之人，要灭法，只要将国名改名‘灭法国’，查封寺庙，将所有僧人一概征发徭役，届时，一日之内，必有活佛从东方来到本国点化鄙人。这活佛远从东土大唐而来，身旁还带着驯服了的几个妖怪，很好辨认。至于之后，能不能想办法将活佛留下，就看我自己的本事了……”

闻言，玄奘的眉头微微蹙了起来，房中众人皆是一阵无语。

“然后呢？”猴子抬腿作势要踢。

求法国国王吓得缩开两步，连忙说道：“然后、然后我想，反正试一试也不亏。也就一天，一天之后，若不成，再改回来便是了。兴许这是佛陀感念本国上下百姓的诚心托的梦也说不定。然后……玄奘法师您就来了……”

听着这一段话，再配上国王那可怜兮兮的模样，房中的几个人一下都哼笑了出来，更是无语。

谁能想到呢？一个简简单单的梦，就将这草包国王给骗了，不仅困住了西行队伍，更连累了举国臣民跟着一起折腾。

玄奘的眉头渐渐松开了，静静地注视着国王。

猴子拉长了声音道："接着说！"

"然后……然后我就想，既然都应验了，那就说明真是佛陀托梦。玄奘法师您又说您求的是普度，要助众生脱离苦海……这多好啊，佛经里不是说了吗？脱离苦海，就是成佛，登极乐，那是我们求法国上下一致的心愿啊。既然如此，那就无论如何都要将玄奘法师您留下来了。可是……可是玄奘法师您却拒绝了。"

"接着说，接着说。"

国王对着猴子点了点头，眨巴着眼睛唯唯诺诺地说道："昨夜，离开大殿之后，我立即就入睡了，心里想着那神仙会不会再入梦，教我如何留下玄奘法师。结果，那神仙果然来了。他告诉我，这是佛陀在考验我求法的决心，一定要用尽各种方法、各种手段，哪怕用死威胁也行。所以……所以……"

国王的话没再说下去了，头越埋越低。

小白龙憋了半天，在一旁轻声问道："那神仙长什么模样？"

猴子插嘴道："不用问了，我都问过了，他什么都没看清，没法儿查。"

一下子，整个房间静悄悄的。

远处传来一阵喧哗声。

内宫之中已是一片熙熙攘攘，他们似乎已经发现国王失踪了，正四处搜寻。

只点起两盏烛光的房间中，玄奘静静地端坐着，注视着缩成一团的国王。

时间一点一滴地流逝。

灵山大雷音寺。

大殿之内，一片寂静。

一众佛陀罗汉均是面面相觑。

许久，站在三阶高台上的声引众罗汉缓缓出列，他对着如来行了一礼，又对着地藏王行了一礼，朗声道："贫僧以为，迷局已破，度化，可谓近在咫尺。此局，该属玄奘胜。"

言毕，四周当即传来一阵赞叹声，却也夹杂着阵阵嘘声。

“非也！”人群之中，一个声音响起了。

在众人的瞩目下，法灯罗汉缓缓出列，他同样对着如来行了一礼，又对着地藏王行了一礼，朗声道：“贫僧以为恰恰相反，此局，玄奘败！”

“何出此言？”

“若要说玄奘度化求法国国王，不如说是那妖猴度化了求法国国王。没有孙悟空，就凭玄奘一人，如何可能度化？”

“你又怎知没了孙悟空，玄奘就度化不了？”声引众罗汉当即反驳道，“这骗局，本就是玄奘看破的，即便没有孙悟空，玄奘也有其他办法可行普度！再说了，借力打力，又怎就不是力？玄奘虽无修为，却巧妙利用了孙悟空的力量施行普度，这难道就不是普度了？”

未等众人反应过来，法灯罗汉便反问道：“那你又怎知没了孙悟空，玄奘还度化得了？”

“这……”

法灯罗汉鼓足了气，朗声道：“清明如太上老君，况且也有束手无策的一天。这世间多少事，即便看破症结，也是可议不可为。玄奘毫无修为，难不成，他还能自己夜入寝宫将国王拿下问个明白不成？借力打力自然算力，可富人能用五两钱银买下一把簪子送予妻子，难不成穷人也能？这世间众生，本就不同！”

声引众罗汉一时怔住了。

法灯罗汉振了振衣袖，又接着说道：“正如玄奘所言，普度三界众生，非一人之力可及。其当务之急，是证得济世之道，让后人有法可依。若依此论，此力，若非人人身旁都有个美猴王保驾护航，谁人借得？依贫僧看，即便度化了求法国国王，也不过旁门左道而已，上不得台面，更称不上‘道’！”

一时间，整个大殿安静了，所有人都静静地注视着中央对峙的两人。

法灯罗汉微微仰着头，一脸淡然。

声引众罗汉早已涨红了脸，却也无从辩起。

如来、地藏王，乃至于比罗汉位阶更高的诸佛陀们，都只是在一旁静静地看着，并未出声。

此时，求法国。

王宫中，无数握着火把、提着灯笼的侍卫宫仆正掘地三尺地搜索着。

国王平白失踪，王后晕厥不醒的消息早已惊动了整个王宫。火光照亮了每一个角落，却还没有人来得及搜索玄奘一行所处的别院。

房中，玄奘静静地坐在卧榻上。

国王则已经整个人缩在地上，近似于跪着了。那目光时不时地往猴子身上瞥。

一阵脚步声传来，又一阵火光照亮了窗棂，可转眼之间又远去了。

国王在忐忑地张望着。

此时此刻，他非常非常希望有人发现他在这里，赶来救他。

可是，即便整个王宫的兵马全部出动，真就能对付得了这只猴子吗？

他不知道。

眼下，对他来说，已经近似于一个死局了。

另一边，玄奘静静地注视着这位国王，面色如常，脑海之中却如同一团乱麻一般。

他发宏愿西行证道，为的就是普度众生。不愿向他求法的要度，愿意向他求法的，更要度。

眼前，就是一个希望找他求法的国王，可是，却选用了这种方式，闹出了这般僵局……这是他从未想过的。

他应该如何去拯救一个意欲求法却不得其门而入，甚至渐行渐远的生灵呢？

等等，也许……

许久，玄奘淡淡笑了笑，张口道："陛下想留下贫僧，为何？"

国王微微颤抖着答道："因为、因为玄奘法师您是活佛。"

"然后呢？"

"您可以度化我。"

"若是不行呢？"

"这……"

国王一下子慌乱了，答不上来。

玄奘淡淡叹了口气，轻声道："陛下想成大道？"

"想。"

"那为何在见到贫僧之前不成？"

国王眨巴着眼睛，无奈道："不瞒玄奘法师，鄙人资质愚钝，参悟不了佛经。所以……所以才希望无论如何能将玄奘法师留下。"

说罢，国王深深闭上了眼睛。

玄奘沉默了许久，轻声道："那，贫僧现在就助陛下成大道可好？"

"真的？"国王一下将头抬了起来，眼巴巴地望着玄奘。

"真的。"玄奘点了点头，接着说道，"不过，陛下得听玄奘先讲一个故事。"

"什……什么故事？不，多少个故事都成，只要能成大道，玄奘法师您要说多少个故事，说一年，说十年，鄙人都愿意听！"

"那就好。"玄奘淡淡笑了笑，振了振衣袖，缓缓起身。

"这是贫僧小时候，贫僧的师父给贫僧讲过的故事。"玄奘一步步走到窗前，望着窗外来回变动的火光，轻声道，"从前，有一座寺庙，寺庙里有一颗菩提子，历代住持代代相传。每一代住持坐化之际，都会握着这颗菩提子对下一代的住持说：'只要每日灌溉，待菩提树长成之日，便是成佛之时。'

"所以，几乎每一任的住持，都会将它种到院中，每日灌溉。可是，它始终没有发芽。到头来，不过是在每一任住持临终前被再次挖出，赠予下一任的住持罢了。

"渐渐地，住持们不再相信那个遗言了，他们只把这颗菩提子当成信物。再也没人去灌溉它，它甚至连被种到土里的机会都没有了。虽然，那遗言还是传了下来。

"后来，它连信物都不是了，被当成普通的物品，赠给普通的弟子。因为，它除了不会坏掉之外，与其他菩提子，并没有任何区别。

"终于，有一天，这颗菩提子被送到了一个小沙弥的手中。这个小沙弥资质平平，在一门师兄弟中不但不出类拔萃，更甚者，大家都觉得他有点笨。别人看十遍佛经就能记住，他却要看一百遍。

"不过，就因为他是这样一个小沙弥，所以他并没有师兄弟们那么多奇异的想法，他甚至不懂得质疑，不懂得偷懒，日常所有的一切，都是按照经文所述做足了的。对这菩提子，他自然也是按照师父的嘱托，日日灌溉。”

说到这里，玄奘微微一笑，道：“终于，奇迹发生了，在灌溉了足足七七四十九年之后，这颗菩提子不只发芽了，而且一夜之间，就长成了大树。那原本的小沙弥，自然也如传说一般，荣登佛位。”

话到此处，国王早已惊得张大了嘴，他眨巴着眼睛支支吾吾地问道：“玄奘法师的意思是……您有那种菩提子。”

玄奘缓缓摇了摇头道：“那菩提子，其实是机缘巧合，佛祖所赠。它并不是没办法发芽，而是要经一个人的手，灌溉足足七七四十九年，不可间断。可惜，只因佛祖当初并没有告诉他们这个年限，所以，数百年的时间，它才获得一个偶然的、发芽的机会。贫僧给陛下讲这个故事，是要告诉陛下：‘智者悟道，愚者信道。’”

国王低下头，不断默念着：“智者悟道，愚者信道。智者悟道，愚者信道……”

玄奘弓下身子，伸出手去轻轻触碰国王的脸颊：“既然悟不透，那就相信它，将正确的事情，做到底。陛下只要信一个正确的道，那么总有一天，能成大道。”

“那……那……”

“贫僧只问陛下一句，愿不愿意信贫僧？”

这一刻，国王微微张大了嘴巴，睁大了眼睛，呆呆地看着玄奘近在咫尺的脸庞，看着玄奘坚定的目光。

许久，他轻声道：“鄙人，愿意！”

第六百五十三章

胜负与激化

灵山上，早已辩驳了许久，说尽了道理，却依旧落得个下风的声引众罗汉厉声道："玄奘分明已经胜了一局！"

对面，占尽了上风的法灯罗汉不痛不痒地叹了句："玄奘败了。"

声引众罗汉咬着牙，将声音抬高了八度，喝道："玄奘分明已经胜了一局！"

法灯罗汉低头捋了捋衣袖，悠悠叹道："玄奘败了。"

"玄奘分明已经胜了一局——！"这最后一句，声引众罗汉几乎是吼出来的。那脸已涨得通红。

然而，支持他的人却越来越少了。几乎所有的人，都站到了法灯罗汉的一边。

即便是仅留在他身后的十来位罗汉，也都是平日里跟他交情匪浅的。此刻站在他身后，说不清究竟是为了佛法，还是为了私交，又或者，只是单纯出于平日里的信任。

"他没有败，没有败，没有败……"

整个殿堂安静了下来，只剩下声引众罗汉重重的喘息声和喃喃自语。

所有的佛陀、罗汉，都静静地看着，等待着一个几乎已经被公认的结果。

然而，正当此时，一位僧人匆匆入殿，叩拜道："启禀尊者，求法国国王已下令放玄奘西行，还有……还有，他已剃度，却并未出家，而且开仓派粮、分派钱银……"

一时间，殿上的罗汉、佛陀，一个个都朝他投来了疑惑的目光。

法灯罗汉悠悠叹道："这想必是那妖猴自恃武力逼迫的吧。有何可虑？"

"非也。"僧人微微仰头，道，"启禀法灯尊者，剃度、派粮、分派钱银、发布各种养民之政，皆非妖猴胁迫，而是……而是……"

"而是什么？"

"而是……"僧人支支吾吾地说道，"而是玄奘对国王说，要成大道，只需做到一件事，那就是……行善。"

"行善？"听到这两个字，法灯罗汉一下子笑了出来，"还没听过哪个佛门弟子靠行善成佛的，莫非这玄奘思虑过度，已经走火入魔了，才说出这等妄语！"

一时间，所有的罗汉都笑了。

就连一直认为玄奘已胜的声引众罗汉，也是一头雾水，再找不出为玄奘辩解的辞藻。

他最后的支持者都已经静悄悄地站到了对面。

然而，佛陀们却没有笑。

渐渐地，笑声停止了，所有的罗汉都睁大了眼睛望向佛陀们。

整个大殿之中一片寂静，所有的声音都如同被凭空扼断了一般。

许久，地藏王轻声叹道："他只是说成大道，并未说成佛。他这是……在施行自己的'道'。他在度的，不是国王，而是一整个国家呀。呵呵呵呵……好一个玄奘，好一个借力打力，他借的，不仅仅是妖猴之力，还有李靖之力，更甚者，借助了所有一切可借之力，包括国王之力……"

地藏王双目紧闭，双手合十，轻叹道："阿弥陀佛，这一局，玄奘胜。"

那声音极其细微，可放到这寂静的殿堂之中，却犹如雷鸣般振聋发聩。

所有人都呆住了。

一直为玄奘辩护的声引众罗汉嘴角微微抽了抽，他想笑，最终却没能挤出一丝笑意。

玄奘赢了，却不是他赢了，因为，玄奘根本没用他一开始所想象的方式在施行普度之法。

也许，直到这一刻，在场的罗汉、佛陀们才惊讶地发现，玄奘，已经不是当初的玄奘了吧……

所有的人都静静地站着，一个个如同雕塑一般，没有发出一丝声响，甚至没有任何一丝神色变化。

好一会儿，如来缓缓地笑了出来。

那声音如同鸣钟一般，让四周的一切都跟着微微颤抖。

无数双眼睛静静注视着他。

“这一局，他赢了。不过，现在才刚刚开始。西行的路剩下不多了，证道之路，却还很远。”如来顿了顿，瞧着前来禀报的僧人轻叹道，“万事皆有利弊，有因果。也差不多到时候了，李靖那边，想必已经发现了新的‘线索’了吧？”

“线索？”

一时间，殿内众罗汉都蒙了，前来禀报的僧人更是一头雾水。

南天门城楼中，两位天将急匆匆来到李靖面前，单膝跪地。

“怎么样？”李靖连忙走过来，将两人搀起，问道，“没被他发现吧？”

其中一位天将抹了把汗，伸手解下盘在腰间的锢灵索，双手奉还李靖，道：“请天王放心，那妖猴由始至终，并不知道我们的存在……好在有这法宝在，否则此行，恐怕真的凶多吉少了。最接近的时候，末将与那妖猴只有五十丈不到。”

李靖伸手将锢灵索接了过去。

“天王，末将有一事不明。”另一位天将拱手道，“末将明明一直在塔顶盯着他们所居别院，连眼睛都不敢眨一下。那妖猴由始至终，也都在屋顶上守夜。末将实在不明白，他是怎么忽然出现在寝宫之中的。”

闻言，李靖握着锢灵索，双眼微微眯成了一条缝。

“这有什么。也许是他们中的一个人变作了他的模样，蒙骗了你。”

“也是。那妖猴本来就疑心极重，做出这种事，毫不奇怪。”

说着，两位天将呵呵笑了起来，似乎终于松了口气。

然而，李靖却没有笑。

“这几日辛苦了，你们先下去休息吧。”

“谢天王！”

两位天将转过身，结伴离开了城楼。

此时，李靖却握着锢灵索陷入了沉思，双目微微闪烁着。

他将锢灵索轻轻放到桌案上，蹙着眉头喃喃自语道："这种事情，可能是他们其中一人变作他的模样。但……也可能是他施展了分身术一类的术法。大罗混元大仙的行者道，是否可能施展足以蒙骗天将的分身术呢？"

若真是这样……那就意味着一旦所有的三只妖猴都没嫌疑的情况下，最大的嫌疑，就在孙悟空身上了。

李靖侧过身，伸手拿起一块玉简贴到唇边。

"父亲——！我们还在追着他呢！速度太快了！"

暴风雪中，哪吒只对着玉简吼了一句，见对面没有立即答复，当即将玉简收了起来，驶使着风火轮，拽着火尖枪继续与其他一众天将一起聚成战阵往前方冲刺。

一位握着罗盘的天将指着左前方吼道："他在那里！"

很快，整个战阵都往那个方向移动过去。

拨开眼前弥漫的风雪，不多时，猕猴王的身影便出现在了他们眼前。

他拄着棍子站在一处悬崖之上遥望着哪吒，鲜血顺着受伤的臂膀一滴滴滑落，落在皑皑白雪之上，如同一朵朵盛开的梅花一般。

那脸上的表情，都已经痛得变了形。

猕猴王重重地吐出两口雾气，瞧着哪吒艰难地笑道："听说你的修为无法成长，我还以为是真的呢……看来，传言真是信不得啊。"

哪吒冷冷地瞧着猕猴王，道："传言是真的，不过修为不能成长，法器却可以改进。而且一个战阵中，还不只可以改进本太子的法器。"

"改进法器？这可不是太乙真人的作风。"

"是玉鼎师叔帮本太子改的。师叔自从在花果山当了工匠师父之后，技艺着实提升了不少，最重要的是，做出来的法器风格不一样了。"哪吒朝着自己全副武装、浑身法宝的同伴们扫了一眼，哼笑道，"这次多亏你轻敌了，否则以你的速度，我们还真追不上呢。"

猕猴王将手中的棍子攥得吱吱作响，咧嘴笑了笑："那现在怎么样？准备杀了我吗？”

“哪敢？杀了你，唇亡齿寒，你那几个兄弟还不把天掀了？”哪吒将火尖枪指向猕猴王，歪着脑袋说道，“事到如今，也不怕明说了吧。我们不打算杀你，不过，你得老老实实在这里待着。别问为什么。没事了，我们自然会放你走。”

闻言，猕猴王一下笑得更欢了，额头上的青筋都暴了出来。

哪吒双目缓缓眯成了一条缝，手指微微颤动了两下。

四周的天将见了，一个个都默默点头，做好了迎击的准备。

下一刻，猕猴王微微张嘴，嬉笑着从口中蹦出两个字：“做梦！”

话音未落，一声咆哮，他已经一个翻转朝着南方冲了过去。

“追！”一声令下，战阵当即散开，朝猕猴王离开的方向追了出去。

与此同时，翠云山，牛魔王的地盘上已是一片纷乱。

大批的妖军里外三层地拉开了防御，掘地三尺地搜索，却依旧一无所获。

芭蕉洞中，足足上百具尸体被整齐地排在牛魔王面前，看得牛魔王眼睛都直了。

“这究竟是谁干的！”他一拳重重砸在桌案上，猛地咆哮道，“你们还愣在这里干什么？还不快给本王出去搜？”

十余只小妖吓傻了，连忙一拱手，退出门外。

殿堂之中，一位妖将跪在牛魔王的面前拱手道：“大王息怒。据幸存者所言，那袭击者，像极了大圣爷……”

“胡说八道什么？”又是一声咆哮，牛魔王随手将身前的矮桌直接掀翻了，指着跪地的妖将叱道，“如果是大圣爷，你们还有命站在这里说话吗？”

那妖将吓得连忙缩了回去。

正当牛魔王气得重重喘息之际，一旁的红孩儿躬身拱手道：“爹，依孩儿之见，即便真是大圣爷，也未尝不可能。也许他是因为上次孩儿的事……”

“闭嘴！这种话以后不准再提！”牛魔王重重呵斥一声，指着留下来的一众妖将道，“还不快给本王去搜？要本王说第二遍吗？”

“诺！”那些妖将一个个吓得连忙拱手，退出了门外。

转眼之间，洞府之内就只剩下牛魔王与红孩儿了。

“爹……”

“你也去！”

红孩儿稍稍犹豫了一下，只得无奈拱手道：“孩儿遵命！”

说罢，红孩儿转身退出门外。

待所有人都离开之后，牛魔王孤身一人在洞府之中来回踱着步，他伸手去端一杯酒，却发现那手已经颤得不成样子了。

好不容易缓过劲来，他眨巴着布满血丝的眼睛喃喃自语道：“大圣爷……看来，得到吕六拐那边摸摸底了……”说罢，牛魔王将杯中酒一饮而尽。

此时，南赡部洲，六耳猕猴正站在山坡上，远远地眺望着吕六拐一派控制的区域。

“那里就是吕清的地盘？”

“对。”一旁的山羊精微微颤抖着点了点头。

“老规矩，你在这里等我。”六耳猕猴瞥了山羊精一眼道，“若是敢跑，我就让你连魂魄都不剩，懂吗？”

山羊精吓得忙匍匐在地，道：“小的、小的明白。”

死穴

第六百五十四章

结 盟

灵山脚下，几位灵山接引僧阻断了三个妖王上山的路。

鹏魔王扯开嗓门儿吼道："你们这什么意思？我们与你们地藏尊者熟识，难道连上个山都不行吗？"

一时间，过往的僧人的目光都被吸引了过来，一个个停下了脚步。

"三位施主，实在抱歉。"为首的接引僧双手合十，躬身行礼，面无表情地答道，"佛门重地，闲杂人等不得擅闯。况且，恕贫僧直言，三位是否真与地藏尊者相熟，贫僧也不太确定。"

"你说什么？"猸狨王差点儿整个扑了上去，好在狮狔王将他死死拽住。

鹏魔王将已经勃然大怒的猸狨王拦到身后，歪着脑袋注视着那为首的接引僧，冷冷道："你是说……我们撒谎咯？"

此时，四周已经有十余名过往的僧人驻足，一个个都有意无意地瞧着他们。

"对。"那为首的接引僧直截了当地答了出来。

一时间，鹏魔王的眼角不由得抽了抽。

面对凶神恶煞的三个妖王，这年纪轻轻的接引僧竟毫无惧色，与鹏魔王对视的目光冰冰凉凉的，没有一丝情绪。

微微转动眼珠子，那接引僧注意到鹏魔王攥紧的拳头，冷冷道："这里是灵山，无论做什么，都请施主三思而后行。"

"你！"鹏魔王一时气结，转身踱了几步，重重一跺脚，又走了回来，指着接引僧道，"你派个人去问问，问问你们地藏尊者，问问我们是否与他相识，问问他让不让我们上山！"

“施主莫急。”那接引僧双目低垂，冷冷答道，“佛门弟子满天下，想必，此刻地藏尊者已经知道诸位到来了。很快，就会有人前来传话。”

正言语间，一位僧人已经踏着阶梯匆匆下山，来到众人身旁。

只见他双手合十，对着接引僧行了个礼，又对着鹏魔王行了个礼，道：“传地藏尊者的话：灵山戒律，未出家者，不得上山。便是与尊者相熟，也当如此。”

接引僧缓缓抬头，两手一摊，道：“诸位听到了？”

“出家？”鹏魔王一下哼笑了出来，“出家也行，不就是剃几根毛吗？我们现在就出家！三个都出家！”

“对，我们现在就出家！”一旁的狮狔王连忙附和道。

顿时，在场的僧人都笑了起来，连那远远站着观望的几个也笑了，笑得三个妖王面红耳赤。

“你们这……你们这什么意思？”

那接引僧掩着唇淡淡笑了笑，道：“出家，便是斩断因果。红尘断不得，又何谈出家呢？诸位不会是将灵山与凡间庙宇一概而论了吧？”

“红尘……”三个妖王眨巴着眼睛面面相觑，皆是一头雾水。

见状，那接引僧干咳了两声，朗声道：“所谓的了断红尘因果呢，就是要将与我佛门无关的一切通通斩断。诸位在这尘世中，似乎还有未了之事吧？”

鹏魔王双目缓缓眯成了一条缝：“你指的是什么？”

收起笑容，接引僧冷冷道：“例如，你们与那齐天大圣孙悟空之间的恩怨。”

“你！”狮狔王一下张大了嘴巴，吼道，“若不是与他之间的恩怨，我们用得着投靠你佛门？现在你让我们斩断，什么意思？”

闻言，接引僧冷冷答道：“若你们这样灵山都收，那岂不是三界之中凡是走投无路的人都能到灵山来避难？那我灵山成什么地方了？”

这一次，狮狔王都忍不住要扑上去了，他狂吼道：“若不是为了你们地藏尊者的那个什么鬼计划，我们用得着得罪疯猴子？我们早就和红孩儿一样什么事都没了！”

身前，鹏魔王死死地将他拦住，睁着一对发红的眼睛低声喝道："不要说了，说什么都没用了。就当我们自己有眼无珠，看错了这帮秃驴！"

鹏魔王拼命地拽着狮狔王与猸狨王，怒视着接引僧，便开始往回走。

接引僧依旧站在原地一动不动，目送三位妖王离去。

正当此时，一阵破空声传来，九头虫带着暖暖一同出现在了不远处。

一时间，三位妖王都怔住了。

九头虫微微抬头看了三位妖王一眼，也不多言，带着暖暖拾级而上，与三位妖王擦肩而过。

很快，九头虫走到了接引僧的身侧。接引僧微微抬手，将他拦了下来。

一时间，九头虫和暖暖都蒙了。

台阶下的三位妖王却哈哈大笑了起来："你也是来投靠的吧？哈哈哈哈，别妄想了，我们帮地藏王出生入死都上不得灵山，他们会收你？做梦去吧！"

闻言，九头虫和暖暖有些错愕地朝着接引僧望了过去。

"红尘未断之人，不得上山。"只一句，接引僧便不再言语了。

那神情与方才如出一辙；拦住两人的手更是分毫不动。

九头虫顿时哼笑了出来，咬牙叹道："看来……这次是真的完了。"

说罢，九头虫抬头往山顶上放射璀璨金光的大雷音寺望了一眼，无奈带着暖暖一步步往回走。

正当此时，台阶下，鹏魔王却歪着脑袋往前一步，挡到了九头虫身前。

"看来你的情况和我们差不多啊。"鹏魔王抬起头，睁大了眼睛伸手道，"你的兵马也不少，要不，我们联手如何？人多了，就算死，也不会死那么快。"

此话一出，九头虫与暖暖对视了一眼，犹豫了。

此时，玄奘一行人还待在求法国中。

应求法国国王的邀请，玄奘设坛开讲，主讲一个"为善"。

一时间，全国信众蜂拥而至，万人空巷，好不热闹。

足足讲了三天，讲到玄奘筋疲力尽，求法国上下却还觉得不够，想邀玄奘再讲。

无奈之下，玄奘只得应允再讲四天，凑齐七天。七天之后，必须起程。

对此，刚刚剃了光头的大胡子国王乐呵呵地拍胸脯保证，保证凑齐七天，必不再强人所难。

而就在玄奘为讲经劳心伤神之时，牛魔王父子已经悄悄来到了南赡部洲吕六拐的驻地。

看着平地上一字排开盖着白纱的尸体，牛魔王一时间蒙了。

他连忙停下脚步，伸手揭开了其中一具尸体盖着的白纱。

映入眼帘的是一具如同干尸一般的尸体。只一眼，牛魔王就注意到了脖子上的牙痕。

一时间，牛魔王的眼珠子微微转动了起来。

“爹，这会不会是……”

“嘘。”

得到牛魔王的暗示，红孩儿闭了嘴。

前来引路的小妖见牛魔王没跟上，又走了回来。

“魔王，这边请。吕丞相正在前面等着您呢。”

牛魔王将掀开的白纱又重新盖了回去，拍了拍手站起来，轻声叹道：“你们这里，发生了什么事吗？”

“也没什么事，就是……”话到嘴边，小妖顿住了，连忙将话又咽了回去，拱手道，“这些事，魔王还是一会儿亲自问问吕丞相比较好，小的不便多言。”

“行吧，带路。”

“诺。”

一行三人继续往前走，很快走入了吕六拐居住的洞府。

还在隧道中，牛魔王和红孩儿便远远地听到了争吵声。

“这分明就是有人化成大圣爷的模样，故意为之。这是离间计！要么是天庭，要么就是狮犵国那三个叛徒！大圣爷绝不会做这种事！”

“可是，丞相大人，卑职与来者距离最近的时候不过相距五丈，对方身上并没有施展变幻之术啊。”

“不用说了！你什么修为？不过就是一个太乙散仙！要骗过你还不容易？狮犵国那三个叛徒里随便一个都行，更别提天庭还有一堆出自三清之手的法宝了！”

不多时，紧闭的门“咣”的一声打开了，从里面走出来一只身穿铠甲、身材魁梧的白熊精，身后还带着五名妖将。

开门第一眼望见牛魔王与红孩儿，白熊精微微一愣，当即朝着两人拱了拱手。紧接着，他便带着自己的部下匆匆离去了，半句话也没多说。

一旁的小妖伸出手去，轻声道：“魔王，吕丞相就在里面，请吧。”

牛魔王微微点了点头，迈开脚步走了进去。

宽阔的石室内，吕六拐负着手，焦虑地来回踱着步。一旁静静站着的，是他的养女莺儿与养子长信。

吕六拐抬头看见牛魔王，嘴角微微抽了抽，似乎想挤出一丝笑意，无奈失败了，只能黑着脸朝一旁的石椅摆了摆手道：“魔王来啦，请坐吧。”

牛魔王也没多客气，拱了拱手便躬身坐下，随口问道：“吕丞相最近，可是遇到烦心事了？”

吕六拐哼了一声，也坐了下去，伸手沏起了茶，半晌，悠悠道：“也不瞒魔王了……其实要瞒也瞒不住，魔王在外面怕也都看到了吧？”

“吕丞相是说……那些尸体？”

吕六拐点了点头道：“对，就是那些。这两日，不知道怎么着，竟有人冒充大圣爷伏击吕某的一应部众，吸血，吸精气。”

说着，吕六拐将一杯热茶推到牛魔王面前。

牛魔王注视着身前冒着腾腾热气的清茶，冷不丁问了一句：“您怎么知道那是冒充的？”

“这还用问吗，大圣爷怎么会做这种事？”

“吕丞相就没想着，问一下大圣爷？”

“这种事还用得着问？”这话刚说完，吕六拐当即便反应了过来，蹙着眉头注视着牛魔王。

他的养子养女也都瞧着牛魔王。

一时间，石室之中安静了下来。

牛魔王沉默了好一会儿，干咳两声道：“其实……吕丞相还是问一问的好。就在两日前，我翠云山也发生了同样的事。不仅如此……大圣爷之前让老牛盯着我那三个弟弟，所以，狮犵国我也安插了点耳目。刚刚收到消息，那边，似乎也发生了一样的事情。”

闻言，吕六拐怔住了，眼珠子微微转动，似乎想到了什么。

牛魔王静静地注视着吕六拐，低声叹道：“如果大圣爷真的遇到什么事情，问一句，说不准，咱还帮得上一点忙。您说对吧？”

吕六拐蹙着眉头犹豫了好一会儿，最终还是听从了牛魔王的建议，摸出玉简，贴到唇边。

第六百五十五章

落魄的猕猴王

“大圣爷，西行，可还顺利？”

听到玉简的另一端传来的这一句话，猴子不由得一愣。

吕六拐性格有些迂腐，偶尔还要装一装文人的清高，虽然每次见到猴子都是一阵三拜九叩，恨不得抱住猴子就不走了的样子，却几乎从未像一些马屁精一样问过安。

这话，可不像是从他嘴里说出来的呀。

猴子稍稍犹豫了一下，随口答道：“一切还算顺利，怎么，有事儿？”

玉简的另一端，吕六拐干咳了两声道：“臣就是想问问大圣爷的近况，看有什么事儿臣能帮得上忙的。又或者，大圣爷有没有什么话想跟臣说的。”

“没有，这种事你哪帮得上啊？就你手下那几个人，还不够黑毛打的呢，来了也是白搭。总不能要你拉上整副家底跟着我吧？你，真没什么其他事儿？”

“没有，没有。就是……就是太久没见，臣有些思念大圣爷了。哈哈哈哈。”

南赡部洲。

洞府之中，牛魔王看吕六拐握着玉简一直和猴子打哈哈，都急出一身汗了，一直在一旁猛打手势。吕六拐却一直装作没看见，甚至干脆别过脸去，继续和猴子瞎聊。

好一会儿，终于聊完了，吕六拐放下玉简。

牛魔王顿时气不打一处来，猛地嚷道：“吕丞相，您就不能直接问大圣爷一句吗？问一句，就一句！”

闻言，吕六拐冷哼一声，鄙夷地瞧了牛魔王一眼，板着脸道：“我说魔王啊，你就是不懂为臣之道。当初教你识字的先生真该打板子。”

“啥？”牛魔王眉头都蹙成八字了，瞪着一双牛眼瞧着吕六拐。

吕六拐低下头，一边摆弄着茶具，一边得意地说道：“让我来教教你吧。大圣爷想要告诉你，你不问他也会说。大圣爷若是不想告诉你，你就问了也没用。君臣之间，顺其自然就好。做好自己的分内事，不越界，不给主上添乱，不让主上忧心，这，就是为臣之道了。”

说着，吕六拐伸出一指，轻轻点在桌案上，悠悠地瞧着牛魔王。

“你！”

这一刻，牛魔王真的很想骂人，甚至想打人。若不是碍于吕六拐挂着个“丞相”的名头，又是猴子的亲信，他已经动手了。

另一边，吕六拐却还意犹未尽。

他咽了口唾沫，又接着说道：“行啦，大圣爷方面的事情到此为止了。只要确定大圣爷与咱没什么误会，这就算问过了。至于眼下的麻烦……不用说，肯定是有人冒充大圣爷，想要挑拨离间。麻烦落到咱头上，这是咱自己的事，该自己解决。大圣爷正在西行路上，要保护玄奘法师，有的是事情忙。咱自己的事，说都不要跟他说，免得让大圣爷担心。等回头查清究竟是哪方人马想要挑拨离间，再回报给大圣爷不迟。”

说着，吕六拐的脸上已经笑开了花。

“查清？”牛魔王咬牙冷哼道，“怎么查清？现在连个影子都找不着！难道杀去地府翻生死簿吗？据我所知，别说我们了，就天庭想去翻都没那么容易。大圣爷亲自去了也都还要谈条件，换了别人，佛门压根不会鸟你！”

“看看看。”吕六拐两手一摊，嘿嘿笑道，“你这不又把主意打到大圣爷身上去了吗？为臣者，当本分。这种事啊，就不烦大圣爷操心了。我倒有一个好办法可以解决。”

“什么办法？”闻言，牛魔王一下来精神了。

吕六拐用指尖蘸了点茶水，点在桌案上，道：“我这里他来了；魔王那里，他也去了；狮狏国，也去过了。碧波潭不知道，但如果按这趋势，多目怪那里，他是铁定会去的。只要知会多目怪一声，设个埋伏……”

不多时，牛魔王就找了个借口带着红孩儿脱身了。

出了洞府，红孩儿一脸不悦地抱怨道：“瞧他笑成那个样，事情还远没解决呢，有什么好高兴的。说了那么多，也不知道行不行得通。”

“行不行得通不知道，不过……有一点他倒是没说错。只要基本确定不是大圣爷，这事情也就算解决一半了。”牛魔王淡淡叹了口气，接着说道，“无论如何，这一趟也算没白走。吕六拐这边都出问题了，他可是大圣爷的死忠啊。再怎么样，大圣爷都不可能对他出手。再加上刚刚的事……至少，我们可以确定不是大圣爷想找我们算旧账。接下来，和他保持联系吧。密切留意各方动向。”

“孩儿明白。”

说着，这对父子腾空而起，朝着西牛贺洲的方向飞了过去。

此时，西牛贺洲。

猴子摩挲着玉简，一脸的茫然：“这个吕六拐，干吗呢，这是？”

“大圣爷！”不远处，黑熊精拼命地招手，冲他嚷嚷道，“玄奘法师的讲经会快开始了，赶紧过来啊。”

仅仅相隔了一个转角的地方，广场上早已经聚集了上万的民众，人山人海。大批的军士好不容易才维持住秩序。

“知道啦。”猴子没好气地答了一句，将玉简收起，又翻了个白眼道，“他讲经我去干吗，去被度化吗？哼！”

话是这么说，不过，他还是迈开脚步走了过去。

刚走了不到五步，他忽然顿住了。

他抬起头，看到漫天的乌云，遮天蔽日。

“怎么回事？要下雨吗？”

一时间，那些会聚在广场上的民众也都抬起头，议论纷纷。

就连坐在高台上的玄奘也是微微一愣。

“我那老爹也太不给面子了吧，居然这时候跑过来翻云覆雨。”不知道刚刚跑去什么地方吃了什么东西的小白龙一面剔着牙一面朝猴子走了过来，悠悠道，“大圣爷，去教教他怎么做人。”

“这不是龙王。”

“不是？”

猴子的眼睛缓缓眯成了一条缝，死死地盯着头顶的乌云。

正当此时，一声惊天动地的雷鸣响起，那闪光照亮了半个天空。

紧接着，飞速撕开的乌云中，浑身是血的猕猴王一下冲了出来，身后紧跟着的是哪吒以及十余名天将组成的战阵。

双方在天空中迅速激战起来。

“神仙打架？”

一时间，地面上所有人都看傻眼了。

哪吒伸手一指，一道灵力从他的指尖飞射而出，在即将击中猕猴王的瞬间，却被猕猴王挥舞着棍棒重重甩了出去。

失了准头的灵力直接砸中了地面上的一栋房屋，顷刻间，那房屋被砸成了两半，轰然倒塌。

直到此时，地面上的人们才一个个醒过神来，夺路而逃，相互践踏！

惨叫声此起彼伏。

高台上的玄奘连忙站了起来，他眼睁睁地看着这一切，却束手无策。

已经将“行善”作为最高准则的国王咬了咬牙，迅速带领着自己的部从投入了救人的队伍。

“大圣爷，怎么办？”小白龙猛地回过头来问道。

“娘的！”猴子一咬牙，直接化作一道金光腾空而起，瞬间挡到了双方的正中间。

顿时，天地都安静了。

“糟糕……打到求法国来了。”

见到忽然出现的猴子，哪吒那瞪圆的眼珠子差点儿都掉下来了，连忙摆了摆手。

那些天将一个个惊恐地望着猴子，十分有默契地往后缓缓移动，整个战阵迅速与猴子拉开了距离。

“大圣爷……”已经受了重伤的猕猴王悬停在猴子身后，刚一张口，一口血水喷洒而出。

“别说话。”猴子歪着头，悠悠地瞧着哪吒道，“他犯了什么事儿？”

哪吒朝着猴子身后的猕猴王望了一眼，咽了口唾沫，支支吾吾地说道：“我们……我们就是想让他配合调查一下而已……”

“配合调查？那就是没证据咯？”猴子一下笑了出来。

他瞧着哪吒，就这么一直不停地笑着，越笑越欢，笑得哪吒心里直打鼓。

所有的天将都瞪大了眼睛，惊恐地望着猴子。

忽然间，猴子脸上的笑猛地一收，高声喝道：“趁我还没想在这里大开杀戒，滚！”

一声暴喝之下，不需要任何的命令，也不需要任何的暗示，那些天将已顾不得什么颜面，一个个转身就跑，连哪吒也不例外。

转眼之间，好好的一个天军战阵就跑得一个人都不剩了。

地面上正在逃命的民众看清了天空中的情形，纷纷停下脚步欢呼了起来。危机顿时解除。

高台上的玄奘也缓缓松了口气。只是苦了四处救人的国王还在忙活。

猴子回过头看了猕猴王一眼，半句话没说，低头就朝着原本的位置落了过去。

猕猴王稍稍犹豫了一下，捂着胸前的伤口，跟了上去。

“你干了什么？”

“我……启禀大圣爷，末将什么都没干。末将就是不想掺和了，才解散人马归隐的。连联络几个义兄弟的玉简都丢了，要不然也不至如此……”

猴子又回头看了一眼，继续往下落，没说话。

猕猴王调整了气息，又蹙着眉头解释道：“末将也不知道他们是吃错了什么药，居然主动跑过来找麻烦。说什么只要我老老实实待着，时间到了就放我走……天庭的话哪能信啊？末将就想着，拼了这条命也要突围，跑到西牛贺洲，我那几个义兄弟都在，最起码，他们应该不会见死不救……没想到，居然遇到大圣爷您了……”

两人刚一落到地面，黑熊精就匆匆忙忙地赶了过来，单膝跪地，对着猕猴王拱手道：“末将参见大王！”

“你也在？”猕猴王一下都有些蒙了，转头一脸疑惑地望着猴子。

“照顾一下他，养两天，回头去吕六拐那里避避难。”说着，猴子已经朝着玄奘的方向走了过去，“天庭的事，等我这边差不多了，帮你弄清楚。”

猕猴王连忙单膝跪地，高声喊道：“谢大圣爷！”

第六百五十六章

死　穴

南天门城楼。

李靖握着玉简，惊出了一身的冷汗。

“你怎么会那么糊涂，不是早跟你说过那猴子在求法国吗？你还带着人马杀过去？”

玉简的另一端，哪吒支支吾吾地说道：“父亲，我……我也是打昏头了。猕猴王一路跑，速度又快，我们一路追，没想太多……没想到，没想到就追到求法国去了……和那妖猴撞个正着……”

李靖紧紧地握着玉简，强压住心中的怒火，低声道：“现在怎么样了，都没事吧？”

“事是没有……可是，没法儿再跟了。猕猴王和孙悟空两条线一起断了，接下来该怎么办？”

“先回来吧。”

李靖靠坐在帅椅上紧紧地闭着眼睛，只觉一阵头昏脑涨。

他做梦也没想到猕猴王居然直接就和孙悟空碰到一起去了。三条线断一条，对整个计划并不致命，特别是断了孙悟空这一条。

只要其他两条线依旧顺利，稍有异动，他也会知晓。在最差的情况下，他依旧可以通过排除法查清真相。

可是，如果断两条，那事情就不一样了。

两条线一起断，除非他们所要找的人刚刚好是现如今唯一追踪得到的猸狨王，否则，就意味着先前冒险所做的一切，都功亏一篑了。

最糟糕的是，猸狨王身处狮[illegible]国，众妖环绕。他们对猸狨王的行踪也没有百分百的把握……整个计划已然宣告失败。

许久，站在一旁的广目天王看着平铺在桌案上的地图叹道：“如果，凶手在我们还依旧紧紧监视着三人的时候再动一次手，多好！只要一次，那什么都查清了。”

“没有如果了。”李靖微微睁开眼睛，无奈道，“现在除非凶手再出现，而又刚巧被我们直接碰见了，否则，猕猴王和孙悟空都已经有了戒心，不可能再监视得了了。”

此时，南赡部洲昆仑山。

六耳猕猴站在山巅上远远地眺望着，望见群山之中一座座的道观上升起的袅袅炊烟。

“好多人啊，不过，看上去修为都不怎么样。真有你说的那么强？”

一旁的山羊精哆嗦着，低声道：“大圣爷，昆仑山号称百万道徒，不过，他们修的都是悟者道。虽说强的只是少数，但有百万之数……即便是少数，也不得了啊。”

“有就行了。”六耳猕猴稍稍活动了一下筋骨，呵呵笑道，“人数多，防御又不严密。真是个好地方啊。”

说罢，他一跃跳下青岩，蹑手蹑脚地朝外围的防线摸了过去。

灵山上，早前为求法国之事激辩的声引众罗汉和法灯罗汉都已退场，然而，却有更多的罗汉参与了进来，辩法还在继续着。

自净罗汉朗声道：“玄奘这一路，历经劫难无数，得那妖猴庇佑，方每每逢凶化吉。此事不假。我等皆贯注于其度了谁，又度不了谁。皆知度一人未必不可为，度三界，却……正如玄奘所言，普度之法，一来须得证得可行之道，二来须得寻得承其衣钵者。一传二,二传四，代代相传，如此，三界众生可度。怎奈法未证，受其衣钵者，更是无从谈起。可，如今依贫僧看，普度之法却是未必不可行。”

殿上之人皆静静地听着。

众首罗汉伸出一手，道：“如何未必法，还请明言。”

自净罗汉朝着众首罗汉微微点了点头，面向如来，接着说道："正如那江上渡翁，一渡一人，有千千万万生灵欲渡，普度，难成。可若一渡千千万万人，普度，便未必不可为。此次，玄奘不度君王，而度一国百姓，不授'无我'佛法，而授'为善'之私道。若三界之中，众生皆以'善'为念，三界，岂不便度了？"

话音方落，举殿议论。

人群之中，有罗汉轻声叹道："虽未度一人直达彼岸，却是度了一国，哪怕只是往前推进了一小步，受者亦无穷尽也。看来，我们先前所想的普度，都太狭隘了。这玄奘，真乃大手笔也。"

一时间，无数罗汉微微点头，表示赞同。

"不然！"一声清叱，马胜罗汉站了出来。他朝着如来行了一礼，又朝着地藏王行了一礼，回首望向自净罗汉道，"若玄奘可凭一己之力成此事，贫僧此刻必不再多言。可惜，他终究是借了那妖猴之力。诸位细想，如今，他之所以能借妖猴之力行事，不过因为那妖猴有所图谋。他日，西行之事已了，无论成败，那妖猴必不再借力予他。到那时……呵呵，求法国如今之善举，可安朝政，可安百姓，能安外敌乎？国无存粮，只需一场天灾，颗粒无收，届时，必又大乱。善举不再，苦海如初。其祸，比之今日尤胜之。到那时，他玄奘又借何力回天？此度，不过一时之法而已，终非正道。"

"对对对，此言非虚也。"闻言，罗汉们纷纷赞叹了起来，"玄奘一路走来，虽也广传妙法，度国之策着实令人赞叹，可他哪里知晓，黄雀在后？只需过些时日，怕是半寸水土、一寸人心也难收了。"

"都说这苦海无边，回头是岸，可这玄奘恰恰相反，他若回头，背后已是苦海一片，却还不自知；若不回头，又是穷途末路，当真可叹。"

"佛法无错，错的是人，这追求佛法的方向错了，那只能是天下无处不苦海了。"

"如此说来，这借力打力，终究不如自身有力啊。一旦借不到，不只寸进不得，就连往昔之事，亦可能摧枯拉朽，一去不返。"

马胜罗汉哼笑道："自身之力，便是普度之死穴。妖猴修行行者道，方得今日，然性情凶暴有目共睹。太上老君修悟者道，到头来也不过无为而治。即便是那须菩提，古往今来，也只此一个。何来一传二、二传四之说？知行不一，道之无存，此乃天道真理。放下普度之执念，方可成佛，得无上法力。放不下，成佛便无从谈起。无自身之力，空凭借力？呵呵呵呵，若是大难临头，如何自处？以求法国一域而观天下，万般辛苦，也不过昙花一现罢了。普度之法，不过痴人说梦！”

一时间，殿内罗汉纷纷点头称是：“如此说来，那自身之力，才是普度之关键所在啊。”

这一次，就连从头到尾不发一言的佛陀们都微微点头，以示赞同了。

莲台上，如来轻叹道：“此言，正法明尊者以为如何？”

顿时，所有人都朝立于二级台阶上的正法明如来望了过去。

然而，正法明如来却只是淡淡笑了笑，道：“贫僧并无异议。只是，贫僧以为，正如当日玄奘西行之初，贫僧也不过是抱着试一试的心态，略施帮助，放任自流罢了。没想到，他竟能走到今日这一步。一切，还是等玄奘抵达灵山之日，再作定论，或许，会更为稳妥些。”

闻言，殿上的所有人都只得将目光收了回来，略感失望。

正当此时，又一位僧人匆匆入殿。他快步走到大殿正中，叩拜道：“启禀尊者，刚刚接获消息。那六耳猕猴，已经去了昆仑山。”

“昆仑山？”此话一出，全殿哗然。一众罗汉又纷纷议论了起来：“昆仑山可不是普通妖王的地盘可比。六耳猕猴的身体和魂魄都尚未健全，昆仑山的修者又擅长悟者道，还有太乙真人常年坐镇，只怕，稍有不慎，这六耳猕猴的下场必定极为凄惨。”

“那可未必。先前那几战，六耳猕猴都懂得见好就收，已然积累了不少实力。说不定，现在实际战力已经堪比大罗金仙了。即便遇上太乙真人，也未必不可一战啊。”

“大罗金仙不可能。他不过吃了些小妖而已，顶多，也就达到太乙金仙的境界罢了。再说了，十二金仙当中常驻昆仑山的可不只太乙真人一人，那些阐教二代弟子，也不是酒囊饭袋。估计这次，他要阴沟里翻船了。”

很快地，殿上的佛陀分成了两派，一派认为六耳此行必难全身而退，一派认为六耳此行实力必定更上一层楼。

这当中，惋惜者有之，欣慰者有之，无奈者有之，幸灾乐祸者有之。那想法可谓五花八门。

人声喧哗之中，地藏王振了振衣袖，望向如来，道："这六耳猕猴奇袭昆仑山一事，尊者如何看？"

双目紧闭的如来哼笑一声，冷冷道："若是寻常人以此实力偷袭昆仑山，必定九死一生。不过……若是六耳猕猴，则未必了。"

殿上诸佛安静下来，一个个望向如来。

如来悠悠叹道："六耳猕猴虽记忆全失，原本的狡黠，却还在。当年还只是纳神境之时，便曾在天河水军的手上从昆仑山逃过一劫，如今故地重游，也未必就会栽跟头。姑且观之吧。"

说着，如来忽然话锋一转，又道："方才马胜罗汉言，西行之后，玄奘无力可借。本座深表赞同。不过，本座以为，不用等到西行之后，只需六耳猕猴安然长成，玄奘便已无力可借。届时，三界哀矣。"

闻言，殿上众罗汉顿时一惊。紧接着，又是一阵议论纷纷。

第六百五十七章

普世之道

转眼之间，猕猴王来到求法国已过去了整整一天。

虽说哪吒那一击落到城中并没有造成什么实质性的伤亡，民众的恐慌却是真切的。由此引起的推挤踩踏增添的伤患反倒成为了急需救治安抚的主体。

不得已，刚刚发愿“为善”的国王只得带上自己的臣属，全力投身到了救治和安抚民众的事业中去。这样一来，玄奘讲经的事情只得暂时搁置，也算是给连日劳神的玄奘放个假吧。连续几天的忙碌之后，玄奘终于闲了下来。

次日一早，玄奘便拉着猴子来到猕猴王暂住的小屋前。

猴子抬手敲了敲门。

很快，一直照料着猕猴王的黑熊精便开了门，退到一旁。

“大圣爷……”平躺在卧榻上的猕猴王见猴子走了进来，连忙挣扎着想要起身行礼。

“别别，你就待着吧。没那么多讲究。”说着，猴子已经拍着大腿坐到桌前，一点不客气地提起茶壶给自己倒了一杯茶，喝了起来，“怎么样，好些了吗？”

“好……好些了。”猕猴王干笑着又躺了回去，额头上尽是豆大的汗珠，轻声叹道，“没想到还要劳烦大圣爷来探望末将，实在是过意不去啊。”

“我可没那么有空。”猴子端着杯子悠悠道，“都是鬼门关走过几趟的人了，昨天就你那样子，我一看就知道没什么事儿。顶多也就一点皮肉之苦，养几天就好了，需要什么探望啊。”

猕猴王尴尬地笑了笑。

猴子侧过脸，朝身后指了指，道：“是他要来，我陪他来而已。”

此时，猕猴王才注意到还站在门口，身披袈裟、头戴佛冠的玄奘。

他微微一愣，轻声道：“这位，想必就是玄奘法师了吧？”

“阿弥陀佛。”玄奘往前一步，双手合十道，“贫僧玄奘，见过猕猴王。”

这恭谦的态度，看得猕猴王都有些不习惯了。

猴子放下茶杯，吧唧两下嘴，道：“怎么，你认识他？”

猕猴王瞧了守在一旁的黑熊精一眼，轻叹道：“就算之前不认识，这一天的时间，也听黑毛提起无数次了。况且，末将虽然与几个义兄弟断了来往，但还是有些消息来源的。大圣爷出山的事，末将多少知道一些。”

猴子有意无意地看了黑熊精一眼，对猕猴王道：“知道我出山了，也没打算过来见见？”

猕猴王眨巴着眼睛，没说话。

这算陈年旧账了吧。

猕猴王没想答，猴子也没打算继续追问。猴子点了点头，转而对玄奘道：“喏，人在那儿了，要看自己看去吧。”

玄奘尴尬地笑了笑，缓缓上前，坐到卧榻边上，轻声道：“昨日事态紧急未及多问，还请猴王见谅。”

说着，玄奘便伸手想要去查看猕猴王肩部的伤口。

还没等他触碰到，猕猴王却微微挪动了一下身体避开了。那眉头紧紧地蹙着，似乎对玄奘十分厌恶。

见状，玄奘只得悻悻地将手收了回来。

猴子在一旁抿着茶，悄悄地看着。

好一会儿，猕猴王抬眼望着玄奘道：“法师别介意，花果山出身的妖怪，总是对佛门有些不太习惯的。”

玄奘微微点了点头，笑了笑：“贫僧明白。”

一时间，屋里的气氛变得有些尴尬。

过了一会儿，猕猴王转过脸望向猴子，道：“末将听说大圣爷护送玄奘法师西行取经，名为取经，实为证道。不知道，这道，现在证了几成了，可还顺利？”

闻言，猴子一脸无奈地答道：“证道你以为是修行者道啊？要么成，要么不成，哪里有证几成这么一说法。”

话音未落，却听玄奘开口道：“九成。”

“九成？”

听他这么一说，不仅是猕猴王，就连黑熊精、猴子，也都一下愣住了。

整个房间寂静无声，所有人都呆呆地望着玄奘。

玄奘面色如常。

不多时，玄奘与猴子便告别了猕猴王。

黑熊精将两人送出门外的时候，猴子悠悠问道：“你刚刚说九成……怎么个九成法？求法国的事情是干得不错，可是，有九成吗？”

“有。”玄奘轻声叹道，“现在只差最后一步了。”

话音未落，只听远处一声叫唤：“玄奘法师！玄奘法师！”

猴子抬头望去，看到国王提着裤腿正朝这里奔来，他身后紧紧地跟着一大串的侍从。

国王快步跑到玄奘面前，撑着膝盖，好一会儿才缓过气来。他朝着猴子拱了拱手，又朝着玄奘拱手道：“玄奘法师，鄙人想请玄奘法师前往探望受难的民众。不知，法师可愿意？”

“这……”

“是这样的。”国王咽了口唾沫，气喘吁吁地说道，“昨日受难的民众，都被鄙人给安排到宫里来了。全城的大夫就那么几个，这么多人，他们哪里照顾得过来啊？全部聚到这宫里，大夫也都过来，这样一来，也就省得他们来回跑了，照顾也方便。”

“此事甚好。”玄奘开口评价道。

一听玄奘这评价，国王当即哈哈大笑了起来，扭过头看了看自己的随从，颇有炫耀的意味。他转过脸，又接着说道：“那些大夫说了，治病，除了养身，还要养神。鄙人想着，若是玄奘法师能够探望他们，受难的民众必定欢欣鼓舞。如此一来，也算是善举啊。”

玄奘双手合十，行礼道：“陛下所言甚是。”

他这一行礼，国王愣了一下，连忙也双手合十，回礼道：“那，鄙人就替受难的民众谢过玄奘法师了。午时，鄙人再派人来接玄奘法师。”

“一言为定。”

国王又随意唠叨了两句，便带着随从乐呵呵地走了。

黑熊精瞧着国王那兴高采烈的背影，眉头都蹙成一团了。

猴子悠悠道：“这家伙，脑子坏了吗？乐成这样？”

“与人为善，与己为善。人，都是喜欢善待自己的人的。”一旁的玄奘轻声叹道，“国王为善，虽是付出，却也得到了回报。那回报，便是臣民的爱戴。你说，他怎能不乐？”

“啊？”

“其实，想开了，普度之道，就是这么简单。只一个‘善’字而已。”玄奘望着天边的流云，轻声道，“度，需要机缘。机缘未到，一切皆枉然。贫僧一直都想着度人。其实，度一人得道，与度众生，还是相去甚远。普度，需要的不是度人之法，而是度世之法。普度之人，看的应该是全局，不应该拘泥于一城一地，方可四两拨千斤。若君王爱护臣民，臣民善待君王，弘扬为善之道……只要世人皆向善，求善，以善为准，哪里还有什么可悲、可恼的。反之，若是太注重于某人之苦，有时候，反倒是钻了牛角尖，入了魔障，难有所为。大圣爷，您说对吗？”

猴子眨巴着眼睛，想了好半天，略带疑惑地嘀咕道：“这样能行？”

“能行。”玄奘斩钉截铁地答道。那神色之中，连一丝迟疑都不存在。

“那……”猴子抿着唇，用手比画着说道，“既然方法都已经找到了，那是不是代表着，证道已经成功了？”

“非也。”玄奘摇了摇头道，“正如贫僧方才所言，证道已摸出了九成，却还剩下最后一成。这最后一成，也是最难的一步。”

“哪一步？”

“力。”

“力？”

玄奘凝视着空无一物的前方，轻声叹道：“力挽狂澜、保驾护航之力。”

猴子眨巴着眼睛，静静地聆听着。身后，黑熊精也是如此。

“修道者，可至化神。修佛者，能登佛位。这三界之中的两大派，修到极致，无不身负大法，有大神通，行大道。此乃两派源远流长、长盛不衰之根源也。唯独贫僧的普度，修到头，却终究只会是个凡人。

“这一路，度人，度世，贫僧均已亲身走了过来，普度之法，已是胸有成竹。只是，此法，尚缺一味可力挽狂澜、保驾护航之力。

“如这求法国的君王，上位者可凭一己之念而逆转乾坤。如大圣爷，神通者可以喜好而定公理，斗转星移。

“女娲娘娘说过，众生性本善，却因误导，而走上了歧途。现在需要的，其实是一个能让他们回归本性的人。

“若是为善者真有天佑，有善报，则为善者众。可偏偏这世间，善花开出恶果的比比皆是，以至于众生迷惘。若得一力，为普度保驾护航，则普度之期不远矣。”

话到此处，黑熊精已是听得如痴如醉。

“这简单。”猴子当即拍了拍胸脯，高声道，“你没有，我有。你觉得该怎么干，说一声，我去折腾。要让善有善报，恶有恶报，就算只有我一个做不好，我还可以拉上其他人，天庭都得给我几分薄面。大不了，咱再成立一个天庭，不只管生死，连善恶也一起管了！”

闻言，玄奘却只是意味深长地摇了摇头，叹道：“今时今日，你我走在同一条路上，不过各取所需罢了。他日，无论目的达成与否，都必定会分道扬镳。到那时，普度，又有谁来护航？”

话音未落，只听“扑通”一声，一直站在两人身后的黑熊精忽然跪倒在地，叩首道：“弟子愿拜玄奘法师为师，求取普度之道，为普度保驾护航！”

一时间，无论玄奘还是猴子，皆是一愣。

黑熊精高声喊道：“弟子愚钝，但玄奘法师您也说了，‘智者悟道，愚者信道。’弟子就是那愚者，玄奘法师您说什么，弟子就信什么，何恐大道不成？还请玄奘法师收弟子为徒！”

第六百五十八章

疯狂的六耳

小巷里一下安静了下来，只剩下风在呼呼地吹，扬起玄奘的袈裟。

玄奘静静地注视着跪倒在自己身前的黑熊精，没有开口。

猴子歪了歪脑袋，朝黑熊精身后望去。

顿时，黑熊精也眨巴着眼睛朝身后望去。

不远处，猕猴王扶着门檐歪歪斜斜地站着，一脸鄙夷地瞧着他。

“你想当和尚？黑毛，你没病吧你？”

“我……”

“你是一只妖怪，而且还是大妖，占个山头当大王不好吗？当和尚？”说着，猕猴王无语地笑了笑，甩了甩头，转过身一瘸一拐地回房了。

尴尬的气氛中，黑熊精缓缓地回过头，眨巴着湿润的眼睛望向猴子与玄奘，怔怔地开口道：“玄奘法师……”

话音未落，只听猴子悠悠道：“你的心思我理解，不过……他要的那个力，可不是你这么点。再说了，你还是修道法的，省省吧。”

说着，猴子一声叹息，迈开脚步走开，与黑熊精擦肩而过的时候，还伸手推了一下黑熊精的脑袋。

维持着被猴子推歪的姿势，黑熊精眨巴着眼睛望向了玄奘：“玄奘法师……”

“先起来吧。”

玄奘振了振衣袖，伸手去扶黑熊精。黑熊精却不起来，反手拽着玄奘的手，睁大了眼睛道：“玄奘法师，不是大圣爷所说的那样，弟子是真心赞同玄奘法师的道。这天下间，若真充满‘善’，便再没有什么‘苦’了。即便成不了佛，每一个人也都能安居乐业。既然玄奘法师缺‘力’，那弟子就来当玄奘法师的力！好不好？”

“你先起来。”

“弟子不起！玄奘法师不答应，弟子就不起！”黑熊精松开玄奘的手，往后挪了挪，紧接着，便是重重的三个响头。

一声声，在空巷中回荡着。

玄奘伸出的手顿在了半空。

身前，黑熊精俯低了身子，前额紧紧贴地，双目紧闭，等待着。

玄奘静静地注视着他，一动不动地站着。

许久，玄奘轻声道：“起来吧，不是贫僧不愿收你为徒，而是贫僧不能收你为徒。未明大道先收徒，到头来也不过是误人子弟罢了。”

“玄奘法师已然明了大道，收弟子为徒，绰绰有余。”

“不。”玄奘注视着黑熊精，轻叹道，“在贫僧抵达灵山之前，一切都还未成定局。”

此时，正当玄奘迷惘之际，在遥远的彼方，昆仑山正面临着一个巨大的危机。

金霞洞中，玉鼎真人走出了洞府。

两名道徒驾驭着法器从身前匆匆而过，他伸手连忙扯住了一个人：“发生什么事了？”

那年轻的道徒稍稍犹豫了一下，拱手道：“启禀师叔祖，有外敌入侵！”

“外敌？”玉鼎真人一下子蒙了。

刚一松开手，那道徒便又急匆匆地追了出去。

玉鼎真人抬起头，看到整个昆仑山上空四处都是飞行法器，密密麻麻，如同漫天的蝗虫一般。无数道徒正驭使着它们来回驰骋。

这景象若放到往常，那是无法想象的。很显然，此刻昆仑山地界的禁飞法阵已经被解除了。

“外敌……”玉鼎真人呆呆地眨巴着眼睛，有些不可思议地喃喃自语道，“什么人敢直接进攻昆仑山？”

话音未落，只听“咣”的一声巨响，远处，一座道观的整个主殿都被掀飞了。木屑与石粉漫天飘洒！

“他在那里！快！”

一时之间，如同无头苍蝇一般的飞行法器找到了目标，全部朝那道观飞了过去。

人群之中，玉鼎真人甚至看到了太乙真人的身影。

还没等玉鼎真人回过神来，疾驰之中的太乙真人已从怀中摸出了一个圆盘状的法器，咬破手指，在那上面写下符文。

紧接着，只见太乙真人手一扬，那法器腾空而起，照出道道金光，直接将炸开的道观连同周围的山头全部罩在其中。

“他跑不了了，上！”

一声清叱之下，那些道徒的士气越发高亢，一个个亮出法器冲了上去。

正当此时，那道观临着悬崖的一面忽然炸开了一个大洞，六耳猕猴从中冲出来，一跃下了悬崖。

“来来来！来得越多越好！啊哈哈哈哈！”

狂笑声中，他稳稳地落地，转眼间，已经猫着身子遁入山下密林之中。

太乙真人的眼角顿时微微抽了抽。

“那个……不会是孙悟空吧？”

一时间，所有人都迟疑了，惊恐地望向太乙真人。

“是不是，拿下来不就知道了吗？”太乙真人一甩拂尘，径直朝密林冲了过去。

顿时，士气又一次回来了，所有的道徒都鼓起了勇气驭使法器朝那片密林冲了过去！

密林中，六耳猕猴狂笑着以极快的速度来回跳跃，如同一阵疾风一般。所有他踩踏过的，无论树木还是山石，都会在下一刻被追击而至的灵力与法器轰成齑粉。

整片树林，整个山丘在疯狂的轰击之下如同一张缓缓燃烧的纸，随着六耳猕猴的行踪所至迅速变得焦黑。

一位年轻的道徒驭使着飞剑迎面而来，挡住了六耳猕猴的去路。

这一刹那，那道徒的脸色刷的一下变紫了，六耳猕猴却笑了出来。

下一刻，那道徒还没来得及转身逃窜，六耳猕猴轻轻一跃，已经与他近在咫尺。

在道徒惊恐的目光中，精气如同决堤的洪水一般瞬间被吸干。

轻轻一压，六耳猕猴蹬着半空中早已死去的道徒的尸体，轻松跃了过去。

天空中刚刚追至的其他道徒都看傻了眼。

太乙真人一咬牙，用鲜血在自己的掌心写下符文，快速朝逃窜的六耳猕猴打了出去。那掌风在半空中聚成实质，如同一只巨大的手朝着六耳猕猴压了过去。

说时迟那时快，感知到危险的六耳猕猴伸手一抓，竟将一棵苍天大树连根拔起，挡在身前。

狂风中，巨大的手掌与巨木相撞了。身旁的一切，无论树木还是山石，一律被掀上了天，就如同被一把剃刀刮过一般。六耳猕猴手中的巨木更是在这轰击中摧枯拉朽，只片刻便化作齑粉飘散无踪。

然而，接下来，匪夷所思的一幕发生了。

失去了身前的遮挡物，六耳猕猴竟直接用身体去承受太乙真人的一击，如同利刀般的狂风中，他分毫未损。

所有的道徒都傻眼了，就连太乙真人也微微吃了一惊。

术法过后，六耳猕猴还站在原地，他脚下拉出了两道深深的痕迹。

他笑嘻嘻地抬头望了太乙真人一眼，悠悠叹道："抱歉，高估你了。"

一瞬间，太乙真人的脸涨得通红。他连忙丢弃手中的拂尘，低下头。这一次，他的双手掌心都绘上了符文。

"破！破！破！破！破！破！"

接连不断的掌击从天而降，大地摧枯拉朽地崩坏，留下一个个巨大的掌印，却再没有任何一击触及六耳猕猴分毫。他依旧以极快的速度在地面来回逃窜着。

"打不到，打不到，打不到！啊哈哈哈哈！"

六耳猕猴拉着头顶的树干，纵身一跃，径直撞向了太乙真人设下的金光禁制。

只听“轰”的一声巨响，冲击如同涟漪般沿着地表荡开，整个昆仑山地界都在颤动。

下一刻，当着所有道徒以及太乙真人的面，六耳猕猴奋力穿透了禁制，遁入密林之中，消失无踪了！

太乙真人气得瑟瑟发抖，却也无可奈何。

而直到此时，太乙真人那一众不管事的师兄弟，广成子、赤精子、黄龙真人、灵宝大法师、道行天尊、清虚道德真君才匆匆赶到。他们看着战斗中几乎被重塑，还冒着浓烟的焦黑地表，一个个都怔住了。

一位道徒匆匆来到太乙真人身后，躬身拱手道：“启禀师叔祖，已经确定的，一共有四百二十八位同门师兄弟命陨，其他还在清查中。”

“从今日起加强戒备，不得有误！”

“诺！”漫天的道徒一齐应喝道。

“这妖猴，实在欺人太甚！”太乙真人侧过身，环视着自己的一众师兄弟，愤愤咬牙道，“我们现在就上天，面见师父！”

几位师兄弟稍稍犹豫了一下，都微微点了点头。

“什么？孙悟空偷袭了昆仑山？”

李靖连下巴都要惊掉了。

“对。”哪吒擦了擦冷汗，低声道，“孙悟空偷袭了昆仑山，杀了不少道徒，师父亲眼所见。现在师父已经带着诸位师叔上天来了，要面见师祖，讨个公道。”

哪吒想了想，又补充道：“那杀人的手法，跟我们遇到的一样，都是吸精气，吸血。”

“真的是他……”仿佛所有的力气都被抽离了一般，李靖顿时瘫坐到帅椅上，双手反复摩挲着扶手，咬牙道，“事情非同小可了，必须立即面见陛下。”

此时，昆仑山外围的一个山沟里，六耳猕猴正痛得龇牙咧嘴。刚刚那一击之下，他浑身上下爆开了无数沟沟壑壑。

“大圣爷。”一旁的山羊精伸长了脖子低声问道，“您没事吧？”

“还剩下……还剩下一个多目怪对吧？”一粒粒豆大的汗珠从额头上缓缓滑落，六耳猕猴忍着剧痛，咬牙道，“你之前说过的。我们……我们现在就去。娘的！要是还不够，就四海龙宫、地府……有一个算一个，全部走一遭！”

第六百五十九章

伏　击

南天门。

太乙真人带着广成子、赤精子、黄龙真人、灵宝大法师、道行天尊、清虚道德真君一行七人气势汹汹地赶来。四周，戍守的一众天兵天将闭紧了嘴巴，不敢吭声。

城门前，多闻天王连忙迎了上去，拱手道:“末将参见太乙真人，参见广成上人、赤精上人、黄龙真人、灵宝大法师、道行天尊、清虚道德真君。”说罢，他双脚立定，就不打算动了。

一行人停下了脚步。

正在气头上的太乙真人抿着嘴唇，瞪圆了眼睛望着多闻天王，好半晌才开口道:“我等此次是来拜见我们的师父元始天尊的，劳烦多闻天王让一让。”

闻言，多闻天王当即点了点头道:“此事李天王已经知道了，特地嘱咐在下，要好生招待几位来客。”说罢，他往一旁一站，伸手道，“请。”

太乙真人瞧了多闻天王一眼，轻蔑地笑了笑，迈开了脚步。

同属十二金仙的几个师兄弟也跟了上去。

“我们来天庭还要他招待？向来都是直来直往的，截教的人也太把自己当一回事了吧。”

“你没听明白吗？这事不怪人家截教四大天王，要怪，得怪咱阐教自家的李靖。”

“这分明是李靖早早地知道了风声，派个拖油瓶来跟着我们，好知晓动向啊。”

“哼！老狐狸！”

几位金仙旁若无人地议论起来，说得多闻天王的绿脸都变红了，却也只能硬着头皮，一声不吭地紧随其后。

御书房中，玉帝端起茶盏，手微微颤着，端起的茶盏发出“叮叮咚咚”的声响。

好半天，他都没能将它凑到自己的嘴边，只得又放回桌案上。

“他……他这是什么意思？还想让六百多年前的事情再重演一次吗？”

李靖紧蹙着眉头，好半天都没憋出一句话来，只是静静地站着。

“那个、那个说负责跟他交涉的清心，现在在哪里？”

“在斜月三星洞。”

“还有天蓬呢？”

“天蓬依旧混在西行队伍之中。”

“荒谬！”玉帝一咬牙，一掌重重拍在桌案上，反手又将整个笔架扫落在地，痛斥道，“一个潜藏在他身边的天蓬负责探听风声，一个他唯一的师妹负责联络交涉，我天庭十万天官监视凡间，再加上近万巡天将昼夜巡视，事情到这一步了，居然还什么都没弄清楚！通通都是酒囊饭袋吗？实在是荒谬！谬不可言！”

玉帝一起身，直接将整个龙案上的物品全部扫落在地，接着又是重重一踹，厚重的龙案竟“咣”的一声被踢开了几尺。

李靖眼角微微抽了抽，往后退了一步。

哪吒微微挪了挪靴子，缩到李靖身后。

玉帝撑着龙案，气喘吁吁地站着，已是一阵头晕目眩。

然而，身后站着的两位卿家却没一个敢上前搀扶。

好一会儿，李靖微微拱手道：“陛下，臣有一计，可化危为安。”

“化危为安？”玉帝一愣，连忙喝道，“快说！”

“诺！”李靖抿着嘴唇干咳两声，低声道，“首先，此事涉及妖猴，若无三清支持，单凭天军，是无论如何都管不了的。这些时日，臣已经将能查的事情都彻彻底底查了一遍了。天庭，并未获罪于妖猴。死去的巡天将究竟怎么遇上妖猴，又怎么被杀，这已经无从查起。但最起码，他们已经死了。即便有罪，也已伏法。如今，妖猴偷袭昆仑山……这对我天庭来说，反倒是好事。”

“好事？”

“对。”李靖伸手抹了一把汗，压低声音缓缓说道，“先前巡天将出事，我天庭无论如何都没办法推脱，只能单独面对妖猴。现在不同了，昆仑山已经成了主角。我等可退居二线。借此机会，咱就装作什么都不知道。昆仑十二金仙肯定不会那么容易咽下这口气的，三清那边，就让他们去讲，事后许与不许，都不干涉。要找妖猴算账，也由着他们去。咱就装作一副从中调和的模样，察言观色，见机行事。即便……即便六百多年前的事情要重演，也莫让这火，烧到咱的身上。”

此话一出，便是玉帝也心惊，惊于李靖的老练狡黠，也惊于自己的无能为力。

如果……如果六百多年前，另一位玉帝也采取了同样的策略，将一切置之不理，妖猴要跟三清闹，就打开南天门让他们闹去；妖猴要在凡间闹，就站在一旁看着，等着收拾残局，或许，也不会落得个魂飞魄散的下场吧。

只是这样一来，还要玉帝做什么？还要这天庭，要这天军做什么？

御书房中君臣二人就这么静静地站着，对视着，彼此的额头上都是豆大的汗珠。

许久，玉帝咽了口唾沫，注视着李靖轻叹道：“一切……以和为贵，爱卿可明白？”

“卑职明白。”李靖低头拱手。

此时，凡间已是深夜。

“快！他往那边跑了！快快快！”

漆黑一片的密林中，六耳猕猴夺路而逃。

身后的远处，连绵的火把聚成的红光几乎照亮了半个天空。无数的妖怪正朝他逼近。

大树前，六耳猕猴顿住了脚步，连忙改换了逃亡的方向。

“怎么回事？娘的，怎么会有埋伏！”

他抬起头，隔着头顶的叶片清楚地看到十几只飞禽妖怪低空掠过。三支箭矢透过树冠从天而降，被他抬手轻轻一拨，甩到了一旁。

正当此时，他猛地顿住了身形低下头去。

脚下，一个湛蓝色巴掌大的法阵正发着蓝光。

“这是……”

“什么鬼东西啊——！”

声嘶力竭的嘶吼声瞬间响彻了整个密林，无数的雀鸟被惊上了天。

下一刻，无边无际的绿色海洋中璀璨的烟火炸开了。惊天动地。

紧接着，岩石上、野草下、树干上，密林之中几乎每一个角落都亮起了巴掌大的蓝色法阵。

一条火龙迅速在这绿色的海洋中肆虐开来，似乎在追逐着什么东西。

远处，悬崖上，多目怪抚弄着手中的拂尘静静地看着。

“还真有人来偷袭……看来，吕六拐没骗我啊。”

多目怪仰头看到数十艘战舰已经在天空中拉开了类似天河水军的天网。

一位妖将快步来到身后，拱手道：“大人，接下来怎么做？”

“往死里打。”

“可是……有见过他的将士说他酷似大圣爷，会不会……”

闻言，多目怪只冷哼了一声，眼睛稍稍一瞥，望向一旁桌案上静静安放的玉简，轻笑道：“如果真是大圣爷，他只需一句话我便会停手。至今未吭声，说明不是。”

“末将明白了。”那妖将重重一拳捶在胸甲上，转身快步离开了。

“要不要留下活口呢？”守在一旁的蜘蛛精低声问道。

“冒充大圣爷，罪无可恕！要留什么活口！”多目怪坐到身后早已准备好的靠背椅上，端起茶盏抿了一口，悠悠道，“留下一片半片的碎肉，回头查查是什么品种就行了。”

“诺！”

一阵又一阵的冲击波从远处传来，身后黑色的旗帜扬起。

多目怪在悬崖上静静地坐着，俯视战场。

他捋着长须，轻叹道："蛰伏了六百多年啊，整整忍了六百多年啊！正好，趁着这次机会，让所有人都看看，我们与吕六拐的不同。"

绿林中，六耳猕猴已经快要疯掉了。

这是他遭遇的有史以来最难对付的对手，无论他往哪儿走都会触发法阵，虽说威力不大，却不断消耗他的力量。而他离开昆仑山至今，连一口精气都还没吸上呢。

又是一阵猛烈的爆炸，炙热的火焰瞬间吞噬了周遭的一切。

六耳猕猴硬顶着那疯狂肆虐的气息冲了过去。

"已经触发的地方，应该不可能再触发一次了吧？"这是他此刻的想法。

然而，就在他赤脚踩在焦土上的时候，黄光亮起了！

"你娘的——！"

又是一声声嘶力竭的呼喊。

一道五丈高的冰柱凭空凸起，紧接着，是连绵不断的突刺！

看着不远处前一刻还是火海的战场顷刻间变成了冰川，山崖上，正抿着茶的多目怪忍不住笑了出来，无奈叹道："我也就是对大圣爷没办法而已，什么时候轮到你们这些杂碎来欺负了？"

他欠了欠身，对身后的妖将道："可以准备进击了，这家伙实力不差，想凭这样就弄死，恐怕不太容易。"

"诺！"妖将领了命，扶着腰间长剑迅速离去。

此时，战场上已经不只是冰与火了，而是金木水火土五色俱全，各种繁杂术法的法阵悉数被触发。天空中则是里外三层的布防，无数妖怪齐聚。这当中，更有不少穿着特制战甲，精于此套阵法的军士开始试探性地要直接进入法阵参战。

一场志在必得的伏击，那结果，似乎已经可以预见了。

正当此时，一个尉官把两脚发软的山羊精丢到了多目怪面前。

"大人，我们捉到了这家伙！"

多目怪一言不发地低头抿着茶。

吓破了胆的山羊精眨巴着眼睛来回张望着，目光最终落到了多目怪的身上，他伸出手去哆嗦着说道：“多目大人……小的敢以性命担保，那、那个真的是大圣爷啊。”

一时间，多目怪端着茶盏的手凌空顿住了。

第六百六十章
逼　宫

多目怪稳稳地落到焦黑的地面上，手握拂尘，快步前行。

围得严严实实的众妖迅速让开了一条过道。

当走到包围圈的正中时，多目怪扎扎实实地吃了一惊，倒吸了一口凉气。

在正中的小土堆上，倒着一具残缺不全的躯体。皮肤被烧得焦黑，脸已经彻底变了形，手脚均已断去，腹部和胸口各有一处足以致命的创口。

一片焦黑的脸上，两只眼睛依旧瞪得浑圆，仿佛死不瞑目一般。

更可怖的是，没有一丝一毫的血肉。从满身的创口望去，这几可乱真的身躯竟是由猴毛构成的！

此时此刻，那些裸露的猴毛都已被烧得焦黑。阵阵腥臭飘散出来，站在前排的一些妖怪不自觉地掩住了口鼻。

一位妖将押着山羊精匆匆赶来，一把将他推倒在地。

所有的妖怪都望向了多目怪，等候他的最后决断。

“这是什么鬼东西，一个布偶？”多目怪指着地上的躯体，厉声叱道，“这就是你说的大圣爷？”

多目怪抬腿就朝山羊精踢了过去。

山羊精吓得连滚带爬地闪躲。

此时此刻，他也蒙了。他睁大了眼睛，惊恐地望着残缺不全的六耳猕猴，张着嘴，却一句话也说不出来。

“嘎嘎嘎嘎……”

正当此时，一阵诡异的笑声凭空传来。围得严严实实的妖群顿时慌了神，一个个连忙四下张望。

“什么人在笑？”

那包围圈的正中，多目怪微微一愣，一步步走到六耳猕猴身旁，伸出手去，用卷起的拂尘将六耳的脸庞拨正：“居然还没死？”

话音未落，只见那被认为已经死去的躯体微微颤了颤，两只眼珠子又咕噜咕噜地转了起来。

“他还活着？”在场的妖怪大吃一惊，皆不自觉地后退了一步。

调动了数万妖众设下的埋伏，将整个平原都烧成了焦土，折腾了整整四五个时辰，受了如此之重的伤……到头来，他居然还没死？

多目怪冷冷地瞧着六耳猕猴，目光之中同样充斥着困惑。

六耳猕猴微微颤抖着咧开了嘴，嘴角处一块块焦黑的皮肤如同龟裂的土地一般迅速脱落，露出了皮层下的猴毛。

那笑声还在继续着，仿佛不是他发出来的一般。

此时，众妖才猛然注意到一缕缕热气正从他喉咙的破口处腾出，令人毛骨悚然。

“活着又如何……不是，马上会死吗？”一个沙哑的声音从喉咙中传了出来。

虽然已经变了样，可多目怪却依旧认得这声音。他深深吸了口气，顶着六耳猕猴脸颊的拂尘微微用力，咬牙道：“说，为什么假冒大圣爷？或者……说出制造你的人是谁也行。说出来，给你一个痛快。”

“不用了……不劳烦你。只要这样放着，咳咳……咳咳咳……没有血和精气，我很快就会死的。至于痛楚嘛……你还能给得比我现在承受的更多吗？哈哈哈哈……”六耳猕猴的嘴角咧得更开了，露出了尖利的獠牙，像是在疯狂地嘲笑着多目怪。

“血和精气？”多目怪挑了挑眉毛，悠悠叹道，“放心，只要你不把话说明白，我不会让你死得那么容易的。”

说着，多目怪一个转身大步离开，拂袖喝道：“把这只猴子和山羊精都关起来！方圆百里范围一律封禁！没有我的命令，任何人不准离开，不得走漏了风声！违者，斩立决！”

“诺！”

身后，六耳猕猴诡异的笑声还在继续着。

山羊精已经整个缩到地上，嗷嗷大哭。

此时，三十五重天，弥罗宫中，阐教十二金仙中的七位排成一列整整齐齐地跪坐在蒲团上，一个个睁大了眼睛望着主位上的元始天尊。

往来的道童恭敬地奉上茶水，却一个个都低着头，不敢去看这些愤怒的师兄。

正中的太乙真人滔滔不绝地陈述着猴子的罪状，将阐教弟子的惨状反复述说着，讲到痛心处，更是捶胸顿足，眼泪鼻涕一齐下。那一拳拳砸在石板上，时不时激起一声声的轰鸣。四周桌案上的瓷器连带元始天尊的眉头都微微跳了跳。

他身旁，十二金仙的另外六个也时不时地附和，有时甚至多人同时开口互相呼应，竟隐隐有种向元始天尊施压的势头。

然而，由始至终，主位上的元始天尊却只是静静地坐着，面容平静，一言不发，就连身旁的通天教主也是如此。

时间一点一滴地流逝着，就连跪坐在他们身后不远处的多闻天王都有些按捺不住了。可是元始天尊似乎依然没有表态的打算。

太乙真人嗓子都哭哑了，只得一咬牙，声嘶力竭地喊道：“弟子代表昆仑山上下百万道徒，恳请师父为那惨死在妖猴手中的四百余位阐教门徒做主！”喊罢，他深深叩拜了下去。

顿时，仿佛得到了某种信号一般，其他六位师兄弟也一个个俯首叩拜，齐声喊道：“弟子恳请师父做主！”

见状，多闻天王也连忙跟着伏地，却还微微抬眼，细细地观察着元始天尊的脸色。

这一伏，一众师兄弟的动作就这么定格了，俨然一副元始天尊不答应出头，他们就不走的态度。

一时间，整个大殿都安静了下来。

与通天教主对视了一眼，元始天尊无奈地捋着长须，注视着匍匐在地的太乙真人，那眼睛缓缓眯成了一条缝，却依旧没有开口。

“弟子代表昆仑山上下百万道徒，恳请师父为那惨死在妖猴手中的四百余位阐教门徒做主！”

“弟子恳请师父做主！”

大殿之中，呼喊声又一次响起了，依旧声嘶力竭、震耳欲聋。

紧接着，太乙真人便喊道：“若此事师父都不管，往后，弟子们也再无颜面见三界中人了！还请师父将我等修为废去，丢下谪仙井，一了百了！”

“丢下谪仙井……”闻言，元始天尊不由得苦笑了出来。

十二金仙当中，这太乙真人可说是最负责任的。也正因此，当初昆仑一战之后，元始天尊上天，不问凡间之事。其他金仙都不愿接过阐教的权杖，他却接了。

不只接了，这么多年不管如何风风雨雨，昆仑山的一切，一直都有条不紊。即便是六百年前那一场大战之后，他也能以最快的速度收拾好残局。

可，太过负责的人，往往都有一个大弊病。那就是较真，什么事都要较真……

被逼到这份上，元始天尊无奈只得干咳两声，抖了抖拂尘，开口道：“你们……真的确定是那妖猴？”

“弟子亲眼所见！”

“会不会……看错了？”

“师父！”太乙真人当即俯着身子高声喊道，“弟子与他近在咫尺，如何可能看错？若看错，愿受天劫！”

一众师兄弟当即附和道：“弟子愿作保！”

元始天尊握着拂尘的手不由得微微紧了紧。一旁的通天教主悠悠地瞧着他，一副事不关己的样子。

就这架势，若今天自己没有个答复，不用说，这帮徒弟一定不会让自己好过了吧。

元始天尊略微想了想，只得硬着头皮道：“你们……想为师怎么做主？”

闻言，依旧维持着叩拜姿势的太乙真人当即扯着嗓子喊道：“自妖猴现世至今可谓祸害极广，三界生灵涂炭，有目共睹。那旧事本已作罢。可，被压五行山下六百五十年，刚出来，他便庇佑玄奘西行。倘若玄奘西行证道成功，则佛门兴盛，道家危矣。即便玄奘西行失败，那也是破除了佛门百世之惑，于我道家有害无益。先前弟子承师父劝说，已是百般忍耐，可如今……他竟直接杀上门来……若此事不管，我阐教还如何立足三界？那妖猴如今天道'无极'已破，今非昔比。师父法力无边，若再加上我等从旁辅佐，拿下妖猴，不过举手投足之间！为天下苍生，为道家兴衰，为我阐门子弟，弟子恳请师父早作决断，破例出手一回，为三界除此祸害！"

"弟子恳请师父为天下除此祸害！"

元始天尊那嘴角当即微微抽了抽，忍不住朝一旁的通天教主望去。通天教主翻了个白眼，暗暗朝他摆了摆手，大意是："别算上我。"

元始天尊又沉默了好一会儿，咽了口唾沫，抿着嘴唇轻声叹道："他随时都可以返回天道，届时又该如何？"

太乙真人当即朗声道："弟子听闻，那妖猴之所以随时可突破天道，却至今未有举动，乃是因为忌惮西方如来！若他胆敢突破，届时，西方如来也必加入战局！胜负依旧！"

"胜负依旧？"元始天尊顿时笑了出来，悠悠叹道，"如果西方如来晚来一步呢？到时我等该如何自处？"

"这……"

"昆仑山阐教上下，加上为师一条老命，换他妖猴一条命，是否值得？"

只一句，顿时将一众徒弟问得哑口无言，面面相觑。

"不过一个玉石俱焚的结局啊。"见自己一句话便将一众徒弟给问倒了，元始天尊振了振衣袖，缓缓地站了起来，一步步朝殿外走去，"还是想个别的什么办法吧，想到了，再来与为师说。"

通天教主也缓缓起身，一言不发地跟了出去。

见状，立在四周的一众童子稍稍犹豫了一下，也一并撤出了大殿。

只一会儿，偌大的殿内便只剩下这七个师兄弟外带一个来旁听的多闻天王了。

烛火吱吱地燃烧着，众师兄弟依旧维持着原本的姿势拜伏在地，一动不动。

太乙真人已经气得瑟瑟发抖。

大殿之中，却是一片寂静，没人出声。

少顷，太乙真人攥紧了拳头，重重砸向地面。“咣”的一声闷响，石粉四溅，光洁的石板上被砸出了一个窟窿。

那些师兄弟微微一惊，一个个连忙抬起头来。

“就因为那妖猴只有贱命一条，我们家大业大，所以，我们就只能让那只妖猴予取予求吗？”太乙真人咬着牙，声嘶力竭地怒吼道，“这件事无论如何必须要给阐门上下一个交代！既然师父不愿意出手，我们自己去！我等七人联手，虽说不一定拿得下妖猴，最起码，也不至于落了下风。”

“对，绝不能就此作罢！”黄龙真人当即附和了起来，“就这么灰溜溜地回昆仑山去，这种事，老夫可做不出来！我去！”

清虚道德真君蹙着眉头道：“此事，恐怕还得从长计议啊……师父说的，也不是没有道理。”

“还从长计议什么呢？”广成子捋了捋衣袖，哼笑道，“再计议下去，老窝都给端了。师父说的没错，我们这么去找那妖猴，确实有风险。但那妖猴得罪我们难道就没有风险吗？”

道行天尊接了广成子的话，挑了挑眉头，悠悠道：“他找我们麻烦，其实也有风险。把我们逼急了，我们可以逼他返回天道修为。到时候如来介入，他也是吃不了兜着走。即便我们讨不着好，他又能得到什么呢？”

灵宝大法师反复摩挲着太阳穴，道：“可现在是他先动了手，如果我们闷不吭声，指不定以后还会出什么事儿呢。”

“你们这么说也对，必须给他一个教训。”清虚道德真君微微点了点头，“即便没办法做到以命抵命，至少……也应该给他一些苦头吃吃，算是我们昆仑一脉的一个态度。否则，往后必有更多弟子死于非命。”

很快，在场的十二金仙迅速达成了一致意见，就只剩下赤精子没表态了。

一时间，所有人都朝着赤精子望了过去。

他稍稍犹豫了一下，一摊手，无奈叹道：“你们都去，我不去，合适吗？我也去吧。不过，我想，我们会去，师父应该也已经猜到了吧……”

"知道更好！"

说罢，太乙真人一甩拂尘，愤愤地朝殿门外走去。其他一众师兄弟也一个个跟上。

第六百六十一章

我就是

弥罗宫外，气势汹汹的太乙真人一行迅速腾空而起，朝着下界落去。

楼台上，元始天尊与通天教主并肩而立，静静地看着。

“你也不拦他们？”

“拦得住吗？”元始天尊苦笑道，“六百多年前的事……死了那么多弟子。虽说事情已经过去了许多年，但想要真当成过眼云烟，那是不可能的。早在西行之初，他们就已经想着要动手了。如今，平白得了这么一个好借口，还怎么拦呢？况且，他们说的也不无道理。这事若是不管，那可真是插在我道门心脉上的一把匕首了。往后，这天底下稍有见识的人还不悉数投了佛门？”

通天教主淡淡瞧了元始天尊一眼，道：“那现在怎么办？真与那妖猴撕破脸皮？”

“没什么怎么办，走一步算一步吧……”元始天尊振了振衣袖，缓缓叹道，“那妖猴虽狂，却也不傻。抵达灵山在即，在此时做出这种事，不合情理。这当中，肯定是有些我们不知道的事情发生了。说不定，是佛门给他布了个什么局。”

元始天尊微微顿了顿，接着说道：“稍后陪我到兜率宫走走吧，这种事情，还是要问最善于算计的人才好。”

说着，元始天尊转身走入内堂。

楼台上，通天教主静静地注视着七人离去的方向，哼笑道：“说得好像这些都不是自己的徒弟似的，也是绝啦。”

太乙真人稳稳地落到南天门的时候，一眼就看到了恭候在门口的李靖和哪吒。他猛然回头看向匆匆赶到的多闻天王。

这一对视，多闻天王只得尴尬地笑了笑。那手中还握着玉简。

情况已经再明白不过了。

李靖带着哪吒快步朝七人走来，躬身拱手道：“李靖参见太乙师叔，参见诸位师叔。方才师叔到来，李靖因公务繁忙，未能出迎，还请诸位师叔见谅。”

闻言，太乙真人却只是哼了一声，冷冷道：“出迎之事本属繁文缛节，师侄公务要紧，倒也无碍。只是，现如今又过来了，怕不只是送行这么简单吧？”

在场十二金仙之中的其他六人，一个个都在悠悠地瞧着李靖。

一旁的哪吒抿着嘴望天，佯装什么都不知道。

在这一双双的眼睛注视之下，李靖只得尴尬地笑了笑，道：“诸位师叔可是要去西牛贺洲求法国寻那妖猴？”

“哦？”这一问，原本冷冰冰的太乙真人顿时笑了，“他在西牛贺洲求法国？你不说，我倒还真不知道。行，这样一来，也省得我们去找了。”

说罢，太乙真人脸一黑，握着拂尘硬生生顶开李靖就往前走。

其他几个师兄弟也连忙快步跟了上去，与李靖擦肩而过。

黄龙真人朝着李靖拱了拱手，脸却朝向哪吒，戏谑般笑道：“谢师侄提醒了。”

直到对方走出两丈开外，李靖才与哪吒对视一眼，转身快步跟了上去，嘴里喊道：“太乙师叔！事关重大，还得从长计议。意气用事要不得啊！”

那身后，哪吒只得一拍脑袋，无奈地跟上。

一行人就这么稀稀拉拉地出了南天门，腾空而起，朝着西牛贺洲而去了。

一路上，李靖半真半假地劝说着，太乙真人黑着脸，一声不吭，看李靖的眼神都有些厌恶了。

身后，哪吒带着四大天王一个个蹙起眉头，一声不吭地跟着。

正当太乙真人一行人正气势汹汹赶往求法国向猴子兴师问罪之时，南赡部洲，幽暗的地牢中，身躯早已残缺不全的六耳猕猴被死死地捆到了木桩上。

没有呼吸，没有脉搏，没有任何生命的征兆，就连仅存的，那双眸中的一点点神采都已经渐渐开始消散了。

忽然间，只听“啪”的一声，一盆脏血劈头淋了下去，六耳猕猴整个身躯都被泼成了红褐色。

片刻之后，六耳猕猴猛地吸了一口气，仿佛一个噩梦中吓醒的重症患者一般瞪圆了双眼。

他惊恐地看到多目怪朝他凑了过来，近距离、细细地观察着他的伤口。

在那血水的泼洒之下，伤口上的一根根猴毛正缓缓地生长着，如同杂草一般。紧接着，这些“杂草”开始编织了起来。相对于其他生物，这种愈合速度是惊人的。

不过，此时却几乎毫无用处。因为六耳猕猴的伤实在太重了。

“居然真的用血来重塑肉体，倒是从未见过啊……刚刚你还提到精气，你偷袭其他地方的时候不只吸血，还掠夺了精气，对吧？”多目怪微微挺直了身子，仰头后退两步与六耳猕猴拉开距离，伸手从身后的妖将手中接过了一只兔子，提到六耳猕猴面前，轻声笑道：“想要吗？”

望着多目怪手中奋力挣扎的兔子，六耳猕猴瞪大了眼睛，微微张口。

一口唾沫从那獠牙的缝隙中渗了下去。

多目怪微笑着说道：“想要，就说真话。只要你说了真话，我就把它给你。”

闻言，六耳猕猴微微呆了一下，脸上渴望的神情却渐渐消失了，一双眼睛又恢复了原本疲惫的模样，微微低垂。

“说！”

六耳猕猴低垂着脑袋，轻声叹道：“说了你……又不信。”

“你不说真话我当然不信了。”多目怪将手中的兔子丢给妖将，伸手扼住六耳猕猴的咽喉，将他的头硬生生掰了起来，瞪圆了眼睛道，“我跟了大圣爷许多年，侍奉了大圣爷许多年，你以为我是隔壁那只山羊精吗？那么好骗？”

“嘿，又是大圣爷……”六耳猕猴微微低垂着双眼，无力叹道，“该说的……我都说了。没什么好瞒的。不是不想骗你，而是不屑骗你，懂吗？”

“不屑？”闻言，多目怪的眉头微微跳了跳。

“对，不屑。”六耳猕猴望着多目怪，瞪大了眼睛，缓缓地笑了出来，“我说了我就是你家大圣爷，你家大圣爷……需要骗你吗？哈哈哈哈……”

多目怪顿时怒上心头！

他猛地往后退了一步，取来烧红的铁钳，对着六耳猕猴的心口重重地刺了下去，缓缓地扭动。

“说！究竟是谁派你来的！”

恐怖的声响中，一阵阵的烟雾升腾而起。

四周的众妖眉头都微微蹙起了。

六耳猕猴猛地抬起头，咧开嘴，却又紧紧地咬着牙没有喊出声来。

那模样，像是在哀号，却又像是在笑。

由始至终，他都只是瞪大了眼睛怒视着多目怪。

多目怪咬紧了牙，一点一点地用力，那铁钳一点一点地深入，焦臭的味道迅速散开。

豆大的汗珠从焦黑的额头上缓缓滑落，额头上一根根的青筋暴起……六耳猕猴微微颤抖着，那扭曲的脸上，表情之中却依旧夹带着一丝丝挑衅的意味，就好像刑罚还不够严酷似的。

直到铁钳穿透了身体，六耳猕猴都一直维持着这个表情。他瞪圆了眼睛，怔怔地望着多目怪，丝毫没有准备要讨饶的意思。

这一幕看得多目怪都有些蒙了。

有那么一刹那，他甚至怀疑眼前这具躯体是没有痛感的，可从对方的表情上看，却又分明是有。

在花果山时代，他是有名的酷吏。任何人，无论是最硬骨头的天河水军，还是凡间不长眼撞刀口上的妖王，只要经他的手，没有一个还能保守得住秘密的。

可眼下，他却完全不知道应该怎么办。因为，他面对的是一只连身体都已经残缺不全的妖怪……

帮他恢复身体再施刑吗？

这显然是不行的。

如此之近的距离，多目怪可以清楚地感觉到，眼前这个冒充“大圣爷”的家伙神识异常强大，甚至已经强大到与真正的大圣爷一般无二的地步了。如果不是看到他破开的躯体里显露出来的绒毛，也许，连他也会受骗吧。

让这样的家伙彻底恢复过来会是一个什么结果？多目怪不敢想象。

多目怪一咬牙，将插在六耳猕猴身上的铁钳奋力拔了出来。

六耳猕猴猛地蹙起眉头，一股热气从口中喷洒出来，飘散到空中。那是他一直忍着的惨叫。

“大人，接下来怎么办？”

多目怪深深吸了口气，低头看了一眼缠绕在铁钳尖部焦黑的，又缓缓化成灰烬的猴毛，冷声道：“那只山羊精呢？”

“羚将军正在审问。”

多目怪将手中的铁钳丢到火盆中，道：“将他丢到监牢里，记住，不能让他死。我们去看看从山羊精口中能不能撬出什么来。”

“诺！”

多目怪怒视了六耳猕猴一眼，转身便朝地牢外走去。

很快，三只小妖走了过来，为六耳猕猴解开绳索，抬着就往地牢深处走。

监牢的大门轰然打开了，幽暗的光线中，六耳猕猴被如同一块烂肉般丢到稻草堆里。

黑暗中，其他所有监牢里的犯人都伸长了脖子，却没有一个敢出声。

随着那三只小妖的离开，大门轰然关闭。

整个监牢静悄悄的。除了壁上火把短促的“噼啪”声，只剩下一声声压抑的喘息声了。

六耳微微挪动了下身躯，缓缓地抬起头来，睁开双眼。

透过几乎把他整个埋在其中的稻草，他隐约看到各个角落里有一双双眼睛在望着这里。

“大圣爷……您是大圣爷吗？”

黑暗中有人压低声音在询问着。

经此一问，监牢之中迅速激起了一片窃窃私语。所有的囚犯都在悄悄议论着。

“又是……大圣爷。”六耳猕猴咬着牙干笑了起来，笑得喘不过气来，如同号哭一般，“你们以为我想是他吗……哈哈哈哈……我他娘的恨不得跟他一点关系都没有啊！”

那声音稍稍沉默了一下，又接着问道：“大圣爷……连您都被捉了。那……敖烈他现在怎么样了？”

闻言，六耳猕猴微微一愣。

第六百六十二章

黑熊精的烦恼

清晨，求法国。

玄奘正在庭院中的石桌上认真地筹备着最后一场讲经。他聚精会神将一片片象征着要点的竹简细细排好，放在桌面上对照着，细细地思索着，又时不时地用毛笔蘸上墨水，在手中的锦缎上修修改改。

角落里，黑熊精眨巴着眼睛远远地望着，眼神之中有一种莫名的迷惘。

“怎么？还在想着拜师的事啊？”小白龙不知道从哪里冒了出来，靠坐到一旁的石凳上懒懒地打了个哈欠，道，“老实说，拜入佛门有什么好的？当个妖王多好啊！我觉得嘛，没收才好。要真收了，以后有的是你后悔的。”

黑熊精斜视了小白龙一眼，冷冷地丢了一句：“玄奘法师为普度众生耗尽心力，不惧艰险。我黑熊，又怎可顾虑一己之私？若有朝一日得以拜入门下，定是无悔。”

“定是无悔？”小白人不禁哑然失笑，“你知道……入了佛门要吃素吗？”

黑熊精不说话了。

“佛门还不能娶老婆，他们管那些叫色戒，要割断一切情欲，斩断红尘。而你原本不只会有老婆，弄不好还可以有好几房的小妾。啧啧啧啧。年轻人，不要太冲动啊。”

黑熊精原本就黑的脸此刻看上去似乎更黑了。

一旁，小白龙还在没完没了地嘀咕，无限畅想着：“想想，每天酒池肉林，前呼后拥，那日子多舒坦，多风光啊。而一旦你进了佛门，这些就全没了。你知道和尚的生活是怎么样的吗？每天，你都是对着一盏青灯，敲木鱼，念佛。哦，对，还有佛经，那些梵文就像一排排的蚂蚁一样，看得人浑身起鸡皮疙瘩。闲着没事唯一的休闲就是拿着扫把在院子里扫落叶。你想象一下，你这身段，穿着僧袍，拿着扫把扫落叶……看起来多怪啊！现在你觉得无悔，那是因为你还没变成那样。有朝一日真入了佛门，你就会发现，活着，都是一种折磨啊。”

黑熊精的眼角微微抽了抽，拳头不自觉地攥紧了，别过脸去，丝毫不想搭理小白龙。

见黑熊精不搭理自己，小白龙只得悻悻闭嘴，迈开步子在四周来回踱。

过了好一会儿，他又忍不住凑到黑熊精身旁，伸长了脖子低声道："说点正经的，你有过媳妇吗？男女之爱你尝过吗？还有，西行一旦成功，借着大圣爷那杆大旗，本太子就可以大摇大摆地回龙宫了。各种荣华富贵……别说当妖王了，就是到本太子身边当个小跟班，那不也比入佛门强吗？嘿，有朝一日，真过上那种逍遥自在的生活了，你就会发现什么普度，那都是个屁。有什么能比日子过得舒坦更实在的？说实话，不是指着大圣爷帮我找我家媳妇，谁他娘的没事西行啊？”

“你有完没完？”黑熊精一个转身，猛地一把拽住小白龙的衣领，将他提了起来。

一时间，小白龙也吓蒙了。待他缓过神来，黑熊精那张大脸已经近在咫尺。

如此之近的距离，小白龙可以清楚地看见黑熊精眼眶里的血丝，看见那微微张开的口中露出的獠牙与唾沫。

然而，他却缓缓地松了口气。

很明显，黑熊精已经憋不住要揍人了。小白龙肯定是不够黑熊精打的。若是往常，讨饶恐怕是他此刻唯一可走的路了。不过……今时不同往日。

小白龙伸长了手吆喝一声："玄奘法师！"

闻言，远处的玄奘法师当即回过头来。

这一回头，黑熊精一惊，连忙松开了拽着小白龙衣领的手，装作一副若无其事的样子。

“三太子叫贫僧有何事？”

“没事没事，喊错了，没啥。”小白龙整了整衣冠，乐呵呵地笑了起来，挑衅似的瞧了黑熊精一眼。

见状，玄奘又低头细细地琢磨了起来。

黑熊精恶狠狠地瞪了小白龙一眼，那神情就好像准备一口将小白龙吞下去一般。

然而，小白龙却依旧眉开眼笑，半点不以为意。

"贪、嗔、痴、慢、疑，'嗔'戒五毒排行第二。嘿嘿，天天听玄奘法师念，我这不修佛的人都会背了。"小白龙轻轻用手肘顶了顶黑熊精，悠悠叹道，"瞧瞧，那才是修佛的人。你看看他，那心境，平似湖面，连半点涟漪都看不到。再看看你自己。不是本太子说你啊，你真的适合修佛吗？你什么时候见过玄奘法师被人气得揪衣领动手了？"

"正是因为不适合才要修！"黑熊精压低了声音，怒吼道，"普度，讲求的就是度众生脱苦海！度人者，亦是被度者！若是众生都能做到这一点，还要什么普度？"

"哟？看不出来啊，说起来一套一套的。"小白龙那眉头顿时蹙成了八字，笑得更欢了。

他这一笑，当即就笑得黑熊精满脸通红。

黑熊精深深吸了口气，别过脸去，不想和小白龙说话了。

然而，小白龙却不想放过这个戏弄傻大黑的机会。他伸长了脖子，满脸戏谑地说道："既然这样，来来来，你来度一下我。本太子每天都为我那失踪的媳妇操碎了心，你来度一下，看我今晚能不能睡个好觉。"

"你哪天晚上不是睡得和死猪一样了？昨晚还边笑边流口水！"

"那是表象。"小白龙一脸诚恳地说道，"正是因为心中苦，所以才只能通过梦境来逃避。你连众生之苦都不明白，还谈什么普度啊？要不，咱先体会一下众生之苦，回头本太子让那国王先给你介绍个媳妇，成个亲什么的，你觉得咋样？"

"你！"

闻言，黑熊精顿时气不打一处来。他咬牙怒视着小白龙，那拳头已经攥得咯咯作响了。

另一边，小白龙却依旧一副若无其事的样子，时不时用眼角瞥一下不远处的玄奘法师，以免不小心真被揍了。

就这么对视了好一会儿，最终黑熊精只得摁下胸中怒火，扭头离开。

小白龙瞧着黑熊精愤怒的背影，翻了个白眼，哼笑道："连耍耍嘴皮子都不会，还修佛？傻缺。"

这一幕，一点不拉地全落到了站在屋檐上的猴子眼里。

"这敖烈，是越来越话唠，越来越恶趣味了呀。"一旁的天蓬轻声叹道，"以前我在天河水军的时候，也见过他几次。那时候还有点太子的样子，现在整个就像凡间的地痞流氓。"

"这不怪我吧？"猴子斜了天蓬一眼道，"西行之前他就这德行，要怪，得去怪他老爹西海龙王。"

院落里，黑熊精重重推开自己的房门，跨入房中，猛地一关。

就在房门即将发出巨响的时候，他似乎又想起什么来，连忙用手拉住，轻轻关上。

天蓬稍稍沉默了一下，瞧着黑熊精的房间道："你说，这黑毛，他怎么就想到要拜玄奘法师为师呢？不应该啊，他加入西行，不都是冲着你吗？难道真被感化了，准备为普度献身？"

"我怎么知道？"

猴子稍稍活动了下筋骨，一跃跳下了屋檐，对玄奘道："时候差不多了，过去吧。讲完最后一场，我们也好准备起程了。"

此时，西海之上，十二金仙中的七位正以极快的速度掠着海面飞行着。那身旁，还跟着李靖、哪吒、四大天王。

原本微微泛着波涛的海面上迅速被撕开了十三条大小不一的水弧，如同被一只巨猫用爪子撕扯过一般。

一路上，李靖紧紧地跟在太乙真人身旁，喋喋不休地劝说着，却又"无意间"从西行队伍现如今的组成，到每个人修为的高低、手中武器的分量，全部透了个底。

就在即将临近西牛贺洲海岸线的时候，太乙真人终于忍不住顿住身形，厉声道："够了！"

一时间，所有人都顿住了身形，回头望向落到后方的太乙真人。

李靖略带惊恐地望着太乙真人。

哪吒冒着冷汗，沉默不语。

“你以为本座不知道你打的什么鬼主意吗？”对着李靖，太乙真人瞪圆了眼睛怒斥道，“若不是还要对付妖猴，本座现在就将你拿下，好好整治整治。让你知道背叛师门的下场！”

“太乙师叔，李靖这是好心提醒，您怎么能……”

“滚！”太乙真人指着南天门的方向，将音调提高了八度，吼道，“你现在就滚！本座不想一会儿和妖猴开战的时候，旁边还有个你在那里碍眼！”

李靖到嘴边的一通场面话一下给太乙真人喝了回去，他微微后仰，眨巴着眼睛朝四周望去，顿时发现其余的六个师叔，此时看他的眼神也没多少善意。似乎没人有开口劝阻太乙真人的意思。

气氛已经尴尬到了极点。

无奈，李靖只得干笑着拱手道：“要不这样吧，李靖这就去向陛下请个旨意，派大军来援。万一……万一一会儿有事，也好给诸位师叔有个照应？”

太乙真人依旧怒视着李靖，一声不吭。

黄龙真人拉长了声音道：“快滚吧，干什么去都行，就是别在这里待着。”

李靖涨红了脸缓缓转身。

在众人的注视下，他缓缓地朝南天门的方向飞去。

与哪吒擦肩而过的时候，他悄悄给哪吒以及四大天王下了一道命令：“你们继续跟着，有事，及时来报。”

“诺。”

只一会儿，李靖的身影便消失在天边了。

太乙真人愤恨地望着李靖离去的方向，狠狠地唾了一口，道：“吃里扒外的东西！”说罢，他转身便走。

其他十二金仙也一个个跟了上去。

正当此时，哪吒悄悄后退，对着四大天王道：“我离开一下，你们继续跟着。别让我爹知道。”

说罢，也不等其四大天王回答，他已经一个转身，朝着另一个方向飞去。

两个灵魂

两个反叛

第六百六十三章

问　答

海边，地平线上缓缓浮现出七个黑点。紧接着，整个海面如同被硬生生撕开一般，海水四溅。

太乙真人带着一众师兄弟迅速抬升掠行的高度冲向陆地，越过高山，转眼之间已经消失在东方。

直到此时，四大天王才缓缓赶来。

求法国。

玄奘又一次端坐在高台上，用那抑扬顿挫的声音缓缓地讲着经。

高台下，无数虔诚的百姓携家带口静静地聆听着。多达万人的集会，却奇迹般的几乎没有半点杂音。

这是最后一场讲经会了，也是人数最多的一场，就连远处的楼台、屋顶上也站满了人，说是万人空巷也毫不为过。

为了表达对玄奘的尊崇，表达对玄奘口中“众生平等”理念的接纳，贵为君主的求法国国王甚至脱下王袍，穿上布衣坐到了台阶下。

那四周放置的香炉中燃烧着极为珍贵的檀香，所有的一切都井然有序地进行着。

黑熊精面无表情地站在玄奘的身旁，已是满头大汗。

他总感觉所有人都在盯着他看，那眼神就像在嘲笑他一般，让他浑身不自在，以至于他都没心思去听玄奘究竟讲了什么。

远处，猴子站在屋檐上悠悠地瞧着反复挪动脚步的黑熊精，微微后仰了身子对天蓬说：“要不，你去对面盯着？”

“怎么，有什么不对吗？”

“现在距离灵山已经不远了，搞这种讲经会……我怕有意外。”

天蓬瞧着猴子，不由得笑了，意味深长地点了点头。

见状，猴子那眉头一下蹙了起来：“怎么？”

“没什么，只是跟之前的事情联系起来，发现了你一个很大的弱点。”天蓬笑嘻嘻地站起来，准备按着猴子的要求到对面的屋顶去。

正当此时，猴子的金箍棒横到了他身前。

“别走，说清楚。”

天蓬微微愣了一下，望了猴子一眼，无奈摇头，轻声叹道：“你是关心则乱啊。平时狡猾得一塌糊涂，可越在乎的事，就越容易弄出乱子来。雀儿、风铃、杨婵，还有西行，都一样。反倒是……对自己的命不太在乎。要对付你，就得拿你在乎的东西当筹码。难怪如来能把你整得服服帖帖的。我说的没错吧？”

天蓬低下头，接着叹道：“可惜，我当年没按住你的脉门。要不然，谁胜谁负，还不一定呢。”

说着，天蓬轻轻推开了猴子横握的金箍棒，轻轻一跃，腾空朝着对面的屋顶飞去，留下猴子愣在当场。

青山、绿水从前方席卷而来，又飞速消逝在后方的地平线上。

凌风中，太乙真人直视前方，紧紧地蹙起了眉。

“李靖说那妖猴就在求法国都城里。”

此话一出，那四周掠行的一众师兄弟迅速靠了过来。

太乙真人缓缓转动着双目，压低声音道：“临近求法国都城百里之时，我等便要压制气息。莫让那妖猴先发现了我们。否则，此行必是功亏一篑。”

“明白。”

“知道了。”

“好。”

“虽说那妖猴天道已破，却依旧保有大罗混元大仙巅峰修为。这一点，从五庄观一战便可知晓。故而，若是发现了妖猴，切不可贸然行事，须得先释放信号。我等众志成城，对那妖猴，方有取胜的可能。”

“好！”

一声应和，七人阴沉着脸迅速压低身姿，沿着地表不足一丈的高度飞速掠行着。

那周遭的一切如闪电般飞逝。

求法国，广场之上，玄奘爽朗的声音缓缓回荡着，整个世界都仿佛在静静地聆听，讲到妙处，却又掌声如雷。

一路走来，玄奘给无数人讲过经。眼下这一次，恐怕是他有史以来做得最好的吧。他将繁杂的佛经细细剖析，深入浅出，又加入了自己的领悟，以至于即使是大字不识的百姓也能清楚地领会他的意思。

广场之上，所有的一切都仿佛握在了玄奘掌心，在该笑的时候笑，在该感叹的时候感叹。他的一举一动，都牵动着每一个人的心绪。

玄奘讲完了一个节点，轻声问道：“这‘为善’的取舍之道，大家可都听懂了？”

直到这一刻，高台下的人才幡然醒悟，如同遨游海洋之中的鲸鱼忽然跃出了水面，被拉扯回现实世界一般，一个个面面相觑，不知问什么才好。

沉默了许久，国王回头看了几眼，感觉似乎应该要有人做个表率了，伸手捅了捅坐在身旁的丞相。

丞相一愣，很快领会了国王的意思。无奈，他只得站起来双手合十行了个礼，道：“玄奘法师，鄙人有一疑惑，不知该问不该问。”

“请问。”

丞相干咳了两声，朗声道：“国家施行仁政，减免赋税，减免徭役，与民为善，可算是善？”

“算。”

“那……赋税徭役一减，这朝廷必然空虚。届时，若是有人造反……”

“都减免赋税了，哪里还有人造反？”还没等玄奘回答，台底下的国王便嚷嚷了起来。

一时间，附和者众。

熙熙攘攘之中，丞相的脸都被吵红了。

随着玄奘微微抬手，众人才渐渐安静了下来。

玄奘低下头，轻声问道：“还有其他问题吗？”

丞相回头看了一眼，感觉头皮有点发麻了，却还是接着问道：“若是外患，怎么办？”

“外患啊……”

“外患，这可就难解决了。”

忽然间，有人喊道：“人不欺我，我不欺人。人若欺我，定不退让半步！若是有外患，无须朝廷开口，我自愿捐赠家产，披甲从军！”

“对！”顿时，无数人附和，那场面一时喧闹起来。

然而，高台上，玄奘的眉头却微微蹙了起来，似乎并不完全赞同。

丞相咽了口唾沫，又接着问道：“若是大国呢？我求法国不过边陲小国，若是外患源于大国呢？到时候，又当如何？”

一时间，玄奘也犹豫了。

平心而论，这个问题确实是刁难了。边陲小国，即便不施行仁政，遇着大国入侵，也是难有作为。这事，本就不该算到“为善”这件事上。

可，若是行普度之法，这个问题玄奘一样绕不开。

正当玄奘犹豫、听者期盼之际，只听“咻”的一声，一片什么东西从天而降，落到丞相的衣领里。

顿时，丞相吓了一跳，连忙伸手去掏，很快掏出了一块玉简。

回过头，他看到远处屋檐上的猴子正悠悠地瞧着他。

猴子指了指丞相手中的玉简，道：“实在解决不了，对着它喊一声。玉帝都帮你砍了。”

话音未落，广场上已爆发出了一阵哄笑声。气氛顿时从未有过的好。

“有猴大仙一句话，我们还怕啥？”

“对对对！神仙都被猴大仙吓得屁滚尿流，有他一句话，我们还怕啥？”

丞相也终于心满意足地坐了回去，屁股还没坐热呢，手中的玉简就被国王给摸走了，揣在怀里当宝贝一样。

一个声音在玄奘的脑海中响起了：“你说缺‘力’……这师反正我是不拜

的，还要娶媳妇呢，出家了杨婵非砍死我不可。而且估计拜了你也不会收。不过，我的承诺还是有点用的。将就着用吧。”

闻言，玄奘低头笑了笑，却又无奈叹了口气。

此时，一个约莫十岁的小男孩爬上了猴子所在的屋顶，怔怔地望着猴子。猴子也瞧着他。

树林的边缘，七个身影刷的一下全蹿了出来，扫落大片绿叶。

几道幻影闪过，七人已经立到了山崖上，远远地眺望着城邦。

只一眼，他们便发现了城中广场会聚的人群，认出了高台上的玄奘。

“这是在做什么？”

“讲经会。”

“玄奘在这里，那猴子肯定就在附近！”太乙真人半眯着眼睛飞速扫视着，指向其中一座房屋，“在那里！”

“看到了。”黄龙真人捋着长须道，“对面楼顶上的那个……是天蓬元帅吧？”

广成子一面伸手取出藏在衣袖中的落魂钟、八卦紫绶仙衣、雌雄宝剑，一面叮嘱道：“小心点，玄奘后面那个是黑熊精。”

“还缺卷帘大将和西海三太子。”

“那两个无关紧要，只要注意一点便可。”

“如此之多的百姓在场……”道行天尊犹豫着说道，“若是就这么动手，会不会伤及无辜啊？”

“无辜？”太乙真人冷笑一声，“佛门不是成天宣扬苦海苦海吗？就这么死了，也算是脱离苦海。”

闻言，清虚道德真君顿时愣了一下，有些错愕地望着太乙真人。

一旁的赤精子轻轻拍了拍他的肩道：“气头上呢，别计较。死伤是难免的，不过……我们并不伤及魂魄，顶多也就是重新投个胎。对他可千万别留手，否则那些平民没去投胎……我们先去了。”

合计完，七人压制着灵力，悄悄地朝城中飞了过去。

那小孩仰望着猴子，叉着腰，蹙眉道：“有人欺负我了，你会帮我？”

“对。”猴子点了点头，俯视着那孩子，一脸的痞子相，“不过，如果是街角孩子斗殴，这种事就别找我了。”

“不是就可以找了？”

“不是……”猴子想了想，支支吾吾地说道，“也不太能找，得具体看看什么事儿。普通什么事儿哪用得上我啊，好歹也得和神仙妖怪沾边的。”

“如果有神仙打我呢？”

一听这话，猴子顿时翻了个白眼：“没神仙会打你个小屁孩的。”

“我就打个比方嘛。”孩子依旧伸长了脖子巴望着。

好一会儿，猴子只得无奈道：“行吧，答应你，真有神仙敢打你，我就帮你抽他丫的。”

话音未落，猴子只感觉四周一黑，一个巨罩从天而降，如同一口巨钟一般朝孩子与猴子压了下来。

一瞬间，在巨罩的挤压下，脚下的房屋摧枯拉朽地崩塌。瓦片、木屑冲天而起。

“妖猴！拿命来！”

一声叱喝，下一刻，还没等人们反应过来，五颜六色的灵力已经在半空中炸开来……

第六百六十四章

九龙神火罩

面对突如其来的变化，一时间，在场的人都蒙了。

漫天飞舞的碎屑瓦片，如同潮水一般迅速荡开的沙尘。五颜六色、数不尽的灵力凌空汇聚，将一切映照得色彩斑斓。

下一刻，整个场面失控了。尖叫声此起彼伏，靠近猴子所在楼房的百姓疯狂地朝四周挤去。惨剧又一次发生了。

一大批的百姓因为惊慌而冲破了卫兵筑起的防线，朝着玄奘所在的高台拥了过去。剧烈的冲击中，整个高台微微颤动，玄奘不得不躬身扶住脚下的踏板。

人群之中，国王挥舞着双手试图指挥远处的卫队维持秩序。然而，现场一片混乱，加上他那身不显眼的衣裳，根本就没人搭理他。

黑熊精几乎条件反射地靠到玄奘身边，伸手去搀扶玄奘。

角落里，卷帘一时间竟有些不知所措。

看清了来者面容的小白龙咽了口唾沫，微微缩了缩。

对面楼层上的天蓬望着从头顶掠过的一众阐教大员，怔住了。

“这是怎么回事？太乙真人、黄龙真人……”

他握着九齿钉耙，瞪大了眼睛，连忙腾空而起，试图朝着九龙神火罩压制的方位冲去。然而，道行天尊已经先一步挡住了他的去路。

“我们的目标只有那只妖猴，天蓬元帅，你还是静静在一旁看着吧。休要多管闲事。”

湛蓝的灵力在道行天尊的掌心凝聚，发出恐怖的“噼啪”声。他自上而下冷冷地注视着天蓬，那态度，已然容不得天蓬说一个“不”字。

十二金仙，是比灵台九子更加强大的存在。当年灵台九子当中的清风子都已经踏入了大罗混元大仙境，十二金仙之中除了“不务正业”“靠着徒弟上位”的玉鼎真人之外，最差的也已经踏上了大罗金仙的境界。而道行天尊、太乙真人这种拔尖的，更是已经突破到了大罗混元大仙境的初期。

六百多年前的那场大战中，十二金仙之所以对猴子无可奈何，连还手的机会都没有，那是因为猴子吞下了七巧弥云丹，拥有无限灵力。要知道，对行者道来说最重要的就是灵力，一旦灵力无限，其战力，将提高数倍之多。

面对这一众道门之中仅次于顶尖大能的存在，一时间，就连天蓬也不得不稍稍后退。那握着九齿钉耙的手攥得咯咯作响。

豆大的汗珠从额角缓缓滑落。

“究竟发生什么事了？”天蓬抬起头，质问道，“诸位前辈为什么要对我们出手？”

正当此时，广成子和赤精子握着各自的法器从头顶一跃而过，死死地盯着困住猴子的九龙神火罩，丝毫不搭理天蓬的质问。

“这是我们和妖猴的恩怨，轮不到你一个后辈来问。”说着，道行天尊扭头望向玄奘所在的高台。

此时，完全失控的场面之中，玄奘所处的竹质高台已经被惊慌失措的百姓挤歪了，一根根的竹子都发出“噼啪”的声响，仿佛随时会崩塌一般。

玄奘一只手扶着佛冠，另一只手紧紧地拉着一旁的旗杆，早已无暇顾及其他。

那身旁，黑熊精注意到了道行天尊的目光，心中一惊，连忙挺身将玄奘挡在身后。

目光交错之际，道行天尊意味深长地一笑，收起凝聚手中的灵力，转身朝九龙神火罩的方位冲了过去。

早已焦头烂额的国王爬到了铜质的香炉上，高声喊道：“不要慌！都不要慌！有玄奘法师和猴大仙在，不会有事的，大家站在原地不要动！”

闻言，有的百姓停下了脚步，但更多的百姓还在互相推挤、践踏。事情依旧在朝着难以收拾的方向发展。

另一边，太乙真人已经从天而降，落到了九龙神火罩之上。

一个稚嫩的声音伴随着声声抽泣从那里面传了出来："猴大仙，我怕……"

"娘的，别哭啊！很快就能出去了！"

那孩子"哇"的一声，哭个不停。

"这是什么东西？你们是什么人？赶紧解开！否则，老子要你们身首异处！"伴随着金箍棒雷鸣般的敲击声，猴子的嘶吼声从九龙神火罩中传了出来。

"老夫今天倒要看看，看谁身首异处！"

"是太乙真人……"猴子只听一句，便已经识别出了对方的身份。他狂吼道，"你这什么意思？立即放老子出去！"

"会放你出来的，不过，不是现在。"说着，太乙真人的手已经按到九龙神火罩的顶端。

一道道灵力注入。

顿时，那罩中传出了孩子的哭喊声。

"那里面有个孩子？"刚刚赶到的清虚道德真君不由得一愣。

与此同时，其他五人也已经赶到了。

"没想到这么顺利。"

"还好有个孩子分散了他的注意力，否则要罩住他谈何容易？"

"别说那么多了，大家一起来！就算杀不死，起码也要炼化他九成的灵力！现在已经不是六百多年前他吞七巧弥云丹那次了，没了灵力，行者道就是个废物！"

很快，其余的六人各自占住了九龙神火罩四周的阵角，一个个伸出左手朝其中注入灵力。整个九龙神火罩迅速发红。

此时此刻，九龙神火罩内部早已变成了烈焰之海，那是号称可以燃尽一切的三昧真火！

孩子的哭喊声更加声嘶力竭了。

猴子正用金箍棒疯狂地敲击着九龙神火罩的内壁，整个罩子剧烈颤动着，似乎随时都有崩塌的可能。

清虚道德真君还在犹豫着。

已经落到阵角上的赤精子冲他喊道："快点！别管孩子了，大不了回头给他找个好人家投胎，拖下去炼化不了妖猴的灵力，我们就惨了！"

清虚道德真君稍稍犹豫了一下，最终还是点了点头，落到了原本预定的位置上，开始向九龙神火罩注入灵力。

"太乙真人！"罩中迅速传来了猴子声嘶力竭的呼喊声，"立即解开法器，否则，老子出去一定叫你们阐教绝户！"

"哼！还是先考虑一下自己的处境吧！"站在九龙神火罩顶端的太乙真人恨恨唾了一口，将自己注入灵力的速度一下提升了好几倍。

此时，整个九龙神火罩的外壁都变成了荧光一般的红，仿佛一团烈火在燃烧一般。那罩内，更是早已达到了极高的温度。

那罩中，哭喊声已经变成了尖叫声。

此时，斜月三星洞。

"什么？须菩提祖师出游了？他去哪里了？"

"老头子说来就来说走就走，我怎么知道？"

阁楼中，哪吒撑着桌案，惊得嘴巴都张大了。矮桌对面的清心却是一副悠闲的模样。

"怎么？"清心低头整理着沉香刚交过来的功课，不紧不慢地问道，"找老头子有事？"

哪吒连连点头。

"真要找的话，有个个把月时间还是能找到的。可以去问问于义。"

"不行，等不了个把月，很急，会出人命的！"

清心微微抬眼，有些惊异地看着哪吒道："出什么事儿了，你这么急？"

"那猴子……那猴子跟我师父要打起来了，我怕我师父出事啊！"

"你师父……跟他打起来了？"

"不只我师父，还有广成师叔、赤精师叔、黄龙师叔、灵宝师叔、道行师叔、清虚师叔。"

"不、不是……你、你们阐教怎么会跟他打起来的？"

"这……一时之间也说不清楚，总之，快想办法弄清楚须菩提祖师在哪里，现在只有他这当师父的能劝服那猴子，不然……”

话还没说完，哪吒微微一愣，从腰间摸出了玉简，贴到唇边。很快，他原本紧蹙的双眉微微舒展开来了。

“怎么啦？”

哪吒收起玉简，轻声道：“看来，是我多虑了。持国天王说师父他们顺利地将那猴子给困在九龙神火罩里了。”

“啊？”清心一下子站了起来。

那动作，吓了哪吒一跳。

“你……你干吗？”

“阐教十二金仙一下去了七个，你们这是仗着人多欺负人少啊！”清心的脸色刷的一下变了，一个转身，她已经取下了挂在墙上的佩剑。

这下轮到清心急了，哪吒反倒有点跟不上节奏。他眨巴着眼睛支支吾吾地说：“你这是要干吗？”

“他们现在在哪里？”

“西……西牛贺洲求法国，距离这里不远。只是……你这是要干吗？我师父没危险了呀。”

“你师父没危险，我师兄有危险！”清心狠狠地瞪了哪吒一眼，一个转身，已经冲出了门外。

阁楼内，哪吒呆呆地站着，脑子忽然间有点反应不过来。

他低下头，望向呆坐一旁，由始至终一句话都没说的沉香。

“你师父没病吧？她不是跟那只猴子水火不容的吗？”

“我怎么知道……”沉香面无表情地答道。

一片混乱之中，天蓬的九齿钉耙飞了出去，砸穿了屋顶。

紧接着，天蓬也飞了出去。连着一并被甩出去的还有卷帘。

道行天尊收回双掌，再次回到了阵角上，朝着九龙神火罩缓缓注入灵力。

小白龙缩在角落里惊恐地张望着，不敢露面。至于黑熊精，由始至终他都没敢离开玄奘半步。

原本的广场上遍地都是尸体、血水。一声声的哀号传遍了每一个角落。

玄奘眼睁睁地看着这一切，整个人已经失了魂，他的嘴唇在微微颤抖着，一句话都说不出来。

此时，九龙神火罩的内部，轰鸣声还在继续着，仿佛整个世界都随着那声音颤抖。然而，孩童的尖叫声却渐渐微小了。

“我不知道你们在说什么！这么冤枉我有意思吗？”猴子在里面疯狂地嘶吼道，“我根本就没去过昆仑山，更没杀你们阐教门徒！”

“哼！冤不冤枉，你自己知道。即便这次真不是你，几百年前你大闹天宫留下的那些债，难道就不用还了吗？”

忽然间，九龙神火罩猛地一颤，微微裂开了一条缝。

那四周，包括太乙真人在内的所有人都顿时吃了一惊。

“不好！神火罩撑不住了！”

慌乱之中，七位金仙分别朝不同的方向逃窜。

下一刻，随着一声惊天动地的轰鸣，九龙神火罩炸开了。炙热的气流朝着四周席卷而去。足足百丈的距离，无论房屋还是闪避不及的百姓，所有的一切都被烈焰吞噬。

猴子化作一道金光，迅速脱离了烈焰冲天而起。那身上的皮甲早已经被烧成了焦黑的颜色。

他悬停到天的正中央，重重地喘息着。

“我说了没事嘛，都让你别哭了。这不，就出来了。”

他低下头，看向抱在怀中的孩子。

一阵微风拂过，就在他的眼前，身上的皮甲，连带孩子的身躯缓缓化作飞灰，飘散。

第六百六十五章

道　果

那一刻，猴子呆住了，他的双目瞪得犹如铜铃那么大，怔怔地盯着自己掌心遗留的灰烬。

一道道的青筋在那额头上微微跳动。

躺倒在地的天蓬注意到躲藏在远处的四大天王，无奈一笑。

地面上，七位金仙已经顿住身形，重新摆开了迎战的架势。他们仰头怒视着悬浮在天空中的猴子。

猴子的目光缓缓脱离了掌心，望向满目疮痍的都城。

鲜血溅洒得满地，几乎每一个角落里都有人在痛苦地哀号着，一双双眼睛在怔怔地望着他。那目光之中交杂着种种的情绪，一时间，猴子竟没有勇气直视。

玄奘如同失了魂一般站在原地，沾着血的双手微微颤抖。

这一刻，猴子忽然笑了，嘴角微微上扬。

“你们……是大老远，专门来打我的脸的，对吗？”

他微微仰起的脸庞之中，已经浮现出一丝丝狰狞。

“说啊——！”

一声惊天动地的咆哮。

手中的金箍棒猛地一挥，一道巨大的冲击横扫而出，几乎波及了整个求法国。天空中的云层微微颤了颤，猛烈的破空声刺激着每一个人的耳膜。许多毫无心理准备的百姓不禁掩住了耳朵，痛得叫出声来。

太乙真人一惊，倒吸了口凉气。

这一刻，那一众气势汹汹的金仙原本的嚣张气焰已然消散殆尽。踩着碎石的靴子几乎是同时、不自觉地往后挪了半寸。

画面就这么定格了，猴子瞪大双眼，怒视着地面上的已经做好迎战准备的七位金仙，缓缓地喘息着。

“想死，老子成全你们。来，一起上！”他伸出手，咬着牙朝着太乙金仙勾了勾。

“他的灵力还剩下多少？刚刚烧了有七成吗？”

“恐怕没有，最多……最多也就烧了五成。”

“就怕连五成都没有。”清虚道德真君咽了口唾沫道，“看来，我们的估计还是略有不足啊。九龙神火罩没了，如果只烧了两三成的话，我们会很被动。”

一时间，面对这猴子，七位金仙的头皮都略微有些发麻了。

此时，灵山，大雷音寺。

有人问道：“你们觉得谁会赢？”

人群中，有人答道：“贫僧觉得，那妖猴会赢。阐门十二金仙实力虽然强悍，但比之三清，还是有不小的距离。当初镇元子、元始天尊、通天教主三人轮流上阵都没能拦住妖猴，今时今日，即便七位金仙联手，怕也不会有什么好结果。”

“此言差矣。”有人驳斥道，“诸位是否还记得当初那妖猴与通天教主激战的场景？若不是那妖猴吞下七巧弥云丹，拥有近乎无限灵力……不说其他两人，单是一个诛仙剑阵，那妖猴便已回天乏术。”

“对对对，封神之战，阐门可是破了诛仙剑阵的。若以此而论，没了七巧弥云丹，阐门压妖猴一头，当属正常。莫说诛仙剑阵了，镇元子、元始天尊这两人，当初不也是耗光了灵力才败下阵的吗？与其说三个大能败于妖猴之手，不如说，他们是败于七巧弥云丹之手。”

“那倒是。”

“此言不虚。”

一时之间，应和者众。

此时，有人朗声道：“如此说法，贫僧不赞同。”

顿时，所有人都朝那发声者望了过去。

说话的，是不动尊者。

他微微振了振衣袖，环视着四周，道：“妖猴与三位大能对阵之时，尚未达到大罗混元大仙巅峰境。再说了，不久前镇元子与人参果树联手，都无法从妖猴手上讨到半点便宜，反而落了下风，尔等又怎会认为妖猴必败呢？虽说六百多年前妖猴击败三位大能仰仗了七巧弥云丹，但今时今日，比之与通天教主对阵之时，单就实力而言，这妖猴怕是只强不弱啊。”

此话一出，顿时将大殿之中的争论推向了巅峰。

几乎每一位罗汉都有自己的看法，争得面红耳赤。

然而，正当众人争吵之际，却见普贤莞尔一笑。

顿时，所有的罗汉都安静了下来，一个个朝着普贤望了过来。

提伽叶罗汉双手合十，行礼道：“普贤尊者可有高见？”

普贤摇了摇头，轻声叹道：“谁胜谁负，于我佛门何干？贫僧看到的是，玄奘求法国的普度，一败涂地啊。”

闻言，在场的罗汉们才幡然醒悟，一个个瞪大了眼睛，呆住了。

整个大殿顿时寂静无比。

许久，莲台上的如来轻叹道：“求法国一役几经逆转，到头来，玄奘还是败了。不过，若要以此认定普度失败，怕还差了些。地藏尊者，本座说的，你可赞同？”

地藏王微微躬身行了一礼，没有说话。

见状，如来淡淡笑了笑，接着说道：“既然如此，本座倒有一计，可将这普度的可行与否，试得更加彻底。”

“试得更加彻底？”闻言，殿内众人皆是面面相觑，不知所云。

地府，秦广王缓缓地捋开卷轴，狐疑地望着站在自己面前的僧人道：“这是地藏尊者的意思？”

那僧人笑眯眯地答道：“这是释迦牟尼佛的意思。”

秦广王不由得一怔，一阵错愕。

此时，求法国的激战已经开始了。

只见灵宝大法师一个抬手，那衣袖之中，水火铎迅速冲出，腾空而起，变大。

与此同时，猴子已经压低身姿，咬紧了牙朝他们呼啸而去，速度快到几乎如同瞬移一般。

下一刻，一声巨响，一阵猛烈的冲击如同涟漪般疯狂地扩散开来，满地的碎石之上扬起漫天沙尘，吹得四周的人睁不开眼。

就在灵宝大法师的身前，半空中，广成子硬生生用雌雄宝剑架住了猴子的金箍棒。一口鲜血从广成子口中喷洒而出！

一个翻转，正当猴子准备照着广成子的天灵盖再来一棍的时候，忽然间，两柄宝剑破空而来，朝着猴子的后脑直刺了过去。

无奈之下，猴子只得微微侧身闪躲。

趁着这稍纵即逝的机会，太乙真人伸手一拉，将负伤的广成子从猴子身旁抽离开去。

“结阵——！”

下一刻，七人已经聚到了远处。

太乙真人居中，其余六人分散六方阵眼。那身后，墨绿色的繁杂咒文迅速浮现，凌空汇成了一个巨大的法阵。

“这是……七星曜日大阵！”天蓬猛地喊了出来。

猴子连忙顿住身形，朝天蓬望了过去：“你认得？”

“见过一次，在封神之战的时候。”天蓬捂着伤口，道，“此阵主生，若找不对阵眼，即使力量是它的双倍，也难有成效。”

“那你懂得找阵眼？”

“不懂。”

闻言，那居中的太乙真人缓缓地笑了出来。

“娘的，不懂说出来有个屁用啊！”猴子恨恨地唾了一口，望向太乙真人，龇着牙冷笑道，“看来，这就是你们的底牌了。没关系，力气我有的是，咱就慢慢耗吧！”

话音未落，猴子已经冲了出去。

下一刻，又是一记猛烈的冲击爆发出来，激起的飓风几乎横扫了一切，砂石漫天，就连玄奘身上的袈裟也被这狂风吹走了。

此时，七星曜日大阵的外围已经凝聚起了厚厚的护盾。

重重一击之下，猴子竟感觉虎口仿佛被撕裂了一般剧痛。那护盾也在疯狂的颤动着。

此时，太乙真人脸上那刚刚才绽露的笑意已经再也找不到了，他有些错愕地望着猴子。至于他那一众师兄弟，也是如此。

“就不信……老子还拿你们没辙了！”

一个翻转，猴子又是奋力一击！

紧接着，是连续不断的轰击。每一击，猴子几乎是拼尽全力，那虎口都已经崩裂了。

一道道闪光照亮了天地，疯狂的气流肆虐而出。那阵中的七人，却只能铆足了劲去支撑战阵，根本没办法像他们一开始臆想的那样，还能抽出余力去进攻。

在这疯狂的战斗之中，玄奘屏住呼吸，迈开脚步，顶着肆虐的狂风，一步步地往前走。

黑熊精快步跟了上去，用他庞大的身躯给玄奘挡风，低声道：“玄奘法师，这里太危险了，我们还是赶紧找个地方躲起来吧。”

玄奘没有回答。

直到此时，黑熊精才惊恐地发现玄奘的双眼空洞得如同失明了一般，只是怔怔地望着前方。

一片碎瓦打在玄奘的脸上，刮破了脸颊，渗出了鲜血。他却浑然不觉。

一时间，黑熊精愣住了，呆呆地望着玄奘。

玄奘继续往前走出一丈距离，忽然“扑通”一声跪倒在地，微微颤抖着，从碎石堆中托起一个人。

是求法国国王。

此时此刻，他已经奄奄一息了。那件刚刚换上的袍子，染满了鲜血。

他眨巴着眼睛，无力地看着玄奘，微微颤抖着张了张嘴，似乎想说什么。

玄奘躬下身去，将耳朵贴到他的唇边。

“玄奘法师……智者悟道，愚者信……信道……是不是，真的？”

这一刻，仿佛四周所有的喧嚣都不存在了一般。玄奘的心在颤抖。

他点了点头，眼泪却夺眶而出。

“那……我，能成大道吗？”

玄奘微笑着答道：“能。”

“谢谢您……玄奘法师。”国王微笑着，缓缓地闭起双目，静静地等待着，等待着他一直期盼的大道的降临。

然而，他的气息却只是一点一点地在减弱，直至彻底消失。什么也没发生。

骗一个将死之人，那是一种什么样的感觉？

玄奘紧紧地闭上了眼睛。他不敢去看国王那安详的面容，眼泪一滴滴滑落，无声无息地落在尘埃中。

这求法国的道果，就在他最接近理想的一刻，碎成了一地的粉末……

第六百六十六章

毁　灭

又是一次猛烈的轰击。

气流以那轰击为中心，横扫出去。天空中的云如同涟漪一般扩散，地面上掀起滚滚沙尘。

狂风中，猴子咬着牙将砸出去的金箍棒又一次收了回来。

那余光正巧瞥见了玄奘的身影。

他看见玄奘匍匐在地，蜷缩成了一团，双手紧紧地合着，像是在祈求着什么。而黑熊精，就站在他的身旁，正要伸手去搀扶。

顿时，猴子愣了一下。

然而，那仅仅是片刻的迟疑罢了。胶着的战局容不得哪怕一刹那的分心。下一刻，他又嘶吼着朝太乙真人的方向冲了过去，再次撞到了战阵的护盾上。

又是一记猛烈的冲击从远处传来，那气流带起的砂石如同海浪一般贴着玄奘伏地的身躯涌了过去。

就在不远处，天蓬撑着身旁唯一挺立的木桩缓缓地站了起来，远远地望着玄奘，微微张口。

一口鲜血从他的嘴角滑落。

剧痛传来，天蓬微眯的双目中尽是满满的无奈。他哼笑道："风雨欲来啊……"

前一刻还触手可及的胜利，仅仅一刹那，便成了碎末。

望着一地的尸骸，听着墙角处几乎被疾风的声响所掩盖的抽泣，此时此刻，天蓬终于明白玄奘所说的"力"究竟为何物了。

那不是黑熊精的自告奋勇就能完成的，不是猴子的一个承诺就能做到的，甚至……这天地间，没有任何一人的承诺，能弥补玄奘口中缺失的“力”。

要让善花开出善果，要让善者得善终，要让恶者得到应得的惩处……若在一国之中，或许只需要君王点头，那么一切就能水到渠成了。可是，若天地作恶，若神仙作恶，甚至，佛门作恶，又该如何呢？

这早已不是单纯的“力”那么简单了。玄奘需要的，是篡改天地的法则。以天地的法则，引人向善，方可普度。

这种力，真的会存在吗？

天蓬无奈地笑着，缓缓靠向身旁的木桩。

“这一遭，看来是没有胜算了……”

…… ……

此时，凌风中，清心正掠过千山万水赶往求法国。

一脸惊慌的哪吒紧紧跟了上来。他看了清心一眼，不发一言。

灵霄宝殿。

一位卿家快步走入殿内，穿过林立的诸仙，绕到玉帝的龙案旁，低声说了些什么。

顿时，玉帝的眉头微微蹙起。

玉帝稍稍犹豫了一下，捋着长须道：“让他进来吧。”

闻言，卿家当即转身，拉长了声音喊道：“宣，秦广王觐见——！”

“宣，秦广王觐见——！”

“宣，秦广王觐见……”

随着一声声的呼喊远去，殿上的仙家面面相觑，一个个都有些吃惊。

“这是怎么回事？秦广王……自从地藏王接管了地府，他还从未亲自上殿觐见过陛下。”

“会不会有什么要事？”

“要真有要事……那就是大事了。”

远远地，秦广王已经挽着衣袖，弓着身子朝大殿走了过来。

殿内的仙家纷纷回头张望。

玄奘拄着捡来的木棍，低着头，顶着席卷而来的风沙一步步往回走，步履蹒跚。

身后，黑熊精抱着早已冰凉的国王的尸体紧紧地跟着。

几乎每一个角落里，都有一双双的眼睛在巴望着。

由始至终，玄奘只是低着头，没有勇气去与他们对视。因为，他根本就没办法给予任何他们想要的，哪怕是他早已承诺过的。

玄奘带着黑熊精，走入了一座被掀去了屋顶，只剩下四面残垣，已经称不上房屋的房屋中。

“这里，至少能挡挡风。”说着，玄奘回头指示黑熊精将国王放下。

黑熊精照办了。

紧接着，玄奘跪在国王的尸体旁，面无表情地帮国王整理着衣物。

“去帮贫僧……弄点水来。”

黑熊精不由得愣了一下，低声道：“我要是走开了，若是大师有危险……”

“你去吧，这里我看着。”小白龙不知何时站到了门口，歪歪斜斜地靠着门。

黑熊精默默地点了点头，转身离开了。

小白龙一步步走到国王的尸体旁蹲下，轻声问道：“你这是要干吗？如果是安葬的话，等他们打完了再做，也不迟。”

“贫僧要替他诵经，安抚亡灵。”

“诵经？”小白龙顿时笑了出来，“诵经也不用急于一时啊。”

玄奘喃喃自语道：“没有时间了，人太多，时间不够。”

“什么？”小白龙一下站了起来，“你要亲自替所有人诵经，你没疯吧？”

玄奘的手微微顿了顿，然而，很快，他又接着埋头替国王整理衣物了。

许久，他轻声叹道：“你听过志大才疏吗……贫僧就是了。贫僧以为自己可以四两拨千斤，引人向善，最终证道普度……其实，贫僧真正能做的，由始至终，都只有这个而已。”

玄奘不再说话，低着头，依旧全神贯注地做着他认为该做的事，留下小白龙呆立当场。

远处，激战还在继续着。

卷帘捂着伤口，顶着风沙一瘸一拐地走到天蓬身旁，躬身坐了下去。

“元帅，你说，十二金仙这是吃错了什么药了，居然对我们动手？”

天蓬没有回答。他只是无力地靠着木桩，闭着眼睛，偶尔朝玄奘所在的房屋望去。

黑熊精急急忙忙地端着一盆水走了进去。

“元帅。”卷帘迟疑地问道，“玄奘法师在做什么？”

“我也……不知道。”天蓬微微低下了头。

那失落的神情，让卷帘一阵错愕。那种感觉就像……西行已经失败了一样。

灵山，大雷音寺。

一位僧人跪在大殿正中，朗声道：“启禀尊者，求法国的局势，已经彻底失控了。死伤，怕已过万。就连求法国的国王也命丧当场！”

闻言，殿内议论之声顿起。

一位罗汉连忙问道：“那……此刻，玄奘在作甚？”

“他在……”那僧人略微迟疑了一下，答道，“诵经。”

“诵经？”一众罗汉顿时都愣住了，“诵什么经？”

“诵……诵安抚亡灵之经。”说罢，那僧人深深地叩拜了下去。

一时间，一众罗汉都蒙了：“安抚亡灵？”

“就是……就是那些凡间的僧人，学了道家那一套诵的那种？”

“那不是骗人的吗？”

“多少还是有点用处的，聊胜于无。”

一阵窃笑声在殿内响起了。

前一刻在他们心目中还高大无比，甚至能与佛祖辩法的玄奘，下一刻，竟就成了这种令人不齿的江湖游僧。

依旧站立不动的诸佛一个个侧过脸，朝着莲台之上的如来望了过去。

如来长长叹了口气，道："普度之道，关乎天地运数，哪里是三言两语，导人向善便可为之？经此一役，那玄奘该知，天意不可违。执意西行，到头来，不但无益于普度，反倒助涨了自己的罪孽。满身罪孽之人，又如何普度呢？"

说着，如来两手一摊，望向四周的佛陀。

那些佛陀一个个双手合十，俯首称是。

一位罗汉躬身向前，道："那，今次辩法，可是到此为止？"

如来淡淡笑了笑，道："看玄奘吧。若他愿意就此东归，辩法到此为止；若他依旧执意西行，在这灵山等着他的，只能是万丈深渊。"

"万丈深渊？"一时间，那些佛陀罗汉，都微微睁大了眼睛。

正当此时，又一位僧人入殿，叩首道："启禀尊者，秦广王已达灵霄宝殿。"

"秦广王去灵霄宝殿？"一时间，殿内的惊叹声竟不亚于灵霄宝殿，一双双的眼睛都望向了地藏王。地藏王则微微仰头，望向了如来。

那面容之中，无喜无悲，无恐无怒，一如往常。

此时，一位童子双手将一份来自灵霄宝殿的帖子递给了太上老君。

太上老君摆了摆手，又伸手指了指一旁的元始天尊。

见状，元始天尊冷哼一声，也不等那童子转呈，直接起身踱了过来。

元始天尊只看了一眼，那眉头便已经蹙成一团，伸手将帖子递给一旁的通天教主。

通天教主翻了翻，眉头同样蹙成了一团。

"原来如此。"元始天尊抿着唇说道，"没想到，佛门竟然静悄悄搞出了这么个东西。也无怪乎太乙要认定，袭击昆仑山的就是那妖猴了。"

说着，元始天尊望向了一直低头捣药的太上老君："走吧。"

"不去。"

"我阐门元气大伤，于你有何好处？"

"这三界被屠灭，于老夫又有何坏处？"太上老君想也不想地答道，"老骨头咯，干不了这些脏活累活。”

“你！”通天教主一下站了起来，“你那宝贝徒儿也在往那儿赶，你怎知不会伤了她？”

“伤了又怎么样？该操心的是那只猴子。”

这一句话，顶得元始天尊与通天教主顿时无语。

无奈，元始天尊只好转身离开，见通天教主还站着不动，又伸手去扯。

待到两人离开小阁楼之后，太上老君才伸长脖子望了一眼，悄悄将跪在一旁的童子招了过来，低声道：“你带上为师的法器，跑一趟。万一你那师妹……就出手。实在不行，干脆就跟那猴子把事儿说了。懂吗？”

童子连忙点了点头，撒腿冲出了阁楼外。

直到此时，太上老君冷哼一声，低头继续捣着药，悠悠叹道：“计中计，套中套啊……这把戏老夫当年玩多了，不掺和，不掺和。还是当个炼丹翁好啊。哈哈哈哈。”

第六百六十七章

铁　饼

此时，求法国的激战已经到了白热化阶段。

猴子用金箍棒顶着战阵的护盾，咆哮着，拼尽全力疯狂地往前冲。

在他的推动下，巨大的七星曜日大阵疾速后退。那战阵的边缘，护盾从山巅处刮过，竟如同切豆腐一样将山巅削去。被金箍棒死死顶住的位置上，也已经隐隐有了崩坏的征兆。

太乙真人都有些蒙了。豆大的汗珠一滴滴从额头上缓缓滑落，又迅速在剧烈的灵力输出之中蒸发，消失无踪。

那一旁，早已负伤的广成子更是到了崩溃的边缘。

很明显，在这场力量的比拼中，他们快要支撑不住了。照这样下去，被耗光灵力的，将不是猴子，而是他们了。

“怎么办？”

“拖肯定是不行了，跟他拼了！”

那其余的金仙微微迟疑了一下，最终还是点头赞同了。

“开！”

太乙真人一声清叱，一直以来替他们承受猴子攻势的护盾忽然凭空消失了。

冲刺之中的猴子忽然一愣，竟失了平衡，整个连人带棒朝着战阵的核心砸了过去。

在任何一种战阵之中，护盾都是最为重要的东西。没有护盾，便意味着这个战阵已经解除了防御。暴露在敌方攻击下的，将不仅仅是战阵中的操控者，还有依靠灵力维持着的、那些漫天飞舞运转的符文与灵力图案。相对于战阵的操控者来说，它们更加脆弱。

狂风中，猴子放弃顿住身形恢复平衡的意图，转而攥着金箍棒，朝着战阵横扫了过去：“长——！”

顿时，那金箍棒骤然伸长，至上而下划向战阵。

“火克金！角宿！”

太乙真人双手一掐，那其余的众人皆配合着打出了各色符文，紧接着，就在金箍棒触碰到战阵之前，整个战阵被从正中撕裂成了两半。

金箍棒重重地砸在了地面上，一座高山被砸得凹陷进去，沙尘如同喷泉般从龟裂的土地上溢出，迅速覆盖了一切。

而与此同时，那战阵居然又重新合了回去……猴子看得都有些蒙了。

单挑整个战阵，这种事在天河水军时代他做过无数次，凭借杨婵对天军战法的了解，他对战阵也多少有些认识，却还从未见过能运转如此灵活，分而又合的战阵。

短暂的迟疑之后，手中的金箍棒迅速缩了回来，他咬紧了牙，又朝太乙真人冲了过去。

这一次，他没有急着出手，而是以极快的速度拉近距离。

尽管太乙真人身形疾速后退，然而，瞬息之间，猴子还是来到了与太乙真人相距不到十丈的位置。

在这样的距离之下，猴子一旦出手，太乙真人是无论如何也躲不过的，只能硬扛。

可就在猴子即将出手的一刹那，只听太乙真人清叱道：“井，四辅，虚宿！”

其他众人迅速打出图案各异的符咒，整个战阵上的符文开始出现微妙的变化。

“去死吧！”一声咆哮，猴子再次出手了。

他单手挥棒，对准的落点，是太乙真人的天灵盖。蕴含着强劲力道的金箍棒就这么被挥了出去，强烈的气劲拉出长长的幻影，毫无意外地打在太乙真人的额头上。

那脑袋，整个都被扫飞了。

下一刻，为了防止法阵的符文附带有什么陷阱，猴子飞速后撤，与战阵拉开了数百丈的距离，悬空而立。

与此同时，猴子击出的气流落到地面上，在下方的山地上拉开了一道长长的沟壑。

然而，匪夷所思的一幕发生了。

就在猴子的眼前，太乙真人被打飞的脑袋竟就这么长了出来！

不，不能说是长出来。猴子看到的是无数的微粒凭空生成，然后在那失去了头颅的身躯上迅速汇聚成一个新的头颅！

“这是怎么回事？”猴子的目光微微闪烁着，脑海之中一片空白。

这个世界上还有能让人死而复生的战阵？

如果打死了对方又能立即复活，那打下去还有什么意义？

那对面，太乙真人虽说安然无恙，其他金仙却也同样不好过。猴子的进攻实在太猛了，以至于他们甚至不确定用这样的方式能否撑到胜利的一刻。

耗尽了灵力的行者道是废物，耗尽了灵力的悟者道，又能好到哪儿去呢？

此刻，他们正一个个气喘吁吁地望着猴子，面如死灰。

一时间，双方似乎陷入了僵局。

“你这样是不行的。没注意到吗？”正当猴子犹豫着要不要再次进攻之际，一个声音传来了，“你刚刚打飞了太乙真人的脑袋，但他甚至没有流一滴血，那身上的衣服干干净净的。”

双方都朝着西南方向望了过去。

远处，清心正捂着胸口微微喘息着。那身旁的哪吒连忙一把拽住了她的手腕。

下一刻，几乎是同时，双方都朝着清心的方向出手了。

太乙真人手中拂尘一扬，六道如迷雾状的灵力朝清心横扫了过去。猴子则以更快的速度一记飞脚踹飞了哪吒，将清心抱在怀中，躲过了太乙真人的攻击。

一直躲得远远的四大天王一个个瞪大了眼睛，看着哪吒从自己的头顶飞了过去。

“这是怎么回事？怎么忽然都对三太子出手了？”

“他们不是对三太子出手。太乙真人要杀清心，那猴子在救！这清心怕是知道什么！”

四大天王迅速转身，朝着哪吒落地的地方追了过去。

与此同时，清心已经被猴子抱着与战阵拉开了千丈的距离，直到猴子确信安全了，才松手将她放了下来。

“那个战阵你见过？”

清心呆呆地眨巴着眼睛，脸红得好像苹果一样。

“喂，我问你话呢。”

清心一惊，这才看向了猴子：“你刚刚，说什么？”

“我问你那个战阵……”

话音未落，眼看着战阵已经朝着这边逼近，猴子只得连忙又冲了出去。

金箍棒横扫而过，在太乙真人的操控下，那战阵又是一分一合，巧妙地躲过了猴子的攻击。

清心猛地呼喊道：“这是七星曜日大阵，师父跟我说过。此阵主‘生’，看似能将阵中阵亡之人死而复生，巧妙无比。其实全部都是幻象，只不过这种幻象，除非熟悉此阵之人，否则根本无法识破！”

“住口！这是我们阐门与妖猴之间的恩怨！”太乙真人一声叱喝，一柄飞剑脱手而出，朝着清心激射过去。

猴子用金箍棒轻轻一挑，直接将飞剑挑飞了。

“继续说！”

“嗯。”清心点了点头，朗声道，“此阵中有一命门，飘忽不定。那是整个战阵的要害所在，只要击中命门，不只七星曜日大阵将在顷刻间瓦解。就连阵中之人，也会受到反噬，身负重伤。”

“住口！”整个战阵都被激活了，耀眼的光芒放射而出。紧接着，五颜六色的灵力冲天而起，如同狂风骤雨般朝着清心呼啸而去。

猴子迅速撑起一面巨大的护盾，挡在清心身前。那狂暴的灵力雨遇到猴子的护盾，顿时变得如同平日里普通的雨滴一样，仅仅泛起密集的涟漪。

太乙真人的脸都绿了。

“那要怎么找到这个命门？”

“这个……我不知道。推算的方法十分繁杂。而且……”清心答道，“命门是可以随心所欲隐藏的，不过，肯定在阵中。”

此话一出，那战阵之中的七位金仙顿时松了口气，脸色稍稍缓和了些。

“对不起。”清心低声道，“我、我只知道这么多了，其他的……”

“没事，够了。”

“啊？”

歪着脑袋瞧着远处自以为死里逃生的七位金仙，猴子轻声道：“你先后退一下。”

“后退？”清心连忙转身逃开。

“还不够，再远点！再远点！再远点！”

一路飞出将近十里的距离，清心才顿住身形，远远地看着。

“你想干什么？”太乙真人半眯着眼睛，死死地盯着猴子，“光知道有命门存在，有用吗？”

“当然有用了。”猴子咧开嘴，缓缓地笑了出来，“你们，可以去死了。”

猴子一仰头，那身形如同离弦之箭般冲向了天空。

七位金仙不约而同地抬起头。

忽然间，四周都暗了下来。

“不好！他……”

话还没说完，只见一个巨大的铁饼从天而降！足足一里有余的半径，将整个战阵覆盖无遗！

“这只……疯猴子，居然用这种办法……”铁饼下，七位金仙还在苦苦地支撑着。

“好玩吗？你们七个死老头，今天就全部死在这里吧！”铁饼上，猴子咧开嘴，露出獠牙狂笑着，一点一点地用力，“只要在阵中，它就逃不过我的攻击！”

猴子双臂上的肌肉都已经绷到了极致，底下战阵上最后的护盾正在一点一点崩溃。

到最后，只听“轰”的一声闷响，最后一层护盾彻底崩塌了。巨大的铁饼将七个金仙连同七星曜日大阵一起死死地压在了下面。边缘处，一层层的沙尘缓缓地荡漾开来。

整个世界都安静了下来。

此时此刻，无论远处的清心还是正在七手八脚搀扶被猴子踢飞的哪吒的四大天王，都呆住了。

猴子手一扬，巨大的铁饼化作金箍棒落入他手中。

烟尘散去。

猴子低头望见包括太乙真人在内的七位金仙都已经被插入土中，只留下一个个脑袋。那披散的头发，就像一根根的萝卜秧一样在风中飞舞。

猴子冷哼一声，缓缓地朝他们落了下去。

“现在，咱们来谈谈你们几个究竟想怎么死吧。”

第六百六十八章
曝　光

脚尖轻轻着地，猴子迈开步子缓缓地朝太乙真人走了过去。从猴子戏谑的神情几乎便可以断定太乙真人接下来的惨状了。

还没等猴子走近，被陷在底下的其他六位金仙已经慌了神，一个个嚷嚷了起来。

“你想要做什么？”

“妖猴住手！冲我来！”

“你若是敢对太乙师弟出手，往后我阐门便与你势不两立！”

“天网恢恢，迟早有一天，你必会被千刀万剐！”

听着这些无力的咒骂，猴子顿时笑得更欢了。他将金箍棒扛到肩上，刻意放慢了脚步，让他们享受这一刻的恐惧。

倒是太乙真人硬气，由始至终，他竟没说一句话，也不看猴子一眼。一副成王败寇、愿赌服输的态度。

“大圣爷！大圣爷！哪吒求大圣爷放过我师父！”

远处，刚刚缓过劲来的哪吒急匆匆赶来。可还没等他赶到太乙真人身边，只见猴子伸出手去隔空一掐，一时间，仿佛有一双无形的手锁住了哪吒的咽喉一般，无论他如何挣扎都无法挣脱，连话也说不出来。

猴子缓缓地蹲到太乙真人面前，轻轻一吹，一阵清风掠起，将太乙真人垂在额前的几绺碎发都捋到了脑后，露出那紧闭双眼，略带惊恐，却还死死咬牙忍耐的苍老脸庞。

“我他娘的真后悔，当初在南天门外，就该杀了你。不应该看在哪吒的面子上放你一条生路。要不然，也不至于弄出今天这档子事儿。”说着，猴子轻轻拍了拍太乙真人的脸颊，如同对待一个三岁小儿一般，轻笑道，“不过也好，现在把十二金仙一锅端了，往后就再没这种破事儿了。放心，扒皮、抽筋、挫骨，一样都少不了。这是你应得的。”

太乙真人依旧死死地咬着牙，一声不吭。

远处，哪吒已是面如死灰，却依旧无法挣脱。

清心缓缓地落到了远处，静静地看着。

忽然间，一阵狂风袭来，几片树叶被撕扯着从猴子的身边掠过。天色忽然就暗了下来。

猴子拍着太乙真人脸颊的手微微一顿，半眯着眼睛抬头仰望。

东北方向，一团夹带着闪电的黑云正以极快的速度袭来，转眼已经到了头顶。

猴子顿时冷哼一声，拄着金箍棒缓缓地站了起来，掏着耳朵悠悠道：“怎么，师父来救徒弟了？还是说，他们压根就是你们指使的，现在幕后黑手终于出现了？”

那团黑云迅速散去，元始天尊与通天教主的身影渐渐显露出来。

一时间，哪吒停止了挣扎，眼巴巴地望着元始天尊。清心的一只手已经不自觉地按到了腰间。

三清之中的元始天尊与通天教主同时出现，这可是非同小可的事情。特别是猴子现在揍的就是元始天尊的徒弟。

不过，猴子似乎并不在意，只是拄着棍子微微仰头，戏谑地瞧着对方。

“大圣说笑了。”元始天尊干笑道，“几个劣徒不受管教，冒犯了大圣，实在罪不可赦。不过，既然是我阐教门徒，老夫又刚巧途经此地，不如就让老夫带回去严加管教吧。定会还大圣一个公道。”

“只是冒犯那么简单吗？”猴子朝着求法国都城的方向瞥了一眼，悠悠笑道，“我没招他们没惹他们，结果整个国家都快夷为平地了，这在你们两位看来，就只是冒犯？要这样，改明儿我到府上冒犯一下，两位可不要生气啊。”

闻言，元始天尊原本脸上的笑意消失了，换上了一副严肃的神情。

通天教主瞧着好像萝卜秧一样的七个师侄，不禁蹙起了眉头，沉默不语，藏在衣袖中的手已经悄悄做起了参战的准备。

元始天尊稍稍沉默了一下，双目低垂道："大圣想必也已经知道了吧，此事，其实是个误会……"

"误会？他们刚刚可不是这么说的。"猴子打断了元始天尊的话，用脚踢了踢太乙真人的脑袋，笑嘻嘻地说道，"你的好徒弟告诉我的是，无论偷袭昆仑山的事情是不是我干的，他们都要找我算账。嘿嘿，想想也是，六百多年前的旧账，到现在都还没算呢。要不，我们今天就来个了断？"

如同听不到猴子挑衅的话语一般，元始天尊抿了抿嘴唇，朗声道："既然是误会，难道大圣就不想知道这个误会是怎么来的？"

猴子歪着脑袋，直截了当地答道："不想。"

"如果有人冒充大圣您……"

"关我屁事？"

这一句，顿时又把元始天尊到嘴边的话给顶了回去。

眼看着猴子丝毫没想把话往下听，元始天尊已经话尽词穷，一旁的通天教主当即抢过话来，对着猴子叱喝道："你这妖猴莫要猖狂，如今七巧弥云丹的药效早已过去，若我俩联手，你怕也只有飞升天道一途可走了。到时候，看你如何面对如……"

"我怎么面对如来不用你管！"话音未落，猴子的脸色刷的一下变了，没有了原来痞子一样的嬉笑怒骂，转而露出一副狰狞的脸孔，指着通天教主吼道，"你只要记着，若是我被逼着飞升天道，第一个拿你们阐截二教祭旗！"

一时间，那话还没说完的通天教主微微颤了一下，竟没有勇气接着把话说完。

双方已成剑拔弩张之势！

一阵微风缓缓拂过，地面的沙尘微微泛起，如同涟漪一般在被整个压平了的地面上扩散。

彻底丧失战斗力的几位金仙半眯着眼睛，目光在两方之间来回。

清心已经紧张到了极致。

许久，元始天尊注视着猴子缓缓地笑了出来，伸出一手拦在通天教主身前，干笑道：“这天地间的大能就那么几个，十根手指便可以数完。你们两个都位列其中。何必为了几句言语之争，闹得不愉快呢？也不怕世人笑话。”

说着，元始天尊缓缓降低了高度，落到地面上，一步步朝猴子走了过来，道：“这几个，都是老夫的爱徒，还请大圣高抬贵手。”

那身后，通天教主也缓缓降低了高度，落到地面上，却并未跟着他向猴子走去。

“若是我不同意呢？”

“万事总有个价，大圣尽管说，只要合理，老夫自当双手奉上。”在距离猴子十丈左右的地方，元始天尊停下了脚步。

“万事总有个价？”猴子顿时笑了，轻蔑地瞧着元始天尊，“高高在上的元始天尊，什么时候也变得这么市侩了，像个商人似的。”

“您先别急着拒绝。听老夫说完此事的缘由，若大圣还觉得不能宽恕他们，再行拒绝不迟。此事，关乎西行成败，更关乎所有与您有关系的人的生死。”

听到“西行”二字，猴子顿时一愣。他半眯着眼睛狐疑地瞧着元始天尊。

元始天尊清了清嗓子，道：“他们之所以来找大圣您的麻烦，是因为新仇旧恨。但，直接的原因，确实是因为他们认为大圣您偷袭了昆仑山。现在，昆仑山之事已经查明。那袭击者，另有其人。”

猴子微微挑了挑眉头：“所以呢？”

“这重点，便是在袭击者的身份上。”元始天尊缓缓道，“这假冒大圣袭击各派系的人，其实，是大圣您的另一个魂魄。也无怪乎那么多人认为他就是您了，因为……他确实就是您没错。只不过，是另一个您。”

闻言，猴子顿时愣了一下，微微睁大了眼睛。

此时，地牢的大门轰然打开了。

几只小妖闯了进来，将如同一坨烂肉一般的六耳猕猴翻转了过来。

其中一只将火把凑近，照亮了六耳猕猴布满血渍的脸。确认身份之后，两只小妖一上一下地撬开了六耳猕猴的嘴巴，将一大桶鲜血当头浇了下去。

火光下，猩红的颜色顺着铺满监牢的稻草缓缓地晕开了。

“这样就可以了吗？”

“应该是吧，上头是这样交代的。”

“不是说还要精气吗？”

“管那么多干吗？只要维持着他不死就行了。”

说着，其中一只小妖掏出了两支锥子，对着六耳猕猴的琵琶骨一锤一锤地敲了下去，直接将他钉在地板上。

“行了，走吧。这个世界上居然还有这样的妖怪，真是晦气。”领头的小妖恨恨地朝六耳猕猴的脸上唾了一口，转身便走。

其余的小妖也迅速跟了出去。

牢门关上了，监牢里的光线又一次暗下来。

许久，早已经没了声息的六耳猕猴咳出了声响，一口呛在喉里的鲜血一下喷了出来。

幽暗的火光中，他睁着布满荧光的眼睛，缓缓地笑了。

真是生不如死啊……

“您究竟是不是大圣爷？”黑暗中，那女声又一次问道。

不过，六耳猕猴并没有答话。

他只是静静地躺着，望着如同深渊一般的牢顶。

“大圣……爷……嘿嘿嘿嘿……”对这个称呼，他忽然有一种说不出的恶心。

石室中，多目怪看着手中刚刚传来的谍报，有些错愕地睁大了眼睛。

“六耳猕猴是……大圣爷的另一个魂魄？这……”

下一刻，他已经站了起来快步朝门外走去。

“快！去监牢！”

一直守候在一旁的几个妖将连忙跟了上去。

第六百六十九章

信

推开牢门，一下子，十余只小妖拥了进去。齐刷刷的一大片火把顿时将原本阴暗的监牢照得通亮。

角落里衣衫褴褛的妖怪，甚至天兵、修士都纷纷睁大了眼睛，伸长了脖子想要一探究竟。

就在关着六耳猕猴的牢房隔壁，衣冠还算整洁的白素微微缩了一缩。因为她看到多目怪急匆匆地走了进来。

不过，此刻的多目怪早已没工夫理她了。

他迅速走入关押着六耳猕猴的牢房里，半蹲下身子，伸手拨开了稻草。

顿时，一张满是血污的脸露了出来。

“干……干吗？”

好不容易憋出一句话之后，六耳猕猴咯咯地笑了起来。那种笑，与其说是开心，倒不如说已经到了发狂的边缘，只不过他早已没有多余的力气去闹腾罢了。

这一笑，多目怪的脸色顿时变了变，像是有些尴尬，有些后悔，又像松了口气。

他深深吸了口气，起身道：“带出来。”说罢，多目怪转身就走。

还没等那几只跟在他身后的小妖接近六耳猕猴，他又回过头来补充道：“轻点……”

那几只小妖微微一愣，连忙点了点头，原本粗暴的动作顿时变得轻手轻脚了。

在白素诧异的目光下，几只小妖缓缓地将不断咯咯笑的六耳猕猴抬出了监牢。

求法国。

荒野中，被半埋在地下、只露出头颅的七位金仙惊得张大了嘴。

猴子的双目缓缓眯成了一条缝，有些不可思议地望着元始天尊。

“被天劫收了的魂魄还能回来，这可能吗……你可别诓我啊。”

眼看着似乎能谈了，通天教主暗暗解除了掐在掌心的术法。

“本来不可能，后来却又变成可能的事情多了去了。”元始天尊微微侧过脸去，看了站在远处的清心一眼，“况且，佛门术法本就与道家相差甚远，也许，对我们来说难以置信的事情，对他们来说，不过小菜一碟呢？总之，此事老夫可以性命担保，确凿无误。”

闻言，猴子的目光顿时微微闪烁了起来。

猴子拥有两个灵魂，这件事，他就算以前自己不知道，在历经了天劫之后，肯定也已经清楚了。

其实，在被天劫吞噬了一个灵魂之后，猴子并没有感觉失去了什么。对他来说，所有的一切似乎还是和原来一样。虽然两个灵魂并未融合，却拥有同样的记忆，已经彻底同化，早就已经分不出哪一个是外来的，哪一个又是原本的了。在这种情况下，失去其中一个魂魄，其实就像一个人身上失去了一小块赘肉一样，并没什么影响。久而久之，猴子差不多都已经忘记这件事情了。

可是，现在元始天尊忽然说另一个自己回来了，这是什么情况？

一时间，猴子狐疑地瞧着元始天尊，一动不动地站着。

不知为何，听到这件事，猴子首先想到的就是“六耳猕猴”“真假美猴王”这两个陌生又熟悉的名字。对元始天尊说的这段匪夷所思的话，他一下信了五分。

沿着漆黑的通道一路走着，多目怪的手紧了又松，松了又紧，额头上早已布满了冷汗。

猴子之所以能安然渡过天劫，是因为他有两个灵魂。这件事最早的时候，只有太上老君和须菩提祖师知道。或许，再加一个如来吧。甚至连猴子自己都不清楚。

但在猴子渡过天劫之后，知道的人，顿时便多了起来。毕竟，许多人都会好奇，想要探听猴子为什么能有别于其他大能，安然渡过天劫。这当中，包括阐截二教的许多门徒，包括一些佛门的佛陀，包括天庭的许多大员，当然，也包括出身花果山的许多妖王。

数百年的光阴过去了，这件不可复制的事情本身也没什么保密的价值，再加上猴子的事情一直都是许多人茶余饭后的谈资，一传十，十传百，身为大妖之一的多目怪，自然也早有所闻。虽说听上去很离奇，真假难辨，但他也没必要去刨根问底，辩真假。毕竟，这件事是真是假，对他来说，对整个妖族来说，并没什么实质性的意义。天劫这东西，距离他们实在太遥远了。别说去了解，平日里就是聊起，都是在浪费时间。

但，现在不同了。

天庭公告三界，说猴子的另一个魂魄回来了，名为“六耳猕猴”。这个魂魄嗜血成性，为祸三界，已经有许多人惨遭毒手，希望各方小心提防；同时，也希望各势力之间不要造成不必要的误会，涂炭生灵。

天庭出于什么目的揭穿这件事，多目怪没兴趣知道。多目怪在意的是，这件事究竟是不是真的。

如果是真的，那么，在自己手上的，多半就是他们所说的“六耳猕猴”了。如此一来的话，自己又应该怎么处理呢？

推开拷问室的门，一阵微风袭来，多目怪才惊觉自己身上的衣服被冷汗浸透了。

几只小妖小心翼翼地将六耳猕猴搬到早已准备好的长桌上。

由始至终，六耳猕猴都睁着双眼，似笑非笑地注视着多目怪。一时间，多目怪心虚了，连忙别过脸去。

一只小妖迈着小步来到多目怪身旁，躬身拱手道：“大人，接下来……”

“去弄些血来，还……还有动物，要活的。”

那小妖微微一愣。

“快去啊——！”

那小妖吓了一跳，连忙行了个礼，转身走出门外。

“都出去！”

一声叱喝之下，其他几只小妖也都行了个礼，走出门外。

多目怪随手将门关上了。

他深深吸了口气，转身直视六耳猕猴的目光，低声问道：“你，到底是不是大圣爷？”

问出这句话的时候，他的声音微微颤抖。

猴子回头望了依旧站在远处的清心一眼，又看向元始天尊，轻声道：“这件事，既然是佛门做的，你又是怎么知道的？别告诉我是你推算出来的。”

“秦广王上奏的。”

“他的话就可信吗？那种软骨头，威胁几句啥都肯干。”

“秦广王虽说没有强悍战力，但到底是一方诸侯。说这种话……事关重大，若是在这种问题上说谎，以后一旦追究起来，莫说天庭，恐怕大圣您，就会亲手要了他的命。这种事，您又不是没做过。”

“兴许是佛门连他也骗了呢？”

“秦广王的证词，与近来发生的一系列事情吻合。包括在昆仑山发生的事情。”

“那就可以认定他说的是真的吗？”

此话一出，元始天尊顿时愣了一下，无奈地望着猴子，深深吸了口气道：“是不是真的，只要找到那六耳猕猴，不就清楚了吗？”

“六耳猕猴？”一听这称呼，猴子顿时微微睁大了眼睛。他握着金箍棒的手微微一紧。

“六耳猕猴是他在生死簿上的名字。”元始天尊仰头道，“虽说是从一个身体里分离出来的两个灵魂，但说到底，其实还是各自独立的。他的生死簿和您是分开的。如果您有兴趣，可以到生死殿去查一查，来历一目了然。”

至今为止，虽说各方大能在自己身上动歪脑筋、使阴招，早已经不是什么稀罕事了。但这些大能，无论是太上老君、通天教主，还是元始天尊、镇元子，乃至于自己的师父，他们都有一个很好的习惯，那就是绝不说谎。

他们可以说得似是而非，误导对手，也可以干脆不说，但一般不会那么掉价，说谎。而眼下，元始天尊一开口就以性命作保，连带也说得明明白白，这态度明显不属于想要误导。

再加上“六耳猕猴”这个猴子从未对人提过的字眼……听到这里的时候，猴子已经信了八分。

猴子死死地盯着元始天尊，轻声道：“这事我信你。不过，我们现在谈的问题，似乎与他无关吧？”

“不，与他有关，有大关系。”元始天尊捋了捋长须，半眯着眼睛悠悠道，“先不说此事因他而起，光看日后的局势……佛门究竟用什么手段将他放出来的，我们不得而知。但，既然是佛门做的，上报天庭将他公之于众，又是经由如来之口下的令，那么……他对大圣您来说，恐怕不会是什么助力吧？

“‘齐天大圣’的旗帜一旦竖起，三界妖众无不俯首称臣。可是，自您出山至今，三界妖众真的都喜欢好像您这样一个大圣爷吗？再说了，同一个身体里出来的两个灵魂，三界妖众，乃至于您身边最亲的人，究竟是认他，还是认甘愿沦为西行保镖的您，恐怕，未可知吧？”

听到此处，猴子的眼角不禁抽了抽。

元始天尊瞧着猴子，轻笑道：“风云骤起，届时，大圣您，恐怕还是需要老夫，以及老夫座下这一众弟子的。若是连我们都站到他那边……呵呵呵呵……”

“快去把牢里关押的犯人全部押来！”

“诺！”

门外的几只小妖吓了一跳，连忙朝着监牢的方向奔去。

多目怪关上门，转过身，双膝跪地，朗声道：“卑职不知大圣爷驾到，行事鲁莽，还请大圣爷恕罪。卑职愿将功赎罪！”

“呵呵呵呵……咳咳……”六耳猕猴仰望着天花板上轻轻晃动的火光，有气无力地叹道，“你这么容易就……全信了？”

“信！”

“那……咳咳咳……”六耳猕猴缓缓地喘着，道，“你就不怕我缓过来了，杀了你？”

多目怪咬着牙，“咣咣咣”地磕了三个响头，朗声道：“若以多目一人一命，可换我妖族千秋霸业，多目愿意！”

第六百七十章

心 知

荒野中，一阵微风徐徐拂过。

仅仅不到一炷香的时间，猴子的神情已经变了数变，却始终不曾说出一句话来，只是反复盯着太乙真人，盯着其他六位金仙，盯着元始天尊、通天教主……那目光不断闪烁着，一口恶气卡在心头，那攥着金箍棒的手，松了又紧，紧了又松。

这一切，元始天尊都看在眼里，却又气定神闲地佯装不知。

眼前忽然杀出的另一个灵魂的消息，这是猴子之前从未想过的事。“六耳猕猴”的名号，代表了一种极大的不确定性，特别是他还是在佛门的帮助下返回这个世界的……在这种情况下，猴子不愿意，却又不得不对形势重新评估。

如果说六百多年前的那一战以及之后六百五十年的囚禁在他的身上嵌入了什么的话，大概就是忍耐了吧。他学会了看清现实，将自己的愤怒硬生生熄灭。

因为，在绝大多数的情况下，特别是自己并不占优势的时候，愤怒，并不能解决问题；相反，还可能让问题更加激化，落入对方的圈套。

许久，他龇牙道：“你这是在威胁我？”

“哪敢？老夫不过就事论事罢了。”元始天尊深深吸了口气，低眉轻叹道，“世间岂有人能让所有的事情都绕着自己转？即便是有，古往今来，也就那曾经执掌天道的太上老君一人罢了。虽说大圣当日以力证道，可到头来，不也还是有着许多的牵绊吗？您可以不顾忌自身，但是，若您有个什么三长两短，您在乎的那些人可就……嘿嘿，有时候，形势比人强，存活在世，总会有许多的无奈和不得已啊。”

这话说得看似随意，由始至终，元始天尊甚至都没看猴子一眼，只是自顾自地发表着感叹。不过，他时刻留心着猴子身上的灵力波动，哪怕一分一毫，都不放过。

“所以呢？”猴子微微挑了挑眉头。

元始天尊蹙着眉头道：“所以，有时候，冲突的双方，也并不一定要拼个你死我活，留着对方，可能更有好处。既然如此，为何不各退一步呢？”

“各退一步？”猴子抿着嘴唇，深深吸了口气，四下张望了一番，才盯着元始天尊道，“怎么退法？”

见猴子已经略微有了松口的意思，元始天尊连忙道：“大圣希望老夫用什么来换回我这七个徒儿的性命？”

猴子四下看了几个金仙一眼，悠悠道：“我的条件，可不见得那么容易做到。”

“只要是老夫能做到的，但说无妨。”说着，元始天尊抬了抬手，示意猴子往下说。

见状，猴子当即说道：“帮我把六耳猕猴找出来，查清他的目的、动向。最好，连佛门的动向都查清楚。这个条件怎么样？”

“可以。”元始天尊轻声道，“这件事，老夫可以答应大圣。不过，耗时多长，就不好说了。毕竟对手是佛门。”

“行。元始天尊亲口答应的事，想必也不会消极怠工才对。”猴子回头看了看求法国都城的方向，轻声道，“这只是其一，其二嘛……此事因他们而起，死伤的百姓，须得全部复活。如何？”

听他这么一说，元始天尊顿时愣了一愣。

那四周，如同萝卜秧一样的七位金仙一个个低着头，不说话。倒是站在远处的通天教主开口了。

他仰头朗声道：“复活凡人，不难。无非是重塑一具躯体罢了。但如今，六道轮回可都在佛门的控制之下，你觉得，他们会同意吗？即便采取利益交换的方式……呵呵呵呵，这里面，最少可是上千人哪。拿什么去跟佛门……”

话还没说完，只见元始天尊微微仰着头，那手一抬，通天教主当即会意地闭了嘴。

元始天尊注视着猴子，轻声道："此事的难处，想必大圣也是知道的。况且，即便您真的杀了老夫这几个徒弟，也挽回不了什么，枉死之人依旧得不到安息。不如这样，换一种方式。"

"什么方式？"猴子缓缓地盘起手。

"老夫的这几个徒弟，您先放了。既然是他们自己造下的孽，就让他们自己去补偿。想要恢复原状是不可能的，不过，老夫可以让他们想办法弄清楚这些投胎的灵魂的去向，发动门下弟子，将他们全部找到，在下一世，去补偿他们。此件事牵涉甚广，即便是大圣您发动自己座下的妖怪，恐怕也不那么好完成。不过……也是没有办法的事啊，虽说难，但总比去地府让佛门卖上千的人情要容易许多。如此处理，大圣以为如何？"

"他们不是不得干预凡间吗？天庭会不会有意见？"

"老夫开口，大圣还信不过吗？"

闻言，猴子当即笑了出来，歪着脑袋道："行，不过，如果是要补偿的话，求法国中活着的人失去了亲人，也要补偿。"

"可以。"元始天尊点了点头，摊开双手道，"这件事，由老夫作保，一定替大圣您盯着，让他们办得漂漂亮亮的。"

"你说的。"猴子指了指元始天尊，抡起棍子，对着地面就是一击。

顿时，深陷地下的七位金仙一下子全都顺着猴子的气劲从土里冲了出来又跌落在地，一个个痛得嗷嗷直叫，连忙挣扎着爬起来对着元始天尊跪好。

也不去看这师徒聚首的一幕，猴子一个转身，就朝着清心走了过去，拉着清心的手道："走吧，有大麻烦了。"

"大麻烦？"

还没等清心明白猴子的意思，她已经被猴子硬拽着朝求法国都城的方向飞去。

待猴子走后，元始天尊才低头环视着自己的弟子们。

蓬头垢面的太乙真人低着头道："弟子不该不听师父劝解，弟子知错了，请师父责罚……"说着，他深深叩首。

“请师父责罚。”

“都起来吧。罚就免了，开出了那么多条件……先去做好再说吧。”元始天尊注视着太乙真人，道，“你不是一直想破坏西行吗？现在，就是个机会了。”

闻言，太乙真人顿时一愣。

长空中，猴子轻声叮嘱道：“这段时间，不要到处乱跑。”

一时间，清心更加糊涂了。她眨巴着眼睛看着猴子，任由猴子拽着自己的手，一路向前，心跳得飞快。

这也许，是至今为止猴子对她最温柔的一次吧。有那么一刹那，她感觉自己仿佛已不再是清心，而是彻底变成了风铃，或者雀儿。

如果这种感觉，可以持续得更久一点，那该多好啊……

她默默地感受着从那手腕处传递而来的体温，眼眶不知不觉地有些湿润了。

急促的脉搏透过猴子的指尖传递了过去。那握着清心手腕的手，忽然有了一种酸酸软软的感觉，撕扯着他的心。

许久，猴子轻声道：“刚刚你也听到了，我的另一个魂魄回来了。我有另一个魂魄这件事，你知道吧？”

“知……知道。”

“这件事非同小可，也许，他会是对手，一个很难缠的对手。所以，这段时间你哪儿都不要去，就老老实实在斜月三星洞里待着。如果我要见你，会通过玉简先跟你联系的。没有玉简在手，就肯定是假货。你懂我的意思吗？”

清心微微点了点头，那思绪却已经乱成了一团，只是眼巴巴地看着拽着自己手的猴子，全然不知道自己究竟答应了什么。那脑海中满满的充斥着一句话：“他是不是……已经知道什么了？”

紧接着，两人不约而同地沉默了。

由始至终，猴子的目光都直视前方，然而，那心思却全都在清心身上。

他想起了清心一直以来的异样，想起了女娲赠送的那对翡翠鸳鸯。然而，他却不知道自己该不该在这时候开口询问。

如果真是，怎么办？

如果不是，又怎么办？

仅仅数十里的路程，两人飞得出奇的慢，慢到匪夷所思，却又偏偏没人愿意开口去催促。也许，这种默契本身就已经是对彼此心中疑问的答复了吧。

当求法国那残破的都城出现在地平线上的时候，两个人心中的疑问，似乎都已经有了答案。

猴子悬停住。

清心低着头，红着脸，双眸不断闪烁着。

两人就这么默默相对，时间一点一滴地流逝。

那画面仿佛凝固了一般。

夕阳下，猴子注视着清心，忽然有一种如梦似幻的感觉。那是历经整整八百年光阴洗礼的情愫。心中的疑问忽然得到解答，却没有意料之中的狂喜，有的，只是一种无穷无尽的酸楚，压得人透不过气来。

他拼命压抑着，然而，防线却在一点一点地崩塌。

许久，猴子忽然将清心一把拽入怀中，紧紧地抱着。

“替我……谢谢师父。谢谢他。大恩大德，无以为报。”

“我想……和你一起西行。”

“这是我自己的战争，不应该再把你卷进来了。打赢了，我会去找你。”

说罢，猴子转过身，头也不回地朝着求法国的方向直冲而去，只留下清心呆呆地悬在原地，望着。

夕阳的余晖中，清心掩着唇，眼泪啪嗒啪嗒地往下掉。

“师父，师妹没事了。不过我没说，那猴子却好像已经知道了……”

看着自己手中连犊上飞速出现的两行字，太上老君微微抬头看向端坐在棋盘另一侧的须菩提，道：“你干的？”

“算是吧。”须菩提捋着长须道，“比预料的早了一点，不过……也无妨。”

癫狂

第六百七十一章

选 择

跨越八百年的姻缘，一别六百多年之后的相认，到头来却仅仅是几句话，便轻轻地带过。

这是清心从未想过的。

长空中，猴子的身影一点一点地远去，与夕阳的余晖混在一起，渐渐模糊，融入了天空的底色。那种感觉，就像做了一场梦一样。

清心依旧悬在原地，呆呆地望着。她忍不住地想要笑，却又早已泪流满面。

言语，已经无法形容她此刻的心情了。

幸福来得如此突然，以至于她都没有分毫的心理准备，只能被猴子牵着走……

是啊，一直以来，不都是这样吗?

八百年了，无论雀儿还是风铃，乃至于今时今日的清心。

当猴子决心出海寻仙，她不愿意，却又无法拒绝，最终只能被猴子绑上了战车。

当猴子决心对抗天庭，她害怕，却也同样无法拒绝，只能在一旁默默地看着，束手无策。

当太上老君告诉她真相的一刻，她不想死，可是……

她总是一次次地妥协着，毫无底线地妥协。

因为这只猴子，即使是最软弱的风铃，也会有勇气违抗师命，也会有勇气用匕首顶着自己的咽喉踏入兜率宫，用自己的性命去做交易。

因为这只猴子，即使是最坚强、最冷酷的清心，也会在那一刹那的恍惚中将劝诫对方不再西行的话语，变成一句：“我想……和你一起西行。”

这就如同一个无止境的魔咒一般，无论什么事，只要牵扯到这猴子，她的选择便只剩下投降、让步、妥协。

“一段……在月树上没有花，心中也没有爱的姻缘吗？”

清心抿着唇，无奈地笑着，泪眼蒙眬。

这一世，本想着要彻底解脱的，可到头来……有了刚刚那几句话，她真的还有决心去逃脱吗？

她缓缓地转过身，朝着西南方向飞去。

远远地落到都城的残垣断壁之外，猴子迈着沉重的脚步朝着孤零零的城门走去，攥着金箍棒的手紧了又紧。

一地的碎瓦。

那四周，尽是急需救治的百姓，每一个的脸上都没有了神采，仿佛被硬生生剥夺了魂魄一般。

此时此刻，他已经再没心思去感受这些了。

愤怒已经彻底消散，转而换上的，是一种无力感，一种焦虑；同样的，如同失了魂一般。

他脑子里满满的，都是雀儿、风铃、清心的身影，还有身在华山的杨婵，以及，如来最后与他说的那段话……

道路的两旁，一具具尸体被从瓦砾堆里刨出来，摆放在路边。

见猴子从城外走来，那些忙碌的壮丁和将士都停下了动作，静静地注视着他。那眼神平淡如水，早已没有了方才的狂热……更多的，应该是一种质疑。只不过没人说出来罢了。

一个老妇匆匆赶来，跪在猴子面前，哭喊道：“老妪求猴大仙了！我家老伴被埋在那下面，求求你救救他！再晚……再晚，他怕是要不行了……”说着，她便已经哭得喘不过气来。

猴子微微侧过脸朝着老妇所指的方向望去。

那是一栋倒塌的房子，猴子可以清楚地感觉到瓦砾堆下压着两个人，可惜，都已经没了气息。

他只是稍稍犹豫了一下，便默默绕过老妇，继续往前走。

身后，老妇人的哭喊声越发刺耳了。四周围观的人，眼神之中的不信任，似乎又加深了许多。

就在猴子远远望见讲经广场的时候，黑熊精朝着他急匆匆地走了过来。

“大圣爷！事情怎么样了！”

猴子微微抬头看了他一眼。

这一眼，顿时把黑熊精给看蒙了。一时间，两人同时呆住。

好一会儿，猴子才轻声道：“我都谈好了，放他们一命，一会儿……很快，应该就会有人过来救治百姓。毕竟他们也不想死的人太多，多了……也麻烦。”

说着，猴子低着头，拄着金箍棒绕过了黑熊精，继续往广场的方向走去。

黑熊精彻底蒙了，一时间不明所以，只能回头呆呆地望着猴子的背影。

玄奘卷着袈裟，握着佛珠行走在满地的尸体之间。他在每一具尸体前摊开佛经，虔诚地诵读着；此时此刻，已是满身污秽。

就像特地为了躲开玄奘一般，猴子没往广场中心走，而是改变了方向绕到角落里，弓着背，坐了下去。那身形，就像一个流落街头的混混一般。

夜色中，无数双眼睛都在盯着他看。

“那位猴大仙……不是实力强悍吗？为什么他不帮忙救人？”

“实力强悍？”有人冷哼了一声，“我看也就装腔作势罢了。说什么……算了，不提了。眼前的事，还不够我们得到教训吗？”

每一个都在埋头苦干，救人；每一个却又都在悄悄地注视着猴子，注视着不断诵读毫无用处的经文的玄奘，悄悄议论着。

短短的时间里，一股逆流悄然形成。

天蓬拄着九齿钉耙吃力地走了过来，有些不解地对猴子说道：“发生什么事了，输了？”

“赢了。”

“那……为什么不救人？这里……”

“我……”还没等天蓬说完，猴子已经微微张口，只是那话却又似乎被卡在了喉咙里，顿住了。

两人对视了许久，猴子才咽了口唾沫，低声道：“我有点乱。一会儿会有人来救，用不着我们。”

正说话间，天空中已经有无数闪光接近，成百上千的修士从天空中落了下来。二话不说，一个个加入了营救受难者的行列。

一时间，所有人都有些手足无措了。

天蓬望着四周忽然出现的大批昆仑山修士，无奈地笑了笑，与猴子并肩坐了下去。

“发生什么事了？”

“上次……”猴子支支吾吾地说道，“上次我们猜的那件事，真的成真了。清心就是风铃，就是雀儿……”

“那不是很值得开心吗？”

猴子侧过脸看了天蓬一眼，低下头笑了笑：“我也不知道。我刚刚跟她说，赢了就去找她。”

“然后呢？”

“她没有拒绝。”

“你为什么觉得她会拒绝呢？”

被天蓬这么一问，猴子顿时语塞，那眼睛微微睁大了些许，有些错愕地看着天蓬。许久，他都没说出一句话来，只是低下头，继续颓丧地坐着。

他不知道要怎么去跟天蓬解释如来最后对他说的那段话：“那个夜晚，你刚刚经历了一场大难，睡得很熟，贫僧带着她的魂魄，降临到你的身边，当着她的面，剖开了你的心。那里面，有亏欠、有愧疚、有依恋、有承诺……却唯独没有爱情。你知道那一刻，她哭得多伤心吗？”

那是他心底的一根刺，一根一触即伤，却又不得不面对的刺。

一阵微风轻轻拂过，摇曳着四周行人手中的火把，带起了一阵沙尘，打得遍地的瓦砾叮咚响。

重伤未愈的猕猴王不知道从哪个角落里一瘸一拐地走了出来，找了角落蹲了下去，无聊地望着天。

那远处，一个接一个被埋的人被救了出来，更多的修士还在赶来，送来了用于疗伤的丹药，以及数不尽的食物和其他物资。

有了这大批修士的帮助，营救这些受难的平民百姓，自然是不在话下。似乎受到了感染一般，原本对这些束发道士十分忌惮的百姓们的态度一下来了个大转变，热情不已。几乎每一个角落里都能看到百姓在对这些修士叩头拜谢，灾难之后难得的热茶、热汤，也被一碗接一碗地送到了修士们的手中。

一时间，那气氛竟十分融洽。许多百姓竟借着这个机会与这些会飞天的修士闲聊了起来，希望拜入昆仑山门下者比比皆是。

对于周遭发生的一切，玄奘不为所动，一直在默默关注的天蓬却不禁蹙起了眉头。

“你不去管管？”

“啊？”猴子抬起头望着天蓬，那神情就像如梦初醒一般，看得天蓬都有些蒙了。

无奈，天蓬只得深深叹了口气道：“发生什么事了？”

猴子呆呆地眨巴着眼睛，那神情似乎又有些恍惚了。他紧紧地盘着手，仿佛想把自己深深埋下去一般蜷缩成一团。

这一幕，看得天蓬都哑口无言了。他还从未见过这样的猴子。

许久，他深深吸了口气道：“我们这西行，你和玄奘法师，一个都少不得。你究竟是遇到什么事了？”

猴子紧紧地闭着眼睛，轻声叹道：“有一个人来了……”

“什么人？”

“一个，本来不该存在这个世界上的，和我一模一样的人。论修为，应该和我一般无二。他是……我在天劫的时候失去的那个灵魂。”

闻言，天蓬顿时一阵骇然。

“这虽然烦心，不过……大不了就是打，只要他不是和如来一样的无我，谁我也不怕。只是……”猴子眨巴着眼睛望着远处昏红的火光，微微张开嘴咬着自己的手腕。

许久，他才用如同蚊子一般的声音道：“清心……清心就是雀儿，也是风铃……”

“我知道，然后呢？”

“我打赢了，必须去接她……”

“她没有拒绝，这有什么问题吗？”

“可我还得去接杨婵，我同样不能丢下她。”

天蓬顿时气不打一处来：“一起接，有什么问题吗？”

“如果是你，你会怎么做？”猴子看着天蓬缓缓地重复道，“如果是你，你会怎么做？”

闻言，天蓬顿时愣住了。

猴子掩着脸，缓缓叹道：“能切成两份的‘爱’……那就是个笑话。不论对自己还是对别人。”

第六百七十二章

狂　笑

不知是有意还是无意地，参与救助的修士们不断地向百姓们展现着他们强大的法力以及善意，而这场灾难本就是由阐门金仙引起的真相，却似乎被刻意掩盖了。那情形，就如同他们是在做善事，而不是在为他们的师父们赎罪，更与猴子提出的交换条件毫无关系一般。

面对这一富含阴谋意味的举动，猴子早已没心思管了，他缩在一旁，满脑子都是清心与杨婵的问题。

看穿这一举动的天蓬焦虑地来回走动着，却束手无策，最终只得求助专注于诵经安抚亡灵的玄奘。

“玄奘法师，他们这样下去……我们之前所做的就全白费了。”

玄奘低下头，伸手翻过一页佛经，轻叹道：“贫僧之前所做的，本就已经付诸东流。与他们，无甚干系。”

“这……那就任由他们污蔑下去？你知道他们刚刚在对灾民说什么吗？”

“只要他们愿意倾力救助，行善事，扬善举……贫僧就算担些骂名，又有什么关系呢？”说着，玄奘双手合十，双目紧闭，又开始诵经。

一时间，天蓬竟无言以对。

在这些修士的推动下，城中的情况开始发生了某些微妙的变化。

执意修佛的国王陛下已经死去，新的权力中心还没形成，一时间，话语权落到了统一口径的修士们手中。

从一开始的“所有灾祸都是西行队伍带来的”，到“佛法无用”，演变到最后，甚至变成了“玄奘就是个骗子”。

对于这一切，玄奘充耳不闻。

城中的人心开始出现一边倒的情况。渐渐地，猴子一行几个人被彻底忽略。

当然，那并不是彻底的忽略，由于猴子之前展示的强大实力，尽管所有的怨恨都被加到了众人身上，城中的百姓依旧对他们十分忌惮。于是，他们开始用各种各样的方法在细小的节点上释放着自己心中的怨气。

首先，他们降低了对玄奘一行人的敬重程度。当遇到西行众人的时候，他们不再如同先前那样恭敬地行礼，而是好像压根没看到一样擦肩而过，就把他们当成平凡路人一般。与此同时，又有无数双眼睛在角落里怨毒地观望着。

在确信没有受到玄奘一行人的任何反弹之后，所有人，几乎自发地加入到了对西行众人的排挤之中。

一直在奋力营救灾民的黑熊精被驱赶开来，修士们替代了他原本的位置。卷帘口渴了想要找一口水喝，没人愿意给他。小白龙被嫌弃碍事，被驱离了营救现场。连玄奘要为死难者诵经，都时不时地被打断……

这当中，唯一没有受到滋扰的，也许就只剩下猴子了吧。

他缩在角落里，什么也没做，也什么都不需要。鉴于他强大的实力，也没人敢像对待小白龙一样对待他，将他驱离。

修士们的力量是强大的，整整上千昆仑山修士的加入，使得整个营救行动以一种匪夷所思的速度进行着。到子时，修士们已经将整座都城恢复到了交战之前的样子。

每一栋楼都完好如初，每一个百姓都得到了妥当的安置，每一具尸体，也都被存放好。

玄奘像洪流之中的一片叶子，卷着袈裟，步履蹒跚，分明已经疲惫到了极致，却还是坚持追着每一位死难者诵经。考虑到他的安全问题，黑熊精也跟了过去。

到了丑时，整个都城的大街上空荡荡的。

广场上，只剩下天蓬、卷帘、小白龙，外带一个猕猴王，围着缩在角落里的猴子站着。

似乎整个都城的人都已经选择性忘记了他们，好不惨淡。

一位皇宫的侍者迈着小步缓缓地走了过来，恭敬地朝众人行了行礼，道：“诸位，请问，玄奘法师在何处？”

小白龙朝着远处被空出来放置尸体，到此时还时不时传出哭声的房子看了一眼，道：“在那边，什么事？”

那侍者也不多说，又行了个礼，转身朝房子走去。

过了一会儿，不知怎么地，他又转了回来，对着众人行了行礼，道：“诸位，小……小的还是不去见玄奘法师了。有件事，想托几位转达一下。”

“什么事？”

“之前听说几位讲完经，天亮就要走，所以……宫里让小的过来提醒玄奘法师，天快亮了……”

说到这儿，侍者便顿住了，指着东边的天空，转着睁大了的眼睛来回望着众人。

顿时，在场的几个人都反应过来他话里的意思。

卷帘一下冷笑了出来，小白龙则干脆一把揪住了侍者的衣领，叱道：“什么意思？你这什么意思？赶我们走是吧？”

“别别别……白龙大爷，这不是小的意思，这是宫里几位大人的意思。”

“什么不是你的意思？这就是你的意思！讨打！”

一声叱喝，小白龙的拳头已经扬起，一旁的天蓬连忙伸手握住了他的手腕，面无表情地使了个眼色道：“放开他吧。”

众人面面相觑。

好一会儿，小白龙才无奈松开了手。那侍者连滚带爬地跑走了。

猕猴王瞧着月光下侍者远去的背影，长长地叹了口气。

“现在怎么办？”卷帘问。

天蓬指了指猴子：“看他的。”

所有人的目光都移到了猴子身上。

许久，猴子才微微抬头环视众人，拄着金箍棒站了起来，道：“别问我，问……里面那个吧。”

说着，他迈开步子朝玄奘所在的房子走过去。

斜月三星洞。

月色下，清心提着自己的佩剑一步步走入院中，那脚步轻得几乎听不见半点声响。

她推开虚掩的大门，一个身影忽然从屋里刷的一下冲了出来，一头扎入她怀中。

“师父！您没事吧？”

“师父没事，师父怎么会有事呢？”清心躬身将沉香抱了起来。一抬头，她便看到须菩提端坐在屋子里，已经沏好了茶。

清心稍稍犹豫了一下，叹了口气，转而对着沉香道：“这么晚还没睡啊。”

“在等师父。”

“师父没事，这下放心了？”

“放心了。”沉香乖巧地点了点头。

“那去睡吧。”说着，清心将沉香放下来。

沉香回头看了须菩提一眼，双膝跪地，对清心叩首道：“弟子告退。”

说罢，沉香又转而对着须菩提叩首：“师尊，沉香告退。”

“去吧。”须菩提拂了拂袖道。

闻言，沉香这才起身，整了整衣冠，退出门外，顺便带上门，免得夜风往里吹。

屋内就剩下须菩提与清心两人了。

须菩提静静地注视着清心，清心却像在刻意回避一般，将目光投到了吱吱燃烧的蜡烛上。

“都说清楚了？”说着，须菩提将一杯刚沏好的热茶推了过去。

清心默默点了点头，走到矮桌的另一面，躬身坐下，一言不发。

须菩提低头抿了一口清茶，悠悠叹道：“这段时间，外面可能会有点乱。六耳猕猴来了，那是他的另一个魂魄。两者之间，少不了会有一场争斗。”

须菩提淡淡看了清心一眼，又接着说道：“为师接下来会常驻观中，以确保道观的安全。护山法阵也会开启，不许闲杂人等进出。至于你……就留在观中吧，免得出去了，平生事端。”

清心默默点了点头。

一阵沉默。

许久，清心用指尖轻轻碰触地板，低声道：“师父，那个六耳猕猴……很强吗？”

“难说。”须菩提捋着长须道，“修为，虽说依附于灵魂，但也需要相应境界肉体的滋养。他此时只剩下灵魂，没有肉体，故此实力尚弱。为了拥有一具强大的肉体，必须付出甚多。但，毕竟修为还在。在最强的情况下，有可能可以和你那师兄比肩。即便突破到天道修为，获得‘无极’，也不奇怪。”

清心微微愣了一下，望着须菩提的目光之中，多了一丝忧虑。

“一样的灵魂……那，他会不会有一样的记忆？”

“记忆应该是没有了，六百多年的光阴，即便是再强的魂魄，也不可能在虚空中保留完整的记忆。”

“完整的记忆？”清心的目光微微闪烁，“也就是说，其实是有记忆，只是……不太完整？”

被她这么一问，屋子里顿时就安静了下来。

须菩提似乎猛然意识到了什么，却又没开口道明，只是不紧不慢地抿了口茶，好一会儿才抬起头来，道：“这件事，你就不要管了。它不是你掺和得了的。安安心心在这斜月三星洞里待着。”

说着，须菩提振了振衣袖站了起来，头也不回地走出门外。

那屋里，只剩下清心一个人静静地待着。

此时，在多目怪的营地内，惨叫声、哭喊声四起。

无数的人类、妖怪、修士，乃至于各种微不足道的动物，通通被多目怪的部将们捆绑着，排着长队抬到置身池中的六耳猕猴面前，供他吸食精气。紧接着，这些被吸干了精气的尸体又会被以最快的速度抬到一旁，用巨大的岩石压得粉碎，挤出最后一滴血。

那些被压榨出来的血液顺着刚刚疏通好的小渠，通通汇入六耳猕猴所在的池中，滋养他的肉体。

“还不够！快快快！快去捉新的！”

“我知道两百里外有一座小镇，大概有一千人！”

“那就快去啊！”

“东北方五百里左右有一个门派，似乎是阐教的分属，要不要也……”

“拿下！通通拿下！只要是活的，就是玉皇大帝也拿下！”

“诺！”

踩着满地的肉浆，刚刚完成任务的多目怪的部将们又飞速冲出洞府之外去寻找新的猎物，循环往复，源源不断。

那血池之中，已经长全了四肢的六耳猕猴瞧着多目怪缓缓地笑了出来。

多目怪猛地擦汗。

“干得不错。”六耳猕猴悠悠道，“别担心，我要是……要是能彻底恢复过来，你，就是我的大将军，像你刚刚说的那个以前花果山的短嘴一样。要什么，我就给你什么。”

多目怪连忙躬身拱手道：“谢大圣爷赞赏！”

听到“大圣爷”三个字，六耳猕猴的眉头顿时微微蹙了起来。不过，这只是一瞬间的事，他很快又懒懒地躺到了血池里，轻声道：“还不够，现在这些……都还太弱了，得再多些，最好是有你这么强的。”

闻言，多目怪的手顿时一颤，又一滴豆大的汗珠从额头上落了下来，他瞪大了眼睛，有些错愕地望着六耳猕猴。

见状，六耳猕猴顿时咧笑了出来，悠悠叹道：“放心，我不吃自己人。”

多目怪紧绷的神经这才稍稍松懈了一些。那眼睛猛眨，猛眨，惊魂未定一般。

一地的死尸肉浆……这场景，虽是自己亲自下令，但亲眼见到的一刻，即便他这久经沙场的老将也觉得脊背凉飕飕的。

亲眼见识过六耳猕猴吸食精气，又亲眼见识过这遍地的鲜血，就刚刚那句话，若不是六耳猕猴还需要自己，他丝毫不怀疑对方会立即扑上来，将自己连骨头都啃了。

真要论实力的话……按照这恢复速度，现在自己恐怕也已经不够六耳猕猴打的吧……

一时间，多目怪真有点忐忑了起来。虽说打着振兴妖族的大旗，但他实在不知道自己放出这么一只可怕的怪物，究竟是对，还是不对。

六耳猕猴缓缓叹了口气，又接着说道："如果，能吃一个半个妖王，我想，我大概就恢复得差不多了吧……你说，对吗？"

说着，六耳猕猴又有意无意地朝多目怪望了过去。目光交错的瞬间，多目怪竟是一怔，起了一身的鸡皮疙瘩。

多目怪稍稍犹豫了一下，咬了咬牙，躬身拱手，高声喊道："卑职遵命！卑职这就去办！"

他转过身，快步走出洞府。身后，传来了六耳猕猴如同鬼魅一般的狂笑声。

第六百七十三章

彷　徨

幽暗的火光下，玄奘静静地端坐着，双目紧闭，嘴唇微微颤动，用梵语念着经文。

躺在他身前草席上的，是一位中年男子，脸色已经发青。

在那尸体的另一面，是一个中年妇人，以及一个年仅十岁的男孩。

男孩紧紧地拽着妇人的衣角，妇人则时不时地抬起头来望玄奘一眼，脸颊上还挂着未干的泪痕。

“娘……他在做什么？”

“嘘，别说话。你爹就是他害死的。”

说着，妇人将自己的孩子紧紧搂在怀中。

由始至终，玄奘面色如常地诵读着佛经，仿佛什么都没有听到。

许久，玄奘睁开眼睛，对着那妇人，深深叩首。分不清他究竟是在叩拜死者，还是在叩拜家属。

宽敞的屋里排满了尸体，无数的家属远远地站着，注视着玄奘。

“对不起，都是贫僧的错。”

一瞬间，妇人掩着唇，眼泪啪嗒啪嗒地往下掉。她用力地抱紧了自己的孩子。

玄奘提着前摆缓缓起身，朝一旁另一具没有家属的尸体走去。

“你给我站住！”妇人忽然喊了出来。

玄奘悬空的脚微微顿住了。

妇人抿着唇，静静地注视着玄奘的背影。

昏暗的火光中，那背影就像一堵墙一样。

无数的眼睛静静地注视着他，那目光仿佛一支支利箭，试图穿透玄奘的身体。

好一会儿，玄奘的脚尖轻轻落地，依旧朝着一旁走去。

“你给我站住！还我相公命来！”

妇人猛地要扑上去，被赶来的两人死死拦住。然而，他们拦住了妇人，却没有拦住孩子。

那孩子挣脱了母亲的手，如同一尾鲶鱼一般冲到了玄奘身边，抓起他的手就咬！

一瞬间，所有的人都呆住了。

有人低声问道：“会不会出事……他手下的猴子很厉害的……”

有人答道：“应该……应该不会吧……他不是说要为善吗？总不至于对一个孩子……”

一时间，竟没有人知道应该怎么办，都只是静静地看着，看着那孩子咬着玄奘的手。

玄奘也低着头看着，面色淡然，与那愤怒的孩子对视着。

那孩子紧紧地拽着玄奘的手，瞪圆了眼睛看着玄奘，一点一点地用力，直到嘴角渗出了鲜血，所有人才仿佛惊醒一般朝这里冲过来。

然而，当他们来到玄奘身旁，准备出手制止那孩子的时候，玄奘忽然伸出手，制止了他们。

所有人都愣住了，连那孩子的母亲都停止了咒骂。

那孩子同样有些错愕地看着玄奘，松开了玄奘的手。

在所有人的注视下，玄奘缓缓蹲下身子，从衣袖中掏出手绢，轻轻拭去孩子嘴角的血。

“对不起……以后你爹不在了，你娘，能依靠的就只有你了。你一定要好好长大，要孝顺，知道吗？”

说着，玄奘淡淡笑了笑，用拇指轻轻拭去孩子脸颊上的泥。

那孩子呆呆地眨巴着眼睛，一直死死忍着的眼泪顺着脸颊滑落。

玄奘站起身，双手合十朝妇人行了一礼，又朝那孩子行了一礼，转身朝下一具尸体走过去。由始至终，他连看都没看自己鲜血淋漓的手掌一眼，好像那根本就不是他的手一样。

一时间，所有人纷纷议论起来。

“这和尚是疯了吗？”

“会不会真的是失心疯啊？”

“我听说这本来就是个疯和尚，不是疯和尚，怎么可能四处跟人讲什么为善，那根本就不是西天的经文。”

“要这么说的话，陛下真是被他骗得好苦啊。枉我们还那么信任他。”

所有人都在窃窃私语，玄奘却置若罔闻，只是静静地做着自己的事。

猴子透过窗棂静静地注视着，身后站着天蓬等人。

他侧过脸，刚巧看到一个年轻男子站在不远处盯着自己。

“呜！”目光交错之际，猴子几乎毫不犹豫地露出了獠牙，发出一声低吼。

那人顿时吓得两脚直颤，转身就跑。

待那人跑远了，天蓬才悠悠叹道：“何必呢？”

猴子翻了个白眼，答道：“我喜欢。”

小白龙顿时掩着嘴笑了出来，一下把几人的目光都吸引了过去。

“现在怎么办？”天蓬轻声叹道，“天就快亮了，人家可是下了逐客令的……谁去跟玄奘法师说？”

众人面面相觑。

猴子环视一周，最终什么也没说，扛起金箍棒朝屋子走去。

当猴子推开大门，踏入屋内的时候，在场的所有人都微微颤了颤，一个个警惕地望着猴子。唯独玄奘就好像完全不知道猴子已经来了一样。

猴子不理会其他人的目光，大摇大摆地朝玄奘走过去。途经之处，那些死者的家属一个个都逃开了。

转眼之间，偌大的屋内，就只剩下玄奘与猴子两人，以及，一地摆放整齐的尸体。

“天亮我们就走，你看怎么样？”

玄奘没有理会，依旧聚精会神地诵读着佛经。

无奈，猴子只能拄着金箍棒静静地等着。

好一会儿，玄奘终于睁开了眼睛，轻叹道：“贫僧准备多逗留几日。”

说着，他握着佛经，卷起袈裟，又朝着下一具尸体走去了。

由于一只手已经受伤了，那单手卷袈裟的动作看起来十分笨拙。

猴子注视着那依旧在淌血的手，提着金箍棒跟着玄奘。

“需要先帮你处理一下伤口吗？”

“这是贫僧应得的教训。”玄奘微微颤抖着，一点一点地坐了下去，就好像一个不小心就会栽倒一样。

长时间的诵经，再加上手上的伤，作为一个凡人来说，那精力，恐怕也已经达到极限了吧。

猴子淡淡叹了口气：“走吧，人家已经下逐客令了。你这佛经没用，而且……亡灵也不需要你安抚。我和昆仑山的其中一个协议，就是来世补偿死者。这些家属也自然会有人安抚。”

玄奘缓缓地摇了摇头，伸手翻开佛经，长叹道：“那是他们的事，贫僧……只是做自己应该做的事。”

“什么是你该做的事？”

“能做的事，就是该做的事。诵经，安抚亡灵，这就是贫僧唯一能做的事。”

“胡说八道。”猴子一下笑了出来，“你应该做的事情是赶紧证道，而不是在这里浪费时间！”

话音未落，只见玄奘双手合十，又开始聚精会神地诵经，不再理会猴子。

这谈话没法儿再进行下去了。

无奈，猴子只得冷哼一声，转身便走。

“怎么样了？”猴子踏出房门，其他几个人都围了上来。

猴子摇了摇头：“天知道。”

说罢，他拄着金箍棒朝王宫走去。

“猴大仙的意思是……玄奘法师要多留几天，为每一个亡灵超度？”

点着蜡烛的房中，丞相小心翼翼地抬头望着猴子。那四周，还站着几个幸免于难的朝中重臣。

现如今，整个求法国就由这几个人控制着，至于新的国君……国王没有留下子嗣，恐怕还要一番争吵之后才有可能诞生。

“对，所以我们准备多待几天，有问题吗？”说着，猴子靠着椅背，将两条腿架到龙案上。

眼前唯唯诺诺的几个人看上去就像他的臣属一样。

“可是……猴大仙刚刚不也说了吗？您已经跟大仙们有了交易，会在来世补偿死者。既然如此，那些亡灵，还有什么安顿的必要呢？”

“对对对，既然没必要安顿，就不劳烦诸位了。还是早日起程的好。”

一下子，所有人都附和了起来。一个个老脸都笑开了花。

猴子一挪腿，只听“咣”的一声巨响，那脚跟处敲到了桌上。

顿时，在场的所有人都吓得低下头去。

猴子靠着椅背悠悠道：“你们刚刚的说法我很不满意，重新说。”

一时间，诸臣面面相觑。

许久，老丞相微微抬起头来，擦着冷汗道：“猴大仙啊……不是我等不允，只是，方才我等已经与仙人们说好了，明天就举行国葬。到时候……到时候尸体不在了，玄奘法师便是想诵经，恐怕也没地儿诵了呀。”

“跟他们说过两天再下葬，不满意就让他们找我谈！”

说罢，猴子提着金箍棒大步走了出去，临出门时，还重重甩了一下门，吓得那些大臣的心都跳到嗓子眼了。

回去的时候，天蓬等人还站在原地。

“你去哪儿了？”

“去王宫走了一趟，教他们做人。”说着，猴子透过窗棂朝屋内瞧了一眼，“怎么样了？”

天蓬轻声叹道：“还能怎么样！”

所有人都沉默了。

那屋子里，玄奘又在一步步挪向下一个死者，步履蹒跚；他仿佛着了魔一般，一刻都不敢松懈。

天蓬望着屋里玄奘的身影，轻声道：“我现在最担心的，是玄奘法师。距离灵山已经不远了，这样子走到灵山，他真的能证道吗？”

说着，天蓬又悄悄看了猴子一眼：“还有你。”

“我怎么啦？”

“你刚刚……”

“我已经没事了。”猴子咬牙道，“反正……无论最终怎么选，我都得先解决如来再说。从现在开始，谁敢拦着我，我就宰了谁！就是我自己也一样！”

说这话的时候，猴子脑海中浮现的，是他在梦中见过的六耳猕猴，那张与自己一模一样的脸。

第六百七十四章

回去？

面对猴子以近乎威胁的方式提出的要求，求法国新的掌权者第一时间求助了昆仑山的修士。其结果可想而知。

对猴子，七位金仙联手况且要栽跟头，身为徒子徒孙的昆仑山修士们又能怎么样呢？背后使使刀子或许还行，要正面硬碰硬，只有死路一条。这是所有人都懂得的道理。

几乎没有任何意外地，玄奘为死者诵经的要求被答应了下来。下葬的时间顺利延后。

不过，顶上的人答应是答应，那下边的人愿不愿意配合，却是另一回事了。

许多死者的家属拒绝让玄奘靠近亲人的尸首，为了躲避玄奘，有人甚至将尸首从公用的停尸棚搬回家去。

为此，玄奘不得不如同化缘一般挨家挨户地敲门，寻找那些被有意隐藏起来的死难者，并设法说服他们的亲人允许自己为死难者诵经；承受着愈演愈烈的讥讽。

那落魄的场景看得黑熊精泪眼蒙眬。

他像仆人一样追着玄奘问："玄奘法师，您这又是何苦呢？"

玄奘没有回答，只是依旧拖着疲累的身躯，继续着他所认为的，自己此刻唯一能做的事。

这一幕，西行队伍的其他人都看在眼里，却不约而同地选择了沉默。

证道普度，是这支队伍存在的意义所在，可是除了玄奘本人，又有谁懂得这个"道"，该如何去证呢？

莫说他们了，就是玄奘本人，此刻恐怕也已经彷徨了吧。沉默，是他们唯一能做的。

由于玄奘不允许猴子用武力威胁百姓，也不允许猴子找正承担着灾后重建任务的修士们质问。于是，那局面只能一点一点地变坏。

“那个骗子还没走吗？”

“还没走。”

“他怎么还有脸留下来？还想给我们带来更大的灾祸吗？”

“他说要给死者诵经。”

“诵经？别逗了，就用他自己杜撰的佛法？”

玄奘的名声在这黑色的浪潮中一点一点地变坏，已经变得如同过街老鼠一般。

许多百姓不愿意让玄奘进门，不愿意听他说话。道路的两旁、窗台上趴满了人，从一开始的敬畏，到后来的忌惮，再到如今像看笑话一样的眼神。

他们肆无忌惮地嘲笑着，甚至有人已经开始对着玄奘丢臭鸡蛋、烂菜叶。

猴子站在大街上静静地看着，恨得咬牙切齿。

然而，玄奘还在坚持着，继续着他那让人无法理解的计划；面容呆滞，好似行尸走肉一般。

灵山上，一位僧人叩拜在如来面前。所有人的目光都在微微闪动着。

“本以为他只是败了求法国这一局，依旧会西行。没想到这玄奘……竟败得如此彻底。着实是出乎意料。”

“败是必然，已经这般局面，那为善的普度之法，不过谎言罢了。”

“比较意外的是，道门居然在这时候还要捅他一刀。”

“这有什么可意外的，道不同，若是给他们一个机会，难保他们不会捅我们一刀。”

“可是，玄奘为何要执着于为死者诵经呢？莫非真得了失心疯不成？”

大殿内的所有人当即沉默了，一个个蹙起了眉头。

“他在度自己。”一个洪亮的声音在殿内缓缓地荡开了。

所有的目光都聚到了如来身上。

如来缓缓闭起双目，轻叹道："苦海度人，就如挽救溺水之人。伸出手去的同时，自身，也被置于险境。度人者与被度者，实则一场博弈。若度人者力大，法妙，则溺者得救；若溺者力大，愚钝，到头来，难保度人者不会被一并扯入水中。"

此话一出，殿上诸佛、诸罗汉皆是一惊，一个个睁大了眼睛。

有人急问道："若按尊者所言，玄奘如今岂不是已被扯入水中，深陷苦海？"

如来微微点头。

顿时，众人一阵惊叹。

有人喃喃自语道："原来如此。玄奘诵经，并非安抚亡灵，乃是为了安抚自身。名为度人，实为度己。一城之人，死伤上千，个中罪孽……虽说不是他亲手所为，却也难脱干系。"

"比起百姓的误解，更可怕的，是自己内心的责难。所以，他才不去解释。因为即便百姓谅解，他也无法蒙骗本心。与其粉饰太平，不如将早已鲜血淋漓的一面揭开。"

"为善之道，本就是谎言。这天地之中，何曾有过以为善而成大道者？无'力'而宣扬为善之道，本就是一步险棋。玄奘有今日苦果，也是情理之中啊。"

殿内众人议论纷纷，无不感慨。

如今看来，玄奘当初借力打力的举动，虽说巧妙，却也不过旁门左道罢了，成不了大局。

纷纷扰扰之中，有人忽然问道："既然连自身都已深陷苦海，接下来，他又会如何？"

原本兴致勃勃讨论的众罗汉被这么一问又都愣住了，一个个面面相觑，无以作答，只能都朝着佛陀们望了过去。

这一次，无论是如来，还是四大佛陀，乃至于其他次一级的佛陀，没有人作答。

御膳房中，黑熊精愤怒地掀翻了桌子。

他一把揪住厨头的衣领，将对方提了起来：“你们这什么意思，连斋菜都不给？”

“小的、小的也做不了主啊……上面没提，我等就是个掌勺的，哪里能决定？”

黑熊精远远地看了墙角处缩成一团的伙头们一眼，咬了咬牙，将厨头重重摔在地上，冲出了门外。

黑熊精急匆匆地奔到猴子身旁，低声道：“大圣爷，御膳房那帮孙子居然说没准备玄奘法师的斋饭。我……我这就去给玄奘法师找吃的。”

不远处，玄奘刚刚被一户人家轰出了门外。

猴子回头看了黑熊精一眼，又低头看了看他沾着几丝菜叶的熊爪子。

“我以为你会直接打他们一顿，然后把饭食抢来呢。”

“玄奘法师说不能和他们起冲突。”

“然而你还是动手了？”

闻言，黑熊精只得低下头去。

“玄奘法师一昼夜都没吃过半点东西了，我去给他找点东西吃吧。”

说着，卷帘就要转身离开，却被天蓬一把拽住了。

天蓬缓缓摇了摇头，道：“不用去了，直接告诉他事实吧。”

说着，天蓬朝玄奘所在的方向使了使眼色。

“要告诉他，这……”

卷帘与黑熊精面面相觑。

“告诉他也没啥。”猴子掏着耳朵悠悠叹道，“说与不说，都是那样。再说了，他可是要普度的人，瞒着他，合适吗？”

在众人的怂恿下，最终黑熊精只得慢悠悠地朝玄奘走了过去，将他听到的、见到的，如实告诉玄奘。

玄奘停下脚步，朝猴子望了一眼，又与黑熊精说了些什么，紧接着，他继续走向下一户人家了。

黑熊精挠着头走了回来。

“怎么说？”

"玄奘法师说……玄奘法师说他不吃东西。"

"啊？"小白龙一下叫了出来，"他是想死吗？"

一行人都蹙着眉头，静静地注视着黑熊精。

好一会儿，黑熊精才眨巴着眼睛，有些不确定地说道："玄奘法师说……他说，生老病死，怨憎会、爱别离、求不得及五取蕴，他承受的，不过是肉身之苦，与百姓的苦比起来，微不足道。若连这点苦都受不住，还谈什么普度证道……"

在场的众人一下都蒙了。

猴子有些不可思议地看着天蓬道："这他都能联系起来，什么鬼逻辑？难道要饿死才能证道？"

"不。"天蓬眨巴着眼睛，细细思量着，轻声道，"有问题。"

"怎么？你看懂了？"

天蓬摇头道："我还没想通，不过……不过我总觉得哪里不对。"

那远处，玄奘已经走到了拐角处。

为了避免玄奘离开他们的视线，几个人又连忙迈着小步跟了上去。

见此情形，负伤中的猕猴王摇了摇头，也只得拄着捡来的一根树枝跟了上去。

玄奘诵经的路途，是崎岖的。

百姓的成见已极深，恨不得嚼碎他的骨头，而他又不愿意去解释，只独自承受着所有怨毒的诅咒。

天空飘起了小雨。

玄奘又一次被赶出民房，临出门的时候，那屋主给了他一脚，直接将他踹翻在屋前的积水里。

"你要还敢来，来一次，老子就揍你一次，下一次非……"

男子的叫骂声在他看到躲在远处墙角的猴子的一瞬间，戛然而止了。他吓得连忙缩进屋里去，关起了门瑟瑟发抖。

整个世界都安静了，躺在积水中的玄奘一动不动。

街道的两旁，无数的眼睛透过窗户的缝隙悄悄地注视着他。

"难道死了？"

“应该不会吧，哪那么容易死？”

“难说，他好像很久没喝过一口水，吃过一粒米了。再加上这样诵经……累死也不奇怪啊。”

一阵阵的窃窃私语之下，最先害怕的却不是同属西行队伍的众人，而是那刚刚把玄奘踹翻的男子。

如果玄奘就这么死了，他会怎么样？

想起猴子与神仙对战的一幕，他的两脚一下软了。

正当此时，猴子踏着满地的雨水一步步走到玄奘身旁。

“知道你还没死。别的不行，对气息的感知，我还是挺准的。”

玄奘迷迷糊糊地望着猴子，重重地咳了几声，蹚着雨水爬到了身旁的屋檐下避雨，缩成了一团。

猴子拄着金箍棒一步步走来，靠坐到玄奘身旁。他稍稍犹豫了一下，轻声问道：“你现在算是怎么样？知道这次闹成这样对你有打击，但你这么玩，会搞死自己的。”

“要不，你们回去吧。你回花果山，元帅回高老庄，每一个人，都回到本来属于你们的地方去。”

“啥？”猴子一下惊叫了出来。

玄奘望着漫天飞舞的雨水，面无表情地叹道：“也许，贫僧本来就不应该拉上你们。贫僧应该……自己走完西行之路。”

第六百七十五章

疯　了

安静的夜晚，淅淅沥沥的雨声几乎覆盖了所有的一切。

顺着屋檐滴落的雨水，像一串串珠帘一般，打在身前的积水中，溅起冰凉的气息。

屋檐下，玄奘裹着湿漉漉的衣衫缩成一团，眼神迷茫。一旁的猴子拄着金箍棒静静地蹲着。

“也许，贫僧本来就不应该拉上你们。贫僧应该……自己走完西行之路。”

听到这句话的时候，猴子的脸微微抽了抽。

从花果山一路走来，这都多少年了？现在说什么当初应该自己上路？

就冲这句话，如果对方不是玄奘，猴子也许早就动手了吧，还是往死里打的那种。

好不容易压下心中怒火，猴子伸手掏了掏耳朵，龇着牙，假装有些漫不经心地答道：“没事，人嘛，总有迷茫的时候。有时候我受的打击太大，也会想不通一些事，说错一些话。不过……有些话，还没想清楚之前，最好不要乱说。”

说着，猴子朝天蓬等人所在的位置使了使眼色，道：“我听到了没什么关系，如果让其他人听到了……说不定会有麻烦。到时候人心就不齐了，这一路还怎么走？”

“不。”玄奘摇了摇头，低声道，“贫僧是想清楚了的。”

“你想清楚什么了？”猴子冷哼了一声，有些不可思议地看向玄奘，伸手摸了摸他湿漉漉的肩，咬牙道，“就穿着这么一件破衣服，浑身湿漉漉的，在这鬼天气里，然后还是在这么个鬼地方，你想跟我说放弃吗？”

话音未落，猴子已经一把拽住玄奘的衣领，将他整个拉到身前。他瞪大了眼睛，压低声音恶狠狠地说道："我他娘的可是指着你扳倒如来的！西天你去也得去，不去也得去！你要敢再说一次刚刚那番话，老子弄死你！"

玄奘一下瞪大了眼睛，一阵错愕。

远处的众人看得都有些蒙了。

小白龙小心翼翼地碰了碰天蓬的臂，低声问道："他……他们刚刚怎么啦？都说了些什么？怎么看着像要打起来似的？"

四周的众人全都蹙起了眉头，怔怔地看着，没有人回答。

就在刚刚，还没等玄奘把话说全，猴子便已经随手丢了一个禁音术了。在毫无准备的情况下，这样的距离，即便是读唇也读不了，更何况这方面，猴子也早有准备。

许久，猴子才轻轻松开手，扭头注视着身前不断溅起的水花道："你刚刚说的，我就当没听到。反正……你得记住自己在五行山下跟我说的话，我护送你一路安全，你要证道成功，助我扳倒如来。成功了，要啥都好说。否则……我可不是什么善男信女。"

玄奘眨巴着眼睛，呆呆地看着猴子的侧脸。

好一会儿，玄奘才又缩回到原本的角落里，闭起双目，蜷曲着身子。他轻叹道："大圣爷误会了。贫僧不是那个意思。"

"那是什么意思？"

"贫僧的意思是，贫僧证道的方向，又错了。"说着，玄奘眨巴着眼睛，微微抬起头。

雨夜里，几乎每家每户都紧闭了房门窗户。大街上，偶尔可见的几个微微开出一条缝的窗户背后，必有一双眼睛在偷偷注视着玄奘。

是啊，每一个人都在看着他，而他竟如此落魄。导人向善者，难道不是应该站在高台上受万人敬仰吗？

如果连玄奘自己都没有好下场，他又凭什么去说服别人向善呢？

想想，整整七天的讲经，一个"从善"，到头来，竟变成了一个笑话。

玄奘低下头，紧紧地抱着自己的双腿道："其实众生真的很简单，简单到用一个词，就可以概括。"

“什么词？”

玄奘抿着嘴唇轻笑道：“趋利避害。”

猴子略微想了想，点了点头：“是这个理儿，不仅仅是百姓，万物皆是如此。”

玄奘深深吸了口气，轻叹道：“灵山越来越近了，贫僧每日每夜都在想，普度，应该如何达成。想要众生皆如我，不计一切，为善、从善、扬善，那是不可能的。因为，无论如何高尚的道理，一旦与‘趋利避害’这四个字相左，便唯有粉身碎骨一途。所以，必须让行善者得其利，作恶者受其害。如此一来，久而久之，普度自成。”

说到这儿的时候，玄奘侧过脸，看了猴子一眼，自嘲地笑了笑，道：“趋利避害，乃是天性，不可超脱之物。若要强加更改，无异于螳臂挡车。所以，只能是顺势而为。顺势而为……那不就成了太上老君的无为之道了吗？

“其实这也没什么关系，在普度大义面前，又何须在乎门户之见呢？既然如此，那便借力吧。借力打力，若能打出一片极乐世界来也好。可是……贫僧错了。太上老君心无旁骛，才能施行无为之道，贫僧，却是有执念在心的。也正因此，才最终导致了如今的结果。这世界的风云哪……人心不足，蛇吞象。”

猴子悠悠道：“想不通可以慢慢想，我又没逼着你？实在不行，咱走慢点呗。”

玄奘静静地沉默着，凝视着远处溅起的水花。

“那现在你打算怎么办？”

“不知道。”

猴子转过头来，瞧着玄奘道：“我不是问证道的事，我问的是你现在所做的事。诵经、禁食、劳累，还冒雨……你这是打算干吗？”

玄奘又摇了摇头：“也不知道。”

“你没病吧？”猴子哼笑了出来，伸出手去摸了摸玄奘的额头，有些无语地说道，“不知道你还这么玩？什么意思？”

玄奘依旧摇头。他抬起自己的手掌，借着身后屋里透出的微光细细地瞧着，瞧着那被孩子咬出的伤口，瞧着那刚结的疤。

许久，玄奘轻叹道："贫僧在感受，众生之苦。不过区区一咬，便已经是锥心的痛楚，大战中的死难者感受到的，又该是如何呢？不过是一个昼夜的辛劳、困顿，一个昼夜的禁食，便已经疲惫不堪……这茫茫世间的人们，又是如何感受呢？贫僧先前那般做，是因为贫僧还是不懂众生的苦啊……"

说着，玄奘竟笑了出来。这一次，是真真正正的笑，不是自嘲，也不是苦笑，而是发自内心的笑，笑得猴子都有些哑然了。

这一刹那，猴子忽然觉得，眼前的这个玄奘就是个疯子，疯得很彻底。

"普度……果然不是正常人能干的事啊。"

这么多的弯路，还要把自己弄得人不像人鬼不像鬼的……修道、修佛，哪一个不比修普度强？就这样子，以后真能收得到徒弟吗？

再次回过头的时候，猴子看到玄奘从怀中取出了女娲赠送的那个什么"藏心石"，在那上面小心翼翼地呵了一口气，用衣袖擦拭了起来。

"你在干吗？"

"这是女娲娘娘送的藏心石。"

"我知道，我是问你这是在干吗？"

"记录。"玄奘轻笑道，"将自己的心，藏在那里面，永远铭记此刻的心情。"

说着，玄奘又小心翼翼地将那块藏心石包好，捂在胸前。

猴子瞧着他那模样，眉头都蹙成八字了。

"这模样，即便不疯，也离疯不远了。"想着，猴子只得暗暗安慰自己道，"不疯魔不成活，也许真疯了，就成了。反正佛门那些看上去也不像正常人。"

一晃眼间，玄奘忽然站了起来，冒雨跑了出去。

"跟上。"

猴子一摆手，黑熊精和小白龙便不管三七二十一连忙跟了上去。就连猕猴王也一瘸一拐地跟了上去。

天蓬和卷帘缓缓走到猴子身前，蹲了下去。

"聊了些什么？"

“我……我也说不清。”猴子道，“他好像想通了，又好像没有。好像快证道了，又好像快疯了。总之……我也说不清。”

说着，猴子抿着唇来回看着天蓬与卷帘。这两人也是一头雾水，面面相觑。

不多时，玄奘便背着行囊冒雨跑了回来，身后跟着黑熊精和小白龙。

玄奘一路小跑来到猴子面前，将行囊放了下来，重重地喘息着。

很快，他打开行囊，从里面翻出了一个竹质的水壶，抬起头开始接屋檐漏下的雨水。

“玄奘法师您这是……”

黑熊精想开口，却被猴子抬手制止了。

几个人就这么静静地注视着玄奘，瞧着他疯疯癫癫地将水壶接满了水，然后一饮而尽。

紧接着，众人又看着他从行囊里翻出了两块薄饼，然后蹲在墙角下细细地嚼了起来，时不时还眨巴着眼睛朝四周望。

那形象，简直与先前的玄奘判若两人，就像……换了个人似的。

他一面嚼着薄饼，一面说道：“现在人还挺齐的，来计划一下从这里到灵山的路该怎么走吧。”

闻言，众人面面相觑。

“你想怎么走？”猴子问。

“这样，你们各自回去……”

“不行！”话音未落，猴子已经一下子站了起来。

一时间，所有的目光都聚到了猴子身上。

玄奘稍稍犹豫了一下，无奈改口道：“如果不愿意走，留下来也行。不过我们各走各的。”

“我们暗中保护你？”天蓬低声问道。

“不。贫僧不需要保护，贫僧自己走自己的就行了。”说着，玄奘又望着猴子，郑重地说道，“贫僧答应过的事，一定会兑现，这点请大圣爷放心。”

闻言，猴子那眉头越蹙越深了。

莫不是……真疯了？

第六百七十六章

流　言

玄奘似乎真的疯了，至少，整个西行队伍的人都是这么觉得的。

原本一本正经的神情再也看不见了，转而换上的，是一张没心没肺的笑脸。他会偷偷摸摸地守在百姓家门口，趁着对方开门的时候一下蹿进去，然后用尽浑身解数说服对方，请求对方允许自己为死者诵经。

一个一脸正经、神情严肃的和尚，对方都尚且不同意，一个嬉皮笑脸、没点正形的和尚，其下场自然更是只能被用扫帚赶出家门。

好几次，黑熊精想上前去搀扶，甚至呵斥那些百姓，然而，都被猴子给制止了。到头来，黑熊精只能干着急。

玄奘的行为，已经彻底超出了猴子的理解范畴，那种感觉就好像……在自虐一样。可那脸上的笑，分明又是真诚的，让人找不出一丝一毫的虚假。配上此情此景，是那么匪夷所思。

普度需要这样吗？猴子实在想不懂。

眼下，除了疯，似乎再找不出第二种解释了。

向来理智的天蓬此时同样束手无策。

众人面面相觑，最终也只能化作一声叹息。

奇异的是，玄奘在被赶出家门的同时，他甚至没忘记跟那户主要点吃的。绝大多数时候是要不到的，甚至会换来一通更加猛烈的谩骂，但有时候，却还真要到了一些。这让人实在无法理解，他这不断串门的举动究竟是为了诵经，还是为了化缘。

不让黑熊精去找食物，偏偏要在这时候，以这种方式化缘吗？

实在荒谬到了极点。

夜渐渐深了。

一盏盏的灯火熄灭，整个都城陷入了黑暗之中。呼呼的风声像恶魂的哀号一般。

为了防止玄奘的骚扰，一些停放了尸体的人家甚至连按习俗必须点亮的油灯都熄了。

寒冷的雨夜里，无处可去的玄奘像一个游魂野鬼一样在空荡荡的大街上来回走动着，干着一些让人匪夷所思的事情。

他会跑到雨中静静地打坐，让雨水湿透自己身上的衣衫，然后又跑到角落里瑟瑟发抖。紧接着，好不容易捂干了，他又跑到了雨中……

他会将讨来的薄饼泡到路边的积水中，然后饶有兴致地看着，等泡烂了，才捞起来细细品尝，那神情却像在品尝什么山珍海味似的……

他会撕开自己伤口上的疤，让鲜血顺着指尖一点一点地滴落，然后细细地看着，直到那鲜血重新凝固……

这种种的举动，看得西行众人心惊胆战，嘴角抽搐。

这还是当初从五行山下将他接出来的那个执意证道的玄奘吗？或许这次的打击实在大，可是……

猴子实在想不明白，攥着金箍棒的手松了紧，紧了又松。

黑熊精焦虑地问道："大圣爷，接下来怎么办？"

"谁都不许走。"猴子不假思索地答道。

"不是要走。"小白龙悠悠道，"我们就这样看着？要说之前那位玄奘法师能证道，我多少还有点信。眼下这个……不把自己玩死就不错了。我们怕是只能白跑一趟咯。"

"要不然你说怎么办？"猴子恶狠狠地瞪了他一眼。

被猴子这么一问，小白龙自动无视猴子眼中浓浓的鄙夷之色，反倒更来劲了。他一下蹭了过去，挽起衣袖道："要不，我们去找找太上老君？失心疯在凡间无解，到天庭，其实也难办。不过，如果是太上老君或者须菩提祖师出手的话，应该不是问题。"

猴子目不转睛地瞪着小白龙。

好一会儿，小白龙只得收了收神，无趣地望向别处。

天蓬双目朝猴子斜了过来，两人对视了一眼，最终都没说话。

玄奘真的疯了吗？看着像，但猴子心底，其实并不太确定。

至少按照猴子所知道的，玄奘最终是肯定能走到灵山，证道成功的。这是他至今为止最大的赌博了。

过往的无数次，猴子奋力挣扎，做梦都想超脱那本《西游记》，然而，水帘洞、猴王、拜师、闯龙宫、闹地府、闹天庭、被压五行山……到头来，他改变了什么？

所有的一切，都像宿命一样，逃不开，躲不掉。

既然如此，不如就将赌注都下到这上面吧。难道这一次就失效了？

猴子无语地笑着。

他瞧着如今的玄奘，发现自己当初的决定竟是如此可笑，说出去，怕是堂堂齐天大圣的名声都得毁了吧。

可是，不这样又能如何呢？

如来就是悬在自己头顶的一把剑，只要他在一天，六百多年前的那一幕，随时都可能重演。任何与自己走近的人，都可能因为如来的一个念头而死于非命，而自己将束手无策……

即便如来是天道修为，即便自己无论如何都杀不死，不扳倒他，难道自己能安安心心地存活在这个世界上吗？

支持玄奘的西行，是自己眼下唯一的出路。

可是，这条路应该如何走下去呢？

想着，猴子不禁有些泄了气。

他找了个角落，拿起了玉简。

“回到观里了吗？”

斜月三星洞中，清心握着玉简，眨巴着眼睛。

好一会儿，她才支支吾吾地答道：“回……回到了。”

那唇在微微颤抖。

玉简的另一端，传来了猴子的声音：“一切还好吧？”

“还……还好。”

“见到师父了吗？”

“见到了。”清心抿着嘴唇，轻声道，“师父让我这段时间待在道观里，他也会在，说是……外面危险。”

“他说的对，你应该好好待着，别再有意外了。天大的事情有我顶着，你……千万千万，不能再出什么意外了。”

…… ……

阴暗的小巷里，猴子放下玉简走回来，伸手扯了扯天蓬的衣角。

天蓬一回头，见猴子已经走开了几步，稍稍犹豫了一下，只得跟了上去。

斜月三星洞中，清心凝视着手中的玉简，抿着嘴唇，甜甜地笑着。那脸上洋溢的尽是幸福的神采。

这温柔，是雀儿与风铃两世付出了生命换来的。

在这一刻，她忽然觉得，月树上有没有花，心中有没有爱，并不是她一开始所想的那么重要。

这份温情，不就是她一直以来追求的吗？

远处，趴在窗棂边上的沉香吸溜了一下鼻涕，满脸的莫名其妙。

猴子施了个禁音术，低声问道：“你有……什么想法吗？”

天蓬回头看了看睡在屋檐下，紧紧裹着毛毯瑟瑟发抖的玄奘，摇了摇头。

猴子干咳了两声，低声道：“刚刚敖烈那家伙说的话，其实我是有考虑的。太上老君就算了，动魂魄的事情，真不是好玩的，万一所托非人……也许找一找我那师父是个不错的选择。别的不敢说，至少在西行这件事上，我们绝对是统一阵线，他应该不会要什么花样才对。”

天蓬静静地注视着猴子。

猴子抽了两下鼻子，又接着说道：“不过，我想了想，又觉得不合适。”

“为什么？”

“清心在斜月三星洞，六耳猕猴已经出现了，如果师父不在斜月三星洞，我怕她有危险。不能再出任何意外了……”

天蓬仰头略微想了想，理解地点了点头，道："确实，如果你的另一个魂魄已经是全盛状态，须菩提祖师不依靠护山法阵，恐怕还真不是他的对手。更别提你那师妹了，也许连一招都接不住。"

天蓬回头望了玄奘一眼，轻叹道："反正……玄奘法师也没干出什么出格的事情，说他疯了，也只是我们自己的臆想罢了。证道之事，真不是我们能随意猜测的。还是先走一步算一步吧。"

猴子默默点了点头。

此时，就在街道的转角处，几个昆仑山的修者结伴走过，其中一人正有意无意地朝玄奘所在的位置张望。

深夜，昆仑山，金光洞。

一位修士匆匆走入殿内，双膝跪地，叩首道："启禀师父，诸位师叔、师伯，求法国传来密报，玄奘已经癫狂！"

"癫狂？"

一时间，殿内众金仙一片哗然。

"此话当真？"

太乙真人迅速站了起来，一个没站稳，差点摔了下去，还是一旁的玉鼎真人出手才将他搀住的。

在场一共八位金仙，除了参与偷袭猴子的七人之外，还多了一个玉鼎真人。

"此事千真万确。"那修士迅速从衣袖中取出一份谍报，双手呈了上去。

"快！快拿来我看看！"太乙真人接过谍报的时候，手激动得瑟瑟发抖。身旁的一应师兄弟也都一个个睁大了眼睛，唯独玉鼎真人蹙起眉头，将信将疑。

"哈哈哈哈！咳咳咳……"太乙真人捂着胸口，咳得厉害，却依旧想笑，他伸手将刚刚看完的谍报递给了黄龙真人，紧接着，谍报又落到了广成子手上。

每一个人看完谍报，皆是眉开眼笑。

"好家伙！没想到玄奘竟如此不堪一击！"

“四两拨千斤！四两拨千斤！”

“师父真乃妙计也，只简简单单的一招，便让玄奘癫狂！看那妖猴还如何取经！”

“到底是师父啊，深谋远虑，算无遗漏啊！”

一旁的玉鼎真人急出了一身冷汗，伸手想要去抢那谍报，却又不好做得太过明显。

好不容易，谍报终于落到了他手中。

约莫一炷香时间之后，玉鼎真人便找了个借口，出了大殿。

“玉鼎师叔。”

那守在门口的道徒恭敬地向他行礼，然而，玉鼎真人已经无暇顾及其他了。

迅速离开了太乙真人的感知范围，他几乎是一路小跑着出了金光洞，腾空而起，朝着华山直冲而去。

这一飞，飞得很急。数百年来过惯了悠闲日子的玉鼎真人，几乎是使出了全力在冲刺。转眼之间他已到了华山。

他匆匆落到院子里的时候，蜈蚣精吴龙连忙迎了过来。

“末将参见真人！”

“免了免了！”与吴龙擦肩而过，玉鼎真人快步朝着镇压杨婵的洞府走去，刚走了几步，却又停了下来，轻声问道，“那门怎么开着？”

“二爷刚刚过来了。”

“戬儿也来了？”

“对。”吴龙挠了挠头道，“今天是什么日子啊，怎么这么热闹。我们华山可许久都没这么热闹过了。”

说罢，吴龙和身旁的两个士兵哈哈大笑了起来。

“要真是好日子就好咯……”玉鼎真人小声嘀咕了两句，低着头快步走入了洞府。

很快，紫色的光华迎面而来。

洞府之中，杨婵静静地坐在石椅上，隔着结界与杨戬四目相对。

杨戬见玉鼎真人走了进来，连忙躬身拱手道：“戬儿见过师父。”

杨婵依旧静静地坐着，只象征性地喊了一句：“师父。”

数百年的囚禁，如今的杨婵，看上去早已没有了原来的锐气，就连举止言语，都变了许多。

玉鼎真人摆了摆手道：“出事了，你们知道吗？”

说着，他急急忙忙走向杨戬身后的石桌，端起那石桌上的茶杯，也不管是温是冷，一饮而尽。

“知道。”杨戬轻声答道，“那猴子的另一个灵魂回来了，还是个嗜血的怪物。正因如此，弟子才到华山来的。灌江口的大军也不日将至。”

“不，比这件更严重。”玉鼎真人振了振衣袖坐到石椅上，捋着长须道，“玄奘的西行怕是失败了，人都疯了。疯了，还怎么可能证道？接下来，怕又是一场腥风血雨啊。”

闻言，杨戬微微一愣。

杨婵静静地眨巴着眼睛，那脸上的神采没有分毫的变化，仿佛这件事跟她没有半点关系似的。

玉鼎真人微微顿了顿，咽了口唾沫，望着杨婵低声道：“还有，那个风铃……好像也回来了。就是那个雀儿的转世，现在又回来了。”

闻言，杨婵的心中仿佛有什么一直以来支撑的东西被顷刻间抽离了一般。她睁大了眼睛，呆呆地望着玉鼎真人。

那扶着石桌的手紧紧地扣着，愈发用力。

第六百七十七章

半个家长

封禁的法阵缓缓地运转着，一个个紫色的符文凌空跳动。

岩壁的斜影在微微晃动着。

整个世界都静默了。

玉鼎真人猛地看向杨戬。

杨戬微微睁大了眼睛，注视着杨婵，攥着三尖两刃刀的手不禁紧了紧。

玉鼎真人连忙回头望向杨婵。

杨婵低着头，那眼角的泪却忍不住一滴滴下坠，扶着石桌的手在微微颤抖着。

直到此时，来回张望的玉鼎真人才反应过来，知道自己说错话了，连忙捂住了嘴。然而，为时已晚。

整个洞府之中，那气氛压抑得让人透不过气来。

杨戬与杨婵不说话，玉鼎真人的头皮都开始发麻了。

好一会儿，玉鼎真人咽了口唾沫，一步步走近结界的边缘，弓着身子试图看清杨婵的表情。

他低声道："其实……回来了也没啥。回来就回来呗，又不是什么大事……不过一个小丫头片子罢了，怎么能跟你这拜过堂的正妻相提并论？"

杨婵别过脸去。

缕缕青丝垂下，遮掩了半边的脸。

玉鼎真人只得直起身子回头看了一眼杨戬，眨巴着眼睛左右为难。

杨戬轻叹道："师父，您先回去吧。这里有戬儿在，不会出事的。"

"哦。"玉鼎真人干脆地应了一声，如获大赦一般，转身就想走。

正当此时，杨婵忽然开口。

“我想……出去。”那声音微弱得如同遥远的风声，在这静默的洞府之中，却又如此的清晰，以至于谁也避不开。

玉鼎真人悬在半空的脚顿住了，如鲠在喉，如芒在背。一滴滴的冷汗挂在额头上。

“不行。”杨戬面无表情地答道。

玉鼎真人的脚尖好不容易落了地，犹豫着应该快点离开这里，还是留下来听个清楚。那板着的脸上两只眼睛来回张望，不知所措。

“我必须出去。”杨婵又开口了。她的眼底满是慌乱。

“不行。”杨戬手中的三尖两刃刀紧了紧，回答依旧冷酷。

杨婵抬起头，怔怔地望着杨戬，笑着说道：“我必须出去，真的。二哥，放……放我出去。好吗？”

那目光中透着迷茫、失落，种种的负面情绪。

“不行。”杨戬匆匆避开了杨婵的目光，再一次重复了他的决定，“无论你说什么，我都不会同意的。这摊浑水，不是你搅得起的。一个不小心，就是神魂俱灭的下场！”

“你说过只要他回来，就会放我出去的！”

“我说的是他来接你！他来了吗？离开五行山这么久，他有想过来华山走一趟吗？”杨戬的声音猛地高了八度，“当初他是怎么跟我保证的？才隔了多久，成亲之日，他就为了另一个女人丢下你不管！离开五行山十年了！十年了！明知道你在这里，他来过一次吗？就这样一只猴子，有什么可挂念的！”

“值不值得挂念，那是我的事，你无权干涉！”杨婵的声音同样高了八度。

杨戬咬着牙，怒视着自己的妹妹，几乎是一字一顿地说道：“放不放你，同样是我的事，轮不到你决定！”

一时间，气氛到了剑拔弩张的状态。

居中的玉鼎真人来回张望着，一下慌了神。

“别……别，这不是自家兄妹吗？戬儿，那猴子其实也没那么……”

“这事师父您别管！”杨戬怒视着杨婵，直接一声叱喝打断了玉鼎真人的话。

无奈，玉鼎真人只得收了收神，眨巴着眼睛又望向杨婵：“婵儿……其实你哥也是为了你好啊，要不你就……”

杨婵怒视着杨戬，扶着桌案的手微微挪了挪，摊开。一道红光迅速在手中凝聚。

“宝莲灯……”这就算是对玉鼎真人的回答了吧。

看到宝莲灯的瞬间，玉鼎真人几乎是条件反射地瞪大了眼睛，咽了口唾沫。

这是瑶姬——杨戬和杨婵的母亲留给他们兄妹俩的遗物，如今已由杨婵继承。论战力，或许算不上什么，特别是在仅有炼神境的杨婵手中，必然是无法发挥出它真正的威力。

但……

连母亲的遗物都亮出来了，要对付的人，则是自己的兄长。个中意味，玉鼎真人还是懂的。

玉鼎真人脸上堆砌的笑容早已挂不住，他已经开始有些后悔跑这一趟了……

“放我出去……”杨婵缓缓地站了起来，宝莲灯上的光芒一点一点地绽放，直到压制住洞府中的法阵，将一切都映成鲜红的颜色。“今天，就算是死，我也必须要出去。我要见见他，问个清楚！”

杨戬将手中的三尖两刃刀左手交右手，一下摆出了迎战的架势：“那你就先过我这一关吧！”

眼看着大战一触即发，玉鼎真人已经急得跳脚了。他连忙挡在两人之间，挥舞着拂尘高喊道：“你们是兄妹啊！别、别……你们想打，就先把我这把老骨头拆了吧！”

“师父，您让开！”两人异口同声地喝道。

玉鼎真人当场就怂了，整个缩了缩。

短暂的错愕之后，他猛地一跺脚，指着两人吼道：“你们这是什么意思！我就是再不济，也是你们的师父！你们想在我面前动手不成！早知今日，当初我还不如捡两只猫猫狗狗回来养，起码不会给我气受。”

说着，玉鼎真人当场掩着脸奄奄地哭了起来，瘫坐在两人之间不起来了。

间歇，他透过指缝偷偷瞥了一眼两人的神情。这一眼，迅速坚定了他的信心。因为他发现杨戬惊愕地注视着他，而杨婵也明显有些收敛了。

见状，玉鼎真人当即扯开嗓门儿像个老妇人一样一边撕扯着胡子，一边捶着石板，放声大哭。那场面颇为壮观。

谁也没想到自己的师父会来这一手，一时间，杨戬和杨婵都蒙了。

“师父，您……您起来。”杨戬连忙解除了防御姿态，伸手要去搀扶，却被玉鼎真人一把推开了。

“你快劝劝师父啊！”

被杨戬这么一喝，杨婵顿时一点脾气也没有了。她连忙收起宝莲灯，蹲下身子远远地注视着玉鼎真人：“师父，您，别这样……”

“我这样怎么啦？你们这两个，说是徒弟，从来就都不听我的，有当我是师父吗？”玉鼎真人一把鼻涕一把泪地从地上折腾着站了起来，满身的泥灰，“你们今天居然还想当着我的面动手？啊！你们心里还有没有我这当师父的？”

说着，他用拂尘去敲杨戬的头。

杨戬不敢闪躲。

玉鼎真人又将手中的拂尘径直朝着杨婵甩了过去，杨婵蹙着眉，同样不敢闪躲。不过，那拂尘还没打到杨婵身上就被法阵弹开了。

“你们，不准打！听到没有！”

“弟子知道了。”杨戬只得躬身拱手。

杨婵一声不吭，却也躬身拱手。

“现在外面危险，你暂时不要出去。”玉鼎真人指着杨婵，叱喝道，“你要问，为师算是你半个家长，为师替你去质问那猴子。让他给一个明确的答复，若是敢负你，为师定要将他扒皮抽筋！这样可以了吧？”

杨婵微微呆了一下，一时间不知道说什么好。倒是杨戬，连忙拱手道：“有劳师父了。”

玉鼎真人转过身，开始一步步地往外走，那两脚都隐隐有些发软了。

第一次演戏，演得这么逼真，还真是不容易啊。好在观众是自己的两个徒弟，就算看破了什么，大概也不敢说吧。

走到洞府之外的时候，玉鼎真人整个感觉都要虚脱了。他一只手扶着岩壁，另一只手捂着胸口重重地喘，无奈地叹道："刚刚那话是不是说太大了？我去质问那猴子……"

好一会儿他都没缓过来，只得重重甩了甩头道："没办法，为了两个宝贝徒弟，走一遭吧。量那猴子也得给我几分薄面，不敢把我怎么样。"

正当此时，山羊精杨显快步迎面走来，见了玉鼎真人，他简单地拱了拱手。

"干吗呢？"玉鼎真人伸手将他拦了下来。

"有份西牛贺洲的急报要交给二爷。"

"拿来我先看看。"说着，玉鼎真人已经伸出手去。

杨显朝洞府里望了望，犹豫着该不该给。

还没等杨显想清楚，玉鼎真人已经一把将它夺了过来，翻开一看："西牛贺洲妖军异常调动！"

此时，西牛贺洲，狮狔国。

数十艘战舰悬空，大批的物资被从战舰上卸下来。沿着狭长的山道，无数的妖怪正在将这些物资往狮狔国那依山而建的城池里搬。

"先祝……我们结盟愉快。"大殿中，鹏魔王举起酒杯遥敬九头虫。

对面，九头虫与万圣公主并肩而坐。九头虫凝视着眼前的酒杯，似乎还在犹豫着什么。

万圣公主轻轻挽住九头虫的胳膊。

两人对视一眼，九头虫淡淡叹了口气，伸手举起酒杯。

"这就对了嘛！"狮狔王哈哈大笑起来，"虽说现在已经基本确定不是大圣爷了，但那个什么六耳猕猴，也是一样危险。我们现在都是一条绳子上的蚂蚱，谁没了谁，都是死路一条！"

"来！干了这杯酒，以后大家就是兄弟了，要共同进退！"

三个妖王通通站了起来。

九头虫深深吸了口气，也跟着站了起来。

一饮而尽。

门外，两只小妖正偷偷议论着。

那年幼的问年长的："碧波潭不是跟我们狮狔国不相往来的吗？怎么忽然都搬了过来？"

"因为我们这里比较安全。"

"安全？"

"别问那么多，知道太多了死得快。"那年长一点的小妖懒懒地瞪了对方一眼。

"报——！"

正当此时，一只妖怪匆匆从殿外进来，跪地道："启禀诸位大王，多目怪派了特使前来，说有要事相商！"

一时间，在场的所有人面面相觑。

第六百七十八章

礼尚往来

殿内宴席用的酒肉被迅速撤走了，三个妖王连带九头虫一个个端坐殿内。

原本热烈的气氛一下荡然无存。

猬狨王摸着下巴叹道："多少年都没打过交道，他怎么忽然就派人过来了？"

"这还用说吗？"一旁的狮猊王哼笑道，"肯定也是收到风声了。六耳猕猴出世，那猴子的另一个魂魄出来了，而且还嗜血吸精……就凭他多目怪那点实力，万一被盯上，怕是连渣都不会剩，逃跑的机会都不会有啊。他怎么能不忧心？"

说着，狮猊王还意味深长地瞧了九头虫一眼，似乎在暗示着九头虫与他们结盟的正确性。

由始至终，九头虫却只是双眉紧蹙，似乎在疑惑着什么。

"要我说，当初花果山分裂出来的各派系，就数多目怪这一支最鬼。这些年，他们几乎不与任何一个派系起冲突，操练却又频繁，似乎一直都在备战。也不知道打的什么主意。"鹏魔王抚摩着桌案上的雕纹，悠悠叹道，"一会儿我来应付特使，你们暂且别开口。"

"明白。"

"知道了。"

两个妖王当即应和，九头虫依旧一动不动地端坐着。

"特使到——！"一声吆喝传来。大门外，远远地便出现了三个人影。为首的，正是多目怪本人。

只一眼，鹏魔王的眼睛已经眯成了一条缝。

“居然亲自来了，还真是好胆识啊。”

在场的众人皆是面面相觑。

多目怪抬腿跨过门槛的瞬间，目光落到了九头虫的身上，那身形顿时微微一顿。

片刻的迟疑之后，他淡淡地笑了出来，道：“九头将军也在啊？”

说着，他一步步地走上殿来。身后的两只小妖捧着三个盒子紧紧地跟着。

一路上，几个妖王饶有兴致地瞧着多目怪，那目光之中不但不友好，甚至还有一丝丝戏谑，就像看着一条主动掉到自己砧板上的鱼一般。

在这狮狔国，他们三个联起手来，加上外面的大批妖军，多目怪怕是连跑的机会都没有。

九头虫也不搭话，只是依旧一动不动地坐着，连看都没有看多目怪一眼，就像他由始至终都不存在一般。

见九头虫连招呼都不想打，鹏魔王深深吸了口气，接过话茬来，轻声道：“九头将军到我这里来做客，有问题吗？”

“当然没问题。”多目怪自动略去九头虫的冷淡，站到了大殿正中远远地朝着众人拱手道，“我等本属同僚，多多走动本就应该。这些年，卑职也是公事繁忙，才没过来拜会诸位大王。还请诸位恕罪。”

鹏魔王轻轻摆了摆手。

守在边上的几只小妖当即为多目怪取来了坐垫、矮桌，连带还在矮桌上沏好了一壶茶，满上了热腾腾的一杯。

多目怪振了振衣袖，盘腿坐了下去。那两只小妖一左一右地站着。

待多目怪坐定，鹏魔王悠悠叹道：“想想当初在花果山，我们几个，都只算是外臣。多目大人嘛，则是大圣爷身边的红人，连齐天宫的布防，都有一半是由多目大人亲手操办的。真要论起来，多目大人的位置可比我们高多了。这一口一个‘卑职’，我等可实在担不起啊。”

闻言，多目怪淡淡笑了笑，道：“魔王说笑了，那都是过去的事，不提也罢。此次前来，多目其实是有事相求。”

说着，多目怪轻轻一摆手，身后的两只小妖将抱在怀中的三个盒子都放到矮桌上。

紧接着，多目怪便自顾自地伸手去掀盖子。

“有事相求？”鹏魔王微微直起腰杆，饶有兴致地瞧着多目怪，“怎么说？”

“结盟。”

“结盟？”

一听这话，狮狏王当即眉开眼笑，似乎很为自己的未卜先知而得意。猸狨王一脸的无所谓。至于九头虫，那眉头却微微蹙了起来。

鹏魔王缓缓地盘起了手，随口问道：“为何结盟？”

“这还不是众所周知的事情吗？”多目怪尴尬地笑了笑，道：“六耳猕猴现世，我等不像天庭那样有三清坐镇，又没有南天门天险。说实在的，卑职心中自从知道了这个消息之后，很是忐忑，昼夜不能安寝啊。”

“哦？”鹏魔王悠悠地瞧着多目怪。

此时，多目怪已经将那三个带来的盒子悉数打开了，里面的三件东西被悉数摆到了矮桌上。

分别是一把精巧的匕首，一粒不知道什么功效的灵丹，一块刻满了各种符文法阵的灵石。

这三件，一看就不是凡品，虽说对几个妖王来说也算不上什么珍稀的宝贝，但好歹是一份拿得出手的礼物。

“这，算是本次结盟卑职为诸位大王送上的一点薄礼，还请笑纳。”

三个妖王瞧着桌上的三件礼物，面面相觑。

多目怪转过脸，又朝着九头虫拱了拱手道：“卑职不知道九头将军也在这里，少备了一份，日后必定补上。”

“无须多礼。”九头虫简单地回了个礼。他转过脸，朝着鹏魔王望了过去。

一个声音在鹏魔王的脑海中响起了。

“他真的需要以这个理由，带着礼物来和我们结盟吗？”

“虽说现在已经证实对方不是那猴子，不过，他的另一个灵魂也同样危险。”鹏魔王默默回应道，“多目怪虽说经营多年，但实力到底比不上我狮狏国，想要结盟以求自保，也很正常。”

“恐怕未必吧。”九头虫继续用传音道，“六耳猕猴实力深不可测不假，但多目怪可和我们不同。据我所知，他在车迟国已经和大圣爷打过照面。虽说挨了几个巴掌，但若真想躲，躲到大圣爷身边，岂不是比跟我们结盟更有利？又何必卑躬屈膝，带着礼物上门来看我等脸色？”

听他这么一说，鹏魔王顿时微微一惊，眼睛瞪大了些许。

好一会儿，他回应道：“看看情况吧，也许有什么原因也说不定。这里是狮狏国，有我们几个坐镇，还怕他翻出朵花来不成？要是他敢耍什么花样，就叫他有来无回！”

闻言，九头虫默默点了点头。

正当九头虫与鹏魔王暗地里商量之时，多目怪已经将三件礼物都交到了其中一只小妖手中，示意他交给距离自己最近的猲狨王。

“区区薄礼，一共三份，每位大王一份，还请猲狨王先选。”

“我先选？”猲狨王一下笑了出来，有些吃惊于多目怪的这个决定。

接到了命令，那小妖端着三件礼物便朝着猲狨王走了过来。

这下猲狨王笑得更欢了：“这怎么好意思呢？一共就三件，论排行，这里我最小，我先选，这不太好吧？哈哈哈哈。”

话是这么说，眼看着那小妖距离自己越来越近，猲狨王已经撑起身子伸出手去了，目光在狮狏王和鹏魔王之间来回转换，乐不可支。

多目怪轻声笑道：“没关系，若是到时候选中了一样的，稍后，多目再献上一份便是了。”

“明明可以不与我们结盟，这多目怪为何要找着理由跟我们结盟呢？”

此时，鹏魔王和九头虫的注意力已经全到了多目怪身上。猲狨王则是乐开了花，一旁的狮狏王一脸的无趣。

时间一点一点地流逝着。

多目怪看上去依旧笑容可掬。他伸手取出了两份盟书，交到了另一只小妖手上，示意他将盟书送给鹏魔王查看。

此时此刻，在场的，所有人的注意力几乎都在他的身上。除了猲狨王之外几乎没有人在意，那另一只小妖端着三件礼物，已经一步步走过了长达五丈的间隔。

猬狨王憨笑着起身去接。

就在猬狨王双手碰触到盛着三件礼物的盘子时，诡异的事情发生了。

只见那小妖忽然双手一松，手中的盘子跌落在地。

还没等在场的，包括猬狨王在内的众妖王反应过来，那小妖已经伸出一只手死死地扣住猬狨王的手腕。

那速度之快，足以让在场的妖王们目瞪口呆。

然而，猬狨王连惊叹的机会都没有了。还没等他缓过神来，那小妖的另一只手已经以迅雷不及掩耳之势扼住了猬狨王的咽喉，让他一句话都说不出来！

“有诈！”回过神来的鹏魔王猛地暴喝一声，掀翻了桌子，方天画戟已在手中。

狮狔王与九头虫几乎同时反应过来，迅速暴起。

一时间，强大的灵力汇聚，大殿之内狂风骤起，将一切吹得七歪八倒。

那早有准备的多目怪也迅速亮出了藏在袖中的长剑，做好了迎战准备。

还没等双方正式动手，只见那制住猬狨王的小妖已经强拖着猬狨王退到多目怪身旁。他笑嘻嘻地环视着其他三个妖王道：“说了是来结盟了，我方的礼物已经送上。来而不往非礼也，猬狨王就算是你们的礼物吧。我们……收下了。啊哈哈哈哈……”

狂笑声中，只见那小妖身形一晃，化出了一张猴脸。

狮狔王一下呆住了：“你是……大圣爷？”

“不对，他是六耳猕猴！”鹏魔王猛地尖啸了出来。

第六百七十九章

取　代

“六……六耳猕猴？”猬狨王呆呆地睁大了眼睛，几乎浑身都在颤抖，汗如雨下。

“就是我，怎么啦？”六耳猕猴轻轻地在猬狨王的耳边呵了一口气，扼着咽喉的手稍稍用力，“见到我，是不是很开心啊？哈哈哈哈。”

那尖厉刺耳的笑声在大殿中缓缓回荡着。

鹏魔王瞪圆了眼睛，握着方天画戟的手微微颤抖：“上！”

“上？”狮狔王一脸的错愕，“六弟还在他手里……”

“这家伙会吸精的，再不动手就迟了！”只听一声暴喝，鹏魔王手中的方天画戟飞出，瞬间带起的强劲气流朝着四周席卷而去，竟在坚硬的地面上留下了一条清晰的裂痕。

与此同时，狮狔王也咬着牙，挥舞着九环大刀朝六耳猕猴冲了过去。

三人之中，唯独九头虫还站着。他瞪大眼睛，有些错愕地望着面色如常的多目怪。

电光火石之间，鹏魔王的方天画戟已经刺到了距离六耳猕猴不到三尺的距离。六耳猕猴重重一膝顶在猬狨王的腘窝上。一下子，猬狨王单膝跪了下去，那额头正好对上鹏魔王的戟尖！

这一瞬间，狮狔王猛地一惊，连冲刺的步伐都稍稍慢了些许。被当成盾牌的猬狨王更是脑海一片空白。

然而，出乎意料的一幕发生了。

鹏魔王不但没有收势，反而眉头一蹙，催动劲力。一瞬间，戟尖处飞速旋转，丝丝白光炸响，穿刺而来的方天画戟飞绞着朝猬狨王的眉心处刺来。

狮狔王已经整个惊呆了。

千钧一发之际，六耳猕猴用力一扯，自己连同被他如同木偶般操弄的猬狨王一起闪到了一边，与穿刺的鹏魔王擦肩而过。

不过，这一招还远没到结束的时候。

就在二者交错而过的瞬间，鹏魔王一对巨大的羽翼猛地撑开，强行降低了自己的速度，如同羽箭一般的方天画戟被硬生生扯了回来，凌空就是一个半月斩——同样的，丝毫没有顾及猬狨王性命的意思，甚至这一斩直接就是对着猬狨王的脖子去的，只因在那同一轨迹上，是六耳猕猴的额头。

狮狔王已经彻底傻眼了，甚至连出招都忘了。

“这可是我的‘食物’。”六耳猕猴低声唾了一口，扯着猬狨王猛地后撤，一下离开了方天画戟的攻击范围。

第二击，又落空了。

还没等鹏魔王缓过神来，六耳猕猴已经带着自己的俘虏，纵身化作一道闪电冲破头顶的屋瓦，飞了出去！

“还在等什么？”还没站定，鹏魔王便扭头对呆愣当场的狮狔王怒吼道，“他是来吸精气的！等他吸了老六就晚了！”

狮狔王如梦方醒。

话音未落，鹏魔王已经纵身一跃，跟着六耳猕猴冲了出去。

狮狔王咬了咬牙，也只好跟了出去。

“集结所有部队，快！只要能动的通通集结！”

几位妖将操着兵器，带着自己的部将从门前冲了过去。

一时间，外面一阵嘈杂，嘶吼声、惨叫声、刀剑轰鸣之声、建筑倒塌之声，声声不绝。

大殿内，多目怪与九头虫静静对视着。

“啊哈哈哈！来啊！来啊！再多点！再多点！”

拥挤的建筑群中，无数的妖怪齐聚，肩并肩，肘并肘。然而，六耳猕猴扼着猬狨王，却通行无阻。

他可以带着猬狨王如同一只巨大的跳蚤一般一跃飞起几十丈高，又可以如同鬼魅一般瞬间消失无踪。无论妖将还是小妖，在他的面前都是如同泡沫一般的存在，举手投足之间，便是血肉横飞。

那身后，两个妖王紧紧地追着，一道接一道气劲破空而出，绞碎了沿途所有的一切，包括他们自己的部属。

一栋接一栋的房舍，乃至于各种堡垒都在这突如其来的激战中摧枯拉朽地崩坏，沙尘夹杂着恐慌迅速扩散到了狮狔国的每一个角落。

就在整个狮狔国如同沸水般炸了锅时，作为战斗起始点的大殿，却寂静得让人难以置信。

一阵狂风掠过，一片瓦顺着六耳猕猴冲出的缺口掉落在九头虫脚边，碎了一地。

狼藉的大殿内，九头虫半眯着眼睛凝视着对方，多目怪却只是轻蔑地笑着。

“你这是什么意思？你已经投靠六耳猕猴了？”

“什么六耳猕猴？”多目怪轻轻捋了捋衣袖，轻笑道，“都说了，是两个灵魂。谁又说得清哪个才是原本的大圣爷呢？”

九头虫的眼角微微抽了抽，攥紧了拳头，依旧死死地盯着对方。

“也许两个都是，也许……两个都不是。不过，这不重要。重要的是谁能复兴花果山。”多目怪淡淡叹了口气，轻声道，“我多目，忠的是花果山的基业，忠的是齐天宫的权威。谁能振兴妖族，谁，就是我多目的大圣爷。”

九头虫的拳头已经攥得噼啪作响，然而，他依旧没有动手。他的目光微微闪烁着，似乎在意着自己身后的什么。

顺着他注意力的方向，多目怪看到在不远处的屏风后，微微露出的一条杏黄色的丝带。

他蹙着眉头轻叹道：“这个屏风真不错，刚刚那么大动静，居然也没倒。”

话音未落，九头虫已经跨了一步，准确无误地挡到多目怪与屏风之间，瞪大了眼睛怒斥道：“你想干什么！”

多目怪瞧着九头虫那紧张的模样，忍不住一下哼笑了出来。

“你笑什么！”九头虫又猛地吼道。

“没什么。”多目怪握着手中长剑随手划了两下，道，“‘温柔乡，英雄冢。’这句话果真不假。当日九头将军可是我花果山大圣爷麾下第一猛将，可惜啊……区区一个女子，便将你锁得死死的，连一点大丈夫的样子都没有了，何谈争雄三界？”

九头虫的牙齿已经咬得咯咯响了，然而，却依旧没有动手。

如果单论实力，多目怪是无论如何无法与九头虫相提并论的。但……那屏风后的，是万圣公主。一旦九头虫选择错误，那后果，将是他，以及碧波潭一脉上下所无法承担的……

“九头将军。”多目怪注视着拿捏不定的九头虫，悠悠笑道，“动手与否，等门外决出胜负再定也不迟啊。我等，不如就坐下来继续喝茶，可好？”

高耸的塔楼如同折断的木棍一般轰然倒塌，掀起的砂石如同巨浪一般朝着四周席卷而去，瞬间将六耳猕猴及大批闪避不及的妖军直接吞噬其中。

几乎没有丝毫犹豫，匆匆赶来的鹏魔王手持方天画戟纵身跃入沙尘之中，下一刻，他震动双翅，将弥漫的烟尘顷刻间吹散了。

然而，那沙尘之下露出来的仅仅是碎石，仅仅是惨叫不断的妖兵，并没有他要找的人。

一时间，鹏魔王慌了。

狮狔王从天而降，稳稳地落到鹏魔王身旁。还没等他开口，鹏魔王已经猛地嘶吼道：“快！把他找出来！立即！”

叱喝之下，那些小妖已经顾不得浑身上下的伤口，一个个连滚带爬，如同潮水一般从鹏魔王的身边退去。

更多的妖军还在赶来，铺天盖地，然而，又有什么用呢？

“不对啊。”狮狔王握着九环大刀，那目光微微闪烁着，低声喃喃自语道，“他隐匿灵力很正常，可是老六的灵力呢？老六也隐匿灵力了吗？”

鹏魔王没有回答，他依旧站在原地，瞪大了眼睛细细地扫视着四周。

一粒豆大的汗珠顺着羽毛缓缓滑落。

一瞬间，狮狔王的汗毛都竖起来了，手脚都不由得软了一下。那神色之中布满了两个字——“恐惧”。

连猽狨王的气息都感觉不到，唯一的解释，就是……猽狨王已经被吃了……

“他在那里——！”

一声尖啸传来，鹏魔王猛地一惊，连忙回过头去。

只见那身后，残墙之上，六耳猕猴正懒懒地坐着，低头瞧着狮狔王和鹏魔王，嬉笑着。

一刹那，狮狔王抡起九环大刀就要冲上去。可还没等他迈开步子，鹏魔王却已经伸出一只手将他拦了下来。

狮狔王侧过脸，有些不明所以地看向鹏魔王。顺着鹏魔王的目光，他很快看到六耳猕猴的身旁，那碎石堆上，有一堆散乱的猴毛，细看之下，竟发现那是一具干尸！

一时间，两个妖王毛骨悚然！

鹏魔王压低声音道：“他敢主动出来，说明……我们已经没胜算了……”

狮狔王猛地呆了一下，脑海之中一片空白。

无数的妖怪还在向这里拥来，甚至连战舰都开了过来，铺天盖地。

转眼之间，这里已经被团团围住。放眼望去，黑压压一片，几乎每一个角落里都站满了妖怪，天空中更是密密麻麻如同乌云一般将一切都盖住了。

然而，多达十万的妖军，却安静得好像不存在一般。所有的眼睛都在注视着位于包围圈中心的鹏魔王，等着他一声令下。

可是这个命令，鹏魔王真的敢下吗？

他一动不动地站着，静静地注视着位于前方残墙之上如同地痞流氓一般的六耳猕猴，气氛压抑得让人说不出话来。

六耳猕猴静静地坐着，饶有兴致地打量着四周，打量着鹏魔王。由始至终，那脸上都挂着笑容。

时间一点一滴地流逝，渐渐地，几乎所有人都从这张人畜无害的笑脸上读出了恐怖的意味。

包围圈微微往外扩了一圈。

“刚刚我们说什么来着？哦，对，说到结盟。”六耳猕猴懒懒地望着天，轻声叹道，“看上去你们不太同意啊，既然这样，那就算了吧。不结盟了。”

鹏魔王的心顿时微微一颤。

狮狔王咽了口唾沫，稍稍往后挪了一步。

此时此刻，六耳猕猴的气息，正以一种匪夷所思的速度提升着，在场的每一只妖怪都可以亲身感受到。

那一张张脸上的神情，正从错愕变成惊恐，再变成彻彻底底的骇然。

然而，六耳猕猴的气息还在不断攀升，仿佛没有止境一般。

“改为投靠吧，你们投靠我。”六耳猕猴低下头，脸色一变，冷冷地注视着鹏魔王道，“从今天开始，我就是齐天大圣——孙悟空！都听明白了吗？”

所有人都在静静地注视着鹏魔王。

鹏魔王犹豫了许久，缓缓放下了手中的方天画戟，单膝跪地，吼道：“末将参见大圣爷！”

下一刻，整个狮犵国都响起了惊天动地的呼喊声：“参见大圣爷！”

听着殿外如同浪潮一般的呼喊声，九头虫微微颤抖着端起了茶杯，拱手道：“往后，还请多目兄多多照拂。”

“好说，好说。”多目怪淡淡笑了笑，端起茶杯礼貌性地回敬，轻轻抿了一口，道，“大家都是同僚。妖族的未来，还需要你我共同拼搏。”

夜袭昆仑

第六百八十章

孺子不可教

无论何时，三界都像一个巨大的棋局一般。

万物在这棋盘之上繁衍、挣扎、厮杀，或兴起，或凋零。个中的酸甜苦辣，也许就连那当事者也未必说得清吧。

每一个生灵，既是这棋盘上的棋子，同时却又可以是那下棋的人——只要你的实力够强，便可以让整个三界绕着你来转。

在影响三界的力量中，有单纯的战力，有单纯的谋略，更有一种称之为“名望”的东西。“万妖之王——齐天大圣孙悟空”这个名号，显然就具备了这个特质。

每一只妖怪都应该臣服在这面旗帜之下，不管他愿意与否。这就像万物向往阳光一样的，是铁一般的定律。

它不同于佛门的若即若离，不同于天庭的管控与平衡，在几乎所有人眼中，它代表的是杀戮，是清洗，是无边无际的妖海，是遮天蔽日的舰队——那是六百多年前的那场惊天大战给这个世界留下的，永恒的阴影。

单单这个名号，便已经足够让整个天庭，甚至整个道门坐立不安了。

好在猴子并没打算拿天庭开刀，从某种角度来说，从五行山下爬出来的那只猴子，早已经不是原本的那只。他甚至由头到尾都没将原本的死敌天庭，以及道门当成自己真正的对手。在他心目中，对手始终只有一个——西方如来。

也正因此，即使在猴子现世之后，三界还依旧维持着原有的某种平衡。但现在，情况变了。

“万妖之王——齐天大圣”有了新的人选……

当接到狮犵国巨变的消息时，玉帝的脸色隐隐有些难看了。虽说情绪上几乎没有什么波动，但那是因为早在出事之前，李靖便已经向他上报了这种情况发生的可能。

玉帝呆呆地坐在御书房中，握着李靖的奏折，望着窗外久久地叹息着。

“接下来，该怎么做？”

“臣以为，什么都不要做。”

“什么都不要做？”

“对。”

玉帝缓缓地侧过脸，轻声问道：“也不……将这个消息转传那正在西行的妖猴吗？”

“不需要，那妖猴虽说不比当年，但普天之下，忠于他的妖怪，依旧不少。很快，就会有人提醒他的。如今那六耳猕猴篡夺了妖猴原本的位置，两猴相争的态势已然形成。在原本考虑的诸多种情况之中，这是对我天庭最有利的。即便要出手，也不应该是时下。”

李靖微微顿了顿，接着说道：“每一个猴群中，都只会有一只猴王。除了猴王之外，其余的猴子，要么俯首称臣，要么被赶尽杀绝。这两只猴子虽说原本是一个人，可事实是，他们已经变成了两个。而且，依照性格，都不可能俯首称臣。既然如此，谁来当这个猴王，恐怕就不是用嘴巴可以解决的问题了。即将到来的，必然是一场惊天大战。与六百多年前不同的是，这一次，是妖族的内战。此时此刻，我天庭自当置身事外，保存实力，在适当的时候……可以帮落了下风的一方一把，以求两败俱伤。”

玉帝望着窗外院中微微颤动的枝丫，深深吸了口气，轻叹道：“明白了。从即日起，关闭南天门，停止巡视凡间，以免……卷入其中。”

“诺！”

狮犵国巨变的消息如同雪片般迅速传遍了三界。

最先收到风声的，无疑是一直监控着事态发展的佛门。其次，则是拥有着三界仅次于佛门情报系统的天庭。再往后的其他势力，虽说也有察觉，却远没有这两派知道得清楚。

此时，求法国。

清晨，下了两天的雨刚刚才停。大街上四处都是积水，一阵清风吹过便带起无限的凉意。

在街边的小摊档，猴子与玉鼎真人碰了头。

由于其中一桌坐了这么两个，今天原本热闹的摊档空荡荡的，连一个食客都没有。就连大街上的行人也警惕地躲远了。

档主恨得牙痒痒。不过，猴子和玉鼎真人可管不了那么多，依旧自顾自地大眼瞪小眼。

“您是说，婵儿她生气了？”

“对。”玉鼎真人重重地点了点头，想了想，又猛地摇头，“何止生气啊，兄妹俩都快动刀子了。你说我这当师父的容易吗我？要不是闹到这步田地，我好歹是他们的师父，怎么可能跑来当跑腿的呢？”

闻言，猴子顿时沉默了，低着头，一动不动的坐着。

玉鼎真人看了一眼站在猴子身后的猕猴王和天蓬，接着说道：“不是我说你，出来这么久了，你怎么就没想过去华山一趟呢？你这样……我就是想在那丫头面前给你说好话，也说不出口啊。”

“谢谢师父美言。”猴子忽然深深鞠了一躬。

他这一鞠躬，玉鼎真人顿时愣住了：“你……你刚刚叫我啥？”

“师父。”猴子眨巴着眼睛看着玉鼎真人，道，“您是婵儿的师父，也便是我的师父。她说了，要像对待自己的父亲一样对待您，我一直记着。”

闻言，玉鼎真人一下有些蒙了。那嘴角忍不住上扬，似是想笑，却又似乎觉得这严肃的场合不太适合笑，连忙将那笑意收了回去。

他沉默了好一会儿，轻声叹道：“你们都是好孩子，我不受师兄弟待见，没想到却受你们这帮晚辈待见啊……也不枉我帮你说的那些好话了。不过，这件事你究竟是怎么想的？”

“我、我就是想着，等扳倒了如来，就去接她……”

“那要是扳不倒呢，就不接了吗？”

“扳不倒，接她，那不就是害她吗？”

闻言，玉鼎真人长长地嘘了口气，蹙着眉头，看着猴子。猴子被他看得都有些疑惑了，连忙说道："我这样想难道不对吗？当日花果山发生的事情，大家都看到了……就我和佛门那样的关系，谁跟我扯上，都要倒霉。难道明知道有危险，我还去见她吗？"

"那你为什么见清心呢？"玉鼎真人面无表情地问道。

被他这么一问，猴子又沉默了。

玉鼎真人深深吸了口气，轻叹道："你啊……我们认识有八百年了吧？"

"有……"

玉鼎真人微微顿了顿，接着说道："八百多年了，从你第一次去昆仑山的时候，我们就认识了。那时候，你才纳神境。那修为，摆在昆仑山也就是个垫底的。莫说灵霄宝殿了，就是天蓬麾下一支负责征兵的小部队，都可以撵得你到处跑。他们说你是穷凶极恶的妖怪，不过，我一直不那么认为。"

猴子微微抬头看着玉鼎真人，宛如一个受教的学生。

"为什么不那么认为，其实我也说不清。反正，感觉吧……感觉，你就不是什么穷凶极恶之徒。也算不上什么好人，但坏，肯定也坏不到哪里去。只是没想到，那时候的你，心里就已经藏了那么多事了……呵呵，我算是看着你长大的，我说的话，对你应该还是有点用处的。"

猴子默默点了点头。

玉鼎真人抿着唇，又接着说道："你这个人，什么事都想尽善尽美。就说刚开始那会儿吧，你一心想着复活你的雀儿，觉得什么事都没你的雀儿重要。可是结果呢？"

还没等猴子回答，旁边走过来几个修士，远远地跟玉鼎真人打招呼。

见状，玉鼎真人连忙拱手道："路过，路过而已，一会儿就走。"

说着，他又半眯着眼睛看向猴子，道："老实说，你真的很强。论毅力，在我所认识的人当中，包括诸多大能在内，你都能排得上前三。一只猴子，愣是在天庭控制的三界里折腾出了自己的一番天地，甚至一度君临三界。这是谁都不敢想的，你却做到了。就因为你心中有执念，所以，谁都挡不住你。可是……你这执念，却也有它的坏处。恰恰是因为它，你错失了昔日的风铃，而她，就是你一直在找的雀儿。

"事情发展到今日，你依旧是这种想法，想着尽善尽美。其实，还是跟原来一个路子。‘所有的事情都应该放到复活了雀儿之后再谈。’跟‘所有的事情都应该放到扳倒了如来之后再谈。’，你听听，这两句话何其相似啊。到头来，不过是让你又错失了更多罢了。有时候，活着，真不能这么活。你明白我的意思吗？”

猴子呆呆地盯着玉鼎真人想了好一会儿，重重地点头。

“真明白了？”

“真明白。”

“那你接下来准备怎么办？”

“扳倒如来之后第一时间去接婵儿。”

闻言，玉鼎真人一拍脑门，不看他了。

他默默地端起身旁的水壶，给自己满上了一杯水，然后一饮而尽。

他长长地舒了口气，又扭过头看着猴子，冷哼一声：“这叫明白？”

“那不然怎么办？”猴子两手一摊。

玉鼎真人顿时气不打一处来，猛地叱道：“你先去见一面不行吗？把事情说清楚会死吗？还是你觉得劳烦我老人家来回跑很有意思啊？”

玉鼎真人指着猴子，咬牙哼道：“孺子不可教也！”

说罢，他把一块玉简拍在桌上，拂袖而去。只留下猴子干坐着，呆呆地眨巴着眼睛。

大街上人来人往，却又都和这里站着的几个人时刻保持距离，留出了一片真空地带；如同一座孤岛一般。

正当猴子愁眉不展之际，他忽然微微一愣，低头从腰间摸出了另一块玉简，贴到唇边。

玉简的另一端传来吕六拐的呼喊声：“大圣爷！不好了，鹏魔王、狮[illegible]王，还有九头虫和多目怪，通通都投靠了六耳猕猴了！”

第六百八十一章

“坐山观虎斗”

听到这个消息的瞬间，猴子感觉“嗡”的一下，脑海中一片空白，竟有些反应不过来。

“如果估计的没错，应该是多目怪主导的，他们……他们现在已经打出了大圣爷您的旗号，说六耳猕猴才是真正的大圣爷，要三界妖族通通归附。还准备要定都花果山……大圣爷，不是说六耳猕猴是佛门拉回来的吗？会不会多目怪也已经投靠了佛门？这应该不可能啊。这么多年了，他一直与佛门不共戴天，怎么可能忽然间说投靠就投靠呢？一定，一定是什么地方搞错了……”

玉简另一端，吕六拐喋喋不休地讲着，那声音从一开始的急切，到后面渐渐变得支支吾吾的。显然，他也慌了神了。

猴子眨巴着眼睛，好半天，才憋出一句话来：“你先别慌。”

“大圣爷，这件事非同小可啊。多目怪想用那六耳猕猴取代大圣爷您，这……”

“你觉得有可能吗？”猴子一下喝断了吕六拐的话。

一时间，玉简的另一端沉默了。

不只是那一端沉默了，连猴子也沉默了。一种让人无比心虚的沉默。

没有人说破，但几乎同一时间，玉简的两端，两个人都意识到了一个共同的事实。那就是——有可能。

一体的两个灵魂，不分主次，其中一个被天劫收去了，另一个逃了。现在，被收去的那个灵魂又回来了，拥有了另一个身体……

谁又能说得清哪一个才是真正的齐天大圣孙悟空呢？

猴子顿时有些蒙了。

从得知六耳猕猴现世的第一天起，他便知道自己的危机到了。佛门这时候将自己的另一个魂魄放出来，肯定是为了给西行下绊子。他甚至设想过六耳猕猴彻底成为佛门的打手，站到自己的对立面去。

可是……猴子做梦也没想到，策动这一切的，居然是多目怪？目的居然是“取代”自己？

猴子沉默了许久，轻声问道：“你刚刚说，哪几个投靠六耳猕猴了？”

“多目怪、狮狔国的三个，还有九头虫。”

“九头虫……”闻言，猴子竟忽然有一种啼笑皆非的感觉。

虽说自己对昔日花果山的王座早已不贪恋了，但是一夜之间，整个妖族竟超过一半以上倒向了另一边……狮狔国那三个就算了，多目怪也就罢了，居然连九头虫也是如此。

冷不防地，猴子一拳重重砸在长桌上。只听“咣”的一声巨响，那长桌当即断成两截。一时间，四周的路人都朝这里望了过来。不远处的摊档主更是吓得抱着脑袋缩成一团。

就连远处正照看着玄奘的黑熊精和卷帘也都望了过来。

“除了你刚刚说的之外，他们还做了什么？”

“他们现在全聚在狮狔国，具体的，还……还不太清楚，臣也是刚刚收到确凿消息。”

“密切查探他们的动向，及时禀报！”说罢，还没等吕六拐回答，猴子已经掐断了联系，攥着拳头坐在街边的长椅上哼哼地笑了起来。

见状，天蓬开口问道：“怎么啦？”

“没什么。”

“没什么？”天蓬意味深长地瞧着猴子。

两人就这么沉默着，好一会儿，猴子才抿着唇说道：“那个六耳猕猴，下落已经知道了。”

“在哪里？”

“狮狔国。”

“狮狔国？”

“对。”猴子闭着眼睛，低着头，哼笑道，“反了，全反了。六耳猕猴不知道怎么，居然和多目怪搞到了一起。”

“就是我们在车迟国见到的那个多目怪？”

“是啊。就是那个‘忠贞不二’、冒死上谏的多目怪。”猴子悠悠长叹道，“他居然想用六耳猕猴取代我……更奇葩的是，狮犵国的那三只妖怪也就算了，九头虫居然也加入他们了。”

闻言，天蓬竟一下笑了出来。

“你笑什么？”猴子一下瞪圆了眼睛。

“没什么。”天蓬稍稍收了收神，轻笑道，“只是想起了以前天河水军的一些事情罢了。”

“啊？”

“都是不相干的事情。”天蓬深深吸了口气，轻叹道，“你现在打算怎么办？去杀了他们？”

望着不远处窝在街角摆弄行囊的玄奘，猴子龇着牙，似乎有些拿捏不定。

“我去走一趟的话，这里的事情你们能摆平吗？”

“那得看谁来了。”

“例如，忽然来一个我这样的？”

天蓬缓缓摇了摇头。

猴子远远地注视着玄奘，深深吸了口气，轻声道：“被人取代，肯定是会很不舒服。虽说早就不贪恋什么万妖之王的名号，但是……还是会不舒服。很不舒服……当然，也只是不舒服而已。他就算统一了妖族，又如何？六百多年前的妖族就是统一的，还不是输得一败涂地？”

天蓬默默地注视着猴子。

“我不知道那个六耳猕猴现在处于什么状态，记忆究竟还有多少，怎么会被多目怪利用。但……只要他了解清楚以前的事情，他一定会主动来找我的。当然，也可能不是来找我，而是来抢玄奘法师。这个身份，想要好好的活下去，只有一条路可以走，那就是扳倒如来！”

说罢，猴子撑着膝盖缓缓地站了起来，清叱道：“猕猴王！”

闻言，一直站在一旁的猕猴王当即躬身拱手道：“末将在！”

“你怎么想？”

“末将……末将只认您。”

“行，你现在立即去找吕六拐，辅助他，查清事情的来龙去脉。最好……能摸清六耳猕猴的底。还有，将大军都调集到华山附近去。”说着，猴子伸手掏出一块玉简丢了过去，“如有异动，即刻来报！”

猕猴王接过猴子的玉简，稍稍犹豫了一下，重重一拳砸在胸甲上，高声答道：“诺！”

说罢，他转身腾空而起，朝着南赡部洲的方向飞去。

天蓬望着猕猴王远去的背影，轻声问道：“怕六耳猕猴对杨婵出手？”

“清心暂时是安全的，我就只剩下这个死穴了。不防华山防哪里！”

说着，猴子低下头注视着自己手中的玉简。

另一块玉简，应该在杨婵手中……还是等熬过这一关再说吧。

想着，他将玉简收入了怀中。

此时，正当对局势一无所知的玉鼎真人还在路上磨磨蹭蹭的时候，无数的生灵已经从四面八方运到了狮狏国。

与多目怪麾下少而精的军力不同，狮狏国延续了当初六妖王的经营传统。这里龙蛇混杂，什么妖怪都有，大部分都缺乏训练，平均实力比之其他妖军也不如，但贵在数量众多。这样的构成，在替六耳猕猴搜罗鲜血和精气方面，无疑是极为得力的。

刚刚“吃”了猬狨王，力量已经得到极大提升的六耳猕猴很快又饱餐了一顿，狮狏国庞大的校场都快被他变成乱葬岗了。

这一幕，看得众妖王一个个心惊胆战，因为谁也不知道什么时候这待遇会落到自己头上。

出于这个忧虑，鹏魔王甚至将自己一部分实力不济的下属都“献”了出来。

在校场上的尸体都堆成了小山之后，六耳猕猴才心满意足地腾空而起，落到大殿前。

多目怪当即迎了上去，躬身道：“大圣爷，怎么样了？”

六耳猕猴稍稍活动了两下筋骨，随口答道：“精气暂时是够了，再多，似乎也没什么效果。血……似乎还有欠缺。”

“臣立即让他们再去搜罗！”

“免了。”

“免了？”

听到这句话的时候，站在多目怪身后的鹏魔王、狮狔王，以及九头虫都不由得微微一惊。

六耳猕猴瞧着他们那模样，一下笑了出来，道：“放心，你们还有用，暂时不会吃你们的。只是要彻底让身体强韧起来，光靠这些小家伙的血是不行的，得捉几个大家伙。”

“大家伙？大圣爷是指……”

六耳猕猴摸着下巴悠悠道：“上次在昆仑山那里遇到的，还不错。要不，我们点齐人马，强攻一次？”

此时，昆仑山金光洞。

太乙真人握着手中的谍报静静地看着，缓缓地笑了出来。

“怎么，那求法国又发生了什么趣事不成？”一旁的广成子轻声问道。

“比求法国能发生的事情更有趣。”

闻言，四周的其他几位金仙都疑惑地注视着太乙真人。

“你们自己看看吧。”说着，太乙真人将手中的谍报递给了黄龙真人，让众人传阅。

这一下，众金仙都笑出声来了。

“这算怎么回事？六耳猕猴揭竿而起，要取代原本的孙悟空？”

“看来，这六耳猕猴也不尽然是一只嗜血的怪物啊。”

“想想也是，这世界上存在两个一模一样的人，却只有一个身份，首先要做的，难道不是抹杀另一个吗？”

“如此甚好，如此甚好啊！”黄龙真人一下站了起来，笑道，“如此一来，我们就更可以坐山观虎斗了。不知道那六耳猕猴如今实力几何，若是比那妖猴弱一些，说不定，我们还得出手帮一帮他呢。哈哈哈哈。二虎相争，怎能不两败俱伤？”

一片欢声笑语之中，道行天尊犹豫着轻叹道：“趁此机会灭了妖族，倒也是不错的主意啊。”

正当金光洞中的众金仙幸灾乐祸之时，六耳猕猴带着九头虫、狮狔王、鹏魔王、多目怪，以及其他上百名化神境妖将悄悄地来到了昆仑山的边境上。

“大圣爷，昆仑山号称百万道徒，我们只带精锐不带大军，会不会有点……”

“怕什么？”六耳猕猴伸长了脖子望了一眼远处山峰上成群的道观，又回头瞧了多目怪一眼，道，“我们只要那几个老家伙就行了，小家伙，送给我都没兴趣。而且，你的情报不是说那几个老家伙刚刚被重创了吗？”

说着，六耳猕猴咧开嘴“嘿嘿”地笑了起来。

第六百八十二章

夜 袭

伸手不见五指的夜晚。

整个昆仑山地界都如同进入了休眠一般，一片寂静。唯独位于峰顶之上的金光洞灯火通明。

随着太乙真人一声令下，阐门庞大而效率低下的谍报系统开始启动。无数的谍报如同雪片般从四面八方送到金光洞，在筛选之后，又被送到几位金仙手中。

“现在求法国的事情究竟怎么样了？那玄奘究竟疯没疯？”

“估计是疯了，不过那猴子犟得很，似乎就算玄奘疯了，他也还是打算继续西行。”

“疯了都西行，看样子那猴子也疯了。”

“不，他没疯。”清虚道德真君轻声叹道，“西行是他唯一可走的路，就算玄奘疯了又如何？难不成他还有其他路可走吗？”

广成子不解地摇了摇头，道：“他怎么就无路可走了？佛门看上去，也不像非得和他死磕的样子啊。至少他从五行山出来这么久了，也没对他出手。”

“没出手？”灵宝大法师抿着嘴笑了笑，道，“有个人和你共处一室，他手上拿着刀，随时可以杀了你。然而，他说他不杀，你会怎么想？”

闻言，广成子一下愣住，眨巴着眼睛有些疑惑地望向清虚道德真君。

清虚道德真君稍稍沉默了一下，轻叹道：“若是天下有千千万万人，这当中，有许许多多人握着刀，随时可以杀你，倒也没什么。毕竟人多了，就成了博弈的局面。但如果天下剩下两个人，那就不同了……要么杀了对方，要么被杀。那猴子面对的，就是这种处境。更何况，佛门现在没对那猴子出手，不过是因为中间夹了个玄奘，多了个佛法之争罢了。你以为那猴子为何甘愿被压在五行山下五百年，明明清醒，可以想办法通知自己人营救，却心甘情愿地选择了沉默？”

说着，清虚道德真君稍稍沉默了一下，将手中刚刚看过的一份谍报丢到了一旁，道：“西行，对那猴子来说，就是生死之争，也是唯一的出路啊。只可惜啊，他这最后一根救命稻草，如今也已经断送了。”

“这叫多行不义必自毙！”坐在旁边的黄龙真人伸了个头过来，道，“这么多年了，让这样一只猴子在三界横行，惹得三界妖魔乱舞，竟没人治得了，真乃三界万古未见之事。等这次的事情一过，那些盘踞各地的妖王，也该打回原形了！”

说罢，黄龙真人呵呵地笑了起来。

正当此时，清虚道德真君猛然扭头朝殿外望去。

“怎么啦？”广成子问。

好一会儿，清虚道德真君才缓缓摇了摇头，道：“没什么，也许是错觉吧。”

此时，就在距离金光洞十里开外的密林中，六耳猕猴一脚将一个妖将踹翻在地。

多目怪连忙奔了过来，低声询问道：“大圣爷，发生什么事了？”

六耳猕猴怒视着被踹翻在地满面忐忑的妖将，冷哼道：“这是谁手下的，居然在这里没遮没掩地用术法，怕人家不知道我们来了吗？”

“这个应该是……”多目怪回头朝聚集的妖群望了过去。

匆匆赶到的鹏魔王刚巧听到了六耳猕猴的话，又猛然发现那被踹翻在地的妖将，正是自己的手下，吓得连忙一缩。

还没等多目怪决定要不要道破，六耳猕猴已经大步走过去，将摔在地上的妖将揪了起来。

“大圣爷，末将知错了，末将知错了……求大圣爷……”

话音未落，只见六耳猕猴已经一把掐住那妖将的脖子，将其言语强行扼断。

那妖将瞪大了眼睛，惊恐地看着与自己近在咫尺的六耳猕猴。

同样惊恐的还有四周围观的妖将们。

“没用的东西，留着干吗？还不如吃掉算了！”

下一刻，只见六耳猕猴微微张嘴，一股精气从那妖将的眼耳口鼻中喷涌而出。

此情此景，对在场的任何一个妖怪来说，都是能激起惊悚的。

如果说之前六耳猕猴吞噬其他生灵，给他们带来的感觉仅仅是恶心与不快的话，那么，眼下这一幕带来的则是实实在在的恐惧。

然而，并没有人制止，所有人都只是静静地看着。

唯一试图有所动静的九头虫，那手腕被多目怪紧紧地拽着。

“想想万圣龙王，还有万圣公主。”这在九头虫脑海中响起的声音，瞬间熄灭了他心中所有的怒火。

他只能和其他人一样静静地看着，看着六耳猕猴吸干了妖将的精气，又吸干了妖将的血。

所有妖怪都屏住了呼吸，瞪大了眼睛，承受着这一场对他们来说匪夷所思的视觉冲击。

好一会儿，直到彻底将那妖将变成干尸，六耳猕猴才满意地从地上爬起来，悠悠道：“放心，有用的人，不会被吃掉的。只有没用的废物才会被吃掉。一会儿，好好证明自己吧。”

说着，六耳猕猴抹了把嘴，顺着众妖让开的过道缓缓地朝一旁走去。

没有人说话，甚至没有人呼吸，在场的每一只妖怪都呆站着，每一张脸上都是一副呆滞的神情。

一阵凉风拂过，压弯了野草。

直到此时，他们才顿时惊觉自己出了一身的冷汗，身上的衣物，早都湿透了。

“没听明白吗？好好证明自己吧。”多目怪面无表情地说道，“大圣爷从南面强攻，九头虫负责背面强攻，我负责西面，狮狔王负责东面。”

说到此处，多目怪忽然拉长了声音道：“鹏魔王。”

“在！”人群之中，鹏魔王猛然瞪大了眼睛，就像从噩梦中刚刚惊醒一般，有些错愕地望着多目怪。

那握着方天画戟的手微微紧了紧。

多目怪瞧着鹏魔王那惊恐的模样，稍稍顿了顿，轻声道："你负责高空。如果有人想逃，一律拦下来。重点要拦十二金仙。"

说罢，也不等鹏魔王回答，多目怪便转身离开了。追随多目怪的妖将们连忙都跟了上去。

九头虫默默看了两个妖王一眼，也带着自己的部将转身离开了。

转眼之间，在场的，已经少了一半的人。

剩下的一半，依旧沉默着。所有的目光都聚集到了鹏魔王和狮狔王身上。

"怎么办？"狮狔王轻叹道。

那额头上，豆大的汗珠一滴滴滑落。

"还能怎么办？"鹏魔王瞪圆了眼睛，冷笑道，"难不成我们跑吗？三界才多大，往哪里跑？"

"要不……我们借着阐门十二金仙的力量，直接在这里杀了他？"

"没用的。阐门金仙刚和那猴子斗过，全部被重创，昆仑中层主力又都派到求法国去了。这次本来就是瓮中捉鳖……"鹏魔王伸手拍了拍狮狔王的肩，道，"这家伙跟另一只猴子可不同，完完全全就是个恶鬼。别轻举妄动，万一出了岔子，小心把自己赔进去。"

说罢，鹏魔王转身就走。

此时，金光洞中，太乙真人正在来回往复地踱着步。

"怎么啦？"赤精子问。

"没什么。"太乙真人捋着长须道，"我只是在想，如果我是六耳猕猴，接下来会怎么做。按照当日接触的结果，他显然还不具备挑战那猴子的能力。不然，不可能被我带着一众道徒压着打。提升实力的方式……应该和吸血、吸精气有关系。"

"你不会是想帮他提升修为吧？"

太乙真人顿时一愣，好一会儿才缓过神来，哼笑道："那当然不可能。堂堂阐门十二金仙，怎可去做这等龌龊事。我只是在想，那六耳猕猴接下来会怎么做，可以适当地给他提供一点便利。也好……让他早日能和那妖猴相争。”

“依我看哪，你就省省吧。”道行天尊悠悠叹道，“那妖猴现在说什么都不敢离开玄奘半步，只要六耳猕猴稍稍有点理智，便必然有足够的时间将自身修为提升到与那妖猴并驾齐驱。不需要你操心的。”

“可是，他要用什么方式提升呢？那妖猴可是大罗混元大仙啊。如果单单吸一些普通修士妖怪的精血，就能成长到与那妖猴比肩的地步，那得需要多少？是不是太容易了？”

“自然是要找一些强大的修士与妖怪了。现在不是打出了旗号吗？整个妖族都在他手上。”

“整个妖族都在他手上，要么吃自己的手下，要么……”

一时间，大殿中的金仙们忽然都怔住了，不约而同地想到了什么，一个个惊恐地瞪大了眼睛。

“坏了！”太乙真人猛然将手中的谍报丢到了地上，喝道，“应该赶紧把人手从求法国召回来，顺便再通知师父！”

话音未落，只听门外“咣”的一声惊天巨响，就连他们所处的木质大殿都微微颤动了。

此时此刻，众金仙已经顾不得许多，连忙一个个起身，快步冲出殿外。

距离金光洞不远处的一座道观之中，一道火柱冲天而起，将整个昆仑山地界照得通亮。

正当在场的七位金仙面对着眼前的熊熊火光，脑海一片空白之时，一声狂笑从天际传来。

“交出十二金仙！饶你们不死！啊哈哈哈哈！”

话音未落，太乙真人已经从袖中取出一枚珍珠，瞬间掐碎！

“啪！”

一声清脆的声响，弥罗宫中，一枚同样大小的珍珠碎成了粉末。一道白光从珠中飞射而出，瞬间已经出了宫门之外，消失在云雾之间。

大殿之内，元始天尊和通天教主望着那碎裂的粉末一下呆住了。

“这是……”

“阐门锁命珠？”

下一刻，元始天尊已经化作一道白光冲出大殿，朝着下界飞驰而去……

第六百八十三章

胜　负

星夜，华山。

院中的主厅里，玉鼎真人静静地坐着。那一旁，蜈蚣精吴龙一杯接一杯地给他沏着茶。

山羊精杨显从屋外走进来，看到玉鼎真人，默默地叹了口气，在他对面的蒲团上跪坐了下来。

“玉简给了她没有？”

“给了。就说是真人您临走留下的，另一块会交给那猴子。”杨显喝了一口吴龙递过来的热茶，轻声叹道，“刚刚，三圣母还在问真人回来没有呢。”

玉鼎真人连忙摇头摆手，道：“先别让她知道我已经回来了。让我再想想，想想该怎么说。人家师父都叫了，咱也不好意思不帮着说几句好话不是？”

吴龙与杨显默默地抬头望了一眼玉鼎真人。

玉鼎真人淡淡叹了口气，喃喃自语道：“那猴子……确实是个榆木脑袋啊。什么责任都喜欢往自己身上背。按他说的，等取经完成，一切皆成定局了再来接婵儿，也对。可是这世间哪有那么多对的事呢？有些事啊，差不多就行了，拖久了，就生变了。”

“现在接还是以后接，其实差别也不大。反正已经等了六百多年，再等个一年半载，又有什么区别呢？”杨显抬头道，“末将觉得，三圣母在意的是那个风铃。毕竟……当初新郎就是在婚礼上为了这个风铃，丢下三圣母的。”

被杨显这么一说，玉鼎真人顿时愣了一下，拍着脑袋道：“坏了！光顾着和那猴子谈来接的事，忘了问他清心打算怎么处理了。这事可得有个说法啊。”

说罢，玉鼎真人连忙站起来就要走。可想了想，他又坐了回去，喃喃自语道：“算了，还是再多喝几杯茶吧。现在跑过去，看那猴子的慌乱劲儿，估计也给不出什么说法。多喝几杯茶，再到昆仑山探探风声，过几天再去找他，也好让他缓一缓。最好啊，这段时间里他想通了，自己联系了婵儿，也就省得我老人家多事啊。”

一旁的扬显和吴龙面面相觑。

此时此刻，玉鼎真人并不知道，他准备要前往探听风声的昆仑山，正在遭受灭顶之灾……

一道气劲从天空中直贯而下，洞穿了金光洞主殿的屋檐。下一刻，猛烈的冲击波从内而外横扫而出，顷刻间，四周的高墙摧枯拉朽地崩坏。纷乱的碎瓦木屑之中，几个修为尚浅的道徒甚至被直接甩了出去，消失在黑暗之中。

这一切来得极其突然，以至于让人没有分毫的心理准备。

月色下，伫立在此一千余年的道观就这样被摧毁了，成了一阵弥漫的烟尘。

立在道观前的七位金仙猛然回首，此时此刻，一个个瞪大了眼睛。

就在他们的眼前，遮天的烟尘一点一点地飘散，一个身影缓缓地浮现了出来。

“嘿嘿嘿嘿，居然都衰弱成这样了，让我好找啊。”

一阵疾风掠过，沙尘之中出现了一张狰狞的猴脸。

“这是……六耳猕猴？”太乙真人的眼角微微抽了抽。

在他身旁的其余六位金仙已经暗暗运起了灵力。然而，他们刚刚经过求法国大败，又能剩下多少力量呢？

“我不是六耳猕猴。”六耳猕猴缓缓咧开嘴，露出獠牙，狰笑着，“我是齐天大圣，孙悟空。你们，不都这样认为的吗？”

“没有金箍棒，是六耳猕猴不会错了。”站在太乙身旁的黄龙真人压低声音道，“修为似乎已经完全和那猴头比肩了……应该不可能才对啊。”

“可不可能，都站在眼前了，现在纠结这个问题，还有什么意思呢？”一滴冷汗从太乙真人的额头上缓缓滑落，他握紧了拂尘，摆出迎战的架势，低声道，“锁命珠已经捏破了，我们只需撑到师父赶到便可……只是可惜了那二虎相争之计啊！”

“好！”

“明白！”

“知道了！”

一阵应和，其余的众金仙也纷纷摆出了迎战的架势。

下一刻，六耳猕猴已经化作一道金光朝着他们冲了过来，那另一边，七彩灵力齐射而出！

“报——！六耳猕猴亲自率众妖强攻昆仑山！”

伴随着一声急切的呼喊，前来禀报的僧人急扑在大殿的正中。

闻言，殿上诸佛一片哗然。

“阐门十二金仙，历经多少年，如今只余八人。除了一个玉鼎真人，其余的都在与那猴头一战中受了极大的折损，甚至连本命法器都毁了。六耳猕猴此时挑战，不失为一个机会啊。”

“话是这么说，可你别忘了，阐门背后，可是元始天尊啊。元始天尊背后，还有个通天教主。一旦元始天尊出手，通天教主难保不会顺势介入，届时又该如何？”

“如果是求法国那真猴子的话，以一敌二恐怕都很吃力。这六耳猕猴如今还未恢复全盛实力，便去挑战阐门，怕是要陨命昆仑山了吧。”

“对对对，这一次，他肯定是在劫难逃了。”

“进攻昆仑山着实是一记昏招。若是求法国那位，肯定就不会这么做。由此看来，没了记忆的孙悟空，也不过就是一只刚愎自用的妖怪罢了。我们当初对他的评断，怕是高看他了。”

一阵议论纷纷之后，几乎所有人都倾向于六耳猕猴必定落败的观点，一个个都在为这出师未捷身先死的猴子而惋惜着。

正当此时，地藏王却失声笑了出来。

一时间，所有的目光，都朝着他望了过去。

如来紧闭双目，轻声道："地藏尊者亲手将这六耳猕猴引回，又为他锻造了身体。不如，请他来下一个论断吧。"

整个大殿都安静了，所有人都在静静地等着。

许久，地藏王轻叹道："胜负，未可知也。"

"未可知也？"那在场的罗汉诸佛，皆是一脸的错愕。

长空中，通天教主以极快的速度追上了元始天尊，低声问道："发生什么事了？有人进攻昆仑山？"

"对。"

"谁？"

"不知道。"元始天尊眉头紧锁。

"阐门锁命珠"是他留给昆仑山执掌者的信物，同时也是危急时刻向他呼救的法宝。历任昆仑山执掌者，黄龙真人、广成子、清虚道德真君等，十二金仙仅存的八人当中，除了从未担任过执掌者的玉鼎真人之外，每一个身上都有一颗。至今将近两千年了，却还从未有人用过。

因为，每一个拥有这枚珠子的人都明白这珠子的重要性，如果不是有人进攻昆仑，整个阐门到了生死攸关的一刻，绝不会用。

这一次，太乙真人连招呼都没打一个，直接就用了，可见事态何等紧急。

可是……对手究竟会是谁呢？有谁会在此时此刻对昆仑山出手？

元始天尊想不明白。他只知道，他必须立即去，否则，整个阐门可能就毁了。此时此刻，也只有他能挽救阐门了。

两人铆足了劲，疯狂地冲刺着。

云雾远远地就为他们让开了道，随着速度的一步步提升，四周的景象如同一颗颗迎面而来的流星一般，到最后，竟化作一道道的线，光影交错，所有的一切再也看不清了。

两人仿佛早已遁入了一条穿越空间的通道之中，完全脱离了现实。

“轰”的一声巨响，沙尘夹带着碎石炸开了。

太乙真人被整个掀上了天，一口鲜血喷洒而出。

转眼之间，六耳猕猴闪现在他身后，那张开的双手上，十指的指甲在月色下闪着寒光。

“第一个，就先拿你开刀吧！”六耳猕猴咧开的嘴角微微上扬。

一刹那，太乙真人脑海一片空白，惊恐地瞪大了眼睛。

下一刻，那手已经朝太乙真人抓了过来。

“小心——！”

赤精子猛地一冲，直接将太乙真人撞开。与此同时，三道身影一晃而过，清虚道德真君、黄龙真人、广成子三人联手架住了六耳猕猴的攻击。

身后，道行天尊和灵宝大法师已经凝聚了澎湃的灵力朝着六耳猕猴的后脑砸了过来。

千钧一发之际，只见六耳猕猴猛地一发力，把与他纠缠在一起的三人一同甩了出去。

他转过身，一把将那朝着他砸来的光球死死地托住。

“他中招了！大家一起上！”道行天尊猛地喊了出来。

再次负伤的太乙真人不知何时来到了道行天尊身后，伸出二指，将自己的灵力注入道行天尊的体内。

正打算将光球甩出去的六耳猕猴猛然发现他甩不出去了，双方直接陷入了比拼灵力的状态！

还没等六耳猕猴重新调整好状态，其他几位金仙已经纷纷加入。一时间，那光球缓缓地推进。六耳猕猴的身躯被压着，一点一点地后退，转眼之间已经与地表近在咫尺！

“再加把劲！他快不行了！”

“你们真有那么多灵力陪我拼吗？”一声暴吼，六耳猕猴松开了双手，让那光球直接撞在自己的胸膛上。

紧接着，六耳猕猴双臂上的肌肉猛地膨胀，凭着蛮力，他死死地将光球抱在怀中，脚尖已经点地。然而，也就仅此而已，在这场一对七的力量比拼之中，他再没有后退一步！

更甚者，光球在那蛮力之下，正在一点一点地削弱。

六耳猕猴的脸上缓缓露出了狰狞的笑。

灵山，大雷音寺。

所有的人都在静静注视着地藏王。

地藏王干咳两声，轻叹道：“精力，代表着修为。血液，则是他肉体的强韧度。论修为，六耳猕猴如今已经彻底与身处求法国的那位比肩了，差的，不过是一具足够强韧的肉体罢了。不过……即使是如今的肉体，难道凭几个昆仑金仙，或者是元始天尊，就能将他逼到极限吗？”

“差的是……肉体的强韧度……”顿时，在场的诸佛哑口无言。

地藏王振了振衣袖，接着说道：“与悟者道修者交战，如今的肉体，已经绰绰有余了。”

力量的比拼之中，透支的灵力让七位金仙渐渐有些吃不消了，一个个面色惨白。

六耳猕猴一咬牙，双臂猛地一合，那光球一下炸开了。联手压制的七位金仙身形顿挫，口吐鲜血。

猛烈的冲击之下，七位金仙一个个竟如同狂风中的枯叶一般飘散而去！

第六百八十四章

还缺一件

疾风中，当元始天尊第一眼看到昆仑山的瞬间，整个呆住了。

烈火沿着山间茂密的树林缓缓地燃烧着，如同沾了火的纸一般，形成了一道道弧状的火线。每一座道观里都是冲天的火光。

滚滚浓烟，遮天蔽日。

紧紧跟着元始天尊的通天教主同样惊得说不出话来。

烈焰之中，六耳猕猴抬起头与两人隔空对视了一眼，扭头高声喊道："撤——！"

顿时，如漫天的苍蝇一般穿梭于浓烟之中的妖怪们，跟随着六耳猕猴迅速朝西方撤去。

临走前，六耳猕猴还回头朝着元始天尊挑衅似的一笑。

"想走！"元始天尊一咬牙，猛地就要冲上前去，却被身后的通天教主一把拽住了。

"你干什么？"

"别去！现在救人要紧。而且刚刚你还没感觉到吗？他的力量几乎已经完全恢复了，现在不是动手的好机会啊！"

两人对视着，沉默。

元始天尊回过头，睁着布满血丝的眼睛呆呆地望着满目疮痍的昆仑山，好一会儿，那攥紧的拳头才稍稍松开一些。

他身形一晃，迅速落到了金光洞所处的峰顶之上。

此时此刻，这里只剩下满地的焦土，放眼望去，除了残垣断壁之外，便是废墟之中的那一具具尸体了。

“师父……”

正当元始天尊慌乱之际，一个微弱的声音传来。

元始天尊循着声音，很快找到了被埋在焦黑碎木之下的太乙真人。

事情到了这一步，堂堂三清之首也再顾不得什么形象了。他连忙伸手将压在太乙真人身上的木柱掀开，将他一把扶了起来。

“怎么样了？”

“师父，我没事……”太乙真人艰难地睁着眼睛，断断续续地说道，“不过，灵宝没了……是六耳猕猴干的……”

“灵宝……”元始天尊猛地一呆。

灵宝，指的是灵宝大法师。

元始天尊深深吸了口气，稍稍缓和了多年不曾有过的情绪波动，抿着嘴唇低声道：“其他人呢？其他人在哪里？”

太乙真人微微颤抖着伸出一指，指向了东方。

元始天尊没再多说了，他伸出二指，将一道灵力打入太乙真人体内帮他续命，紧接着望向通天教主道：“帮我照顾他。”

说罢，也不等通天教主回答，元始天尊一拂袖腾空而起，朝着东方而去。

通天教主望着奄奄一息，连说话都困难的太乙真人，只能无声一叹。

谁能想到呢？两千年前，阐门取得封神之战的胜利，几乎一统三界，仅仅两千年的光阴……当初截教封神之战虽败，但那不过是道门内部约定的一场竞赛。杀归杀，谁也不敢妄自伤了对方的魂魄。

而现在的阐门，这惨状，也许比当初的截教还不如吧……

不多时，元始天尊便将七位弟子全部聚齐了。

这其中，清虚道德真君虽然灵力耗尽，却只是轻伤。

黄龙真人、太乙真人两人重伤，命在旦夕，若是元始天尊来得再稍晚一点，即便六耳猕猴没动手，他们怕也是性命难保。

至于剩下的赤精子、灵宝大法师和广成子、道行天尊四人……找回来的，只是四具干尸……

望着自己的七个闭门弟子，再看看满目疮痍的昆仑山，以及死伤惨重的昆仑道徒，元始天尊的手微微颤抖，心在滴血。他呆呆地站着，眼睛瞪得犹如铜铃那么大，额头上的青筋一搏一搏地在跳动，已经说不出一句整话来了。

通天教主细细地辨别了一番四具尸体，轻声问道："玉鼎呢？怎么还少一个。"

"他刚巧没在昆仑山。"清虚道德真君细细检查着黄龙真人的伤势，深深吸了口气，长叹道，"师父，您知道的，弟子从来奉行以和为贵，但这次，众师兄弟死伤惨重，我阐门几遭灭门。您若再不出手……恐怕难以服众啊。"

说罢，清虚道德真君低下头去一声不吭了。

元始天尊紧紧地咬着牙，依旧呆站着，没有回答。

见元始天尊没有反应，那些伤痕累累的道徒连忙一个个扑通扑通地跪倒在地，高声哭喊了起来。

"家师入阐门千年，向来恪尽职守，没想到落得今日这结局！求师尊为家师做主啊！"

"我临清观上下弟子三百余名，如今只剩弟子一人，千年基业毁于一旦！求师尊为我等做主啊！"

"我白玉门上下一百五十余人，侍奉宗门，恪守阐门门规，从未僭越。如今一场屠戮，余者十指可数，求师尊为我等做主啊！"

一时间，几乎所有还能动弹的道徒都跪地号哭，声泪俱下。那一声声的哭喊直戳心底。

然而，元始天尊却只是紧紧地咬着牙，闭上了眼睛。

"不能出手！"一旁的通天教主高声喝道，"这六耳猕猴现在羽翼已见丰满，即便是我等联手，要吃下他，不伤筋动骨也是不可能的。而且万一逼急了，他将修为升至天道……若是放任不管，他必然会去寻那妖猴的麻烦，届时我等再坐收渔利不迟。可若是此时出手，就变成我们鹬蚌相争，那妖猴坐收渔利了。"

"住口！"一个道徒忽然站了起来，指着通天教主高声叱道，"死的不是你的门徒，你当然不痛心了！"

被这么一个无名小卒叱喝，通天教主一时间竟有些蒙了。他好容易缓过神来，挽起袖子指着那道徒喝道：“哪里来的小徒，这里哪有你说话的份！我没死过徒弟吗？封神之战，我截教门徒比你们这昆仑山加起来都多，如今都到哪里去了？我还不是一样闷不吭声！”

被通天教主一顿叱喝，那道徒一下有些退缩了。

不过，就在此时，那附和声却如同燎原之火一般从四处冒了出来。

“你截教那是愿赌服输，与我昆仑如何能相提并论！”

“我堂堂昆仑，被一只妖猴偷袭，死伤惨重不说，尸骨无存不说，连魂魄都无处去寻，如何是封神之战比得？”

“堂堂阐门，竟毁于妖孽之手，若如此，还要这门阀何用？”

一时间，众口一词，斥责之声汹涌而来，竟让通天教主都有些乱了。

隐隐地，一个个愤怒的道徒竟挽起衣袖，红着眼要与通天教主拼命。那架势，让通天教主一时间不知道该说什么好。

“好了！都给为师静下来。”

元始天尊的声音忽然响起，顿时，所有的人都安静了下来，一个个眼巴巴地望着他。

元始天尊深深吸了口气，铁着脸喝道：“昆仑山不能待了，带上生者，都迁到为师的弥罗宫吧！六耳猕猴的事情，为师自有分寸！”

被这么一叱，在场的众道徒只得不情不愿地叩首道：“谨遵师命！”

昆仑山被袭损失惨重一事迅速传遍了三界，几乎所有人都被这突如其来的消息震慑住了，就连猴子也不例外。

天庭早已发布了通告，三界皆知六耳猕猴的存在，但谁也没想到，六耳猕猴会偷袭昆仑山。更没想到的是，六耳猕猴偷袭了昆仑山，取了四位金仙的性命，即使在元始天尊和通天教主疾速驰援的情况下，他依旧能全身而退……

这是什么概念？

以元始天尊的速度，从三十五重天驰援昆仑山，即使按凡间的时间算，也不过一炷香的时间啊……

几乎所有人，当即意识到了危险。要知道，强大的力量并不可怕，可怕的是，强大的力量落到了疯子的手中，被无限制地运用。此时此刻，六耳猕猴无疑就是所有人眼中的这样一个疯子……

可是，他们又能怎么办呢？

四海龙王是没辙了。想当年，昆仑山不就是为了躲避猴子而跑到天庭去避难吗？结果没去还好，去了，反倒死伤惨重。

无奈之下，他们只得一个个朝猴子寄出了信函示好，以图抱住这最后的大腿。

牛魔王、吕六拐和猕猴王按照猴子的吩咐，将大军都迁往了华山。不过，在前往华山之前，牛魔王硬是强拽着将红孩儿送到了猴子身边，名义上说是给猴子的人质，让猴子一定要相信他的忠心……其实谁不知道他是想让红孩儿待在猴子身边，一旦有事，也好留下个独苗呢？

对此，猴子算是默许了。倒是那不知天高地厚的红孩儿怨言一大堆。

此时，与三界的惶惶不安不同，狮狏国正进行着一场盛大的庆典……

嘹亮的号角响彻云霄，无边无际的战舰在天空中一字排开。那地上，更是漫山遍野的妖军。

雅致的房间中，多目怪轻轻打了一个响指，几名仆从当即端着一个个的红色盘子从屋外走了进来。

“大圣爷，您看看。”多目怪拉着六耳猕猴，一件一件地给他介绍着，“这一件，是凤翅紫金冠。这个，是锁子黄金甲。这个，是藕丝步云履。当年，您穿的便是这身行头。臣照着原样给复制了出来，虽说比之原本的会有些许差别，但样式，是一般无二。”

六耳猕猴笑嘻嘻地点了点头，撑开双手。

那些在旁侍奉的女妖当即围了上去，替他一件件穿上。

由头到尾，六耳猕猴一直在笑。想想不久前那生不如死的日子，再看看现在的处境，真是做梦也想不到啊。他如何能不笑呢？

多目怪也在笑。看看眼下的局势，只要再拔了牛魔王和吕六拐这两根钉子，妖族的统一大业就要完成了，昔日花果山的盛况，又将再现。他如何能不笑呢？

然而，站在门边的狮猊王和鹏魔王一直都没有笑。因为，这只是六耳猕猴的胜利，并不是他们的胜利。他们依旧过着朝不保夕的生活，甚至比之不久前还没投入六耳猕猴麾下的时候，更是不如。这让他们如何能笑得出来呢？

“大圣爷，还缺一件东西。”多目怪在六耳猕猴的耳边一字一顿道，“如意金箍棒。”

“如意金箍棒？可是在那假货手中？”

“对。”多目怪轻声叹道，“这一件，可不简单啊，那是出自太上老君手笔的东西。没有了如意金箍棒，大圣爷的战力，恐怕就要大打折扣啊。不过也请大圣爷放心，臣已经召集能工巧匠，不日，便可仿制一把，虽说肯定不如原本的，但以从东海龙宫索来的各种奇兵利器熔制，想必应该不会差太多才是。”

闻言，六耳猕猴默默点了点头。

正当此时，一直沉默不语的鹏魔王忽然开口道，“那可未必。”

此话一出，在场的人都朝鹏魔王望了过去。

“魔王此言何意？”多目怪轻叹了一声，随口道，“难不成魔王是看不起我麾下工匠？”

“卑职当然信得过大人麾下工匠了。”鹏魔王摇了摇头，“卑职指的是大人所说的‘只缺一样’这么一说。缺的，分明便不止一样。”

多目怪微微蹙了蹙眉，疑惑地问道：“那还缺什么？”

六耳猕猴也朝着鹏魔王望了过来。

鹏魔王淡淡地望了六耳猕猴一眼，干咳两声，道：“大圣爷，还缺一个老婆。”

“缺一个老婆？”

闻言，多目怪的目光顿时闪烁了起来。与之相反的，六耳猕猴的眼睛却睁大了些许。

“对，缺一个老婆。”鹏魔王轻笑道，“大圣爷已不记得往昔，既然如此，就由末将来说一说吧。大圣爷是我妖族公认的万妖之王，而我妖族公认的妖后，则是那被囚华山多年的三圣母杨婵。当年大圣爷您一怒为红颜，杀上天庭，为的是风铃小姐。如今风铃小姐已经不在，三圣母，自然就是我族妖后的不二人选了。”

话到此处，鹏魔王忽然单膝跪地，朗声拱手道：“末将恳请大圣爷早日迎回三圣母，以安人心！”

一时间，屋子里的众人都呆住了。

短暂的沉默之后，狮狔王同样单膝跪地，道：“末将恳请大圣爷迎回三圣母！”

顿时，多目怪那眉头蹙得越发深了。

还没等多目怪开口，六耳猕猴已经上前扶起鹏魔王，道：“她被关在华山？”

“对！”鹏魔王轻声道，“三圣母在我族有着极高的威望，值此真假混淆之际，只要三圣母说大圣爷您才是真的，那么，三界之中，谁还敢说您不是真的！”

这一句话放下去，六耳猕猴猛然醒悟，当即答道：“行！既然如此，我等即刻挥军华山！”

很快，传令官走出房门，一路朝军阵飞奔而去，高声喊道：“大圣爷有令！即刻挥军华山，迎回三圣母！”

“迎回三圣母！迎回三圣母！”一时间，所有的妖怪都在嘶吼着，那声势震慑天地！

第六百八十五章

通风报信

在六耳猕猴的推动下，进攻华山的计划立即就开始了。

与偷袭昆仑山不同，自信已经有实力与猴子一较高下的六耳猕猴这次选择了倾巢而出。他要以最隆重的仪式，迎接这个最能证明他才是唯一真正孙悟空的女人。

当然，所谓的全军出征，对狮狏国来说其实是有难度的。

与吕六拐和多目怪的势力不同，狮狏国虽然也继承了花果山的技术，却没有很好地发展起来。这直接导致了这支人数众多的部队，压根就没有足够的军舰可以承载，细数之下，各种辎重武备更是缺得一塌糊涂。

不过，即使是这样，也没能改变六耳猕猴的决心。他下令，给多目怪三天时间，让他做好准备。三天之后，无论准备到何种程度，都必须出征。

与此同时，身为建议提出者的鹏魔王，则领到了另一个任务——带领斥候部队先行出发，摸清华山布防。

当鹏魔王拿着令箭满面笑意地从大殿中走出来的时候，狮狏王连忙将他偷偷拉到一旁，低声问道："这时候进攻华山，真的合适吗？"

"当然合适，没有比现在更合适的时机了。"鹏魔王笑嘻嘻地答道，"当初太上老君害死风铃，那疯猴子差点毁了三界。如果这次六耳猕猴摆开阵仗去抢他明媒正娶的新娘子，你猜他会怎么做？"

闻言，狮狏王顿时一愣。

鹏魔王回头往大殿的方向看了一眼，轻笑了两声，悠悠叹道："这种主儿，老子可伺候不起。趁着他现在根基未稳，怂恿他去进攻华山，到时候，让他和那猴子硬碰硬，我等也好坐收渔翁之利。若是等他根基稳了，我等恐怕就只能担惊受怕一辈子了。”

临走前，鹏魔王又伸手拍了拍狮狔王的肩，道：“你自己眼睛放亮点，做做样子就行了，有什么不对的，赶紧跑。明白了吗？”

“明白。”狮狔王默默地点了点头。

鹏魔王告别了狮狔王，低着头沿着狭长的过道走着，那目光不断闪烁着，仿佛害怕有什么人在跟踪他一般。

他快步走下长长的台阶，很快来到了校场上，随意地点了几个原本自己麾下的妖将，便腾空而起朝着东方出发了。

见鹏魔王已经离开，那身后的不远处，一只小妖转身急急忙忙地朝着反方向奔去。

“只是跟狮狔王窃窃私语了几句？”

“对。”

“没干别的了？”

“没有。点齐人马，就出发了。”

“他带的都是什么人？”

“都是他原本手底下的人，随意点的，也没刻意喊谁。”

房间里，多目怪捋着长须细细思索着。

“大人。”一旁的虎精低声问道，“您是怀疑鹏魔王使坏？”

“不是怀疑，而是他必定会使坏。”多目怪抿了一口茶，轻叹道，“这鹏魔王，本就是个反骨老贼。若不是为了控制狮狔国，无论如何不能让他活下去。这一次，他竟怂恿大圣爷此时出征华山，难说私下里，没打什么小算盘。”

“那，要不要末将带齐人马去……”

“不用了。”多目怪摆了摆手，“现在妖族百废待兴，实在不适合起内乱。若是他真做出什么了，再杀不迟。”

“末将明白了。”

此时，刚刚离开狮狔国地界两百余里的鹏魔王忽然悬停了下来，伸手招来三位心腹妖将，说道："你们两个立即前往求法国，找到那妖猴，就说……就说是本王派你们过去的，本王一直对花果山撤兵一事、黑水河一事感到深深自责，彻夜难安，还有……还有……"

鹏魔王想了半天，也没再想出什么词来，只得恼怒道："总之，就是这么编，要编得好像本王已经悔不当初的样子，怎么惨就怎么说，实在不行，就路上找个读书的帮你们写好，过去照着背，要说得声泪俱下，懂吗？"

那两位妖将听得一愣一愣的，只得连连点头。

鹏魔王深深吸了口气，又接着说道："然后，就跟他说本王已经改过自新了。之所以投靠六耳猕猴，一是形势所迫，二嘛，为的是给他当内应。这次派你们过去，是为了送消息，通知他六耳猕猴已经准备进攻华山抢三圣母了。懂吗？"

那两位妖将咽了口唾沫，呆呆地望着鹏魔王。其中一个小心翼翼地说道："大王，我们和他有那么大过节，会不会我们都还没来得及说，就给……"

"不会，绝对不会！"鹏魔王拍着胸脯保证道，"别的不知道，那猴子的个性本王还是清楚的，虽说暴躁，但绝不至于不问清楚来意就杀人。去吧！"

"诺！"

两位妖将行了个礼，转身飞向求法国。

待那两位妖将走远，鹏魔王又转而对剩下的那位妖将道："你跟着他们，别让他们发现你。然后……如果那猴子真杀了他们，或者他们半路逃跑了，立即回来禀报。懂吗？"

"末将明白。"剩下的那位妖将转过身，也朝着求法国的方向去了。

鹏魔王远远地望着那妖将的背影，这才满意地带着自己的部众继续往华山的方向飞去。

与此同时，华山。

大批的妖族精锐部队已经在华山地界扎营，开始了与几乎同时抵达，还搞不清楚状况的灌江口大军的接触。

蜈蚣精吴龙快步走入镇压杨婵的洞府之中。

一见他来，杨戬与杨婵两兄妹一齐朝他望了过去。

同样是望，那意味却全然不同。杨戬的目光是淡淡的，透着一丝无奈。杨婵则是冷冰冰的，却夹杂了一丝丝期待。

被这么一看，吴龙顿时明白了过来，尴尬地笑了笑，拱手道："启禀二爷、三圣母，玉鼎真人还没回来。"

闻言，杨婵当即冷冰冰地哼了一句："没回来，你进来做什么？"

吴龙微微仰头望了杨戬一眼，又尴尬地笑了笑："二爷，有其他人来了……"

"谁？"

"吕……吕清。就是原本花果山的那个丞相，还带着牛魔王、猕猴王。正在洞外，想求见三圣母。不知道是不是……"

"吕六拐和牛魔王……"杨婵顿时哼笑了出来，与此同时，眼泪止不住地顺着脸颊滑落。

她别过脸去，微微低着头，抿着唇轻声道："师父不去，他就一声不吭。现在师父去了，他就派这么几个人来接我吗？这就是我和她的差别啊。"

"什么差别？"

"不是吗？"杨婵抿着唇笑着，呆呆地轻叹道，"风铃回来了，他已经不再需要我了。为了她，可以丢下我打上天去。现在我还被困在这里，他却舍不得离开风铃一步，来接我……哥，你不知道，我有多希望当初死的那个是我。真的……我真的好后悔……为什么我没有死呢？"

"你知不知道自己在胡说些什么？"杨戬当即喝止了杨婵。他深深吸了口气，对一旁的吴龙道，"告诉他们，不见，只要我在这里一天，他们谁也别想进来！"

"二爷，您误会了。"吴龙小心翼翼地说道，"他们不是来接三圣母的，他们是来保护三圣母的。"

"保护？"

"对。他们说……说六耳猕猴可能会进攻这里，来抢三圣母，所以，吕清和牛魔王连大军都带过来了，就驻扎在外面呢。"

"抢婵儿？"

“对。”吴龙微微点了点头，接着说道，“具体的，卑职也说不清。不过，他们确实是这么说的。现在他们都在洞外等着呢，希望能见三圣母一面。”

闻言，杨戬扭头望向杨婵。

杨婵轻轻眨巴着眼睛，怅然若失。许久，她呆呆地笑道：“连六耳猕猴都知道要来接我，他却还举棋不定……也罢，被天道收走的魂魄，谁又能说他就不是孙悟空呢？他们谁先到，我就跟谁走吧。”

说罢，杨婵缓缓地闭起了双目。

杨戬与吴龙都蹙起了眉头，一脸的错愕。

几天的工夫，玄奘几乎不眠不休地完成了给所有死难者的诵经，然而，他那癫狂症似乎半点都没有好转的迹象，反倒是精力变得格外旺盛了。

玄奘完成诵经的当晚，便背着行囊，穿着几天下来已经变得污秽不堪的僧袍，灰溜溜地起程了。一路上，他依旧疯疯癫癫，几乎用尽了所有手段折磨自己。

用刀子在自己的手臂上画图，说是为了感受疼痛的感觉。

大冷的天和衣跳下河去，然后穿着湿漉漉的衣服继续赶路，说是为了感受严寒。

明明行囊中还剩半块饼，却让自己连续饿了两天，说是为了感受饥饿。

总之，各种自虐的事情在他的身上都发生了，就像恨不得将自己折磨得生不如死似的。

刚开始的时候，猴子等人还试图阻止，到后来，干脆就放弃了。只要他不危及性命，压根就不管他。

于是，玄奘继续用尽各种手段自虐，然后每天抱着女娲赠予的那块藏心石，喃喃自语地诉说着什么。

那模样，从神态到举止动作，真真的已经与疯子无异了，看得猴子一阵心灰意冷。

晃晃悠悠地，一行人好不容易走到了求法国的边境，在那里，鹏魔王派出的两个信使终于来到了猴子面前。

“六耳猕猴已经在备战，三天后就要挥军华山了？”听到这个消息，猴子一把将前来通风报信的妖将从地上揪了起来。他瞪圆了双眼，恶狠狠地问道:“他现在在狮狏国，确定无误对吧?”

那妖将一下吓蒙了，好不容易才缓过劲来，呆呆地点头道:“对……对。他现在，就在狮狏国。”

第六百八十六章

激　化

幽暗的洞府中，杨戬气冲冲地来回踱着步。

“那只是一个空有修为的嗜血狂魔，他甚至连自己的下属都吃，普天之下，就没有他不吃的人！你居然说谁先到你就跟谁走？你就不怕他哪天连你也吃了吗？”

“先前，你要跟那猴子，我便反对。你现在居然……”说到激动处，杨戬竟一下哽住了，捂着胸口气喘吁吁，俨然已是一副急火攻心的状态。

好一会儿，他才缓过劲来，接着说道：“你答应过我什么？你答应过我好好在这里待着，不再掺和大能之间的斗争，也不再掺和与那猴子有关的事。有一天，他真能把自己的事情全部解决好了，来接你，我自然会放你出去。答应我的这些，你都忘了吗？”

杨戬近乎失态地怒吼着，整个洞府都回荡着共鸣声。

由始至终，杨婵只是呆呆地坐着，凝视着身前石桌上冰凉的玉简，一动不动，一声不吭。

许久，杨戬终于站定，怒视着杨婵。

“若是那猴子来还好说，如果是六耳猕猴……他想要将你从这里接走，就先杀了我！”

说罢，杨戬将三尖两刃刀重重一顿，那闷响震动了整个洞府。

然而，杨婵依旧只是静静地坐着。那嘴角含着笑，眼眶中隐隐有泪光。

没有人知道她此刻在想什么。但这一幕，在紫色幽光的映衬下，有一种说不出的凄切，如同一把尖刀一般刺入杨戬的心。

他手中的三尖两刃刀已经攥得咯咯作响了。

父母大仇已报，按道理，他应该已经与世无争才是。可是，他这唯一的妹妹……那猴子的存在，如今简直成了他心中的一根刺。他甚至有些悔恨在斜月三星洞中第一次见到那猴子的时候，没有直接下手杀了这祸害他妹妹的罪魁祸首。哪怕大仇报不了，又有什么关系呢？

至少，不至于将她陷入如此险境啊。

此时，求法国边境。

猴子拽着妖将的衣领，早已气得瑟瑟发抖。

那目光在微微闪烁着："狮犵国，他在狮犵国……"

猴子微张的口中现出了獠牙，眼眶中布满了血丝，浑身上下的肌肉都绷紧了，额头上的青筋更是依稀可见。

这一副狰狞的神情……妖将已经吓蒙了，微微地挣扎着，想要远离猴子，却又不敢使劲，生怕一个不小心惹来杀身之祸。

一旁的天蓬连忙走了过来，一把握住猴子的手腕。

猴子这才松手。

那妖将吓得连滚带爬地奔出三丈之外，与一同前来的另一个妖将缩到了一起。

他们很怕，十分害怕，却又没胆子在这时候离开。因为，他们还有话没说呢。

"狮犵国……"猴子抬起头遥望狮犵国的方向，咬牙切齿。

"你想干什么？"

"你们……你们几个联手，就算被偷袭，应该也能守到我回来吧？我需要立即离开一下。"

"你想单枪匹马强攻狮犵国？"天蓬不由得怔住了。

"还有其他办法吗？"猴子重重地喘息着，那气息在寒冷的空气中化作淡淡的雾气飘散。

他攥紧了拳头，咬牙道："在他动手之前，我得先动手，杀他个措手不及。既然他那么想取代我，我就让他尝一尝取代我的代价！"

猴子咬着牙，手一扬，金箍棒已在手中。

天蓬静静地看着，眉头紧蹙。

如果遭遇突袭，他们四个，天蓬自己，加上黑熊精、小白龙、卷帘，究竟能否护卫玄奘周全呢？

天蓬不知道，可他知道，此时此刻，无论他说什么，猴子都不会改变主意。哪怕明知道要用玄奘来冒险，他也会义无反顾地离开。因为，六耳猕猴已经触摸了猴子的逆鳞。

可是，这会不会是个陷阱呢？

眼看着猴子就要离开，好不容易从恐惧中缓过气来的妖将连忙伸出手去，失声喊道："大圣爷……"

"干吗？"猴子缓缓地回过头来。

那眼神，看得妖将又是一惊。

妖将咽了口唾沫，好不容易鼓起勇气道："我家大王说了，他一心都是效忠您的。之前的事，只是鬼迷心窍，所以……"

"让他放心，如果消息无误，我不会再跟他计较以前的事情。但如果让我发现是陷阱，或者这其中有些什么蹊跷诡计，天涯海角，他都别想逃！"

"谢大圣爷！"

闻言，两个妖将深深地叩拜了下去。与此同时，猴子已经腾空而起，化作一道金光朝着狮狔国的方向疾驰而去。

望着猴子远去的方向，天蓬无奈地闭上了眼睛。

这一战，又会是一场天地浩劫吧……

"报——！狮狔国已经全军备战，准备进攻华山！"

"报——！那求法国的妖猴已经出手了，正前往狮狔国！"

"这下有好戏看了。"

"你们猜谁会赢？孙悟空，还是六耳猕猴？"

"论战力，握着金箍棒的孙悟空肯定要比身体还尚未完全巩固的六耳猕猴要强一些。可是，狮狔国有妖族大军在，这……真是不好说啊。"

"贫僧赌孙悟空赢。"

"贫僧赌六耳猕猴赢。"

一时间，满殿的罗汉都议论了起来。

莲台上，如来的目光缓缓朝着地藏王的方向移动了些许，轻声叹道："好戏要开场了。"

地藏王面无表情地轻叹道："不过是一个序曲罢了。"

长空中，猴子拖着长长的金光飞掠而过，一瞬千里。

所过之处，激起的气流横扫了一切，道道闪电轰鸣交错。

……………

南天门。

大批来自昆仑山的道徒正一个个在天兵的引领下走入南天门。一旁，元始天尊和通天教主静静地看着。

一位道徒匆匆来到元始天尊身后，双膝跪地道："启禀师父，那妖猴，已经向着狮狔国去了。"

闻言，元始天尊微微一愣，注视着依旧缓缓走过南天门的昆仑山道徒们，深深吸了口气，道："看来，战斗要开始了。那妖猴，倒是比我们料想的要早出手啊。"

在疾行的过程中，猴子咬着牙，开始疯狂地凝聚灵力。那身上的每一根绒毛都竖起了，散发着暗金色的光芒，任迎面而来的风如何肆虐，分毫不动。

此时此刻的猴子，早已憋了一口恶气。那身上每一寸肌肉都绷紧了，只等着抵达狮狔国，大杀特杀！

斜月三星洞。

须菩提静静地站在楼台前，凝视着前方荷塘中漂浮的叶片。

身后，于义俯身叩首。

须菩提沉默了许久，随手撒出一把鱼食，轻叹道："看来，还是躲不掉啊。为了一个杨婵，赌上西行，值得吗？那六耳猕猴想要杨婵来增加自己的威信，又不是想吃了她，紧张什么？"

荷塘中，无数的锦鲤聚了过来，叮叮咚咚地争抢着鱼食。

于义轻声叹道：“悟空师叔，向来就不是个那么容易放得下的人啊。况且，杨婵师妹，终究是悟空师叔的结发妻子。”

“师妹？”须菩提微微一愣，又很快笑了出来，“差点忘了。那杨婵，还算是我斜月三星洞的弟子呢。”

只听“咣”的一声巨响，在众妖的尖叫声中，狮狏国城池之中的一座高塔微微倾斜，紧接着轰然倒塌了。

大片的烟尘弥漫开来，妖怪们争相逃窜。

一时间，整个狮狏国已经沸腾了起来。无数的妖军迅速朝着这里围了过来。

当迷雾飘散，显现出猴子的身影时，那些迅速聚集而来的妖军瞬间蒙了。短暂的沉默之后，他们开始鬼哭狼嚎地四散逃亡。

“给我滚出来！”猴子猛地一声咆哮，随手一甩，金箍棒横扫而过，那身旁的数十座土楼顷刻间变成了废墟。

狮狏王顺着回廊急匆匆地奔向六耳猕猴居住的阁楼，当来到楼台前的时候，他才发现六耳猕猴和多目怪已经静静地站在围栏前，远远地看着了。

“大……大圣爷……”狮狏王轻轻敲了一下胸甲，单膝跪地。

然而，根本就没人理他。

“滚出来！躲什么躲！老子没你这么怂的替身！”

那远处，愤怒到了极致的猴子已经开始在整座城中肆虐起来，四处搜寻六耳猕猴的下落，追得一众妖军四处逃窜。他如同一台绞肉机一般，所过之处，无不血流成河。

六耳猕猴就这么静静地看着，看着猴子由南杀到北，由北杀到南，将这座伫立数百年的坚固堡垒杀得一片狼藉。

不多时，九头虫也到了。与狮狏王一样，他单膝跪地，一言不发。

“我现在跟他打，能赢吗？”

多目怪寻思了好一会儿，有些不确定地答道：“说不准。”

“说不准？”六耳猕猴反复摩搓着手掌，轻声叹道，“他手里拿的那个就是金箍棒吧？确实是件好兵器。你炼制的那个，得赶紧。”

“诺。”

“还有。”六耳猕猴回过头，淡淡地看了跪倒在地的狮狔王和九头虫一眼，悠悠道：“你们三个一起，好好伺候伺候他。不求赢，但求……拖住他一会儿。”

“拖住……一会儿？”一时间，包括多目怪在内的三人都怔住了。

“对，拖住他。拖住这个不长脑子的家伙。”六耳猕猴咧了咧嘴，呵呵笑道，“反正有这么多妖怪在这里，就算站着不动让他杀，也得杀个半天吧？你们就这样拖住他就行了，我先去一趟华山。”

说着，六耳猕猴已经一步步后退，压制了气息悄悄朝着与猴子相反的方向而去。

可还没等他走出几步，一道金光已经从天而降，在距离六耳猕猴不过十丈的前方轰然炸开了。

那冲击夹带着碎石，从六耳猕猴的脸颊刮过。

顿时，在场的九头虫、狮狔王、多目怪，一概傻了眼。

“你想去哪儿呢？”

身后的喧嚣声骤然停止了。六耳猕猴抬起头，看到猴子从翻滚的沙尘中一步步地走了出来，似笑非笑地瞧着他，牙齿咬得咯咯作响。

第六百八十七章

围魏救赵

这一瞬间，六耳猕猴的动作僵住了。

豆大的汗珠从他的额头上缓缓滑落，那双眼瞪得犹如铜铃那么大，怔怔地望着猴子。

这一刻浮现在他脑海中的，是刚刚复活的时候，地藏王说的那些话。

这就是地藏王口中的“另一个自己”吗？

只有扳倒了他，让他替代自己被天劫收取，自己才有可能在这个世界继续存活下去……

想到这儿，六耳猕猴的嘴角竟缓缓勾起了一丝不自然的笑。

在场的多目怪、狮狔王、九头虫通通都呆住了，一个个惊恐地睁大了眼睛，屏住了呼吸，一动不动地站着，却又随时做好了逃跑的准备。

不过，猴子的注意力由始至终只在六耳猕猴身上。

一阵微风拂过，夹带着几片落叶。

远处，无数负伤的妖怪还在哀号着，由猴子引起的骚动依旧没有平息的迹象。

此处，却是寂静无声。

在场的每一个人，眼角都在微微抽搐着。六耳猕猴也是如此。

猴子瞪大了眼睛，咧着嘴，笑着。隐约可见的獠牙在阳光下散发着寒意，脸颊的肌肉因为愤怒而有着一丝丝抽搐。

猴子咬着牙，缓缓地吐出了一句话：“四处给我惹祸，招揽我的部属，拉我的旗帜，还想到华山去接婵儿……冒充我，玩得还开心吗？”

猴子抬起腿，慢慢地往前跨了一步，脚下的沙石悄无声息地碎成了粉末。

一瞬间，在场的几个人，除六耳猕猴之外，通通吓得后退了一步。至于六耳猕猴，则装作不在意似的伸手挠了挠腮帮子，笑道："还可以。不过我得说一句，咱俩谁真谁假，还不好说呢。'婵儿'，不是你叫的。"

"哦？"猴子一下笑得更欢了，身上每一根绒毛都在澎湃灵力的催动下颤动着，如同乱颤的枝丫。"看来今天，我们还真得好好论一论有没有资格这个问题啊。"

"用得着论吗？"六耳猕猴轻轻挑了挑眉，悠悠道，"你都没种去接，既然如此，她当然就是我媳妇了。"

听到这句话的时候，一旁的多目怪分明看到猴子的眼角在抽搐。

下一刻，还没等其他人反应过来，猴子已经出招了。只听"轰"的一声巨响，就在六耳猕猴原本站立的地方，沙尘、碎石，疯狂地炸开了。猛烈的冲击瞬间横扫而出，如同涟漪一般沿着地表掠行。

"来啊！你个懦夫！"一声尖啸，六耳猕猴从弥漫的沙尘中瞬间冲了出去。

"站住！"猴子一声怒吼，金箍棒骤然伸长，冲天而起。下一刻，它一个横扫正中六耳猕猴的腰部，将他整个扫飞了。横扫带起的强烈气劲将原本弥漫的沙尘瞬间撕裂成了两半，显出了猴子的身影。

"打得好！打得好！不过还不够劲！哈哈哈哈！"六耳猕猴捂着腰部，借着这一击的劲头疯狂地朝着西边逃窜，一下飞出了数里的距离，落到城中。

"老子宰了你！"猴子也腾空而起，沿着地表直追。

两只猴子之间的战争开始了。

金箍棒在猴子的手中飞速旋转着，一棍接一棍地砸出，毫不留情。然而，拥有同样身法与速度的六耳猕猴却总能巧妙地闪躲。沿途卷入的一切都被摧成了粉末。

密布着各种建筑的狮犵国城邦在激战中摧枯拉朽地崩毁，在绵延的山脉上拉出一道巨大的痕迹，直至远方。

望着一道道如同擎天巨柱一般的滚滚浓烟，狮犵王都看傻眼了。

“接下来怎么办？”他猛然回过头望向多目怪。

此时此刻，九头虫也同样在看着多目怪。然而，多目怪却只是阴沉着脸，闭口不言。

这场战争，本就不是他们能参与得了的……

“报——！孙悟空已经和六耳猕猴在西牛贺洲交手了！”

御书房中，玉帝猛地一下站了起来，连忙问道：“谁占了上风？”

“孙悟空占上风，六耳猕猴一路逃，孙悟空也难奈他何！”

小小的御书房中，此时聚集了包括李靖、太白金星在内的几乎所有天庭重臣，他们的目光在玉帝和前来禀报的天兵之间往返，却由始至终没有一个人说话，哪怕一句评价、一句感叹都没有。

一切寂静无声。

“有本事别跑！”

金箍棒横扫而过，瞬间将一座高山削平了。

“嘿，有本事放下金箍棒来打！”六耳猕猴飞速调整身形，转而向着北边逃窜而去。

猴子拽着金箍棒，奋起直追。

“报——！启禀尊者，两只妖猴已经开战。”

罗汉之中，有人急忙问道：“在哪里开战？”

“这……”那前来禀报的僧人一下迟疑了，支支吾吾地说道，“片刻之前在西牛贺洲，如今，怕是要到北俱芦洲了吧。”

“到北俱芦洲去了？”

“对。”僧人点了点头，“六耳猕猴没称手的兵器，只能一直逃。孙猴子一直追，所以……”

“没有称手的兵器？”如来淡淡笑了笑，紧闭双目，悠悠叹道，“你那库中似乎还有件‘随心铁杆兵’，与那金箍棒不相上下。不如，就借给六耳猕猴用用如何？”

说着，如来睁开双目，朝着普贤望了过去。

一时间，所有人的目光都聚到了普贤身上，默默地看着他。而普贤，却只是一动不动地站着，静静地注视着前方空无一物的地面，似乎在细细思考着什么。

许久，他振了振衣袖，在众人的注视下，一步步走下台阶，来到大殿正中，双手合十朝着如来默默行了一礼。

紧接着，他转身，面无表情地朝殿外走去。

转眼之间，两人已经战到了北海上空。

六耳猕猴纵身一跃，冲入水中。猴子也冲了下去。

顿时，原本平静的海面如同沸水一般滚了起来，乱流翻涌。

黑漆漆的海底，两人开始了一场捉迷藏的游戏。

此时此刻，早早收到消息的北海龙王正带着一家老小躲在被防得如同铁桶一般的狭小房间里。然而，这里几乎所有的一切都在微微颤动着，天花上甚至还不时有碎石跌落。

翻滚的乱流正在外面肆虐着，猛烈的冲击之下，竟连龙宫设置的法阵防御都有些撑不住了。

每一声的声响，落到老龙王耳中都是那么让人心惊胆战。

“别怕，别怕。”他伸出双手，揽着龙后和他年幼的孩子低声道，“他们很快就会走的，很快就会走……”

一只鱿鱼精利用柔软的身子悄悄挤到了老龙王身旁，低声道：“陛下，这里防不住的。”

“本王自然知道防不住！不用你来提醒！”

“父王。”小太子微微抬起头，低声道，“要不我们去天庭躲吧，天庭肯定会比较安全的。”

“傻孩子。”老龙王哭丧着脸紧紧地抱住自己的孩子，“天庭也不安全啊。六百年前那一次，就是躲到天庭去了，不躲还好……唉，总之，咱哪里都不去，就在这里待着，就在这里待着。”

如同废墟一般的狮狁国，楼台上，多目怪、九头虫、狮狁王三人正静静地站着。

多目怪一直低着头，似乎在寻思着什么。九头虫和狮狁王则是面面相觑。

“怎么办？看样子，他会落败啊。”狮狁王看着九头虫，意味深长地说道，“如果他败的话，我们得怎么办？”

“我也不知道。”九头虫紧蹙着眉头，一脸慌乱地说道，“当初，就不应该选择他。他根本就不是真正的大圣爷，也不可能会赢。这样下去……”

“要不，我们……一起上？”

闻言，九头虫一下哼笑了出来：“我们能做什么？上去吃一棍子就魂飞魄散吗？”

“我是说……”狮狁王十分认真地说道，“我是说，上去帮有棍子的那一方，虽然肯定是帮不上忙的，但最起码……最起码这事过了之后，也许能留下一条命。你说是不是？”

“帮对方？”一听这话，九头虫顿时就蒙了，好一会儿才缓过劲来。那脸上，只剩下苦笑。

是啊，当初自己怎么会选择跟这样一帮家伙结盟呢？形势不对，想到的就只有变节……这样的人，是否结盟，又有什么差别呢？

“我想到了一个妙计！”正当此时，多目怪微微抬起眼，抿着唇低声道，“但，需要你们两个的配合，要调动你们所能调动的一切战力！”

华山外围的密林之中，鹏魔王有些不可思议地握着玉简。

“你说什么？他要你们这时候去捉玄奘？”

“对。”玉简的另一端传来了狮狁王的声音，“他说要围魏救赵，只要拿下了玄奘，就不怕他不分心。六耳猕猴也可以趁机逃了。”

鹏魔王“呵呵”两声冷笑，直接掐断了联系。

“这多目怪，还真是好计啊。到时候六耳猕猴是逃了，你自己往哪儿躲？拉我们陪葬吗？”他随口叨叨了几句，望向一旁的妖将，道，“你们把消息告诉他的时候，他是怎么说的？”

“他说……他说让大王您放心，只要消息正确，之前的事，他不再追究。”那妖将稍稍沉默了一下，又低声问道，“大王，咱现在该怎么办？将这件事也一并通知大圣爷吗？”

“不。”鹏魔王缓缓地摇了摇头，瞪圆了眼睛说道，“这件事不能让他知道，这时候不能让他分心，就应该让他追着六耳猕猴去打。我们自己也不能出手。否则……万一六耳猕猴翻盘，我们就惨了。这件事……必须通知吕六拐他们，让他们出手去营救！”

第六百八十八章

随心铁杆兵

凌风中，鹏魔王展开双翅朝着吕六拐与牛魔王驻军的地点翱翔而去。

与此同时，北海的激战还在继续着。

只听一声巨响，海面上炸起了一道冲天水柱，六耳猕猴腾空而起，转而朝着南边遁逃。

还没等飘散的海水落下，又是一道水柱炸起，猴子手持金箍棒，紧紧地跟在六耳猕猴的身后。

两人如同两颗流星一般追逐着，一前一后地掠过万里长空。

“哈哈哈哈！你杀不了我。你忘了吗？你是天道，我也是天道，我们都不会死。能杀死我们的，只有天劫。”

“就算杀不死……我也要让你永世不得超生！”一声怒吼，金箍棒横扫而过，直接掠行了半个天空，将云层都削成了两段。

六耳猕猴几乎是擦着金箍棒闪过的，那件华丽的肩甲都被直接削飞了。然而，他很快稳住了身形，又是继续逃窜。

“你白活了那么多年，居然跑去当佛门的走狗，走什么西行路？窝囊废！”

“你懂什么！你知道如来是什么修为吗？”

“我当然知道，多目什么都告诉我了。”六耳猕猴咧着嘴迎风狂笑，“他想杀谁，就让他杀，就算全死光了，就算三界毁了又如何？只要自己还活着就行了，其他人死多少又有什么关系呢？你居然还为这个破了道心？真是个窝囊废！”

猴子紧蹙着眉，一言不发，又是一棍扫出。这算是回答了吧。

又一次闪过猴子的攻击，六耳猕猴回过头对着他笑：“怎么，你做不到对吧？没关系，我做得到。既然如此，就更应该让我来替代你继续活下去了。只有我，才是没有弱点的。即使如来亲自出马，也奈何我不得！”

“你没有弱点？”猴子冷哼道，“如果你真的没有弱点，如来会放你出来吗？告诉你，无论你还是我，想要最终活下去，都必须扳倒如来！”

“嗯。”六耳猕猴故作沉思状，随口说道，“你这么说也对啊，既然如此，我们和平共处，联手对付如来如何？不过有一个条件，那就是属于我的，必须全部还给我。例如齐天大圣的名号，例如杨婵，这些都是我的！”

“做梦！”猴子又是重重一棍扫出。骤然伸长的金箍棒划过，在地表上留下一道巨大的痕迹。然而，还是落了空。

六耳猕猴飞速下窜，在脚尖点地的瞬间又掉转身形腾空而起。

转瞬之间，猴子又追到了他的身后。

“哈哈哈哈，逗你玩的。别担心，那些东西不用分，胜者通吃就行了。过一段时间，天劫会再现，你我之中，只能活一个。所以我一直在琢磨着怎么弄死你呢，哈哈哈哈。”

“西行尚未成功，就算你赢了我，又如何？还不是一样要败在如来手中？到时候，不仅仅是婵儿，整个妖族都会被你拖累！”

“那是后话了，如果我死了，整个世界活不活，又跟我有何干系？”

六耳猕猴回过头，望着猴子，嬉笑着。

看着那诡异笑容，一瞬间，猴子错愕了。

此时此刻，猴子已经彻底明白了眼前这另一个自己是个什么东西了。

这就是一个彻彻底底的疯子，无视一切规则，无视一切道义，他没有记忆，自然也就没有感情，甚至没有任何的归属感。除了活下去，对他来说，一切都是微不足道的。包括杨婵的命，包括雀儿的命，也包括了所有妖怪的命。三界之中，所有的一切在他看来，都是，可有可无。

既然如此，猴子和他之间，就只剩下不死不休了。

猴子咬紧了牙，猛然加速追了上去……

与此同时，鹏魔王已经赶到了身处华山的吕六拐和牛魔王面前。

注视着鹏魔王，吕六拐面无表情，牛魔王则是深深地蹙起了眉头。大帐中一片寂静无声。

一直站在入口处的猕猴王悄悄走了出去。

吕六拐干咳了两声，悠悠叹道：“你说，多目怪正带着九头虫和狮狔王，还有一众手下去偷袭玄奘法师？”

“对。”鹏魔王重重地点了点头，“这是围魏救赵之计，他们想逼大圣爷放弃追击六耳猕猴！”

“我凭什么信你？”

“我亲自来还不够吗？如果消息不确凿，我敢孤身来你的军营里？”

“那可难说。”吕六拐一下冷笑了出来，“你现在可是六耳猕猴的人，万一一转身，你们又来偷袭这里，那该如何是好？”

见状，鹏魔王连忙转而望向牛魔王。然而，牛魔王也在迟疑着。

“大哥，红孩儿可是就跟在玄奘法师身边啊，万一有事的话……”

话音未落，只听吕六拐一声清叱：“来人！拿下！”

一时间，无数妖将已经从帐外拥了进来，将他团团围住。顿时，鹏魔王也蒙了，瞪大了眼睛望着吕六拐。

吕六拐朝着犹豫不决的牛魔王看了一眼，冷冷地瞧着鹏魔王道：“万一有事，我们就拿你去换。”

“你！”

还没等鹏魔王想清楚该如何脱困，猕猴王已经掀开帐帘从外面走了进来，面色凝重地说道：“他们真的去了，我有个老部下，现在就在队伍里。这些天我刚刚找过他，让他充当内应。这次出击，狮狔王、多目怪、九头虫，连带还有一百余名化神境以上的妖将。这阵容，光凭天蓬他们几个，恐怕是挡不住啊……”

这一句话放下去，牛魔王与吕六拐顿时蒙了。鹏魔王则缓缓地松了口气。

东胜神洲东部。

此时此刻，六耳猕猴已经渐渐落入了窘境。

他左躲右闪，虽然逃过了猴子绝大部分的攻击，然而，终究还是有一些逃不过的。在这一场消耗战之中，他明显处于下风。虽然他依旧强撑着笑，脸色却有些难看了。

无奈之下，他只得朝着人类的城邦奔去。

当六耳猕猴在一片喧哗声中冲入人类城邦的时候，望着四处逃窜的人类，猴子一时间竟有些迟疑了。

该不该继续呢？

他这一路护送玄奘，为的就是普度众生。将毫不相干的生灵卷入这场激斗之中似乎……不太好吧？

可是，放任吸精嗜血的六耳猕猴，难道对三界众生就是好吗？

短暂的犹豫之后，猴子最终还是咬了咬牙，攥着金箍棒跟着冲入了城邦之中。

只听“咣”的一声巨响，猛烈的冲击瞬间扩散了开来。一下将城中密布的房屋屋顶掀去了一大半。百姓哀号连连。

“刚刚在犹豫什么？”六耳猕猴双手交叉，死死地扛住了猴子的一击，瞪大了眼睛道，“是在犹豫要不要将他们卷入吗？哈哈哈哈，你果然被玄奘给同化了，别忘了，你只是只妖怪啊！搞普度，合适吗？”

“滚！”一声爆喝，猴子反手一握，将金箍棒横扫而出。可就在正中六耳猕猴腹部的瞬间，又被他双手给挡住了。

“还留了余力？你不要那么搞笑好吗？你以为你不出全力，波及少点，他们就会感恩戴德吗？”借着猴子金箍棒的力量，六耳猕猴一下跃起了数十丈的高度，却又猛然顿住身形，落到了城中。

“来啊，不是要杀我吗？我就在这里，你来杀我啊。哈哈哈哈。”

刚刚追到半空中的猴子无奈地注视着在地上洋洋得意的六耳猕猴，恨得咬牙切齿，却也无能为力。

实力上，他毫无疑问要比六耳猕猴强。可是两者的修为实在太接近了，以至于猴子不出全力，根本对他构不成任何威胁。可是出全力……这个地方能承受得住吗？

看着这一片狼藉、遍地哀号的城邦，猴子不由得想起了求法国的一幕，怔住了。

“大圣爷，不如，让贫僧来劝劝他吧。”

忽然间，一个声音传来。

猴子猛然回头，发现普贤已经在身后不远处凌空飘浮着。

“你？”猴子手中的金箍棒不由得紧了紧，却犹豫着，没有直接发作向普贤打去。

“对，让贫僧来劝一劝他。就算劝不成，大圣爷也不会有任何损失。这合算的买卖，何乐而不为呢？”

猴子没有回答，只是静静地注视着普贤，那目光中充满了疑惑。

普贤淡淡笑了笑，轻叹道：“听贫僧一言，或者城中之人皆死于非命，大圣爷，还请自行决断。”

猴子犹豫了许久，最终还是往那侧边退开了一段距离。

站在一片瓦砾之上的六耳猕猴呆呆地望着普贤，那笑容都僵住了。

这是什么意思？佛门来劝我？

此时此刻，就连他自己也想不明白佛门究竟打的什么算盘。

在两只猴子的注视下，普贤缓缓向前，落到地面上。

“你省省吧。”六耳猕猴歪着脑袋嬉笑道，“别当我傻的好吗？除了这里，我哪儿也不去。如果这里被毁光了，我就换一个城去待着。哈哈哈哈。凡间人类这么多，不怕找不到。”

“哪儿也不去的话，还如何完成你取代他的目标呢？”普贤迈开步子，缓缓地朝着六耳猕猴一步步走来。他伸手从衣袖中取出一根银针递了上去，轻声道：“这个，是随心铁杆兵，与那如意金箍棒一般无二。拿去，和他战吧。”

半空中，猴子不由得瞪大了眼睛。下一刻，他已经朝着普贤冲了过来，伸手就要抢随心铁杆兵。

可还没等他来到普贤身边，六耳猕猴已经抢先一步接过了铁杆兵，手一甩，那铁杆兵已经变成了如同金箍棒一般大小。

紧接着，他迎面朝着猴子撞了过去……

妖后

第六百八十九章

弱　点

两只猴子重重地撞在了一起。

那一瞬间，金箍棒与铁杆兵交织而爆出的火花如同当空的又一轮旭日一般。肆虐而出的狂风几乎横扫了所有的一切，地面上砂石横飞，树木被连根拔起，那些百姓都被吹得找不着北了。

一瞬间，一直以来让猴子尤比犹豫的这个城邦，彻底毁了。

废墟之中，唯独普贤还静静地站着，维持着交出铁杆兵瞬间的姿势，背对着重重相撞的两人。

他身上的僧袍被狂风绷得紧紧的。

“怎么样，我就比你少一件兵器而已。现在兵器在手，看你还怎么嘚瑟！哈哈哈哈！”咫尺的距离，六耳猕猴瞪圆了眼睛，咧嘴笑对着猴子。

然而，在这相持不下的时刻，猴子却似乎并没有打算搭理六耳猕猴。他的目光微微转动，落到了六耳猕猴身后，普贤的背影上。

那眼神中，有一种淡然，更多的，是无奈。

两个人都使出了全力，握着各自的兵器死死地坚持着，进行着一场单纯力量的比拼。兵器交接的地方发出一声声低沉的声响，传遍了天地。

许久，普贤缓缓地叹了口气，将伸出的手收了回来，低眉交握。

他背对着猴子，轻声叹道：“贫僧，只是奉命行事。”

“奉命？佛陀不是四大皆空，只遵佛法的吗？这么沾因果，就不怕破佛心吗？”猴子冷哼一声，咬紧了牙重重一甩，六耳猕猴直接被推出了十丈有余的距离。借着这个机会，猴子掉转身形朝着西方飞去。

“想跑？”六耳猕猴顿住身形，挥舞着铁杆兵迅速追了上去，“之前追杀得那么狠，现在想跑，没那么容易！你我再大战个三百回合，哈哈哈哈！”

只一会儿，两只猴子的身影便已无影无踪了。

普贤静静地站着，沉默着。

身旁，一个被压在瓦砾堆下的老汉颤抖着朝他伸出手：“大师……大师救救我……”

普贤依旧静静地站着，双目空洞。

“大师……救我……”

“娘——！娘，你怎么啦？娘，你别死啊！”

“快，他好像还有气！快搬开！”

“我不能死……我还不能死……”

普贤静静地站着，缓缓地闭上了眼睛。

身为佛陀，他已经放下了一切，四大皆空。可是此时此刻，他屏蔽了天地间的一切声响，却屏蔽不了那些微弱的哭喊。

无边无际的荒野中，一支商队缓缓地走着。

那为首的高头大马上坐着一位驼背的老人，正悠游自在地抽着旱烟。

一位随从策动马匹缓缓靠向了他：“老爷，今夜不在这里扎营休息吗？”

“不休息。”

“我们是没什么关系，可是您……离家的时候，夫人千叮咛万嘱咐，要您注意身体的。”

“没事，这里不能停。”老人摇了摇头，轻声叹道，“这条道，老头子我走过十几次了。这里有很多狼群，在这里留宿，会很危险。”

话音刚落，老人的眉头却微微蹙了起来。

说来也奇怪，原本这片荒原上一到夜里，该是响彻狼嚎才对。今天不知怎么地，从刚刚开始，竟是一片寂静……

他紧紧地蹙着眉，半眯着眼睛朝天边眺望，这一望，竟吓得他叫出声来，手一抖，烟杆子掉落在地。

“老爷，怎么啦？”他身后的副手连忙挥了挥手，示意大家都停下来。

老人睁大眼睛继续朝西边望，好半晌才缓过神来：“没什么，大概是老眼昏花了吧。刚刚不知怎么，竟看到天边有什么东西在飞。”

“这么黑，就算天边真有什么东西，老爷，您也该看不见才是啊。”

听他这么一说，大家都笑了起来。老人也跟着干笑起来，眯着眼看着仆从踩着马蹬下马，帮自己去捡掉落的烟杆，他也微微弯下腰正准备去接。

正当此时，无数的身影从黑暗中迅速浮现，如同一阵阵的狂风一般与他们擦肩而过，又迅速消失在另一端的黑暗中。

所有人瞬间都呆住了。老人保持着接烟杆的动作，瞪大了眼睛，一动不动。

那身上的衣物随着刚刚一幕激起的狂风微微飘荡着。整个世界安静得只剩下风声。

许久，一位随从支支吾吾地说：“那是什么……我好像看到了，一些妖怪。”

“不可能，怎么可能是妖怪呢？”另一位随从有些慌乱地说道，“如果是妖怪，我们怎么可能还活着？对不对？”

“说的也是，怎么可能。一定是我们看错了。”

四周的人一个个都呵呵地笑了起来，但他们神情之中的惊慌，却是无论如何也掩盖不住的。老人的脸色隐隐有些发青。

都看错，可能吗？

一个人看错也就算了，所有人一起看错？

趁着夜色，上百名妖将徒步而行，速度快如疾风。

多目怪的声音在每一个人的脑海中响起：“对方虽说只有几个人，但修为都不弱。如果正面强攻，恐怕一时半会难拿下。万一他们将消息通报出去，到时候……大圣爷必然脱困，但那另一人，必定来援。到那时，我们就凶多吉少了。所以，一定要抢在回援之前，直接拿住玄奘。

“压制气息，采用步行的方式尽可能接近，偷袭。一旦被发现，立即一拥而上。只有拿住了玄奘法师，我们才有谈判的筹码，都明白了吗？”

“明白！”所有的妖将异口同声地应答。

与此同时，队伍之中，狮狁王却悄悄放慢了脚步，一点一点地落到了队伍的后方。

见状，他的部属也跟着放慢了脚步。

“装装样子就好，形势不对，就逃。不过，最好不要太明显。”

“诺。”一众部属都悄悄回应了一声。

此时此刻，这支人马，距离玄奘所在，仅有不足百里的距离。

河畔，红孩儿握着手中的玉简，瞪大了眼睛。

“怎么啦？”坐在他身旁烤着火的天蓬捡了一根树枝，丢入篝火中，轻声问道，“发生什么事了吗？看你脸色有点不对啊。”

“出事了。”红孩儿连忙站起来，慌乱地说道，“多目怪带着人马来偷袭咱了，我爹他们正赶来支援！”

“偷袭？”在场的几个人一下惊叫了出来。

不远处，玄奘正盘腿坐在他自己单独的篝火堆边倒腾着什么。

“不行，太慢了，必须再快点！他们的距离比我们近太多了。”星空中，牛魔王不断催促着，一把握住了猕猴王的手，“要不我们先行吧？我们先行一步，他们随后跟上！”

一听这话，猕猴王差点没呛死：“大哥，我还没恢复过来呢，现在过去，只能算半个……”

“吕丞相！”牛魔王又将脸转向了吕六拐。

一时间，这支疾行小队所有人的目光都朝吕六拐望了过去。

吕六拐深深吸了口气，轻声对自己的几个义子说道：“你们几个跟魔王先行。”

“诺！”

“就算他们几个一起也不够啊！”猕猴王一下叫了出来，“他们那边有九头虫、狮狔王，而且多目怪和他那些手下也都不是吃素的！当初大圣爷不在，光多目怪他们几个在车迟国就可以逼得玄奘法师差点身首异处，你这……”

“再犹豫就晚了！”牛魔王暴喝一声，不由分说地拉着猕猴王就开始加速。

很快，队伍中修为较高的十几个迅速跟了上去，只留下吕六拐继续带领着其余的几十只妖怪。

四大部洲正中的汪洋之上，猴子悬停了身子，缓缓转身。

只一瞬，六耳猕猴已经拿着他那柄刚得到的铁杆兵出现在了猴子眼前，气喘吁吁。

"怎么，不跑了？"他咧着嘴，哼笑道，"老子还以为你准备带着老子绕行三界呢。"

"你觉得我是因为怕你才跑的吗？"

"不是吗？"六耳猕猴晃了晃手中的铁杆兵，"我也有兵器了，跟你那件不相上下，现在你能奈我何。"

"是吗？"猴子深深吸了口气，道，"我和佛门是死敌，就是相信玉帝我都不会相信佛门。你以为我为什么要同意普贤的建议？"

闻言，六耳猕猴微微挑了挑眉，有些疑惑地瞧着猴子。

"因为，不让你得到些好处，你就会一直跑，会一直拿凡人当人质。而且，我还可以顺道试一试佛门准备介入到什么程度。"猴子握着金箍棒，缓缓摆出了迎战的架势，"然后，把你引到这不可能有生灵的地方，宰了你。"

那冰冷的目光看得六耳猕猴一下呆住了。很快，他又重新恢复了原本嬉闹的神情："你说要在这里宰了我？你有这本事吗？"

"试试看不就知道了？"猴子的嘴角微微上扬，道，"你以为你我的差距，只是一根棍子吗？"

"不是吗？"六耳猕猴顿时笑得更欢了，"既然你那么有自信，那就试试吧！"

当吐出最后一个字的时候，六耳猕猴忽然瞪大了眼睛，目露凶光。下一刻，他已经化作一道金光朝着猴子呼啸而去！

"受死吧——！"

"咣"的一声巨响，两人又撞到了一起，如同雷鸣般的声响瞬间响彻了天地，那身下的海水也在激荡的气流之中形成了巨大的涟漪。

近距离的对视之中，猴子瞪大了眼睛，咧开了嘴：“你的身体，才是你真正的弱点。击中你的那一刻，我已经感觉到了。”

闻言，六耳猕猴一下怔住了。

还没等他反应过来，猴子已经松开手，一把扣住了六耳猕猴的肩膀！

第六百九十章

偷　袭

六耳猕猴惊慌失措地想要逃开，然而，如此之近的距离，猴子连反应的时间都不会给他，一只手早已经准确地扣住了六耳猕猴的肩膀。

此时此刻，前一秒还无比嚣张的六耳猕猴吓得脸色惨白，面对着猴子出手的瞬间露出的破绽都忘记了反击。

“你的修为真的跟我没什么差别，如果你是悟者道的话，想必会很难对付吧。”猴子咧开了嘴笑着，眼神渐渐变得狰狞，“可惜，你是行者道，最最依靠肉体的行者道。”

言语之间，猴子已经爆发出强大的灵力，将六耳猕猴一点一点地往汪洋之中推去。

那扣在六耳猕猴肩上的手指轻而易举地就插入了他的身体。如果是寻常肉体的话，想必此时已经鲜血淋漓了吧。不过，六耳猕猴是没有血的，那以假乱真的绒毛之下，依旧只有绒毛。

“你想干什么，你想干什么？”六耳猕猴一下惊叫了起来。

“你说呢？”猴子笑嘻嘻地瞧着他，继续不断用力，“我已经摸到了，身体里，都是绒毛吧？撕开几个缺口，再把你泡到海水里，你说会怎么样？”

“你！”

此话一出，六耳猕猴的脸色已经由白变紫了。

将一具用绒毛堆成的身躯泡到水里会怎么样？不用猴子说，他也知道。

是的，他其实害怕水，无论海水还是淡水，特别是在身体已经受损的情况下！

回过神来的六耳猕猴开始奋力挣扎，他也像猴子一样松开了一只手，朝着猴子抓了过去，只一下，便在猴子的脸上抓出了五道血痕。然而，猴子不为所动，依旧将他一点一点地朝下方的大海推去。

胜负似乎已经注定。

论修为，六耳猕猴与猴子一般无二。但论最基本的肉体……六耳猕猴却差了猴子十万八千里。而在眼下，这种差距成了决定胜负的关键因素。

猴子的手指已经扣入了六耳猕猴的肩膀，这意味着六耳猕猴的一只手已经完全使不上劲。其实不只是那只手，他根本就不敢放开去挣扎，因为更加强烈的对拼，意味着他的手有可能直接被猴子撕下来……

那结果会怎么样？六耳猕猴简直不敢想象。

可另一种结果他就能够承受吗？

一旦被按入水中，猴子必然从伤口将大量的海水导入他的体内。届时，他的力量将进一步削弱，最终彻底沦为猴子嘴里的肉，连反抗的机会都不会有。

无论哪一种结果，对六耳猕猴来说，都是万劫不复。

一滴滴的汗珠从额头上疯狂地冒出来，很快又在疯狂的灵力中被彻底蒸发，消失无踪。

六耳猕猴只能像一个泼妇一样用指甲去抓猴子，甚至用牙齿去咬猴子扣住他肩膀的手。然而，肉体的差距是那么巨大，以至于在不敢强行催动灵力的情况下，他的牙齿甚至无法咬破猴子的皮肤。而与此同时，猴子则是不断催动着灵力，一点一点，不紧不慢地将六耳猕猴推向海面。

波涛汹涌的海面近在咫尺。海水溅起的水花甚至已经洒到了六耳猕猴的身上，阵阵冰凉传来，这让他害怕到了极点。他猛然想起了刚刚降临到这个世界时面临的生存威胁，一种深深的恐惧迅速在心底蔓延开来。

“住……住手，我答应你，只要你放过我，我和你联手对付如来。”

“是吗？”猴子一下笑得更欢了，“如果武力能对付如来，我早就直升天道了，根本不用等你帮忙。况且，你说的话，能相信吗？”

那扣着肩的手不断用力，五只手指都已经深深插入六耳猕猴的身体之中。在这场力量的比拼之中，有着各种顾虑、完全使不上劲的六耳猕猴已经彻底落败了。他甚至能听到自己本不存在的骨骼碎裂的声音。

“你杀不死我的……”六耳猕猴彻底放弃了无用的挣扎，转而双手握住铁杆兵，催动灵力，与猴子的金箍棒死死地对撑着。他在没入海水之前将自己的身形顿住，但由此那肩上的伤口也被猴子一点一点地撕开。

他咬着牙，不断地嘶吼着：“天道修为只惧天劫，你是杀不死我的……我就是你，我是你的另一个魂魄，你不能杀了我啊……不能……”

那声音到了最后，几乎已经变成哭喊了。

然而，猴子没有回答，也许，他根本就已经不屑回答这个疯子了。

“报——！那妖猴还是占足了优势，六耳猕猴怕是要落败了！”

正当此时，普贤从殿外缓缓地走了进来。

一时间，所有的目光都朝着他望了过去。然而，他却只是低垂着脸，一副心事重重的样子，径直走到了原本的位置上。

大殿上的所有人仍旧静静地注视着他。

地藏王振了振衣袖，轻声问道：“普贤尊者这是怎么啦？”

“没什么。”普贤只是淡淡笑了笑，一副恍然若失的神情。

“报——！六耳猕猴怕是要输了！”南天门，一位修士匆匆跪到了元始天尊身后。

通天教主微微一愣，朝身后的禀报者望去，又回头看向一动不动站着的元始天尊：“虽然佛门给他送去了兵器，但他终究不是那妖猴的对手啊。这样一来，也就不可能两败俱伤了。”

“不会的。”元始天尊蹙着眉，轻声道，“佛门费了那么大的劲将他从天劫手里要回来，又破例直接站到台前，给他送去了兵器，这件事，没那么容易结束。”

一片漆黑的夜里，一位妖将匆匆挤到多目怪身旁，低声道：“启禀大人，大圣爷恐怕……要输了。”

多目怪的眉头紧紧地蹙着。

就在他目光所向的一里之外的地方，河畔处，两堆篝火在夜色之中格外的显眼。

玄奘盘着腿一动不动地坐在篝火旁，双目紧闭，似乎已经入睡了。然而，天蓬等人正瞪大了眼睛来回巡视着四周，外围也已经布置了一些类似法阵一样的东西，以防偷袭。

“不能再等了……”多目怪咬着牙缓缓叹道，“我们得现在就出击。”

“不行，对方明显是有防备的。”一旁的狮狏王反驳道，“现在出手，还没等我们拿下玄奘，估计……到时候，我们的处境就糟糕了。”

“贪生怕死之徒，若是大圣爷出事了，你以为你能活吗？”妖怪之中有人狠狠地唾骂了一句。

闻言，狮狏王回头望去。

这黑漆漆的夜里，一大堆妖怪聚集在一起，他分不清刚刚那句话是谁说的。但此时此刻，无数的眼睛都在瞧着他。

狮狏王再将脸转过来之时，发现多目怪也斜着眼睛瞪着他，他的心顿时就虚了，只得微微低下头。

“九头将军怎么看？”

一旁的九头虫微微一愣，连忙抬起头来：“我？”

“对。”

一下子，所有的目光又都朝着九头虫聚了过去。

九头虫呆呆地眨巴了几下眼睛，才深深吸了口气，道：“这么强攻的话，我们怕是也凶多吉少。不过……我们都是没退路的人了。多目大人能答应在下一件事吗？”

“什么事？”

“如果九头虫战死了，请多目大人无论如何，庇护碧波潭一族。”

闻言，多目怪伸出手去轻轻拍了拍九头虫的肩，点头道：“好，我答应你。只要我多目活着一天，就绝不让碧波潭一族受到欺辱。”

“谢多目大人！”

多目怪转过脸，又朝着扭扭捏捏的狮狏王望了过去：“你呢？”

“我……”被这么一问，狮狏王微微张口，支支吾吾了半天，却没能憋出一句整话来。不过，最终他还是点了头。

此时此刻，多一个人多一份力量，多目怪也没办法计较那么许多了。他干咳了两声，道："妖族的兴亡，就看这一战了。赢了，今天在这里的都是妖族的功臣，以前无论做过什么，都可以既往不咎。复国之日，封赏，更是不会少。即使是命陨，我多目也会设法复活死者。若是输了……总之，千万不要有半点迟疑，否则，无论妖族还是自身，都将万劫不复！都听明白了吗？"

"明白了！"漆黑的夜里，林中传来了一片低沉的应和声。

"出击！"

河畔处，天蓬正瞪大了眼睛来回巡视，那目光在各处不断往返。卷帘、黑熊精也同样握着各自的兵器，守住了另外两个方向，一同将玄奘拱卫在中央。

修为稍弱一些的红孩儿被分配到了贴身守护玄奘的任务，同样担负这个任务的，还有正握着长剑一脸惊慌的小白龙。

忽然间，远处树林中一阵轻微的骚动传来，天蓬连忙握紧了九齿钉耙，摆出了迎战的架势。

其余的众人也严阵以待。

下一刻，那骚动蔓延开来，迅速遍及各处。

"我们已经被包围了……"

"看来消息没有错，真的来了。"天蓬紧蹙着眉头，低声道，"可以通知他了。"

"好！"闻言，一直守在玄奘身边的小白龙迅速拿起了早已准备好的玉简，贴到唇边……

第六百九十一章

驰援与变数

就在六耳猕猴的身躯即将触碰海水的瞬间，藏在猴子腰间的玉简忽然闪烁了起来。

一下子，两人都怔住了。

原本激烈的争斗出现了一个匪夷所思的空当。

六耳猕猴与猴子的目光不约而同地朝玉简所在的位置看了过去。那两双一模一样的眼睛，此时此刻都微微闪动着。

下一刻，双方似乎同时意识到了什么。

猴子一咬牙，将自己的灵力提到了极致，疯狂地朝六耳猕猴压过来。六耳猕猴则不再顾及身上伤势的扩大，拼尽全力往上顶去。

双方依旧在僵持，只不过此时冒汗的一方已经不仅仅是六耳猕猴了，还包括了猴子。而六耳猕猴身上的伤口，也在以肉眼可见的速度撕裂。

胜利的天平似乎依旧在以极快的速度朝着猴子的方向倾斜。然而，六耳猕猴满是痛楚的脸上挤出了一丝微笑。

“嘿嘿，玄奘出事了，对吗？那是你留给他们用来求救的玉简。我命不该绝啊，哈哈哈哈！命不该绝！命不该绝啊！”

一听这话，猴子的脸色刷的一下变了。他瞪圆了双眼，一言不发地继续提升力量，很快达到了极致，再往前，就意味着突破进入天道了。

一下子，六耳猕猴原本顿住的身形又开始有了下压的倾向。那好不容易有了笑意的脸上又一次有些慌乱了。

由于双方灵力的对碰，在六耳猕猴的身后，海水形成了一个巨大的、如同旋涡一般的涟漪。而如今，这涟漪溢出的海水已经一滴滴飘洒在六耳猕猴背部的绒毛上了。

丝丝的凉意让他每一根绒毛都竖了起来。

“呵呵呵呵，你想快点结束战斗？别做梦了，我是……绝对不会让你称心如意的！”生死存亡的一刹那，六耳猕猴猛然狂笑了起来。

他不再用铁杆兵去硬扛猴子的金箍棒，转而将自己的胸膛直接顶了上去。

若是平时，这个动作无疑会让他失败得更快，然而，此刻却成了他救命的稻草。

趁着这稍纵即逝的空当，他将铁杆兵用那已经使不上劲的一只手抽离出来，紧接着，撑到身后，高喊一声：“长！”

顿时，铁杆兵骤然伸长，化作巨柱，一端顶到海底，而另一端，则稳稳地顶在了六耳猕猴的背上。

这一招下来，猴子好不容易取得的优势瞬间不复存在。

痛楚之下，六耳猕猴的整个脸色隐隐发青。然而，他却依旧强撑着咧嘴笑：“玄奘死了，你还能对抗如来吗？就算我死，也要拉着你陪葬！哈哈哈哈！”

“你！”

此时此刻，猴子已经气得瑟瑟发抖了。可是，他又能如何呢？

这场大战他们已经绕着三界跑了好几圈，可谓是无人不知无人不晓。不到万不得已，天蓬是不会轻易使用玉简的。很显然，玄奘那边真的是出事了，而且是大事。

此时，从刚刚开始就在不断闪动的玉简忽然暗淡了下来，渐渐没了动静。

猴子瞪大了眼睛，怔怔地望着玉简，一下呆住了。

这一刹那，他连力道都稍稍减弱了一些。不过，六耳猕猴并没有借机反击。或许，他已经没有力量去反击了吧。他只是静静地注视着猴子，似乎在等待着最后的结果。

很显然，此时此刻那边的情况，怕是已经紧张到了极致。否则的话，为什么连呼叫都停止了？

片刻的犹豫之后，猴子改变了方式，从一开始的下压，变成使劲拽着六耳猕猴往上提。

六耳猕猴是不能活的，这是自己天生的敌人，那种敌意，甚至比自己与如来之间的关系更加激烈。只要六耳猕猴活着一天，猴子就必须时刻提防他。而错过了这次机会，下一次……恐怕就没那么容易了。

但玄奘那边又实在危急。在没办法的情况下，猴子只能选择带着已经处于绝对劣势的六耳猕猴一同前往了。

然而，六耳猕猴似乎一下便看穿了猴子的用意，他开始拼命地往后缩，使出了浑身解数去抵抗。虽说在猴子的力量下，他依旧在被一点一点地抽离铁杆兵，但这速度实在太慢了，慢得让猴子无比焦虑。

就在这拉扯之中，忽然间，六耳猕猴被猴子扣住的肩膀上伤口整块撕裂了，大片的毛皮被扯了下来。只听“砰”的一声，猴子如同离弦的箭一般化作一道金光朝着西南方向飞射而去，瞬间没了踪影。

整个世界都安静了，一下子全安静了。

六耳猕猴跌落到下方铁杆兵的顶端。

海面上澎湃的涟漪渐渐消退，六耳猕猴呆呆地躺在化作巨柱的铁杆兵上，感受着汹涌的浪潮从海底传来的丝丝震动，感受着呼啸而来的风夹带的丝丝清凉，气喘吁吁。

许久，他竟疯疯癫癫地笑了出来。

“我还活着……太好了。我还以为，还以为又要回那个鬼地方去了呢……哈哈哈哈。我居然没死，我居然没死！”他艰难地翻转身体坐了起来，蜷缩成一团抱着肚子笑得喘不过气来，笑得泪流满面，“一定是多目怪干的……干得不错啊。赏！重赏！哈哈哈哈！一定要重赏！”

那笑声到最后，以一阵猛烈的咳嗽终结。

好不容易缓过劲来，他有些茫然地望着西南方向，望着天边拂动的流云，一动不动地躺着，恍然若失。

凌风中，牛魔王将玉简贴在嘴唇上，焦虑地前行着。

“这怎么回事？为什么没回音？偷袭已经开始了吗？”

他不断叨叨着，又回头去看已经落后了一小段距离的其他人。

猕猴王无奈地摊了摊手，其他那些妖将，一个个也都有些无奈地望着飞在最前方的牛魔王。

以修者而论，飞行的速度往往与修为有着极大的关系。这一点，对行者道来说更是如此。猕猴王也就罢了，其他人要他们跟上全速前进的牛魔王，那绝对是痴心妄想。

可是，如果再晚点会怎么样？

如果玄奘出事了，那么西行队伍毫无疑问，肯定是全军覆没了。可在那之前，自己那一根筋的儿子会不会一个不注意冲到前面去呢？

牛魔王不敢想。

牛魔王稍稍犹豫了片刻之后，只好咬了咬牙，孤身一人脱队，加速前进。

此时此刻，西牛贺洲，两方驰援的战场之上，激战正酣。

伴随着刺耳的声响，无数的冷箭从四面八方的黑暗中飞射而来，每一支箭都夹带着凌厉的气劲，所指之处，无一不是玄奘的咽喉。

这样的箭，只要中上一支，玄奘必然毙命。

匆忙之中，所有人都拿起了各自的兵器将玄奘四周防得死死的，将那一支支的箭矢悉数挑飞。

其他人倒还好，看着眼前这阵仗，一直以来习惯了以多打少的红孩儿竟有些蒙了。他匆匆忙忙地喊道：“来者何人，本人乃是火云洞圣婴大王，家父牛魔王，若是……”

话还没说完，敖烈就已经伸手将他扯到了一边：“别傻了，这里哪一个没你名头大？既然敢来，就是早有准备的！我还是你们大圣爷大舅子的小舅子呢，怎么都算皇亲国戚吧？”

说着，敖烈顺势挑飞了三支箭矢。

“留下玄奘，饶你们不死！”一个声音从黑暗中传来。很快，月色下一个个高大的身影显现了出来，那些目光，如同一群饿狼一般。

劝降归劝降，这话却似乎连一句开场白都算不上。一帮子妖怪，连半点时间都不打算留给天蓬等人，就在这说话间，已经亮出兵器嘶吼着冲到天蓬身旁。

激战开始了。

天蓬面无表情地握着九齿钉耙冲了上去。与此同时，分别守着另外两个方向的黑熊精和卷帘也陷入了以少敌多的恶斗之中。一时间，玄奘身边就只剩下修为不高的敖烈和弄不清状况的红孩儿了。

这一场偷袭来得极猛，刀锋所向，更是没有丝毫的犹豫。

短兵相接处，血肉横飞。天蓬等人身上很快如同在血池泡过一轮一般，不过，除了黑熊精扎扎实实扛了两刀之外，其余人身上的大多都是敌人的鲜血。那脚下，也早已躺了好几具尸体。

射向玄奘的暗箭依旧连续不断，对方似乎丝毫不担心误伤自己人，毫无顾忌。

乱箭之中，端坐于战场正中央的玄奘静静地、目不转睛地看着，那脸上，没有任何表情。

战场的外围，多目怪伸手拨开身前的野草，远远地注视着这一切。

“只要拿下玄奘，我们就算赢了。不过，得活捉。”

“活捉？”一旁的狮犵王低声道，“那你刚刚对他们下死命令，让他们望死里射？”

“肯定要往死里射，不然他们怎么会相信我们真的想杀玄奘，又怎么会拼尽全力去防御，进而露出破绽呢？”多目怪的眼睛缓缓朝着狮犵王看了过来，“况且，这种距离，这种威力的箭矢，若是能杀得了玄奘，那才是奇了呢。”

说着，多目怪已经朝着另一边的九头虫望了过去，道：“他们防住了三个方向，但与此同时，也有三个方向露出了破绽。机会只有一次，你我三人联手，从三个方向同时进攻。一人制住玄奘之后，其他人便反攻为守。接下来，就是等那猴头回来，跟我们谈条件了。”

闻言，九头虫深深吸了口气，重重点了点头：“明白！”

“报——！孙悟空丢下六耳猕猴回援了！”

消息送达，灵山上，诸罗汉又开始议论纷纷。

“回援了？多目怪这招围魏救赵，倒是用得巧妙啊。”

“不只围魏救赵吧，还是弃车保帅。六耳猕猴是得救了，偷袭玄奘的妖怪能有好果子吃？”

“不管怎么样，这第一次过招，该算是孙悟空赢了。”

“孙悟空一方毫发无损，六耳猕猴不仅自己负伤，手下恐怕更是多有折损。这算下来，确实是孙悟空更胜一筹。”

“这倒未必。”莲台上，如来似笑非笑地环视着。

顿时，所有的目光都朝着他聚了过去。

还没等众人想明白这其中的因由，只见又一僧人奔入殿中，高声喊道：“报——！六耳猕猴往华山去了！”

“华山？”在场的众佛陀无不大吃一惊，“六耳猕猴去华山？以他现在的伤势……能过得了杨戬那关吗？”

如来淡淡笑了笑，笑而不语。

第六百九十二章

冒　充

凌风中，猴子朝西牛贺洲的方向奋力冲刺着。而与此同时，六耳猕猴则在往南赡部洲的方向掠行而去。两只猴子，一模一样的灵魂，一模一样的气息，却有着不一样的心性，走向截然不同的远方。

当猴子的那双鹿皮靴稳稳落地的时候，原本喧嚣的河畔一下就安静了下来。

多目怪扼着玄奘咽喉的手微微紧了一紧，那四周的妖怪，虽说早有准备，却还是一个个不自觉地后退了一步。站在多目怪身旁的九头虫更是避开了猴子的目光，低下头去。

另一边，已经多少负伤的天蓬等人聚在一起，怔怔地望着猴子。

猴子紧了紧金箍棒，一步步朝着多目怪走了过去，意味深长地叹道："你们这是想干什么，一个个都不想活了吗？"

"站住！"多目怪连忙喊了出来，扼着玄奘咽喉的手稍稍收紧。

猴子的脚凌空顿住了。他收起了脸上的笑，面无表情地注视着被遮挡在人墙之后的多目怪。

此时此刻，在场的所有人都呆呆地望着猴子。

好一会儿，猴子悬空的脚终于落了地，却只是挺直了身子，一动不动地站着。他将手中的金箍棒缓缓在身前划出了一道弧线，轻声叹道："你不是说要重振妖族吗？这就是你重振妖族的方式？"

多目怪没有搭话。他警惕地注视着猴子，咬牙道："退后，只要我们安全离开……我保证不伤他性命。"

说着，他又一次扼住玄奘的咽喉。在那力道下，玄奘的脸色已经微微发紫了。

不过，猴子却丝毫没有后退的打算。

他抿了抿嘴唇，笑嘻嘻地说道："很久以前，也有人用同样的手段对付过我，人质也是他。不过……你确定一旦动手，你有足够的时间在自己一命呜呼之前毁掉他的魂魄吗？"

此话一出，在场的妖怪无不大惊失色。

一粒豆大的汗珠从多目怪的额头上缓缓滑落。

猴子瞪圆了眼睛，缓缓地吐出了一口气，道："从你们见到我的一刻起，就已经没有任何与我谈判的资本了。明白吗？"

此时，华山。

密林中，六耳猕猴蹑手蹑脚地走着，借着周遭的叶片隐藏。

忽然间，他停下了脚步，轻轻一闪，闪到了一棵巨木之后。

巨木的另一边，两只妖怪缓缓走过来。

"现在究竟是什么情况啊？那个六耳猕猴，究竟是什么来历？"

"听说也是大圣爷，只不过，是大圣爷的另一个灵魂。"

"也是大圣爷？"

其中一只妖怪忽然停下了脚步，呆呆地望着身旁的巨木。

巨木后，六耳猕猴微微弓下身子，一旦被发现，随时准备出手。

"怎么啦？"另一只妖怪问。

"没什么？这棵树长得真好啊，得有七八百年了吧，这么大。"

"应该有吧。"

"嘿嘿，我决定在这里撒泡尿。"

说着，那妖怪一面解腰带，一面朝巨木走了过来。

"嗯，那我也尿一个。"

另一只妖怪也跟着走了过来。

巨木的背后，六耳猕猴稍稍松了口气，却依旧打起十二分精神，不敢懈怠。

"话说回来，既然都是大圣爷，为什么我们要认准这一个呢？"

"你管那么多干吗？反正吕丞相说认这一个，我们就认这一个。当喽啰的哪那么多话？"

"嗯，也是。"小妖点了点头，又道，"不过，他们现在都去支援西牛贺洲那边了，剩下我们这帮子喽啰，防得住谁啊？"

"那也不是这么说。再说了，他们走了，二郎神杨戬不是还在吗？万一有变，我们是听他指挥的。"

"杨戬也认这一个？"

"也认。"

"呵呵，那我们就没什么好操心的了。大圣爷的二舅哥都认了，这个肯定能打赢另一个。"

"嘘——给你加点肥料，好长得更大。哈哈哈哈。"

很快，两只妖怪都尿完了，捆好裤腰带继续巡逻，不多时，便消失在密林之中。

巨木后，六耳猕猴吸了口气，一脸的冷笑。

"看来那只大鹏精果然说的没错，要彻底夺回属于我自己的，还得得到杨婵这一家子的承认啊。"六耳猕猴朝着营地的方向望了一眼，身形一晃，那身上已经破损的铠甲顿时消失了，转而换上的，是与猴子一模一样的破皮甲。"既然如此，那就将计就计呗。"

说着，他静悄悄地朝着营地的方向溜了过去。

幽暗的洞府之中，杨戬与杨婵依旧默默相对着。

"他的人撤走了？"

"主力走了，大军还在。说是……狮狔国的那帮妖怪准备要偷袭玄奘法师，所以他们就回去营救了。"

"那他自己呢？"

"不是很清楚，大概，还在和那个六耳猕猴打吧。"

闻言，杨婵缓缓闭上双目，哼笑道："看来，我不只没有风铃重要，我还没有一个和尚重要啊……"

杨戬沉默不语，只是静静地注视着神情恍惚的杨婵。

不多时，吴龙从洞府之外缓缓走了进来，躬身拱手道："启禀二爷，他来了。"

"他？"

顿时，杨戬和杨婵都朝着吴龙望了过去。

吴龙支支吾吾了好一会儿，才低声道："孙悟空。"

听他这么一说，杨婵顿时从石椅上站了起来，那手紧张得不知道该往哪里放。

杨戬微微睁大了眼睛，深深吸了口气道："他来做什么？"

"他说……来接三圣母回去。"

杨婵眼巴巴地望着杨戬。

许久，杨戬将三尖两刃刀重重一顿，转身朝洞府之外走了出去。

庭院中，变幻成与猴子一般无二模样的六耳猕猴正挺直了腰杆静静地站着。借着四周兵将不注意的空当，他悄悄地环顾四周，保持着警惕，同时摆出一副若无其事的样子。

修仙者判定对方身份的最重要方式，是气息。不同的两个修者之间的气息，是不可能完全一样的，无论时间如何流逝，修为如何变化，这一点都不会改变。而没有见过六耳猕猴的人并不知道，六耳猕猴的气息，居然是和猴子完全一模一样的。这在修者之中，简直是一个奇迹。

光凭这一点，六耳猕猴要冒充猴子，只要在言行举止上不露馅，可以说是轻而易举。

洞府的大门缓缓地开了，门后，杨戬面无表情地注视着六耳猕猴。

当望见杨戬额头上那第三只眼睛的一刻，六耳猕猴便明白了对方的身份，连忙正了正神色。

而当望见猴子的一刻，杨戬却是微微一愣。

"气息比之前见面的时候……弱了很多啊。不过，感觉上倒是对的。"

身旁，吴龙连忙低声道："他说之前在和六耳猕猴交战，受了点伤，虽然占了上风，却还是让六耳猕猴给跑了。大概是受伤的缘故吧，不然，气息不会一下弱那么多。”

“让六耳猕猴给跑了？”

“对，他得回援西牛贺洲，但又怕六耳猕猴借机跑这里来，所以只得先赶过来，希望接走三圣母，以防万一。”

杨戬深深吸了口气，轻叹道：“看来，如果没有六耳猕猴，他还不打算过来啊？”

说着，他迈开脚步缓缓地朝六耳猕猴走了过去。

见杨戬过来，六耳猕猴连忙躬身拱手道：“见过二舅哥。”

“来啦？”

“是啊。”六耳猕猴尴尬地笑了笑，道，“西牛贺洲形势凶险，还请二舅哥稍微通融通融，允许我带走婵儿。毕竟……六耳猕猴还在虎视眈眈，万一他真来了……”

洞府中，杨婵握着猴子托玉鼎真人送来的那块玉简，那心却已经凉了半截。眼泪又是一滴滴地往下坠。

“这是……天意吗？”她无奈苦笑道。

不多时，杨戬带着六耳猕猴从洞府外走了进来。

杨戬伸出手，凌空绘了几个符文打出，顿时，洞府之内运转的法阵连带紫色的光华一起消失了。

一切寂静无声。

由始至终，杨婵连看都没有看六耳猕猴一眼，只是凝视着手中的玉简发呆。

“二哥。”还没等杨戬开口，杨婵便轻声道，“可以先出去一下吗？让我单独和他聊聊。”

闻言，杨戬微微一愣，回头看了一眼六耳猕猴，又看了看杨婵。最终，他还是默默点了点头，转身朝洞外走去。

洞府的大门轰然关闭了。偌大的洞府之中，只剩下杨婵和六耳猕猴两个人静静地对视着。

许久，杨婵冷冷道：“你，究竟是谁？”

西牛贺洲，河畔处，对峙还在继续着。

“你杀了他，我就立即动手，将你们全杀了。”猴子拄着金箍棒面无表情地说道，“到头来，也不过就是想办法复活他罢了。虽说地府在佛门手中，但也不是无懈可击，顶多，就是多费些功夫。”

多目怪望着猴子，已经越来越不淡定了。

“给你选，杀了他，你们全死。或者……”猴子努了努嘴，悠悠道，“放了他，你一个人死。”

闻言，四周的妖将们顿时一个个朝多目怪望了过去。原本，他们是将多目怪拱卫在正中，然而，此时此刻，从那眼神看去，却更像是他们将多目怪团团围困在正中一般。

此刻，多目怪扼住玄奘咽喉的手在颤抖。他十分清楚形势的变化，也知道，自己能活下去的希望，已经极为渺茫……

“怎么样，想好了吗？”猴子微微仰头，轻叹道，“反正无论哪一种结果，你都必须死。”

所有的目光都聚集到了多目怪的身上。

多目怪静静地站着，手微微颤抖着。他顶着一众同僚的目光，甚至已经没有勇气与猴子对视了。

许久，他终究还是缓缓闭上了眼睛，松开了扼住玄奘咽喉的手。

“我死……”

听到这一句，在场的妖怪顿时松了口气。

猴子拄着金箍棒，迈开脚步缓缓地朝他走了过去。一众妖怪自觉地让开了一条过道。

玄奘的处境，总算是化危为安了。然而，就在此时，牛魔王刚好急匆匆地从天边赶来。

望见牛魔王的一刻，猴子顿时就蒙了。

“你怎么来了？”

“末将……”牛魔王支支吾吾地说，“末将听说玄奘法师遇险，所以赶来驰援。”

“那其他人……”

牛魔王回头指了指，道:“吕丞相他们比较慢，还在后面。末将先行赶来了。”

闻言，猴子的目光微微闪动:“坏了！华山没人了！”

还没等其他人反应过来，猴子已经一个箭步冲向玄奘，将玄奘背在身后，化作一道金光朝华山的方向冲去……

第六百九十三章

杨婵（1）

洞府中，六耳猕猴缓缓抬起头来，洞府之中幽暗的光照在那张毛茸茸的脸上，原本懵懂的神情已经消失无踪，剩下的，是狰狞与狡黠。

对面，杨婵冷漠地注视着他，一动不动地站着，手中的玉简微微紧了紧。

许久，六耳猕猴嘴角扬起，缓缓地笑了出来："万妖之母，名不虚传啊……好样的。我还担心我的妖后是个泛泛之辈，配不上我呢。不错，不错，我喜欢。"

此时此刻，猴子正背着玄奘，咬紧了牙，拼尽全力朝华山冲刺而来。那背上的玄奘都被狂风吹得睁不开眼了，然而，猴子却丝毫没有减速的意思。

"快点！快点！再快点！"他在心里不断呐喊着。

"你是怎么识破我的？"六耳猕猴低头揉搓着手指，悠悠道，"我和他的气息，应该是一模一样的。除非剖开我的身体，否则应该分辨不出来才对啊。"

杨婵冷哼一声，面无表情地说道："一，他托人给我带了一块玉简，玉简可以探知对方的位置。此时此刻，玉简还在万里之外。这么重要的东西，他不可能不随身携带。"

六耳猕猴的目光落到了杨婵手中的那块玉简上，他凌空一指，只听"咔嚓"一声，玉简已经在杨婵的手中裂成了两半。附着其上的灵力迅速飘荡而出，消散无踪了。

"真是个碍眼的东西。不过，光凭这个，你就能断定我的身份吗？"六耳猕猴不屑地抬起头，摊了摊手，拉长声音道，“他从五行山出来都多少年了，不也没来见过你吗？也许，你在他心目中没你想象的那么重要，玉简随手就落在某个地方也不奇怪啊。”

杨婵不理会六耳猕猴的辩解，接着说道：“二，他是我的丈夫，我不可能连他都认不得。你看我的眼神，绝不可能在他的身上出现。”

闻言，六耳猕猴努了努嘴，依旧是一脸的不屑，却不再吭声了。

“三，”杨婵淡淡笑了笑，轻声道，“我只是试试你，没想到，你这么轻易就承认了。看来，你假冒他还是很心虚的嘛。”

一听杨婵这充满嘲讽意味的话，六耳猕猴原本玩世不恭的神情刷的一下消失了，转而换上的是一丝恼怒。

不过，理智告诉他，现在不是发怒的时候。

六耳猕猴稍稍缓了口气，咬牙道：“我现在不跟你争这些，没什么意义。不过，我得提醒你一句，我并没有假冒他，我就是他，如假包换！所以，我也是你的丈夫。他从五行山出来那么多年了，都不曾过来见你，我却来了。这说明什么？这说明跟着我比跟着他好！”

杨婵如同星辰一般的眸子缓缓眯成了一条缝，意味深长地瞧着六耳猕猴。

六耳猕猴咽了口唾沫，又接着说道：“我会击败他，最终活下去的一定是我，因为我才是真正的孙悟空！他能给你的，我全都能给，一样不落。我是万妖之王，你就是万妖之母，吃香的喝辣的，天上地下任你纵横。你明白我的意思吗？只要你跟着我，原本属于你的，你全部都会拥有。”

杨婵依旧维持着淡淡的笑，玩味地瞧着六耳猕猴，道：“妖后，这可不是一个简单的名号啊。得了这么多的好处，那我需要做些什么呢？”

“需要做什么？”

这是要同意的意思了？

六耳猕猴挑了挑眉，道：“你需要……你需要在所有人面前证明，我才是真正的孙悟空。”

“就这样？”

“对，就这样，让他们都知道你站在我这一边。”

“然后呢？”

“然后？”

被这么一问，六耳猕猴顿时有些蒙了。

见状，杨婵笑得更欢了。那笑中，渐渐多了一丝嘲讽的意味，笑得六耳猕猴都有些难堪了。

六耳猕猴压制住心中的怒火，厉声道：“其他什么都不用你做，你只要做好我刚刚说的就行了！”

杨婵还在笑。

六耳猕猴微微顿了顿，又慌乱地补充道：“或者，你想做什么也可以自己去做，我不阻止你。只要你站在我这边就行，有你好处！”

杨婵依旧瞧着六耳猕猴笑，那眼神，就像在捉弄一个孩子似的。

这一下，六耳猕猴彻底怒了，他失声咆哮道：“你他娘的究竟在笑什么？有那么好笑吗？我现在在跟你谈条件！我在跟你谈条件！”

那嘶吼声在洞府内缓缓回荡着。

洞府之外，杨戬听得一清二楚，猛地瞪大了眼睛道：“糟糕……是六耳猕猴！”

说着，他已经攥着三尖两刃刀往前跨了一步，准备冲入洞府之中。

正当此时，在他的脑海中，杨婵的声音响起了：“哥，别进来。”

“他是六耳猕猴！”

“对，不过……你打不过他的，进来，只会徒增伤亡。那只死猴子正在赶来，我继续跟他周旋。”

杨戬握着三尖两刃刀，呆呆地眨巴着眼睛，最终还是咬牙忍了下来。

洞府之中，杨婵缓缓淡去了笑容，一脸轻蔑地说道：“你不是他。”

“你说什么？”

“你不是孙悟空，从来就不是，以后也不可能是。更不会，是我的丈夫。”

“你说什么！”六耳猕猴一下瞪大了眼睛，怒视着杨婵。

杨婵缓缓端坐到石椅上，轻轻靠着桌案，把玩着手中碎裂的玉简道：“他不会吞食自己部将的精血，而你会。”

“我是逼不得已！我得活下去！”

杨婵微微抬起头，笑吟吟地瞧着六耳猕猴道：“他可以为了别人牺牲自己，你可以吗？”

“这……那，得看是谁了。”

六耳猕猴好不容易憋出来的一句话，落到杨婵耳中，却一下把她逗笑了。她掩着唇轻笑道：“在恶龙潭，在花果山，好多好多次，他都是拿出命去拼的。为了好多好多人……例如在恶龙潭，他为的，其实不过是一些小妖罢了，为了一个遥遥无期的梦想。那些甚至还算不上他的部属。而你，却吞食自己的部下，仅仅是为了续命。”

“那是蠢罢了！”闻言，六耳猕猴一下叫了出来，“那些小妖有什么值得他去拼命的！”

杨婵脸上的笑容缓缓消失了，一字一顿地答道：“所以你不是他，而我喜欢的，就是他这种蠢。”

“你！”六耳猕猴憋足了劲，怒吼道，“他有什么好的！他新婚之日，为了另一个女人抛下你！”

“那是报恩。”杨婵面无表情地答道，“若他不重情重义，也就不会是我杨婵所爱之人。”

“他离开五行山这么多年了，都没来见你一面！”

“那是筹谋。”杨婵低头把玩着破碎的玉简，轻描淡写地答道，“扳倒如来，才有可能长治久安。这是六百多年前就已经证明过的事。我想尽办法让他来，他不来，因为他在乎我。没让你来，你却来了，只因为想要我证明你的身份，这说明你根本不重视我。我说的，对吗？”

“你！按你这么说，他什么都好？”

“对。”杨婵注视着六耳猕猴道，“他什么都好。我要怨他，是因为他对不起我。但那是我们夫妻之间的事，轮不到你个外人来管。”

这一句话，顿时把六耳猕猴给说蒙了。

“我……我是外人？”

“你还不是外人吗？”杨婵吐出一口气，道，“用他的脸，说出那些莫名其妙的话……呵呵呵呵，连我想要什么都不知道，就胡乱许诺。”

那洞府之外，听着两人的对话，一直在悄悄探知的杨戬一下愣住了。

此时此刻，吕六拐等人已经悉数赶到了西牛贺洲。可惜，他们来迟了。

玄奘已经不在，无论进攻方还是防御方，战斗的目的都已经不复存在了。双方正对峙着缓缓朝着各自的一边后撤。

就在这期间，夹杂在妖群之中的多目怪伸手摸出了玉简，贴到唇边。

洞府中，深陷窘境、无所适从的六耳猕猴微微愣了一下，伸手从腰间掏出了一块玉简。

“大圣爷，那猴子应该是朝华山方向去了，您得小心啊！”

“知道了。”六耳猕猴放下玉简的瞬间，原本脸上慌乱的神情一扫而空。他注视着杨婵，嘴角微微上扬，缓缓地笑了出来：“你在拖时间？”

闻言，杨婵握着碎裂玉简的手紧了紧。

“现在，我给你两个选择。”六耳猕猴随手扬起铁杆兵指向杨婵，咬牙道，“要么，立即跟我走；要么，我杀了你哥，再把你劫走。挑一个吧。”

杨婵望着六耳猕猴，眨巴着眼睛，怔住了。

此时此刻，在洞府之外，知晓洞内情况的杨戬已经攥紧了三尖两刃刀，做好了强攻的准备。

片刻之后，猴子背着玄奘飞速落地。

放眼望去，原本庭院中的建筑竟只剩下一片残垣断壁。那四周，除了灌江口的将士之外，还有大量的妖怪，就连杨戬也身在其中。负伤者无数，却大多都只是轻伤，包括杨戬在内。

此情此景，让猴子一阵恍惚。他连忙扔下玄奘，朝着杨戬奔了过去，急切地问道：“婵……婵儿呢？是不是出事了？”

杨戬没有说话，只是轻轻揉了揉受伤的肩膀，一脸的冷漠。

猴子猛地一转身就要腾空而起。

“站住！”

被杨戬一喝，猴子连忙顿住了身形，回过头来。

"别追了。"杨戬低着头，轻叹道，"婵儿让我告诉你，她能应对得了六耳猕猴，让你不要担心。千万别再想着两头兼顾，到头来两头都顾不上。"

说着，杨戬淡淡地看了远处的玄奘一眼，道："先安顿好玄奘法师吧。"

第六百九十四章

杨婵(2)

猴子望着面无表情的杨戬，不禁有些错愕了。

他实在无法想象，这样的话居然是出自杨戬之口。让自己丢下杨婵不顾吗？

杨戬撑着膝盖，缓缓起身就要走。猴子连忙喊道：“她能应对，她怎么应对？六耳猕猴可是个嗜血的怪物！万一……万一……”

杨戬停下了脚步，背对着猴子轻叹道：“我的妹妹，是个聪明的女人。”

“嗯？”

杨戬转过身，面无表情地注视着猴子，轻声道：“她很聪明，比你我想象的都要聪明，甚至有些狡黠。这是成长的路途注定的。我们兄妹俩，如果不万事多留一分心，早就死在哪个不知名的角落里了，走不到今天。”

猴子呆呆地望着杨戬，一时间，竟有些摸不着头脑了。

杨戬微微顿了顿，咽了口唾沫，接着说道：“她是个女人，会任性，也需要人哄，会闹别扭，也会耍小脾气。但……遇了大事，她还是非常冷静的，至少比我这个当哥哥的冷静。什么该做，什么不该做，她很清楚。所以，她既然说了没事，那就是真没事。”

说罢，杨戬转过身，拄着三尖两刃刀，捂着肩上的伤，迈着蹒跚的脚步，一步步地往远处走去。

晨光中，猴子呆呆地眨巴着眼睛站着，看着那背影，一阵恍惚。

好一会儿，他才回过头，背起手软脚软匍匐在地的玄奘，朝西牛贺洲的方向飞去。

直到猴子的身影消失天际，杨戬才缓缓地回过头来，静静地注视着他们离去的方向。

吴龙匆匆走过来，伸手要去搀扶，却被杨戬给制止了。

“我没事，一点轻伤而已。”

“二爷，您怎么……”吴龙紧蹙着眉头欲言又止。

“怎么啦？”

被这么一问，吴龙的眉头蹙得更紧了。他张着口，却支支吾吾地半天都不知道说什么好。

杨戬无奈地摇了摇头，轻叹道：“以后婵儿的事，我再也管不了了。”

“啊？”吴龙一下给说蒙了。

杨戬注视着目瞪口呆的吴龙，淡淡地笑了笑，道：“不是不愿意管，而是管不了。如果六耳猕猴刚刚从外围强攻，或许还有些机会。可一被他近身……我竟连三招都接不住啊。从来都只有我争着近人家的身，没想到……三界战神，我杨戬也有这一天啊。管不了了……所以，婵儿说什么，我如实转达就是了。”

那笑容中，有一种说不出的苦涩。

“喂，”疾风中，猴子忽然开口说道，“和你商量个事儿。”

已经被风吹得睁不开眼睛的玄奘拉长了声音喊道：“什……什么事？”

“你去我师父那里躲几天好不好，就几天。我去办点正事。等过了这风口，再接着西行。”

“不，不行！”

“为什么？”

“放……放我下来说。”

无奈，猴子只好匆匆落到一处山坡上，将背上的玄奘放了下来。

这一着地，玄奘便整个扑倒在地，重重地喘了起来，猛地咳嗽。

“没事吧？”猴子这才想起来，这一来一回，自己都没给他开个护盾啥的。

如果是修仙者也就罢了，玄奘这半点修为没有的凡人，被自己背着以最快的速度冲刺……那风可不是说着玩的。这么一折腾，也是够呛啊。

“没……没事。”玄奘好不容易缓过劲来，整个瘫坐在地，气喘吁吁道，

"刚刚，刚刚说啥来着？"

"我说让你去我师父那里——斜月三星洞——躲几天。我要去办点重要事情。"猴子叉着腰，俯视着瘫坐在地的玄奘，挑了挑眉，道，"你刚刚说不行，什么意思？"

"不行不行。"玄奘摆了摆手，撑着地面晃晃悠悠地站了起来，双手合十道，"西行本就是逆天而行，若是知难而退，又如何普度众生？有难，就该迎难而上，怎可闪躲？"

听他这么一说，猴子那眉头顿时蹙成八字了。

"你是真疯了？"

"贫僧没疯。"

"你还没疯？"猴子咽了口唾沫，有些不悦地说道，"是，你现在的样子看上去倒是又正常了，但你这说法，比之前疯了还不如。"

"贫僧从头到尾就没疯。"

"那你之前干的那些都是怎么回事？"猴子指着西边叱道，"淋雨水、割手腕，那叫没疯？"

玄奘双目紧闭，只是重重地叹了口气，一言不发。

此时此刻，猴子也管不了那么多了。他咬了咬牙，一把捉住玄奘，硬是将他拉到了背上。

"干什么！"

"由不得你选了！到了斜月三星洞，你有本事自己走回去！"

不理会玄奘的挣扎，猴子迅速腾空而起。疾风中，玄奘只能死死地捉住猴子，闭上眼睛，一动都不敢动。

此时此刻，狮狔国。

华美的房间里，杨婵来回地踱着步，四下查看。

"这都是按照圣母大人昔日在花果山的起居安排的，绝无半点遗漏。"

杨婵微微抬起头，隔着窗棂望见了外面的残垣断壁，她嘴角微微上扬，略带嘲讽地笑了出来。

那是猴子先前在这里激战留下的。

见状，六耳猕猴连忙干咳两声。多目怪快步走到窗前将竹帘放了下来，转身尴尬地笑了笑，道："外面还有些不方便，不过，卑职会立即派人清理。绝不会碍了圣母大人的眼。"

杨婵瞧着多目怪那紧张的神色，脸上嘲讽的意味更浓厚了，她缓缓摇了摇头坐下来，自顾自地摆弄起茶具，给自己沏起了茶。

"行了，我很满意。你们可以走了。"

"走？"六耳猕猴的眉头微微挑了挑，道，"我答应你的做到了，你答应我的呢？"

"你答应我什么了？"

"我……"被这么一问，六耳猕猴一时语塞，抿着嘴唇好一会儿，才压低声音道，"我答应你让你拥有昔日花果山你所拥有的一切。"

杨婵意味深长地瞥了六耳猕猴一眼，晃着手中的茶杯悠悠道："我有跟你说过我要这些吗？"

"你！行，你没要求。那我想要的呢？"

"你想要什么来着？"

"你公告天下，说我才是真的！"六耳猕猴一下吼了出来，吓得站在身后的几个小妖都缩了缩脖子。

多目怪的脸色隐隐有些难看了。

不过，此时此刻，杨婵正有意无意地瞧着他，瞧得他那头越埋越低，甚至都不敢抬起来，更别说开口说话了。

"哦？原来你是要这个啊。"杨婵一下笑了出来，瞧着多目怪说道，"多目，来，告诉你家大圣爷，当初，他齐天大圣的名号，是不是我证明出来的。"

多目怪顿时死的心都有了。他低着头，恨不得找个洞钻进去。可惜，一旁的六耳猕猴却丝毫没这种觉悟。他瞪大了眼睛有些疑惑地注视着多目怪，似乎还真想让多目怪说出来。

这种情况之下，多目怪肯定是不敢说话了。

僵持了半天，杨婵才抿着茶，笑嘻嘻地说道："齐天大圣的名号，从来就不需要谁承认。那是一棍子一棍子打出来的，不服，打到服就是了。所以我说，你不是他嘛。要他，就绝不会跟我提这种要求。”

“住口！”六耳猕猴重重地一吼，守在门口的两只小妖已经吓得跪倒在地。多目怪也无奈地闭上了双眼。

他忽然觉得，他扶持的这个“大圣爷”，跟原本的那个，简直就差了十万八千里。有些事，真不是空有修为就行的。

“你们先出去！”

这一句话放下来，在场的两只小妖，连带多目怪顿时如获大赦，连忙行了礼告退。临出门前，多目怪稍稍犹豫了一下，看了杨婵一眼，那拉门的手最终还是松开了，没有将门带上。

其他人都离开了，房内，只剩下六耳猕猴与杨婵。

六耳猕猴怒视着杨婵，对这个女人已是恨得咬牙切齿。杨婵却只是怡然自得地抿着茶。

“怎么？还不服气了？”

“服气什么？”六耳猕猴一个箭步冲到杨婵身旁，一把拽住了她的手腕，恶狠狠地吼道，“你肉在砧板上了，我服气什么？啊？你他娘的倒是告诉我，我需要服气什么？”

这一举动，明显把杨婵吓住了。

六百多年过去了，时至今日，她依旧只有炼神境修为，面对六耳猕猴，就像蚂蚁面对大象一般。

此时此刻，那被六耳猕猴握住的手腕早已是一阵剧痛。豆大的汗珠从她额头上缓缓滑落。

然而，她咬着牙，死死地忍着，一声不吭，瞪大了眼睛与六耳猕猴对视着。

许久，面色煞白的她好不容易挤出一丝惨笑，道：“你要服气什么，你自己心里清楚。”

闻言，六耳猕猴咧开嘴，露出獠牙，恶狠狠地吼道：“你信不信，我杀了你？”

“我信。”杨婵一下笑得更欢了，“不过，三界的妖怪不会相信，他们最最敬爱的大圣爷，会杀了他明媒正娶的妻子。杀了我，你即便原本是，也不再是了。”

“你！”六耳猕猴紧紧地拽着杨婵的手腕，却说不全一句囫囵话。

“那猴子，从他还只是一只猴子，半点修为都没有的时候我就认识了。”杨婵伸出手，缓缓地，一个一个地将六耳猕猴的手指掰开，轻声笑道：“齐天大圣强大的是内心，是执念；而不仅仅是修为。这样，我来教你怎么当真正的齐天大圣，如何？别忘了，当初辅佐他，掌控整个花果山的，也是我。”

杨婵注视着六耳猕猴，淡淡地笑着。

那娇媚的神情，让六耳猕猴一阵恍惚，眼角微微抽搐。

第六百九十五章

杨婵（3）

一道金光划破天际，稳稳地落到斜月三星洞山门前的空地上。

刚一落地，玄奘便挣扎着从猴子的背上摔了下来，趴在地上气喘吁吁。那脸色惨白得如同一片薄纸一般。

守门的两个道徒显然是被这突如其来的一幕吓到了，一时间竟有些不知所措。

猴子瞧着只剩下半条命的玄奘，叉着腰在一旁面无表情地站着，好像跟他没有半点关系。

猴子前两次背着玄奘冲刺没用灵力将他护起来，确实是无意；但这一次，却明显是故意的了。

好一会儿，玄奘才缓过劲来，撑着膝盖颤颤巍巍地起身，有些错愕地看着猴子，一时间，竟不知道说什么好。

猴子朝山门的方向使了个眼色，以无可辩驳的语气说道："进去，到里面躲一段时间，我办完事了自然过来接你。到时候，再继续西行。"

玄奘蹙着眉头嚷嚷道："这样没有意义。"

"那什么有意义？"猴子一下哼笑了出来，"回去继续虐待你自己吗？"

"普度之人，遇到灾祸便躲，还如何普度？"玄奘双手合十道，"贫僧能躲，众生如何躲？斜月三星洞能护贫僧一时，难不成，还能护三界众生一世？"

"别跟我说这些没用的东西！"

"那大圣爷认为什么是有用的东西呢？如果这些没用，大圣爷又为何要孤注一掷护贫僧西行？"

“那你觉得应该怎么办？”

“迎难而上！”

“要是不小心死了呢？”

“生死自有天命。”

“自有天命？”这一句话说得……猴子顿时气不打一处来。他强压下怒火，瞪大了眼睛吼道：“老子把所有的赌注都压在你身上，你现在跟我说‘自有天命’？自有天命我还陪你折腾个什么劲？等天命不就得了？”

“正因为大圣爷将一切都压在贫僧身上，所以才半点马虎不得。”玄奘双手合十，面无表情地说道，“西行，本就是逆转天道之事。十万八千里，搏的是苍天怜悯。只有让贫僧一步步历经艰险，走完这条路，才有可能拨开乌云见明月。”

“苍天怜悯？呵呵呵呵。”一时间，猴子已面露狰狞之色，怒吼道，“他娘的苍天是什么？当初老子打得天军不敢出南天门，自己就是苍天！要早知道你搏的是什么怜悯，老子就是打死都不会从五行山出来！”

到了眼前这一步，玄奘也被吓住了，却只是往后退了一步，依旧睁大了眼睛与猴子对视着。

面对着不肯妥协的玄奘，猴子咧开嘴，龇着牙，一只手已经不自觉地摸到了耳朵上。

这是已经忍不住要亮金箍棒的架势了。现在的他，真的很急躁，非常急躁，杨婵在六耳猕猴手上，他已经一刻都不想在这里待下去了。

当初之所以从五行山下出来，放手一搏，一方面是因为猴子心有不甘；另一方面，是因为他所知道的，西行最终的结果，是玄奘胜利了。而与此同时，也还有一个方面，那就是他觉得玄奘并不迂腐。

可现在看来，似乎又不是那么回事了。

在这火烧眉毛的关头，你是准备给我闹别扭吗？

猴子忽然有一种想一棍子打死玄奘的冲动。

忍了这么久，就是为了最后一刻的胜利。可如果杨婵出事……自己真还不如宰了这迂腐的秃驴，然后找如来拼命算了。

一时间，两人就这么僵持住了。

站在山门前的其中一个道徒见状，连忙向另一人使了个眼色。那人当即会意，沿着山道跑上去了。

留下来的一人则连忙快步下了石阶来到猴子身旁，躬身拱手道："弟子见过师叔祖，师叔祖息怒。"

"滚开！"猴子一甩手，便不再理会那道徒了，继续怒视着玄奘道，"婵儿对我很重要，非常重要。这种重要性，你一个秃驴怎么会懂？"

"贫僧懂。"玄奘面无表情地答道，"贫僧虽无儿女私情，却也不是七情尽断。除却已经身故的父母不论，那金山寺，也还有从小养大贫僧的法明师父。"

"她现在在六耳猕猴手中，那就是个嗜血、自私自利的怪物。"

"这贫僧也懂。"

"懂，你还说那种话？"猴子的声音一下抬高了八度，恶狠狠地吼道，"万一她出事了，怎么办？你赔得起吗你！"

"即便她不出事，难道大圣爷就可以和她在一起了吗？"玄奘的声音也一下抬高了八度，道，"别忘了，您身后有多少双眼睛在盯着，不仅仅是佛祖，还有无数的人希望您栽跟头！您的一举一动，都会牵连她！之前那么长时间，大圣爷您连她的面都不敢见，不就是希望那些人渐渐淡忘她的存在吗？现如今，她已经不可避免地卷入了。如果西行失败，受害的便将不仅仅是大圣爷您，还有杨婵施主！如此一来，救与不救，又有何差别？"

一大段话，玄奘一气呵成地说完了，说得猴子一下瞪大了眼睛，一阵错愕，如同一盆冷水当头浇下。

那场面，又僵住了。

过了一会儿，玄奘才又气喘吁吁地说道："而且，杨婵施主不是也说了吗？她能应付得了六耳猕猴。大圣爷不如收拾心情冷静下来，从长计议。"

"她的话能信？"

"不信她，大圣爷还想信谁？"

猴子呆呆地看着玄奘，许久，咬牙一字一顿地说道："我谁也不信，包括你！这样，行了吗？"

"大圣爷，"玄奘眨巴着眼睛深深吸了口气，又道，"您现在一定觉得贫僧是在给您添乱吧？”

“不是吗？”

“可大圣爷别忘了，您也在给贫僧添乱。”玄奘微微低头道，“西行，从来就只是贫僧一个人的事。西行不可断，不可躲。在贫僧看来，六耳猕猴之危是一难，大圣爷强行送贫僧到这斜月三星洞，又何尝不是一难呢？”

猴子摆了摆手，长长地舒了口气，一脸厌烦地瞪着玄奘道：“不好意思，我从来就没想过要听你的意见。现在摆在你面前的只有两条路：一，等我把事情摆平了，回来接你；二……你自己走回去。”

“那贫僧就走回去。”

“由不得你！”猴子一扭头，对着一直呆呆站在一旁无所适从的道徒道：“将他拿下，无论如何不得让他离开斜月三星洞。要是出了事……就是同门，我也宰了你！”

说罢，猴子不理会道徒错愕的眼神，也不再听玄奘的辩解。他一个转身腾空而起，化作一道金光掠向天际。

直到此时，那前去禀报的道徒才带着清心匆匆沿着山道走下来，却只看到猴子的背影，以及呆立不动的玄奘。

清心朝着猴子离去的方向望了许久，才一步步走向玄奘，双手合十道：“清心见过玄奘法师。”

“清心上人有礼了。”玄奘回过头，朝着清心行了一礼。

狮犵国。

此时此刻，六耳猕猴正在房中来回踱着步，时不时朝着端坐一旁的杨婵望一眼。

那神色之中，充满了疑虑。

门外，匆匆赶来的鹏魔王正与狮犵王大眼瞪小眼。多目怪则是静静地盘腿而坐，时刻关注着房中的动向。

鹏魔王犹豫了许久，低声问道：“那另一个……会不会很快杀过来？圣母大人在这里，按照他的性格，应该是如何都咽不下这口气才对吧？”

狮犵王朝双目紧闭的多目怪看了一眼，支支吾吾地说道：“那个……大圣爷说了，如果那猴子杀过来，就用圣母大人当人质。保准没事。”

“用圣母大人当人质？”一时间，就连一贯只重视自己性命的鹏魔王都哑口无言了。

一旁，多目怪依旧一动不动地坐着，显然实在不想对这件事评论什么了。

忽然间，三人同时竖起了耳朵。房中，六耳猕猴开口了。

“你说要辅佐我，怎么辅佐？”

杨婵眉目带笑地瞧着六耳猕猴道：“你想我怎么辅佐？”

“这不是该问你吗？”六耳猕猴摸着下巴，一脸疑惑地说道，“你说要教我怎么当齐天大圣的。既然你敢这么信口开河，那我也不妨听听。”

“首先，你要上花果山。”

“上花果山？”

“对，花果山才是众妖心日中的圣地，狮[illegible]国算是个什么东西？一个流落在外、残兵败将的营地？当初妖族兴盛从花果山开始，如今妖族复兴，肯定也要从花果山开始。复兴了妖族，你才是真正的齐天大圣。”

门外，多目怪的眉头顿时微微蹙起。

房中，六耳猕猴略微想了想，点头道：“你说的也对。不过，我听说花果山已经是一片焦土，这么多妖怪过去，恐怕……有点难办吧？”

“这些是多目怪告诉你的吧？”

“对。”六耳猕猴又点了点头。

杨婵深深吸了口气，轻叹道：“你是万妖之王，齐天大圣孙悟空。我是华山圣母杨婵，也是公认的妖后，执掌花果山上百年。那门外的，不过是花果山的一员小卒罢了。你觉得，你该听谁的？”

闻言，六耳猕猴那眉头都蹙成八字了，有些拿捏不定地瞧着杨婵。

门外，多目怪无奈地伸出双手，却也只是用力地揉了揉脸。

轻描淡写的几句话，这是要夺权啊。

很显然……他有些低估了这个执掌妖族上百年的女人了。她，远不止是妖族的一面旗帜那么简单。

第六百九十六章

杨婵的主意

长空中，猴子铆足了劲不断加速。高度凝聚的灵力在四周引发了闪电的暴走。所过之处，天地间尽是一声声接连不断的雷鸣，久久不能平息，惊得鸟兽都缩在各自的窝里不敢动弹。

要击败六耳猕猴，猴子有百分之百的把握，可是，他就这样直接杀向狮[illegible]国，会发生什么事呢?

熊熊的怒火在发红的双目之中燃烧着，此时此刻，猴子的大脑却出奇地冷静。

按照自己对六耳猕猴的了解，他大概会毫不犹豫地拿杨婵出来当人质吧。只要保持足够的距离，以他的速度，确实是可以要挟得到猴子。也许，他现在就站在杨婵身边，等着自己去救人呢。说不定眼下的一切由头到尾就是一个陷阱。

可是，即便真的是陷阱，难道就可以不去吗?

很显然，不能。无论什么理由，猴子都过不了自己心里那个槛。去，肯定是必须去的。即使让西行证道冒上一定的风险，即使跟玄奘翻脸，猴子也必须去。

如此一来的话，便只剩下出奇制胜一途了。

不多时，猴子已经抵达了狮驼国的外围。

他匿藏云间，借着一阵狂风扫过的空当，压制住自己的气息，化作一粒水滴从天空中无声无息地落下。

还没抵达地面，他已经悄然化出原形，手一指，直接将一个禁音术丢到了下方的一个树干上。下一刻，他已经重重落到树干上。

这重重的冲击之下，整棵树都在微微颤动着。不过那声音已经被禁音术彻底抹去了。就连抖落的几片落叶，也被猴子手一扬，直接在半空中化作一阵飞灰，消失无踪。

在距离这棵树两丈不到的地方，三只小妖正站着闲聊。然而，对于身旁发生的一切，他们却浑然不觉。

几乎没有任何停顿，猴子的行动开始了。

他借着绿叶的掩护，消去声音，燃去落叶，悄无声息地在树冠之中穿行。

下方，一队队妖兵一如往常地巡逻，丝毫没有察觉到自己头顶的异常。

一声清脆的声响，猴子一下从树上跃了下来，整个栽入半人高的草丛中。

草丛旁，两只妖怪握着兵器晃晃悠悠地走过，一路说笑，半点没有意识到自己正与死神擦肩而过。

树林到这里就结束了，接下来的部分，属于狮犵国的内围。

待那两只小妖走远，藏身草丛中的猴了才伸出手去，轻轻拨开了挡住视线的野草。

映入眼帘的，是狮犵国破损的城墙，是如同废墟一般的建筑群，还有密布几乎每一个角落、正在收拾残局的妖族大军。

因为被破坏过，所以此刻视野反而更加开阔。在这种情况下，只要一有风吹草动，马上全城都会知晓。

猴子深深吸了口气，仰头从草丛中站了起来。就在起身的瞬间，他已经化成了方才走过的其中一只妖怪的模样。

“我凭什么不信他，要信你呢？”六耳猕猴叉着腰，一脸不屑地说道，“他是我的部下，而你……若不是我用你哥要挟，你恐怕也不会那么轻易跟我过来吧？”

杨婵眉目带笑地瞧着六耳猕猴，那眼神，看得六耳猕猴有些底气不足。

好一会儿，六耳猕猴咬着牙恶狠狠地说道：“我不喜欢你这样，很不喜欢。”

“那你喜欢怎么样的？”

“像他们那样的。”六耳猕猴伸手指了指门外，道，“像条狗一样。我只需要狗，不需要同伴。”

闻言，杨婵不由得笑了起来。

门外，无论狮狔王还是多目怪，那脸色都有些难看了。

杨婵抿了抿唇，轻叹道：“狗有好处，也有坏处。”

“怎么说？”

“你让狗去冲锋陷阵，肯定是没问题的。可你准备要听狗的话吗？”

六耳猕猴轻轻挑了挑眉头。

狮狔国的残垣断壁之中，大批的妖怪正在搬运着各种碎石泥土。

一只鳄鱼精站在高处挥舞着皮鞭，不断吆喝叱骂着。下方的小妖们一个个敢怒不敢言，只能卖力地在碎石堆中不断地掏，将那些掏出来的东西，无论什么都往城外搬去。

每当掏出尸体的时候，这鳄鱼精便会匆忙跑过去，推开其他小妖，然后将尸体从上到下搜个遍，期望着能找到一点丹药或者法器——这是妖怪世界唯一的硬通货了。

然而，已经有大半个时辰没有任何发现了，这让鳄鱼精不由得有点泄气，开始怨恨这一仗死的人不够多。

“喂，那个谁？”忽然间，他指着前方走过的一只蜥蜴精吆喝道，“你是哪支部队的？”

蜥蜴精微微一愣，停下了脚步。

正迟疑间，鳄鱼精已经从土堆上奔了下来，大声叱道：“没看到我们都这么忙吗？为什么你好像什么事儿都没被分配到？你的腰牌呢？拿来给我看看！”

蜥蜴精悄悄用眼角瞥了一眼鳄鱼精腰上挂着的东西，随手一翻，手中便多了一份类似的腰牌。

鳄鱼精接过蜥蜴精递过来的腰牌，不由得愣了一下，喃喃自语道：“咦，这部队怎么没听过，难道是刚成立的？”

蜥蜴精面无表情地与他对视着，悄悄伸手一指。

忽然间，不远处有人喊道：“将军！挖到一个准尉的尸首！”

“什么，准尉！”鳄鱼精一下惊叫了出来。

准尉虽然还算不上妖将，但在这种时候，也已经算是肥羊了。

此时此刻，鳄鱼精也顾不得那么多了，连忙将手中未经识别的腰牌塞回蜥蜴精手中。一个转身，他朝着那声音的方向狂奔而去，扬鞭叱道：“都别动！谁动老子宰了谁！”

一时间，四周妖怪的注意力全被吸引了过去。

“咦？尸首呢？刚刚谁说挖到尸首的？”

随着鳄鱼精一顿咒骂，无数的妖怪朝那里走了过去。

没有人注意到那刚刚被他叫住的蜥蜴精默默转身，继续朝原本的方向走去。日光下，那身形一晃，化作了鳄鱼精的模样，腰上挂着一块一模一样的令牌。

杨婵平视前方，张口道：“佛门为什么要复活你，他们有什么目的？如果你比原来的那个更难对付的话，他们这不是搬起石头砸自己的脚吗？妖族要崛起，最大的绊脚石是谁？应该如何才能铲除这个绊脚石？在这些事当中，各方大能又都是什么立场？原本的那个，为什么要执迷于西行？这些，你都想明白了吗？”

“这……”被这一连串的问题问下来，六耳猕猴一下有些蒙了，掐着十根手指，分不出个所以然来。

“人无远虑，必有近忧。类似的问题，还有很多。做事情，应该先谋定而后动。否则，不过是为人做嫁罢了。六百多年前的花果山就是一个例子。如果当初他肯听我的，肯定不至于落到如此下场。”杨婵微微顿了顿，朝着门外瞧了一眼，悠悠笑道，“你说的对，他们就是一群狗罢了。听狗的话，你最终只会被带到狗窝里。”

门外，多目怪，乃至于狮狔王、鹏魔王那眉头都已经蹙成了八字。

门内，六耳猕猴更是听得一愣一愣的。

这口才，真的是……

走过狭长的过道，蜥蜴精与一只扶着大刀的虎精擦肩而过。

一个转身，蜥蜴精又化作了那虎精的样子。

“咦，你怎么又回来了？”迎面而来的蛇精吐着舌头跟他打招呼。

“忽然想起有点事还没办。”虎精低了低头，快步走了过去。

那背影看得蛇精一愣一愣的。

“怎么啦？”

“没什么，他走路的姿势，好像跟往常不同啊。”

“你想多了吧。”

绕过转角处，刚刚化作虎精的蜥蜴精，又化作了蛇精的样子。

狮犵国是一个庞大的组织，在这样的组织里，每一只妖怪，都有固定的活动地点。随着他越来越接近中心地带，身份，将会是一个极大的问题。

好一会儿，六耳猕猴才缓过神来。他瞪圆了眼睛，有些不确定地问道：“你真愿意帮我？”

“你猜。”

“你为什么要帮我？”

“你猜。”

“不说明白，我绝对不会听你的。”

“你可以不听。”杨婵依旧眉目带笑地瞧着六耳猕猴，一字一顿地说道，“只要你，赌得起。”

这一瞬间，六耳猕猴是彻底蒙了。

他完全看不透眼前这个女人的心思了……这根本就不是一个战俘，更甚者，她就像一个有恃无恐的女王！

“你！”一只野猪精高声一喊。然而，还没等他叫出声来，一只从黑暗中伸出的手已经将他整个拖入了阴影之中。

下一刻，一只长得跟他一模一样的野猪精从阴影之中走了出来。

还没等“新”的野猪精站稳，一只螳螂精已经握着一把比他身子还长的镰刀从远处奔了过来。

“发生什么事了？”

“没，嗓子有点不舒服，咳一嗓子而已。”

“刚刚是咳嗽？”

螳螂精将信将疑地走开了。

野猪精抬起头，望着头顶足有数十丈高的峭壁。

从这里爬上去……就是六耳猕猴的别院了。这一次，一定要将他碎尸万段！

房间内，六耳猕猴注视着杨婵，越发拿不定主意，甚至有些心烦意乱起来。

关于佛门的问题，那猴子在跟他对战的时候，也曾经说过。那时候，那种情况，他压根就没听进去。可现在细细想来，却又有几分道理。

可是，这女人可信吗？

大门外，多日怪已经开始冒冷汗了。他实在不知道，万一六耳猕猴真的信了杨婵，他会是怎样一个结果。倒是鹏魔王和狮狔王要淡定许多。

正当此时，杨婵的脸色微微地变了一变。

“怎么啦？”六耳猕猴一下警觉了起来。

“没什么。”只一瞬，杨婵又恢复了原本的笑容。

“你来了？”忽然间，一个声音在猴子的脑海中响起了。

“你居然知道我来了？”猴子微微调整了一下身形，踩着长在壁上的松树，贴近岩壁隐匿了身形。

“当然知道了。你到现在用的隐气法门，都还是我们金霞洞的。”

猴子一下沉默了。

他蹲在树干上眼巴巴地朝上方张望，却不知道应该对她说什么。

六百五十年，这一亏欠，实在太多太多了。多到，也许永生永世都偿还不了。

许久，他咬了咬牙，对脑海中的声音回应道：“你再等等，我马上上去宰了他，救你！”

说着，猴子又一次悄悄地朝着岩壁攀爬而上。

“你回去吧。”

“什么？”

“回去。”

“你在说什么？”

“我让你回去。”

一时间，猴子竟有些蒙了。

“你……是因为我一直没去找你吗？我不是不想去，真不是，只是怕……还记得短嘴他们吗？短嘴、大角、黑子、灵犀，他们全部都死了。我怕你和他们……”

“不要再说了，这些我都知道。”

“你都知道？”

“对，我都知道。你是对的。所以，我才让你回去。你是对付不了如来的，玄奘也未必对付得了。但六耳猕猴可以。既然他们要叫出六耳猕猴，我们何不将计就计？”

“你……你想利用六耳猕猴？”

“对。所以，我暂时必须留在他身边。”

“不行！他就是个疯子！”猴子不禁加快了手脚，隐隐地有些急了。

“就因为是疯子，才可以利用！”

“不行！我不同意！”

转眼之间，猴子距离那峰顶的房间只剩下三丈不到的距离了。

房间内，杨婵无奈叹了口气。

“好吧，既然你一定要来……那就来吧。”

这语气，听得猴子顿时愣了一下。

杨婵缓缓地起身，注视着猴子所在的方向，轻声道：“你的对头来了。”

“对头？”下一刻，六耳猕猴浑身上下的毛都竖了起来。他顿时反应过来，他的“对头”，指的是另一只猴子。

还没等六耳猕猴后退，只听杨婵轻叹道：“挟持我。”

“挟持？”猴子咽了口唾沫，连忙奔到杨婵的身后，将铁杆兵化作一把尖刀顶在杨婵的脖子上，高声叱喝道：“出来！给我滚出来！”

一时间，门外的妖将们蜂拥而入，一下挤满了整个房间。

房中所有的一切，匿藏窗外的猴子全部感知得一清二楚，那距离窗棂只有几寸距离的手一下顿住了，微微颤抖。

许久，他深深地闭上了双目。

下一刻，整堵墙都被轰塌了，屋顶被掀起。

在妖将们的尖啸声中，沙尘飞速漫开。六耳猕猴挟持着杨婵，带着一众妖将连连后退。

沙尘之中，猴子拄着金箍棒缓缓地站了起来。那望着杨婵的眼中，充满了无奈。

第六百九十七章

不要再亏欠

烟雾缓缓地淡去，外围迅速遍布了各种喧哗声、尖啸声。大批的妖军开始朝这里聚集。

然而，被整个揭了顶，只剩下残垣断壁的房子里却是一片寂静。

妖将们一个个惊恐地望着猴子，唯唯诺诺地攥紧了手中的兵器。

惊魂未定的六耳猕猴的目光在猴子与杨婵之间来回。

弥散的沙尘之中，杨婵迎风而立，与猴子默默相望。那画面仿佛一下定格了一般。

这是时隔六百多年的相会。

六百多年的光阴，一个被困在华山，一个被压在五行山下，天各一方。日夜期盼的相会，没有人预料到，会是在这种情形下。

猴子眨巴着有些发红的眼睛，一种恍然若失的情绪冲淡了长久等待积累的思念，却也残留了那么一种眩晕感。

今日的阳光格外刺眼，以至于他觉得眼前的白衣女子，好像全身上下都散发着柔和的光芒。那是一种令人心醉的魅力，像极了斜月三星洞里第一次的相见。

一阵清风拂过，卷起的沙尘从身旁掠过。

杨婵望着猴子，心如同坠入了蜜罐之中一般，却也有一种撕心裂肺的痛楚。

那眼泪已经开始不争气地蠢蠢欲动，然而，她只能死死地忍住，她必须忍住。

猴子缓缓地挤出一丝笑容，轻声道：“跟、跟我回去……好吗？不要再那么任性了。其他的，我都由着你，但这一件事，真的太危险了。我不能让你冒这个险。”

杨婵连忙低下头，短暂的沉默之后，又猛地摇头。脑海之中无数的画面交织，累积了六百年的思念在这一刻爆发，她的思绪已成了一团乱麻。

她不敢再看，生怕多看一眼，便会忍不住动摇了原本的决定，忍不住哭出声来。那样，一切就都砸了……

“回去好吗？这里太危险了。”猴子握着金箍棒，轻轻抬起鹿皮靴，往前跨了一步，伸出手轻声道，“本来就应该我去面对的事情，不应该由你来。”

杨婵掩着脸，拼命地摇头。那心中关卡的裂痕如同藤蔓植物的枝茎一般疯狂地滋长，已经隐隐有些失态了。

六耳猕猴抢先一步挡到了杨婵身前，咧嘴笑道：“回去干什么？我才是真正的齐天大圣孙悟空，她是我的妖后，本来就该在我身边！”

“闭嘴——！”猴子一下瞪圆了眼睛怒视过去。

一声咆哮，震耳欲聋。天空中的鸟兽仿佛都被震慑到了。

猴子身上的绒毛全都竖起，澎湃的灵力引发的道道闪电不断跃动着。

在场的一众妖将猛地一惊，顿时后退了一步。就连六耳猕猴也不例外。

一片寂静之中，鹏魔王悄悄抬头仰望，望见天空中如同旋涡一般的云层……那心顿时咯噔了一下。

这场景，与当初猴子彻底失控，杀上天庭，何其相似。

他好不容易抑制住心中的恐惧，微微低下头，咽了口唾沫，屏住了呼吸。他握着方天画戟的手不由得紧了紧，悄悄与一旁的狮狔王使了个眼色。

双方就这么僵持着，许久许久。

一众妖将的心都已经跳到了嗓子眼，猴子的眼中，却只有杨婵。

大批战舰开到了，他们在天空中迅速拉开了队形。然而，当他们看清了来者是谁之后，便再没人想把包围圈防得更加严实，更没人想要加入这场即将爆发的战斗。

因为，毫无意义。

好一会儿，六耳猕猴才缓过神来，手中那虚顶在杨婵脖子上的尖刀微微用力，一下子，一滴鲜血顺着杨婵雪白的颈部缓缓下滑，染红了那一袭白衣。

刺痛传来，杨婵不由自主地抬起头，目光又一次落到了猴子身上。

一抹泪光在眼中荡漾。

猴子的心顿时凉了一下，原本的气势迅速弱去几分。

“我知道我现在还赢不了你。不过，放心，有的是机会分胜负。”六耳猕猴稍稍贴近杨婵，咧着嘴，低声笑道，“嘿嘿，我想清楚了，你说的对，齐天大圣的威名，是打出来的。不需要任何人的承认。所以……用不了多久，等我实力成长起来，我会自己找上门去跟他好好干一架，证明我自己的。现在，就只能辛苦你了。”

说着，六耳猕猴又将声音提高了八度，对着猴子吆喝道：“滚啊！你还等什么？信不信我真当着你的面杀了她！”

言罢，那手中的尖刀微微颤动，又抵近了一分。

猴子用那一双布满了血丝、微微发红的眼睛望着杨婵。

他在等的，是杨婵的表态。而不是六耳猕猴。

“还不走吗？你当真以为我不敢杀了她！”

杨婵的眉头微微蹙着，怔怔地望着猴子，像是在祈求他赶紧走。

可是，猴子还在等。等待一个准确的答复。那神色之中，尽是祈求。

“走啊——！”六耳猕猴一下咆哮了出来。

猴子瞧着已经失了分寸的六耳猕猴，不由得冷笑了出来：“我们真的是一个灵魂里分出来的吗？”

“你说啥？”

“你说你是真正的齐天大圣孙悟空……齐天大圣孙悟空，就是一个用自己的妻子做人质的人吗？那还不如死了算了。”

此话一出，六耳猕猴顿时觉得浑身都不自在了。他连忙朝四周望去。

此时此刻，四周的妖将看着他的眼神，在他眼中都充满了嘲讽味道。这让他急火攻心，恼羞成怒。然而，他却无力阻止。

他铆足了劲，对着猴子怒吼道：“你住嘴！现在是你占优势，你当然可以这么说了！等我超过你的时候，看你还有没有今天的底气！到时候……到时候我要你跪着求我！跪着求我！”

闻言，猴子脸上的笑意更浓了，那多出来的，却是无奈。

他缓缓地收起了自己进攻的架势，收起了自己的獠牙，散去了自己凝聚的灵力，静静地望着杨婵。

“我们很早就认识，第一次相见，我记得，你是一条金色的鲤鱼。而我漂流在海上，你救了我。”

一时间，四周的妖将们一个个面面相觑。悬浮在半空中的妖军更是无所适从，只能一个个屏住呼吸，静静地听着，关注着。

没有人知道，猴子为什么要在这时候说这些。

六耳猕猴握在手中的尖刀微微颤抖。他已经气得浑身上下的毛都炸开了，却也一时间不知道该说什么才好。

猴子望着杨婵，抿着唇淡淡地笑了笑，接着说道：“那时候，我什么都没有，就是一只自以为是的臭猴子。后来，我们真正认识了……你很美，真的。从一开始我就这么觉得。但那时候我很讨厌你，也时刻提防着你。后来，我发现，原来你并不是我想象中的那样。”

猴子望着杨婵，呆呆地说道：“我渐渐地发现，你身上，有很多美好的特质。”

杨婵有些局促地望着猴子。

那身后，六耳猕猴的眉头缓缓地蹙起，一脸的错愕。

“我……我也不懂得去描述，你知道的，我胸无点墨。”猴子轻笑着说道，“总之，你所有的一切，看起来都是那么好。包括你的坏脾气……”

“坏脾气？”杨婵呆呆地眨巴着眼睛，叹道，“坏脾气，怎么会是好的？”

“不，我真的觉得好。”猴子轻声道，“我至今记得，我把敖听心强掳回来，你拿东西扔我的样子。那生气的样子，真的好美……那时候我就觉得好美，只是不敢说。”

一瞬间，杨婵也不由得抿着唇甜甜地笑了出来。

那脖子上的伤口还在流血，可是她已经一点都不觉得痛了。

猴子深深吸了口气，凝视着身前空无一物的地面，思绪仿佛一下沉浸在了记忆之中。

他缓缓说道：“我们一起构建花果山，一起对抗天庭……很难。其实，说穿了，连我们自己都不知道会不会成功。你陪着我住在那破烂山洞里，每天面对着一大帮脏兮兮的妖怪。其实……我知道你不喜欢他们的。但你从来没提过。

“我打的任何一场战，都有你在背后默默地支持着。我上天为官，是你为我在花果山守住了那份家业。我受困天庭，是你统领大军营救我。我齐天大圣的名号，有超过一半是你的。

“那时候的我，一心一意地只想要复活雀儿，因为我答应了她，也亏欠了她。我不敢去想其他事情，因为……她还没复活，如果去想其他事情，我会觉得，自己猪狗不如。”猴子微微仰头望着杨婵，轻声道，“可是，我在五行山下想了整整六百五十年……我发现，自己原来亏欠你的更多。我欠了你一份单纯、美好的爱情，欠了你八百年的光阴，欠了你一个好丈夫。真的……已经欠了太多太多了，多到一辈子，两辈子……多到永生永世，也还不完。”

一滴眼泪从杨婵的眼角滑落。那是积攒了六百五十年的怨恨，在这一刻，永远地离她而去了。

她呆呆地望着猴子，微微张口，却说不出一句话。

“所以……所以请别再让我欠更多了。好好地跟我回去，在我身边，当一个……简简单单、简简单单的女人。不要再抛头露面，不要再冒险了。好吗？”猴子望着杨婵，用从未有过的温柔，轻声道，“所有的事情，都让我一个人来扛，让我一个人去解决……给我一个当好丈夫的机会，好吗？”

这一刹那，天地无声。

那洁白的脸庞上，已是泪流成河……

绑架

第六百九十八章

犹　豫

厚厚的包围圈中，猴子微微睁大了眼睛望着杨婵。

此时此刻，所有人的目光都汇聚到了杨婵身上，每一个人都屏住了呼吸，就连六耳猕猴也在用眼角偷偷地注视着杨婵。

然而杨婵却只是掩着脸，静静地站着，抽泣着，久久不能平息。没有人能看得清她此刻的神情。

那掩着脸的手，是这个倔强的女人此时此刻最后的防线了。

猴子紧紧地攥着金箍棒，重重地喘息着。

在这天地静默之中，时间一点一滴地流逝。每一个人都在焦虑地等待着。

斜月三星洞的庭院中，清心与玄奘端坐在石桌前。

清风轻轻拂过，摇曳着洒落在清心身上的树影。她一动不动地坐着，低垂的长发披散而下，遮掩了脸庞。

石桌的对面，玄奘低头默默抿着茶，时不时看上清心两眼。

所有的一切都仿佛静止了一般。阳光下，四周的一切如此温润，却有一种透入心底的无力，让人没有勇气去面对。

她恍然想起了六百多年前的那一天。

那一天，她面临着和今天一模一样的抉择。她流着泪，劝猴子去接杨婵，然后鼓起勇气，微笑着独自面对命运。

那是柔弱、微不足道的女孩一生中，最勇敢的决定。然而，最终却只是开启了一场波及三界的浩劫。

今生，她想逃离，想将一切就此终结。可是，当他对着自己撑开双臂时……可惜，一切终究不过是泡影。

今生的她不再那么柔弱了，她甚至有些飞扬跋扈，然而……她忽然发现，原来她还是她，前世今生，从来都不曾改变过。

温润的阳光中，短暂的幸福如同流沙一般从指缝之中悄然逝去，无论如何紧握，都握不住。

留下的，依旧是那三世的梦魇。

一片寂静之中，心，在一点一点地枯萎。

楼台上，须菩提孤身独立，静静地聆听着三界的风声。

在他的身后，茶盘前，太上老君正默默地品着茶。

一个面色凝重，一个神情悠然。

…… ……

弥罗宫中，元始天尊与通天教主默默地对视着，一言不发。

…… ……

大雷音寺中，诸罗汉皆伸长了脖子，静静地等着，一个个面面相觑。

一阵微风掠过，抚动了落叶，压弯了艾草，就连天空中的战舰队形也缓缓地松动了。

这是一场漫长的等待，寂静之中，一场躁动在悄然发生。

“好不好？”猴子往前一步，远远地伸出了一只手，“答应我，跟我回去？”

那只朝她伸出的手远远地悬在了半空。

然而，杨婵却只是死死地掩着脸。

八百年了，她付出了八百年的等待，这一切，早在猴子上天为官之前便已经开始。

八百年的光阴，苦苦的守候，为的不就是今天这些话吗？

她已经得到了，她真的战胜了那个原本不可战胜的“敌人”，可是……

石桌前，清心低着头，双手交握着已经只剩下一点点茶的杯子，一动不动地坐着。

“六耳猕猴挟持了杨婵施主，大圣爷一下就乱了分寸了。”玄奘轻叹一声，道，“依贫僧看，这一趟即便有所成，也终究不过是日后的祸患罢了。”

清心呆呆地眨巴着眼睛，注视着手中的茶杯，入了神。那微微睁大的双眸中，在摇曳的树影之下如同月色下的湖面一般波光粼粼。

“当日大圣爷是如何败的，清心上人可知道？”玄奘深深吸了口气，闭上双目，悠悠道，“大能之间的战争，到头来，战的是心性。大圣爷武力强横，可惜……心性与那活了上万年的大能们，终究难以比拟。因为重情义，他才能成为叱咤风云的齐天大圣。可，也因为重情义，他才会被压五行山下。那是他最大的弱点。如此局势，将自己的弱点显露无疑，在博弈之中，又怎能占据上风呢？”

清心缓缓地笑了，一滴眼泪划过了脸颊。

“是啊……他怎么可能会赢呢？其实，都怪我。如果不是我，没有人能控制得了他。他……也就不会被如来所利用。从一开始，就是一个错……都怪我，没坚持念完咒文。否则，一切就不会变成今天这般了。”

太上老君仰望长空，捋着长须轻叹道：“你可知，那丫头的道号，老夫为何要取‘清心’二字？”

清风中，须菩提缓缓地回过头来，注视着太上老君，却没有开口。

“取的是，‘清心寡欲’里的‘清心’。”太上老君抿着唇，缓缓闭目轻叹道，“我们在博弈，那丫头，又何尝不是在博弈呢？只不过，我们博的是三界，而她博的是自身的幸福。只可惜，这场博弈，她注定是输家。历经三世，虽说性格已经完全不同，然而，本质却没有变。她不是输给了杨婵，而是输给了……那只猴子。从一开始，献出自己所有的一切的一刻起，她便已经落了下风，八百年了，终究没能挣脱出来。”

说着，太上老君睁开双眼，目光缓缓朝须菩提移了过去。在目光相交的瞬间，须菩提却避开了。

太上老君无奈地笑了出来：“六百多年前的，那是死局，以她的性格，断无逃脱的可能。只希望今时今日，她能走出来吧……”

须菩提微微眯着眼睛，依旧一动不动地站着，眺望远方。

层层包围之中，就在所有人的瞩目下，杨婵最终却是，犹豫着往后退了一步。

猴子呆呆地睁大了眼睛。

杨婵放下双手，用那双发红、蒙眬的眼睛望着猴子。

“对不起，我不能跟你回去。”

“为什么？”

“总之，不可以。”杨婵缓缓地笑了出来，笑得从未有过的舒心。

那是发自内心的笑。

“谢谢你……”一个声音在猴子的脑海中响起，“我已经知足了。但是，我不会跟你回去的。因为，我们还有很长的路要走。如果这是宿命，那么，就让我们一起去面对，一起走完这条路吧。”

她轻轻拨开六耳猕猴的尖刀，对六耳猕猴轻声道：“他不走，我们走吧。”

“好……好！”六耳猕猴呆呆地点了点头，又回头望了猴子一眼，带着丝丝挑衅的味道。

身后的妖将们迅速让出了一条过道。

带着六耳猕猴，带着一众妖将，杨婵一步步地离去，转眼之间，已经消失在猴子的视线之中。

那天上地下的包围圈解除了，大军缓缓地收缩，后撤，如同退去的潮水一般。整个世界仿佛都在离他远去。

残垣断壁之中，只剩下猴子呆呆地站着，望着杨婵消失的方向。

斜月三星洞中，一位道徒急匆匆地闯入庭院之中。

“悟空师叔他……”那道徒还没说完，便恍然发现另一位道徒已经在场。

那另一位道徒轻叹道：“我已经……禀报过了。”

一滴滴的眼泪打在清心的手背上。

对面，玄奘顿时一惊，连忙闭了嘴。

好一会儿，清心缓缓地抬起头来，道：“送玄奘法师回去吧……”

“多……多谢清心上人体谅。”

“不。”清心看着玄奘，淡淡道，“我的意思，是送你到观里临时准备的住处。除非他来接你，否则你哪儿也不许去。”

“啊？”

还没等玄奘反应过来，一旁的道徒已经躬身拱手，对着玄奘做了一个“请”的手势。

再看清心之时，玄奘猛然发现清心眉头微蹙，那双眸之中，却早已空无一物。

无奈之下，他只得振了振衣袖，起身随着那道徒离去。

“你也下去吧。”

闻言，那剩下的一位道徒微微一愣，只得躬身拱手，悄悄地退出了庭院之外。

小小的庭院里，只剩下清心和一直呆立一旁的沉香了。

“嘿嘿，没想到你居然选择了我。老实说，我都有点意外了。”六耳猕猴哼笑着说道，“你放心，以后我都听你的，明天……不，现在，现在我们就迁都花果山！我要堂堂正正地，把我齐天大圣的位置夺回来！”

杨婵一步步地往前走，目不斜视。

“路会很长，很苦，很危险。”

“怕啥，他能，我肯定也能！”

“要跟很多很多人开战，包括西方如来，还有复活你的地藏王。你要有心理准备。”

“佛门就是一群只会耍嘴皮子的秃驴罢了，也只有他才会败在他们手上。哈哈哈哈，有你帮我，他们算哪根葱？”

六耳猕猴兴高采烈地比画着。

由始至终，杨婵都只是甜甜地笑着，那目光之中，却空无一物。

转眼之间，那四周已经再见不到一只妖怪。

猴子孤零零地站着。

许久，他转身腾空而起，向着远方掠去。

“师父，您怎么哭了？”一旁的沉香掏出手绢，小心翼翼地双手递了过去，“那只猴子……是不是又做了什么让师父不开心的事了？”

然而，清心却没有去接。她转过脸，伸手将沉香搂入怀中，微笑着说道：“是师父自己的错，不关他的事。”

第六百九十九章

一门之隔

弥罗宫中，通天教主拿着棋子的手顿在了半空。

元始天尊注视着跪在身前的道徒蹙起了眉头。

…… ……

斜月三星洞中，须菩提半眯着眼睛，望着天边的夕阳，入了神。

…… ……

大雷音寺中，一众罗汉、佛陀都沉默了。

莲台之上，如来紧闭双目，一动不动地端坐着。

“没想到啊，这三圣母杨婵，竟然使出了这一手。”

“杨婵出手控制了六耳猕猴……这一下，局势又会走向何方呢？”

“这三圣母杨婵，明显还是偏向那孙悟空的，帮六耳猕猴，不过是个幌子罢了。也只有那六耳猕猴才会看不清。”

“这该算是偷鸡不成蚀把米吧？如此一来，那六耳猕猴还会继续和那孙猴子作对吗？”

“作对是肯定会作对的，两个只能活一个。只是，怕就没原来那么肆无忌惮了，甚至还会隐约成为那孙猴子的助力。”

所有人的注意力，都集中到了地藏王的身上。

此时此刻，地藏王也有些拿捏不准了，只是蹙着眉头静静地站着。

天边的最后一抹流云荡尽。

几只大雁懒懒地拍打着翅膀飞过，衬着夕阳，有一种说不出的孤寂。

长空中，猴子朝着斜月三星洞的方向，缓缓地飞着。

一路上，那思绪如同一团乱麻一般。

他犹豫着要不要再去一趟狮驼国，强行抢人。

杨婵不愿意，他真的有可能将她强行带走吗？

答案是，有可能。但是这个可能性极低。更大的可能是，在这争夺的过程中，不小心伤了杨婵。

这是他无法承担的后果。

可是，抢不回来，难道他就这样回去？

这一点，连猴子自己也说不清。

他恍恍惚惚地一路从狮驼国飞到了斜月三星洞。这一路，漫长得像一生一世一般。

当他落到斜月三星洞大门前的时候，已是星夜。

恍惚中，眼前的红门像极了当初他跪了一个春秋的那一个。

门后，清心带着玄奘静静地站着。

几乎是同时，双方都停止了一切动作，隔着那紧闭的红门对视着。

一旁的玄奘都已经有些按捺不住了。他伸长了脖子四下张望，实在搞不清清心为什么安顿他住下，又大半夜地将他拉到这里来。可是，瞧着清心那神情，他又不好开口问，只能静静地陪她站着。

许久，清心微微低头，道：“开门。”

守在门内的两个道徒默默点头，伸手拉开了门闩。

大门轰然打开了，悬挂门前的灯笼的光顺着门缝一点一点地照入，洒在清心身上。

门外，猴子不由得愣了一下。

清心深深吸了口气，撑起一张笑脸，抬腿迈过了门槛。

见状，玄奘也只得快步跟了出去。

“你在这里等一下，我……想和他单独说说话。”

闻言，玄奘点了点头，停在原地。

夜风轻轻地吹着，四周，树影摇动。

在猴子有些恍惚的眼神的注视下，清心顺着长长的石阶一步步地往下走，直至他的跟前。

“我……我来接他。”

“我知道。”清心看着猴子，低垂着双眸轻声道，“上次的事，我已经想清楚了。”

“上次的事？”

“对。”清心抿着唇，道，“就是你……之前和我说的事。我已经想清楚了。”

猴子有些诧异地看着清心。

此时此刻，清心的神情格外平静，不同于以往的任何一次见面。

她微微顿了顿，接着说道：“我不是雀儿，也不是风铃，我有她们的记忆，是她们的转世，但我终究不是她们。这一点，我希望你能明白。”

猴子呆呆地盯着清心。

“所以，我不是她们任何一个人的替代品，也不希望成为她们任何一个人的替代品。”清心平静地说道，“你和她们的情分，已经在前世完结了。今生今世，我只想好好地当一个修仙者，不想再卷入任何纷争。修者，便该是清心，寡欲。希望你能明白，也希望你……不要再打搅我。”

话到此处，清心便顿住了。

猴子一脸的错愕。

“为什么……”

“不为什么，这是我自己的决定。”清心紧紧地闭着双目，道，“其实，有些事，你知，我知，不需要自欺欺人。以前的事情已经过去了，无谓今生再为彼此增添烦恼。”

“可是……”

“没有可是。”清心抬起头，怔怔地望着猴子，似是想笑，却又笑不出来。

渐渐地，那眼眶中多了点点晶莹。

猴子已经彻底慌乱了，可是此时此刻，他又能说什么呢？

刚去过狮狔国，他能说什么呢……在感情上优柔寡断的性格，已经将他彻底陷入了死局。

两人就这么呆呆地站着，对视着。

许久，清心转过身，沿着长长的石阶一步步地往上走。

那身后，猴子依旧呆呆地望着她。

这一路，太长了，八百年的光阴，历经三世，她已经累了。让一切就此了结吧，对彼此……都是一个好结果。

她想最后再和猴子道个别，说个“再见”什么的。可是，直到此时，前两世的记忆依旧缠绕着她，以至于她无论如何都说不出口。

那是一种令人虚脱的感觉，每走一步，都仿佛随时会踩空一般。

她死死地忍着，不想在这最后的时刻，表现出一点一滴的异样。她害怕，害怕再说下去，她会又如同之前一般，忍不住地想去抓住一些她本不该拥有的。

放弃，才是最好的选择，这不是她一开始就决定的事情吗?

只有放弃，才能让原本已经鲜血淋漓的伤口，不再撒盐。

好不容易，她终于走到了玄奘的身前。

玄奘看见清心在月光下微微闪烁着光芒的双眸，整个人都蒙了。

他睁大了眼睛，看着清心，半晌都不知道应该说些什么好。

“去……去吧。如果以后再遇到什么危险，可以……”忽然间，清心顿住了。

她微微张口，却没办法再发出一丝一毫的声响。那眼泪顺着脸颊，一滴滴地往下坠。

好一会儿，她低着头，与玄奘擦肩而过，跨过那高高的红门。

大门轰然关闭，将猴子与玄奘，都关在了门外。

大门的轰鸣声传来，直到这一瞬间，猴子才仿佛从睡梦中惊醒一般，却也只是呆呆地眨巴着眼睛，不知所措。

夜，安静得没有一丝声响。

门前，猴子依旧呆呆地站着，玄奘左右环顾。

门后，清心如同虚脱了一般，紧紧地靠着门板，双手掩着脸，一动不动地站着。那模样，看得一旁的两位道徒面面相觑，不知如何是好。

“八百年了。”楼台上，太上老君微微俯视着，轻叹道，“整整八百年了。八百年前，这猴子跪在你门前，赖着不走，为的就是门内的她。一门之隔……今天又是这般，只是，性质却全变了。”

须菩提伸手摆弄着清茶，沉默不语。

太上老君将目光斜向须菩提，轻叹道：“你这当师父的也是铁石心肠，到今天，你就不曾后悔过吗？”

须菩提微微抬头，淡淡地看了太上老君一眼，轻叹道：“后悔过。”

“后悔过？”

“只是……”须菩提依旧面无表情地沏着茶，低垂着脸，道，“只是，付出的代价太大了，比一开始想象的还要大。所以，这一路，更加不得不往前走。因为……一旦停下脚步，之前所有的牺牲，便都付诸东流了。”

闻言，太上老君蹙着眉头，望向头顶的一轮圆月，呵呵笑道：“既然这样，那以后还有的让你后悔。”

猴子终究还是带着玄奘离去了。

一夜之间，所有的一切对猴子来说，乃至对三界来说，似乎都发生了翻天覆地的变化。

对佛门，由于杨婵出山介入，六耳猕猴这一边充满了不确定性。虽说不可能彻底倒向猴子，但至少，也不可能如同先前那样，按照他们所想的去做了。

对天庭以及昆仑山来说，杨婵的介入，意味着二虎相争之策基本失败。现在，他们不仅仅没办法如同一开始意料的那样压制住猴子，反而必须同时面对两个一模一样的存在。

而对玄奘来说，一场风波过后，一切似乎又恢复了正统。脚下依旧是漫漫十万八千里路，前方依旧是灵山。

只是，猴子却始终高兴不起来。

当他带着玄奘返回原本出发的小河畔时，那恍惚的神情，就像无论看见什么都笑不出来一般。原本吕六拐等人都在那里等着猴子归来，准备集结部属跟狮犵国拼个你死我活的，见到猴子这般模样，顿时就没人敢开口询问了；不仅仅不敢问他要不要集结大军，甚至连该不该撤军，都不敢问。

一下子，原本仅仅六人的西行队伍快速膨胀，变成了上百人。这当中，除了牛魔王、红孩儿、吕六拐、猕猴王之外，还有来自他们各自麾下的上百名妖将。

浩浩荡荡的一行人，守着依旧坚持向西的玄奘，出发了……

第七百章

毒 计

在那一场交锋之后，原本已经如同一个火药桶一般，处于爆炸边缘的三界忽然匪夷所思地安静了下来。

然而，任谁都看得出来，这不过是暴风雨的前夕。暗流，正在涌动。

从那一天之后，猴子变得沉默寡言。他几乎不说什么话，也不催促玄奘，可是，那阴沉的眼神却似乎在时刻提醒着所有人，该去怎么做。

紧紧跟着猴子的吕六拐等人会意地开始了一些暗地里的工作。

他们拉来了各自的精锐部属，在西行队伍的四周展开了一个方圆百里的防御圈。在玄奘抵达任何一处之前，他们会成群结队地出现，将每一个角落都彻彻底底地搜查一遍。几乎所有灵力超过一般程度，疑为修仙者的存在，无论人类还是妖怪，或被杀死，或被远远地隔离开来。莫说妖怪，就是天庭委派的山神，乃至于佛门的僧人都被彻底清除出去。

任何靠近的物体，哪怕是一只苍蝇，都会被彻底地检查一遍。

而在玄奘的身边，却一切风平浪静，仿佛什么都没发生过一般。

除了玄奘之外，三界之中的任何一个人都已经感受到了猴子那咬牙切齿的痛了吧。

此时此刻，这只猴子再也不像先前那么好说话了，任何挡在他面前的，妨碍西行的，都会被彻底地碾得粉碎。

莫说佛门，就连一直以来与猴子有着某种默契的天庭与道门，都只得远远地避开这只猴子。

与此同时，作为妖族另一派势力的狮狏国六耳猕猴一方，则紧锣密鼓地开始了迁都花果山的准备。

这简直是一个不可能的任务，至少，在目前来说是不可能的。

花果山历经了六百多年的干旱刚刚才迎来降雨，需要至少百年的时间才有可能恢复原本的生机。

妖怪，也是要吃饭的。至少绝大多数的妖怪是要吃饭的。

眼下，这片几乎寸草不生的土地，别说一个堪比原本花果山的庞大妖国，就是一个好似狮狔国这样规模的缩小版妖国也不可能支撑得住。

要在这样一片土地上完成妖族的复兴，唯一的办法，就是通过庞大的舰队远程运输食物。可是狮狔国根本就没有一支像样的舰队。

于是，一个规模冠绝三界的造舰计划被提了出来。

狮狔国没有像样的舰队，难道就有建造这样一支庞大舰队的资源吗？

很显然，并没有。而且在短期之内，也根本不可能拥有。

紧跟着这份造舰计划的，是一份资源的获取计划。在这份计划里，杨婵建议六耳猕猴向包括佛门在内的三界所有势力发动威慑，强索资源……

握着这样一份计划，多目怪的脸色都青了。

“圣母大人，恕卑职直言，这份计划，并不可行。”为了避免自己的心血毁于一旦，多目怪第一次鼓起勇气，站在朝堂上挑战这个他从未想过要挑战的对手，“莫说实力比我狮狔国更强的佛门，就是已经遭受重创的道门，势力不比当年的天庭都不可能接受这样的强索。即便是实力低微的龙宫、地府，那背后也都有各自的势力支撑。平日里要点小东西或许没什么问题，但这份清单……”

话到此处，多目怪便顿住了。他微微躬身，怔怔地望着高坐六耳猕猴身侧的杨婵。

所有人都在有意无意地注视着杨婵，就连六耳猕猴也不例外。

然而，杨婵却只是淡淡笑了笑，道：“我们来赌一把。”

“赌？”

“对，赌一把。”杨婵缓缓起身，笑道，“莫说龙宫、地府，也莫说道门、天庭，就单单说那佛门。若是这份提案，他们欣然接受了，那么以后，便要请多目大人闭嘴；若是他们不接受，以后，我闭嘴。如何？”

这一句话放下去，多目怪彻底蒙了。他张大了嘴巴错愕地望着杨婵，半天都接不上话。

这是刚上场就直接下军令状的意思啊……

好一会儿，他才有些慌乱地朝着六耳猕猴望了过去，似乎希望六耳猕猴帮着缓解一下这紧张的气氛。然而，六耳猕猴却是缓缓地拍手，道：“这个赌局，本大圣，替多目丞相应下来了。来人，笔墨伺候，我要亲自给如来书信一封！”

说罢，六耳猕猴哈哈大笑起来。

那身旁，杨婵瞧着台阶下的多目怪淡淡地笑着。

这下多目怪彻底傻眼了。

他脑海中转过千万种想法，可惜，却拿不出一个主意，更看不懂杨婵此举意欲何为。

难道……佛门真会答应？

半日后，这封信函便送到了大雷音寺大殿之上。

随着那传信僧人的诵念，举殿哗然。

“这六耳猕猴，也未免太狂妄了吧？”

“先不说他本身就是受了地藏尊者的恩惠才得以存活于世，便说那六百多年前的花果山一战……难不成，那六百多年前的一战，胜的还是他妖族不成？”

“哼！连彼此强弱都分不清，即便是鼎盛时期的花果山，也没他这般狂妄！”

“大概是被胜利冲昏头了吧。那真正的孙猴子，还算有几分头脑。这个六耳猕猴，压根就是个野猴子，‘大圣爷’被人叫久了，真就当自己是个人物了！”

人群中，一位罗汉低声道：“贫僧听说，这信，是杨婵让六耳猕猴写的。”

“杨婵？”

闻言，在场的一众佛陀罗汉，顿时都蒙了。

“莫非，这是杨婵的祸水西引之计？”

“可是，我们有可能因为这样一封信，就贸然对狮狏国开战吗？这也未免太小看我佛门了吧？”

一众佛陀面面相觑。

许久，高坐莲台之上，由始至终一直沉默不语的如来缓缓地笑了出来。

他睁开双目，轻叹道：“告诉那送信的妖精，他们要的东西，不日将送抵狮狏国。”

“弟子遵命！”

那弟子深深叩首，然后一步步退出了门外。

大殿之中顿时安静下来。

在场的，几乎每一个人，那目光中都透着疑惑。

好一会儿，如来才轻叹道：“这杨婵，修为不行，却有着一份上位者的眼界啊。到底，是执掌花果山一百多年的妖后。”

闻言，那些罗汉皆一脸错愕地望着如来。

消息传到狮狏国，不仅仅是多目怪，在场的妖怪，包括六耳猕猴在内，几乎都不敢相信自己的耳朵了。

整个朝堂之上，唯一保持着镇定，认为一切理所应当的，恐怕只有杨婵了吧。

六耳猕猴欣喜若狂地从王座上奔了下来，拿着那份佛门的回函上看下看，左看右看，笑得合不拢嘴。

“连佛门都屈服了，还有谁有问题？还不速速备齐笔墨，给天庭、道门、东南西北四海龙王外带地府都去函，要他们进贡？”

“大圣爷，此事万万不可啊，如此一来的话……”

还没等多目怪说完，只听台阶之上，杨婵冷哼一声。

顿时，所有的目光都朝着杨婵聚了过去。

杨婵低头悠悠摆弄着手指，轻叹道：“多目大人真是健忘啊，这么快，已经忘了刚刚的赌局了？”

“这……”多目怪一时语塞，只得望向六耳猕猴。

然而，他看到的只是一张不屑的脸。

六耳猕猴冷冷地瞧着多目怪，意味深长地哼道：“刚刚，可险些让你坏了本大圣的大事啊。以后这件事，你就别开口了，懂吗？”

这一席话，说得清淡，却是在大庭广众之下说出来的。整个狮狁国的要员，包括九头虫、狮狁王、鹏魔王，都在一旁听着。

原本最受宠的多目丞相，就这么在众目睽睽之下失了权柄。

很快，充斥着威胁语气的书信便从狮狁国向三界之中几乎所有的势力送了出去。而这些书信，大多数最终都被送到了元始天尊与通天教主手中。

“这是什么意思？”通天教主指着眼前摊开的一众信函，有些不可思议地说道，“如来居然服软了？”

“这不是服软。”元始天尊缓缓地摇了摇头，哼笑道，“佛门四大皆空，这些东西，本来就是身外之物。即便给他，又何妨？况且，这些不过是造舰的材料罢了，便是有一千一万艘战舰，又能如何？天道面前，不过一堆废铁。”

闻言，通天教主顿时有些蒙了。

长久以来，他都是用道家的思维思考问题，而鲜少考虑佛门的思维。

好一会儿，他才无奈轻叹了出来，哼笑道：“这倒是一着妙棋啊……佛门好不容易布下六耳猕猴这颗棋子，西行未定，必不愿轻易开罪。自然，也就会将东西双手奉上。如此一来，佛门不愿出头，我们，就更不便出头了。也只得跟着佛门将东西送上。哈哈哈哈，这六耳猕猴，倒是聪明得很。”

“不，聪明的不是六耳猕猴。”

“哦？”

“聪明的，是杨婵。”元始天尊微微顿了顿，轻叹道，“局势未定，便让六耳猕猴开罪三界……让三界都感受到这六耳猕猴的恶，便是隐隐地将三界都推向孙猴子那一边。这么大动干戈，到头来，却只是讨回一堆破铜烂铁……呵呵呵呵，看来，她是铁了心要玩死六耳猕猴啊。”

第七百〇一章

打压

仅仅数日时间，第一批资源便已经装载上各方的战舰朝着狮狏国运来了。

顷刻间，整个狮狏国都沸腾了。

几乎每一只妖怪，都沉浸在喜悦之中。六耳猕猴更是高兴得合不拢嘴。三界朝贡，即使在花果山鼎盛时期，这也是不曾有过的荣耀。

那气氛，就像昔日妖国的复兴，仿佛已经唾手可得了一般。

不过，这只是一个开始罢了。

索取资源的计划稳步进行，造舰计划自然应该立即启动。可是，一个没有足够资源建造大规模舰队的妖国，难道会有现成的，能建造舰队的人力储备吗？

显然，这也是没有的，而且这方面的问题比起资源问题更加严重。

鹏魔王、狮狏王乃至于已经身死魂灭的猬狨王，本质上都不是花果山出身，并没有受过花果山模式的妖族教育。他们骨子里，还是当初四处逃窜的妖王罢了。

在花果山时，他们手下的妖怪基本上没有悟者道修者。离开花果山建立狮狏国之后，他们也从未想过要正儿八经地采用花果山的那一套。如此一来，拥有数十万妖怪的狮狏国，真正的悟者道妖怪寥寥无几。

至于九头虫手下的那帮妖怪，为了减少天庭的猜忌，从来就没有过大规模的储备。

多目怪手下倒是有一些，可惜人数过少，根本没办法担负起这么大一个任务。

面对眼前这种情况，即使不用多目怪说，六耳猕猴自己十个手指头算一算，也知道他那短期之内迁都花果山的计划根本就不可能。

然而，杨婵却不以为意。

就在六耳猕猴为这件事苦恼之时，杨婵的另一份计划发出来了。

她制定了严苛的工程进度标准，要求必须按时按量完成。拖延工期者，将受到严厉的处罚。

一时间，还没从三界朝贡的喜悦中缓过神来的狮狔国，一下炸了锅。无数的奏折如同雪片一般飞向了六耳猕猴的案头。

几乎每一只妖怪都反对这个计划。

望着堆积如山的奏折，就连一贯不顾忌下属感受的六耳猕猴都有些头皮发麻了。

他坐在自己的书房里，跷着两条腿，有些疑惑地瞧着杨婵道："这计划，可行？"

"你不信我？"

"不是不信，只是……"六耳猕猴轻轻拍在那一叠奏折上，悠悠道，"我们在案的人手，只有需要人手的百分之一，怎么可能落实得了呢？"

杨婵随口答道："没试过你怎么知道？"

"这件事压根就不用试吧，事情都明明白白地摆着了。也许……"

"没有也许。"杨婵直截了当地打断了六耳猕猴的话，轻声道，"向佛门强索之前，他们不也不相信吗？可结果呢？统治妖国，可不是当个普通妖王占个山头那么简单。万妖之王，有万妖之王的做事方法，以前的那一套，该丢了。"

小小的书房中，六耳猕猴轻轻挑了挑眉，有些诧异地与杨婵对视着。

杨婵又接着说道："有困难，是必然的。想要让妖族崛起，这狮狔国的每一个成员，都应该咬紧牙关，努力去做。连做都没做过，便已经怨声载道。居高位，却不思进取……当初的花果山，不过百年光景，便已经强现在百倍。几个妖王折腾了六百多年，却只是弄出一个烂摊子……呵呵呵呵，这些都是怎么样的谗臣啊。一群窝囊废，他们的话，能听吗？"

闻言，六耳猕猴的眉头已蹙成了八字。他犹豫了许久，最终还是点了头。

计划被强制执行，一时间，朝堂变成了众妖哭诉的场所。

每一只妖怪都害怕六耳猕猴，因为他们知道，这位“齐天大圣”冷血到了极致。但他们现在更怕杨婵，因为杨婵的法令，会将他们一个个往死路上逼。

狮狔国上下怨声载道，更多的奏折滚滚而来。然而，六耳猕猴采取了信任杨婵的姿态，将它们全部打了回去；在杨婵的要求下，更是将其中反对最为激烈的几只妖怪直接处死了。

局势总算压制住了，没有人敢继续在朝堂上提这件事，然而，那底下，各种谣言层出不穷。

“大圣爷，您真的觉得，这样行吗？”多目怪找了个机会，单独面见了六耳猕猴。

六耳猕猴瞧着一脸凝重的多目怪，龇了龇牙，悠悠道：“丞相大人不是说好了不过问圣母的命令吗？”

“这……”多目怪干笑两声，尴尬地说道，“大圣爷让微臣不管，臣自然不敢管。这件事不管，微臣管一管另一件事，该是可以的吧？”

“你想管什么事？”

“臣想确定，圣母大人，是否真心帮大圣爷。”

闻言，六耳猕猴顿时微微蹙起了眉头，意味深长地瞧着多目怪。

“当日，大圣爷您与圣母大人的婚事，虽说拜过天地，却不曾入洞房。”多目怪压低声音道，“这几日，大圣爷您也不曾与圣母大人同房。臣以为……这件事情，不宜再拖了。也正好试试，圣母大人是否是真心向着您的。”

话到此处，六耳猕猴那目光已微微闪烁了起来。

“来人哪，把红绸都挂上去！”

门外，几声吆喝传来。

房中，正抿着茶的杨婵捧着茶杯的手微微一顿，片刻之后，又是如同往常一般了。神色之中，连半点波澜都没有。

门缓缓地推开了，六耳猕猴从门外探了个头进来，笑嘻嘻地望着杨婵：“你在啊？”

说着，他抬腿跨过了门槛，深深吸了口气道：“之前，我们的婚事被打断了，没喝过合卺酒，也没入洞房。现如今，你我相聚，也应该补上了。这样吧，我让人布置一下，就这两天，咱把该做的都补上，当一对真正的夫妻。你看如何？”

说这话的时候，六耳猕猴看似随意，那眼角却一直在有意无意地瞥着杨婵。

而由始至终，杨婵却连半点回应也没有，只是自顾自地抿着茶，就像六耳猕猴压根没有走进来一般。

好一会儿，见杨婵还是没有回应，六耳猕猴一步步走到杨婵桌前，伸出二指轻轻敲了敲桌案，道：“你看如何？”

杨婵低着头，淡淡笑了笑。

“这是谁教你的？”

“谁教我的？”

“对，谁让你这么做的？”

“嘿，这种事，还用得着人教吗？这当然是我自己想的了。”

杨婵微微抬起头，面无表情地注视着六耳猕猴。

被她这么一盯，六耳猕猴顿时就心虚了。他尴尬地笑了笑，左顾右盼了一番，张口道：“就算是有人建议的又如何？这不是顺理成章的事情吗？”

“是吗？”

“不是吗？”

“我嫁的是掌控花果山妖国，觊觎三界的齐天大圣孙悟空，你已经是了吗？”

“这……”

片刻之后，六耳猕猴推开房门，气匆匆地走了出去。那脸涨得通红。

“大圣爷，事情怎么样了？圣母大人……”

“你个王八蛋！”还没等多目怪把话说完，只听六耳猕猴一声叱喝，一把就朝他的衣领抓了过来。

一时间，吓蒙了的多目怪整个被六耳猕猴揪了过去。

“你他娘的是不是故意的？”六耳猕猴瞪圆了眼睛，恶狠狠地吼道，“你在她手下那么多年，应该早就知道她的脾气了。你是故意让我去被她羞辱的对吧？”

“等等……等……”

“如果不是你之前有功，我现在就宰了你！”也不听多目怪的辩解，六耳猕猴将他摔在地上，紧接着就是重重的一脚，直踹得多目怪满地打滚。

“滚！现在就给老子滚！老子再也不想看到你！以后早朝你也别去了！”

在六耳猕猴汹涌的怒火之下，多目怪只得连滚带爬，狼狈地逃出了六耳猕猴的书房。

那身后，六耳猕猴的谩骂声还在不断传来。

在场的妖怪吓得都缩了缩脖子。

还没等多目怪站稳，一名妖兵已经悄然来到了多目怪的身旁，拱手道：“多目大人，卑职奉命来取禁军的兵符。”

“什……什么？”多目怪一下听蒙了。

“禁军的兵符。”那妖兵又强调了一次，说着手已经伸了过来。

“谁，谁让你来取兵符的？”

“新任禁卫统领明天就要上任了，兵符，自然要立即收回。”

“新任禁卫统领？”多目怪的下巴都要掉下来了，“谁说的？我这禁卫统领还站在这里，什么新禁卫统领？”

“这是圣母大人的意思，您禁卫统领的职务已经被削除了。大圣爷也已经同意，委任状上，有大圣爷的印玺。”

闻言，多目怪傻眼了。

这也许是多目怪有史以来最狼狈的一天吧。

“多目大人，圣母大人怕您身居多职，过度操劳，已经下令准许您卸去廷尉司掌司一职了。卑职过来取令牌。”

“多目大人，府库那边希望您前往交接一下。新的府库掌库已经到了……”

“多目大人，工部那边……”

从六耳猕猴的书房到外庭，短短数百丈的距离，当走到自家宅邸时，多目怪已经将身上的七个职务丢了个一干二净。

很早很早以前，早在花果山的时候，多目怪其实就已经是杨婵的隐性政敌了。不过，那时候顶多算是有些小矛盾罢了。多目怪身为新人，力求上位，而杨婵更偏向于支持包括短嘴等人在内的花果山老班底。所谓的争斗，也不过就是耍耍小花招罢了。

眼下，却不是了。

真的是往死里整。

多目怪望着自己门上还没来得及拆下来的“丞相府”牌匾，无奈苦笑了起来。

今时今日，他算是真正见识到这个三圣母的手段了。果然是迅雷不及掩耳啊……从今往后，无论六耳猕猴是否真正让妖族复兴，那朝堂，怕也没自己什么事了。

正当多目怪浑浑噩噩之际，他的一位师妹从府中匆匆走了出来，连礼都没行，急急忙忙地便将一份信函递到了多目怪面前。

“师兄，这是突然截获的消息。来源是昆仑山，还有天庭……”

多目怪瞧着那信函，好一会儿，才伸出手去接。

他拆开信函，木讷地看了一眼。可就这一眼，他便又猛地瞪大了眼。

“立即召集所有人！快！能不能翻身，就看这一手了！”

“诺！”

第七百〇二章

信

正当杨婵借着妖族复兴的大旗对狮狏国的妖怪们进行大清洗，三界风起云涌之时，猴子依旧行走在漫漫西行路上。

微风缓缓地吹拂着大地，荒芜的山头上，稀稀疏疏的几棵枯木在风中颤动着枝丫。

山道上，玄奘孤身一人背着行囊艰难地走着，脚上的布靴已经破损，身上的衣物更是脏兮兮的，仿佛在地上滚过一般。

烈日下，一滴滴的汗水不断地从额头上滑落，嘴唇已经干出了裂痕，可他依旧精力充沛地前行着，脸上挂着笑。

不远处，猴子站在山顶上冷眼旁观。

“他的水还剩下多少？”

身后的牛魔王犹豫着答道：“应该，已经没有了。”

“没有了？那最近的水源在哪里？”

“直走的话，再有一天路程就会见到一个村庄，村庄里有一口井。那应该算是最近的水源了吧。不过……”

猴子的眼睛缓缓地斜了过去。

牛魔王微微顿了顿，咽了口唾沫，接着说道：“这地方已经好些年没下过雨了，即便是那口井里的水，也是所剩无几。现在就是同村的人，都得用铜板买。如果末将没记错的话，玄奘法师身无长物，村民们恐怕不会把珍贵的水给他吧。”

“那怎么办？”

牛魔王与一旁的吕六拐对视了一眼，低声拱手道：“卑职已经命人在前面给玄奘法师准备好一个‘小水池’了，过了这个山头就会见到。”

闻言，猴子微微点了点头。

很快，玄奘便翻过了这个山头，见到了牛魔王口中的“小水池”。

准确地说，那不过是一个两丈宽的小水洼罢了，里面的水清澈见底，看上去就像清甜的山泉一般。

这池虽不大，不过，玄奘一个人用，肯定是绰绰有余了。

玄奘远远地望见那水洼，顿时笑开了花，连忙放下行囊，搜出随身携带的几个水壶奔到水洼边上。

然而，当他真正站到水洼边上的时候，却是愣了一下。紧接着，他默默地转身，将那些水壶又重新收了起来，背起行囊，绕道而行。

由始至终，他竟连碰都没碰那水洼中的水一下。

伫立山巅之上的猴子微微皱眉。

牛魔王也是一脸的诧异。倒是吕六拐无奈笑了出来，轻叹道：“看样子，被识破了呀。玄奘法师知道是我们弄的。”

“他怎么知道的？”牛魔王连忙问道。

“怎么知道的？魔王是愚不自知啊，这还不简单。”吕六拐抿着唇，摇头晃脑，略带调谑地说道，“这地方的水，必是死水。清澈见底，这，一看就是假的。”

“那下次弄浑浊一点？”

“这四周连半点水源都没有，好不容易遇到一处，竟不见绿树环绕，也不见飞禽鸟兽，连根草都没有。这，一看也是假的。”

“那就给他变点飞禽鸟兽，再变几棵树？”

“此处面阳，要真有这么点水，早被蒸干了。怎么可能还留下？”

“那就在山背上变？”

“那也不行，你看看这地界都是什么土？这土，是不蓄水的……”

“那你说该怎么办？”牛魔王明显有些不高兴了，声音一下高了八度，“你行你去！”

“我行我去？我是丞相，岂是用来做这等小事的？”

“屁丞相，你倒是去把这件事办好啊？就知道马后炮！”

“你什么意思？什么意思？你是想犯上作乱是不是？”

“行了！”

猴子忽然吼了出来。

顿时，面红耳赤的两人都不敢作声了，怔怔地望着猴子。

猴子深深吸了口气，黑着脸说道：“这家伙，修为半点没有，对这凡间的事情，却比你们都要博学百倍。你们玩不过他的。不想喝就拉倒，走不动就施个法刮阵风推着他走，晒昏了给他灌两口浇醒就是了。”

说着，猴子龇着牙转身就走，只留下两人呆立当场。

入了夜，玄奘在山腰上点起小小的一撮篝火，一阵寒风掠过，他冻得瑟瑟发抖。

就在山脚下，猴子也点起了篝火，不同的是，猴子的篝火，那真叫火光冲天。足足三只妖怪在来回添着柴火，另外更有十余名妖将在方圆十里的范围内搜索着本就已经极为稀缺的枯木。

小白龙取着暖，低声叹道：“玄奘法师这不是自作孽吗？好好的，一路都是我们护着，虽说也是辛苦，但至少不至于落魄。现在这么折腾，硬生生就把自己折腾成个黑人了。”

天蓬随口回了一句：“你懂什么！”

顿时，猴子的脸转过来了：“你懂？”

天蓬看了猴子一眼，深深吸了口气，继续注视着篝火，道：“回来之后，跟他聊过几句。”

“聊了什么？”

“他说，只有体会众生的苦，才能顿悟普度的真义。所以，他一直在磨砺自己呢。你没发现他虽然苦熬着，但看上去却比之前更有精神了吗？”

猴子仰头朝山腰看了一眼。

天蓬顿了顿，又接着说道：“其实，大家都知道你急。但这种事，急也是没用的。路要一步步走，普度，更是如此。你就让他慢慢悟吧。”

“慢慢悟……”猴子喃喃自语着，冷哼了一声，低头看向了手心处的两个小东西。

一个是联系清心的玉简，一个，则是杨婵的发簪。

慢慢悟……他还有多少时间去等？都已经火烧眉毛了，再等下去，不但如来的问题没解决，恐怕连那其他问题，也够压得自己透不过气来了。

此时此刻，斜月三星洞。

相同的夜色下，清心在庭院里的石椅上坐着，低着头，静静地注视着掌心处的玉简。

一阵微风吹过，树影摇晃。

沉香搬着一大沓的卷轴缓缓从走廊上走过，望见庭院中的清心，顿时一愣，连忙放下手中的卷轴走了过来。

“师父，您怎么啦？”

“没，没什么。”清心一惊，连忙将手中的玉简收了起来，略带慌张地左顾右盼。

沉香不由得蹙起了眉头。

这些时日以来，沉香已经不是第一次看到清心独自对着玉简，一副魂不守舍的样子。

沉香抿了抿唇，低声道：“师父，您不是说，不再理那猴子了吗？怎么还留着这玉简呢？”

“别‘猴子’‘猴子’地叫，他是你师伯。”

“哦。”沉香应了一声，有些不悦地低下了头。

清心凝视着空无一物的桌面，轻声道：“今天的功课做完没？”

“还差一点点。”

“还差一点点就去做吧，做好了才准睡觉。为师的事，你就别多问了。”

“弟子知道了。”沉香躬身拜了拜，转身回到走廊上，继续抱着那一沓卷轴往自己的房间走去。

清凉的庭院中又只剩下清心一个人了。

许久，一位道徒推门走了进来，躬身拱手道：“弟子参见师叔祖。”

清心抬起头：“有事吗？”

那道徒伸手从衣袖中取出了一封信，双手奉上，道：“启禀师叔祖，山下来了一只妖怪，给您带了一封信。说是，请您务必亲启。”

“妖怪？”清心将信将疑地伸手接过信函，拆封，将当中的信纸摊到桌上。

只一眼，清心便不由得睁大了眼睛，手微微一颤。

“那送信来的妖怪呢？”

“已经走了。”

清心望着摊在桌上的那封信，不禁有些犹豫了。

好一会儿，她才低声道：“知道了，你下去吧。”

十里之外，一只小妖沿着狭长的山道快步走着。那脚步越来越快，到最后，已经快如疾风。

他飞速地左顾右盼了一番，在确定没有人跟踪之后，纵身一跃，离开了原本的山路遁入树林之中。与此同时，那脚步却比原来更快了，身形敏捷得匪夷所思。

很显然，这小妖的修为，并不是表面看上去的那么低微。

不多时，他已经翻越了几座大山，跨过了几条河流，却又绕了个大圈往回走，直到一座不知道已经荒废了多少年的山神庙前才停下脚步。

惨白的月光洒在他的身上。他弓着身子，重重地喘息着，好一会儿才缓过劲来。

紧接着，只见他身形一晃，化作了一个女人。正是时常跟在多目怪身旁的紫衣师妹！

“信送到了？”

“送到了。”

不远处的树荫里缓缓浮现出多目怪的身影。他身后，其他几个蜘蛛精师妹，以及虎鹿羊三妖，四周的角落里一个个暗藏的妖将也纷纷露头。

一时间，原本空无一人的山神庙竟挤了足足二十余只妖怪。

不多时，又一只妖怪匆匆走了进来，单膝跪地道：“大人，那清心上人果然离开斜月三星洞了！”

“看来，消息真是一点都没错啊。”闻言，多目怪顿时一笑，悠悠叹道，

“清心，就是风铃，也是雀儿。我那封信，若是旁人拿了，只会觉得莫名其妙，随手丢弃罢了。可是，若是她拿了，就必然有所行动！想来三界之中，也不只我们不希望三圣母掌握狮犵国吧，所以才故意给我们制造便利。众将听令！”

“在！”在场的众妖纷纷应和。

“拿下清心，要活的，不到万不得已，不可伤其分毫！”

“诺！”

“不阻止？”楼台上，太上老君的眼睛缓缓地朝须菩提斜了过去。

“不阻止。”须菩提缓缓地摇了摇头，捋着长须道，“反正，也不会有什么危险。增添一点变数也好。”

第七百〇三章

埋　伏

长空中，清心缓缓降低了高度，落到了林间荒芜的小道上。

一路上，她隐匿了气息，甚至幻化成凡人，拨开遍布的荒草缓缓地走着，远远看去，跟普通的药农一般无二。

然而，在不远处的悬崖顶端，多目怪正远远地看着她。

站在他身旁的紫衫蜘蛛精轻声问道："师兄，师妹我倒是有点好奇，您到底是用了谁的名义给她写的信，为何这清心上人一接到信便急急忙忙离开了斜月三星洞呢？"

"一个你也认识的人。"

"谁？"

"云妮仙子。"

"是她？"紫衫蜘蛛精不由得呆了一下。

多目怪淡淡看了紫衫蜘蛛精一眼，微微挑了挑眉，悠悠道："那云妮仙子本是山神，因与斜月三星洞的老九相恋，触犯了天条，六百多年前，不得已栖身花果山。那时候，你们还奉了大圣爷之命照顾她呢。"

紫衫蜘蛛精微微低下头，若有所思，道："灵台九子身陨之后，她隐姓埋名，师妹我，也数百年没见过她了。"

"你们没见过她，我却见过。"多目怪捋着长须，呵呵笑道，"在花果山期间，她与风铃最是亲密。身陨之前托付遗书，风铃首先想到的，也是她。所以，她手上有一封没人看过的，风铃的遗书。很不巧，当初她逃离花果山的时候，也是我们护送的。在她眼中，我们就是大圣爷的忠心幕僚。所以，这份不知如何处置的遗书，她犹豫再三，最终交给了我。其实，当日的风铃也是多此一举罢了，若真的法阵成了，一概烟消云散，这封信，又如何能留得下来呢？”

紫衫蜘蛛精凝视着远处正沿着山路攀爬的清心，眉头微微蹙了起来。

多目怪悠悠叹了口气，捋着长须微微仰头，道：“那信中的落款，用的就是云妮仙子的名号，又提及了信中不为人知的内容。六百多年了……灵台九子死后，云妮仙子对须菩提祖师心生怨念，不愿前往斜月三星洞，这也是可以理解的。那封保存了六百多年的信函，如今云妮仙子听闻风铃转世，想要见一见，亲手交还这封信函，于情于理，身为风铃转世的清心，都不应该拒绝才对。此事，若是换了旁人，定然一头雾水。可若是风铃转世，则是一目了然，也定不生疑。”

“那，我们现在出手拿下她？”

闻言，多目怪瞧了紫衫蜘蛛精一眼，轻叹道：“不。云妮仙子我已经派人请来了，先让她们见一面，等见过了，我们再现身。毕竟，这清心的身份非同一般，若是得罪太过，以后，也就不那么好说话了。”

说罢，多目怪转身沿着山路往下走去。

风缓缓地刮着，绿叶微微摇曳。整座山，就像有无数的生灵在轻轻地呼吸一般。

不多时，清心便已经攀上了山顶，望见一座破庙，那庙前静静站着一位恬静的女子。

一瞬间，清心微微怔住了，望着那身影，她忽然热泪盈眶。

“云妮姐？”

那女子缓缓地回过头来，有些疑惑地望着清心。

“您是？”

清心这才想起了什么，连忙撤去身上的术法，变回原样。可即便是这样，云妮依旧是一脸的疑惑。

她瞧着清心，微微蹙眉。

“云妮姐，我是风铃啊。”

还没等云妮反应过来，清心已经三步并作两步，飞扑入云妮怀中将她紧紧抱住。

这一扑，直接就把云妮扑蒙了，她微微摊着手。

“风铃？”

清心“哇”的一声，像个小女孩一般哭了出来。

“云妮姐，我是风铃啊，我转世了，换了个样子。你不认得我了吗？”

“转……转世了？”云妮呆呆地眨巴着眼睛，看着清心。

“嗯。”清心重重地点了点头，松开双手，又哭又笑，“我又活了，能见到你真好。”

云妮上下打量着清心，好一会儿，才握着清心的手露出欣慰的笑。

“太好了，你能回来，大圣爷想必会很开心吧。”

“他……”清心原本的喜悦的神情顿时就僵了。

“怎么啦？”云妮仙子看着清心，低声问道，“难道不是吗？”

清心猛地摇头，却又不说清楚。那模样，看得云妮仙子一愣一愣的。

许久，清心忽然疑惑地问道：“不是云妮姐约我来的吗？怎么见到我，云妮姐好像一无所知一样？”

“我约你来的？”云妮也是一脸的疑惑，“不是……”

“是我约两位来的。”正当此时，一个声音响起。

话音未落，只见多目怪的身影已经出现在了不远处的巨木之后。

清心望见多目怪，猛地一惊，不自觉地往后挪了一步。

六百多年前，风铃曾经在齐天宫住了好长一段时间，多目怪身为齐天宫的重臣，她自然是认得的。而清心的记忆里，肯定也有这一部分。

然而，直到此时，清心才惊觉自己身后已经站了好几只妖怪。不仅仅是身后，四面八方，几乎每一个角落里都冒出了妖怪，就连天空之中盘旋的几只鸟雀，也幻化出了妖身。

来自四面八方的压迫感骤然而至。很显然，这是一个陷阱。

此情此景，就连云妮仙子似乎也有些慌了。她睁大了眼睛，有些不知所措地望着多目怪：“多目大人这是要……”

“抱歉了，未经许可，便用云妮仙子您的名义邀清心上人前来。”多目怪淡淡看了云妮仙子一眼，振了振衣袖，远远地朝着清心深深一拜，大声道，“臣，恭迎风铃小姐回宫。”

一瞬间，四周的妖怪都齐声吆喝了起来："臣等恭迎风铃小姐回宫！"

豆大的汗珠从清心的额头上缓缓滑落。

清心不自觉地握住了自己的佩剑，绷紧了神经，一只手已经摸到了腰间暗藏的法器上。她面带笑容，死死地盯着多目怪，同时，也时刻留心四周的动向。

"清心上人的前世，是风铃小姐，风铃小姐的前世，则是大圣爷钦定的妖后。"多目怪瞧着清心放在腰间的手，淡淡笑道，"多目身为大圣爷麾下一员，您是大圣爷的妖后，自然也就是多目的主母。多目对风铃小姐自称一声'臣'，本就是理所应当。"

清心悄悄用余光扫视着周遭的那一只只妖怪，一边挪动脚步试图占据有利位置，一边漫不经心地说道："既然为人臣子，带这么多人将我哄骗至此，是什么意思？"

闻言，多目怪呵呵笑道："风铃小姐多虑了，这……怎么能说是哄骗呢？大圣爷日夜思念，臣又实在是不想跟斜月三星洞起什么冲突，所以，才出此下策，还请风铃小姐见谅。"

"大圣爷？我可听说你已经投靠了六耳猕猴啊。"

"什么六耳猕猴，臣实在是听不懂。"多目怪轻声笑道，"那是天劫时分割出来的灵魂，如果狮犵国的是六耳猕猴，那另一个，又是什么呢？呵呵呵，况且，在多目眼中，谁能复兴妖族，谁就是大圣爷。"

"你怎么认为，那是你的事，与我何干？"清心微微转身。

正当此时，多目怪一扬手，四周的妖怪顿时靠近了几分。

清心的身形一下顿住了，眼睛不自觉地朝身旁的云妮看去。

这一幕，被多目怪准确地捕捉到了。他微微低着头，拉长了声音叹道："当日，大圣爷为了您杀上兜率宫，这是三界之中谁都知道的事情。无论微臣效忠的是哪一个，都断不敢对风铃小姐出手。这可是犯上作乱之罪啊，微臣可担不起。如果风铃小姐要走，微臣自然不敢阻拦。不过……"

他顿了顿，又接着说道："如若那样，就只能委屈云妮仙子陪微臣走一趟，在大圣爷面前做个证了。不然，办事不利的罪名，臣也一样担不起啊。"

"做个证？"云妮一下愣住了。

清心连忙道："你不能去，狮狔国的那个，真的是杀人不眨眼的！"

闻言，多目怪抬起头，瞧着清心笑道："既然云妮仙子不能去，那就只能请风铃小姐走一趟狮狔国了。"

"如果我不答应呢？"说着，清心按在腰间的手已经微微用力。

多目怪吓了一跳，连忙摇头摆手道："别！别！风铃小姐可千万别啊！微臣知道您身上有向您那两位师父求救的法珠……"

"知道你还敢给我设陷阱？"清心的声音一下抬高了八度。

"都说了这不是陷阱了。"多目怪苦口婆心地劝说道，"既然您身上有求助的法珠，这一趟不就更安全了吗？可是，若您现在掐碎了，两位大能虽很快能赶到，但多少还是要有一点时间。微臣自然不敢伤您，可是刀剑无眼，云妮仙子的安危，可就不好说了呀。"

"你敢威胁我！"清心恼怒道。

这一怒，四周的妖怪，包括多目怪都一下怔住了。

清心的个性，确实与原来的风铃有着极大的出入。若是六百多年前的风铃，这一句放下去，应该就十拿九稳了。可……多目怪实在没想到，自己这么一说，反倒惹得清心恼怒。

无奈之下，多目怪只得陪着笑脸道："风铃小姐，您……这不是让微臣难做吗？也就是走一趟，微臣保证，就是走一趟，到时候您要是不喜欢，想回斜月三星洞，微臣即刻送您回去。这样，大家都好做。如何？"

多目怪睁大了眼睛，蹙着眉头，无奈地等着。清心的目光在多目怪和云妮之间不断来回。

双方就这么僵持着。

隐隐地，清心有些乱了。

她实在不想在这时候去见六耳猕猴。可是万一撕破了脸皮，虽说多目怪不一定真敢对云妮下杀手，但皮肉之苦，怕是免不了的。

正当她犹豫之际，多目怪悄悄朝着一旁使了个眼色，两道微不可察的银丝迅速朝清心射了过去。

下一刻，还没等清心反应过来，那两道银丝已经粘住了她的两只手腕！

"你！"回过神来的清心想掐碎藏在腰间的法珠，然而，已经太迟了。

这两道，是蜘蛛丝。还没等清心的手重新摸到法珠上，两道蜘蛛丝猛地一拉，将清心的双手都拉扯开了。紧接着，无数的蜘蛛丝从四面八方铺天盖地地朝她射来，一下将她浑身上下都缠绕住了！她整个人就像被粘在蜘蛛网上的蝴蝶一样，悬在了半空！

“你想干什么！你敢对我无礼？”清心不断挣扎着，怒斥道，“多目怪，立即放我下来，否则有你好看的！”

然而，四周的妖怪都像没听到一样，一个个微微低着头。

紫衫蜘蛛精迈着小步从妖群中走了出来，弓下身子，从清心的腰间取出那一枚法珠，又悄悄退到了多目怪身后。

多目怪又朝清心深深一拜，朗声道：“微臣出此下策，实在逼于无奈。还请风铃小姐见谅。”

第七百〇四章
劝　说

此时，西行路上，已经整整两日两夜没喝过水，处于虚脱边缘的玄奘费尽九牛二虎之力才攀上峰顶。

放眼望去，一大片的平原。

虽说那土地依旧干旱，依旧寸草不生，但至少有一个小镇，有稀稀疏疏地升起的几缕炊烟。

有小镇，有炊烟，说明有人。有人，也就肯定有水。

想着，满脸倦意的玄奘不由得呵了一口气，笑了出来。

水，是他现在最急需的了。干粮倒是还剩下一些。

他整了整自己身上那件被风沙吹得如同在地上打过滚一般的、脏兮兮的僧袍，振奋精神，背着行囊一步步下山，朝那小镇走了过去。

玄奘刚下山，猴子便出现在了他原本站过的地方。他低头注视着玄奘的身影，向一旁的吕六拐问道："这小镇，都检查过了吗？"

"回大圣爷的话，都检查过了。"吕六拐低声答道，"整个镇上只有一只老鼠有那么一点修为，也还没化形。臣已经命人将它送到别处去了，绝对不至于威胁到玄奘法师的安全。不过……"

"不过什么？"

吕六拐稍稍犹豫了一下，轻声道："不过这小镇已经好几年没下过雨。镇上的居民，死的死，走的走，差不多都已经要荒废了，也就剩下几户人家而已。无论粮食还是水，都缺得不行。臣本想着让人托个梦，让居民给玄奘法师施舍些水和干粮的。这样做一来解玄奘法师的燃眉之急，二来，也不至于让玄奘法师起疑，进而拒受。可是，真正看了情况之后，又觉得光托个梦，恐怕没办法让他们把珍贵的粮食和水拿出来啊。”

“要粮食和水还不简单？”一旁的牛魔王插嘴道，“既然他们缺，那就给他们送些过去。送个十份，让他们把一份给玄奘法师就行了。他们还能不同意？”

闻言，吕六拐顿时翻了个白眼，冷哼道：“在野外都没办法做得让玄奘法师看不出破绽，就凭几个乡野村夫，你指望他们能演得多像？到时候漏出了马脚，还不是一个结果？说话也不想一想。”

“你！”牛魔王顿时涨红了脸。

见两人又是一副剑拔弩张，张嘴就要吵的架势，一旁的猴子冷哼了一声。顿时，两个人都将到嘴边的话给咽了回去。

猴子稍稍沉默了一下，才轻声问道：“这个地方叫什么名字？”

“叫凤仙郡。原本是个郡城，不过现在，别说一个小镇了，就是一个村庄也谈不上。早就已经十室九空了。”

“凤仙郡……凤仙郡……”猴子低下头，默念了两遍这个名字，心中大概有底了。

狮狏国的外围，山岭间的一栋小房舍里，多目怪正来回地踱着步。

清心一动不动地坐着，平视前方。虽是面无表情，那神色之中的敌意，却是显而易见。

许久，多目怪开口道：“风铃小姐，此次微臣用这种方式将您请过来，实在是逼不得已。还希望您不要怪罪。”

清心冷哼了一声，连看都不看他。

无奈，多目怪只得伸手拉来一张椅子，坐到了清心身前。他弓着身子，低声道：“在进入狮狏国之前，微臣有些事，想先告诉风铃小姐您。”

清心微微别过脸去，完全不搭理他。

见状，多目怪只得深深吸了口气，自顾自地说了起来：“圣母大人现在正在狮狏国，想必您是已经知道的。不过，您可能不知道她在狮狏国做了些什么。

“先前您说狮狏国的那个，是六耳猕猴，不过，圣母大人似乎并不这么认为。她不仅认可了大圣爷的身份，还开始辅佐大圣爷了。先前，您认可的那位来接她，她也没有走。看情形，真是死心塌地地准备跟着这位大圣爷了。就在几天前，她与大圣爷提到了继续那未完的婚事。想必，同床共枕，也是不久的事情了。”

听到这儿，清心虽然依旧对多目怪不理不睬，那眉头却已经微微蹙了起来。

杨婵真的跟了六耳猕猴？这可能吗？

先前她也知道一点这方面的风声，但她一直认为，杨婵是另有目的。现在听多目怪这么说……虽说也很可能是骗她的，可是……如果杨婵真的跟了六耳猕猴，那真正的猴子怎么办？自己才刚刚跟他说了那样的话……

一时间，清心有些心绪不宁。

这一幕，被多目怪看在眼里，心中顿时有了一点底气。

他干笑了两声，又接着说道：“关于该效忠谁、认可谁的问题，即便风铃小姐要怪罪，多目也是无怨无悔。多目是花果山的老臣，效忠的是花果山，是大圣爷，是妖族。现如今，大圣爷有两个，以多目的立场，自然是选择忠于妖族，能让妖族复兴的那位来效忠了。这一点，说到底，不过是在其位，谋其事，并无对错之分。若是换个位置，想必风铃小姐也会做出跟多目一样的抉择。这就好比风铃小姐您要选择另一位大圣爷一样，多目，也不会认为那就是错。

“按道理，狮狔国的这位记忆全无，另一位，才有完整的记忆。风铃小姐您认可的是另一位，圣母大人认可的，本也该是另一位才是。多目起先也是这么觉得，所以，才并不急着让大圣爷去华山接圣母大人。

“不过……呵呵呵呵，人算不如天算啊。这大圣爷，也不是就听多目一个人的。中间的事情就不去提了，总之，大圣爷最终还是接回了圣母大人。如今的狮狔国，也是圣母大人说了算。我这种老臣，已经快无容身之地了。”

话到此处，清心忽然开口道：“你究竟想说什么，麻烦快点说完好吗？还有，六耳猕猴要见我，究竟是什么意思？他不是没有记忆了吗？还见我作甚？”

说罢，清心冷冷地瞪着多目怪。

被她这么一瞪，多目怪顿时有些慌了。他微微缩了缩脖子，挺起胸膛，细细思量了一番，才开口道：“大圣爷虽然记忆全无，但那情分终究还在不是？而且，花果山的一众旧部，也都还记得您。大家都期盼着风铃小姐能回去呢。”

说罢，多目怪呵呵地笑了起来。

不过，那笑声在清心冰冷的目光下，最终戛然而止。

“忽悠我也要讲个度吧。”清心冷冷地瞥了多目怪一眼，道，“花果山的一众旧部我确实都认识，但要说多期盼我回去……这可真是抬举了。当年在花果山，我也不过就是一个无名小卒罢了，与那些旧部有多少交集？还是说真正想说的吧，多目大人！”

多目怪顿时尴尬无比。

无奈之下，他只得硬着头皮跪倒在地。

清心也不去扶，只是依旧端坐着，冷眼旁观。

那眼神，看得多目怪头皮都麻了。

多目怪咬了咬牙，扯着嗓子喊道：“此次前来，除了大圣爷的嘱托之外，多目其实还受花果山诸位同僚所托，前来请风铃小姐为我等做主啊——！”

约莫半个时辰之后，多目怪推开房门走出来。

他抬头望了一眼流云之间穿行的那一轮明月，缓缓地吐了口气，眉间愁眉不展，一脸的沮丧。他的眼角挂着泪痕，也不知道是真哭了，还是假哭了。不过，那溢于言表的沮丧，肯定是真的。

“师兄，谈得怎么样了？”紫衫蜘蛛精迈着小步走在他身后。

“不行。”多目怪缓缓摇了摇头，一步步走开去，轻叹道，“变化太大了，她已经不是原本的那个风铃，性格完全不同。早在拿下她的那一刻，我就该想到啦……真是失策啊。”

紫衫蜘蛛精的眉头也微微蹙了起来。

多目怪淡淡叹了口气，又轻声道：“本想着哄骗她一番，然后借她的手，可以在朝堂上和杨婵过过招的。狮狁国的那位最在乎的就是别人究竟当没当他是真正的大圣爷，有那一段为风铃小姐杀上兜率宫的往事，即便没感情，他也得掂量掂量。如此一来，我们也就有了一个护身符。可惜啊……就她那样的态度，接下来怕是我说什么都没用了。她是风铃小姐没错，但掺杂了两世的记忆，而且，今生的记忆显然还要更占主导一点，对我们的防备心太强了。”

“那现在怎么办？”

“没办法，走一步算一步吧。”多目怪捋着长须，长叹道，“准备一下，我们现在就将她送到狮驼国。反正就算她不能为我们所用，至少也能给那杨婵添一点堵。那可是三世的情敌啊。无论她对杨婵是什么看法，杨婵肯定是不会喜欢她的，生一点事也好。我们的身份没办法和杨婵对抗，她可就不同了。我就不信，那杨婵会是真心实意辅佐大圣爷的！”

闻言，紫衫蜘蛛精躬身拱手道：“诺。”

第七百〇五章

风铃来了

杳无人烟的街道上，玄奘背着行囊，缓缓地走着。可直到走到小镇的最核心地带，他连一个活人也没遇到。

玄奘那眉头都蹙起来了。

他站在大街的正中央，诧异地四下张望。

每一个角落都积满了落叶腐烂之后留下的那些碎末，踩上去发出清脆刺耳的沙沙声响。

两旁的树木都已经枯死，只剩下枝丫在风中摇晃。

看上去曾经繁华的街道两旁，几乎每一座房了都尽显破败的气息，失修的窗户只剩下一端还挂着，咿咿呀呀地叫着。

更甚者，一些墙壁经受不住无止境的干旱与冷热交替，已经坍塌了。

如果这个地方来一场大风沙的话，大概明早起来，就再也找不到了吧。

玄奘看着眼前的场景，先前的兴奋劲一扫而空，转而换上的，是无奈。

站在小镇的正中犹豫了好久，玄奘才迈开脚步继续往前探索。

不管怎么样，既来之则安之，无论如何，还是要先找口水喝。

不一会儿，他在一处废弃的院落中找到一口水井。然而，当他把旁边舀水的桶用绳子系好，丢下井去的时候，却听到了“咚”的一声清脆的声响。

“井已经干了？”

玄奘伸长了脖子朝井里望去。

里面黑漆漆的，什么也看不见。不过，刚刚的声音已经给出了答案。

无奈，他只得重新背起行囊，继续寻找救命的水源。

很显然，这个小镇已经基本上废弃了，废弃的理由，是因为干旱。要在这样一个小镇里找到水源，简直比登天还难。

不过，好在远处还有几缕炊烟。有炊烟，说明这里还是多多少少留下了一些人的。他们手头上应该有水。

就这么一路搜寻着，玄奘缓缓朝着炊烟的方向前行。

此时此刻，小镇外，猴子正端坐在一个废弃的葡萄架子下纳凉呢。

牛魔王匆匆走了过来，拱手道："启禀大圣爷，事情差不多清楚了。确实是天庭在这地方禁了雨。已经三年，连一滴雨都没下过。"

猴子抿着唇略微想了想，随口问道："禁雨的原因呢？"

"因为不敬天庭。"

"怎么个不敬法？"

牛魔王蹙着眉头，支支吾吾地说道："听说……好像是把哪个天神的庙给拆了。"

"哪个神？"

"不知道。"

"不知道？"猴子微微挑了挑眉。

一直站在一旁的吕六拐摩挲着手，轻声叹道："天庭最爱禁雨了。当年二郎神反天，禁雨。后来的花果山，禁雨。"

"对对对，他们就爱这么干。"牛魔王龇着牙道，"当年霜雨山，他们也禁雨。好像遇到什么事，天庭首先想到的就是禁雨，也不管有没有用，反正先禁了再说。其实禁雨，也就凡人怕而已，我们哪里会怕禁雨啊？"

猴子眨巴着眼睛细细思量着。

许久，猴子用手指了指牛魔王，轻声道："走一趟天庭，就说，是我让你去的。让玉帝给我一个解释。"

"诺！"

此时，一艘战舰正缓缓地驶入狮陀国。

与一般的战舰不同，这战舰看上去更小、更精致，其上还有许多雕塑，华丽得就像不是用来打仗的一般。

远远地看到这艘战舰，站在楼台之上的杨婵不由得微微眯起了眼。

"这艘舰是……"

"启禀圣母大人，"身后的妖将躬身拱手道，"这是多目大人的战舰。"

"他的？"杨婵不由得有些迟疑了，"他不是已经被削去了所有的官职吗？"

"末将听说，这艘战舰当初是为了迎接大圣爷准备的，一直都没能用上。"那妖将轻声答道，"虽说多目大人的官职削去了，但这艘战舰并没有列入军籍，依旧归他个人所有。所以，他还是能调动得了。"

杨婵默默点了点头，又将目光投向了那战舰，略带疑惑地叹道："都是丧家之犬了，这时候将战舰弄出来，什么意思？"

此时此刻，在不远处的另一个楼台上，六耳猕猴也在悠悠地瞧着这艘战舰。

他回头冲一旁的侍从道："去，看看多目搞什么鬼。"

"诺！"

吊桥缓缓地放了下来。

甲板上，多目怪躬身做了一个"请"的手势。

清心略微迟疑了片刻，最终还是踏上了吊桥。

她本是被挟持的人，可一进入狮狔国，情况似乎就变了。那些挟持她的人，包括多目怪在内都弓着身子走在她的两侧与身后。那情形，与其说是在挟持，不如说是在保护。

一时间，前呼后拥，这队伍吸引了整个狮狔国的目光。

被猴子毁坏，还没来得及修葺的建筑上爬满了赶工的妖怪，此时此刻，他们都停下了手头的活儿疑惑地望着这支奇异的队伍。

若是一个普通的女子出现在狮狔国，肯定不会引起这么大的重视，即使她再美也一样。妖族，从来就不缺美女。

不过，这里的每一个人都认识多目怪，每一个人都知道多目怪的身份。

除了王位之上的六耳猕猴，还有谁能让多目怪如此恭敬呢？

此时此刻，几乎每一只妖怪都在猜测着这个突然驾到的女子的身份。

清心刚一走过吊桥踏上陆地，两只妖怪当即给她撑起了巨人的遮阳伞。

这派头，简直堪比帝王了。

清心不由得回头看了多目怪一眼。多目怪微微躬身，低声道：“微臣这是在保护风铃小姐您的安全。”

“保护我的安全？”清心不由得笑了出来。

“正是。”多目怪面无表情地答道，“越多人知道您在这里，越多人盯着您，您就越安全。”

“说得真好听。”清心悠悠叹了一口气，转过脸继续朝多目怪指引的方向走去。

短短的时间里，清心的到来便已经成了所有妖怪关注的话题。几乎每一只妖怪都在谈论着这件事，却没有一个能猜出清心的身份。

一位侍从匆匆走入空荡荡的大殿，跪倒在六耳猕猴的王座前，恭敬地说道：“启禀大圣爷，多目大人求见。”

“求见？我不是说了不想再见到他了吗？”

“多目大人说，他带来了一个大圣爷您一定想见的人。”

“就那个女的？”闻言，六耳猕猴不由得挑了挑眉。

“这……小的就不清楚了。”那侍从微微抬起头，眨巴着眼睛望着六耳猕猴。

许久，六耳猕猴将自己手中的奏折丢到桌案上，道：“让他进来。”

“诺！”

“启禀圣母大人，多目大人已经带着那女的去求见大圣爷了。”

“求见大圣爷？”杨婵的眼睛顿时眯成了一条缝。

多目怪是一个颇有心计的人。就在不久前，自己才在朝堂上将他彻底打趴下，剥夺了他的权力。他肯定不会那么容易死心，这时候，他应该在谋划着反击才是。

可是他带了一个女人回来……对这个女人极为敬重，而且还第一时间带去见六耳猕猴……什么意思？

一时间，杨婵也疑惑了起来，拿不定主意。

“那女人的来历，查清楚了吗？”

前来禀报的妖将缓缓摇了摇头，小心翼翼地说道：“此事只有多目大人的亲信知晓，可惜他们守口如瓶，套不出话。要不……末将去拿一个回来，严加拷问？”

“不用了，你下去吧。有什么消息，即刻来报。”

“诺！”

大殿外，一阵微风轻轻拂过，旗帜飘扬。

清心隔着校场扫视着千疮百孔的狮狔国。

在她的身后，紧紧地跟随着多目怪的那一大帮亲兵。清心往前迈一步，他们就跟着往前迈一步。清心往后退一步，他们就稀里哗啦地往后退一步。如果清心忽然转身，他们就会像一堆苍蝇一样散开各处，然后又以最快的速度在清心的身后聚集。

一个个毕恭毕敬地，却又似乎不想碍着清心的眼。

那模样，清心就是想对他们发脾气也发不起来。她忽然觉得，这些不过也是一堆苦命人罢了。

谁愿意像跟屁虫一样地跟在别人身后，还惹人厌呢？

说到底，他们也不过是奉命行事。

可站在顶端的人，真的就过得更好吗？

她想起了当初自己对猴子说的那番话：“人的快乐，取决于心的宽度，即使当上了神仙，也不会增减一分……”

她无奈叹了一口气，笑了。

那是须菩提教她的，可这么多年了，修为是上去了，真的有谁做到了，修宽了自己的心的宽度吗？

她忽然想起了花果山的那一张张熟悉的脸孔，想起了那只猴子——这个大殿之中坐着的，其实是他的另一个魂魄。

红尘滚滚，每一个人都置身其中，奋力挣扎。自己本以为上了岸，结果，又被拖了回来……

空旷的大殿内，多目怪迈着小步快速来到六耳猕猴的王座前，伏地叩首道:“臣多目，叩见大圣爷。您日思夜想的风铃小姐已经转世，臣已经替您找到她了！正在殿外等候传召！”

闻言，六耳猕猴的眉头蹙成了八字。

第七百〇六章

反　悔

"你说什么？那女的是风铃？"杨婵不由得攥紧扶手，瞪大了眼睛。

这是她进入狮狔国以来，第一次的忐忑吧。

"回圣母大人的话，卑职也是刚刚探听出来的。她是须菩提祖师座下第十一位入室弟子，也是大圣爷的师妹；同时又是三十三重天太上老君的爱徒。按照多目大人的说法，她就是当年风铃小姐的转世，确凿无误。"

"风铃……"一时间，杨婵呆住了，如同虚脱一般坐到了椅子上，喃喃自语道，"她……她跑狮狔国来干什么？"

"她似乎……是被多日大人绑来的。"

高耸的红柱，光洁而空旷的地板。

此时此刻，眼前的建筑，像极了当初齐天宫的主殿堂。其区别，也许仅仅是少了台阶下匍匐的众妖罢了。

整个大殿冷清得像一块千年的寒冰一般。

横梁下，清心沿着鲜红的地毯缓缓走过，直到正中，她抬起头，望见端坐王位之上的六耳猕猴。

这一瞬间，她有一种悸动。然而，也只是一瞬间罢了。

这是她第一次见六耳猕猴。

那是一张和猴子一模一样的脸，然而，两者的神采却截然不同，就如同换了一个人一般。

也许别人会误认吧，但清心不会。她拥有与猴子一样漫长的记忆，其中有些是真正属于她的，有些，则是从前世继承过来的。

短暂的悸动之后，接踵而来的是仿佛无穷无尽的落寞。

王座上，六耳猕猴低着头，瞧着清心。

“你……就是风铃？”

清心没有答话，只是静静地注视着他。

“你是风铃？”

清心还是没有回答。

六耳猕猴朝多目怪望了过去。多目怪顿时有点慌了，连忙悄悄地对着清心使眼色。

许久，清心淡淡笑道：“我不是。”

此话一出，多目怪顿时惊得张大了嘴巴。

“你不是？那多目怎么说你是？”

“这你得问他了。”清心笑眯眯地朝多目怪望过去。

多目怪傻眼了。这是他从未想过的情况。

“多目！”

只听六耳猕猴一声叱喝，多目怪吓得“扑通”一声跪倒在地，连忙叩首道：“大圣爷息怒！大圣爷息怒！她确实就是风铃小姐转世没错！”

“你有什么证据吗？”这句话是清心问出来的。

这一刻，多目怪死的心都有了。他做梦也没想到，清心会在六耳猕猴面前，用这种方式反咬他一口。

一时间，多目怪汗如雨下。

他连忙哆嗦着从衣袖中摸出了一份信函，双手奉上，支支吾吾地说道：“这是臣从昆仑山弄到的密报，里面明明白白写着，清心上人，就是风铃小姐转世。请大圣爷过目！”

六耳猕猴缓缓走下台阶，伸手扯过了信函。那瞧着多目怪的眼神依旧是一脸的怒意。

清心借着六耳猕猴看信函的空当，悠悠叹道：“怎么，多目大人和昆仑山很熟吗？”

“臣不知道风铃小姐说这句话什么意思？”

“多目大人和昆仑山不熟，又怎么知道昆仑山不会给你透露假消息呢？

如果多目大人和昆仑山很熟的话……”说着，清心仰头意味深长地望着六耳猕猴笑道，“如果多目大人和昆仑山很熟的话，说不准，就是多目大人和昆仑山一起骗师兄您了。”

这三言两语的挑拨之下，六耳猕猴已经没心思看完那信函了，他直接将手中的信纸甩在多目怪脸上。

他这一甩，吓得多目怪彻底怔住了。

“今天若是没办法证明她就是风铃，老子要你好看！”说罢，六耳猕猴转过身，怒气冲冲地回到了王位上。

那瞪着多目怪的眼睛，简直恨不得现场把他活剥了。

此时此刻，多目怪再度回头望向清心的时候，那眼神已经充满了恐惧。

他做梦也没想到，自己刚刚败给了一个杨婵，现在又要败给清心……六耳猕猴是什么样的人，他是清楚的。

与那只猴子相比，眼前的这只不仅睚眦必报，而且还特别任性。先前给杨婵使绊，已经使他对自己有些不耐烦了，如果再被栽上一个欺骗的罪名，那可真就是万劫不复了。

在多目怪恐惧的目光之下，清心却是一脸的怡然自得。

“她……她接到我的信，立即就赴约了。如果不是风铃小姐，怎么可能……”

“云妮仙子是我已故的九师兄未过门的妻子，她有事，我岂有不见之理？”

“她还是偷偷摸摸来的！”

“师父由始至终都不喜欢我九嫂，身为弟子，不想惹自家师父不开心，自然只能掩人耳目。”

“除了风铃小姐，还有谁可能被太上老君和须菩提祖师同时收为徒弟！”

“这……”

清心一迟疑，多目怪顿时觉得机会来了，连忙起身指着清心喝道：“大圣爷，你看！她答不上来了！她的身份，就是最好的证明！”

王座之上，六耳猕猴也微微蹙起了眉头。

然而，清心嫣然一笑，道：“自六百多年前的那场大战之后，两位师父的关系比之先前好了不少。须菩提师父先收了我为弟子，恰逢太上老君师父到访，见了也觉得有缘，便请须菩提师父将我过给他。没想到须菩提师父却不肯，结果，师妹我就同时有了两位师父。不知道师兄觉得，这解释可是合情合理？”

说罢，清心朝着六耳猕猴望过去。

六耳猕猴微微点了点头。

这一点头，多目怪顿时心如死灰。

短暂的沉默之后，他扯着嗓子喊道：“你说谎！你说谎！之前在路上你分明已经承认了自己是风铃小姐！你明明已经承认了的！”

“是啊，你带着一众妖将逼着我承认我就是风铃，不然就杀了我。”清心缓缓转过脸来，轻声道，“我要是不承认，难保能不能活着见到我师兄。”

“你！”

“哦，对。你还要我帮你斗倒杨婵。”

一时间，多目怪惊得呆掉了。

这补上的一句，简直就是致命一击。若是搞错了，六耳猕猴或许顶多就是骂多目怪一顿。可若是为了斗倒杨婵……那性质可就完全变了，变成多目怪为了斗倒杨婵，故意折腾出个假的风铃来蒙骗六耳猕猴……

“来人哪！”还没等多目怪反应过来，只听六耳猕猴一声吆喝。顿时，门外跑进来一大片侍卫。

多目怪吓得惊慌地张望。

“将多目拖下去，关起来。严加看管！”

“诺！”

侍卫们当即朝多目怪围了过去。

多目怪连忙哭喊道：“大圣爷！大圣爷！您不能听她的！她说谎！她只认可那一个大圣爷，她根本就没当您是真正的大圣爷，她只认为您是六耳猕猴，所以才……”

那声音戛然而止。

还没说完，他已经发现六耳猕猴攥紧的拳头在瑟瑟发抖，吓得将到嘴边的话都咽了回去。

一时间，连急冲冲地要去将多目怪拿下的侍卫们都愣了神。

整个大殿之中寂静无声。

多目怪微微颤抖着，怔怔地望着六耳猕猴。

许久，只听六耳猕猴冷哼道："拉下去，锁上琵琶骨，别让他给逃了。"

"诺！"

多目怪不再挣扎了。

他呆呆地站着，无奈地望着六耳猕猴，任由一众侍卫将他整个抬起，抬出大殿之外。

由始至终，他没再吭一声。

很快，大殿之中，只剩下清心和六耳猕猴两人了。

清心静静地站着，望着门外多目怪消失的方向，面无表情。

王座之上的六耳猕猴低着头，揉着自己的睛明穴。

"你……是我的师妹？"

闻言，清心缓缓回过头来。

"抱歉，我都记不得了。不过你放心，我还是我，还是原来的孙悟空。"

清心淡淡笑了笑，道："您便是记得，也该不认识我才对。我是师父新收的弟子。"

"哦，也对，也对。"六耳猕猴干笑着，缓缓地舒了口气，似乎还在为多目怪的事而不快。

他稍稍沉默了一会儿，轻声道："你既然叫我师兄了，我便不会亏待你。来了就多待几日，过些时日，我与你嫂子就要补办婚礼了。留下来喝个喜酒吧。"

"好的。那我可以去见见嫂子吗？"

"随意。"六耳猕猴漫不经心地摆了摆手。

此时此刻，杨婵的房中。

"又不是了……怎么回事？"

"末将也不清楚，外面传闻很多。有的说是多目大人搞错了，有的说是多目大人故意找了个假的，想来蒙骗大圣爷。不过无论如何，多目大人已经被下狱了。那个什么清心上人，说是大圣爷的师妹，正在门外等着要见您呢。”

“找了个假的？”杨婵冷哼了一声，道，“多目是傻子吗？用这种计谋。你先下去吧，让她进来。”

“诺！”

待到那妖将走后，杨婵才悠悠叹道：“都不傻，都不傻啊。多目怪找的，肯定是真的。至于六耳……他根本就不在乎，所以，也就是随意处理罢了。真假又如何呢？”

不多时，房门被推开了。

清心跨入杨婵房中，门缓缓地关上了。

两人默默相对着，情绪异常复杂。

此时此刻，时隔六百多年，这三世的情敌见面，却出奇地冷静。

第七百〇七章

两个女人

这一刻，整个世界仿佛都静默了一般。

风徐徐地吹，扬起窗纱。

一股压抑的气氛瞬间弥漫开来，两个人默默相对，彼此都是面无表情。

这是跨别六百多年的相会。

如果可以的话，她们大概一辈子都不想要相见吧。只可惜，原本平行的两条线，却因为一个人的存在，而不得不交织在一起，无论如何也无法挣脱。

就这么呆呆地站了许久，杨婵忽然低下头，如同一位贤淑的妇人一般轻笑道："师妹难得来一趟，我这当嫂子的，居然也忘记吩咐下人上茶了，真是失礼。"

说罢，她微微抬高了声调，喊道："来人哪。"

"不用了。"清心连忙接道。

门打开了，一个侍女弓着身子走了进来，向着杨婵行了个礼，又向着清心行了个礼："圣母大人……"

清心连忙道："真不用，我只是来见见你，说说话而已。"

"没事了。"杨婵稍稍收了收强撑起来的笑，换上一副端庄的神情，轻声道，"你出去吧。"

"诺。"

侍女弓着身子退出门外，门又一次关上了。

房中又一次只剩下两人了，依旧是那样静静地站着，目光如出一辙地空洞。

许久，清心眨巴着眼睛道："我是风铃转世。"

"我知道。"杨婵轻声答道。

"我来见你，是想跟你说清楚，还有……问清楚一些事情。"

"你问吧。"

清心抿着唇，好一会儿，却轻声道："我还是先说吧。我怕先问了，你会误会。"

"那说。"

"我已经放弃了，彻底放弃。"清心深深吸了口气，道，"我和他在月树上由始至终都没有开过花，所有的一切，不过是个误会罢了。他……从来都不属于我。其实早在六百多年前，我就已经放弃了，只是弄巧成拙，最终……"

话到此处，清心深深朝着杨婵鞠了一躬，道："对不起。"

杨婵依旧静静地站着，眼角处泛起了泪光。她的呼吸略微急促了些，不自觉地攥紧了手。

一阵微风拂过，扬起了窗纱。不知为何，杨婵忽然感觉到了一丝丝凉意。

"我要说的已经说完，然后我想问……"

"你问吧。"

"我想问你：为什么不跟他回去？为什么要留在狮狔国？……如果你只是想帮他的话，不应该这样。这样，只会让他更加束手束脚。"

此时此刻，狮狔国的大殿中，紫衫蜘蛛精跪倒在地，双手将一块水晶托到了头顶。

那水晶之中演绎的，正是杨婵房中的场景。

望着水晶之中的画面，读着唇语，六耳猕猴的眼角微微抽了抽。

"她真的是风铃……"

六耳猕猴微张的口中，牙齿咬得咯咯作响。

"她居然真的骗我了……"

杨婵抬起头，随手抹去眼角的泪花，轻笑道：“这些，我没必要向你交代。”

“我只是想问清楚……”

“如果你真的想要放弃，那就完全放弃，不要再拖泥带水了。”杨婵抿着唇看向清心，道：“彻底一点，什么都不要管，好吗？”

“大圣爷，三圣母留在狮狔国，根本就是为了当内应，不是真心帮您的。我那师兄才是……”

“来人哪！”六耳猕猴一把夺过紫衫蜘蛛精手中的水晶，飞一般地奔出了门外，怒吼道，“将圣母宫给我围起来！如果有人敢给她报信，就地处决！”

“大圣爷，那我师兄……”

还没等紫衫蜘蛛精说完，六耳猕猴已经带着守在门外的一众妖将急冲冲地奔向了圣母宫。

此时此刻，他哪里还有兴趣去关心关在监牢之中的多目怪呢？

为什么，为什么自己明明也是孙悟空，这两个女人，却都视而不见呢？

六耳猕猴的脑海中只剩下这句话了。

一股恨意在他的心中熊熊燃烧着。

“我已经放弃了，难道你连这点事情都不肯告诉我吗？”

“我已经说过了，既然放弃了，就彻底一点，不闻不问不是很好吗？”

“你！你凭什么？”

“我凭什么？”杨婵伸手抚摩着桌案，冷哼道，“就凭我是他的妻子，而你不是！”

转眼之间，房中的气氛似乎一下绷紧了。

清心有些怒了。她攥紧了拳头慌乱叱道：“我……我怎么就不能知道，我是他的恩人，我救过他的命！”

“就你救过？”杨婵的声音也一下抬高了八度，反驳道，“我没救过他吗？你自己问问他，我救过他几次？不只救过他，还救过你！当年在东海，没有我，你们两个早死了！如果你那时候死了，也就没后来那么多事了！”

“你！”

“我不只救了你，救了他，我还替他掌管了花果山一百多年，守了整整一百年，等了他整整一百年！”杨婵怒视着清心，一字一句地说道，“而那一百年里，你都做了什么？你不过是在天庭风花雪月罢了！你都做了什么？你凭什么跟我争？”

一瞬间，面对失态的杨婵，清心怔住了。

宽敞的过道上，六耳猕猴握着水晶，大步前行。那瞪大了的眼中充斥着怒火。

“前后左右，所有的方位通通围起来！”

无数的妖怪从四面八方会聚而来，已经隐隐地将整个圣母宫包围住了。

“围攻圣母宫？怎么回事？”

“不知道，命令是这么下的，我特地问了一次，确认没错。”

“是不是那个……那个又来了？”

“不是。”妖群之中，鹏魔王压低声音道，“命令是万一有变，连圣母大人也格杀勿论。”

“这……”

有妖怪小心翼翼地问道：“不会吧……杀圣母大人？大圣爷疯了吗？”

“你不下手，杀的就是你！”一位妖将驳斥道。

顿时，再也没人敢有异议了。

“也许他真的疯了。”一个声音在狮狁王的脑海中响起了。

他回过头，发现鹏魔王正远远地看着自己，手中握着随时可以联系猴子的玉简。

“我……”

“我的舅舅已经死了，父母之仇已报。如果说，这个世界上还有一个我真正憎恨的人的话，那便是你了。不是你，我和他的婚礼怎么会中断？他怎么会杀上三十三重天？……一别六百五十年，六百五十年，天各一方，你觉得，我还应该感谢你吗？”

“我……”

“有时候我会想，你既然要自杀，为什么要挑我成亲的这一天？既然开始了，为什么还要中断咒文，为什么不真正像你说的那样，彻底消失，没有人再记住你呢？”

“我……”

“我不想知道你怎么想的，也不想知道你究竟以何种立场来这里见我。我只希望你离开这里，立即！”

话到此处，杨婵怒视着清心，泪如雨下。

这是足足积攒了八百年的怒火，从雀儿，到风铃，再到清心，无处宣泄的怒火。

她永远无法战胜一个死人，无论自己做了多少。

此时此刻，清心呆呆地张大了嘴巴，慌乱地想要说什么，却一句话也答不上来。那眼泪同样啪嗒啪嗒地往下掉。

还没弄清楚发生了什么事的圣母宫守卫迅速被六耳猕猴手下的妖将制住了。

由头到尾，竟连一丝一毫的声响都没有。

大军已经将整个圣母宫团团围困，宫内却还一无所知。

六耳猕猴握着那水晶，咬着牙，朝杨婵的所在一步步走去。

“我……我不是不想消失，我只是……我只是怕他受伤。他在强冲法阵，我……我只能中断咒文……我不能眼睁睁看着他受伤。我……”清心呆呆地望着杨婵，已是泪如雨下，甚至连自己在说什么都分不清了，“我知道，我一直都是个累赘。在斜月三星洞的时候，我就只知道哭，服了阔灵丹也无济于事。到了花果山，我连最基本的事情都做不好。我真的好怕，好怕他有一天会赶我走。我一直都在追，可无论我怎么努力，却始终赶不上他的脚步。

“我真的好羡慕好羡慕你，你可以和他并肩作战。而我，只能由头到尾在一边看着，什么忙也帮不上。”

杨婵静静地注视着她。

“我知道，我其实一直都知道，我和他一点都不般配，就算有那个承诺也一样。他是齐天大圣，而我，我只是一个小女人而已。那只是他的愧疚，我不想要他的愧疚。我一直都想放手，可是……每次一见到他，一知道他有难，我就……

“对不起……我真的好想好想，好想离开这个局。我从一开始就知道，也从来没想过要跟你抢。他一直都是你的……”

杨婵紧蹙的眉头缓缓地松开了。

“你在华山的时候，我劝他去接你。我是真心希望他能和你在一起，因为那样才是对的。那样，才是他真正需要的。

“你们才是真正的般配。没想到……”

此时此刻，高傲的清心竟哭得像个孩子一样。

“对不起，我真的不是故意的。我不是故意挑你们成亲的那天，不是故意停下咒文，不是故意害他被压五行山下的……对不起，我真的不是故意的。”

整个房间之中只剩下她的抽泣声了。

杨婵呆呆地望着她。

“对不起……”

面对这样的情敌，一个哭成了泪人、不断道歉的情敌，杨婵怔住了。她再也无法横眉竖目，只能站在一旁静静地看着。

同样默默流着泪。

原来，由头到尾，任何人都没有错。有的，只是一段孽缘。两个女子，因为一只该死的臭猴子，误了终生的故事。

门外，六耳猕猴正健步如飞地朝这里冲来。

…… ……

一瞬间，房中的杨婵与清心几乎同时感觉到什么。

杨婵连忙一把将清心拖入怀中，在她耳边说：“别哭了，接下来的事情交给我。你……不要开口。”

下一刻，还没等清心反应过来，房门“咣”的一声打开了。

第七百〇八章

啪啪啪

阴暗的监牢中，多目怪静静地盘腿而坐。

四周的一切静默得像无尽的虚空一般。

“哟，这不是多目大人吗？你怎么也进来了？”

“嘿，大概是惹得你的那位‘大圣爷’不高兴了吧？你也有今天啊，哈哈哈哈。”

黑暗中，一阵阵的嘲笑声传来。

多目怪微微睁开了眼睛，静静注视着身前空无一物的地面。

牢门被推开了。

一个妖兵举着火把匆匆走了进来，身后跟着紫衫蜘蛛精。

阴暗的牢房中，所有的目光一下都被吸引了过去。

紫衫蜘蛛精迈着小步，来到多目怪所在的位置，半蹲下身子，隔着围栏对他道：“师兄放心，水晶我已经交给大圣爷了。他已经下令将整个圣母宫围困。应该用不了多久，大圣爷就会过来接师兄您出去了。”

多目怪深深吸了口气，重重地点了点头，目光空洞。

就在那门外，六耳猕猴微微抬起头，横眉竖目。

清心一下呆住了。杨婵则是迅速恢复了平日里的模样，丝毫不露端倪。

然而，扑面而来的压力感已经到了无以复加的地步，那是腾腾的杀气。

六耳猕猴握着水晶，缓缓抬腿，一步跨过了门槛。

那牙咬得咯咯作响。

此时此刻，清心脑海中已是一片空白。

六耳猕猴手中握着的水晶里呈现的是这房中的景象。这意味着，她不知什么时候，已经被多目怪使了诈。刚刚的对话，六耳猕猴应该是都知道了。她的身份已然曝光……或许，并不仅仅是如此。

“你来干什么？”杨婵冷冷地问道。

“我不能来吗？还是，你不希望我来？”

杨婵冷哼了一声，悠悠道：“整个狮犵国都是你的，你有哪里不能去的呢？不过，进我的房，居然连门都不敲一下？”

六耳猕猴迈开脚步，绕着两人在房中缓缓地走着，目光始终锁定在杨婵和清心身上。

“敲门？”六耳猕猴咧开嘴笑了笑，“我在想，万一我先敲门了，你们两个都跑了怎么办？那样，我不就错过了一出好戏吗？当然，我在外围已经布下重兵，就算你们想跑，也未必跑得掉。”

闻言，清心不自觉地往后退了一步。

直觉告诉她，她现在就应该跑，可是她跑得掉吗？不提外围的重兵，光六耳猕猴在这里，她就已经跑不掉了。

唯一的希望，也许是那求救的珠子吧。可惜的是，珠子现在还在蜘蛛精手上。

慌乱之中，她只好看向杨婵。

出乎她的意料，此时的杨婵面色依旧。

更确切地说，杨婵的脸上只是多了一丝诧异，那眼睛缓缓地眯成了一条缝。

“你围了我的圣母宫？”

“围得不对吗？”

杨婵一下瞪大了眼睛：“你这是围她，还是围我呢？”

被杨婵理直气壮地这么一问，六耳猕猴顿时愣住了。

这一瞬间的迟疑，迅速被杨婵捕捉到了。她把眉一横，冷眼问道：“你围她我可以理解，就算你不围，我也会下令围，但是你围我算是什么意思？”

“你下令？你是在说笑吗？”六耳猕猴一下笑了出来。

然而，他很快感觉到什么地方不对了，杨婵的眼神越来越冷。那种感觉，就像愤怒到了极致，却被人当头一盆冷水泼了下来一般。

好半天，他才支支吾吾地说道：“我若是不来，你怕是会……会跟她一起跑了吧？”

“你在说什么？”

“不是吗？”六耳猕猴有些慌乱地说道，“刚刚你们的对话，我都知道了。你留下来，是另有目的！”

“什么目的？”杨婵依旧面不改色。

被他这么一问，六耳猕猴的心顿时更虚了。

他这才猛然想起，刚刚杨婵与清心的对话之中，竟没半点对他不住的地方。事实上，杨婵根本就没有回答清心的那个问题，一切都不过是清心的猜测罢了。

而真正让他动怒的，是紫衫蜘蛛精补充的那句话……

可是，紫衫蜘蛛精补充的话，能算到杨婵头上吗？

一时间，六耳猕猴有些骑虎难下了。他连忙说道：“我都已经选择你了，她连让我知道真正身份的打算都没有，还有什么好争的？你跟她争，不就说明……说明你认可的依旧是另一个吗？”

杨婵冷哼一声，反问道：“是吗？”

“这……”

就在六耳猕猴迟疑的这一刹那，杨婵缓缓抬起脚，往前跨了一步：“我跟她争，就说明我向着另一个？”

“难……难道不是吗？”六耳猕猴嘴上这么说，身子却是往后退了一步。

“那我不跟另一个走，留下来帮你，又说明了什么呢？”杨婵又往前跨了一步。

“这……”六耳猕猴再次往后退了一步，“说不定，你是为了当内应……”

此话一出，杨婵顿住了，怔怔地看着六耳猕猴。

这一次，杨婵没有再往前，可在那质问一般的眼神之下，六耳猕猴还想往后退，只可惜那背已经顶到了墙上，退无可退了。

“你是这么认为的？”

“我……”

只听“咣”的一声巨响，还没等六耳猕猴答上话来，整张桌子都被掀翻了。那上面的一应瓷器碎了一地。

这声响，就连宫墙之外的妖兵们都可以清楚地听见，一个个吓得缩了缩脖子，攥紧了武器。

“动手了？”

“那……我们要不要冲进去？”

“大圣爷怎么交代的，抛杯为号？”

“他什么都没交代……”

闻言，所有的妖怪都极有默契地往后缩了一步，一个个假装什么都没听见。

房中，打碎的瓷碗微微颤动着。

此时此刻，杨婵侧过身去，就那么静静地站着，冷哼道：“既然如此，还等什么？你的铁杆兵呢？还不立即取我性命？”

这一句话说出来，就连一旁的清心都有些傻眼了。她甚至已经分不清刚刚的杨婵是真的，还是现在的杨婵是真的了。

六耳猕猴被杨婵这举动吓得睁大了眼睛，好半天都说不出话来。

整个房间中，只剩下瓷碗微微颤动的声响。

正当此时，杨婵用带着哽咽的声音说道：“六百多年前，你为了她而抛下我，现在，没了记忆，你却要为了她而杀我？好，很好，这就是我应得的。”

“喂，怎么变成我为了她而杀……杀你？”

“难道不是吗？”杨婵的声音一下高了八度，“本来一切都好好的，就因为她出现了，你就围了我的圣母宫！”

“我刚刚不是说了同时围两个人吗？怎么就……”

话还没说完，杨婵已经气势汹汹地捡起地上的碎瓷片朝六耳猕猴甩了过去。

六耳猕猴吓得连忙闪到一旁。

“你……你别动手啊！你听我说，这是误会！误会！”

“滚！你给我滚出去！我再也不想看到你了！”

就在被杨婵推出门外的瞬间，六耳猕猴恍然想起了什么，连忙指着清心道：“她……”

“你还敢想她！”

“我……”

“要拿她也是我来！轮不到你！别以为我不知道你打的什么心思！滚——！”

一顿咆哮之下，六耳猕猴吓得水晶都丢了，只得连滚带爬地出了房门。

“咣”的一声，房门关上了。

六耳猕猴整个趴在地上，额头上还冒着冷汗。

一只老鼠精畏畏缩缩地伸过脑袋来：“大圣爷，您……没事吧？”

“滚——！”

一声咆哮，吓得那老鼠精缩得老远。

六耳猕猴猛地从地上爬起来，快步冲出了圣母宫外。

“大圣爷，您去哪儿啊？”

“去天牢！多目怪，我要你好看！”

直到远远地听到六耳猕猴的咆哮声，房间里的杨婵与清心才缓缓松了口气。

清心整个虚脱一般地坐到了椅子上。

“杨婵姐……你真厉害。这你都能……”

“嘘。”杨婵抬手做了个噤声的动作。

清心连忙闭了嘴。

在清心的注视下，杨婵一步步走向墙壁，扫视了一圈，目光最终停在了一处平常的地方。

杨婵迅速在五指上凝聚灵力，“咣”的一声，整只手都插入了墙壁中，下一刻，从墙中拔出了一枚薄薄的水晶。

那上面还闪烁着微弱的光芒，与房中地板上六耳猕猴掉落的水晶遥相呼应。

“不是你的错，是多目怪一开始就算计我，在我房中布了眼。”说着，杨婵“咔”的一声，直接将那水晶捏了个粉碎。

这一幕，看得清心一脸的崇拜。这胆识，这心思，确实是她望尘莫及的。

“啪！”

六耳猕猴一个巴掌重重地甩过去，多目怪的一颗牙齿都被打飞了。

“啪！”

反手又是一巴掌。

多目怪的脸又斜向了另一边。

“啪！”

第三巴掌，多目怪的鬓发都被彻底打散了。

他微微低着头，一缕血丝从他的嘴角垂落。

恍惚间，他想起了在车迟国被猴子甩的那三个巴掌。多么讽刺啊。

“你有什么想解释的吗？”六耳猕猴厉声问道。

多目怪一声不吭，只是低着头，仿佛死了一般。

“既然没有，你就永远关在这里吧。如果不是念在你有功在身，我现在已经要了你的命了！”说罢，六耳猕猴转过身，大步朝牢门走去。

头也不回。

挖井

第七百〇九章

抉 择

残垣断壁，黄沙翻滚。

不远处，便是那个近乎废弃的凤仙郡了。

满面黄沙的玄奘端着一碗清水抿了一口，远远地回头张望。

他的身旁，一位老人正费力地从水井里提起一桶水来，累得气喘吁吁。

玄奘回过头，轻叹道："老人家，这井有多深啊？"

"大概有五十丈吧，整个凤仙郡，也就剩下这口井里还有水了。"

"平日里，都是从这井里提的水，种的庄稼吗？"

"种粮食？"老人顿时笑了出来，悠悠道，"这井不仅深，出水量还少。人都快不够喝了，哪里还能拿来种庄稼？整个凤仙郡早在一年前，就再没人种庄稼了。"

闻言，玄奘微微一愣，低头看了一眼自己碗中这珍贵的水，无奈叹了口气。

"整个凤仙郡都不种庄稼，又不见牛羊，也不像可以打猎……老人家，那平日的吃食，怎么办呢？"

老人用围在脖子上的灰色毛巾抹了把脸，深深吐了口气，他走到玄奘身旁半蹲下来，道："你看我，像是什么人物？"

"啊？"

"就……我平日里，像是做什么营生的？"

"营生啊……"玄奘蹙着眉头想了想，轻声叹道，"老人家您手上虽然有茧，却不厚，不像庄稼汉。听您说话，像是读过几年书的。这营生……贫僧实在不好猜啊。"

老人站起身来，叉着腰得意地笑了笑，悠悠道：“实不相瞒，老汉我，乃是此地郡王。”

“郡王？”玄奘略微吃了一惊。

一郡之王，按照他的认知，即便是个空衔，也应该不至于沦落至此才对啊。

“对，郡王。”老人转过脸，手一扬，十分得意地说道，“这方圆百里，都是祖上的封地。虽说现在已经一文不值了，但老汉我，还是得守住，得对得起祖宗。这里数年没下雨，别的什么人，都走光了，就我还留着。因为，我还有一点余粮。虽说遣散家人的时候送了不少，但也还有一点。一点点……”

老人用手比画着，露出一丝俏皮的笑容。

“不过，也不多了，再有三五年不下雨，我也得饿死。哈哈哈哈。”

老人回过头，看到玄奘盯着自己手中只剩下半碗的清水和身旁的薄饼犹豫，轻笑道：“吃吧，本郡王虽然穷，但也不缺这一点。要是上天真要硬生生渴死我，饿死我，就算多你这么一点，我也活不下去的。不用客气。”

玄奘好不容易挤出一丝笑意，对着老人点头笑了笑。

“再说了，我还指望着你家佛祖能保佑保佑我呢。东天庭我们是得罪死了，指望不上了。这西方，说不定还有点希望。”

“东天庭得罪死了？”

“对啊。”

“老人家您不是凡间的郡王吗？怎么会跟天庭扯上关系？”

“这……一两句话也说不清，总之，玉帝下了旨，本地百年不下雨。给每一个人都托了梦。刚开始，老汉我还以为是开玩笑的，现在看来，是真的呀……”

说着，老人无奈叹了口气，又朝玄奘看了两眼，催促道：“大师赶紧吃，吃完，我们该回去了。这地方晚上冷，还是到我那宅子里去住吧。”

此时，猴子正站在风沙里远远地看着。

“牛魔王回来了没？”

“还没呢，上天庭，恐怕没那么快吧。”

此时此刻，牛魔王正站在南天门外与李靖四目相对。

牛魔王蹙着眉头，有些疑惑地说道：“凤仙郡不降雨是为了花果山？”

“对。”李靖默默点了点头，“毁了神仙的庙宇，不过是个借口罢了。若真是激怒了天庭，哪里还可能提前托梦，告知当地百姓即将禁雨呢？”

“怎么个为了花果山法？我……我没懂。”

“三界的雨量，是恒定的，一处多了，一处就得少。”

“那为什么以前花果山判了禁雨，我们雨还是照样下。好像万圣龙王他们一招就有了，没那么多杂七杂八的事。”

李靖微微挺直了腰杆道：“龙族能呼风唤雨，这是他们的天赋。但也不是无止境的。一旦过了头，雨就会枯竭。即便是龙族召唤，也召不到了。况且，你们花果山那时需要的雨量不多，现如今花果山干旱了数百年，百废待兴，若是不加紧降雨，恐怕无论如何都恢复不了。而且，这只是其一。”

“其二是……”

“其二，是魂魄。雨露滋润，万物复苏。可这复苏的魂，从哪里来？即使一只蚂蚁，那也是要有地府的一缕魂魄对应的。有生，必有死。”

“你的意思，玉帝为了花果山，把整个凤仙郡给毁了？他会那么好？”

“首先，数百年前，凤仙郡就是一片黄土，数年前，又因为一场变故，早已是万物凋零。如今归于黄土，并没有什么不对。”李靖微微顿了顿，又轻叹道，“另外，陛下这么做，不是为了讨你们大圣爷欢心，而是为了女娲娘娘。花果山，有女娲娘娘的府邸。”

说罢，李靖抿着唇道：“这件事，你就先这么和你们大圣爷汇报吧。看他怎么说。若是他真要牺牲花果山成全凤仙郡，届时禀报了陛下，再行定夺。”

牛魔王默默点了点头。

这可是他第一次代表猴子出使。来的路上，牛魔王还想了无数次怎么恐吓天庭一干神仙。可惜，事情根本就不是他一开始想的那样。玉帝都不用见，对方几句话甩过来，就让他哑口无言了。

特别是一旦扯上了花果山，这事，可就不是他做得了主的。

牛魔王无奈叹了口气，只能转过身去，腾空而起。

回去的路上，玄奘双手合十，跟着老人默默地走着。

走过空荡荡的街区，走过沉寂在一片黑暗之中的楼阁。

看着眼前的景象，玄奘只能沉默。

曾经，这个小镇应该是十分繁华的，如今却因为天庭的一份旨意，变成了荒无人烟之地……

在天庭、佛门的面前，凡人，乃至于凡间所有的一切，就如同蝼蚁一般，分毫没有自主的权力。

如今想想，自己以凡身证道的想法，会不会太过荒谬了呢？

在没有任何外力的情况下，对眼前的这一切，或许也只剩下一个选择了吧，就是像眼前的老人家一样去承受。可是，忍耐，真能等到拨开乌云见明月的一天吗？

等到的，或许只是死亡罢了。

一路上，老人没有说话，玄奘也没有多嘴。

很快，两人来到了老人的府邸前。

那是一座极为破败的府邸，院落的围墙，已经因为干旱而崩塌，门口的牌匾也已经被侵蚀得看不出字迹。几乎每一个角落都充斥着一种行将就木的感觉。

玄奘推开虚掩的门，看到其中一座小屋门口坐着一个老妇人，看样子约莫八九十岁，满脸的皱纹多得像这黄土地上的沟壑一般，整个人已经连走都走不动。

“王爷……回来啦？”

那是一个极其沙哑的声音。

“都说了别叫我王爷了，我早不是什么王爷了。”

说着，两个老人呵呵地笑了起来。

玄奘低声问道：“这位是？”

“这是……一位乡亲。”

“乡亲？”玄奘一下有些蒙了。

这座院子很大，可以看得出，老郡王虽然并不是什么奢靡享乐之人，但曾经的家底，还是有的。

直到走到够深的地方，确信那老妇人已经听不到了，老郡王才低声道：“年轻人都逃荒去了，老人，实在老得走不动的，也只能托付给我了。这院子里还有四五位呢。现在也就我最年轻了，还能去提水，干点体力活。”

“那……郡王您的子孙呢？”

闻言，老郡王却是欲言又止，最终化作一声叹息。

“凤仙郡不降雨，是因为花果山？”

“对，李靖是这么说的。”

猴子一下笑了出来：“玉帝会这么好？”

“李靖说了，玉帝下这道旨意，不是为了大圣爷您，是为了女娲娘娘。”

“放屁！”猴子一下吼了出来，吓得牛魔王顿时脖子一缩，“女娲娘娘这才是多久前的事？凤仙郡，已经好几年没下雨了！之前花果山倒是已经降雨，但那都是杯水车薪，下一点意思意思，他娘的当老子什么都不知道啊？他们是忽悠你呢！再去一趟，这次不说清楚，你也别回来了！”

“诺……诺！”牛魔王吓得掉头就走。

猴子转过脸，又指着守在一旁的吕六拐说：“你！去看那和尚怎么说！”

“我……我？”

“难道还要我热脸去贴他的冷屁股啊？”

无奈，吕六拐只得提着裤腿奔出了门外。

房中的其他人一个个都蹙着眉，望着怒气冲冲的猴子。

转眼之间，吕六拐已经来到玄奘的房中。

他挽起衣袖朗声道：“大圣爷说了，玄奘法师您要行普度之道，他支持。您要感受万物之苦，自力更生，他也随你。他现在就问您一句话：这凤仙郡的苦，乃是因天而起。若要解决，倒也不难，给玉帝去一封函，什么都解决了。具体这函去是不去，就看玄奘法师您的意思了。”

第七百一十章

玄奘的回答

“因天而起……”

听到这句话，玄奘的目光不自觉地暗淡了许多。

这是那老郡王早已与他说过的事，如今只不过是从吕六拐的口中再次确定罢了。

尽管如此，玄奘的脸上，还是掩不住的无奈。

有时候，凡间的生灵就是这么渺小，一个神仙的一句话，不管因为什么理由，就可以让千千万万的生灵死于非命，分毫没有商榷的余地。

玄奘沉默了许久，才轻声道：“知道……是为什么吗？”

“还不是很清楚。”吕六拐振了振衣袖，挑了挑眉，拉长了声音说，“大体的意思是，雨水有限，凡间的生灵手心手背都是肉，这里多了，那里就只能少。没办法的事。”

“有限……”玄奘的眉头不禁蹙了起来。

“就是这么个意思。”吕六拐也不客气，轻轻一跳，坐到玄奘侧边的椅子上，意味深长地说道，“也就是说，你把这里的干旱解决了，自然就有其他地方会干旱。没有任何人能同时解决所有地方的干旱。”

说着，吕六拐还故意拿起桌案上放着的半块薄饼啃了起来。

那是老郡王给玄奘的，吕六拐吃了，玄奘就得挨饿了。虽然玄奘的行囊里还有那么一点点干粮，但那毕竟是保命的东西。

玄奘又沉默了许久，才轻声道：“可否，让贫僧考虑一晚？”

“可以。”已经狼吞虎咽吃光了薄饼的吕六拐拍了拍手上的碎屑，一下跳下了椅子，拂袖道，“那我就明天再过来问了。”说罢，他转身就走。

玄奘恭恭敬敬地躬身谢礼:“贫僧谢过施主。”

刚走出门没几步，吕六拐就看到了猫在墙角的小白龙。

“嘘，过来。”

“干吗?”

“他怎么说?”

“还能怎么说，优柔寡断呗。嘿嘿，我吃了他的饼。”

“啊?”

吕六拐抬起头，得意地说道:“我故意的，谁让这和尚那么优柔寡断，坏大圣爷的事的?活该他挨饿。”

说罢，吕六拐甩了甩衣袖，得意洋洋地走了。

星夜茫茫，小白龙仰头望了一眼头顶的天空，叹了口气。

此时此刻，狮狔国，圣母宫外依旧明里暗里驻扎着许多卫兵，一个个都有意无意地在朝圣母宫张望。

宫内，灯火通明。

小小的房间被改造成了牢笼，杨婵拿起一个花瓶就往地上砸。只听“哗啦”一声，碎得满地。

牢笼里，清心端坐着，蹙着眉头望着杨婵。

“做给外面的人看的，很快，他们就会禀报六耳猕猴了。”杨婵淡淡看了清心一眼，道，“这宫里，就没有一个是我自己人。”

“那你还愿意留在这里?”

“不留又能怎么样?”

“你可以……去花果山，或者回华山?他应该会在取经之后来接你吧。”

“取经真的会成功吗?”杨婵反问道。

这一问，清心眼中的神采顿时黯淡了几分。

“你也不信吧?”杨婵淡淡笑了笑，轻叹道，“其实，谁信呢?也许连他自己都不太相信。根本就没有任何办法，可以击败一个代表了虚的如来。取经，不过是没有选择的选择罢了。”

杨婵提起监牢外的茶壶，默默满上了一杯热茶，走到栏杆前伸手递给清心。

清心连忙双手接过，道："你说的，我也想过。其实……如果他愿意不再记恨六百多年前的事情，与如来和平相处也未尝不可。毕竟，如来四大皆空，只求佛法，和他并没有什么冲突的地方。并不一定要拼死一搏。"

"是这样吗？"

"不是吗？"

两人默默对视着，许久，杨婵笑了出来。那是有些无奈的笑。清心则显得有些茫然。

"有些事情，不是那么简单的。不是你愿意退让，就会有退路。"杨婵转过身，端坐到椅子上，悠悠道，"就好比当初花果山的事情。假设，我假设，我们不挑衅天庭，不与天庭为敌，你觉得，两者能和平共处吗？"

清心呆呆地眨巴着眼睛望着杨婵，似乎有点不太明白她话里的意思。

"答案是，不能。"杨婵凝视着桌面，接着说道，"你咄咄逼人，会引发冲突。你柔弱可欺，一样会引发冲突。只是，主动权到了对手那边了。"

"可是，如果他不突破到天道修为的话，我想不出如来会因为任何理由而再次对他出手。"

"你想不出，并不代表没有。"杨婵轻笑着说道，"谁又能想到如来会对太上老君出手，给太上老君设陷阱呢？可到头来，不就发生了吗？"

清心顿时愣了一下。

"凡人的一生，是很短暂的。修者的一生，却可以长达数万年，甚至永久。谁又能保证，在这么漫长的光阴之中，不会出点什么岔子呢？到时候，你再想反悔，就已经没有退路了。"杨婵缓缓闭上双目，轻声道，"况且，他没突破到天道，却随时保留着跨过天道门槛的能力，这不是更糟糕吗？若是不取经，只怕如来，应该会第一时间出手吧。"

"博弈，只存在于彼此都能让对方感到'痛'的情况。如果其中一方对另一方毫无威胁，也就不存在博弈的筹码了。那猴子虽然冲动，但是这层道理，还是想得明白的。"

说着，杨婵意味深长地看了清心一眼。

清心顿时觉得如同一盆冷水当头浇下来一般。

“看来，你们都看得明白，就只有我看不明白。”

“因为你本身就不是这局中的人。”杨婵不假思索地说道，“无论前世还是今生，你都不是这局中的人，甚至，完全不具备在这局势中生存的能力。你的存在，你今天所有的一切，仅仅是因为……他对你的挂念，令你有了一重特殊的身份。”

话到此处，清心已经缓缓地低下了头。那捧着热茶的手不断揉搓着，似乎格外不适应。

清心沉默了好一会儿，才低声道：“我以为……你会借着这次机会，对付我。毕竟因为我你才……

“虽说杨家在这些大能面前算不上什么，但我是瑶姬的女儿，是二郎神的妹妹……还不至于那么下三烂。”杨婵轻蔑一笑，道，“你就安心在这里待着吧，我不会让他打你主意的。但，你也走不了，除非你的那两位师父愿意这时候来趟浑水，把你接走。否则，我会有危险。”

第二天一早，当吕六拐再次来到玄奘房中的时候，却发现房中已经没人了。好在玄奘的四周日夜都有妖将监视着，不多时，他便在凤仙郡郡城的东边角里发现了玄奘的身影。

玄奘拿着昨夜自制的标尺用炭笔在一张羊皮地图上不断标记着什么，那身旁，紧紧跟着的是老郡王。

“他在做什么？不是说好了今早给答复吗？”

“答复已经给了。”一旁的天蓬无奈摇了摇头，“他在找水源。”

“找水源？”吕六拐一下有些蒙了。

“你别说，还真有可能找得到。”天蓬抿着唇无奈地笑了笑，悠悠道，“这郡城里既然有一口井还能出水，就说明还有地下水。论修行术法，玄奘法师可谓是一窍不通。但如果要说这些三教九流的伎俩，玄奘法师完全可以说驾轻就熟。你瞧用草药治病救人的功夫，他就一点都不比那些正儿八经的大夫差。”

当天蓬回到驻地的时候，前往天庭索要说法的牛魔王也已经回来了。不过他带回来的消息，却是与昨日的说法无甚差别。

“这里的水，确实是去了花果山。第一次调水，是因为大圣爷您要求花果山重新降雨；几年前又调用了一次鱼虾粮食，则是因为乌鸡国。世间万物相生相克，不可能四处调用的，否则会出大乱子。后来，又接上女蜗娘娘的事情，这凤仙郡，就索性做绝了……”

听牛魔王这么一说，站在一旁的卷帘尴尬地笑了笑。

乌鸡国的事他是绝脱不了干系的，原本以为事情已经因为猴子出手而了了，没想到，还留着这么一条尾巴……

“所以呢？他们不打算给凤仙郡降雨了？”

“这倒没说。”牛魔王略微想了想，答道，“李靖的意思是，想要降雨也行，就是另外地方调水罢了。可是，倘若以普度为目的的话，这样做怕就没有意义了。让我们自己想好。”

猴子一时间确实也不知道怎么答。

他扭过头，正巧看到天蓬和吕六拐走了进来，随口道：“那和尚怎么说？”

“他……他没说。不过，他现在正在准备挖井。”

“啊？”

猴子一下冲出了门外。

很快，他在城南的一处废弃的院子里看到了玄奘和老郡王。

玄奘果真赤着上身拿着锤子，竖起了一块块的木板，一副亲力亲为，自己动手打井的架势。

猴子远远地望着忙得热火朝天的玄奘，眉头不禁蹙成了八字。

“大圣爷，接下来怎么办？”

“怎么办？”猴子冷哼一声，道，“随便他吧。真是服了。”

第七百一十一章

鲶 鱼

挖井，是一件极为艰巨的事情，特别在缺乏劳动力的情况下。

郡王已经老了，整个凤仙郡，也就剩下玄奘能去干这种活儿。自然而然地，这担子落到了玄奘的身上。

于是乎，日升日落，玄奘开始起早贪黑地挖井，老郡王则忙前忙后地给玄奘打下手。

那四周的角落里，一众妖将、猴子等人就这么一天又一天地看着。

“这地方真能挖出水来？如果能挖出来，之前的人为什么不挖呢？”

“对啊，整个郡的人，挖起井来，怎么都要比玄奘法师一个人快吧？”

时间一天天过去了，五丈，十丈，二十丈。还是没有水。

“我们要不要也帮忙？如果我们动手的话，一个晚上挖一两百丈应该没什么问题吧？”

“你傻啊，帮忙有什么好处？你忘了玄奘法师什么态度了吗？一旦我们帮忙，指不定又闹出事情来。吃力不讨好，何必呢？”

三十丈，五十丈。还是没有水。

“要是一直没水，他不会打算就这么一直挖下去吧？”

“那大圣爷的西行怎么办？”

一众妖将面面相觑。

与此同时，每天看着玄奘埋头挖井，浑身上下盖满黄土的模样，猴子已经恨得牙痒痒的了，脾气一天比一天暴躁。

灵山，大雷音寺。

“玄奘在凤仙郡挖井？他还能再傻点吗？”

“那地方确实有地下河流，但流量极少。如果位置对，挖出一点水来倒也不是不可能。只是，就那么一点水，能作甚？”

“倒也不是不能。凤仙郡本身活着的人便不多了，能多一口井，哪怕出水量再少，也应该可以让百姓过得更好一些。”

“可是这样有何意义？这就是他的普度吗？救那么几口人，而不是救整个郡？”

整个大殿都沉默了，诸佛面面相觑。

“是不是……我们太高估他了？那度世之说过后，玄奘已是强弩之末，走入了死局？”

人群之中，灵吉忽然想到了什么，淡淡一笑。

一时间，殿内诸佛都朝着他望了过去。

“灵吉尊者可是有话？不妨说来。”

闻言，灵吉振了振衣袖，一步步走下台阶，来到大殿正中。他双手合十，对着如来躬身一拜。

“贫僧有一妙计。”

“妙计？”

“对。”

“说来听听。”

灵吉摇头摆手，眉开眼笑道：“不可说，不可说。说了，就不妙了。只能做。”

听他这么一说，在场诸佛越发疑惑了，一个个都蹙起了眉头。

灵吉微微仰头，望着如来。

许久，如来点头道：“那，便试试吧。”

“灵吉遵命。”说罢，灵吉躬身退出殿外。

待他走后，诸佛一下议论了起来。

“这灵吉是要作甚？为何不可说？难不成，这里还有内应不成？”

“兴许是弄巧卖乖罢了。”

“依他的性情，倒也不奇怪。不过，这计策是否妙，可就难说了。”

“听说他当日于高老庄外戏弄玄奘，到头来不但没讨着好，还平白给人作嫁。这次的‘妙计’可别弄巧成拙才好。”

正当诸佛议论纷纷之时，如来却如同听不见一般，低头轻叹道：“杨婵的出现，怕是地藏尊者也是始料未及吧？如此一来，六耳猕猴这着棋算是废了。相安无事，还哪里有法可辩？”

说罢，如来目光微微转动，望向地藏王。

“这倒不至于。”地藏王淡淡道，“六耳猕猴自存在之日起，便注定了与那猴子势不两立，怎可能相安无事？”

如来深深吸了口气，道：“本座听闻，渔夫在鱼槽之中放入鲶鱼，用以挑动其他鱼奔走逃命，从而确保其存活。如今看来，怕是要地藏尊者往这六耳猕猴的鱼槽中放入一尾鲶鱼了。难得复活，他可不能消沉度日，以致大劫临身啊。”

所有的佛陀都静静地注视着地藏王。

许久，地藏王双手合十，默默朝着如来行了一礼，躬身退出大殿之外。

与此同时，凤仙郡。

“你说……清心上人，在六耳猕猴手里？”

吕六拐重重地点了点头。

天蓬有些诧异地望向一旁的牛魔王。

牛魔王也重重地点了点头。

这两个平日里见面难免吵上一吵的妖怪正一起眼巴巴地望着天蓬。

天蓬稍稍收了收神，连忙张望窗外。

不远处，猴子正盘腿坐在屋顶上望着西方，一脸的愤恨。

“这事情……还没告诉他？”

“不敢说啊。”吕六拐低声道，“最近大圣爷心情恶劣，要是让他知道了，保准立即杀到狮犵国去。所以我们只能来找你商量了。”

“我不太明白，为什么……为什么清心上人会在六耳猕猴手里？他不应该知道清心上人就是风铃的呀。而且，清心上人应该在斜月三星洞……怎么会……”

“六耳猕猴是不知道，但天庭，还有昆仑山是知道的。我估计，是那帮老不死的故意放出的风声，为的是给我们添乱。”吕六拐一边朝猴子所在的位置张望，一边小心翼翼地说道，“至于清心上人为什么会离开斜月三星洞，就不清楚了。总觉得这是个陷阱。”

“那你们现在打算怎么办？你们去救人……应该不太行吧？不说的话，到时候她真出事了，你们大圣爷的脾气……你们是知道的。”

“这……”

一听这话，吕六拐和牛魔王顿时就怂了。

好一会儿，吕六拐才深深吸了口气道：“有消息说，清心上人和圣母大人在一起，暂时很安全。”

“消息可靠吗？”

“确定可靠。”

“可靠就好。”

说着，屋里的三人齐刷刷地朝窗外望去。

此时，猴子已经一跃从屋顶上跳了下来，借着老郡王离开的空当，迅速跑到玄奘所在的井边。

他深深吸了口气，对着那黑漆漆一片，只剩下深处还有一点点火光的井口喊道：“喂，是我！”

井里没回应。

他稍稍沉默了一下，又喊道：“你想这样折腾到什么时候？这都多少天了，有完没完？这里距离灵山已经不远了！”

井底，玄奘拉长了声音答道：“西行是为普度，不普度，西行何用？”

“放屁！你他娘的这叫普度吗？一句话，别说井了，我立即给你把一整个湖挪过来都成！你非要这么闹腾，有意思吗？”

“贫僧可以让大圣爷您移山填海，别人呢？这样出来的只是一己之功，非普世之道也！”

“那你这是要怎么样？非要挖到水不可吗？信不信，我拿块石头把你压下面，让你普度个够？”

井底下，玄奘没有再说话了，只剩下千篇一律的“锵锵”声。

一咬牙，猴子转身搬来一块大石头，对着井口吼道：“你别以为我不敢，反正你这么拖下去这辈子也到不了灵山，我索性把你封里面算了！”

说着，猴子真的“咣当”一声，用大石头将井口封住了。

然而，底下的玄奘却像什么也不知道一样，继续默默地挖掘着。

两人就这么僵持上了。

不多时，一位妖将悄悄从远处的残垣断壁探出头来，压低声音道：“大圣爷，老郡王回来了，不能让他看见您啊。”

强扭的瓜是不甜的。

无奈之下，猴子只得甩了甩头，将那石头又搬回了原地。

由始至终，玄奘竟连半句抱怨都没有。

此时此刻，六耳猕猴正坐在自己的王座上，一脸的郁闷。

不知道什么时候开始，六耳猕猴发现自己一面对杨婵的哭闹，就会不自觉地发怵。那种感觉，像与生俱来的一般。

难道是记忆碎片的关系？

六耳猕猴拼命地去回忆，越想头越痛，痛得直冒冷汗。

无奈，他只能索性不想了。

好不容易缓过劲来，他仰头对着一众妖王道：“你们……谁有办法把那个清心从圣母宫弄出来？”

闻言，一众妖王面面相觑，一个个都低下了头。

“滚！没用的东西！”六耳猕猴猛地咆哮道，“都给我滚出去！”

那些妖王吓得连忙一个个躬身退出大殿之外。

狮狔王悄悄扯住鹏魔王的手，道：“他……这是怎么啦？”

“还能是怎么啦？”鹏魔王故意将音调稍稍抬高，道，“怕老婆呗。都记住了，以后大圣爷的事情呢，能办就办，不能办……回复一声，挨个骂就是了。圣母大人的事，可是拼了命也得做好的。现在下面的怨念越来越大，我们能做的，也就只有这么多了。”说罢，他朝走在旁边的九头虫和其他几个小妖王扫了一眼。

那几个妖王虽然默不作声，却又一个个不自觉地点了点头。

正当此时，那最早遇到六耳猕猴的山羊精穿着一身华服从远处走了过来，急匆匆地与众妖王擦肩而过，直接奔入大殿里去了。

“这是谁？”

“还能是谁？他可是正当红的新任丞相啊。也就是运气好，不然，就他那修为，那见识，能当丞相？”

“就这么个人物还当丞相，看来这狮狔国，真是走不远了。”

九头虫冷冷地扫了众妖王一眼，低声道：“小心说话。”

听他这么一说，几个妖王才闭上了嘴。

大殿内，山羊精双手奉上了一封信函，朗声道：“启禀大圣爷，方才，有个人往臣的府里塞了封信，是给大圣爷您的。臣不敢怠慢，便赶紧给大圣爷您送了过来。”

六耳猕猴随手拆开信函，往落款的位置扫了一眼，顿时愣了一下。

“地藏王？”

“正是。”

“他现在在哪儿？”

“正在臣府里。”

“走！带我去见他！”说着，六耳猕猴已经起身往大殿外走。

第七百一十二章

浪费时间?

明媚的阳光，环绕的池水正中，一个凉亭伫立。地藏王正端坐在那凉亭下静静地抿着茶。

“大圣爷，这边请。”

不远处，山羊精带着六耳猕猴匆匆走过拱门。

六耳猕猴远远地看到地藏王，顿时停住了脚步。

两人隔着一个池子默默对视着。

许久，地藏王淡淡一笑，放下了手中的茶杯。六耳猕猴则是深深叹了口气，沿着蜿蜒的走廊快步朝他走去。

“别来无恙啊。”地藏王双目低垂，一面品着手中的茶，一面轻叹道，“与上次见面相比，如今，阁下可是风光了不少。果真是士别三日，当刮目相看。”

“说吧。你来找我，什么事?”六耳猕猴一屁股坐到石桌的对面，瞪大眼睛，死死地盯着地藏王。

然而，地藏王左顾右盼，似乎对这庭院之中景致的兴趣远大于对六耳猕猴的兴趣。

“你猜。”

“别拐弯抹角的，有话就说，有屁快放!”

直到此时，地藏王才悠悠瞥了六耳猕猴一眼。六耳猕猴已是咬牙切齿，怒意溢于言表。

“还是你先说吧。”好一会儿，地藏王才轻叹道，“这么长时间了，阁下想必有许多事情想与贫僧说，或者，想问贫僧。”

“也行。”六耳猕猴张开双手撑着桌案，死死地盯着地藏王，“你当初为什么要救我？”

“如果贫僧说，贫僧是慈悲为怀，你信吗？”

“当然不信！你救我，肯定有你的目的！”

“既然阁下心中已经有了答案，又何必多此一问呢？”

“你——”六耳猕猴一时语塞。

如果换作其他人，敢用这种戏弄的语气与六耳猕猴说话，想必六耳猕猴此时早已经发飙了。就算不至于让对方身首异处，也绝对会让对方生不如死。

然而，对佛门……特别还是有本事将自己从天劫的手上救回，知道许多自己不知道的门道的佛门中人，六耳猕猴多少还是有些忌惮的。

好不容易按下心中怒意，六耳猕猴咬牙低声道：“行吧，你不想说，我也不问。反正问了，也没什么意义。既然如此，那便说说你想说的吧。忽然跑到狮狔国来，你总不至于是路过吧？”

地藏王仰头望着天，道：“那肯定不是。”

“既然不是，你来我狮狔国什么目的？”

“贫僧来狮狔国，是给阁下带几句话，算是提醒，也算是劝告。”

“你说！”

闻言，地藏王淡淡笑了笑，缓缓起身，伸出一指道：“其一，天劫。”

听到这一句，六耳猕猴的心顿时咯噔了一下，虚了几分。

“天……天劫什么时候会来？”

“这，贫僧就不知道了。”地藏王负手道，“也许很快，也许……还要过个一年半载，但总之不会很久。”

“你就是特意来提醒我这句话的？”

“当然不止。”

说着，地藏王抿着唇，来回绕了几步。由始至终，六耳猕猴的目光都不曾从他的身上移开。

然而，好一会儿，地藏王都没再说一句话，只是不断地四下张望着。那感觉，与其说是在组织语言，倒不如说是在走神。

终于，六耳猕猴有些不耐烦了，冷哼道："你这什么意思？既然不止，你又不说。若是如此，来我这儿浪费时间作甚？"

地藏王悠然回头，瞧着六耳猕猴似笑非笑地问道："贫僧这是在浪费时间？"

"难道不是吗？"

地藏王故作恍然大悟状，随口问道："那……贫僧浪费了多少时间？"

"浪费了……"话没说完，六耳猕猴已经缓过神来。他一下站了起来，怒道："你这什么意思？专程来戏弄我的？"

听他这么一说，地藏王却笑了。

石桌的两旁，一边是怒气冲冲的六耳猕猴，一边是一脸笑意的地藏王。

被地藏王这么一笑，六耳猕猴心中顿时又虚了几分。

"你究竟什么意思？"

"其实，也没什么意思。"地藏王稍稍收了收神，振了振衣袖，道，"贫僧方才不过浪费了不到一炷香的时间，阁下便已经恼怒。不过说来也对，天劫近在咫尺，阁下时间宝贵，怎可浪费？但是……"

六耳猕猴一下有些蒙了，他错愕地瞧着地藏王。

地藏王深深吸了口气，才接着说道："但是，阁下时间既然如此宝贵，又为何要随意浪费呢？您浪费的，可不是区区一炷香时间，而是数日，数月啊。"

六耳猕猴的眼睛缓缓眯成了一条缝："你什么意思？"

"没什么意思。"地藏王轻笑道，"贫僧就是提醒阁下，阁下现在所做的事，通通都是浪费时间。"

"我所做的事情是浪费时间？"六耳猕猴的声音顿时高了八度。

地藏王脸色一变，用盖过六耳猕猴的声音喝道："难道不是吗？"

顿时，整个庭院都安静了下来。

六耳猕猴睁大了眼睛，死死地盯着地藏王。

地藏王也睁大了眼睛，看着六耳猕猴。

"你想取代原本的孙悟空，所以，你听信多目怪的话，击败狮犵国的妖王，将他们收入麾下，重新组建妖国，对吗？"

“对！”

“你想取代原本的孙悟空，所以，你听信鹏魔王的话，从华山劫来了杨婵，对吗？”

“对！”

“你想取代原本的孙悟空，所以，你听信杨婵的话，威慑三界，动用整个狮狔国的力量，准备迁都花果山，对吗？”

“对……”被这么一个接一个地问，加上地藏王如同刀锋一般的目光，六耳猕猴顿时有些底气不足了。他略带疑惑地反问道：“难道……难道我这么做，有什么问题吗？”

“当然有问题。”地藏王一下盘起了手，缓缓道，“其实，你要取代原本的孙悟空，只需要做一件事就行了。”

“什么事情？”

“让他代替你被天劫收走！”

“这……”

“相反，如果你最终被天劫收走，那么，你现在做什么事，都毫无用处。因为当只剩下一个孙悟空的时候，便无所谓真假了！”

烛火吱吱地燃烧着，夜风徐徐从窗外吹过。

六耳猕猴靠坐在窗前，一双瞪圆了的眼睛死死地盯着窗外，布满了血丝。

地藏王的话在他的脑海里不断重复着。

“我告诉过她天劫的事情吗？”

“我记得我说过一次……这么重要的事情，她应该不会忘记才对。”

“既然她知道，为什么还要我费尽心机去迁都，而不是想办法去击败对手呢？”

许久，他缓缓地闭上了眼睛。

地藏王说的对，他在浪费时间。这一段时间，他是彻底迷糊了。

多目怪的心里，只有妖族的复兴。他在意的根本就不是自己这个大圣爷。其他妖怪就更别提了。

至于杨婵的心里究竟是什么，谁也不知道。

由始至终，没有任何一个人真真正正地，和自己站在同一立场。连地藏王也没有。但至少……他说的话，是对的。无懈可击。

可是，自己应该如何去击败对手呢？

上一次的碰撞，六耳猕猴至今记忆犹新。

想着，他只觉得太阳穴隐隐有些痛。

要真正地成为齐天大圣，并不是那么容易的事情。可惜的是，有本事帮助自己的佛门，却由始至终只是一副暧昧的态度。

这可怎么办呢？

一阵轻微的敲门声传来。

“进来。”

门缓缓地推开了。

山羊精弓着身子，小心翼翼地走了进来。

“臣，参见大圣爷。”

六耳猕猴有些不耐烦地说道：“这么晚了，什么事？”

“出了一点小事。”山羊精清了清嗓子，低声道，“城东那边有几个凶徒，想要逃离狮犵国，被边军给拿下了。”

“逃离？为什么要逃离？”

“他们……”山羊精咽了口唾沫，小心翼翼地说道，“他们觉得，狮犵国的法令太过严苛了，特别是造舰计划，以至于……”

“啊？”

六耳猕猴微微睁大了眼睛。

山羊精顿时吓得整个跪倒在地直哆嗦，连忙喊道：“臣已经跟他们说了，严苛的法令，是为了妖族的崛起。可他们依旧冥顽不灵。此事已经禀报了圣母大人，圣母大人让臣将那几个凶徒处死……臣这就去办！臣这就去办！”

说罢，山羊精“咣咣咣”地连续三个响头，起身就要退出门外。

“站住！”

被六耳猕猴一喝，山羊精连忙停下了脚步，却依旧不敢抬头。

豆大的汗珠一滴滴从额头上滑落。

六耳猕猴望着窗外沉默了许久，才轻声道："你……是不是觉得，这法令太过严苛了？"

"臣不敢！"

"不敢，你半夜三更来找我作甚？说！恕你无罪！"

有这一剂定心丸吃下去，山羊精这才鼓起勇气，跪地磕头道："臣以为，法令确实有些严苛了。处罚是要有，可是……若因此而杀了他们，往后怕是……"

话音未落，只见六耳猕猴已经迈着大步与山羊精擦肩而过。

"走！"

"大圣爷，您……您去哪儿？"

"圣母宫！"

第七百一十三章

说　客

漆黑的夜，圣母宫的几盏孤灯微微闪烁着。

一排卫兵举着火把铿锵走过。

长夜漫漫，一如往常。那把门的两个侍卫都在打哈欠了。

忽然间，其中一个侍卫猛地瞪大了眼睛。

“大……大圣爷！”

另一个侍卫吓得一个激灵，连忙抬起头来。

“嘘！”还没等两人反应过来，山羊精已经给他们做了一个噤声的手势。两人连忙将到嘴边的话又咽了回去，默默行礼。

狮狏国，不会有任何妖怪敢阻止六耳猕猴做任何事，哪怕是杨婵手下的也一样。

大门缓缓打开了。

六耳猕猴跨过门槛，山羊精带着一众亲卫在身后紧紧相随。

“大圣爷，我们这是去见圣母大人吗？”

听到这句话，六耳猕猴的脑海中顿时闪过几日前的情景，脚步一下顿住了。

他稍稍犹豫了一下，轻声道：“先不见她，我们去见那个清心。”

山羊精转过脸，连忙对跟在身旁的圣母宫侍卫摆了摆手：“听到没有？还不快带路？”

“诺……诺！”

两个侍卫连忙提着灯笼走到了前头。

临迈开脚步前，六耳猕猴冷冷地对山羊精交代道：“还有，我暂时不想见三圣母。”

房中，正点着烛火查看奏折的杨婵猛然一惊，抬起头来。那目光微微闪烁着。

片刻之后，她连忙起身快步朝门外走去。

然而，当她推开房门的时候，两名妖将拦在了她面前。

在那两名妖将的身后，原本负责守门的两个侍女微微低着头，不敢作声。

杨婵瞪大了眼睛与两名妖将对视着。

在杨婵犀利的目光之下，两名妖将微微低下了头，却依旧寸步不让。

“大……大圣爷说，说圣母大人为国事连日操劳，实在过意不去。今晚，让圣母大人早些歇息。”

“我要见他！”杨婵的声音一下提高了八度。

“大圣爷说让圣母大人早些歇息。”拦在杨婵身前的手依旧举着，那妖将低着头，唯唯诺诺地说道，“还请圣母大人不要让小的难做……”

这是……软禁了？

此时此刻，杨婵恍然若失。

如果能见到，或许她还有些办法可以扭转。可是，如果见都不让见……

一步步靠近关押清心的阁楼，六耳猕猴忽然停下了。

身后，包括山羊精在内的一众妖怪纷纷停住了脚步，一个个呆愣地望着六耳猕猴。

月色下，阁楼只余几盏微弱的灯光，显得格外幽静。

六耳猕猴静静地注视着，双目缓缓地眯成了一条缝。

许久，他轻声道：“你们都在这里等着，不要轻举妄动。”

说罢，他身形一晃，化作了一个平日里跟在杨婵身旁的侍从，一步步朝阁楼走了过去。

阁楼中，清心正歪歪斜斜地靠在卧榻上，看着书。

说是监禁，给的却是客人的待遇。也就是在房中象征性地加了几道栏杆罢了，其余的，吃穿用度一概不缺。唯一的缺陷，恐怕就是少了说话的人罢了。

毕竟是在六耳猕猴的地头，若是杨婵真的给了清心客人的待遇，甚至为她指派了下人，到时候指不定狮猀国中的其他人会怎么想。

“咚咚咚。”

敲门声传来，清心微微抬头，随意地看了一眼，道：“进来。”

门缓缓地推开了一条缝。

门外，化作侍从的六耳猕猴小心翼翼地朝房中观望，撑起一张笑脸，这才抬腿跨过门槛。

“清心小姐，这么晚了还不休息？”

清心见是杨婵的侍从到来，也并不起疑心，只是淡淡地回了一个微笑，道：“看完这两本书就睡了。有什么事吗？”

“其实也没什么事。”六耳猕猴干笑道，“圣母大人觉得小的比较贴心，所以安排小的以后在这里服侍清心小姐。”

“啊？”清心一下有些蒙了，“杨婵姐派你来服侍我？”

在清心错愕的目光下，六耳猕猴一愣，连忙故作不解道：“有……有什么问题吗？”

“为什么她会派你来服侍我？”

“这不是理所应当的吗？”六耳猕猴连忙笑道，“您与大圣爷有三世的情缘，这是三界皆知的事情。圣母大人是公认的妖后，您又能差到哪里去呢？说不定，过几天不用您开口，也不用大圣爷说话，圣母大人就会主动提请让大圣爷迎娶您呢。哪能没个人伺候？”

说罢，六耳猕猴掩着嘴笑，眼睛却微微睁大了，时刻注意着清心的神情变化。

此时此刻，听完这番话，清心已经彻底糊涂了。她望着六耳猕猴，呆呆地眨巴着眼睛，思绪已如同一团乱麻一般。

杨婵高傲，所以，即使是情敌，她也不屑对自己动手。可正因为高傲，难道杨婵可能主动提出二女共侍一夫？

不对……这时候提出，即便是二女共侍一夫，那也侍的是六耳猕猴。这可能吗？

难道是……杨婵想让自己和六耳猕猴成婚，生米煮成熟饭，然后……

想到这儿，清心一下有些慌了，握着书的手微微紧了紧。

不过，她很快又缓过神来。

她忽然想起了杨婵说过的话，她说，这狮狔国中，没有一个是她自己人。

如果是这样的话，那就还有一种可能，那就是……要么这侍从误解了杨婵的意思，要么……这些话，压根就不是杨婵说的！

想到这儿，清心不由得警惕地望着六耳猕猴。

这一来一往之中，清心的神色变幻已经被六耳猕猴看在了眼里。他连忙低头捧起桌案上的茶壶给清心热茶水去，借以避开清心的目光。

清心依旧死死地盯着他。

烧水、沏茶，每一步都做得娴熟，很快，一杯热腾腾的茶被奉到了清心的身前。由始至终，六耳猕猴都像没注意到清心质疑的目光一般。

在这过程中，他已经重新理清了思路。

他十分自然地坐到距离清心不远处的椅子上。

这一坐，清心顿时笑了出来。

"清心小姐笑什么？"

"你是杨婵姐派来服侍我的？"

"当然。"

清心注视着那杯热茶，悠悠叹道："杨婵姐的下人，绝不会在主人没有赐座的时候，自作主张地坐下。说吧，你究竟是谁？"

说罢，清心猛然瞪大了眼睛朝六耳猕猴望了过去。

然而，在这锐利的目光之下，六耳猕猴反而笑了。

"清心小姐果然好眼力。"

清心一只手已经摁到了腰间的法器上，小心翼翼地注视着六耳猕猴。

就在此时，六耳猕猴话锋一转，轻笑道："没错，小的并不是圣母大人派来服侍清心小姐的。小的其实是……圣母大人派来的说客。"

“说客？”

“对，说客。”六耳猕猴微微点了点头，故作无奈状，道，“大圣爷……或者说，六耳猕猴已经起疑了。事出突然，不然，此事本该由圣母大人亲自与您说，可惜……”

说到这儿，六耳猕猴缓缓起身，走到窗前，伸手推开了窗户。

“清心小姐，您还是自己看吧。”

顺着那窗，清心看到圣母宫内，杨婵的住所已经被重兵围住了。点点的火光来回移动，那是大批巡逻的妖怪。

“圣母大人……来不了。”六耳猕猴悠悠叹了口气，道，“所以，只能由我这微不足道的小人来跑这一趟了。”

一时间，清心呆住了。

圣母宫，杨婵的住所被围。这毫无疑问说明六耳猕猴确实起疑了，而且这一次的起疑，已经不是先前那么简单，杨婵三言两语就能打发。

“我……我想见杨婵姐。”

“见不了。若是能见，便不会让小的走这一趟了。莫说圣母大人了，便是小的这无关紧要的人，也是费了九牛二虎之力，才来到清心小姐您面前的。”

“信呢？既然杨婵姐让你来当说客，那肯定有托付的信函！”

“没有。”六耳猕猴摇了摇头道，“若有信函，小的就走不到这儿了。早在那半路上就被搜出来，然后一刀割去了脑袋。”

“没有信函，那信物呢？”

“也没有，与那信函同理。小的本来就是身无长物的小妖，身上若是带着个珠钗首饰，一旦被搜出来，同样走不到这里。”

“那我怎么相信你？”

被清心这么一问，六耳猕猴顿时一愣。好一会儿，他缓缓地笑了出来，道：“小的一进门，清心小姐就开始质疑小的的身份，小的已经明说了是来当说客，究竟是要来说什么，清心小姐却分毫不问。难道……小姐就不好奇吗？”

被六耳猕猴这么一说，清心顿时更加慌乱了。

她猛然想起了自己方才与对方的一问一答。虽说自己从一开始就已经保持了警惕，可是……就方才那样的问答，对方一句“六耳猕猴起疑”，自己甚至都没反问对方“起的什么疑心”……这不等于暗示对方，自己和杨婵之间有着某种秘密，或者，杨婵本来就在做着六耳猕猴所不允许，不知道的事情吗？

清心沉默了好一会儿，渐渐缓过神来，微微低眉道：“说吧，她让你，说服我什么。”

“事出紧急，实在无奈。”闻言，六耳猕猴轻声道，“圣母大人希望，清心小姐能答应与六耳猕猴成婚。”

听到这句话，清心握着书的手顿时微微颤了一颤。

第七百一十四章

筹备婚礼

门缓缓打开了。

幻化作侍从模样的六耳猕猴弓着身子，退出门外。在大门关上的瞬间，他挺起了胸膛。原本堆笑的脸在顷刻间变得冷漠，甚至带着一丝丝愤怒。

“大圣爷，怎么样了？”

“她说……给她一点时间，让她考虑考虑。”

“考虑？”

六耳猕猴的牙已经咬得咯咯作响。

“她一开始分明就不想让我知道她的身份。由始至终，她都只认西行路上的那一个。现在，她居然为了杨婵的安危说，考虑？呵，真有趣，真有趣！”

说着，六耳猕猴攥紧了拳头一步步朝圣母宫外走去。

一个亲近六耳猕猴的妖将一脸的懵懂，低声问道：“大人，大圣爷他这是……”

“还没听懂吗？”山羊精压低声音道，“这个所谓的风铃小姐转世，她的心是向着圣母大人的。这样一来，有问题的就不仅仅是她了，还有圣母大人！”

说完，山羊精已经丢下那妖将，快步朝六耳猕猴跑了过去。

“大圣爷，大圣爷！您等等我呀。接下来应该怎么办？”

“准备婚礼！”

“准备……婚礼？”

在场的妖怪一个个面面相觑。

“还用我再说一遍吗？”

“诺……诺！”

房间里，清心呆呆地凝视着放置身前的那杯茶。

那是六耳猕猴为她泡的，茶水已经凉了，她的思绪却还是一片混乱。

“如果您不答应，圣母大人可能会有性命之忧。您也知道，六耳猕猴疯起来，谁也拦不住的。更何况，他并没有跟圣母大人患难与共的记忆。圣母大人也是逼不得已，才出此下策。”

六耳猕猴最后的“规劝”在清心的脑海中回荡着，她的心跳得飞快，仿佛要将浑身的血液都逼出体外一般。

“杨婵姐，会出事？”

她不知道外面究竟发生了什么事，不知道杨婵为什么会被软禁，更不知道六耳猕猴是如何起的疑心。但……

直觉告诉她，这一切肯定跟她的到来有关。

那天杨婵不是已经占尽了上风吗？为什么又忽然……

许久，她缓缓闭上双目。

她已经决定切断过往，可是，现在似乎又由不得她了。甚至，为了维护初衷，她必须要将自己都赔上……

“圣母大人……”一名妖将偷偷摸摸地将杨婵的窗开出了一条缝。

杨婵连忙快步走到窗前。

“您是……”

“末将是吕丞相的旧部，趁着这次狮狔国招兵买马混进来的。”那妖将神色慌张地说，“末将刚刚听到一些切实可靠的消息。六耳猕猴已经偷偷去见过清心上人了，而且是用您侍从的面貌。现在已经下令筹备婚礼了。”

“婚礼？”杨婵大吃一惊。

还没等杨婵反应过来，那妖将又接着说道：“末将正想办法联系清心上人，不过，那阁楼看似无人看守，暗地里，守卫却比这里还要严得多。末将也不知道能不能成功。末将此行，只是希望圣母大人知道，六耳猕猴已经对您有了极大的戒心，还请您千万注意自己的安全，不要轻举妄动！”

说罢，那妖将扭头就走。

月色昏暗，杨婵甚至没看清楚那妖将的面容，只是记住了他的气息。

“要……举行婚礼？”杨婵不由得紧了紧拳头。

不多时，一队妖兵举着火把从窗前走过，高举的火把将一切都照得通亮。

此时此刻，深夜。风徐徐地吹过，卷起了一地的沙尘。

整个凤仙郡都静悄悄的。

房间里，玄奘点起一盏油灯，正伏在桌前细细地查阅着什么。一只手轻轻地揉着肩膀。

酸痛，是他现在唯一的感觉。

一副凡躯，每日往返井上井下不断折腾，孤身一人挖井……一天两天或许还可以，可若是每天如此，谁又能吃得消呢？

白天可能还好，干着活的时候只是感到疲劳，而一旦到了晚上松懈下来……那可真是浑身上下没有一寸肉是不颤的。

“咚咚咚。”

一阵敲门声传来。

“玄奘法师。”这是老郡王的声音。

玄奘披着上衣一步步走到门前，轻轻打开了房门。

门外，老郡王正端着一个盘子，盘子里，是几片薄饼。

“老郡王这是……”玄奘顿时愣了一下。

“玄奘法师辛苦了。”老郡王一个侧身进了门，将那盘子放到桌面上，堆起满脸的笑，道，“这些日子，玄奘法师为了我们凤仙郡，实在是辛苦了。老头子想来想去，也没什么可送给您的。这几块薄饼，就当一点小小的心意吧。”

闻言，玄奘顿时蹙起了眉头。

他呆呆地看着那薄饼，又看了看老郡王。

“老郡王您这是……送客？”

听他这么一说，老郡王不禁有些尴尬了，却还是硬着头皮道：“算不得送客。玄奘法师一番好意，老头子怎么可能做出那种缺德事情呢？只是……”

老郡王顿了顿，犹豫着说道：“只是，既然挖不出水，要不然就算了吧……”

好一会儿，玄奘的神情渐渐平静了下来。

这，应该算是意料中的事情吧。没有挖出水，凤仙郡却又多了一口人，这对整个郡来说，并不是什么好事。

他深深吸了口气，看着老郡王一言不发。

老郡王却还眼巴巴地看着他。

此时，两人都不知道，就在那屋顶上，猴子早已经掀开了一片瓦，静悄悄地瞧着他们。

“这下，玄奘法师该放弃了吧？”一旁的吕六拐压低声音道。

“应该是要放弃了。不过他绝对不是那种会什么都不做就离开的人。”牛魔王轻声道，“也许他会让我们帮忙挖，或者让我们请天庭多少给这里降点雨。”

说着，两人都面露欣喜之色。

猴子却笑不出来。

一旁，小心翼翼趴着的小白龙悄悄道：“可是，这样一来，不就等于说玄奘法师的普度之道是错的吗？那我们西行，还有什么意义？”

吕六拐和牛魔王顿时都闭了嘴，不敢作声了。

正当此时，天空忽然一闪，一声雷鸣传来。

猴子猛然抬起头，望见一片雨云！

第七百一十五章

雨　云

“要下雨了？”猴子不由得睁大了眼睛，一脸的疑惑。

李靖不是说这里降雨，其他地方就得干旱吗？怎么又忽然允许了？

这可有点不太像天庭的作风。

房间里，听到雷声的玄奘与老郡王也奔了出来，抬头仰望。

一瞬间，老郡王的眼泪夺眶而出。

“要下雨了，哈哈哈哈，要下雨啦？”他如同孩童般蹦蹦跳跳，慌乱地四下张望，拉着玄奘的手说：“快，快找东西接水！快快快快！老天开眼啦，老天开眼了！”

他撒腿朝自己居住的院落狂奔而去。

“都快点出来！要下雨了！要下雨了！凤仙郡有救了！哈哈哈哈！”

那如同哭喊一般的欢笑声在夜空中回荡着。

电闪雷鸣之中，一阵阵带着湿润气流的风迎面而来。四周所有的一切都雀跃了，那感觉，就像整个世界都在顷刻间苏醒了过来一般。

玄奘抬头望见了屋顶上的猴子。

“这是……”

“我也不知道。”猴子摊了摊手。

没有多少的迟疑，玄奘转身，飞速朝自己的屋里奔去，很快搬出了一大堆瓶瓶罐罐。

“帮帮他吧。”猴子扭头朝牛魔王使了个眼色，“把凤仙郡所有能接雨水的东西都搬出来。”

“诺！”

随着牛魔王伸手一招，无数的妖将从各个角落里冒了出来。他们快速冲向周围已经废弃的小屋，将里面一切能接雨水的容器都搬了出来。

一时间，整个凤仙郡几乎每个角落都看得到整齐放置的瓶瓶罐罐。

“这样算不算玄奘法师普度成功呢？”小白龙低声问道。

“恐怕算不得。不过……比彻底失败强吧。”猴子淡淡叹了口气，“也许是天庭哪里又空出了雨水，就先给我们照顾上了。难得玉帝也会开窍。”

猴子躬着身又坐了回去，摸着下巴扫视着眼前的一切，默默地等待着一场倾盆大雨。

远处，老郡王还在呼喊着：“都快出来！快出来啊！要下雨了！赶紧接雨！”此时此刻，他已是老泪纵横。

整个凤仙郡中早没什么人了，仅存的几个老人，也都已经在他身边。可他还是不断地呼喊着，疯疯癫癫地，像是在呼喊着那些已经离开的人。

“也好吧，算是解了围，做了一件好事。”猴子无奈地笑着。

吕六拐在一旁陪着笑。

不是最好的结果，但……至少不是最坏的。如果这场雨不来，玄奘大概只剩下被赶出凤仙郡一条路了吧。

隐隐地，猴子有些失望了。

很快，所有的准备工作都已经完成。老郡王还想搬出更多的容器，却猛然发现整个凤仙郡中所有的容器都已经被搬了出来！

“这一定是神仙显灵啊！一定是！哈哈哈，都是托了玄奘法师的福啊。老夫愚钝，您一定是佛祖派来拯救凤仙郡的。老夫居然还要赶您走……求玄奘法师原谅！求玄奘法师原谅！”他带着一众老者匆匆跪倒在玄奘面前，握着玄奘的手嗷嗷大哭。

“老郡王别这样，这雨……这雨与贫僧没任何关系。”

“雨没关系，这些瓶瓶罐罐，总有关系了吧？是玄奘法师感动了上苍，是佛祖显灵啊！”

玄奘无奈地看着他们，只得手忙脚乱地搀扶老郡王，可惜老郡王却无论如何不肯起身。

他们一个接一个地磕着响头，无论玄奘认与不认。

时间一点一滴地流逝着，每一位老者都激动得嗷嗷大哭，玄奘手忙脚乱地安抚，猴子在屋檐上无奈地看着。

然而，连续的电闪雷鸣，却始终没有下一滴雨。

渐渐地，老郡王停止了哭喊。那四周的一众居民，也都疑惑地望着天。

“不对啊，这雨云……是不是有问题？”猴子也微微仰着头。

正当猴子准备腾空而起，到那云上去看一看的时候，就在所有人的眼前，雨云缓缓地消散！

错愕之中，所有人，包括猴子，包括老郡王，包括玄奘全都呆住了。

只一会儿，头顶便又恢复了往昔万里的晴空，一颗颗星辰闪烁。

“这是怎么回事？”猴子一个激灵，连忙纵身掠向苍穹，却发现一切的痕迹都已经消散了，就像什么都没发生过一样。

原本的雨云，甚至没有留下一分一毫。

一瞬间，所有人面面相觑。

凤仙郡干燥的风又一次扫过大地，一切似乎又恢复如往昔，只剩下地面上呆呆站着的人，还有数不尽的容器。

“这是……怎么回事？不是要下雨吗？”老郡王呆呆地望向了玄奘。

一时间，玄奘也只能微微低下头。

这个问题，他没办法回答。

“不，不会的，肯定一会儿还会下雨，一会儿还会下雨。”老郡王斩钉截铁地说。

一众半身入土的老人，就这么一个个裹着被子聚在一起，呆呆地望着天。

那神情，看得玄奘的心微微一颤。

“这究竟是怎么回事？要我们吗？”猴子指着牛魔王叱道，“你！立即让李靖来这里见我！立即！”

“诺！”

猴子叉着腰，重重地喘息着。那感觉，就像被什么人戏耍了一通一般。

牛魔王走了，凤仙郡大喜之后的失落，却并没有因此而消散。

那些老人依旧跟着老郡王待在院子里，望着天，不愿离去。

玄奘也只好在院子里陪着他们，手中握着女娲给的藏心石。

“是不是……贫僧做错了什么？”

“不，不！”老郡王连忙挪动身子，紧紧握着玄奘的手，道，“不是玄奘法师您的错，是老头子我的错。您帮我们挖井，感动了上苍，这才降下的雨云。可老头子我居然还想赶玄奘法师走……一定是老头子我的错！一定是老头子激怒了佛祖，才降下的这惩戒！大师和雨云都是凤仙郡的希望，雨云走了！大师您不能再走了呀！”

玄奘凝视着老泪纵横的老郡王，一时间竟找不到安慰的话语，只能维持着半蹲的姿势，静静地注视着他。

屋檐上，猴子已经气得嘴角一阵抽动。

“凤仙郡降雨了？”李靖微微蹙起了眉。

“没降。但问题是本来要降的，雨云、闪电，啥都齐了，结果忽然又全不见了。”牛魔王盘着手说，“大圣爷很生气，让李天王立即过去见他。”

李靖听得一愣一愣的，连忙扭头望向一旁的哪吒：“凤仙郡是西海龙王的地界，快去把西海龙王的降雨奏报拿过来。”

哪吒点了点头，转身朝着南天门城楼奔去。

不多时，他又回来了，手中拿着一本足有他半人高的大册子。

李靖将册子放到地上摊开，整个爬上去迅速查阅了起来。很快，他找到了属于凤仙郡的记录。仅仅是一个叉而已，除此之外，什么都没写。

“不可能不可能，凤仙郡未来三年都不可能有降雨。”

“这本王管不着。”牛魔王哼了一声，道，“反正雨云确实来了，又走了，天王还是一会儿自己跟大圣爷解释吧。又或者您不愿意去，那样的话，恐怕就只能让大圣爷亲自来请了。”

面对这如同最后通牒一般的话语，李靖犹豫着从衣袖中摸出了一块玉简。

与此同时，玄奘已经借故离开了一众老人聚集的院落，来到一条小巷里。

小巷的角落里，猴子正半蹲着掏耳朵。

玄奘一步步走到猴子身前，轻声道：“贫僧已经说过了，西行之事，无须大圣爷出手。”

“我没出手。若我出手，便不是只来雨云，应该是连雨也一起下了才对。”说着，猴子若无其事地弹了弹指甲。

玄奘静静地站着，注视着猴子，一言不发。

远处依稀传来一众老者哀怨的声音，玄奘的拳头不禁攥紧了。

“怎么，你不相信？”猴子叉着腰缓缓地站了起来。

玄奘深深吸了口气，回头朝老郡王所在的方向望了一眼，道：“贫僧相信，只是……”

“只是？”

“只是，西行证道之事，须得一步步走，不可一蹴而就。道未证，即便到了灵山，又有何用？”

“那就还是不相信咯？”猴子翻了个白眼，轻叹道，“我已经说过了，如果真是我，为何那雨最终没下？”

“那为什么整个凤仙郡的瓶瓶罐罐都自动出来了呢？总不会是自己长了腿吧？”

“你！”

一时间，猴子竟不知道如何回答，只能瞪大了眼睛盯着玄奘。

“贫僧已经说过了，西行之事，无须大圣爷出手。”

“如果我不出手，你能活到现在？”

“正因为万事依赖大圣爷，贫僧这一路才少有所成。”

“你这是怪我咯？”猴子一下笑了出来，却是带着嘲讽的笑。

月色下，两人就这么大眼瞪小眼地对视着。

玄奘寸步不让，许久，猴子也只能作罢，愤恨地甩了甩头，道：“算了，我也不指望你相信我什么。反正你爱信不信吧。”

说着，猴子随手一拳重重打在墙壁上，竟直接将本就朽坏的墙直接打穿了。沙尘迅速弥漫开来。

一个转身，猴子一跃而起踏上屋檐，迅速消失在夜色之中。

小巷中只剩下玄奘一人依旧静静地站着，就像什么都没发生一般。

百里之外，灵吉微微一笑，转身离去。

菩提出手

第七百一十六章

谈一谈

对一个人来说，最可怕的，往往不是没有希望。事实上，对于此时此刻生存在这个世界上的绝大多数生灵，包括妖，包括人，也包括神仙，对他们来说，生活都是没有希望的。而他们也早已习惯了这种没有希望的日子。

最可怕的，往往是迎来了希望，却又失去。

这一晚到底有多漫长，连玄奘也说不清。他仿佛能看见聚集在一起的老人们一个个在以肉眼可见的速度老去。而前一刻，他们还是那么欢欣鼓舞。

那是一种仿佛生长在脸上的绝望。

老郡王拉着玄奘的手，反复不断地说："玄奘法师，您千万不能走啊，您千万不能走。"

这喋喋不休的述说，一直持续到老郡王最终昏厥过去。

他晕倒了。然而，四周的老人们，甚至都没有多少诧异，一个个神情木然。

在那一瞬间，玄奘忽然懂得了这其中的因果。

大概从选择留在这里的一刻起，这便已经注定了是他们共同的结局吧。辛苦地活着，没有希望地活着，直到某一天，忽然死去……

这是他们每一个人都知道的真相。

玄奘没有再去劝那些老人回屋，因为这一刻，他仿佛真正明白了他们的痛苦。

劝，也是劝不动的。最重要的是，连玄奘自己也不知道应该说什么。

将老郡王安顿在房中后，玄奘又一次拿起了他的工具。月色下，他一步步走向那一口还没挖通的井。

猴子远远地瞧着玄奘远去的背影，低声道：“你觉得，普度真的可行吗？”

一旁的天蓬侧过脸，有些木然地瞧着猴子。

好一会儿，他回过头，轻声道：“你觉得不行？”

“我没觉得不行。”

“你肯定是觉得不行了，才这么问。不然你绝对不会说这种话。”

“你！”猴子一时语塞，好一会儿，才低声道，“行，我确实是觉得，我们越来越走入死胡同了。心里越来越没底。现在我都不知道我们这一路……最终能得到什么了。”

“李靖找我了。”

“啊？”

“他说雨云的事情跟天庭无关，我觉得，他说的是真的。”

闻言，猴子有些不耐烦地龇了龇牙：“那他也得过来见我，不过来，我就当他默认了。回头有他们苦头吃的！”

“过来是会过来，不过……你也要把握一下分寸。”天蓬深深吸了口气，悠悠道，“我的意思是，既然不是他们，就没必要过度刁难了。”

天已经渐渐地亮了。

书房中，六耳猕猴正歪歪斜斜地坐着，一脸的不悦。

“大圣爷，圣母大人说要见您。”

“她还说了其他的没有？”

“没，就说要见您而已。”

“不见！”

“诺……诺！”那妖兵连忙躬身拱手，退出了门外。

好一会儿，守在一旁的山羊精小心翼翼地说：“大圣爷，您真……真不见一见圣母大人啊？”

“见她干吗？”

“圣母大人当初为花果山鞠躬尽瘁，如果没有她，怎么可能……”

“住嘴！”六耳猕猴一掌重重打在桌案上。

顿时，山羊精吓得跪了下去，不敢动弹。

“都是骗子，全都是骗子！”六耳猕猴咬着牙怒叱道，“杨婵！一开始，我那么相信她，甚至连立下大功的多目都被我扔进了监狱。结果，到头来她竟然……至于那个清心就更不用说了，从一开始就骗我。我甚至都对她放下了戒心，就因为一个师妹的身份，我允许她在狮狔国自由往来。结果呢？”

山羊精低着头，静静地听着。

六耳猕猴越说越气愤，又是一掌拍在桌案上，怒叱道：“我对别人凶狠，可我何曾对她们凶狠？即使是现在，对那个清心，我也只是软禁。真要对付她，早就把她扔到牢里上酷刑了，哪里容得她那样舒舒服服过日子？这两个女人……我到底哪点不如他了？为什么都向着他？既然如此，还有什么好说的？我就用她们来引那家伙上钩！只要我大张旗鼓成亲，不怕他不来，到时候，再想想怎么折腾！”

听了这一席话，山羊精的心顿时咯噔一下。

“用圣母大人和清心小姐来……当人质？”

“怎么？你同情她们？”六耳猕猴的眼睛缓缓地朝山羊精斜了过去。

这一眼，看得山羊精一个激灵，连忙猛地摇头。

“不是就好！”六耳猕猴翻了个白眼，悠悠道，“我已经没多少时间了。既然不是，那就帮我想个更好的办法。这一次，一定要确保他有来无回！”

一时间，整个书房都安静了下来，只剩下六耳猕猴重重的喘息声。

山羊精跪倒在地，心都要跳出来了。

他并不是多目怪或者鹏魔王这种妖族的一方诸侯，在他的心目中，无论是大圣爷，还是三圣母，或者是风铃小姐，都是碰不得的，都是对妖族极为重要的存在。

可是，他现在竟然……竟然被要求用三圣母和风铃小姐去设计另一个大圣爷……

想着，他不禁手脚发凉，面色惨白。

许久，他唯唯诺诺地说道：“大圣爷，臣有句话，不知道当讲不当讲。”

“说。”

“以大圣爷您的实力，再加上有三圣母、风铃小姐这两个筹码在手，想要……想要成事，不难。只是……”

“只是什么？”

山羊精微微抬头望了六耳猕猴一眼，低声道：“只是，臣怕大圣爷您日后后悔。”

六耳猕猴低头俯视着跪在前方的山羊精，淡淡道：“继续说。”

闻言，山羊精这才咽了口唾沫，鼓起勇气低声道：“大圣爷是妖族的希望，也是臣的恩人。如果不是大圣爷您，臣现在指不定还在哪个角落里窝着呢，哪里当得了丞相。臣觉得，这狮犴国的妖怪，应该都是和臣一个想法才对。无疑，大圣爷您，比另一个对我妖族更加有利。”

话到此处，山羊精又微微抬头望了六耳猕猴一眼。在确定六耳猕猴的脸色没有任何异常之后，他才接着说道：“可是，三圣母和风铃小姐并不是妖，在她们眼中，想必觉得过往更加重要。”

“过往？”

“对。”山羊精抬手抹了把汗，低声道，“就是记忆。”

“所以，我就永远不如他，你……是这个意思吧？”

“不不不！”山羊精连忙摇头摆手道，“臣以为，大圣爷应该跟她们开诚布公地谈一谈！真的，这是臣的真心话！也许，谈一谈，问题就都解决了！”

“谈一谈就解决了？”六耳猕猴瞧着惊慌失措的山羊精，不禁笑了出来。

“也不是说一定就能解决。”山羊精拼命在心中盘算着，可无论如何，也找不出一个能保住杨婵和风铃的说法，只得干脆说道，“臣只是以为，大圣爷您至少应该开诚布公地和她们谈一谈，然后再决定。毕竟……以前的事情，虽说大圣爷您不记得了，但它毕竟存在。万一哪天您又记起了，到时候可怎么办啊……”

听他这么一说，六耳猕猴顿时愣住了。

烛火微微摇曳着，书房中，两人默默对视。

许久，六耳猕猴双目缓缓地眯成了一条缝：“你说的对。既然如此，我就再给她们一次机会。生死有命，如果见完还是一样，那就怪不得我了。”

“那，大圣爷您决定先见谁？”

六耳猕猴蹙着眉头，脑海中浮现出清心的身影，晃了晃头，又浮现出杨婵的身影，他不自觉地打了个冷战。

“先见那个清心吧，这次，以本来面目去见！”

第七百一十七章

后　手

清晨，狮狏国的宫殿门口列起了巍巍军阵，一只只两丈有余的长戟直指蓝天，远远看去，像一片黑色密林一般。

在这军阵正中的过道上，清心缓缓地走着。

四周，无数的兵将拱卫，一个个横眉竖目，早已不是先前那样谄媚的神情。此时此刻对他们来说，清心更多的，只是一个囚犯。

“风铃小姐，臣也算是花果山出身的。虽然以前身份低微，没能与您有过什么接触，却也知道一些。说起来，您也算是臣的主母了。

“说句僭越了身份的话，臣不懂您对我们这位大圣爷与另一位大圣爷的看法究竟有何区别，但，一会儿您一定要好好答话。

“最好，都挑好的说，千万不要和自己的性命过不去。

“其实，两个不都是大圣爷吗？您嫁哪个不是嫁？

“我们的这位大圣爷与原本的那位不同，他没有原来的记忆，对您的印象，也仅仅是依靠从别人口中得知的一丁半点。所以，您可千万别觉得他不敢对您出手啊。”

“臣能做的，也就到这儿了。剩下的，就看您自己的造化了。”

怀着忐忑的心情，清心在山羊精的引导下一步步走过军阵，踏入大殿。

光洁的地板，高耸的圆柱，整个大殿空荡荡的，与外面的校场截然相反。几乎每一个角落里都透露着一种冰凉的气息。

正中的王座上，六耳猕猴端坐着，低头俯视着清心。

清心深深吸了口气，继续一步步向前，来到六耳猕猴的面前。

“昨天的事情，想必已经有人跟你通风报信了吧？”

清心没有回答。

山羊精压低声音小心翼翼地说道："风铃小姐，大圣爷问你话呢。"

清心依旧没有回答。她微微抬眼望向六耳猕猴，那忐忑与无奈，早已经溢于言表。

"没事，她不想回答，那就当她还不知道。"六耳猕猴努了努嘴道，"你先下去吧。"

"诺。"山羊精转身的一刹那，拼命地给清心使眼色。

见状，清心也只得机械地点了点头，算是给他一个安心吧。

待到山羊精离开后，六耳猕猴才悠悠说道："我准备和你成婚。"

"杨婵姐知道了？"清心反问道。

"她知不知道，有什么关系吗？反正我已经基本确定她的心思不是向着我的。"

"那你为什么要和我成亲？我也不见得向着你。"

"但你可以向着我，不是吗？"六耳猕猴哼笑道，"我是说，从现在开始。"

门外，隔着一扇门的山羊精听到这句话顿时急眼。

这叫好好谈谈？这根本就是准备采取威胁的手段好吗？

不过，也没办法，六耳猕猴就是这样的。想想，自己确实也太天真了，居然指望六耳猕猴能跟清心好好地谈一谈……不过，他也是尽力了。事态的发展，早就不是自己这个小角色能把控的了。

"什么意思？"清心反问道。

"我的意思就是，你骗我的事情，我就不跟你计较了。但从今天开始，你不准再骗我，要一心一意。明白我的意思吗？"

闻言，清心顿时笑了。

六耳猕猴脸上的笑意消失了："你笑什么，我提的条件难道不够好吗？"

"你是真的真的，对我毫无记忆了。真正的你，绝不会对我说这种话。"

"真正的我？"六耳猕猴的眼角微微抽了抽，"你的意思是，我，不是真正的我咯？"

清心静静地站着，注视着空无一物的地面。

“回答我！”一声咆哮，六耳猕猴一掌重重拍在桌案上。

顿时，那声音响彻了整个大殿，就连门外戍守的卫兵都吓得缩了缩脖子。

许久，清心才眨巴着眼睛道：“你知道，我前世的悲剧是怎么发生的吗？”

“啊？”

“风铃早就知道自己是雀儿了，却不敢说。因为一个人最根本的东西，就是记忆。没有了记忆，就会变成另一个人，不再是原本的自己了。

“那时候，还没人知道我的两个师父其实握有能够将记忆植入灵魂的办法。就连……就连他也不知道。唯一知道的方式，就是打入地魂，让今生彻底消散，从而真正复活前世。”

六耳猕猴半眯着眼睛瞧着清心道：“你想说什么？”

清心鼓起勇气，抬起头，一字一顿地说道：“我想说，你，确实不是你。”

这句话一出来，六耳猕猴顿时倒吸了口凉气，瞪大了眼睛。

门外，山羊精已经紧张得捶胸顿足。

“大胆！”

“难道不是吗？连你自己都害怕别人质疑你的身份！说什么和我成亲……呵呵呵呵，别说是你，即便是另一个，我都已经决心远离。之所以到这里来，完全是因为被多目怪胁迫！在跟我说这些话之前，你有想过我在想什么吗？就这样，你还想我一心一意对你？真是笑话。”

一时间，六耳猕猴被清心质问得哑口无言，那攥紧了的拳头微微颤抖。

“住口！”

下一刻，六耳猕猴将身前的桌案整个掀翻了。上面的物件洒落一地。清心却依旧静静地站着，错开视线不去看他。

六耳猕猴指着清心，微微颤抖着说道：“你真的不怕我杀你？”

“你杀不了我。”清心冷哼道，“在你没突破天道之前，我的两个师父联手，你根本就无法应对。更何况，还有一个他。”

“笑话！”六耳猕猴叱喝道，“如果你的两个师父不同意，多目怪有本事将你从斜月三星洞里骗出来？”

闻言，清心顿时一怔。

“阿嚏！”

斜月三星洞中，须菩提忽然重重地打了个喷嚏。

棋盘对面的太上老君笑嘻嘻地望了过来：“看来，有人在想你啊。”

须菩提微微蹙起眉头，目不转睛地盯着身前的棋盘。

“如果没猜错的话……”太上老君拈起一子，落到棋盘上，轻声道，“应该是清心那丫头了。冤有头债有主。她这次可没骂错人。哈哈哈哈。”

须菩提依旧一动不动地坐着，那目光聚在棋盘上，思绪却已经飞到了别处。

“老夫最疼爱的可就这一个徒弟。佛门开始动手了，狮狏国的事若是不管，指不定会发展成什么样。你若是像之前那样，起了个头就丢下不管，老夫可就要管了。”说着，太上老君端起茶杯轻轻抿了一口，接着说道，“不过可事先说好，若是让老夫管了，往后清心，便只是老夫一个人的徒弟，你……就再也不要插手了。”

“放心。”须菩提微微抬头瞧了太上老君一眼，捋着长须道，“下棋嘛，先手有先手的优势，后手也有后手的优势。而且，在对敌手棋路缺乏了解的时候，后手，往往更有利。地藏王走了趟狮狏国，灵吉去了凤仙郡，现在，该轮到我们了。”

“别，就你而已，不是我们。”

须菩提拈起一子，落到那棋盘上，道：“行行行，我就我。”

正当大殿内气氛僵持之际，一名卫兵忽然快步从门外奔了进来，跪倒在地。

一时间，所有的目光都被他吸引了过去。

“启禀大圣爷。”卫兵拱手道，“宫外来了一位修士，说是奉命前来拜访您的。”

“修士？”六耳猕猴依旧冷冷地注视着清心，叱道，“奉谁的命？没空，不见，让他滚！”

“可是……”

“没听懂吗？滚！”

“可是，大圣爷。”卫兵唯唯诺诺地说道，“那人说是奉了您师父的命。”

第七百一十八章

师 徒

“我……师父？”六耳猕猴一下叱喝道，“我哪有什么师父？”

然而，下一刻，他怔住了。不仅仅是他，就连清心和门外的山羊精，也怔住了。

“须菩提祖师？”

那妖兵重重点了点头。

顿时，六耳猕猴的眉头不由得蹙成了八字，朝着清心望了过去。

“刚提到他，他就来了，这是要干吗呢？”

清心呆呆地眨巴着眼睛。此时此刻，她同样一脸的迷茫。

“不是须菩提祖师本人，只是他派来的人。”那妖兵小心翼翼地补充道，“中年道士装扮，一身的道服，修为大概是化神境太乙散仙，看模样，应该是斜月三星洞的门徒；而且，还带着个只有凝神境修为的孩子。”

“孩子？”清心一下想到了沉香。

“带着个孩子，那最起码……应该不是来打架的了。”六耳猕猴长长地舒了口气，转悠着眼睛，道，“让他上殿吧。”

不多时，于义便带着沉香出现在了殿堂上。

刚一踏入殿门，沉香的目光便锁定在清心身上，然而，他也很快发现了六耳猕猴的存在，只得微微低着头，不动声色地往前走。那眼睛却依旧在偷偷地望着清心。

沉香随着于义一路走到六耳猕猴的王座前，停下了脚步。

于义躬身拱手道：“弟子于义，参见悟空师叔，参见清心师叔。”

沉香也连忙学着于义的模样躬身拱手：“弟子沉香，参见师父。”

六耳猕猴指着沉香问道：“你的徒弟？”

清心没有搭话，而是朝沉香招了招手。

这一招手，沉香当即小跑着扑入清心怀中。

“师父……”

“你怎么来了？不是让你好好待在观里吗？谁准你过来的？”

“我问师尊说你到哪里去了，师尊说，你被留在了一个地方，暂时回不去。然后，我就央求师尊让于义师兄带我过来找你了。”

“师父真是……”清心轻轻抚摩着沉香的脑袋，无奈地望了于义一眼。

她是越来越读不懂老头子究竟要干什么了，放任自己被俘也就算了，如今，竟将沉香送到狮狏国来……这不是让她更加掣肘吗？

若是带着沉香的话，就算真有机会，怕是也不敢逃了吧。

沉香抬起头，望向王座上的六耳猕猴：“师父，是悟空师伯不让你回去吗？”

“悟空师伯”这四个字一说出来，原本一脸冷漠的六耳猕猴对沉香顿生好感，竟一下笑了出来，那看着沉香的眼神也柔和了几分。

“不该你管的事，不要管。”

“哦。”

正当此时，六耳猕猴伸手朝沉香招了招，道：“过来，让师伯看看。”

“不要！”沉香抱着清心的手一下勒得更紧了，顺带还瞪了六耳猕猴一眼。

这一眼，瞪得六耳猕猴都蒙了。

这些时日以来，可只有杨婵和清心敢不对他服服帖帖的，今天居然热脸贴了冷屁股，而且贴的还是一个小屁孩的屁股。一下子，六耳猕猴的脸涨红了。

清心察觉到六耳猕猴表情的变化，连忙将沉香护到了身后，警惕地望着六耳猕猴。

“过来。”六耳猕猴伸出手朝沉香勾了勾，那语气听上去已经有发怒的意思了。

“不要！”沉香紧紧拽着清心的衣角，连带还朝六耳猕猴做了个鬼脸。

“过来！”六耳猕猴一掌重重拍在桌案上。

沉香吓了一跳，却依旧嘴硬道：“不！就不！凭什么呀？”

慌乱之中，清心连忙捂住沉香的嘴不让他继续激怒六耳猕猴，又怒冲冲地对六耳猕猴道：“他还是个孩子，与他置气，有什么意思？”

“我才不管他是不是孩子呢，今天非扒了他的皮不可！”说着，六耳猕猴便站了起来。

“悟空师叔！”

正当此时，几乎被忽略的于义忽然开口了。

顿时，在场的众人都朝于义望了过去。于义恭敬地拱了拱手道：“师尊见沉香师弟思念清心师叔，故而遣于义将他送来，往后，还请悟空师叔多多照拂。另外……”

于义微微顿了顿，才朗声道：“斜月三星洞的门规，不许同门相残。即便沉香师弟目无尊长，但他毕竟年纪小，还请悟空师叔手下留情，稍稍责罚便可。”

“拿门规来压我？我堂堂……”六耳猕猴一下恼了，然而，还没说完，便又愣住了。

他忽然察觉到似乎有哪里不对，眼珠子迅速转悠着。

开场叫“悟空师叔”，完了又谈“门规”，这是……

六耳猕猴咽了口唾沫，有些不确定地说道：“那个须菩提……哦不，那个，师父，他老人家认我这个徒弟？”

“您去见过师父吗？”

“没有。”

“您不去见，又怎么知道他认或不认呢？”于义振了振衣袖，正色道，“师尊托于义带句话给您。师尊说，他与您已是八百年的师徒，虽说对你的脾气早有了解，但有时候，你也做得太过了。特别是这次，复活这么久了，竟也不知道去拜会自己的师父，实在是目无尊长！”

闻言，六耳猕猴缓缓地笑了出来。

“他……他真这么说？”

“师尊的斥责，难道还有假？师尊还说，你东闹腾西闹腾，闹了个天翻地覆，难道就不记得六百多年前的教训了吗？既然遇到问题，为什么不知道求教自己的师父呢？”

“他认我这个徒弟？”六耳猕猴略带迟疑地问道，“那另一个呢？”

“这个，师尊倒是没提。”于义淡淡道，“对了，师尊还说了，目无尊长之事不能就此作罢，罚你抄五百遍门规，好让你长长记性。”

“行！”此时此刻，六耳猕猴的喜悦之色早已溢于言表，“我这就去抄，抄完了，陪你去斜月三星洞拜见师父，好好向师父请教请教！”

这一言一语之间，六耳猕猴竟将身旁的清心和沉香彻底给忽略了。

斜月三星洞中，须菩提捋着长须轻叹道：“说到底，那终究是我的徒弟。只要肯拉下老脸，佛门说一千句一万句，也顶不上我一句。嘿嘿，这着棋，佛门怕是下错了吧。”

说着，须菩提笑吟吟地朝太上老君望了过去，得到的却只是一个白眼。

“话说回来，你分得清他们两个，哪个是天外来的魂魄，哪个是原本的石猴吗？”

“分不清。”须菩提缓缓摇了摇头，“不过，也不需要分清。对我来说，他们都一样。”

第七百一十九章

拜　会

此时此刻，凤仙郡的外围，李靖终于到了。

其实，到的不仅仅是李靖，还有一众跟下雨有关的神仙，包括四海龙王，包括水神、风神，黑压压一大片站满了整个小山丘。连带还有堆积如山的各种与降雨有关的资料。

猴子站在山丘的顶端看着眼前这排场，眉头都蹙成八字了。

“这是干什么？”

一旁的天蓬淡淡道：“事情不是天庭做的，这基本可以肯定。不然，李靖也不敢来。”

“是你告诉李靖我不会拿他怎么样，他才敢来的吧？”说着，猴子缓缓望向了天蓬。

天蓬深深吸了口气，收了收神，转而说道：“这么大排场，大概是担心你还不信吧。很显然，他们不想掺和跟你有关的事。”

见状，猴子了然，努了努嘴说道：“他们好像很怕的样子，要不，稍加利用一下？”

天蓬看着猴子窃笑的样子，只得无奈叹了口气。

让李靖过来，原本是想把误会了了。不过眼下看来，猴子这一关怕不会那么好过啊。

行过礼后，李靖就开始证明天庭的清白。

首先，李靖给猴子简要地讲解了一下天庭下雨的规则，然后让四海龙王还有水神风神过一遍，各自表明自己的清白，接着又让手下的天兵给猴子翻阅讲解降雨记录。

这么多记录要讲到什么时候？

猴子一甩手，干脆不听了，反正李靖肯定是有备而来，也不会从这里面捉到什么把柄。

他转而拉着李靖到一旁，满是善意地说道：“李天王啊，我们也算老相识了。”

“大圣爷说的是，说的是……这认识都有八百多年了。”一听这套近乎的话，李靖一个激灵，顿时汗如雨下，连忙干笑。

“我还救过你几次。”

“啊？”

“难道不是？”猴子微微仰着头，装出一副回忆过往的表情，道，“在花果山的时候，你被俘，如果不是我告诉他们留着你有用，借以拖住众妖，你早被杀死了。”

“这也行？当时不是为了……”

“当时是为了救你啊。”还没等李靖说完，猴子便打断了他的话，自顾自地说了起来，“花果山可不是我一个人的花果山。虽身为妖王，但我也得考虑部下的感受。所以，我当初可是拼了命地保你啊。还有，南天门的时候，如果不是我控制住我的‘心魔’，你早被杀了。”

“心……心魔？”李靖的嘴张得都可以塞下一个鸡蛋了。

这什么鬼东西？还能再扯一点吗？

“怎么？你不认账？”猴子忽然挑了挑眉，一眼朝李靖瞪了过去，亮出了拳头，“我生平最恨不知恩图报的人了！”

那拳头在李靖的眼前缓缓攥紧，发出“噼啪”的声响。

“不不不！”李靖顿时吓了一跳，连忙摆手道，“大圣爷的恩德，李靖铭记于心！”

“那你说你要怎么报答我？”

“怎么报答？”

猴子脸色一变，伸手指了指头顶：“给我一个既不危害普度，又可以下雨的办法。”

“大圣爷，三界雨水有限，您这不是……”

“别跟我说这些有的没的，雨水有限，你们每年还发洪水算怎么回事？”

“那不是一种水啊大圣爷。洪水其实是瘟水的一种，每每降下洪水，都必定伴随瘟疫啊！”

“这我管不着，反正你得给我想出办法来。”

这下算是逼上梁山了，无奈，李靖只得硬着头皮道：“大圣爷，要不这样……我们，把狮狏国的雨水弄过来？”

五百遍的门规，六耳猕猴一下就抄好了。虽然那字歪歪斜斜的，甚至有些字偏旁都拼不到一起去，根本就看不清，但总算齐了。

“怎么样？要是可以了，我们这就去见师父。”

于义瞧着眼前那勉强能交差的一张张宣纸，有些为难地望了望门外。

“可以是可以了，可是……悟空师叔，清心师叔他们……”

“他们你就不用管了，反正在我狮狏国地界，没我的命令，不会有人伤他们的。保证好吃好喝供着。”

六耳猕猴摆了摆手，拉着于义就往外走。

几名妖将迅速将六耳猕猴抄的门规装到一个木箱中，抬上六耳猕猴吩咐备下的礼物，一行人立即朝着斜月三星洞出发了。

不多时，一行人便来到斜月三星洞门外。

“师尊，悟空师叔正在大殿等候。”

“知道了。”

那道徒轻轻顿首，退到了一旁。

“想跟他聊什么？”太上老君微微抬头道。

听他这么一说，须菩提拈着棋子的手顿在了半空，悠悠叹道：“聊聊……接下来，他的路应该怎么走。”

风缓缓地吹过，卷起一地的落叶。

守在大殿前的六耳猕猴远远地望见须菩提走来，连忙堆起笑脸快步走了过去，躬身拱手道：“弟子悟空，给师父请安！”

闻言，须菩提却只是铁着脸淡淡瞧了他一眼，丢下一句：“进殿。”说罢，他便快步走入大殿之中。

六耳猕猴连忙跟了上去，又回头摆了摆手，让自己手下的妖将抄好的门规和准备的礼物抬上。

到了大殿之中，须菩提振了振衣袖缓缓坐下。

六耳猕猴谄笑着，站在他的面前："师父，弟子的记忆全没了，这才……这才没过来拜会师父。您放心，弟子已经知错，这是弟子抄的门规。"

他一摆手，那些妖将连忙将装着那一大沓纸的箱子抬了过来，打开箱盖让须菩提查看。

须菩提却看都没看，只是看着六耳猕猴。

"还有还有……这是弟子送给师父的一点礼物，狮陀国贫瘠，实在拿不出什么像样的礼物。还请师父不要见怪。"

那些妖将又将礼物一件件抬了上来，放满了一圈。

须菩提也不言语，只是继续瞧着六耳猕猴。

那态度，看得六耳猕猴都有点尴尬了。他轻轻摆了摆手，示意一众妖将退下。

很快，大殿之中便只剩下须菩提和六耳猕猴了。

须菩提轻轻指了指，示意六耳猕猴坐下。

六耳猕猴连忙跪好，一下又精神抖擞了起来，满面春风，笑得嘴都合不拢了。

须菩提瞧着周围堆了一圈的礼物，悠悠道："你……可还是第一次送为师礼物啊。"

"那是以前不懂事，还请师父不要见怪。"

"行吧。既然来了，那就说说你接下来打算怎么做。"

"打算怎么做？"听他这么一说，有些飘飘然的六耳猕猴顿时又被拉回了现实之中。

"狮陀国停止降雨？"猴子摸着下巴，寻思了起来，"可是，狮陀国也不只是六耳猕猴啊，那边还有其他生灵。这样一来，不还是……有碍普度？"

"其实不会。"李靖咽了口唾沫，低声道，"路是死的，人是活的。狮陀国是不只六耳猕猴不错，但，天庭老早就想对狮犵国禁雨了，只是担心六耳猕猴和几个妖王闹事，所以才不好下手。”

“哦？”

“只要到时候出了事，大圣爷肯出来替天庭扛了这件事……如果是这样的话，那陛下，想必也就没那么多顾忌了。”

“呃……”

“这样一来，事情也就跟普度，跟玄奘法师没关系了。狮犵国禁雨，是天庭要做的。大圣爷只是支持天庭对抗狮犵国而已。至于降到凤仙郡的雨水，则是狮犵国禁雨之后，刚好匀出来的。大圣爷，您看……这样如何？”

闻言，猴子一下笑了出来，笑嘻嘻地瞧着李靖。李靖被瞧得一脸的尴尬。

“大圣爷……卑职，是不是说错什么了？”

“不，你说的很对。”猴子笑嘻嘻地说，“我只是觉得，李天王您修为不咋地，但动起歪脑筋来，还真是有一套啊。歪的说成直的，直的，又能说成歪的。哈哈哈，不错不错！就这么办了！”

“回师父的话。”六耳猕猴恭恭敬敬地答道，“弟子现在想的，无非是两件事：一件，是如何将那……那个假货击败，让天劫将他收走；另一件，弟子想拿回属于自己的一切。”

“一切？”

“一切！”六耳猕猴重重点了点头。

“那你现在做的事，能达成这些吗？”

“好像……不太能。”六耳猕猴蹙着眉头道，“要击败那个假货，有点难。毕竟这具身体实在有差距。而更难的，是那两个女的……也不知道怎么的，她们居然都一心一意地只认那个假货，对我只是敷衍了事。最可恨那个杨婵，居然借着帮我的名头在害我……唉……弟子如今，也是乱啊。

“佛门催弟子要早日为天劫做准备，可弟子还一头雾水，身边连个说话的人都没有。而且，佛门的用心……弟子也是有些忌惮的。只是之前实在想不到什么应对的办法，只能走一步算一步。如今师父肯接见弟子，弟子万分感激。还请师父给弟子指一条明路！”

说罢，六耳猕猴深深一拜，额头轻触地板。

“咚”的声响在空荡荡的大殿中缓缓荡开。

须菩提瞧着伏地叩首的六耳猕猴，捋着长须轻叹道：“既然你没什么好主意，不如，就听为师的吧。”

第七百二十章

原本的样子

狮狔国。

还是原本的庭院，还是原本的阁楼。只不过这一次，外面的守卫多了许多。一排排的长枪挺立，暗处，更是被布上了无数的法阵。无数全副武装的妖将正埋伏在四处。

踮起脚尖透过窗棂望见门外的一切，即使是年幼的沉香，也已经感受到其中浓浓的杀戮之气，不由得有些急了。

“师父，悟空师伯是要把我们关起来吗？他会不会……”

“不会的。”清心轻轻摸了摸沉香的脑袋，支支吾吾地说道，“师父他老人家……既然已经过问了，就绝不会让我们有危险。放心吧。”

沉香默默点了点头，算是心安了一点。然而，清心的心中却依旧忐忑。

六百多年前那一战，须菩提不就是将九个弟子全部赔进去了吗？

这一次，他真的会将自己的生死放在第一位吗？还是说……自己也不过只是一个筹码呢？

想着，清心忽然无奈地笑了。

前世今生，她几乎就没有真正握紧过自己的命运，从来都只是狂流之中的一片浮叶罢了。

“佛门做什么，自然都有他们的用意。你只需要记住，在他们的算盘里，绝对不会考虑你能不能活下去。佛的眼中，只有佛法。”须菩提起身缓缓地踱着步，“但是！”

“但是？”六耳猕猴一下睁大了眼睛。

须菩提望向六耳猕猴，轻声叹道："但是，只要另一个你还存在一天，只要玄奘西行一天没有宣告失败，佛门就必须站在你这一边。"

"啊？"六耳猕猴似懂非懂地眨巴着眼睛。

"六百多年前那一战之后，太上老君天道石崩溃，天道无为不复存在。天庭，更是从鼎盛走向了衰落，而妖族则是四分五裂。普天之下，最强盛的势力，莫过于佛门。若是如来有心一统三界，这三界之中，也许早就没有道门什么事了。"

六耳猕猴静静地听着，须菩提则是如同一位喋喋不休的老人一般来回走动，不断述说着。

"佛，四大皆空，只余佛法。所以，如来能修成天道无我，纵使你再登行者道的巅峰，恢复天道无极，也是对他无可奈何。同等修为品级之下，佛门子弟，更是要比道门强上许多。但佛也有弱点。

"四大皆空，这意味着寻常弱点在他们身上已经不复存在了，恐惧、贪婪，乃至于单纯的恶，在他们的身上都不可能存在。他们没有感情，也很难犯错，因为他们已经变成了单纯的、理性的化身。所以，他们的弱点只存在于佛法本身。

"只有通晓佛法，才有可能真正地去战胜他们。"

话到此处，六耳猕猴的眉头已经蹙成了八字。他怔怔地望着须菩提。

见状，须菩提话风一转，轻叹道："佛门，并不是你此刻最大的威胁，但为师要先讲佛门。为什么？因为，他们是你最大的助力，也是你永恒的威胁。这一点，你必须先清楚。你与那另一个你的争斗，无论谁胜谁负，无论谁最终成为唯一的孙悟空，佛门都不会容你活在这个世界上。"

闻言，六耳猕猴微微缩了缩脖子，若有所思。

这番话，与猴子第一次交战时猴子也曾说过。当时，他也是理解的，却远没有此时此刻从须菩提口中说出来这么醍醐灌顶。

须菩提又接着说道："能击败佛的，只有通晓佛法之人。当日呈鼎盛之势的太上老君是一个，今日的玄奘法师，又是一个。太上老君的天道无为已经不复存在，所以，如今世间能击败佛，让你真正摆脱困局的，便只剩下玄奘法师一人。无论如何，你都必须确保玄奘法师安全。如此，你才有取得最终胜利的可能。”

六耳猕猴稍稍犹豫了一下，深深叩首道：“弟子谨遵师父教诲。”

须菩提默默点了点头。

六耳猕猴抬起头，又望着须菩提道：“不过，师父，弟子现如今面临的，却不是佛门这个威胁。而是另一个自己，还有……天劫。还请师父指点迷津！”

看着此时此刻真诚求教、无比听话的六耳猕猴，须菩提不由得一下笑了出来。

楼台之上，握着棋子的太上老君也忽然哼笑了出来。

“师父……”六耳猕猴一脸纳闷地说道，“您笑什么？”

“没什么，一点小事，不提也罢。”须菩提缓缓地摇了摇头，接着说道，“你明确了先前为师所说的，那么，接下来的事情就好办了。佛门的弱点，就是佛法。玄奘法师，就是他们的死穴。他们让你出来，唯一的原因，就是对付另一个你。更准确地说，是为正在西行的玄奘法师制造劫难。所以……”

“所以？”

“所以，”须菩提注视着六耳猕猴，压低声音一字一顿地说道，“你强，并不是好事。你强，就不会有任何助力。相反，如果你弱，反而会有。好好想想你是如何得到你现在的兵器的。”

闻言，六耳猕猴顿时恍然大悟。

“行者道善杀伐，可普天之下，真正登顶的行者道有几个？”须菩提一步步走到蒲团前，躬身坐了下去，悠悠道，“若这天地似棋盘，棋手，又何止三五？任凭你再强，也禁不住多方损耗。而即便你再弱，只要多方扶持，也一样可以登顶成势。这三界之中，玩的，就是一个‘势’字。审时度势，运筹帷幄，方可占尽先机，立于不败之地。空有一身蛮力者，到头来，也不过是为人作嫁罢了。”

“弟子懂了！谢师父指点迷津，大恩大德，无以为报！”

“咚咚咚”，六耳猕猴俯下身子，连着就是三个响头。

“懂了，那就去吧。若是遇着什么事，可再回斜月三星洞来找为师。”

“谢师父！”六耳猕猴眼珠子骨碌碌一转，却是顿住了。

“怎么？还有事？”

“嘿嘿。”六耳猕猴咧开嘴笑了笑，抓耳挠腮，有些不好意思地说道，“师父，弟子还有一事想请教。”

须菩提微微抬眼道：“说。”

“弟子想知道……想知道清心和杨婵，有没有办法让她们两个……”

话到此处，须菩提“扑哧”笑了出来。

六耳猕猴便没再往下说了，只是睁大了眼睛巴望着须菩提，期待着须菩提能教他点什么。

“她们两个只认另一个你，为何？”

“这……”

“你比那另一个你，差了什么？”

“记忆！”

“记忆从何而来？”

“这……”

须菩提瞧着六耳猕猴一副晕头转向的模样，撑着膝盖，意味深长地说道：“记忆，自然是相处得来的。现在两个人都在你手上，只要你看清局势，知道什么该做，什么不该做……没有了旧的记忆，可以创造新的记忆。”

不多时，六耳猕猴便道别须菩提，离开了斜月三星洞。比之来时的兴奋之色，此时他脸上多了一份踌躇满志。

楼台上，依旧端坐棋盘前的太上老君微微抬头看了姗姗来迟的须菩提一眼，淡淡笑了笑。

须菩提一步步回到自己的座位，拈起一枚棋子，轻叹道：“这天道，果真是玄之又玄啊。天道石虽坏，三界轨迹虽已打乱，那‘缘’字，却又还在。”

“你想说什么？”

须菩提拿着棋子，捋开衣袖，一面细细查看着棋盘上的局势，一面轻声道：“我只是想说，如果当时不是天外之灵遁入的话，这，也许才是我那十徒弟本来的样子吧……”

第七百二十一章

种　子

四周的一切化作均匀的长线飞逝而去，在身后的远处汇成了一个点，仿佛一颗璀璨的星辰一般照亮了六耳猕猴的所有。

“哈哈哈哈，我有师父啦！我有师父了！哈哈哈哈！”

他兴奋得嗷嗷狂叫，铆足了气力朝狮犵国狂冲而去，他带来的妖将们没有一个追得上他的速度。

此时此刻，六耳猕猴激动的心情早已溢于言表，恨不得让三界所有人都知道须菩提祖师已经承认他……

这也许是他复活以来最开心的时刻吧。

不需要任何威慑的手段，不需要任何哄骗的手段，没有任何的利益纠缠，哪怕知道了所有，也还是有人愿意承认他。而且……这个人是他的师父！

他如同一只萤火虫一般在天空中飞舞而过，地面上的人都呆呆地看着，看傻了眼。

这一刻，他仿佛忘却了那近在咫尺的危机，阳光透过复活以来一直笼罩在头顶的乌云，终于照到了他的身上。

终于不用再压抑自己，不用再戴上面具让人去恐惧，他可以放肆地笑。那是从未有过的舒心。

最终他跌坐在距离狮犵国不远处的山丘上，望着夜空傻傻地发呆。

忽然间，他眉头一蹙，从腰间摸出了那块玉简。

“大圣爷……”

玉简的另一端传来了山羊精的声音。

“放心，我只是没事耍耍而已，这三界才多大，我还能走丢？”六耳猕猴几乎是一边笑一边答着话，“杨婵？解除软禁吧，她爱干吗干吗……清心？不用看着了，由她去吧。哦，对，把多目怪放出来吧，还有监狱里的所有人，记住，是所有人，老子我要大赦天下……不要问为啥，你大圣爷我今天就是心情好，就这样了！”

说罢，六耳猕猴将玉简塞回了腰间，重重地喘息着，望着天空。

繁星点点闪烁，夜风清凉。

一阵阵的热气呼出，在空气中化作迷雾，又顺着风缓缓地飘散。

六耳猕猴的目光渐渐有些蒙眬。

不知道为什么，他觉得原本充满敌意的整个世界……忽然多了那么一丝丝美好。虽然只是一丝丝，但毕竟是有了，不是吗？

至少，从此之后有一个不用防备的人。这个世界不再充满敌意。

许久的沉默之后，他像个孩童一样翻身在草堆里打滚，笑得不亦乐乎，笑出了眼泪。

他咧开嘴笑嘻嘻地腾空而起，身影消失在夜空之中。

“他在干什么？”灵山上，如来有些疑惑地注视着前来禀报的僧人。

“他在……他在……”那僧人支支吾吾了半天，却只是四下张望，说不出一句整话来。

佛陀之中，有人清叱道：“他在干什么，你倒是说啊！”

那僧人咬了咬牙，叩首道：“启禀尊者，那六耳猕猴他在……游荡。”

“游荡？”大殿中，佛陀们的眉头都蹙成了八字，面面相觑。

“对。”那僧人正色道，“他遇见一匹狼在追一只羊，于是定住了狼，放走了羊。临走前，他又拔了根猴毛给狼变了一只羊……”

“这算是怎么回事？原本的羊倒是放了，可那变的羊，能吃？”

“这，应该是不能吃的吧。吃了的话，会感觉到饱，身体却会一天天消瘦。”

“这算是在戏耍那匹狼吗？”

“应该不是，如果是的话，他应该变一群羊，而不是变一只。”

罗汉们纷纷议论了起来，莲台之上，如来静静地坐着，微微蹙起了眉头。

“还有，”那僧人支支吾吾地补充道，“他遇到一个露宿荒野的流浪汉，然后给他变了一块元宝……”

“变的元宝？他的术法能持续多久？”

“如果是六耳猕猴的话，应该最少可以持续数月吧。到时候谁最终拿到，谁倒霉啊。”

“还有还有……”

“还有？”所有的佛陀都朝着僧人望了过去，一个个越听越蒙。

“对。还有，还有好多。”那僧人重重点了点头，接着说道，“有几只妖怪在赶路，他发现了，然后就直接将他们全部送到了目的地。有两队人马在开战，被他发现了，结果他把两队人全部打晕。不仅如此，他还……”

那僧人还想往下说，可如来的手已经抬起。一时间，整个大殿安静了下来，所有人都朝着如来望了过去。那僧人也睁大了眼睛，眼巴巴地望着如来。

所有的人，都在等着如来解答眼前这难以理解的情况。

正当此时，另一位僧人从门外奔了进来，急匆匆地说道：“启禀尊者，六耳猕猴到凤仙郡去了！”

“什么？”在场的罗汉们都大吃一惊。

此时此刻，如来依旧静静端坐，维持着那抬手的姿势，目光落到了身前空无一物的地板上。他的嘴角微微上扬，像是笑了。

“玄奘法师——！”

一声如同雷鸣般的呼喊，顿时，整个凤仙郡中的人都走出了门外，一个个抬头望天。就连猴子也不例外。

“六耳猕猴？”只一瞬间，猴子便分辨出了来者的气息，不禁攥紧金箍棒，神经一下绷得紧紧的。

“放心，不是来找你打架的。要打，有的是机会。而且必须打！”

“真是他？”牛魔王也迅速分辨出了来者的身份，“不会这么快知道我们偷了雨水吧？”

闻言，在场的妖将们全部紧张了起来，连忙亮出了兵器。猴子却是一扬手，示意他们不要轻举妄动。

“太远了，他至少在百里开外，而且还隐匿了气息，连我都没办法准确锁定他的位置。”

听到这句话，妖将们才稍稍定了定神。

此时，六耳猕猴的声音再次传来：“玄奘法师，我是来道歉的。之前是我那些手下不懂事，还请不要见怪。以后若是有什么需要我帮忙的，说一声，保证尽力而为。您就放心西行吧！谁找你麻烦，那个假货解决不了的话，你尽管告诉我！好了，我得先走了，这个玉简给你！”

话音未落，只见远处漆黑的夜空中一块玉简如同流星一般飞窜而来，最终悬停在了玄奘身前。

一番话说得玄奘一愣一愣的，摸不着头脑。

同样摸不着头脑的，还有猴子，以及周围的那一大堆妖怪。此时此刻，他们无一不是呆呆地眨巴着眼睛，一头雾水。

圣母宫中，伴随着妖将一挥手，大批的部队如同退去的潮水一般迅速拥出了门外。

一个侍从匆匆走入杨婵的房中，叩首道：“启禀圣母大人，全走了。也不知道怎么回事，山羊丞相带着大圣爷的旨意前来，把所有的兵将撤走了。”

“没说具体原因？”

“没有。”侍从摇了摇头。

听他这么一说，杨婵却反倒心神不定了。

她完全理解不了这种情况。虽说先前六耳猕猴忽然出手实在出乎她的意料，但毫无疑问，那才是对六耳猕猴最有利的做法。可如今，为何又忽然撤销了命令呢？外面发生了什么事吗？

杨婵实在不懂。

阁楼中，山羊精深深叩首，对清心说道：“大圣爷来了命令，风铃小姐想去哪里都可以，将不会再有任何阻碍。不过……还希望风铃小姐能多住几日，最少等大圣爷回来了，道个别。”

“他要放我走？”

“只是放，并不是放走。”山羊精笑嘻嘻地说道，“大圣爷更希望的，还是风铃小姐您能留下来。”

这，才是他心目中“大圣爷”与风铃小姐，还有圣母大人正常的相处方式吧。

清心蹙眉道：“他放了，我还不走，留下来干吗？”

“当初风铃小姐在花果山从未被囚禁，不也留了许多年吗？再说了，圣母大人不就是心甘情愿留下来的吗？”

“这一样吗？”

“不一样吗？”山羊精反问道。

被这么一问，清心的眉头蹙得更深了。

“师父到底和他说了什么，怎么会……忽然有这么大的改变？”

斜月三星洞中，于义急急忙忙奔来，将六耳猕猴离开之后的所作所为一一汇报，听得太上老君哑口无言。倒是须菩提笑了。

“吸精气铸魂延寿，吸血铸肉躯。这一定调，着实狠辣。正常来说，有这么一着棋在，六耳猕猴必定是三界大祸。可惜，他们算错了。”

“他们算错了什么？”

“算错了心。算错了，六耳猕猴其实就只是一个孩子。众生心中，皆有善念。那是种子。若是种子没有遇到合适的环境，便只能一直休眠。可一旦有了阳光，有了泉水灌溉，则必然破土而出。也正是这个原因，女娲娘娘才会一直寄望于改变三界。因为一开始，她就在万物心中，种下了善的种子。”

须菩提缓缓闭起双目，悠悠道：“种在心中的种子，如若无法遇到好的环境，便不会发芽。可是即使外界环境再差，那种子依旧在。种子在，希望就在。”

闻言，太上老君长长叹了口气，笑了：“这就是你相信金蝉子的原因？”

须菩提点了点头。

“那应该你去普度啊。连六耳猕猴你都能找到方法，应该你去普度才对。”

“不然。”须菩提摇摇头，“有些东西，他有，我无。”

第七百二十二章

渡与不渡

六耳猕猴一下转性了，虽说和猴子依旧是死敌，但至少，他在西行普度上的态度算是彻底转变了。

这样一来的话，这雨水，是偷，还是不偷呢？

一时间，倒是猴子有些拿捏不定了。

可是，不偷雨水，难道由着玄奘在凤仙郡挖一辈子的井吗？

犹豫再三，最终猴子还是咬了咬牙道："偷！偷了再说，反正眼下这关要过不去，也就没有以后了！"

…… ……

就在猴子筹谋着盗取狮狔国雨水的时候，六耳猕猴却依旧像个孩子一样在三界游荡着，做着各种让人啼笑皆非的事情。

清心拖着沉香，推开杨婵的房间，急匆匆地说道："杨婵姐，趁他还没回来，我们赶紧走吧。离开这里！"

"走？"杨婵一脸的迷茫。

"难道你不走？"

"去哪里？"

"去……"一时间，清心竟然也说不出来。

杨婵呆呆地眨巴着眼睛，苦笑。

回华山继续被困住？去灌江口？还是去西行路上找猴子？

杨婵忽然发现，离开狮狔国，自己竟没有可以去，又想去的地方。

清心犹豫了好一会儿，支支吾吾地说："要不，跟我一起回斜月三星洞吧。说起来，你也是斜月三星洞的门人，回宗门也没什么不妥的地方。况且，他也说了，接下来三界会很乱，如果你待在斜月三星洞的话，有师父在，至少可以让他少操一份心。”

“让他少操一份心？”杨婵淡淡地笑了，凝视着身前的桌案上的茶杯道，“他要操的心，难道还少吗？多一份少一份，又有什么所谓呢？关键，最终要能活下去，好好地活下去。”

小小的房间里，清心牵着沉香的手静静地站着，望着杨婵，一时间竟不知道该说什么好。

“你走吧。”

“那你呢？”

“我留下来。”

“留下来……万一他回来了，到时候……”

“到时候我自有办法。”杨婵微微抬起头，瞧着清心，长叹道，“你走吧，我自有分寸。六耳猕猴肯定是遇到什么事了。越是这种时候，我越得留下来。否则的话，谁帮他盯着整盘棋呢？”

闻言，清心的目光不由得黯淡了几分。

六百多年过去了，杨婵依旧是炼神境。这意味着她依旧得靠蟠桃和人参果续命。

就如今的修为而论，清心的修为远比杨婵要好得多。可修为高有什么用呢？

再高的修为，除非能达到须菩提那样的境界，否则在六耳猕猴和猴子面前，都和没有没什么区别。眼下的情形，更重要的是心智。

而论心智谋略，清心远远不如杨婵。这差距，就连清心自己都明白。

清心犹豫了许久，只得默默点了点头，转身带着沉香离开。

“她走了？”六耳猕猴握着玉简，微微愣了一下，“那杨婵呢？她也走了吗？”

“圣母大人没有走，而且丝毫没有要走的意思。”

“没有要走的意思啊……”六耳猕猴蹙着眉望天，许久，却是笑了出来，“本来以为一个都不会留的，还能留一个，不错不错。哈哈哈哈，这说明她们还没那么讨厌我嘛。嗯……我该给留下来的那个带点什么礼物回去呢？”

玉简的另一端，山羊精沉默着。

“喂，我问你该带什么礼物！”

“啊……这这这……大圣爷，臣哪知道该带什么礼物啊？臣是没妻室的人啊……”

“行吧，念在你年老孤苦，原谅你了。”六耳猕猴噘了噘嘴，随手将玉简丢到了一旁，枕着手臂躺到草地上，望着天。

如果是以前，听到清心离开，他大概会勃然大怒吧。

想着，他不由得又笑了出来。

其实人生就是这么奇怪，以前的他，只会注意到山羊精提到的清心离去；而现在的他，则只是注意到杨婵留下来了。

杨婵留下来做什么呢？

嗯，其实有可能还是有什么别的目的。不过，如果这样去想的话，心里一定会很憋屈吧。而且什么都改变不了，还可能将事情越弄越糟。

既然如此，为什么还要那样去想呢？不如就相信她是真心留下来的，多好？

缺的是记忆，那就培养一些共同的记忆呗。

感受着周围的风，六耳猕猴闭上眼睛淡淡笑着，长叹道：“师父果然是大能啊，一句话，就说到我心坎里去了。”

此时此刻，听着六耳猕猴的各种奇葩举动，大雷音寺内的诸佛已是越来越蒙了，一个个面面相觑。

然而，如来端坐在莲台之上，笑意反倒更浓了。

一个罗汉缓缓走到大殿正中，双手合十，躬身道：“弟子有惑，还请尊者解答。”

“说。”

“六耳猕猴今日之举，虽不能真正改变什么，但不可否认，都是发自善心。弟子想问，若是连六耳猕猴这样的凶狠之辈都可以被度，是不是意味着，普度真正可行了？”

“对啊，六耳猕猴都能度，那普度岂不就是可行？”

“连六耳猕猴都能度，确实只有一种解释——普度可行。”

“普度重点在于‘普’，而不在于‘度’！度的乃是世，非人也！谁能度都不能说明普度可行！”

“可人人能度，不正是说明世可度吗？”

一石激起千层浪，一时间，殿内诸佛议论纷纷。

许久，端坐莲台之上的如来才轻声叹道：“六耳猕猴这算是，度了吗？”

“难道不是吗？”诸佛面面相觑，“善心至此，只需善加引导，难道还有度不了的道理？”

“度了吗？”如来又轻声问道。

诸佛都闭上了嘴，一个个望着如来，等着答案。

好一会儿，如来才摇摇头，轻声叹道：“度不了，即便如此，也度不了。普度之根源，乃是导众生向善，这点不假。玄奘先前在求法国所为，也有他的道理。只是……千万年前，女娲娘娘创世之初，天地间本没有恶。到头来，恶却无处不在。这不正是说明，‘恶’，才是众生所向吗？”

话到此处，如来淡淡一笑，道：“若本座没记错，六耳猕猴已经许久不曾吸食精气，也差不多该吸食精气了。”

第七百二十三章

颤

此时此刻，天庭，御书房。

玉帝有些迟疑地注视着李靖，看得李靖都要冒冷汗了。他微微拱手道：“陛下，臣听说六耳猕猴去斜月三星洞走了一遭，性格就全变了。不管是何原因，这可都是三界的一大喜事啊。”

说罢，李靖呆呆地站着，那目光看上去都有些闪烁了。

御书房内一片寂静。四周站着的几位仙家悄悄挪动脚步，似乎都想离李靖远一点似的。

许久，玉帝注视着李靖，冷声道：“六耳猕猴是否转性，现在还言之尚早。若此时，我们就出手偷了狮狔国的雨水，到时候……哼！出了事你来担吗？”

“陛下，这……孙猴子已经承诺这件事他一肩挑起了。”

“放屁！”玉帝一下吼了出来，怒斥道，“他说一肩挑起你就相信一肩挑起？怎么？他是不西行了，直接跑过来给我们守南天门吗？他跟六耳猕猴本就是宿敌，如果能动他，六耳猕猴早动了，何苦等到现在？到时候，六耳猕猴拿孙猴子没办法，直接拿我们开刀，你说怎么办？怎么办？”

李靖低着头，汗如雨下。

“当初保持中立的主意不也是你出的吗？怎么就那么糊涂，居然答应这种要求？”

玉帝已经气得拍桌子跺脚，李靖却只能把头越埋越低。

他怎么都不可能告诉玉帝，这个办法其实是他自己出的，而原因，是他被猴子施压，不得不交出个办法来脱身。

事到如今，就算玉帝要责怪，他也只能扛了。扛玉帝的责难，顶多是罚点俸禄；扛猴子的责难，可是能要命的。两害相权取其轻，这道理他懂。

一旁的太白金星瞧着眼下这情形，拱了拱手，低声道："陛下，事到如今，责怪李天王也没有用，还是想想接下来该怎么办吧。"

"怎么办？"玉帝气得咬牙切齿，在御书房中来回踱着步。

"若是一开始不答应还好，就像之前那样，反正那孙猴子硬要雨水，我们就把其他地方的给他，到时候普度不成，也是他们自己的问题。现在情况可就不同了，孙猴子指定要狮犵国的雨水……这不是等于让我们在孙猴子和六耳猕猴之间选边站吗？拿了狮犵国的雨水，六耳猕猴就有理由闹事。如果答应了孙猴子又不兑现，孙猴子也一样有理由闹事。我们……还是早作打算吧。"

"是啊是啊，陛下，还是早作打算吧。"其他仙家也纷纷附和了起来。

"打算？"玉帝气急败坏地在房中来回踱着步，怒斥道，"这件事你们要朕如何打算？"

正当天庭气急败坏的时候，六耳猕猴已经在一处不知名的山坡上美美地睡了一觉。

这也许是他转世以来最舒服的一觉了吧。

睡醒了，心情无限好，看什么都舒服。

"也该回去了。"他抿着唇，轻声叹道，"可是回去之后做什么呢？算了，不想这个问题，先去把该见的人见了再说。"

说罢，他腾空而起，朝狮犵国疾行而去。

大雷音寺中，如来紧闭双目，轻声叹道："那清心，已经离开狮犵国了吧？"

"启禀尊者，她正在离开的路上。"

"她离开了，可不太好。"

"嗯？"在场的佛陀皆面面相觑，一脸的疑惑。

如今看来，清心本就是须菩提投向狮犵国的一枚棋子，离开了，难道不是好事吗？

如来微微睁开双目，道："六耳猕猴的精气就快尽了，发狂，此乃必然。如此特殊的时刻，总得有个人做个见证不是？"

说着，如来缓缓望向了地藏王。

地藏王微微点了点头，躬身退出了大殿之外。

六耳猕猴落到圣母宫前，早早守候在那里的山羊精、九头虫、鹏魔王、狮狁王全都出来迎接了。他们一个个看六耳猕猴的眼神就像看怪物一样。

当初第一次见面的时候，他们也是这种眼神。不同的是，当初的六耳猕猴真的是怪物，而如今……只能说世事难料。

当然，有时候戴着面具的怪物，远远比不遮片缕的怪物更让人恐惧。此时此刻，除了山羊精之外，众妖心里打的，大多是这样一种算盘。

万一六耳猕猴是装的呢？万一他其实在准备着秋后算账呢？

笑面虎，才是最最可怕的。

见了众妖，还没等他们拱手行礼，六耳猕猴便已经摆了摆手道："免礼。"

说罢，六耳猕猴迈开大步顺着众妖让开的过道一步步走入圣母宫。

房中，杨婵透过窗棂远远地看到六耳猕猴到来，那手不由得紧了紧。

一个侍从推开房门，轻轻走到杨婵身后，躬身拱手道："圣母大人，大圣爷来了。"

见，还是不见？

不久前，圣母宫被围，杨婵还想尽办法要见六耳猕猴一面。杨婵知道，六耳猕猴虽然凶狠，却是一个很容易被操控的人。只要能见上一面，她就有十足的把握让六耳猕猴改变主意。

可是现在呢？

六耳猕猴仿佛变了个人一样亲自来了，杨婵却又犹豫了起来，不知道该怎么应对。

"圣母大人，大圣爷还在外面等着呢。"

杨婵的嘴唇微微颤了颤，却终究没说出一句话来。

正当此时，那侍从身后的门忽然开了。六耳猕猴一步跨过了门槛。他笑嘻嘻地说道："我自己直接进来了，你不介意吧？"

杨婵有些错愕地望着六耳猕猴那张充满善意的脸。

也不管杨婵神情的变化，六耳猕猴迈着步自顾自地说道："我想清楚了，齐天大圣的名号，其实没什么重要的。我也不想当什么万妖之王，我就是我，不是其他任何人。"

"啊？"

"当初花果山势力的崛起，有一大半是你的功劳，现在我把它还给你。不仅不会阻止你做任何事，我还会把它还给你。当然……我希望你对他们能更加善意一点，酷刑无法解决任何事情。真的。"

杨婵整个蒙掉了。

这些话，居然从六耳猕猴的嘴里说出来？

"你有什么想跟我说的吗？"

"我……"杨婵微微张口，却支支吾吾半天，没说出一句整话来。

她没有一丝一毫的心理准备。

"没有，那我就先走了。"六耳猕猴转过身，一步步朝门外走去，到了门口，却又停下了脚步，转身道，"对了，我不会再强迫你或者风铃任何一个嫁给我了，因为真的没意义。话说回来，修仙嘛，一个人逍遥自在多好，多个人，反而多个累赘。当然，你们哪天想通了，死皮赖脸要嫁给我的时候，我会重新考虑的。"

说完，六耳猕猴自己都笑了出来，笑眯眯地扭头就走。

杨婵站在原地，却有一种恍然若失的感觉。

踏出房门的时候，屋外，一众妖将妖王都在呆呆地望着六耳猕猴。

"大圣爷，您这是……"

"和师父聊了一下，茅塞顿开了。"六耳猕猴摆了摆手，毫不停留地从人群中穿行而过。

在场的妖将一个个都蒙了。

那种感觉，就像一觉醒来忽然发现变天了。可，这是真的吗？这背地里会不会又是什么阴谋？

鹏魔王悄悄对着狮狔王使了个眼色，快步跟了上去。其余的妖将见此情形，也只得一个个跟上去，就连九头虫也不例外。

接下来的情况则更加匪夷所思了。

一大半的妖怪像六耳猕猴的跟屁虫一样紧紧相随，六耳猕猴到哪里，他们就跟到哪里，跟得六耳猕猴都有点烦了。

“你们跟着我干吗？有什么事自己办去就行了。”

鹏魔王腆着脸说：“末将在等着大圣爷吩咐呢。”

“吩咐？都没其他事情干了？”

“大圣爷您刚把之前交代的事情都撤销了，我们都没事情干了呀。”

“呃……这样啊？”六耳猕猴摸着下巴想了半天，也没想出来需要他们帮忙做什么，“要不你们先回去，回头想到要做什么了，再派人通知你们？”

“那可不成！”狮狔王抢着说道，“食君之禄担君之忧，大圣爷您不吩咐点什么事，我们坐立难安啊。不如就跟着大圣爷您，您需要吩咐什么的时候，我们也能第一时间出现。”

六耳猕猴蹙着眉头，悠悠道：“你们去找圣母大人不行吗？”

他这么一说，在场的妖怪顿时一惊。

这难道是……想看看谁是站在圣母大人那一边的？准备内部清洗？

他们吓得一个个连忙摇头摆手：“不不不，圣母大人和大圣爷您怎么能一样呢？我们肯定是听大圣爷您的了。”

“听她的也一样。”

在场的妖将纷纷惊呼道：“不不不，不一样啊，大圣爷！”

“那我让你们听她的，这样一样了吧？”

这话一放下来，妖将们一下都噤了声，一个个瞪大了眼睛面面相觑，冒着冷汗。

这又是唱的哪一出啊？

六耳猕猴扭头走进了自己的房间。门外，一众妖将却没人敢走。

心情大好的六耳猕猴端坐在自己的桌案前，端起茶壶给自己满上了一杯茶，优哉游哉地喝着，笑着。

忽然间，那手微微一颤，茶杯掉落在地，砸开了花。

第七百二十四章

低吼声

一瞬间的恍惚，一种极度乏力的感觉骤然袭来，仿佛整个身体都置身冰窟一般。

六耳猕猴惊恐地瞪大眼睛，注视着自己的手掌。他眼睁睁地看着自己的手掌上的皱纹如同植物的根系一般疯狂滋长，迅速遍布每一个角落。

紧接着，在他恐惧的目光下，那些皱纹开始一点一点地裂开。皮囊之下，只有绒毛……

“这是……这是怎么回事？我不是已经吸够了血吗？怎么会……”

“精气不足，身体一样会崩坏的。”一个声音在六耳猕猴的脑海中响起了。

六耳猕猴猛然回头，发现地藏王就站在他的身后！

“你……你什么时候进来的？”

“刚刚。”地藏王淡淡笑了笑，月光透过窗棂照在他的脸上，有一种说不出的诡异，“就在……你端起茶杯的时候，贫僧就进来了。你完全没感觉到吗？”

“我……”

六耳猕猴一阵恍惚，不自觉地挪动身子想要尽可能离地藏王远一些，正在此时，他忽然发现地藏王的身后，是清心！

此时此刻，清心正被一团若有若无的金色光华包裹着悬浮在半空中，双目紧闭，似乎已经晕过去了。

“你已经太久没吸食精气了，修为正在迅速下降……是不是连你还有一个对手，还要度过天劫也忘了呢？”

“她不是走了吗？怎么会在你手上？”

“就凭你现在的样子，想击败另一个你？未免太天真了吧？”

“我问你她为什么会在你手上？”

一声咆哮，六耳猕猴显出了獠牙，额头上的青筋瞬间暴起，配上原本就在缓缓蔓延的裂痕，显得格外狰狞。

下一刻，大门被冲开了。数名妖将从屋外鱼贯而入。

“出去！都给我出去！”

还没站稳脚跟的妖将们被六耳猕猴这么一喝，顿时慌了神。他们看着地藏王的眼神更是充满了错愕。

“还要我再说一次吗？”

众将面面相觑，很快一个个无奈退出了门外，带上了房门。

房间里又只剩下六耳猕猴、清心、地藏王了。

由始至终，六耳猕猴都瞪圆了眼睛死死地盯着晕迷的清心。地藏王则是一脸淡然地瞧着愤怒无比的他。

“你问她啊？”地藏王深深吸了口气，轻叹道，“贫僧路过的时候，刚巧碰到她想要离开，就顺便把她带回来还给你了。你该感谢贫僧才对啊。”

“是我放她走的！”

“哦？是吗？”地藏王回头瞧了清心一眼，悠悠道，“为什么要放她走呢？这可是用来击败对手的不二筹码啊。”

“我怎么做，用不着你管！”六耳猕猴又一次咆哮了出来。

那是如同猛兽嘶吼一般的呼喊声。门外的一众妖听得忍不住缩了缩脖子。然而，地藏王却只是微微一愣，笑了笑。

“不用我管……呵呵呵呵，是谁，把你带回这个世界的呢？”

“你这是准备向我邀功吗？”

“我只是想问你，你还想回到原本那个黑漆漆的地方去吗？”

闻言，六耳猕猴的眼角微微抽了抽，一股寒意直入心底，以至于身上的绒毛都一下竖了起来。

“你该不会以为，须菩提祖师承认你了，你就是真正的孙悟空吧？”地藏王轻蔑地瞧了六耳猕猴一眼，悠悠叹道：“万事，都该先苦后甜。先甜的结果，就是后苦。另一个你想必很明白这个道理吧。所以，他能成为齐天大圣。而你呢……”

地藏王注视着六耳猕猴，哈哈地笑了起来，笑得六耳猕猴的牙齿咬得咯咯作响。

许久，地藏王轻声道：“如果你想要击败另一个你，贫僧可以教你。如果你不想……大可以浑浑噩噩度日，贫僧绝不勉强。”

说罢，地藏王手一挥，清心当即朝着六耳猕猴飘了过去，被他稳稳地接住。

“如果她醒了问起她那小徒弟在哪里，就告诉她，她的小徒弟随贫僧修佛去了。待修成，她自然会见着。还有，别再让她跑了，省得贫僧再帮你捉一次。”一阵微风从窗棂透入，一瞬间，地藏王的身影仿佛一阵细沙一样飘散，消失无踪。仅存一个声音在六耳猕猴的脑海中回荡着：“至于你自己的事……等你想清楚了，再告诉贫僧吧。”

六耳猕猴紧紧地咬着牙，发出一声声充满敌意的低吼，却也无可奈何。

没有精气，他什么也不是，甚至连地藏王悄悄进入这个房间，他都没能察觉。

此时此刻，凤仙郡，玄奘微微低头凝视着手中联系六耳猕猴的玉简，深深吸了口气，将其收入怀中。

不远处的屋顶上，猴子正透过漏风的窗户瞧着玄奘。

一旁的小白龙低声道：“大圣爷，玄奘法师该不会真想找六耳猕猴吧？”

猴子回头冷冷地瞪了他一眼。

“这真不是没可能啊，大圣爷。你想想，这些日子以来你和玄奘法师吵了几次了？说不准，他真动了心思了。我觉得，要不你还是跟玄奘法师认个错吧，别到时候玄奘法师真投靠六耳猕猴去了。”说着，小白龙想了想，又道，“但是细想一下，玄奘法师投靠六耳猕猴倒也没什么关系啊。看情形，六耳猕猴是真想通了，明白了这里面的利害关系。他肯帮玄奘法师证道，这是好事啊。只要能证道，玄奘法师爱投靠谁投靠谁，对吧？”

“你烦不烦？”

“呃？”小白龙一下缓过神来，连忙闭上嘴巴。

“雨怎么还没来？李靖不是答应了将狮驼国的雨水给这边吗？”

“没那么快的。”小白龙摆了摆手道，“将狮驼国的雨水给这边，那也得狮驼国有雨水才行啊。哪个地方每天在下雨了？等等吧，也就这几天了。”

闻言，猴子冷哼一声，转身就走。

清心缓缓地睁开了眼睛。

映入眼帘的是一个幽暗的洞府，一盏孤灯。而她自己，则躺在一张简陋的石床上。

一声声微弱的声响从远处传来，听不清究竟是什么。

“这里是……哪儿？”

她挣扎着想要起身，可一阵痛感袭来，顿时，她只感觉脑海中一片空白。

恍惚中，她伸手摸到了什么尖利的东西，吓得连忙将手缩了回来。定睛一看，她才缓缓松了口气。

原来是桌子。

这地方，大概有很久的历史了吧，连桌子都已经破损不堪了。一根根的木刺突出，无意中碰到，就像摸在针尖上一样。

她好不容易镇定下来，捂着额头开始细细回忆了起来。

“我从狮驼国离开，然后……然后遇上了一个和尚。他说他是地藏王……接着……等等！沉香呢？”

一瞬间，清心猛地清醒了过来。她吓得连忙四下张望，惊出了一身的冷汗。

小小的石室里，只有一张桌子、一盏孤灯，除此之外，什么都没有。更别提沉香了。

此时此刻，她的身体已经疲惫到极致。灵力不知怎么已经被彻底抽了个空，只要随便一个动作，便会累出一身的冷汗。

“沉香……沉香呢？”清心挣扎着起身，跌跌撞撞地走出门去。

门外，是一条幽暗的隧道。两旁一间间的小房，推开门去，与她刚刚待的地方也是一般无二。如果不是桌子摆放的位置不同，清心甚至都要以为自己是不是走入幻境了。

她强撑着在隧道中走了好一段，很快，她发现这个洞府比她一开始想象的，要大得多；大到虽然没有刻意布置，却像迷宫一般。

无奈，她只得找了个地方坐下来调息。

如果能恢复一些灵力，想要出去应该不是什么问题吧。只是，虚弱到这种程度，想恢复怕也不是一时半会的事情了。

正当此时，洞府的深处传来一声嘶吼。清心一惊，连忙睁开了眼睛，伸手一摸，才发现自己腰间的法器一件都不在了。

大概……是让地藏王全部收走了吧……

她紧张到了极致，却又无能为力，只能恐惧地望向声音的来处，静静地等待着什么。

许久，那低吼声还在继续，她的四周，却什么都没发生。似乎那低吼声并不是针对她的。而且……似乎还有点熟悉？

在好奇心的驱使下，清心缓缓地站了起来，一步步地顺着那声音的来处走去。

好一会儿，她终于看到了一丝光亮。而那声音也似乎近在咫尺了，甚至用手去触摸岩壁，能清晰地感觉到岩壁在微微震动着。

她鼓起勇气，继续一步步地往前走。

很快，光芒照亮了她的四周，那声音却一下停止了。

当她眨巴着眼睛，好不容易适应了眼前的光亮时，一下呆住了。

这是一个不小的地下空间。

四周的岩壁上，一根根的火把在燃烧着，放射出蓝色的光芒将一切照亮。

满地的猴毛，各种破碎的物件，原本放置在这里的一切都被撕得粉碎。

而在正中的平台上，六耳猕猴蜷曲着身子，用一种狰狞的神色，注视着她！

第七百二十五章

吸一点？

那满地猴毛随着清心带进的微风化作飞灰飘散，有一种跨过无尽岁月般的错觉。

此时此刻，六耳猕猴的脸庞看上去苍老无比。

清心吓得连忙后退了一步：“你……你怎么啦？”

六耳猕猴没有回答，只是怒视着清心，不断发出充满敌意的低吼声。那神情，像是会随时扑过来一般。

清心一怔，连忙又往后退了两步，转身欲逃。

“别走……”

一个沙哑的声音传来，清心顿住了脚步。

那是六耳猕猴的声音，听上去，就像久病初愈的老人一般，有一种外强中干的感觉。

“别走……”六耳猕猴又一次开口了，那眼神渐渐变得迷离起来，“你就是走了，也会……被地藏王再带回来的。”

“地藏王？”清心猛然想起了自己昏迷前的遭遇，连忙回头问道，“沉香呢？沉香到哪里去了？”

“沉香不在我手上，他被地藏王带走了。”

“让他把沉香还给我，他还只是个孩子！”

六耳猕猴望着一脸愤怒的清心，艰难地笑了笑：“你对我生气也没用，佛门的人，哪里会听我说？”

两人默默对视着。一边是愤怒的清心，一边则是痛苦到无以复加，却依旧艰难维持着笑容的六耳猕猴。

许久，清心冷言道："你不去，我自己要人去。"

"站住……"六耳猕猴有气无力地说道，"这里是狮陀国的地下，别出去，别声张……如果那些家伙知道我已经衰弱到这种地步的话……我也许就活不成了。我可是你师父亲自认可的，你的师兄啊。我放了你，你也该顾及我才是。再说了，就算你去要人，他们既然能捉，肯定就不会放。"

"我就不信他们真的敢撕破脸皮！"

"撕破就撕破，三界之中，佛门怕谁？"

此话一出，清心呆了一下。

是啊，佛门与道门不同。他们虽然极其松散，却又是极其保守的宗门。从上至下，都是如此。

自己是太上老君和须菩提祖师的弟子，佛门没理由不知道。既然敢动手，就说明不怕得罪，更不怕自己去要人。

清心忽然想起了不久之前六耳猕猴在大殿上对自己说的那番话。

如果不是师父允许，多目怪真有办法将自己拐到这狮陀国来吗？

一瞬间，清心的眼角泛起了泪光，心情一下从云端跌入了谷底。前一刻，她还是两位大能最宠爱的弟子，天上地下，随心所欲。如今呢？

她感觉自己犹如一颗弃石一般，谁都可以对她出手。就连小小的多目怪都敢，更别提佛门了。

许久，对面的六耳猕猴哼哼哈哈地笑了起来，瘫坐在地。

"你笑什么？"

"没什么，我只是在想，你怎么说哭就哭呢？"

清心连忙抹了一把眼泪，倔强道："我……我哪里哭了？"

"是是是，你说没有就没有呗。我假装没看见好了。"

"你！"

六耳猕猴稍稍定了定神，注视着清心低声道："老实说，我真有那么一点……羡慕你。你可以用眼泪解决问题。我就不会哭，因为哭，没有用，没有人看。"

"你在说什么？"

"不是吗？你有两个师父。"六耳猕猴摆了摆手，悠悠叹道，"好吧，我现在也有一个了。不过我不像你，问题应该自己解决，实在没办法了才去找师父。有事没事掉眼泪，那是窝囊废的表现。”

清心怒视着六耳猕猴，一句话不说。

许久，六耳猕猴笑累了，抬起头来道：“行啦，看在师父的面子上，沉香的事情我帮你扛了。保证帮你想办法要回来。”

“真的？”

“难道还有假的？”

“你不会是打的什么坏主意吧？”

“我像坏人吗？”

“这……”

六耳猕猴看到清心支支吾吾的样子，一下笑了出来，轻叹道：“其实我不是像，我就是坏人，生来注定就是坏人。哈哈哈哈，瞧你那蒙样。行啦，这件事保证不使坏，不然你上师父那里告我去！”

“上师父那里……告你去？”有用吗？

还有，师父为什么要承认这只祸害生灵的六耳猕猴，却不肯出手救助自己呢？

清心实在想不明白，眉头蹙得紧紧的。

不过，此时此刻她似乎也没有第二种选择了。六耳猕猴虽然极为衰弱，但她自己的灵力被吸干了，也好不到哪里去。就这么走出去，怎么找佛门要人？靠两条腿走去灵山？还是先在满地妖怪的狮狔国找个地方疗养？

那还不如在这里安全。

而且，即便此时，如果六耳猕猴真要强行将她留下来，她也反抗不了。

清心犹豫了许久，只能默默点了点头。

“你现在是……什么情况？我听说你要吸生灵的精气才能生存，缺精气了吗？”

“不只是缺精气，还有，反噬。”六耳猕猴伸手在脖子上捉了捉，一下掉出来满手的猴毛，“应该是佛门干的没错了。如果我不想快速提升修为和强化身体的话，其实是没必要吸食过量的血和精气的，消耗的速度也并不快。大概是怕我惹的事情不够大吧，所以，他们在最初复活我的时候便在我体内植入了什么东西，只要精气一段时间没成长，就会陷入这种状态……这帮秃驴，实在是太贼了。”

“那你打算怎么办？就一直吸精气？”

“我有得选吗？”

“那……那你现在要怎么办？”清心眨巴着眼睛，有些忐忑地问道，“我能帮你什么吗？”

闻言，六耳猕猴有些意外地望着清心。

“怎……怎么啦？”

“没什么。”六耳猕猴连忙正色道，“你要帮我啊……其实也很简单，你的修为也不算低了，要不，你给我吸点精气？”

“啊？”清心一下蒙了。

六耳猕猴晃了晃脑袋，缓缓地站了起来：“放心，我有分寸的，只吸一点。”

“吸……吸一点？精气能吸一点吗？”

精气是什么，她老早就知道。她也清楚，修仙者的精气要比一般生灵多得多。可这玩意儿能只吸一点吗？不是一吸就没了吗？

“当然能。”六耳猕猴一步步朝她走过去，笑嘻嘻地说道，“别的不敢说，吸精气，天底下没人比我更专业了。”

“可是……可是……”清心看着六耳猕猴充满了饥渴的眼神，明显有些慌了。她一步步地后退，很快到了墙角，退无可退：“可是，精气不是只要流失，就会殒命吗？”

“那都是瞎扯的。”六耳猕猴舔了舔舌头，依旧一步步朝着清心走过去，“来，让我吸一点，等我缓过劲来，就去帮你救沉香。”

清心咬了咬牙，闭上眼睛道：“那来吧！别……别吸太多。”额头上，豆大的汗珠一滴滴滚落。

六耳猕猴盘起手，站在原地饶有兴致地打量着清心。

“还……还没开始吗？还是已经吸完了。”

六耳猕猴不说话。

“快……快点。我、我有点怕。”

六耳猕猴还是不说话。

那楚楚可怜的模样，看得六耳猕猴都想笑了。

“你还没开始吗？”

清心悄悄睁开了一只眼睛。

正当此时，山羊精忽然冲进这间石室。

看见山羊精，清心一下愣住了。

山羊精恭敬地对清心行了个礼道：“臣，参见风铃小姐。”

说罢，山羊精又对着六耳猕猴行礼：“大圣爷，都准备好了。没有让其他人知道。”

“行。”六耳猕猴随着山羊精一步步朝石室外走去。临走，他回头望向花容失色的清心，道：“小丫头，几百岁的人了，能别那么傻吗？别人说什么你都信？精气，确实是没办法只吸一点的。哈哈哈哈。不过，我倒是很喜欢你这个样子。答应你的事情，我会做到的。”

说罢，两人便迅速走出了石室，也不知道去了哪里。偌大的空间里只剩下清心一个人了。她噘着嘴，愤恨地望着六耳猕猴离去的方向，脸都涨红了，又气又恼。

堆成小山一样高的尸体，全部都已经被吸干了精气，没了声息。这当中有妖怪的，有人类的，也有其他各种各样普通生灵的。四周站着山羊精的亲兵们。

就在这尸体堆的旁边，六耳猕猴半蹲着，重重地喘息。

那身体已经恢复了原样，额头上的冷汗，却依旧一个劲地往外冒。

“大圣爷，您感觉好些了吗？”山羊精小心翼翼地递过来一杯茶水。

六耳猕猴伸手将茶杯拨开，有气无力地说道：“算是……缓过劲来了。”

“大圣爷，您不会怪臣办事不利吧？”

“啥？”

“时间紧迫，大圣爷您又交代不能让鹏魔王他们知道，所以，臣只能找到这些了。”

“已经缓过劲来了，没事，你做得很好。”六耳猕猴撑着膝盖缓缓地站了起来，长叹道，“我还是当不了好人啊……每日每夜地要吸精气，怎么可能当得了好人呢？”

“大圣爷您说笑了。”山羊精笑嘻嘻地说道，“大圣爷您就是好人，如果不是您，我们这些小妖，哪能过得如此逍遥呢？是您救了我们的命啊。如果大圣爷您不是好人，那谁是呢？”

六耳猕猴扭过头意味深长地瞧着山羊精。

山羊精连忙躬身拱手道：“大圣爷，这些都是三界妖众的心里话。莫说您要吸精气，就是要臣的命，臣也万死不辞。因为，臣的命，本来就是大圣爷您给的啊。”

“你……也变得会说话了呀。”六耳猕猴无奈地摇了摇头，“行吧，这边的事情你先照看着，我要带上她再去一趟斜月三星洞。”

“诺！”

第七百二十六章

死 局

“走。”

“去哪里？”

“带你去还给师父。”

“啊？”清心一下蒙了。

六耳猕猴拉着清心不由分说地就往外走。

一跃跳上八卦，六耳猕猴回头伸出了一只手。

清心看着那只手，顿时有些忐忑，犹豫着该不该照做。

“你留在这里，是个麻烦。躲到斜月三星洞不出来的话，就算佛门想干吗，也得掂量一下。”六耳猕猴瞧着清心那犹豫的模样，又补充道，“如果你不同意的话，我就把你绑回去。”

闻言，清心瞪了六耳猕猴一眼，拍开了他的手，却还是乖乖地上了八卦。

巨大的八卦缓缓运转，朝着斜月三星洞的方向而去了。

清心摸着脚下的八卦，有些不确定地说：“这个八卦，好像是八师兄的那个啊……”

“应该是了。”六耳猕猴随手将一个袋子抛了过来。

清心稳稳地接过袋子，连忙翻了翻，顿时恍然大悟：“这是我的法宝袋，怎么会在你这里！”

“在我书房里找到的，大概是地藏王留下的吧。”

“其他的呢？我的其他法宝呢？”

“难不成你还觉得我会贪你那点东西？”六耳猕猴白了清心一眼，悠悠道，“书房里就这么多了，其他的，你找地藏王要吧。”

被人鄙视的感觉十分不好，特别是被一个讨厌的人鄙视。不过清心也无可奈何。

毕竟，她和六耳猕猴的修为确实差的不是一丁半点。

她噘了噘嘴，只能开始生闷气。

一路无话。

不多时，八卦便到了斜月三星洞前。

把门的道徒看到两人到来，连忙迎了上来，恭敬地行礼道：“弟子参见悟空师叔，参见清心师叔。”

“悟空师叔？”清心嚷嚷道，“他是六耳猕猴，不是十师兄！”

一时间，两人都朝着她望了过来。

那道徒看上去有些尴尬，六耳猕猴则干脆给清心甩了个脸色，道：“是不是，你说了不算，师父说了才算。”

“师父……师父哪里承认你了？”

“我刚刚不是已经告诉你师父承认了吗？”

“你什么时候说过？”

“没说吗？”六耳猕猴伸手挠了挠头，随口道，“那现在说了，你该知道了吧？”

说着，六耳猕猴也不管清心怎么回答，便快步随那道徒向观内走去，留下清心站在原地一脸的错愕。

六耳猕猴走开十步，临跨过门槛之前，又回过头来瞧着清心道：“还不走？”

“走……我走不走关你什么事？”

“出去溜达了这么大一圈，回到观里第一件事不应该先去给师父请安吗？是不是想抄门规了？”

闻言，清心的眼睛瞪得犹如铜铃那么大，眉头微蹙。

这都什么情况啊？一来一回之间，自己反倒成了外人？

那领路的道徒也伸手道：“清心师叔，您是入室弟子，返观，是该先见一见师尊的。”

这话说得清心哭笑不得，她却也无奈，只能低着头远远地跟着。

不多时，道徒将两人带到了须菩提的潜心殿中。

潜心殿中空荡荡的，那道徒只道是师尊让他们在这里候着，便离开了。

一下子，大殿中就只剩下六耳猕猴和清心两人，大眼瞪小眼。

或者，更准确地说，是清心瞪着六耳猕猴，而六耳猕猴则悠悠地喝着茶。

这里是斜月三星洞，算是到了自己地头，任凭六耳猕猴修为再高，清心倒是不怕他敢做什么出格的事情。但是……这情况，实在诡异。怎么感觉自己才是外人，而对方则像回到了自己家一样呢？

就这么沉默了好一会儿，清心开口道："你……找师父干吗？"

"关你什么事？"

"你找我师父，当然关我事了！"

"那也是我师父。"

"你！"清心一时气结，竟说不出话来，只得继续冷冷地瞪着六耳猕猴。

就这么又过了好一会儿，六耳猕猴喝下了半杯茶，才微微抬起眼皮瞧了清心一眼："你有好多身份。"

"啊？"

"你是我的师妹，是我的师侄，还是我没过门的妻子。这些我都了解过了。"

清心蹙着眉，低着头不想接他这个话，心里则是不断埋怨着须菩提怎么还没到。

清心不想搭话，六耳猕猴却自顾自地说了起来："其实，我好像也没那么可恨吧？至少没对你做什么不得了的事。刚刚你不是还准备分精气给我吗？怎么一转眼的工夫，又变成生死仇敌了呢？"

"那是因为你答应帮我要回沉香，我是看在沉香的分上。"

"是吗？"六耳猕猴咧开嘴笑了笑，"行吧，怎么样都好，看在你愿意分精气的分上，我帮你救回那小毛孩子吧。"

"真的？"清心迟疑地抬起头。

六耳猕猴伸长了脖子，一字一顿地答道："假的。"

"你！"清心都快气哭了，伸手拿起杯子就要砸。

她这一举杯子，六耳猕猴顿时笑了起来。

"你笑什么？"

"行了行了，不逗你了。你生气的样子比哭好看，再逗下去把你逗哭了，就不好了。"

只听"咻"的一声，清心手中的杯子真的狠狠地砸了出去，"哗啦"一声在六耳猕猴身旁碎成了粉末。

清心也不管砸中没有，直接起身气呼呼地就往外走。

"你去哪儿？师父还没来呢！"

"滚！我不想看见你！"

六耳猕猴瞧着清心的背影，摸着下巴喃喃自语道："你说，这人怎么就那么奇怪呢？说着要我滚，结果自己滚了？"

楼台上，须菩提与太上老君的棋局还在继续。

一旁的道徒默默地守着，显然已经有些不耐烦了，却又不大敢表现出来。

须菩提捏着棋子，捋着长须默默地思索着。

"喂，"太上老君抬眼轻叹道，"不是说在等你吗？怎么还不去？"

"不急，等一下再去。"

"等一下？"

"先想好怎么答。"

"你知道他要问什么？"

"无非就是他需要吸食精气维生的问题。"

"让你当好师父。"太上老君嘿嘿地笑了起来，轻叹道，"这好师父，可不是那么好当的。六耳猕猴吸食精气的问题，是地藏王在复活他的时候就植入的。里面用来附带咒文的，是玄奘的精血。杀了玄奘，才能解开。这应该算是，最狠毒的一个局吧。

"这局，不比当初设给你的差啊。都是死局。不过，佛门暂时不会说。就像当初他们也不会主动去告诉那猴子一样。以他的个性，若是知道佛门的用意，即便真要杀玄奘，他也会将佛门闹个天翻地覆。届时，便破局了。指不定最终是赚是亏呢。当然，我们也不能说。说了，信与不信是一回事，首先，就会对我们起疑。最重要的是……会破坏西行。

“除此之外要摆脱这个困局，便只有另一个办法。那就是重塑金身。可是一旦重塑，他再回到虚空中，就没人可以救得了他了。其实说起来，也是死局。”

须菩提微微抬头望了太上老君一眼：“其实……还有另一个办法。就是，比较难。”

太上老君顿时一愣，犹豫着问道：“什么办法？”

这一次，如此适合卖弄的机会，须菩提却并没有如同往常一般笑而不语，转而换上的，是一丝丝凝重的神色。

足足半个时辰之后，须菩提才姗姗来迟。

看到须菩提到来，六耳猕猴当即挺直了腰杆，重重磕头：“师父，弟子又来麻烦您老人家了。”

那一脸郑重的模样，看得须菩提不由得一下愣了神。

如果当初不是天外的魂魄附身原本的石猴，他的弟子，也许就是这样吧。

“起来吧。”须菩提摆了摆手，快步走到正中的蒲团上坐了下去，轻声道，“把你师妹送回来了？”

“嘿嘿。”六耳猕猴挠了挠头，有些不好意思地说，“她在我那边，就是个累赘，弄不好佛门还要对她出手呢，所以，就给送回来了。劳烦师父多加照看。”

“回来也好，就在观里待着吧。”须菩提甩了甩拂尘，轻叹道，“只是，怕她待不住呀。”

“待不住，就绑起来呗。这对师父岂是难事？”

闻言，须菩提不由得意味深长地瞧了六耳猕猴一眼。

六耳猕猴顿时就蒙了。

“怎么，师父觉得弟子说的不对？”

“对是对，不过，不是为师做事的风格。”须菩提淡淡笑了笑，“为师向来不勉强任何人，做任何事。更别说绑了。”

“师父您是大仙风范。”六耳猕猴笑嘻嘻地说道，“弟子是小人，只能想得出俗世的办法。不过，这俗世的办法，有时候也是有用的。”

“行吧，这件事就这么着。”须菩提微微朝着六耳猕猴斜过眼去，轻声道，“说另一件事吧。”

“另一件事？”

须菩提振了振衣袖，道：“精气的事。你不就是来问这个的吗？”

“师父料事如神！”六耳猕猴笑嘻嘻地答道，“那佛门在弟子的身体里设下了局，逼着弟子吸食精气，成为众矢之的。弟子想请教师父，弟子该如何做，才可以摆脱佛门的这个局？”